Ausführliche Informationen über
unsere Autoren und Bücher
finden Sie auf unserer Website
www.dtv.de

Jussi Adler-Olsen

DAS ALPHABETHAUS

Roman

Aus dem Dänischen
von Hannes Thiess und
Marieke Heimburger

Deutscher Taschenbuch Verlag

Von Jussi Adler-Olsen
sind im Deutschen Taschenbuch Verlag erschienen:
Erbarmen (24751 und 21262)
Schändung (24787)
Erlösung (24852)

Deutsche Erstausgabe 2012
Deutscher Taschenbuch Verlag GmbH & Co. KG,
München
© 2007 Jussi Adler-Olsen / J. P. / Politikens Forlagshus A/S, Kopenhagen
(Erstveröffentlichung: Cicero, Kopenhagen 1997)
Titel der dänischen Originalausgabe: ›Alphabethuset‹
© 2012 der deutschsprachigen Ausgabe:
Deutscher Taschenbuch Verlag GmbH & Co. KG,
München
Umschlagkonzept: Balk & Brumshagen
Umschlaggestaltung: Wildes Blut, Atelier für Gestaltung,
Stephanie Weischer unter Verwendung eines Fotos
von Trevillion Images/Bianca van der Werf
Satz: Greiner & Reichel, Köln
Gesetzt aus der Aldus 10/13
Druck und Bindung: CPI – Ebner & Spiegel, Ulm
Gedruckt auf säurefreiem, chlorfrei gebleichtem Papier
Printed in Germany · ISBN 978-3-423-24894-5

TEIL 1

1

DAS WETTER WAR alles andere als gut.

Kalt und windig, geringe Sichtweite.

Für einen englischen Januartag war es ungewöhnlich rau.

Die amerikanischen Soldaten hatten schon eine Weile auf den Landebahnen gesessen, als sich der hochgewachsene Engländer der Gruppe näherte. Er war noch nicht ganz wach.

Hinter der vordersten Gruppe richtete sich eine Gestalt auf und winkte ihm zu. Der Engländer winkte zurück und gähnte laut. Nach so langer Zeit mit nächtlichen Angriffsflügen fiel es ihm schwer, sich wieder auf den normalen Tag-Nacht-Rhythmus einzustellen.

Und es würde ein langer Tag werden.

Weiter entfernt rollten die Maschinen langsam zum südlichen Ende der Startbahnen. Also würde es in der Luft bald wieder voll sein.

Die Vorstellung weckte gemischte Gefühle in ihm.

Der Auftrag zu dieser Mission war vom Büro des Generalleutnants Lewis H. Brereton in Sunning Hill Park gekommen. Er hatte den Oberbefehlshaber der Royal Air Force, Luftmarschall Harris, um britische Unterstützung gebeten. Die britischen Moskitos hatten bei den Nachtangriffen auf Berlin im November das streng gehütete Geheimnis der Deutschen – die Anlagen für die V-1-Raketen in Zempin – enthüllt, und das hatte die Amerikaner nachhaltig beeindruckt.

Die Mannschaften auszuwählen überließ man Oberstleutnant Hadley-Jones, der die praktische Arbeit seinem Mitarbeiter, Wing Commander John Wood, anvertraute.

Er hatte die Aufgabe, zwölf britische Crews zusammenzustellen. Acht für Beobachtungsflüge und vier Mannschaften mit besonderen Observationszielen zur Unterstützung, die unter dem Kommando der 8. und der 9. US-Luftflotte fliegen sollten.

Für diese Aufgabe wurden doppelsitzige P-51-D-Mustang-Jagdflugzeuge mit sogenannten Meddo-Geräten und hochempfindlichen optischen Instrumenten ausgerüstet.

Vor gerade mal zwei Wochen hatte man James Teasdale und Bryan Young als erste Crew ausgewählt, die dieses Material unter sogenannten »normalen Verhältnissen« erproben sollte.

Sie konnten also davon ausgehen, schon bald wieder Kampfeinsätze fliegen zu müssen.

Der Angriff war für den 11. Januar 1944 geplant. Das Ziel der Bombergeschwader waren die Flugzeugfabriken in Aschersleben, Braunschweig, Magdeburg und Halberstadt.

Beide hatten dagegen protestiert, dass man ihnen den Weihnachtsurlaub kappte. Beide waren noch kampfmüde.

»Vierzehn Tage, um sich in diese Teufelsmaschine zu vertiefen.« Bryan seufzte. »Mit diesen ganzen Apparaturen kenne ich mich doch überhaupt nicht aus! Warum bemannt Uncle Sam seinen Mist nicht selbst?«

John Wood hatte sich über die Akten gebeugt und ihnen den Rücken zugekehrt. »Weil sie euch haben wollen.«

»Das ist doch kein Argument!«

»Ihr werdet die Erwartungen der Amerikaner erfüllen und da lebendig wieder rauskommen.«

»Und das garantieren Sie uns?«

»Ja.«

»Sag schon was, James!« Bryan wandte sich dem Freund zu.

James griff nach seinem Halstuch und zuckte die Achseln. Bryan ließ sich schwer auf einen Stuhl fallen.

Es war hoffnungslos.

Die Operation war insgesamt auf gut sechs Stunden angelegt. Eskortiert von P-51-Langstreckenjägern sollte die gesammelte Streitkraft von ungefähr sechshundertfünfzig viermotorigen Bombern der 8. US-Luftflotte die deutschen Flugzeugfabriken bombardieren.

Während des Angriffs sollte James' und Bryans Maschine die Formation verlassen.

Hartnäckigen Gerüchten zufolge war in den letzten Monaten bei Lauenstein südlich von Dresden ein deutlich erhöhter Zustrom von Bauarbeitern, Ingenieuren und hoch spezialisierten Technikern sowie von polnischen und sowjetischen Zwangsarbeitern registriert worden.

Der Nachrichtendienst hatte lediglich herausgefunden, dass in der Gegend gebaut wurde. Es war jedoch völlig unklar, worum es sich handelte. Eine Fabrik für die Produktion synthetischer Brennstoffe, so vermutete man. Wenn das stimmte, wäre das eine Katastrophe, denn es könnte den Deutschen bei der Entwicklung und Umsetzung neuer V-Raketen-Projekte Auftrieb geben.

Bryans und James' Aufgabe bestand darin, die Gegend und das Eisenbahnnetz bei Dresden abzufotografieren und zu kartographieren, und zwar so gründlich, dass damit die Informationen des Nachrichtendienstes aktualisiert werden könnten. Nach vollbrachter Mission sollten sie sich wieder dem Fluggeschwader auf dem Weg zurück nach England anschließen.

Unter den Amerikanern, die an dem Angriff teilnehmen sollten, waren viele erfahrene Luftkrieger. Trotz Frostes und trotz der bevorstehenden Mission lagen sie lässig ausgestreckt direkt auf der gefrorenen Erde, die jemand eine Landebahn genannt hatte. Die meisten plauderten entspannt vor sich hin, fast so, als wollten sie demnächst zu einem Ball aufbrechen. Hier und da saß aber doch einer mit verschränkten und auf die Knie gestützten Armen da und starrte stumpf vor sich hin. Das waren die Neuen und Unerfahrenen, die noch nicht gelernt hatten, ihre Träume zu vergessen und die Ängste zu bannen.

Der Engländer schritt zwischen den Sitzenden hindurch auf seinen Partner zu. Der lag, die Arme unter dem Kopf verschränkt, ebenfalls ausgestreckt auf der Erde.

Bryan schreckte zusammen, als er einen leichten Tritt in die Seite spürte.

Schneeflocken fielen ihnen aufs Gesicht, legten sich auf Nase und Augenbrauen. Der Himmel über ihnen verdunkelte sich. Dieser Tagesangriff würde sich nicht sonderlich von den Nachtangriffen unterscheiden.

Der Sitz vibrierte leicht unter Bryan.

Der Luftraum ringsum war gesättigt von Radarreflexen der Flugzeuge im Konvoi. Jedes einzelne Echo war sehr deutlich wahrzunehmen.

Die Apparate waren so präzise, dass die Piloten während des Trainings mehrfach gescherzt hatten, sie könnten genauso gut die Fenster zumalen und allein nach den Instrumenten fliegen.

Genau das forderte ihnen dieser Flug im Prinzip ab. Die Sicht war James zufolge »so klar wie eine Symphonie von Béla Bartók«. Die Scheibenwischer und die in die Schneemassen eindringende Nase des Flugzeugs waren alles, was sie sahen.

Die beiden waren sich einig gewesen, dass es Wahnsinn war, so kurzfristig den Dienst und die Maschine zu wechseln. Aber was Johns Beweggründe betraf, da waren sie unterschiedlicher Meinung. John behauptete, sie seien ausgewählt worden, weil sie die Besten seien, und James nahm das für bare Münze.

Bryan dagegen war sich sicher, dass John Wood sie ausgewählt hatte, weil sich James im aktiven Dienst niemals widersetzte und weil man bei dieser Operation wahrhaftig keine Zeit für Komplikationen hatte. Mit anderen Worten: Ja, er gab James die Schuld daran, dass man sie ausgewählt hatte.

Bryans Vorwürfe ärgerten James. Als hätten sie keine anderen Sorgen. Die Tour war lang, die Ausrüstung neu, das Wetter miserabel. Wenn sie sich erst vom Hauptgeschwader getrennt hatten, würde sie niemand mehr unterstützen. Waren die Vermutungen des Nachrichtendienstes korrekt, dass sich dort kriegswichtige Fabriken im Aufbau befanden, würde das Zielgebiet extrem scharf bewacht werden. Fotos davon nach England zu bringen, würde alles andere als leicht werden.

Aber irgendjemand musste es ja tun. So sehr konnte sich dieser Flug doch nicht von den Angriffen auf Berlin unterscheiden.

Und die hatten sie schließlich auch überlebt.

Schweigend saß Bryan hinter James und konzentrierte sich mit der üblichen Sorgfalt auf seine Aufgaben.

Zwischen Bryans Karten und Messinstrumenten hing das Foto eines Mädchens in der Uniform des ATS. Madge Donat himmelte den gut aussehenden Bryan an, und auch er hielt ihr schon seit geraumer Zeit die Treue.

Wie nach der Taktvorgabe eines energischen Dirigenten bei der Ouvertüre eröffnete die deutsche Flak das Feuer auf die zuerst ankommenden Maschinen. Bryan hatte das Sperrfeuer Sekunden vorher geahnt und James ein Zeichen gegeben, den Kurs des Geschwaders zu verlassen. Von dem Moment an waren sie fürs Erste in der Gewalt des Teufels.

»Wenn du willst, dass wir hier noch weiter runtergehen, dann schrammen wir der Maschine den Arsch ab«, grunzte James zwanzig Minuten später.

»Und wenn wir auf zweihundert Fuß hängen bleiben, siehst du auf den Fotos nichts«, kam es von hinten zurück.

Bryan hatte Recht. Über dem Zielgebiet schneite es und Windböen wirbelten den Schnee auf. Man musste schon dicht genug heranfliegen, dann gab es immer wieder Löcher, in denen sich fotografieren ließ.

Seit sie dem Sperrfeuer über Magdeburg ausgewichen waren, hatte sich niemand mehr für sie interessiert. Vermutlich hatte man ihre Existenz noch nicht mal bemerkt. James würde alles dafür tun, dass es dabei blieb.

James schrie durch den Lärm nach hinten zu Bryan, er habe deutsche Jagdflugzeuge gesehen, die raketenartige Dinger abfeuerten. Ein Aufblitzen, gefolgt von einer heftigen Explosion.

»Die deutsche Luftwaffe taugt doch nicht mal zum Tontaubenschießen«, hatte sich am gestrigen Abend ein amerikanischer Pilot in breitem Kentucky-Akzent lustig gemacht. Das Lachen war ihm heute vermutlich vergangen.

»Und jetzt nach hundertachtunddreißig Grad Süd!« Bryan beobachtete das Schneemeer unter sich. »Da unten ist die Hauptstraße von Heidenau. Siehst du die Kreuzung? Gut, dann lass uns der Abzweigung in Richtung Höhenzug folgen.«

Sie flogen jetzt nur noch knapp zweihundert Stundenkilometer, und der gesamte Rumpf dröhnte unheilschwanger.

»James, hier musst du im Zickzack über die Straße fliegen. Aber pass auf! Ein paar von den Hängen nach Süden zu können ziemlich steil sein. Kannst du etwas sehen? Das Gebiet zwischen hier und Geising kommt mir verdächtig vor.«

»Ich sehe so gut wie gar nichts, nur dass die Straße recht breit zu sein scheint. Wozu braucht man in einer so gottverlassenen Gegend eine so breite Straße?«

»Hab ich mich auch gefragt. Kannst du jetzt südwärts drehen? Guck mal, die Bäume da. Ganz schön dicht, das Dickicht, oder?«

»Meinst du, das sind Tarnnetze?«

»Kann schon sein.« Wenn es hier Fabriken gab, mussten sie in die Hänge hineingebaut sein. Bryan hatte da seine Zweifel. Wurde eine solche Anlage erst einmal entdeckt, würden die Erdwälle bei intensivem Präzisionsbombardement niemals ausreichend Sicherheit bieten. »Das ist eine Finte, James! Nichts hier in der Nähe deutet auf irgendwelche neuen Fabrikanlagen hin.«

Für diesen Fall lautete der Befehl, sie sollten nordwärts an der Eisenbahnstrecke auf Heidenau zufliegen, nach Westen in Richtung Freital abdrehen und der Eisenbahnstrecke in Richtung Chemnitz folgen. Erst an der Eisenbahnstrecke nach Waldheim sollten sie Kurs auf Nord und dann Nordost nehmen. Die Russen hatten darum gebeten, das gesamte Schienennetz gründlich abzufotografieren. Bei Leningrad machten die russischen Truppen mächtig Druck, sie drohten, die gesamte deutsche Front aufzurollen. Ihrer Ansicht nach liefen bei Dresden die wichtigsten Versorgungslinien der Deutschen zusammen. Erst wenn dieser Eisenbahnknotenpunkt lahmgelegt wäre, würde den deutschen Divisionen an der Ostfront der Nachschub ausgehen. Die Frage war nur, wie man das am effizientesten anstellte. Bryan blickte auf den Bahnkörper unter sich.

Die Gleisanlagen waren mit Schnee bedeckt. Viel würde man auf seinen Fotos nicht erkennen können.

Ohne jede Vorwarnung krachte es gerade mal einen halben Meter hinter Bryans Sitz. Ehe Bryan sich umdrehen konnte, beschleunigte James bereits und zog die Maschine fast senkrecht hoch. Bryan befestigte den Karabinerhaken am Sitz und spürte, wie unter ihm die lauwarme Luft aus der Kabine gesaugt wurde.

Das ausgefranste Loch im Rumpf war etwa faustgroß, das Austrittsloch in der Decke tellergroß. Es war nur ein einzelnes Projektil eines kleinkalibrigen Flakgeschosses gewesen.

Sie hatten also doch etwas übersehen.

Der Motor heulte bei dem steilen Aufstieg so ohrenbetäubend, dass sie nicht mal hören konnten, ob sie noch weiter beschossen wurden.

»Ist das da hinten ernst?«, schrie James durch den Fluglärm und nickte, als er die Antwort hörte. »Dann geht's jetzt also los!« Im selben Moment vollführte er mit der Maschine einen Looping, legte sie leicht auf die Seite und ließ sie dann im Sturzflug fallen. Wenige Sekunden später begannen die Maschinenpistolen der Mustang zu ticken. Direkt auf sie gerichtetes Mündungsfeuer wies ihnen den Weg.

Inmitten des todbringenden Feuerhagels musste sich etwas befinden, von dem die Deutschen nur sehr ungern wollten, dass andere davon erfuhren.

Während das Flakpersonal am Boden versuchte, sie ins Visier zu nehmen, ließ James das Flugzeug unruhig von einer Seite zur anderen schwenken. Die Kanonen waren nicht zu sehen, aber das Geräusch war unmissverständlich: Flakzwilling 40.

Kurz über dem Boden richtete James die Maschine ruckartig auf. Sie hatten nur diese eine Chance. Das Gebiet war etwa zwei bis drei Kilometer breit. Es erforderte jetzt mehr Glück als Verstand, wenn sie hier noch brauchbare Bilder machen wollten.

Die Landschaft rauschte unter ihnen hinweg. Graue Felder und weiße Wirbel wechselten sich mit Baumgipfeln und Gebäuden ab. Das Gebiet, über das sie hinwegdonnerten, war von hohen Zäunen umgeben. Aus dem Inneren der Wachtürme schickte man ihnen eine Maschinengewehrsalve nach der anderen entgegen. In diesen Lagern hielten sie die Zwangsarbeiter gefangen. Leuchtspurgeschosse aus einem Walddickicht unter ihnen ließen James instinktiv weiter die Flughöhe reduzieren und direkt auf die Baumwipfel zufliegen. Mehrere ihrer eigenen Maschinengewehrsalven trafen tief zwischen die Stämme, woraufhin es dort still wurde.

Dann streifte James fast die Wipfel der Fichten, als er das Flugzeug direkt über eine ausgedehnte gräuliche Fläche aus Tarnnetzen, Mauern, Eisenbahnwaggons und Haufen von Gütern gleiten ließ. Bryan hatte jede Menge zu fotografieren. Wenige Sekunden später zogen sie wieder aufwärts und drehten ab.

»Okay?«

Bryan nickte, klopfte James auf die Schulter und betete, die Kanonen unter ihnen mochten ihre einzigen Widersacher sein.

Aber das waren sie nicht.

»James! Die Motorhaube! Siehst du das?« Natürlich sah er es. Eine Ecke der Haube ragte in die Luft. Ob der Sturzflug, ein Treffer oder die Druckwellen das Teil losgerissen hatten, spielte keine Rolle. Es war nicht gut.

»Geh runter mit der Geschwindigkeit, James. Und ist dir klar, was das bedeutet? Wir werden das Bombergeschwader nicht mehr erreichen.«

»Sag einfach, was du für richtig hältst.«

»Wir folgen der Eisenbahn. Wenn die ihre Jagdflugzeuge auf uns hetzen, werden sie denken, wir hauen direkt nach Westen ab. Ich behalte den Luftraum um uns herum im Auge, okay?«

Der Rückflug würde ewig dauern.

Allmählich wurde die Landschaft unter ihnen flacher. An einem klaren Tag hätten sie den Horizont ringsum sehen können. Aber ohne das Unwetter würde man sie eben auch kilometerweit hören können.

»Wie zum Teufel willst du uns denn bloß heil nach Hause bringen, James?«, fragte Bryan leise.

Ein Blick auf die Karte war überflüssig. Ihre Chancen waren minimal.

»Behalt du nur deinen Schirm im Auge, mehr kannst du nicht tun«, kam es von vorn. »Ich glaube, die Klappe hält noch, solange wir nicht deutlich schneller fliegen müssen.«

»Also auf kürzestem Weg zurück.«

»Nördlich von Chemnitz! Danke, Bryan, ja.«

»Wir sind verrückt!«

»Nein. Nicht wir.«

Die Bahnstrecke unter ihnen war keine Nebenstrecke. Früher oder später würde ein Munitionszug oder ein Truppentransport auftauchen. Mit der kleinen, leicht einzustellenden Doppelkanone oder diesen Flak-38-Zwanzig-Millimeter-Antiluftschutzkanonen wären sie im Handumdrehen erledigt. Und dann waren da auch noch die Messerschmitts. Man würde sie für leichte Beute halten. Nahkampf und Abschuss. Länger würde der Kampfbericht nicht ausfallen.

Bryan wollte James gerade vorschlagen, selbst die Maschine zu Boden zu bringen, bevor es der Feind tun würde. Seine Philosophie war so einfach wie pragmatisch: Lieber in Gefangenschaft als tot.

Er legte James die Hand auf den Oberarm und rüttelte ihn leicht.

»Die haben uns im Visier, James«, sagte er. Kommentarlos drückte James die Maschine nach unten.

»Naundorf voraus. Du musst nördlich daran vorbei …« Bryan sah den Schatten des Feindes über sich. »James! Direkt über uns!« James riss den Flieger mit einem gewaltigen Ruck weg von der Erde.

Bei der Beschleunigung ächzte und vibrierte die ganze Maschine. Durch das Loch hinter Bryan wurde bei dem jähen Aufstieg die Luft aus der Kabine gesaugt. James' Bordkanonen dröhnten, noch bevor Bryan ihr Ziel ausmachen konnte. Eine unbarmherzige Salve in den Bauch stoppte die angreifende Messerschmitt sofort: Die Explosion war tödlich.

Der Pilot würde nicht einmal mehr merken, wie ihm geschah.

Es krachte ein paarmal, ohne dass Bryan erkennen konnte, wo. Dann lagen sie urplötzlich gerade in der Luft. Bryan starrte auf James' Hinterkopf, als wartete er auf eine Reaktion. Von vorn hörte man ein Brausen, das Dreieck der Motorhaube hatte sich losgerissen und die Frontscheibe zerschmettert. James wackelte leicht mit dem Kopf, gab aber keinen Laut von sich.

Dann kippte er vornüber, das Gesicht zur Seite gedreht.

Das Motorengeräusch wurde lauter. Der Rumpf der Maschine schlug mit solcher Wucht durch sämtliche Luftschichten hindurch abwärts, dass es in allen Fugen ächzte. Bryan riss an seinem Gurt und warf sich über James, packte den Steuer-knüppel und zog ihn gewaltsam in Richtung des reglosen Körpers.

Blut strömte über James' Wange. Das Metallteil hatte ihn an der Schläfe getroffen und den größten Teil seines Ohrläpp-chens abgetrennt.

Da riss sich krachend ein weiteres Teil der Motorhaube los und trudelte über die linke Tragfläche. Ein unheilverkündendes Knarren veranlasste Bryan, für sie beide eine Entscheidung zu treffen. Er löste James' Sicherheitsgurt.

Im selben Moment wurde ein Teil des Cockpits explosions-artig losgerissen und Bryan aus dem Sitz geschleudert. Er packte James unter den Armen und zerrte ihn mit sich hinaus in den eisigen Wind auf die Tragfläche. Da sackte auch schon die Maschine unter ihnen weg. Bryan konnte seinen Kamera-den nicht mehr halten, spürte aber noch den Zug von James' Reißleine. James hing sekundenlang schlaff im Wind. Dann öffnete sich sein Fallschirm.

Bryans Finger waren eisig, als er die eigene Reißleine zog. Er hörte den Knall des Fallschirms über sich und gleichzeitig am Boden knatternde Schüsse. Verräterische Lichtpunkte drangen schwach durch das Schneetreiben.

Die Maschine kippte zur Seite und stürzte weit hinter ih-nen ab. Die Suche nach den beiden Piloten würde nicht leicht werden. Jetzt aber musste Bryan erst einmal aufpassen, dass er James und seinen Fallschirm nicht aus den Augen verlor.

Der Aufprall war unerwartet brutal. Der Boden war steinhart gefroren, die Ackerfurchen waren wie aus Beton gegossen. Während Bryan noch ächzend und stöhnend dort lag, füllte der Wind den losgelösten Fallschirm aufs Neue und trieb ihn über das Feld. Bryans Fliegeroverall war zerrissen, er selbst hatte den Sprung jedoch einigermaßen überstanden.

Dann wurde Bryan Zeuge von James' extrem unsanfter

Landung. Es sah aus, als würde dessen gesamte untere Körperhälfte zerschellen.

Allen Regeln zum Trotz ließ Bryan seinen Fallschirm davonfliegen und humpelte über die Ackerfurchen zu James. Ein paar Zaunpfähle markierten eine alte Koppel. Pferde waren keine da, die waren sicher alle längst geschlachtet. James' Fallschirm hatte sich zwischen Holz und Rinde einer der Latten verhakt.

Bryan sah sich um. Es herrschte vollkommene Stille. Windböen wirbelten den Schnee auf. Bryan packte die tanzende Fallschirmseide und zog sich an Nähten, Bindungen und Schnüren vorbei bis zu seinem Freund, der reglos dalag.

Erst bei der dritten Berührung kippte James auf die Seite. Widerstrebend gab der Reißverschluss nach. Bryans eiskalte Fingerspitzen gruben sich unter die groben Kleidungsstücke. Die Wärme, auf die er dabei stieß, tat fast weh.

Bryan hielt die Luft an, bis er endlich James' schwachen Puls fühlte.

Als der Wind sich schließlich legte, hatte es auch aufgehört zu schneien. Noch immer war alles ganz still.

Bryan schleifte den schwach atmenden James zum nächstgelegenen Dickicht. Die Baumwipfel waren nackt, die Stürme hatten die Bäume leergefegt, und Äste, Blätter und Zweige lagen nun in Haufen am Boden und boten den beiden Piloten etwas Schutz.

»Hier liegt so viel Feuerholz herum, da können keine Siedlungen in der Nähe sein«, murmelte er halblaut vor sich hin. Die Angst um James versuchte er gar nicht erst hochkommen zu lassen.

»Was hast du gesagt?« James ließ sich willenlos durch den Schnee schleppen, bis Bryan auf die Knie fiel und vorsichtig James' Kopf auf seinen Schoß zog.

»James! Was ist passiert?«

»Ist – ist was passiert?« Noch hatte er die Augen nicht ganz

geöffnet. Sein Blick war nach oben auf Bryan gerichtet und flackerte unkontrolliert. Dann drehte James den Kopf und blickte
über die schwarz-weiße Landschaft. »Wo sind wir?«

»Abgestürzt, James. Bist du schwer verletzt?«

»Keine Ahnung.«

»Kannst du deine Beine spüren?«

»Die sind verflucht kalt.«

»Kannst du sie fühlen, James?«

»Verdammt, ja! Ich sag doch, die sind scheißkalt. An was
für einen gottverlassenen Ort hast du mich eigentlich ver-
schleppt?«

2

MAN KONNTE MEILENWEIT sehen. Und gesehen werden.

Auf einem Acker, so groß, dass die Ernte für ein ganzes Dorf reichen könnte, lagen die Reste von James' Fallschirm. Deutliche, dunkle Schleifspuren führten von dort geradewegs zu dem Dickicht, in dem sie sich versteckt hielten.

Das alles machte Bryan aber erst Sorgen, seit er wusste, dass James keine schlimmeren Verletzungen davongetragen hatte. Die Blutung am Ohr hatte der Frost längst gestoppt, und Gesicht und Hals waren aufgrund der bitteren Kälte nur schwach geschwollen.

Sie hatten noch mal Glück gehabt.

Doch damit schien nun Schluss zu sein.

Der Frost kroch ihnen bis ins Mark. Es war so kalt, dass ihre Mundwinkel einrissen. Wenn sie nicht erfrieren wollten, mussten sie einen Unterschlupf finden.

James horchte auf Flugzeuge. Aus der Luft würden die Spuren auf dem Feld überdeutlich den Verlauf des Geschehens bezeugen. Kam ein Flugzeug, würden auch die feldgrauen Spürhunde schnell auftauchen.

»Ich glaube, wenn wir die Fallschirme hergeholt haben, sollten wir zu der Senke dort drüben laufen.« James deutete nach Norden auf ein paar dunkelgraue Felder und sah dann wieder zurück. »Wie weit ist es wohl bis zum nächsten Dorf, wenn wir nach Süden gehen?«

»Wenn wir da sind, wo ich glaube, gehen wir direkt auf Naundorf zu. Das müssen knapp zwei Kilometer sein. Aber ich bin nicht sicher.«

»Die Eisenbahn liegt also südlich von uns?«

»Ja. Aber ich bin nicht sicher.« Bryan sah sich noch einmal um. Keine topographischen Besonderheiten. »Ich finde, wir machen es so, wie du vorgeschlagen hast.«

Ein gutes Stück weiter boten ihnen die Schneewehen entlang einer Windschutzhecke ein wenig Deckung. Die Männer folgten dem Gebüsch bis zur ersten Öffnung im Schnee. James atmete schwer. Im vergeblichen Versuch, die Körperwärme zu halten, presste er die verschränkten Arme eng an den Körper. Bryan schleuderte den Fallschirm durch die Vertiefung in den Graben.

Er wollte James gerade etwas fragen, da hielten beide intuitiv inne und lauschten konzentriert auf einen Ton, der näher kam. Das Flugzeug tauchte ein Stück hinter ihnen auf, und während es im Tiefflug über das Dickicht strich, das sie vor Kurzem verlassen hatten, wippte es leicht mit den Flügeln. Beide Männer warfen sich sofort flach auf den Boden. Dann schwenkte der Flieger über das Feld südlich hinter den Bäumen. Eine Weile wurde das Brummen der Maschine immer dunkler, als würde sie wegfliegen und verschwinden. James hob das Gesicht gerade so weit aus dem Schnee, dass er noch Luft holen konnte.

Ein zunehmender Pfeifton ließ beide den Kopf nach hinten drehen. Die Wolken über den Bäumen bildeten kleine dunkle Felder, und in einem davon tauchte die Maschine wieder auf. Diesmal nahm sie direkten Kurs auf sie.

James warf sich über Bryan, sodass der tief in den Schnee gedrückt wurde.

»Ich frier mir den Arsch ab«, stöhnte Bryan unter ihm. Das Gesicht im Schnee begraben, versuchte er trotzdem zu grinsen. James blickte auf seinen Rücken, sah das zerrissene Hinterteil des Fliegeroveralls und dicke Placken Schnee, die durch die Körperwärme langsam schmolzen und über Hüften und Lenden rutschten.

»Lass uns hoffen, dass dir das noch eine ganze Weile so geht.

Wenn der da oben uns gesehen hat, dann wird uns beiden bald ein bisschen heiß.«

In dem Moment dröhnte die Maschine über sie hinweg und verschwand.

»Was für eine war das? Konntest du das sehen?«, fragte Bryan und versuchte, sich den Schnee abzuklopfen.

»Eine Junkers vielleicht. Wirkte ziemlich klapprig. Glaubst du, der hat uns gesehen?«

»Dann würden wir jetzt nicht mehr frieren. Aber unsere Spuren hat er sicher gesehen.«

Bryan packte James' Hand und ließ sich hochziehen.

Beiden war allzu bewusst, dass sie das hier nur mit sehr viel Glück überleben konnten.

Lange liefen sie wortlos und ohne anzuhalten. Ihre Bewegungen waren steif und ungelenk. Wann immer sie mit den Stiefeln an die gefrorenen Schollen stießen, zuckten sie vor Schmerz zusammen. James war leichenblass.

Weit hinter ihnen war wieder ein schwaches Brummen zu hören. Sie warfen sich einen Blick zu. Eine ganz andere Art Geräusch kam von vorn, etwas, das eher wie ein Zug klang.

»Hast du nicht gesagt, die Eisenbahnstrecke läge nördlich von uns?«, stöhnte James und rieb die eiskalten Hände am Brustkorb.

»Verdammt noch mal, James! Ich hab doch gesagt, dass ich nicht sicher bin!«

»Du bist mir vielleicht ein Navigator!«

»Hätte ich lieber erst die Karte studieren sollen, bevor ich dich aus der Yankee-Büchse rausgeholt habe, oder was?«

James antwortete nicht, sondern legte Bryan eine Hand auf die Schulter und deutete zum Grund der grauen Senke, die sich nach beiden Seiten hin erstreckte und von wo das unverkennbare Geräusch des Dampfkessels einer Lokomotive kam.

»Vielleicht hast du jetzt ein besseres Gefühl dafür, wo genau wir sind?«

Bryan nickte kurz, und gleich entspannte sich James. Die Frage war nur – was nutzte ihnen das? Hinter einem Gebüsch gingen sie in die Hocke. Die Schienenstränge waren in der weißen Landschaft nur zu erahnen. Das Terrain hinüber bis zur Bahnstrecke war vielleicht sechs-, siebenhundert Meter breit, ziemlich offen und bot keinerlei Schutz.

Sie waren also die ganze Zeit nördlich der Eisenbahnstrecke gewesen.

»Alles in Ordnung?« Vorsichtig zupfte Bryan an James' Lederkragen, sodass der ihm das Gesicht zuwenden musste. Durch die extreme Blässe traten die Konturen des Schädels umso deutlicher hervor. Er zuckte die Achseln und sah wieder zu den Schienen.

Langsam senkte sich die winterliche Abenddämmerung über die Landschaft. Die Schatten in der Talsenke begannen sich zu bewegen. Ein großartiger und erschreckender Anblick zugleich. Schier endlos war die Reihe der Waggons, die wie ein Lindwurm durch die Landschaft glitt und die Front mit dem Vaterland verband.

In Wellen trug der Wind das Geräusch der gewaltigen Güterzüge zu ihnen. Gepanzerte Lokomotiven, Güterwaggons mit zahllosen Kanonen, Maschinenkanonennester in Sandsackburgen und graubraune verschlossene Mannschaftswagen, aus denen kein Licht drang. Als der erste Güterzug vorbei war, kündigten die Geräusche schon den nächsten an.

Zwischen den einzelnen Transporten vergingen nur wenige Minuten. Tausende von menschlichen Schicksalen mussten sie bereits passiert haben: die völlig erschöpften Verwundeten nach Westen, die furchtsamen und stillen Reserven nach Osten. Jeden Tag nur einige wenige Bomben auf diese Strecke, und die Russen bekämen eine Verschnaufpause und hätten im Hexenkessel der Ostfront leichteres Spiel.

Bryans Arme zuckten. James hielt warnend den Finger vor den Mund. Er lauschte. Jetzt konnte es auch Bryan hören. Die Geräusche hinter ihnen kamen von zwei Seiten.

»Hunde?«

Bryan nickte.

»Aber nur in der einen Truppe, oder?« James setzte sich aufrecht hin und lauschte. »Die zweite Truppe ist motorisiert. Das war dieses Brummen, das wir vorhin schon gehört haben. Die müssen da, wo wir über den Graben gesprungen sind, von den Motorrädern abgestiegen sein.«

»Kannst du sie sehen?«

»Nein, aber das kann nicht mehr lange dauern.«

»Was machen wir jetzt?«

»Was sollen wir schon machen, verdammt?« James ging wieder in die Hocke. »Den Spuren, die wir hinterlassen haben, kann selbst ein Blinder folgen.«

»Also ergeben wir uns?«

»Wissen wir denn, was die mit abgeschossenen Piloten anstellen?«

»Das ist keine Antwort auf meine Frage. Ergeben wir uns?«

»Wir müssen auf jeden Fall ein Stück raus ins Freie, damit die uns sehen können.«

Als Bryan James in Richtung der Talsenke folgte, spürte er den beißenden Wind. Nach einigen schnellen Schritten befanden sie sich auf offenem Gelände, wo sie mit erhobenen Händen ihren Verfolgern zugewandt stehen blieben.

Zunächst geschah gar nichts. Die Rufe verstummten. Die Bewegungen vor ihnen stoppten. James flüsterte leise, die Soldaten seien vielleicht hinter ihnen vorbeigegangen, und ließ die Arme etwas sinken.

Im selben Moment wurde das Feuer auf sie eröffnet.

Doch die schlechte Sicht war ihre Rettung. Blitzschnell hatten sich die beiden auf den Boden fallen lassen. Sie starrten sich ungläubig an: Sie waren beide unverletzt.

Sofort setzte sich Bryan robbend in Richtung Bahngleise in Bewegung. Immer wieder sah er über die Schulter zurück zu James, der auf Knien und Ellbogen hinter ihm herkroch. Die Wunde am Ohr war wieder aufgeplatzt, sie hinterließ kleine rote Flecken auf dem verharschten Schnee.

Mehrere kurze Maschinengewehrsalven zerfetzten die Luft über ihnen. Dann hörten sie wieder die Rufe der Soldaten.

»Jetzt lassen sie die Hunde los«, stöhnte James und packte Bryans Fuß. »Kannst du losspurten?«

»Und wohin?« Bryan wurde heiß und kalt. Sein Magen krampfte sich zusammen.

»Rüber zu den Schienen. Da kommt gerade kein Zug.« Bryan hob den Kopf und ließ den Blick an der langen, verräterisch offenen Strecke entlangwandern. Und was dann?

Als eine längere Maschinengewehrsalve verstummte, rappelte James sich auf und packte Bryan. Die Böschung war halsbrecherisch steil, vor allem mit völlig tauben Füßen, die in steifen Stiefeln steckten. Die Projektile flogen dicht über ihre Köpfe.

Auf einem Stück zweihundert Meter weiter unten sah sich Bryan kurz um. James rannte mit gespreizten Fingern und in den Nacken gelegtem Kopf hinter ihm her. Er sah aus, als wären alle seine Gelenke eingefroren. Hinter ihm rutschten die Soldaten das erste steile Stück der Böschung auf dem Rücken hinunter. Währenddessen wurde nicht geschossen. Als das Feuer wieder einsetzte, zielten ihre Verfolger völlig wahllos, aber immer an ihnen vorbei. Waren diese Schweine etwa müde? Oder wollten sie den Hunden die restliche Arbeit überlassen?

Jedenfalls ließen sie sie jetzt von der Leine, und die aufs Töten abgerichteten Hunde schossen lautlos und ohne zu zögern los.

Als Bryan den Rand der Böschung erreichte, blickte er sich im fahlen Licht der Dämmerung um.

Da sich von beiden Seiten Züge näherten, konnten sie sich nicht jenseits der Eisenbahnstrecke im Gebüsch verstecken. Bryan zuckte zusammen, als es in unmittelbarer Nähe laut krachte. James hatte im Laufen seinen Enfield-Revolver gezogen und den Hund niedergestreckt, bevor der ihn angreifen konnte.

Blutdürstig verfolgten die drei anderen Hunde weiter die Fährte der beiden Männer.

Schusssalven wirbelten den Schnee zwischen ihnen und um sie herum auf. Früher oder später würden sie getroffen werden.

James schoss noch einmal. Bryan ertastete die Klappe der Revolvertasche und packte den Schaft. Dann blieb er kurz stehen. James rannte an ihm vorbei, Bryan zielte.

Der Hund, den James gerade verletzt hatte, ließ sich von Bryans Manöver ablenken. Als der Schuss fiel, überschlug sich das Tier mehrfach, dann blieb es liegen. Die anderen beiden Köter griffen Bryan sofort an. Bryan ging zu Boden, und es gelang ihm lediglich, einen der beiden anzuschießen.

Dem Schäferhund an seinem linken Arm schlug er den Revolverschaft so heftig auf den Hinterkopf, dass das Tier leblos zur Seite fiel. Bryan sprang sofort wieder auf und hinderte den dritten Hund im letzten Moment mit einem gezielten Schuss daran, sich in seinen Arm zu verbeißen. Doch als das Tier zu Boden fiel, rutschte Bryan aus und verlor den Revolver. Sofort eröffneten die Soldaten wieder das Feuer. Jetzt riskierten sie ja nicht länger, ihre Hunde zu treffen.

James war etwa fünfzig Meter entfernt. Die Lederjacke schlotterte um seine Schultern, sein Körper zitterte bei jedem Schritt.

Im Osten, wenige hundert Meter weiter in der Senke, tauchte eine weitere Patrouille auf. Zwar konnten die sie nicht richtig sehen, aber ihr Erscheinen ließ James und Bryan keine andere Möglichkeit, als direkt auf die Bahngleise und die beiden Güterzüge zuzuspurten, die ihnen schon bald den Weg abschneiden würden.

Bryan rannte, so schnell er konnte, bis er kaum noch Luft bekam. Er musste James erreichen. Wenn sie, was nun unausweichlich schien, getroffen würden, wollte er wenigstens in seiner Nähe sterben.

Der erste Zug, der sie erreichte, kam von Osten.

Unbeteiligt beobachtete die Mannschaft auf der Lokomotive die sich nähernden Patrouillen. Die braunen, mit dem Zeichen des Roten Kreuzes versehenen Holzwaggons krochen durch die nackte weiße Landschaft an den beiden Engländern vorbei. Kein einziges Gesicht zeigte sich in den wenigen Fenstern der Waggons.

Auf dem hinteren, nach Osten führenden Schienenstrang zogen zwei zusammengekoppelte, gepanzerte Lokomotiven eine Reihe feldgrauer Waggons. Schon bald verdeckte der Lazarettzug nach und nach den gepanzerten Zug. Die Soldaten auf den Dächern der letzten Waggons des hinteren Zuges hatten sie bereits entdeckt und sich in Bewegung gesetzt, beschossen sie aber nicht, aus Angst, den Lazarettzug zu treffen.

Bryan machte einen großen Schritt und setzte den Fuß direkt in James' Spur. James lief schwer atmend vor Bryan her. Bryan bremste ab und sah zurück.

In dem Moment, als James den Lazarettzug erreichte, beschleunigte er seine Schritte mit letzter Kraft und streckte die Hand nach dem nächstbesten Geländer aus. Aber er hatte das Metallgeländer so tief unten zu fassen bekommen, dass er unmöglich den Fuß auf das unterste Trittbrett schwingen konnte. Seine verschwitzte Handfläche war sofort angefroren. Nur knapp bevor er das Gleichgewicht verlor, erreichte Bryan ihn und stieß ihn so kräftig nach vorn, dass James zum nächsten Trittbrett flog. Bryan hatte ein anderes Geländer des Zuges inzwischen mit einer Hand gepackt und rannte nebenher. Er stolperte, seine Enfield flog in hohem Bogen ins Gleis, und nur mit größter Anstrengung gelang es Bryan, nicht unter die Räder zu geraten. Auch seine Hand war am Metallgeländer angefroren, doch er zwang sich, loszulassen, machte ein paar rasche Schritte und enterte dann den Wagen davor. Der Schmerz in seiner Hand war unbeschreiblich. Aber sie hatten es geschafft.

Schräg hinter ihnen tauchte die Vorhut der ersten Patrouille mit blaugefrorenen Gesichtern auf, zu müde, um in dem Schneegestöber das Gleichgewicht zu halten. Als einer der Soldaten nach dem Geländer des Zuges greifen wollte, stolperte er über die Schwellen, überschlug sich, fiel und blieb regungslos liegen.

Mittlerweile hatten die Züge einander komplett passiert, und der Lazarettzug beschleunigte wieder.

Erst da gaben die Verfolger auf.

3

IN EINER SANFTEN Kurve neigte sich der Zug einem Hügel zu und gab kurz die Aussicht in Fahrtrichtung frei. Die Silhouetten kahler Bäume auf dem Hügelkamm im Süden schienen zu tanzen.

James war allmählich wieder zu Atem gekommen. Er strich seinem Freund über den Rücken. »Setz dich hin, Bryan. Du bekommst sonst eine Lungenentzündung!«

Sie klapperten beide vor Kälte mit den Zähnen.

»Hier draußen können wir nicht bleiben.« Bryan kauerte auf der eisigen Unterlage. »Entweder wir erfrieren hier draußen oder die knallen uns ab, wenn wir durch den nächsten Bahnhof fahren. Wir müssen so schnell wie möglich abspringen.«

Bryan starrte vor sich hin. Er lauschte dem immer schneller werdenden Rattern des Zuges.

»Was für eine verdammte Scheiße, das alles«, fügte er dann noch leise hinzu.

»Bist du verletzt?« James war heiser. Er sah Bryan nicht an. »Kannst du aufstehen?«

»Ich glaube nicht, dass es mich schlimmer erwischt hat als dich.«

»Dann ist es doch immerhin ein Segen, dass wir auf einem Lazarettzug gelandet sind. Die Pflegeplätze befinden sich gleich hinter der nächsten Tür«, scherzte James.

Keiner von beiden lachte. James hob die Hand und rüttelte mit den Fingerspitzen am Türgriff. Die Tür war abgeschlossen.

Bryan zuckte die Achseln. Das war doch der helle Wahnsinn. »Wer weiß, was sich dahinter verbirgt? Die werden doch sofort auf uns schießen!«

James wusste, was er meinte. Das Rote Kreuz, das auf deutsches Gerät gemalt war, war schon längst als Finte bekannt. Das Zeichen der Barmherzigkeit war zu oft missbraucht worden, und darum waren auch Transporte mit dieser Kennzeichnung nicht mehr sicher vor feindlichen Bomberpiloten. Das wussten sie nur zu gut.

Aber wenn das nun tatsächlich ein Lazarettzug war? Es war doch kein Wunder, dass die Deutschen Hass gegen die Piloten der Alliierten hegten. Ihm ging es mit den Männern der Luftwaffe ja nicht anders. Sie alle hatten zu viel auf dem Gewissen, als dass sie noch mit Barmherzigkeit rechnen konnten. Sie alle, die sie an diesem wahnsinnigen Krieg teilnahmen.

James sah ihn an und Bryan nickte. Wehmut lag in seinem Blick. Bisher hatten sie bei allem verdammt viel Glück gehabt. Damit schien nun Schluss zu sein.

Der Zug ruckelte, als er über einen Bahnübergang fuhr. Im Halbdunkel sahen sie fünfzig Meter entfernt an der Straße neben dem Bahnwärterhäuschen eine ältere Frau stehen.

James streckte vorsichtig den Kopf vor und sah nach vorn. Nichts in der ruhigen, von Raureif überzogenen Landschaft verriet, was nach der nächsten oder der übernächsten Kurve kommen würde.

Aus dem Wageninnern drangen Geräusche. Die Nachtwache machte sich zur Ablösung bereit. Hinter ihnen auf der kleinen Plattform zwischen den zwei Waggons klackte der Riegel im Schloss.

Bryan tippte James auf die Schulter und zog sich selbst hinter die Tür zurück. Dabei machte er James ein Zeichen, ihm zu folgen.

In der nächsten Sekunde bewegte sich der Türgriff. Ein sehr junger Mann steckte den Kopf heraus, holte tief Luft und seufzte. Als der Sanitäter auf die Plattform trat, wandte er ihnen den Rücken zu. Der Mann war offenkundig nur zum Pinkeln herausgekommen.

Als er sich wieder umdrehte, versetzte James ihm einen Schlag ins Gesicht, der ihn taumelnd vom Zug kippen ließ.

Bryan sah James entsetzt an. Wie oft schon hatten sie mit dem Flugzeug anderen den Tod gebracht – aber noch nie aus dieser Nähe. James lehnte sich gegen die ruckelnde Waggonwand. »Was hätte ich denn tun sollen, Bryan! Er oder wir!«

Bryan seufzte. »Wie sollen wir uns jetzt noch ergeben, James?«

Es wäre eine perfekte Gelegenheit gewesen. Der junge Sanitäter war allein und unbewaffnet gewesen. Aber jetzt war es für Reue zu spät. Die Schwellen sausten unter ihnen hinweg, der Zug schien immer noch mehr Fahrt aufzunehmen.

Einen Absprung bei dieser Geschwindigkeit würden sie wohl kaum überleben.

James wandte den Kopf und horchte an der Tür. Dahinter war es ganz still. Aus Schaden klug, wischte er seine Hand sorgfältig an der Hose ab, bevor er nach dem Türgriff fasste. Er legte den Zeigefinger auf die Lippen, zog vorsichtig die Tür einen Spaltbreit auf und steckte den Kopf hinein.

Dann gab er Bryan ein Zeichen, ihm zu folgen.

Im Wageninnern war es dunkel. Eine Trennwand markierte den Übergang zu einem größeren Raum. Von dort drangen Laute und ein wenig Licht zu ihnen. Unter der Decke hingen prall gefüllte Regale mit Tiegeln, Flaschen, Tuben und Pappschachteln in allen Größen. In der Ecke stand ein Schemel. Es war die Kammer der Nachtwache, des jungen Sanitäters, den sie gerade ins Jenseits befördert hatten.

Vorsichtig zog James den Reißverschluss seines Fliegeroveralls auf und bedeutete Bryan, dasselbe zu tun.

Dann standen sie in Hemd und langen Unterhosen in dem Kabuff und warfen alle Bestandteile ihrer Uniformen aus dem Zug.

Wenn man sie in diesem Aufzug entdeckte, so hofften sie, würde man zumindest nicht sofort auf sie schießen.

Als sie hinter die Trennwand traten, blieben sie abrupt stehen. Auf engstem Raum zusammengepfercht lagen Dutzende Soldaten in schmalen Stahlbetten oder auf grau gestreiften Matratzen auf dem Fußboden. Dazwischen verlief ein schmaler Streifen nackter Bodenplanken. Es gab nur diesen Gang. Die Gesichter der Männer waren ausdruckslos. Niemand reagierte auf die Neuankömmlinge. Viele trugen noch ihre Uniformen. Demnach war nicht ein einziger Landser dazwischen.

Der Mief aus Urin und Exkrementen, vermischt mit dem schwachen, süßlichen Geruch von Kampfer und Chloroform, war erstickend. Viele dieser schwer verletzten Männer lallten vor sich hin, aber keiner hatte die Kraft, laut zu klagen. Ungewaschene, dünne Laken waren alles, was sie vor der Kälte schützte.

Beim langsamen Vorbeigehen nickte James denen zu, bei denen er einen Hauch Lebens zu ahnen meinte. Einer hob seinen Arm ein klein wenig an, als Bryan an ihm vorbeiging, und er versuchte zurückzulächeln. Ein Fuß stak hervor, James wäre beinahe darüber gestolpert. Erschrocken hielt er sich die Hand vor den Mund, als er hinunter zu dem Verwundeten sah. Die Augen des Mannes waren tot. Der Offizier, dessen Hand ein Päckchen Gaze umklammerte, lag vermutlich schon seit Stunden tot auf dem Fußboden. Die Matratze war voll von getrocknetem Blut.

Die Gazebinde aber war sauber.

Blitzschnell entwand James dem Toten das Verbandsmaterial und hielt sich die Gaze an sein lädiertes Ohr, die Wunde hatte wieder zu bluten begonnen. In dem Moment hörten sie von dort, wo sie hergekommen waren, ein Rumpeln und Klirren.

»Komm!«, flüsterte James.

»Können wir nicht einfach hierbleiben?«, flüsterte Bryan zurück.

»Bryan, hast du keine Augen im Kopf?«

»Was meinst du?«

»Alle Offiziere hier im Wagen tragen das Zeichen der SS. Alle! Was glaubst du denn, was passiert, wenn wir nicht von Sanitätern, sondern von SS-Leuten entdeckt werden?« Er lächelte betrübt. Dann machte er ein ernstes Gesicht und sah Bryan eindringlich an. »Ich verspreche dir, dass ich uns hier raushole, Bryan. Aber überlass die nächsten Schritte mir.«

Bryan schwieg.

»Einverstanden?«, fragte James beharrlich nach.

»Einverstanden!« Bryan versuchte, ihn anzulächeln.

Neben seinen Füßen klirrten in einem Eimer verchromte Instrumente. Sie schwammen in einer unbestimmbaren dunklen Soße.

Alles deutete darauf hin, dass die Söhne Deutschlands, die mit diesem Transport auf deutschen Boden zurückkehrten, schon bald in selbigem begraben werden würden.

Wenn dies ein gewöhnlicher Lazarettzug war, dann musste an der Ostfront die Hölle los sein.

Im nächsten Wagen leuchteten Glühbirnen über den beiden Reihen mit den Betten, die eng nebeneinander an den Wänden standen.

James blieb an einem der Betten stehen und kippte das Krankenblatt zu sich. Dann nickte er dem apathisch daliegenden Patienten zu und ging weiter zum nächsten Bett. Er warf einen Blick auf das nächste Krankenblatt und erstarrte. Bryan trat leise zu ihm.

»Was steht da?«, flüsterte er.

»Da steht ›Schwarz, Siegfried Anton. Geboren 10.10.1907, Hauptsturmführer‹.«

James ließ das Krankenblatt fallen und sah Bryan an. »Das sind alles SS-Offiziere, Bryan. Auch in diesem Wagen.«

Einer der nächsten Patienten war offenkundig schon seit

Stunden tot. Ein findiger Pfleger hatte den verletzten nackten Oberarm des Mannes an einem Stahlgalgen festgebunden, wohl um dem Ruckeln des Zuges entgegenzuwirken. James' Blick fiel in dessen tätowierte Achselhöhle, und er griff intuitiv nach Bryans Arm.

Als sie in den nächsten Wagen kamen, spürten sie gleich, dass dort etwas anders war. Die Geräusche waren gedämpfter. Der Türgriff war aus Messing. Die Tür öffnete sich geräuschlos.

Hier gab es keinen abgetrennten Raum. Einige wenige Lämpchen warfen ihr gelbliches Licht auf zehn parallel aufgestellte Betten. Sie standen so dicht, dass sich die Krankenpfleger wohl nur mit Mühe dazwischenzwängen konnten. Hinter den Kopfenden klirrten die Glasflaschen mit den lebenserhaltenden Infusionen schwach gegen die Stahlgalgen. Sonst war es ganz still. Aber aus dem nächsten Wagen konnten sie deutlich Stimmen hören.

James zwängte sich zwischen die beiden ersten Betten und beugte sich über den nächstliegenden Patienten, dessen Brustkorb sich fast unmerklich hob und senkte. Darauf drehte er sich um und legte das Ohr auf die Herzgegend des nächsten Patienten.

»Was zum Teufel machst du da, James!«, protestierte Bryan so leise er konnte.

»Los, wir müssen einen finden, der es hinter sich hat, aber beeil dich!«, sagte James, ohne ihn anzusehen, während er an Bryan vorbeiging.

»Willst du etwa, dass wir uns in die Betten legen?« Entsetzen sprach aus Bryans Stimme.

Der Blick, den James ihm zuwarf, war eindeutig. »Hast du vielleicht eine bessere Idee?«

»James, die bringen uns um! Wenn nicht für den Pfleger, dann für das hier!«

»Halt die Klappe, Bryan. Die bringen uns so oder so um,

wenn sie uns entdecken.« Hastig richtete er den Leib auf dem nächsten Lager auf und zog dem Mann das Hemd über den Kopf. Dann ließ er ihn wieder zurückfallen, sodass die Arme des Mannes schlapp über die Bettkante hingen.

»Hilf mir!«, sagte er im Befehlston, während er dem Toten die Kanüle aus dem Arm zog und die Klebestreifen abriss. Der faulige Gestank ließ Bryan nach Luft schnappen.

Dann schob James Bryan den Oberkörper des Toten so weit entgegen, dass Bryan danach greifen musste. Die Haut des Toten war übel zugerichtet und kühl, aber nicht kalt. Bryan hielt die Luft an, um den Brechreiz zu unterdrücken, und als sich James mit aller Kraft an den Haken des nächsten Fensters zu schaffen machte, sah er weg.

Durch das halb offene Fenster strömte eiskalte Luft in den Wagen. Bryan wurde schwindlig.

James drehte den toten Körper etwas, hob den linken Arm, warf einen Blick in die Achselhöhle und dann auf das Gesicht des Toten. Er war kaum älter als sie.

Mit vereinten Kräften gelang es ihnen, den Toten aus dem Fenster zu schieben. Als Bryan sah, wie der Körper das dünne Eis des Entwässerungskanals neben den Gleisen durchbrach, wurde ihm bewusst, was gerade geschehen war.

Jetzt gab es kein Zurück mehr. Sie hatten ihre Unschuld vollends verloren.

Rasch wandte sich James dem Verletzten im Nachbarbett zu, nahm dessen Arm und griff nach dem Puls. Dann wiederholte er die Prozedur und kippte den Mann vornüber.

Wortlos nahm Bryan den Körper entgegen und zog die Decke auf den Fußboden. Auch dieser Mann trug keinen Verband. Er war etwas kleiner und kompakter als der andere.

»Aber der ist ja gar nicht tot«, flüsterte Bryan und zog den warmen Körper an sich, während James den Arm nach hinten bog und in die Achselhöhle starrte.

»Blutgruppe A positiv. Merk dir das, Bryan!« Zwei schwache Zeichen in der Achselhöhle zeigten die Arbeit des Tätowierers.

»Was soll das heißen, James?«

»Dass du ihm mehr ähnelst als ich und dass du deshalb von nun an die Blutgruppe A positiv hast. Ich übrigens auch. Allen SS-Soldaten wird ihre Blutgruppe auf die Innenseite des linken Oberarms tätowiert, und den meisten auf der rechten Seite das SS-Zeichen.«

Bryan richtete sich auf. »Du bist verrückt! Die entdecken uns doch sofort!«

James reagierte nicht. Er studierte die Krankenblätter an den beiden Betten. »Du heißt jetzt Arno von der Leyen und bist Oberführer. Ich bin Gerhart Peuckert. Merk dir das!«

Bryan starrte James ungläubig an.

»Oberführer! Ja, du hast richtig gehört!« James' Gesicht war ernst. »Und ich bin Standartenführer! Wir haben es weit gebracht, Bryan!«

Sekunden, nachdem sie sich auch ihrer Unterwäsche entledigt und sie auf demselben Weg entsorgt hatten wie die beiden Soldaten, konnten sie hören, dass sie ein Haus und also vermutlich einen Bahnübergang passierten.

»Nimm die ab«, sagte James und deutete auf Bryans »Hundemarke«, die nun vier Jahre um seinen Hals gegangen hatte.

Bryan zögerte. Da riss ihm James die Erkennungsmarke mit einem Ruck ab und warf sie zusammen mit seiner eigenen aus dem Fenster, das er dann schloss.

»Und was ist mit Jills Halstuch?« Bryan deutete auf das Tuch mit dem gestickten Herzen, das James noch immer um den Hals trug. James reagierte nicht, sondern zog sich das Krankenhemd des Toten über den Kopf.

Ohne eine Miene zu verziehen, legte sich James auf das schmutzige Bett. Er atmete schwer und starrte sekundenlang an die Decke, um sich zu sammeln. Dann flüsterte er, ohne den Kopf zu drehen: »Okay. Wir müssen jetzt so hier liegen, kapiert? Niemand weiß, wer wir sind. Und denk in Gottes Namen dran, die Klappe zu halten. Kein Wort, egal was passiert. Ein einziger Fehler, und mit uns beiden ist es aus.«

»Das musst du mir nicht sagen!« Bryan sah mit Abscheu auf das fleckige Laken, ehe er sich hinlegte. Feucht war es auch noch. »Sag mir lieber, wie du dir das vorgestellt hast! Die Krankenpfleger führen wir nicht hinters Licht, James!«

»Solange du den Mund hältst und den Bewusstlosen spielst, sehen die gar nichts. In diesem Zug sind sicher mehr als tausend Verwundete!«

»Aber die hier drinnen kommen mir irgendwie anders vor ...«

Im Wagen vor ihrem knallte es metallisch, und sie schwiegen und schlossen die Augen. Schritte näherten sich und gingen an ihnen vorbei zum nächsten Wagen. Bryan blinzelte und sah einen Uniformierten verschwinden.

»Was ist mit den Kanülen?«, fragte er leise.

James sah über die Schulter. Der Schlauch hing schlaff neben dem Bett.

»Die stecke ich mir auf keinen Fall in den Arm.« Als Bryan James' Gesichtsausdruck sah, lief es ihm eiskalt über den Rücken.

Wortlos stand James auf und packte Bryans Unterarm. Bryan riss die Augen auf. »Das tust du nicht!«, flüsterte er erschrocken. »Wir wissen doch gar nicht, was ihnen fehlte! Wir werden davon krank!« Als er James nach Luft schnappen hörte, wusste er, dass seine Einwände überflüssig waren. Ungläubig starrte Bryan auf die Kanüle, die bereits tief in seiner Armbeuge steckte. James legte sich wieder ins Nachbarbett.

»Keine Angst, Bryan. *Daran* sterben wir nicht.«

»Woher willst du das wissen? Die hatten doch gar keine äußeren Verletzungen. Die können die ekelhaftesten Krankheiten gehabt haben.«

»Willst du dich lieber hinrichten lassen?« James sah auf seinen Arm und packte die Kanüle fester. Er drehte den Kopf zur Seite, und als er die Kanüle an irgendeiner Stelle in die Ader presste, wurde ihm schwarz vor Augen.

Im selben Moment ging die Tür des Wagens hinter ihnen auf.

Bryans Herz klopfte verräterisch, als sich Schritte und Stimmen mischten. Er verstand kein Wort. Was hätte er darum gegeben, wenn er auch nur einen Bruchteil von dem verstanden hätte, was um ihn herum gesprochen wurde.

Er musste an unbeschwerte Zeiten in Cambridge denken. James war damals ganz in seinem Deutschstudium aufgegangen, das Studentenleben hatte ihn nie sonderlich interessiert. Das kam James jetzt zugute, denn er würde verstehen, was gesprochen wurde.

In seiner Ohnmacht öffnete Bryan die Augen einen winzigen Spalt. Ein paar Betten weiter beugten sich mehrere Personen über einen Patienten und dessen Krankenblatt.

Dann zog eine Krankenschwester dem Liegenden das Laken über den Kopf und die anderen gingen weiter. Kalter Schweiß bildete sich an Bryans Haaransatz und lief ihm langsam über die Stirn.

Eine vollbusige ältere Frau, offenbar eine Vorgesetzte, ging voraus und warf abschätzende Blicke auf die Betten, an deren metallenen Fußenden sie leicht rüttelte. Als sie James' Ohr sah, blieb sie stehen und zwängte sich zwischen Bryans und James' Bett.

Sie murmelte etwas und beugte sich so tief über James, als wollte sie ihn verschlingen.

Beim Aufrichten drehte sie sich um und warf einen Blick auf Bryan, der die Augen in Windeseile wieder schloss. Herr im Himmel, lass sie weitergehen, dachte er und gelobte sich, nie mehr so unvorsichtig zu sein.

Am Quietschen ihrer Schuhsohlen konnte er hören, dass sie

sich entfernte. Er blinzelte vorsichtig rüber zu James. Der lag noch ganz ruhig auf der Seite. Er hatte Bryan das Gesicht zugewandt, aber seine Augen waren fest geschlossen.

Vielleicht hatte James ja Recht, und das Krankenpersonal konnte sich nicht an die einzelnen Patienten erinnern.

Die Oberschwester hatte jedenfalls nichts bemerkt.

Aber was, wenn es zu einer genaueren Untersuchung kam? Wenn sie gewaschen wurden? Oder wenn sie mal pinkeln mussten? Bryan wagte den Gedanken gar nicht zu Ende zu denken, denn er spürte längst einen mörderisch zunehmenden Druck im Unterleib.

Nachdem die Oberschwester einen Blick auf das letzte Bett im Waggon geworfen hatte, klatschte sie laut in die Hände und gab irgendeine Anweisung. Binnen Sekunden herrschte vollkommene Stille.

Bryan wartete ein paar Minuten ab, dann öffnete er wieder vorsichtig die Augen. James lag noch immer auf der Seite und sah ihn fragend an.

Bryan blickte sich um. »Sie sind weg«, flüsterte er. »Was war da los?«

»Mit uns warten sie noch. Andere haben es nötiger als wir.«

»Verstehst du, was die sagen?«

»Ja.« James griff nach seinem Ohr und sah an sich herunter. Die Wunden an seinem Körper und der Hand waren nicht weiter auffällig. »Wie sehen deine Verwundungen aus?«

»Weiß nicht.«

»Dann find's raus!«

»Ich kann doch jetzt nicht das Hemd ausziehen!«

»Versuch's! Du musst das Blut entfernen, falls da welches ist. Sonst werden die misstrauisch.«

Bryan blinzelte zur Kanüle. Er sah den Gang hinunter, holte tief Luft und zog dann das Hemd schräg über den Kopf, sodass es lose über dem Arm hing, in dem die Kanüle steckte.

»Wie sieht's aus?«

»Nicht besonders gut.« Arme und Schultern mussten eigentlich gründlich gereinigt werden. Die Verletzungen waren nur oberflächlich, aber eine Schnittwunde reichte von der Schulter bis zum Rücken.

»Wasch dich mit deiner Hand, Bryan. Nimm Spucke und leck die Hand ab. Aber beeil dich!«

James richtete sich ein bisschen auf. Als das Hemd die Wunde an Bryans Schulter wieder bedeckte, nickte er kaum merklich. Seine Lippen bemühten sich, ein Lächeln anzudeuten, aber seine Augen sprachen eine andere Sprache. »Wir müssen uns tätowieren, Bryan«, sagte er. »So schnell wie möglich.«

»Wir müssen – was?«

»Uns tätowieren. Pass auf. Man sticht mit einer Nadel Farbstoff unter die Haut. Dazu können wir die Kanüle benutzen.«

Bryan wurde übel. »Und was ist mit dem Farbstoff?«

»Da müssen wir wohl den Dreck unter unseren Fingernägeln nehmen.«

Ein Blick auf ihre Hände zeigte, dass es in diesem Fall nicht zu Engpässen kommen würde. »Bekommen wir davon nicht Wundstarrkrampf?«

»Wovon?«

»Von dem Dreck?«

»Vergiss es, Bryan. Das ist nun wirklich nicht unser größtes Problem. Und jetzt überleg mal, was wir uns tätowieren müssen.«

Die Worte versetzten Bryan einen Schock. Daran hatte er noch überhaupt nicht gedacht. »Welche Blutgruppe hast du, James?«

»Null Rhesus negativ. Und du?«

»B Rhesus positiv«, antwortete Bryan leise.

»Verdammte Scheiße«, kam es müde von James. »Aber wenn wir nicht A+ tätowieren, merken die früher oder später, dass etwas nicht stimmt. Das steht doch in der Krankenakte, oder?«

»Aber das falsche Blut ist auch verdammt gefährlich!«

»Ja, schon.« James seufzte. »Du kannst machen, was du willst, Bryan. Aber ich tätowiere mir A+.«

Der enorme Druck in seinem Unterleib lenkte Bryan ab. Er konnte die Probleme kaum noch auseinanderhalten. »Ich muss pinkeln«, sagte er.

»Dann tu's doch! Kein Grund, hier irgendwas zurückzuhalten.«

»Ins Bett?«

»Ja! Himmel, Bryan, natürlich ins Bett! Wohin denn sonst?«

Vom Waggon hinter ihrem war Unruhe zu hören. Beide Männer erstarrten und schlossen die Augen. Bryan lag in einer höchst unbequemen Position, mit dem einen Arm unter sich und dem anderen schräg über der Bettdecke. Auch wenn er gewollt hätte: So war es ihm unmöglich, Wasser zu lassen.

Bryan meinte, nach Tonfall und Klang ihrer Stimmen mindestens vier Krankenschwestern zu zählen. Vermutlich machten immer zwei Schwestern ein Bett. Er wagte es nicht, den Kopf zu drehen.

Weit hinten schlug das eine Paar Schwestern bei dem Toten die Seitensicherung des Bettes herunter. Sie würden ihn sicher wegbringen.

Die beiden Schwestern in seiner Nähe arbeiteten zügig und murmelten leise vor sich hin. Offenbar hatten sie dem Patienten das Hemd über den Kopf gezogen. Bryan öffnete seine Augen einen winzigen Spalt. Die Schwestern beugten sich über den Patienten und wuschen ihm zielstrebig und ohne zu zögern Beine und Unterleib.

Die Krankenschwestern hinten im Wagen hatten bereits das Laken um den Soldaten gelegt und waren gerade dabei, ihn auf den Rücken zu drehen. Als sie ihn in die Mitte des Lakens zogen, gab er plötzlich einen Laut von sich, der alle vier Schwestern jäh in ihrem Tun innehalten ließ. Eine lange Wunde von der Schulter bis zum Hinterkopf hatte zu bluten begonnen. Ohne der Wunde die geringste Aufmerksamkeit zu schenken, zog die kleinste der Schwestern die Nadel aus dem Kragen ihrer Schwesterntracht und stach dem Mann damit fest in die Seite. Bryan konnte nicht hören, ob er stöhnte. Was bezweckten die Schwestern damit? Wollten sie die Reaktionsfähigkeit des Patienten testen? Und wie auch immer sie seinen Zustand einschätzen mochten, sie fuhren fort, ihn einzupacken.

Es war ihm ein Rätsel, wie er und James es hinbekommen sollten, so ruhig zu bleiben, dass niemand Verdacht schöpfte. Bryan betrachtete die ausdruckslosen Gesichter der Krankenschwestern. Was, wenn sie dasselbe Spiel auch mit ihm machten? Würde er unbeweglich liegen bleiben können? Bryan bezweifelte es.

Er hatte Angst.

Als sie James übersprangen und direkt auf Bryan zusteuerten, zuckte er zusammen. Mit einem Ruck zogen sie ihm die Decke weg. Ein Griff, und er war auf den Rücken gerollt.

Die Frauen waren jung. Die Peinlichkeit wuchs ins Unermessliche, als sie ihm das Hemd hochzogen, seine Beine spreizten und ihn mit festen Bewegungen am After und unter dem Hodensack abwischten.

Das Wasser war eiskalt. Bryan zitterte und konzentrierte sich, so gut es ging, darauf, ruhig zu bleiben. Wenn sie jetzt nur keinen Verdacht schöpften. Dann war schon viel gewonnen. Halt die Arme an den Körper gepresst, dachte er, als sie ihn wieder herumrollten.

Eine der Frauen zog seine Pobacken auseinander und schlug danach auf das Laken. Die Schwestern wechselten ein paar Worte. Vielleicht wunderten sie sich, dass das Laken nicht nasser war. Eine Schwester beugte sich über ihn, und in der nächsten Sekunde spürte Bryan einen Schlag auf die Wange. Er hatte kapiert, dass er sich entspannen musste. Deshalb traf der Schlag zwar Wangenknochen und Augenbraue hart, aber er verzog keine Miene.

Dann würde er wohl auch die Nadel aushalten.

Er war mit seinen Gedanken ganz weit weg von dem Albtraum in diesem Zug, als er spürte, wie die Nadel ihm tatsächlich in die Seite gestochen wurde.

Ihm wurde kalt. Aber kein Muskel zuckte.

Ein zweiter Stich würde schwerer auszuhalten sein.

Dann begann der Zug zu schwanken. Eine enorme Erschütterung ging durch den ganzen Wagen, sodass die Betten knarrten. Vom Ende des Wagens war ein Poltern zu hören. Die beiden Frauen, die gerade an James' Bett getreten waren, schrien auf und rannten zum anderen Ende. Der tote Soldat war auf den Boden geknallt. Bryan ließ die Hand vorsichtig zu der wunden Stelle an der Lende gleiten, wo die Schwester die Nadel eingestochen hatte.

James nebenan hatten sie das Hemd schon halb über den Kopf gezogen. Im Dunkeln lag er vollkommen still mit seinem kreidebleichen Gesicht und sah Bryan aus weit aufgerissenen Augen an.

Tonlos bewegte Bryan die Lippen und versuchte, James zu signalisieren, dass er nichts zu befürchten habe. Aber James war in seiner Angst nicht zu erreichen.

Verräterische Schweißperlen hatten sich gebildet und liefen über sein Gesicht. Die Schwestern hatten große Mühe mit dem Toten, denn der Zug ruckelte enorm. Für den Moment waren sie abgelenkt und James schnappte nach Luft.

Da durchfuhren den Wagen zwei mächtige Stöße und Bryan rutschte bis an die Bettkante vor. James zog die Beine an und klammerte sich an das Laken.

Der Zug bewegte sich nur ruckweise weiter. Bryan schob einen Arm hinüber zu James, um ihn zu beruhigen. Aber James bekam nichts mehr mit. Tief in seiner Kehle formte sich ein Schrei. Bryan, der das kommen sah, griff nach der Metall-

schale, die die Krankenschwestern auf der Bettkante vor James'
halb nacktem Körper zurückgelassen hatten.

Das Wasser platschte an die Wand, als Bryan ihm die Schale
hart an die Schläfe schlug. Bei dem Geräusch richteten sich die
Krankenschwestern auf und sahen zu ihnen hinüber, konnten
aber nur noch Bryan sehen, dessen Oberkörper schlaff über die
Bettkante bis fast auf den Boden hing. Auf dem Fußboden lag
umgekippt die Schale.

Soweit Bryan das mitbekam, schöpften die Krankenschwestern keinerlei Verdacht, als sie James fertig machten. Leise
murmelnd gingen sie ihrer Arbeit nach, keine von ihnen registrierte die fehlende Tätowierung.

Nachdem sie gegangen waren, schaute Bryan James lange
an. Das verletzte Ohr und die blauen Flecken hatten das sonst
so harmonische Gesicht verändert und ließen es viel älter aussehen.

Bryan seufzte.

Wenn er sich nicht irrte, befanden sie sich im fünften oder
sechsten Waggon dieses endlos langen Zuges. Wenn die Umstände es erforderten, dass sie am nächsten Tag bei Tageslicht
vom Zug abspringen müssten, würden also vielleicht vierzig
Wagen an ihnen vorbeifahren. Da würden sie wohl kaum ungesehen davonkommen. Und wo sollten sie auch hin, Hunderte
Kilometer hinter den feindlichen Linien!

Das Schlimmste war jedoch, dass sie sich nun nicht mehr zu
erkennen geben konnten. Sie hätten drei Menschenleben auf
dem Gewissen, würde man behaupten. Ohne korrekte Uniform würde man sie zumindest als Spione betrachten und sie
vor ihrer Hinrichtung foltern, um alles, was sie wussten, aus
ihnen herauszupressen.

Trotz all der Leiden, deren Zeuge Bryan im Krieg bereits geworden war, fand er, es habe sie ungebührlich hart getroffen.
Er wollte noch nicht sterben. Es gab noch so viel, für das es sich

zu leben lohnte. Der Gedanke an seine Familie ließ ihm ganz warm ums Herz werden und löste Wehmut und Verzweiflung in ihm aus.

Für einen Moment entspannte sich Bryans Körper – und seine Blase konnte sich endlich entleeren.

Allmählich ratterte der Zug wieder in seinem gewohnten Rhythmus. Das Licht der bleichen Wintersonne fand seinen Weg in den Wagen, wenn auch gedämpft durch die mattierten Scheiben. Stimmen kündigten neue Untersuchungen an.

Ein hochgewachsener Mann im Kittel, gefolgt von Kranken-schwestern und Pflegern, steuerte zielstrebig auf das erste Bett zu und schlug energisch das Krankenblatt auf. Dann notierte er etwas, riss das Papier ab und reichte es der Krankenschwester.

Keiner der Patienten wurde untersucht. Der hochgewachsene Militärarzt lehnte sich kurz über die Fußenden, wechselte ein paar Worte mit dem Personal, erteilte die eine oder andere An-weisung und ging schnell weiter zum nächsten. Beim Bett, in dem Bryan lag, sah er respektvoll auf die Karte, flüsterte der Oberschwester ein paar Worte zu und schüttelte dann den Kopf.

Anschließend deutete er auf James' Kopfende, worauf ein junges Mädchen herbeisprang und es höher stellte. Bryan gab sich alle Mühe, flach zu atmen und sich weit weg zu phantasie-ren. Horchten sie sein Herz ab, würden sie merken, wie es galoppierte.

Die Gruppe blieb lange am Fußende seines Bettes stehen und beriet sich. Bryan erkannte die hohe Stimme der Ober-schwester wieder. Er ahnte, dass sie mit seinen Reaktionen oder seinem Allgemeinzustand unzufrieden waren. Das Bett schwankte leicht, als sich jemand dicht hinter ihn stellte. Dann packten große Hände ihn bei den Armen und rollten ihn auf den Rücken. Einem sanften Schlag mit Fingerspitzen auf seine Augenbrauen folgte ein zweiter. Bryan war sicher, dass er ge-blinzelt hatte, und hielt nun fast vollkommen die Luft an.

Die Stimmen redeten durcheinander. Völlig unerwartet zog jemand mit dem Daumen sein Augenlid hoch. Grelles Licht aus einer Taschenlampe blendete ihn. Dann schlugen sie ihn auf die Wangen und leuchteten ihm wieder ins Auge.

Er spürte einen kalten Luftzug an den Füßen und wie jemand seine Zehen berührte. Der Arzt zog noch einmal sein Lid hoch. Bryan reagierte nicht auf die vielen oberflächlichen Stiche in die Zehen. Stocksteif lag er da. Er hatte Todesangst.

Auf den mit Salmiak getränkten Lappen, den sie ihm dann auf Nase und Mund pressten, war er nicht vorbereitet. Gehirn und Atemwege reagierten prompt auf die Ätze. Bryan riss die Augen auf, versuchte, dem Lappen zu entkommen, indem er den Kopf rückwärts ins Kissen presste, und japste nach Luft.

Durch einen Tränenschleier sah er ein Augenpaar, das ihm ganz nahe kam. Der Arzt sagte ein paar Worte zu ihm und schlug ihn sanft auf die Wange. Dann richtete er ihn wieder auf und zog das Kopfende weiter hoch, sodass Bryan sich halb sitzend seinen Feinden gegenübersah.

Bryan beschloss, die Wand hinter ihnen zu fixieren. Beim nächsten Schlag riss er die Augen weit auf. »Luft anhalten … nicht blinzeln.« Mit solchen Wettbewerben hatten James und er sich oft die Zeit vertrieben in dem Zimmer hinter der Küche des Sommerhauses in Dover.

Die Schläge wurden fester. Bryan leistete keinen Widerstand und ließ den Kopf leicht hintenüber kippen, als säße er gar nicht fest. Nach einigem weiteren Palaver ging die Gruppe weiter. Nur einer blieb noch einen Moment an seinem Bett stehen und notierte etwas auf der Krankenkarte. Mit einem Knall ließ er sie wieder herunterklappen.

Bryan hielt die Augen offen. Er spürte, wie man ihn während der restlichen Visite unaufhörlich beobachtete. Dann fielen ihm langsam die Augen zu.

Die Spritze, die man ihm schließlich verabreichte, spürte er kaum.

4

»KOMM SCHON!« Die Stimme kam von weit her, mischte sich unter sommerliche Geräusche, unter neblig verschwommene Bilder. »Nun komm schon, Bryan!«

Die Stimme wurde dunkler und fester. Er hatte das Gefühl, leicht zu schaukeln. Dann merkte er, wie jemand an seinem Arm zupfte. Es dauerte geraume Zeit, ehe Bryan bewusst wurde, wo er sich befand.

Im halbdunklen Wagen war es still. Noch ein Stupser, dann ein vorsichtiges Lächeln von James. Da lächelte Bryan zurück.

»Pssst. Wir müssen flüstern.« Bryan nickte, er hatte verstanden. »Als ich zu mir kam, warst du auch bewusstlos«, fuhr James fort. »Was ist passiert, Bryan?«

»Ich hab dich k. o. geschlagen.« Bryan versuchte, sich zu konzentrieren. »Und dann haben sie uns untersucht. Die haben mir in die Pupillen geleuchtet. Und kurz danach hab ich die Augen aufgerissen. Die wissen, dass mit mir irgendwas nicht stimmt.«

»Das dachte ich mir fast. Die haben schon mehrmals nach dir geschaut.«

»Wie lange war ich weg?«

»Jetzt hör mir mal zu, Bryan!« James zog seinen Arm zurück. »Im Wagen vor uns sind lauter Soldaten. Die sind auf dem Weg nach Hause, die haben Heimaturlaub, aber ich glaube, die sollen auch die Patienten im Auge behalten.«

»Nach Hause?«

»Ja, wir fahren tiefer nach Deutschland hinein. Wir sind den ganzen Tag gefahren. Das letzte Stück ging es nur sehr langsam. Ich habe keine Ahnung, wohin wir fahren, aber im Moment halten wir in Kulmbach.«

»Kulmbach?« Es fiel Bryan schwer, James' Worten zu folgen. Kulmbach? Kulmbach? Der Zug hielt?

»Nördlich von Bayreuth«, flüsterte James. »Bamberg, Kulmbach, Bayreuth, das wirst du doch noch wissen?«

»Möchte wissen, was die mir gespritzt haben. Hab einen ganz trockenen Mund.«

»Versuch, dich zusammenzureißen, Bryan!«

Als James ihn wieder am Arm berührte, sperrte Bryan die Augen auf. »Was ist passiert, als die uns gewaschen haben?«

»Wie, passiert?«

»Mann, die Tätowierung! Was ist da passiert?«

»Die schauen doch nicht jedes Mal nach den Tätowierungen.« James warf den Kopf aufs Kissen und sah zur Decke. »Aber du hast Recht. Wir müssen das jetzt machen, solange wir noch was sehen können.«

»Mir ist so kalt.«

»Hier ist es ja auch scheißkalt. Die haben durchgelüftet. Bis eben war der Fußboden voller Schnee.« James deutete auf den Fußboden, ohne den Blick von der Decke abzuwenden. »Die Soldaten nebenan haben Mäntel an.«

»Hast du sie gesehen?«

»Sie kommen immer mal hier rein. Vor zwei Stunden haben sie nach dem Krankenpfleger gesucht. Die wissen auch, dass es eine Schießerei mit ein paar englischen Piloten gegeben hat. Und dass die auf den Zug aufgesprungen sind. Die Hundepatrouille muss uns angezeigt haben.«

»Scheiße.« Bryan spürte, wie ihn die Realität blitzschnell einholte.

»Die Leute hier im Zug wissen es und haben nach uns gesucht. Bisher haben sie uns nicht gefunden, und das werden sie auch nicht.«

Ohne weitere Worte setzte James sich auf und griff nach der Kanüle im linken Arm. Er schloss die Augen, zog die Nadel heraus und ließ die Tropfen der mit Blut gemischten Nährflüssigkeit aufs Laken fallen. Bryan stützte sich auf den Ellbogen und sah ihm zu. James machte einen Knoten in den Gummischlauch, damit die Flüssigkeit nicht weiter auslief. Er schob sich den Ärmel über die Schulter. Mit der Spitze der Kanüle kratzte er ein paar Fingernägel sauber und stach sich dann mit kleinen Bewegungen den Schmutz in die dünne Haut der Achselhöhle.

Schon bald sah James aus, als würde ihm übel. Er war kreidebleich, die Lippen wurden bläulich. Punkt für Punkt entstand das A+. Um es zu schreiben, waren viele Einstiche nötig.

»Verflucht, hoffentlich entzündet sich das nicht«, flüsterte Bryan und zerrte seine Kanüle aus dem Arm. »Und wenn doch, dann will ich lieber auf Nummer sicher gehen. Ich tätowiere mir meine eigene Blutgruppe, James!«

»Bist du wahnsinnig?«, protestierte James, machte aber keine Anstalten, seinen Freund umzustimmen. Er hatte mehr als genug mit sich selbst zu tun.

Aber Bryan hatte sich das reiflich überlegt. Natürlich war es riskant, B+ zu schreiben statt A+. Aber die Blutgruppenzeichen sahen sich doch so ähnlich, da konnte beim Anlegen des Krankenblattes ohne Weiteres ein Fehler passiert sein. Wenn tatsächlich jemand das Krankenblatt zum Vergleich heranzöge, würde er höchstens stutzen und vermutlich den Eintrag dort ändern. Da war sich Bryan eigentlich sicher.

Und dann konnten sie gefahrlos Blut in ihn hineinpumpen. Dass man unter Umständen gar nicht in der Achselhöhle nachschauen, sondern sich nur ans Krankenblatt halten würde, den Gedanken schob Bryan lieber weit von sich. Dann fing er an, sich mit der Kanüle die Nägel sauber zu machen.

Das Tätowieren ging schrecklich langsam vonstatten.

Zweimal wurden sie durch Geräusche aus dem Wagen vor ihnen unterbrochen. Beim zweiten Mal versteckte Bryan intuitiv die Kanüle unter der Decke. Weil er aus dem Augenwinkel einen Schatten wahrnahm, schloss er schnell die Augen.

Als der Wagen wieder einmal kräftig schaukelte, ließ Bryan seinen Kopf schlaff zur Seite kippen, sodass er James' Bett sehen konnte. Dort stand ein schwarz gekleideter Offizier.

Bryan wurde eiskalt, aber es lenkte ihn kurz von den Schmerzen am Oberarm ab. Er hielt die Kanüle krampfhaft fest und hoffte, dass James es noch rechtzeitig geschafft hatte, sich zu verstellen.

Der SS-Sicherheitsoffizier verschränkte die Hände im Rücken. Lange stand er so da und betrachtete aufmerksam den »Bewusstlosen«. Von draußen waren ein Klirren und Schreie zu hören. Ein plötzlicher Ruck erschütterte den Wagen, aber der Offizier blieb stehen wie ein Fels in der Brandung.

Es folgten noch mehrere ruckartige Bewegungen rückwärts, gefolgt von kräftigen Stößen, dass der Wagen nur so schwankte. Die Waggons wurden offenbar umrangiert. Als die Bahnarbeiter fertig waren, machte der Schwarzgekleidete auf dem Absatz kehrt und verschwand.

Später in der Nacht kam ein weiterer Offizier im Mantel und steuerte direkt auf James' anderen Nachbarn zu. Dort blieb er stehen und leuchtete dem Verwundeten ins Gesicht. Plötzlich erstarrte er, stieß einen halb erstickten Laut aus und stürzte zum hinteren Wagen.

Wenige Momente später kehrte er mit Verstärkung zurück. Ein Mann im Kittel, den Bryan noch nicht gesehen hatte, packte das Hemd des Patienten am Ausschnitt und riss es auf.

Nachdem er ihn wenige Sekunden konzentriert abgehört hatte, entfernte er das Stethoskop und explodierte. Ein wildes Durcheinander entstand. Die Krankenschwestern gestikulierten und wichen zurück. Die Tür vorn schlug auf und der Sicherheitsoffizier erschien, bellte irgendwelche Befehle und schlug der ersten Krankenschwester ohne zu zögern ins Gesicht. Nach lautstarkem Wortwechsel stürmte der Soldat, der das alles ausgelöst hatte, durch den Wagen und kam gleich darauf mit weiteren Soldaten zurück. In der Zwischenzeit hatte man den Verwundeten hinausgetragen, gefolgt von seinem Wächter und den Krankenschwestern.

Unter dem Dach der Bahnhofshalle dröhnten irgendwelche Motoren besonders laut, sie wurden fast übertönt von kreischenden Bremsen, und dazwischen, direkt vor ihrem Waggon, erteilte jemand hektisch Befehle. Die Verwundeten im Lazarettwagen waren wieder sich selbst überlassen.

»Was war das?«, fragte Bryan leise.

James legte einen Finger auf die Lippen. »Er liegt im Sterben. Ein Gruppenführer. Der Sicherheitsoffizier war wütend«, antwortete er kaum hörbar.

»Gruppenführer?«

»Generalleutnant!« James lächelte. »Ja, schon sonderbar. Die Vorstellung, dass so ein verfluchter Waffen-SS-General hier direkt neben mir gelegen hat. Das wird sicher Konsequenzen haben.«

»Und wohin bringen die ihn jetzt?«

»Nach Bayreuth. Ins Krankenhaus.«

Bryan feuchtete wieder seine Finger an, rieb vorsichtig das geronnene Blut unter dem Arm weg und leckte die Finger ab. Sie mussten höllisch aufpassen.

»Weißt du, James, wovor ich mich am meisten fürchte?«

Es roch übel unter James' Decke hervor, als der sich umdrehte. »Nein.«

»Was meinst du, sind die Verwundeten auf dem Weg zu ihren Familien?«

»Ich glaube schon, ja.«

»Und warum glaubst du das?«

»Als die den General rausgetragen haben, hörte ich das Wort ›Heimatschutz‹. Ich weiß nicht, wofür das steht, aber wenn man es direkt übersetzt, bedeutet es so etwas wie ›die Heimat schützen‹. Und dorthin sind wir auf dem Weg, soweit ich es verstanden habe. In deren Heimat.«

»Damit mussten wir rechnen.«

»Vielleicht. Wahrscheinlich.«

»Trotzdem: Wir müssen hier so oder so weg! Das hier, das ist doch der totale Wahnsinn. Wir wissen nicht, was uns offiziell fehlt. Und wir wissen auch nicht, was die mit uns vorhaben.«

James' Gesicht war fast ausdruckslos. »Lass mich ein bisschen nachdenken, Bryan.«

»Eins musst du mir noch sagen. Du stimmst mir doch zu, dass wir hier weg müssen? Am besten noch heute Nacht, wenn der Zug wieder fährt?«

James schwieg lange. Draußen verklangen langsam die Geräusche des Lastwagens, die Stimmen vor dem Zug waren nun weiter entfernt. Der Verwundete auf Bryans anderer Seite stöhnte kurz auf und seufzte tief.

»Wir werden erfrieren«, sagte James schließlich. »Aber du hast Recht.«

Noch ehe es wieder hell wurde, war jeder Gedanke an eine Flucht gestorben. Drei Frauen in Zivil stiegen vorn in den Wagen ein. Fast lautlos öffneten sie die Tür an der Plattform und eisige Luft strömte herein. Mitten im Lazarettwagen, direkt vor Bryans Bett, wurden sie von den Ärzten empfangen, die resigniert ihr »Heil Hitler« erwiderten und sofort hitzig zu argumentieren begannen. Die Frauen sprachen fast gar nicht, sondern ließen die vorgesetzten Ärzte reden, die ihre Wut zum Ausdruck brachten. Dann schritt die gesamte Gruppe die Betten ab, nur unterbrochen von den knappen Kommentaren der Ärzte. An Bryans Bett blieben sie kurz stehen, flüsterten und verschwanden anschließend zum nächsten Wagen.

»Gestapo. Die Frauen gehören zur Gestapo«, flüsterte James, sowie die Wagentüren zugefallen waren. »Die sollen auf uns aufpassen. Tag und Nacht! Und wenn in diesem Wagen noch einmal ein Fehler gemacht wird, gibt es einen Heidenärger.

Wir sind hier in feine Gesellschaft geraten, Bryan. Wir stellen was dar. Ich weiß nur verdammt noch mal nicht, was!«

Von nun an saß permanent eine der Frauen auf einem Stuhl ganz am Ende des Wagens. Unmittelbar vor Abfahrt des Zuges traf ein Verwundetentransport ein. Draußen war es noch immer dunkel. Mehrere Tragen mit reglosen Verwundeten, für die ein paar leere Betten vorgesehen waren, wurden hereingebracht. Aber die Aufseherin wich nicht ein Jota zur Seite, um den Trägern Platz zu machen. Das war nicht ihre Aufgabe.

Nicht länger mit James reden zu können, verstärkte Bryans Unsicherheit. Sie hatten sich darauf geeinigt, dass sie abhauen wollten. Aber was nun? Wann immer Bryan zu James hinüber schielte, konnte er nur den Umriss seines Körpers sehen, der sich unter dem weißen Stoff abzeichnete.

Den Fahrgeräuschen nach zu urteilen, hatte der Zug wieder seine volle Geschwindigkeit erreicht. Zum Abspringen war es jetzt zu spät, Wache hin oder her.

Man würde sie also entdecken. Eine einfache Rechenaufgabe mit nur noch zwei Unbekannten: wann und mit welchen Konsequenzen.

Um nicht gleich mit der zweiten Unbekannten zu beginnen, lenkte Bryan seine Gedanken auf den Zeitpunkt. Seit sie auf den Zug geklettert waren, hatten sie höchstens zweihundert Kilometer zurückgelegt. Wenn Bryan die Augen schloss, konnte er sich mühelos einen Umriss von Deutschland und die geographischen Koordinaten des Landes vorstellen. Diese zweihundert Kilometer waren also wiederum eine bekannte Größe, das Ziel dagegen eine unbekannte. Es mochte ein Tag vergehen, bis sie den Ankunftsort erreichten. Oder auch zwei. Vielleicht war es nur eine Frage von Stunden. Alles hing ab vom Ziel, von der Geschwindigkeit, der Anzahl der Haltestellen und Angriffe auf die Bahnstrecke, möglicherweise auch aus der Luft.

Als Bryan die Augen aufschlug, baumelten die Lampen in einem matten milchigen Schein über ihm. James' Arm hing wieder über die Bettkante. Er hatte an Bryans Bett geklopft, um ihn zu wecken.

»Du bist unruhig«, formten James' Lippen stumm, er wirkte besorgt.

Bryan wusste nicht, was er getan hatte, und war schlagartig zurück in der Realität. Er schnarchte nur sehr selten, und soweit er wusste, hatte er noch nie im Schlaf gesprochen. Oder doch?

Die Krankenschwestern hatten schon mit dem morgendlichen Waschen begonnen. Anders als am Vortag verrichteten die Frauen mechanisch ihre Arbeit. Dunkle Ränder unter den Augen und die ungesunde Blässe zeigten, was sie durchgemacht hatten. Ohne Schlaf, verantwortlich für Hunderte von Verwundeten und dazu die Vorwürfe der Vorgesetzten – sie standen unter enormem Druck.

Es war Bryans und James' dritter Tag auf fremdem Boden. »Donnerstag, der 13. Januar 1944«, memorierte Bryan im Stillen und fragte sich, wie lange er wohl noch imstande sein würde, den Tagen das korrekte Datum zuzuordnen. Und wie lange der Feind ihm das gestatten würde.

Plötzlich entstand Verwirrung, als der Sicherheitsoffizier hereinkam und seine Untergebenen musterte. Bryan verlagerte den Kopf zur Seite und sah, wie James unmerklich die Hand zur Faust ballte. Aus Angst? Oder Zorn?

Die Schwestern kamen von beiden Seiten gleichzeitig zu Bryan und zu James und zerrten so heftig an den Laken, dass deren Körper an die Bettgestelle krachten.

Als sie Bryan abwuschen, achtete er darauf, den linken Arm eng am Körper zu halten. Das eisige Wasser empfand er diesmal als Linderung. Urin und der nächtliche Stuhlgang hatten eine Kruste auf der Haut gebildet, zwar brannte die Haut nicht mehr, aber sie war geschwollen und juckte. Größeres Unbehagen verursachten ihm jedoch die Fingernägel der Frau am Hodensack.

Das Laken war diesmal neu und ungebleicht. Es fühlte sich gut an, trotz der Falten, die ihn drückten. Bis alle gegangen waren, musste er in dieser Haltung liegen bleiben. So konnte er zusehen, wie sich die Schwestern mit James abmühten.

Die Wunde an James' Ohr hatte wieder zu bluten begonnen. Am Ohrläppchen war ein Stückchen Haut abgerissen und lag auf der Gaze neben seinem Kopf. Der Sicherheitsoffizier beobachtete das Geschehen. Als die Schwester Jod auftupfte, trat er näher. Die Pflegerin fühlte sich überwacht und war verunsichert, sodass ein Tropfen der bräunlichen Flüssigkeit auf James' Stirn spritzte.

Die beiden Schwestern eilten weiter, doch der Sicherheitsoffizier trat noch näher und sah zu, wie der Jodtropfen langsam auf James' Augenwinkel zulief. James schien zu ahnen, dass er beobachtet wurde, denn sonst hätte er den Tropfen sicher weggewischt. Als der braune Tropfen die Nasenwurzel passiert hatte, hatte er sozusagen freie Bahn.

Unmittelbar bevor die Flüssigkeit in James' Auge glitt, bewegten sich die schwarzen Reithosen vor Bryans Gesicht. Mit leichtem Druck des Daumens wischte der Mann den Jodtropfen zur Seite und in James' Augenbraue. Dann legte er die Hände wieder auf den Rücken und rieb sich den jodgefärbten Daumen ab.

Auch nach mehr als zwei Tagen ohne Essen verspürte Bryan weder Hunger noch Durst, nur sein Mund war schrecklich trocken. Die Nahrung, die er intravenös zugeführt bekam, schien ausreichend zu sein.

Seit der letzten regulären Mahlzeit waren mehr als sechzig Stunden vergangen. Seit ihrem Absturz waren gut fünfundfünfzig Stunden vergangen und seit knapp fünfzig Stunden lagen sie in diesen Betten. Aber was, wenn erst einmal hundertfünfzig Stunden vergangen waren? Wann würde man ihnen einen Gummischlauch in die Speiseröhre stopfen? Und wie sollten sie das ertragen, ohne zu reagieren? Die Antwort war so einfach wie niederschmetternd. Es war unmöglich.

Bryan musste dafür sorgen, dass es gar nicht erst dazu kam. Mit anderen Worten, sie mussten unbedingt aus der simulierten Apathie erwachen, denn sie hatten keine Wahl.

Sie könnten dann auch beobachten, was rings um sie herum geschah, und sich durch Zeichen verständigen. Sie müssten dann auch eine langsame Besserung ihres Gesundheitszustandes simulieren. Und wenn es erst einmal soweit war, konnten sie auch selbst essen und vielleicht die Bettpfanne benutzen, ja womöglich aufstehen.

Und vielleicht gelänge ihnen sogar die Flucht.

Und wieder beschäftigte Bryan diese eine Frage: Was fehlte ihnen eigentlich? Wieso lagen sie überhaupt hier?

Die weitaus meisten Verwundeten im Wagen trugen keinerlei sichtbare Verletzungen, es gab nicht den geringsten Hinweis darauf, worunter die Patienten in diesem Wagen litten. Sie alle schienen tief bewusstlos zu sein, und dafür musste es ja eine Ursache geben. Nur zwei trugen Kopfverbände. Da war die Sache klar. Aber der Rest? Was hatte den beiden Männern, die sie aus dem Zug geworfen hatten, gefehlt? Und was fehlte ihm und James an deren Stelle?

Wenn sie plötzlich die Augen öffneten und auf ihre Umgebung reagierten, was würde das bedeuten? Würde das überhaupt gehen? Welche Konsequenzen mochte das haben?

Neue Analysen? Röntgenuntersuchungen? Und würde man dann sehen, dass man es hier mit zwei gesunden Männern zu tun hatte?

Auf all diese Fragen würde Bryan nur dann eine Antwort finden, wenn er offiziell die Augen aufschlug.

Eine andere Lösung gab es nicht.

Sie mussten das Spiel spielen, so gut es eben ging.

5

JE LÄNGER BRYAN darüber nachdachte, desto sicherer war er, das einzig Richtige getan zu haben, indem er die Augen geöffnet hatte und so seinen neuen Zustand vorsichtig preisgab. Von dem Pflegepersonal und den Soldaten, die im Laufe des Tages durch den Wagen gegangen waren, hatte aber niemand von ihm Notiz genommen.

Neben ihm lag regungslos James. Ob er schlief? Dann hatte er in der Nacht sicher lange wach gelegen. Jedes Mal, wenn eine der Gestapofrauen während der Wache einnickte oder sich reckte, stupste Bryan James vorsichtig an. Der reagierte aber nur ein einziges Mal, indem er den Kopf schüttelte und tief seufzte. Das war alles. Und das machte Bryan mehr Sorgen als das Schlagen der Tür, wenn die SS-Soldaten ihre Runde drehten.

Der Sicherheitsoffizier erschien in regelmäßigen Abständen.

Als Bryan zum ersten Mal merkte, wie ihn dessen kalte Augen musterten, blieb ihm fast das Herz stehen. Beim zweiten Mal konzentrierte er sich darauf, an die Decke zu starren. Zwar fixierte ihn der Mann in Schwarz ein paarmal, aber immerhin blieb er kein einziges Mal stehen.

Er fand offenkundig nichts Ungewöhnliches an Bryans Zustand.

Die Zeit dehnte sich.

Bryan sah sich in aller Ruhe um. Dann und wann zeigte sich ein schwacher Sonnenstrahl hinter den flackernden Schatten am Fenster gegenüber und legte sich als diffuses Licht auf die vom Tod gezeichneten Gesichter in den Nachbarbetten.

Seit Sonnenaufgang fuhr der Zug ziemlich langsam. Einige

Male war er stehen geblieben. Geräusche von Autos und Menschen in der Nähe ließen Bryan annehmen, dass sie wieder an einer Stadt vorbeifuhren.

Nach Bryans Berechnung waren sie in südwestlicher Richtung unterwegs. Würzburg mussten sie bereits passiert haben. Ihr Bestimmungsort konnte Stuttgart sein oder Karlsruhe oder eine der anderen Städte im Südwesten, denen die Bombardements noch nicht allzu stark zugesetzt hatten. Es war nur eine Frage der Zeit, bis auch diese Zeichen ehemaliger Größe dem Erdboden gleichgemacht wären. Die Kameraden von der Royal Air Force kamen in der Nacht und die Amerikaner am Tag, und zwar so lange, bis nichts von alledem mehr übrig war.

In der Dämmerstunde, ehe das Tageslicht ganz verschwunden war, wartete Bryan darauf, dass James aufwachte. Die Wachablösung nahm schwerfällig auf dem Stuhl Platz. Die Frau war schon zum dritten Mal an der Reihe. Eine gut aussehende Frau. Nicht lebhaft und jung, aber mit der gleichen starken Ausstrahlung wie jene lächelnden, großbusigen, reifen Frauen, die James und er am Strand von Dover mit Blicken ausgezogen hatten. Bryan zwang sich, wegzusehen. Er musste sich auf seine Situation konzentrieren. Diese Frau, die ihn bewachte, lächelte nicht. Man sah ihr an, dass sie viel durchgemacht hatte. Aber schön war sie.

Die Frau reckte sich, ließ dann die Arme langsam sinken und starrte in die Dämmerung. In ihrem Blick drückten sich Entbehrung aus und Opfer und ein Sich-Fügen in das Schicksal. Sie stand auf und trat langsam ans Fenster. Es schneite wieder in großen Flocken. Sie legte die Stirn gegen die beschlagene Scheibe und ließ die Gegenwart für eine Weile hinter sich. Das gab Bryan Zeit zu handeln.

Als Bryan James wachrüttelte, betete er zu Gott, dass James' großes Talent zur Selbstbeherrschung auch jetzt greifen möge. Bryan signalisierte seinem Freund mit funkelnden Augen, er möge sich zusammenreißen.

James nickte und hatte sofort verstanden.

»Halt die Augen offen«, zeigten Bryans Finger. »Tu so, als seist du bekloppt«, formten seine Lippen. »Verrückt. Dann haben wir eine Chance«, flehten seine Augen, hoffend, dass James ihn verstand.

»Du bist verrückt«, formten James' Lippen zunächst. Aber dann hatte James sich entschieden. »Du zuerst!«, bedeuteten seine Grimassen, Widerspruch erwartete er nicht. Bryan nickte.

Er war ja ohnehin entschlossen.

In dieser Nacht fiel das Licht im Wagen aus. Zuvor war der Arzt herumgegangen. Seinen Respekt heischenden Gruß erwiderte die Gestapofrau mit einem kurzen Nicken. Sie beobachtete jede seiner Bewegungen.

Nachdem er bei zweien der zuletzt dazugekommenen Patienten den Puls gefühlt hatte, schritt er weiter und ließ den Blick über die Betten wandern. Er musterte jeden einzelnen Bettlägerigen. Als er Bryans weit aufgerissene Augen sah, machte der Arzt in der Bewegung kehrt und rief der Aufseherin etwas zu. Nach einigen lauten Befehlen stürzte sie Türen knallend aus dem Wagen.

Der Arzt und die Krankenschwester, die aus dem nächsten Wagen geholt worden war, beugten sich über Bryan und starrten ihm aus nächster Nähe ins Gesicht.

Da er ins Leere stieren musste, war es für Bryan schwer, zu verfolgen, was sie machten.

Zuerst leuchteten sie ihm in die Augen, dann riefen sie ihn mit lauter Stimme an. Sie ohrfeigten ihn leicht und sprachen in gedämpftem Ton mit ihm. Die Krankenschwester legte eine Hand auf seine Wange und wechselte ein paar Worte mit dem Arzt.

Bryan erwartete nun, dass sie nach der spitzen Schwesternnadel an ihrem Kragen greifen würde, aber er wagte es nicht, ihr den Kopf zuzuwenden. So hielt er förmlich die Luft an und wartete auf den Augenblick, in dem sie zustechen würde. Als es soweit war, verdrehte er die Augen. Die Decke über ihm drehte sich wie ein Karussell. Ihm wurde schwindlig.

Als sie zum zweiten Mal zustach, wiederholte er das Manöver und ließ die Augäpfel ganz nach hinten kippen.

Daraufhin berieten sie sich, leuchteten ihm noch einmal in die Augen und ließen ihn endlich in Ruhe.

Mitten in der Nacht fing James plötzlich an, ausdruckslos und mit weit geöffnetem Mund zu summen. Die Aufseherin hob den Blick und sah sich verwirrt um.

Bryan öffnete die Augen und konnte sich gerade noch auf die Seite drehen, bevor das Licht eingeschaltet wurde. Einen Augenblick war er geblendet. Auch er war tief im Traumland unterwegs gewesen.

Die Illusion war außerordentlich gelungen und wirkungsvoll. James gelang es auszusehen, als sei er ganz weit weg und ziemlich verrückt, und dabei hatte er gleichzeitig einen schmerzlichen und gleichgültigen Ausdruck im Gesicht. Auf Bryan wirkte das grotesk und abstoßend. Dann sah er James' Hände, die völlig entspannt auf der Decke lagen. Sie waren mit Kot besudelt. Er hatte Kot unter den Fingernägeln und braune Streifen an den Unterarmen. Die Bettdecke, das Kopfkissen, das Laken, das Kopfende des Bettes, das Hemd, alles war mit der stinkenden klebrigen Masse vollgeschmiert.

James hatte nicht länger einhalten können.

Mit vor die Brust gepressten, verschränkten Armen zog sich die Aufseherin angeekelt zurück.

Als alle wieder in ihre Quartiere zurückgekehrt waren, war James' monotones Summen das Letzte, was Bryan hörte, ehe er in einen oberflächlichen Schlaf versank. Die Spritze, die sie ihm gegeben hatten, tat ihre Wirkung.

6

EIN GEFÜHL WIE von Fliegen, die hauchzart auf den Augenlidern tanzten. Ein sanftes Schaukeln auf einem vom Sommerwind leicht wogenden Meer. Kalte Wasserspritzer auf den Wangen. All das kämpfte nun schon lange mit Geräuschen, die nicht dazugehörten, sowie mit einem zunehmenden Stechen im Rücken. Da schlug in einem Wellental das Wasser hoch auf und ein Spritzer traf ihn am Auge. Bryan blinzelte. Den nächsten Spritzer spürte er noch deutlicher. Der sonderbare, massive Schmerz schien jetzt vom Rücken über die Lenden in die Beine auszustrahlen.

Er lag nicht mehr in einem der Betten im Lazarettzug. Er lag auf einer Trage auf eiskaltem Boden.

Als er die Augen aufschlug, wirbelten Schneeflocken federleicht über seinem Gesicht. Apathisch versuchte er, sich in der Wirklichkeit zu orientieren.

Ein schmaler Streifen grauen Himmels zeichnete sich über ihm ab und trennte den Bahnhofsvorbau von dem stehenden Zug. Ringsum wurden Tragen transportiert. Am vorderen Ende des langen Zugs stiegen SS-Soldaten aus. Einer nach dem anderen verließen sie den Zug mit Gepäck und geschultertem Gewehr.

Ein paar von ihnen sprangen über die Bahnsteigkante und gingen schwatzend und scherzend am Gleis entlang, Helm und Gasmaske baumelten lässig auf dem Rücken.

Soldaten auf dem Weg nach Hause.

Unter ohrenbetäubendem Quietschen und Kreischen wurde der hinterste Wagen abgehängt. Bryan konnte nun trotz der tanzenden Schneeflocken die Gebäude der Stadt und die

Höhenzüge erkennen. Ein paar Schneeflocken, die auf seiner Wange landeten, brachten für einen kleinen Moment Traum und Wirklichkeit zusammen. Um der Kälte im Rücken zu entkommen, hob er ihn leicht an und sah sich dabei in dem Gewirr von Tragen auf dem Bahnsteig langsam nach James um.

Eine Reihe senkrechter Balken stützte den Kehlbalken des Vorbaus, einen knapp zwei Meter breiten überdachten Durchgang vor dem Holzgebäude. Überall lag Schnee. Die Tragen standen schräg vor der Wand. Ein Teil der Verwundeten war schon weg. Als ihm aufging, James könnte bereits irgendwohin abtransportiert worden sein, ließ Bryan sich resigniert zurückfallen. Das Knattern eines Motors ertönte, und ein weiterer Lastwagen fuhr rückwärts an die Rampe am Ende des Bahnsteigs.

Mehrere Männer erschienen und musterten die Liegenden. Sie schlugen die Arme um den Körper, um sich den Schnee von den Mänteln zu klopfen, dann nahmen sie die nächststehenden Tragen auf. Nach einer Weile stand außer Bryans Trage nur noch eine weitere auf dem Bahnsteig, halb verborgen hinter dem Gitter eines Handwagens von der Post. Bryans nackte, rot gefärbte Füße ragten unter der Decke hervor. Bryan wippte vorsichtig mit den Zehen und sah an sich herab. Mit einer Nadel war ein roter Zettel ganz unten an der Decke befestigt. Vor dem schneeweißen Hintergrund leuchtete er wie Blut.

Ein Stück weiter unten konnte er durch die wirbelnden Schneeflocken ein weiteres Gebäude ausmachen. Dorthin hatte man den größten Teil des Zuges rangiert. Dunkle Pünktchen waren zu sehen und frohes Rufen zu hören. Bryan kannte die Stimmung. So wurde auch er nach den langen Dienstperioden von seinen Lieben empfangen. Voller Wehmut hoffte er, das noch einmal erleben zu dürfen.

Da öffnete sich in dem Holzbau hinter ihm eine Tür. Zwei ältere Männer in Zivil blieben in der Öffnung stehen, sie gaben sich gegenseitig Feuer. Ohne die Tür hinter sich zu schließen, gingen sie langsam auf die Lokomotive zu.

Kurz darauf strömten Soldaten aus dem ersten Wagen – müde, gebückte Männer, die nur vom Druck der ständig Nachrückenden vorwärtsgeschoben wurden. Der Mann auf dem Bahnsteig nahm den ersten Mann am Arm und führte ihn an Bryan vorbei den Zug entlang. Eine endlose Kette von Männern trottete willenlos hinter ihnen her, eskortiert von bewaffneten Soldaten.

Auch bei ihnen handelte es sich offenbar um SS-Offiziere aus allen Einheiten. Bryan konnte sie kaum unterscheiden. Deutsche Elitesoldaten, die Helden der Nazis. Beim Anblick all dieser Kragenabzeichen, Totenköpfe, Reithosen, steifen Schirmmützen fröstelte es ihn umso mehr. Das also war der Feind, den zu hassen und zu bekämpfen er gelernt hatte.

Der Strom apathischer Soldaten und schwankender Tragen setzte sich in Bewegung, in der Ferne schimmerte ein Streifen bleichen Lichts. Ein weiterer Lastwagen war rückwärts herangefahren.

Bryan hatte ihn nicht kommen gehört, weil die vielen Stiefel auf dem trockenen Schnee so laut knirschten. Der letzte Mann in der Kolonne rief der Eskorte etwas zu und deutete auf Bryan und die zweite Trage, worauf auch diese beiden aufgenommen und hinter den anderen hergetragen wurden.

Am Ende des Zugs wurden die Tragen kurz abgesetzt. Den Lastwagen zu beladen dauerte eine Weile.

Ein Eisenbahnarbeiter bewegte sich über die Schienen und klopfte mit einer langen Stange gegen die Weichen. Einer der Soldaten drohte ihm mit erhobenem Gewehr, sodass der Arbeiter die Stange in den Schnee fallen ließ und davonrannte, bis er hinter einem großen Schild verschwunden war. »Freiburg im Breisgau« stand gut lesbar darauf.

Die Offiziere schwiegen die ganze Zeit. Die gesamte Aktion

verlief äußerst kontrolliert. Bryan hatte daher keine Chance, sich umzusehen, um herauszufinden, ob es James war, der auf der Trage zwei Meter von ihm entfernt lag.

Es musste schon weit nach Mittag sein. Die Sonne würde bald untergehen. Die Straße hinter dem Gebäude vor ihnen war menschenleer, bis auf die SS-Soldaten, die den Vorplatz des Güterbahnhofs bewachten.

Das also war vorläufig ihr Ziel. Freiburg, die Stadt ganz im Südwesten des Deutschen Reiches, vergleichsweise wenige Kilometer von der Schweizer Grenze und einem Leben in Freiheit entfernt.

Oben auf der Ladefläche saßen die Patienten in zwei Reihen auf den Bänken des Lastwagens. Zwischen ihnen lagen schräg nebeneinander mehrere Tragen quer auf dem Boden, so dicht, dass die Enden bis unter die Bänke und Füße der Sitzenden reichten. Bryan hatte Glück gehabt, er lag unter einem Soldaten mit kurzen Beinen, dessen Stiefel nicht allzu schwer auf Bryans steif gefrorenen Schienbeinen lasteten.

Als die letzte Trage aufgeladen war, sprangen die beiden begleitenden Soldaten auf die Ladefläche und rollten die Plane herunter. Unterdessen schlossen die Männer der Eskorte die Wagenklappe.

Plötzlich war es dunkel, sodass Bryan zunächst gar nichts mehr sehen konnte. Die Gestalt neben ihm lag ganz still. Zu hören waren nur die unregelmäßigen und tiefen Atemzüge von vierzig Männern und von da und dort leises Gemurmel. Die beiden Wächter hatten sich nebeneinander ganz außen auf die Bank gezwängt und unterhielten sich gedämpft.

Da merkte Bryan, wie sich die Gestalt neben ihm bewegte. Sie stieß ihn sanft in die Seite, dann legte sich ihre Hand auf seinen Brustkorb.

Bryan ergriff sie und erwiderte vorsichtig den Druck.

Nach und nach bekamen die Silhouetten Gesichter. Bryan wurde klar, dass die Männer dieses Krankentransports vieles verband, dass sie aber vor allem eines gemeinsam hatten: Sie waren geistesgestört.

Und diesen Nenner hatten Bryan und James jetzt mit ihnen zu teilen.

Mit dem Blick deutete James auf einzelne Männer.

Die meisten saßen ganz still, nur die Bewegung des Wagens ließ sie hin- und herschwanken. Manche wirkten äußerst angespannt. Andere fixierten einen imaginären Punkt, verdrehten die Unterarme oder schaukelten kaum merklich vor und zurück und spreizten dabei die Finger oder ballten sie zu Fäusten.

James verdrehte die Augen und deutete auf seinen geöffneten Mund. »Die sind mit Medikamenten vollgepumpt«, interpretierte Bryan die Gebärde. Genau das hatte er ebenfalls vermutet. Aber auch James und er waren sediert. Er merkte doch selbst, wie seine Reflexe verlangsamt waren, wie sein Gehirn ungewohnt träge reagierte. Hätte er die Möglichkeit gehabt, aufzustehen – er wäre auf der Stelle umgekippt.

Bryan war gleichermaßen erleichtert und besorgt. Der rote Zettel deklarierte sie also als Geistesgestörte, was ganz in ihrem Sinne und darum eine Erleichterung war. Aber was hatte man mit ihnen vor? Die Fürsorge der »Herrenmenschen« für unheilbar Kranke bestand, wenn man den Gerüchten Glauben schenken konnte, ja nur zu oft in einer Spritze – oder einer Kugel.

Auf dem Güterbahnhof hatte man sie von der Zivilbevölkerung abgeschirmt. Und jetzt lagen sie hier im Dunkeln auf dem LKW und rumpelten durch unbekannte Gegenden. Zwei Soldaten waren eingesetzt, sie zu bewachen, keine Pfleger. Das war es, was ihm Sorgen machte.

James schob die Oberlippe vor. Bryan wusste diese Geste zu deuten. Offenbar sah James noch immer keinen Grund, sich zu sorgen.

In jeder Kurve baumelten die Füße des Soldaten über Bryans Beinen. Die Straße schraubte sich durch das verschneite Terrain. Sie waren mit dem Zug durch den Südschwarzwald nach Freiburg gefahren. Unterwegs waren sie an vielen kleinen Bahnhöfen vorbeigekommen, die sich zum Aus- und Umladen für einen Weitertransport nach Süden geeignet hätten. Bryan vermutete daher, dass sie nun in nördlicher oder nordöstlicher Richtung in den Schwarzwald gebracht wurden.

Und dort wollte man sie dann wohl irgendwie verschwinden lassen.

Bis auf Weiteres war die Landschaft flach. Dass sie Ortschaften durchfuhren, hörten sie daran, dass das Brummen des Lastwagens von den Hauswänden widerhallte. Der Straßenbelag wechselte zwischen Kies und Pflastersteinen, zwischen Asphalt und tiefen, gefrorenen Furchen. Die Fahrt dauerte ewig. Jedenfalls kam es Bryan trotz der abwechslungsreichen Strecke so vor. Als erfahrener Navigator prägte er sich all seine Eindrücke gründlich ein. Er war fest überzeugt, dass ihr nächster Halt die letzte Station in seinem Leben sein würde.

James atmete gleichmäßig und tief, er war eingeschlafen. Bryan fühlte sich alleingelassen, und er spürte, wie langsam die Angst in ihm aufstieg. Er dachte an James' Versprechen. Am liebsten wäre er aufgesprungen und davongelaufen. Je mehr die Wirkung des Medikaments nachließ, desto stärker wurde der Wunsch.

Einer der Wachsoldaten kam zu ihm und trat mit seinem Stiefel ganz knapp auf Bryans Schenkel. Weil Bryan sich so sehr bemühte, den Schmerz unter Kontrolle zu halten, sah er nicht, wie ein Kranker zurück auf die Bank geschubst wurde. Aber er hörte, dass die Plane mit einem Knall riss, als der Geistesgestörte mit angewinkelten Ellbogen nach hinten gegen sie fiel.

Die Hälfte der Plane flatterte plötzlich auf und schlug immer wieder gegen das Führerhaus des Lasters. Der Soldat, der das Unglück indirekt verursacht hatte, warf sein Gewehr weg, der harte Aufprall des Kolbens weckte James. Die Mündung zeigte direkt in Bryans Gesicht.

Als sich der Soldat soweit wie möglich hinaus ins Halbdunkel reckte, streckte Bryan vorsichtig den Arm zum Gewehr aus.

Er sah hinüber zu James und hielt dann inne, denn James schüttelte kaum merklich den Kopf.

Der Schnee auf den Feldern leuchtete und erhellte so die Landschaft, vor deren Hintergrund sich die Silhouette des Soldaten abzeichnete. Für Bryan, der es gewohnt war, zu jeder Tages- und Nachtzeit Landschaften zu studieren, reichte das Licht völlig aus.

Richtung Südwesten ragte inmitten der flachen Landschaft eine charakteristische Hügelgruppe auf, die selbst frischgebackene Navigatoren erkennen würden. Ein kahler Höhenzug, durchzogen von den Rillen der Weinterrassen, ein Bindeglied zwischen Schwarzwald und Vogesen mit dem pompösen Namen Kaiserstuhl. Die Erhebung verschwand in der Ferne. Damit hatte Bryan eine neue Landmarke im Gelände.

Baumwipfel zogen vorbei. Bryan stemmte sich vorsichtig auf die Ellbogen. Ein kurzer Blick in die Realität ringsumher, und das Gesicht des Kriegs erhielt eine weitere Facette. Bryan dachte viele Jahre zurück, als er und James zusammen mit den anderen Kindern aus Canterbury jubelnd über die vereisten Wasserstraßen der Stadt und unter den niedrigen kleinen Brücken hindurch gesaust waren. Glückliche, naive Kinderfreuden.

In der nächsten Kurve riss es Bryan die Ellbogen weg und die Baumwipfel verschwanden hinter der Plane und dem verschwitzten, zufriedenen Gesicht des Soldaten. Der hatte die Plane endlich zu fassen bekommen und zwängte sich nun zwischen zwei Kranke. Den Zipfel der Persenning ließ er nicht mehr los, bis sie ihr Ziel erreicht hatten.

Wie zwei Gewichte pendelten die Stiefel des Kurzbeinigen schräg über Bryans Schienbeinen. Die Ladefläche neigte sich nach hinten. Sie fuhren also wieder bergauf. Mal schwankte das schwere Fahrzeug über Schotterstraßen. Mal polterte es, als führen sie über blanken Fels.

Sie wurden offenbar bis ganz nach oben gebracht. Hinauf in die Einöde.

Der Lastwagen fuhr noch zirka eine Stunde, dann hielt er an.

Mehrere in Weiß gekleidete Männer standen bereit, um sie in Empfang zu nehmen. Noch ehe sie sich voneinander verabschieden konnten, wurde James' Trage über die Wagenkante gezogen. Die zwei Sanitäter, die sich Bryans Trage annahmen, rutschten auf dem glatten Boden aus und hätten ihn fast fallen gelassen. Eine dunkle freie Fläche öffnete sich vor ihnen, bedeckt mit Kies und umgeben von einem Streifen abgestorbener Nädelbäume.

Im Hintergrund erhoben sich dichte Gruppen schneebedeckter Fichten, die vor starkem Wind Schutz boten. Das Tal unter ihnen verschwand in einem Dunst eisiger Schneekristalle. Kein Lichtschimmer zeugte von Leben dort unten im Gelobten Land. Bryan vermutete, dass Freiburg irgendwo südlich von ihnen lag.

Sie waren wohl über Umwege hierher gefahren.

Zum Teil versteckte sich der Appellplatz hinter einer dichten Hecke. Die benommenen Männer wurden um die Tragen herum gescheucht. Teilnahmslos trotteten sie hinter dem Soldaten her, der ihnen die Befehle erteilte. Ein weiterer Lastwagen kam in Sicht, die Ladeklappe stand offen, die Ladefläche war bereits leer. Alle, die mit diesem Wagen angekommen waren, hatten sich etwas weiter vorn auf dem Platz aufgestellt – dort, wo mehrere helle, dreistöckige Gebäude zu sehen waren. Aus den Fenstern fiel gedämpftes gelbes Licht auf den Appellplatz. Als Bryan das Rote Kreuz auf den flachen, schwach geneigten Dächern sah, hielt er die Luft an. Aber trotz der vielen Sandsäcke, die in regelmäßigen Abständen vor den Mauern aufgetürmt waren, trotz der vergitterten Fenster im ersten und zweiten Stock und trotz etlicher Wachen mit Hunden wirkte die Anlage tatsächlich wie ein ganz normales Krankenhaus. Äußerlich übertrafen die Kästen in jeder Hinsicht die hastig zusammengeschusterten Notlazarette, in denen die Verletzten der Royal Air Force immer öfter unterkommen mussten. Aber lass dich nicht täuschen, dachte Bryan, als er Schritt für Schritt näher zu den Gebäuden gebracht wurde.

Allmählich versammelten sich die Patienten an einem Ende des Hofs. Zirka sechzig bis siebzig Männer warteten dort, als die Tragen im Eisregen an ihnen vorbeigeschafft wurden. Ein Stück weiter vorn bemühte sich der hintere der beiden Krankenträger, James' Arm, der im Verlauf des holprigen Transports heruntergefallen war, wieder auf die Trage zu schieben. Zwei Finger signalisierten Bryan diskret und voller Todesverachtung das Victory-Zeichen.

Von dort, wo sie nun Aufstellung genommen hatten, waren mehrere gelbe Gebäude zu sehen. Während zwei davon ihr Fundament solide in den Fels gekeilt hatten, lagen die übrigen über das von Bäumen gesäumte Plateau verstreut. Etliche Pfosten ragten über wild wachsende, wuchernde Stechpalmen auf. Sie gehörten zum Zaun zwischen den Felswänden. Weiter entfernt dominierte Stacheldrahtzaun das Gelände und blinkte im Schein der wenigen Laternen eiskalt. Am Tor stand ein schwarzer Wagen mit Hakenkreuz auf der Fahrertür und Standarten auf den Kotflügeln. Im Lichtkegel seiner Scheinwerfer diskutierte eine kleine Gruppe von Offizieren. Ein Offizier im Kittel löste sich aus der Gruppe und winkte Wachen vom nächstgelegenen Gebäude heran. Nachdem er ihnen Befehle erteilt hatte, packten sie ihre Gewehre und rannten mit flatternden Mänteln und geschulterten Waffen die knapp hundert Meter zu ihnen hinüber und gaben die Kommandos weiter.

Diesmal machten die Tragen den Anfang. Einige der stummen apathischen Gestalten blieben einfach stehen, bis die Soldaten sie mit drohenden Zurufen weitertrieben. Nur das Knirschen Hunderter Füße auf der dünnen Schneedecke und das ferne Brummen der Lastwagen waren zu hören, dazu das Schnaufen der Krankenträger. Erst nachdem sie den ersten Gebäudeblock passiert hatten, zeigte sich, dass er abseits stand. Bryan sah nun insgesamt neun oder zehn Gebäude, von denen immer zwei durch weiß gestrichene, hölzerne Korridore verbunden waren. Sie bewegten sich auf einen dieser Komplexe zu, und zwar auf den hintersten der Zwillingsblocks.

Der schwache Schein einer einfachen Lampe über dem Eingang gab etwas Licht, ansonsten lag das Gebäude vollständig im Dunkeln.

Eine Krankenschwester mit Haube trat vor die Tür, sie zitterte im eisigen Wind. Durch Handzeichen gab sie zu verstehen, dass die eigentümliche Prozession abbiegen und ihr zu den beiden Holzbaracken gleich links folgen sollte. Die Krankenträger protestierten zwar, folgten ihr dann aber doch.

Die Holzbaracken waren nur einstöckig, aber dennoch recht hoch. Gleich unter der Traufkante befanden sich gelblich schimmernde, vereiste Fenster. Fensterläden und schwere Vorhänge sollten den Raum wohl von dem Licht der Scheinwerfer an den turmhohen Masten draußen abschirmen.

Die Barackentür führte direkt in einen Saal, in dem Dutzende flacher Matratzen dicht an dicht auf dem Fußboden lagen. An den Seiten waren Sprossenwände angebracht, unter der Decke hochgezogen hingen Schwebebalken, Ringe und Trapeze. An der hinteren Wand der Turnhalle befand sich lediglich eine Tür zum nächsten Gebäude. Dort standen vier Kübel, die den Männern offenbar als Latrinen dienen sollten. An der Seite war mit Leinwand so etwas wie Kabinen abgetrennt, dort standen dunkle, schlichte Holzstühle.

Etwa in der Mitte der Turnhalle ließen die Krankenträger Bryan auf eine Matratze rollen und steckten seine Krankenakte darunter. Ohne sich auch nur zu vergewissern, ob ihr Patient richtig lag, verschwanden sie mit der Trage hinter den anderen, nachrückenden Patienten.

Der Strom der Gestalten, die mit leerem Blick in die Halle schlurften, ebbte bald ab. James, nur wenige Matratzen von Bryan entfernt, beobachtete die nach ihm Eintreffenden. Als alle saßen oder sich auf ihrer harten Unterlage ausgestreckt hatten, klatschte eine Krankenschwester in die Hände, schritt zwischen den Reihen auf und ab und wiederholte immer wieder denselben Satz. Bryan verstand ihn nicht, konnte aber an der Unruhe der Mitpatienten und an ihren Bemühungen ablesen, dass sie sich ausziehen und ihre Kleidung neben die Matratze legen sollten. Nicht alle folgten der Aufforderung. Ihnen wurde von den Krankenträgern unsanft geholfen. Auch James und Bryan reagierten nicht und ließen sich das Hemd über den Kopf zerren, dass ihnen die Ohren brannten. Erleichtert stellte Bryan fest, dass James Jills Halstuch nicht mehr trug.

Einer der nackten Männer stand auf und urinierte völlig geistesabwesend auf seine Matratze und seinen Nebenmann, der träge auswich.

Die Krankenschwester stürzte auf ihn zu und schlug ihm auf den Hinterkopf, woraufhin der Strahl sofort versiegte. Dann führte sie ihn zu den Kübeln.

In dem Moment schätzte Bryan sich glücklich, mehrere Tage nichts zu essen und zu trinken bekommen zu haben.

Die Tür zum hinteren Gebäude öffnete sich und ein mit Decken beladenes Wägelchen wurde hereingeschoben.

Zwar war der Fußboden in der Halle nicht kalt, aber von der Eingangstür zog es ungemütlich herein. Bryan krümmte sich zusammen, um nicht zu sehr auszukühlen.

Irgendwann begann der eine oder andere der nackten Männer zu jammern. Die meisten zitterten erbärmlich. Die beiden

Krankenschwestern, die sie bewachten, schüttelten gereizt den Kopf und zeigten auf den Handwagen. Ein paar gebeugte, magere Männer stürzten los und rissen wahllos Decken an sich. Die restlichen Männer blieben, wo sie waren.

Etliche Stunden lag Bryan so da. Mit zunehmender Kälte wurde das monotone Zähneklappern immer lauter. Die Krankenschwestern auf ihren Schemeln nickten immer wieder ein. Die Patienten hatten sie ohnehin sich selbst überlassen.

Im schwachen Licht der Deckenlampen konnte Bryan den zusammengerollten James zwischen all den anderen Gestalten auf ihren Matratzen kaum erkennen. Aber er sah ein Stück von Jills Halstuch unter der Matratze hervorlugen. »Lass es bloß dort liegen!«, betete er.

Da sprang James mit einem Mal auf und rannte zu den Kübeln. Seine Entleerung dauerte nur einen Augenblick, doch die Nachwirkungen des Durchfalls – Schweißausbruch und tröpfchenweises Pinkeln – ließen James noch lange in der gekrümmten Haltung verharren. Schließlich schnaufte er und tastete den Boden rund um die Kübel ab auf der Suche nach Papier. Vergeblich.

Dann rannte James zum Handwagen, schnappte sich eine Decke und kehrte an seinen Platz zurück. Du Armleuchter, warum hast du mir keine mitgebracht?, dachte Bryan und überlegte, es ihm nachzutun. Verstohlen beobachtete er die dösenden uniformierten Frauen am Ende der Halle.

Er entschied sich dagegen.

Irgendwann später in der Nacht flog die Tür zum Hof auf, die Deckenbeleuchtung wurde eingeschaltet und schlagartig war es gleißend hell. Bryan lag regungslos da. Die SS-Soldaten marschierten schnurstracks auf zwei Männer zu, die sich in Decken gehüllt hatten, bückten sich, nahmen die Krankenakten an sich und rissen vom Deckblatt oben eine Ecke ab.

Einer der so gekennzeichneten Männer lag neben James. Der Stoffhaufen, der auf ihm lag, war James' Decke. Bryan bezweifelte, ob er so geistesgegenwärtig gewesen wäre.

James hatte genau gewusst, warum er nur eine Decke vom Handwagen gezogen hatte.

7

DIE NÄCHTLICHE KONTROLLE hatte den ganzen Saal geweckt. Obwohl nun die meisten ein Nachthemd trugen und die Decken inzwischen an alle verteilt waren, hatte das Klagen und Stöhnen Stunde um Stunde zugenommen: Die Wirkung der Medikamente ließ langsam nach.

Manche wiegten sich vor und zurück, andere lagen in unbequemen Stellungen, die Mienen vieler waren wie erstarrt. So etwas hatte Bryan noch nie gesehen. Er selbst lag einfach nur still da.

Einige Soldaten inspizierten oberflächlich den Saal. Einer von ihnen trug einen schwarzen knöchellangen Mantel, den er bis oben zugeknöpft hatte. Als er mit dem Fuß aufstampfte, sahen alle auf. Auf einen Befehl hin erhoben sich einige der Kranken unwillig. Sie zogen an den Hemden ihrer Nachbarn, bis auch die sich erhoben. Am Ende waren nur noch sechs oder sieben Männer liegen geblieben.

Mit zwei Pflegern im Gefolge stellte der im Mantel einem der Liegenden eine Frage. Als er keine Antwort erhielt, gab er den Helfern einen Wink, und die packten den Kranken unter den Achseln und stellten ihn auf die Füße. Sobald sie ihn losließen, sank er in sich zusammen und schlug mit dem Kopf auf dem Boden auf. Der Knall war so heftig, dass Bryan nach Luft schnappte. Die Pfleger knieten neben dem Bewusstlosen, um ihn wieder auf seine Matratze zu legen. Sie sahen den Offizier an, aber der ging schon geradewegs weiter zu Bryan hinüber.

Als Bryan in dessen bleiches Gesicht sah, rappelte er sich lieber selbst auf.

Er schwankte und ihm zitterten die Knie, schließlich hatte

er schon seit Tagen nicht mehr gestanden. Das Blut lief ihm aus dem Kopf, ihm wurde schwindlig. Dennoch blieb er stehen. Von den anderen folgte nur James seinem Beispiel.

Bei der nun folgenden beißenden Entlausung versuchte Bryan, in James' Nähe zu gelangen. Aber die Frauen klatschten unablässig die Gummihandschuhe gegen die Gummischürzen und sorgten dafür, dass die Schar ständig in Bewegung blieb.

James stand vor einer gekachelten Wand in der Schlange und hielt wie alle anderen ein nummeriertes Hemd im Arm. Sie warteten, dass die nächsten Duschen frei würden und sie an die Reihe kamen. Einer der Nackten unter der Dusche hatte den Kopf in den Nacken gelegt und starrte mit weit geöffneten Augen in den Wasserstrahl. Das tat er eine endlos lange Zeit. Dann fing er vor Schmerzen an zu schreien, und das Geheul breitete sich von einem zum anderen aus. Es klang wie ein Rudel heulender Wölfe.

Genauso schnell, wie der Lärm entstanden war, kehrte unter Schlägen und Drohungen wieder Ruhe ein. Derjenige, der angefangen hatte, stand jammernd mit roten Augäpfeln da und bezog Prügel, ohne dass er mitbekam, was rings um ihn los war. Dann zogen sie ihn an den Haaren und schleuderten ihn gegen die Wand. Erst als sie ihn in die Zwangsjacke gesteckt hatten, verstummte er.

Das Letzte, was Bryan von James sah, war, wie er sich lächelnd vor sich hin summend und anscheinend völlig apathisch unter die eiskalte Dusche schieben ließ. Das Hemd hielt er immer noch fest.

Im Saal wurden ihnen allen Schuhe in derselben Größe ausgeteilt. Sie mussten vor den Sprossenwänden in Dreierreihen Aufstellung nehmen, das Gesicht der Saalmitte zugewandt. Einige wenige hatte man sofort herausgegriffen, sie nahmen an der Außenwand Aufstellung und warteten. Bryan erkannte zwei von denen wieder, die es in der Nacht gewagt hatten, sich selbst Decken zu holen. Offenbar begriffen sie nicht, was es mit ihrem Sonderstatus auf sich hatte.

In der Zwischenzeit hatte man hinter den Vorhängen mehrere Tische aufgestellt. Der Offizier hatte seinen Mantel abgelegt und saß zwischen anderen Sicherheitsoffizieren und den Repräsentanten des Ärztekorps. Frauen waren nun keine mehr dabei.

Ein Mann zuckte zusammen, als sein Name aufgerufen wurde. Ein Soldat zog ihn vor die Untersuchungskommission. Weitere Namen wurden aufgerufen, ohne dass jemand reagierte, woraufhin ein Sicherheitsoffizier seine Liste konsultierte und Nummern aufrief. Soweit Bryan es beurteilen konnte, entsprachen die den Nummern auf den Hemden. Bryan wünschte, er würde sie verstehen. Er hörte genau hin. Gerade als ihm schwindlig wurde, deutete ein Offizier auf ihn und ein Soldat zog ihn in die Schlange.

James war einer der Letzten, die aufgerufen wurden. Preußisch gründlich war man wohl in alphabetischer Reihenfolge vorgegangen. Auch er musste geholt werden.

Die Einzelnen waren im Schnitt zwei bis drei Minuten hinter den Vorhängen, dann wurden sie wieder herausgeführt und mussten sich in einer neuen Reihe, aber in derselben Reihenfolge wie vorher, an der hinteren Wand aufstellen. Sie wirkten nicht, als hätten sie Schaden erlitten, standen aber geradezu übertrieben stramm. Ihre grauen Gesichter waren ausdruckslos.

Hinter den Vorhängen waren dumpfes Murmeln, Klappern und Rumoren zu hören. Einer der Patienten rief seine Antworten im Befehlston. Zwei der wartenden Kranken schlugen daraufhin lautlos die Hacken zusammen und schoben die Brust vor.

Hinter einem Tisch saß einer der Offiziere und las in Bryans

Krankenakte, ein Arzt sah ihm dabei über die Schulter. Der Soldat, der ihn hereingeführt hatte, schob Bryan zu einem Stuhl vor dem Schreibtisch und zog sich dann sofort auf die andere Seite des Vorhangs zurück. Der Zeigefinger des Lesenden wanderte über das Papier, und Zeile für Zeile änderte sich in der Kabine die Haltung Bryan gegenüber. Man nickte ihm zu und sprach ihn respektvoll an. Bryan bemühte sich unterdessen, seine Angst und Unruhe unter Kontrolle zu bringen. Wer ihn in diesem Moment anlächelte, konnte im nächsten Augenblick schon sein Henker sein.

Sie stellten ihm Fragen. Irgendwann trommelte der Sicherheitsoffizier in den lange Pausen, die danach entstanden, mit den Fingern auf die Tischplatte und sah zum Arzt hinüber. Der ergriff Bryans Handgelenk und fühlte ihm den Puls. Dann leuchtete er Bryan in die Augen, gab ihm einen Schlag auf die Wange und leuchtete noch einmal. Bryan fühlte sich wie gelähmt, er merkte nicht einmal, dass der Arzt hinter ihn getreten war. Als der plötzlich von hinten direkt vor Bryans Gesicht in die Hände klatschte, zuckte er so zusammen, dass der ganze Oberkörper wankte. Aber das schien seine Betrachter nicht zu erstaunen.

Der Offizier blickte von den Papieren auf. Der Arzt trat hinter ihn, machte kehrt, nahm etwas vom Tisch und warf es Bryan ins Gesicht. Der riss vor Schmerzen die Augen auf. Das war alles so schnell gegangen, dass er sich nicht hatte schützen können, selbst wenn er es gewollt hätte.

Aber ansonsten verzog er keine Miene.

Aus der Kabine nebenan war ein Schlag zu hören, worauf der Patient aufstöhnte, dann noch ein Schlag, worauf er verstummte. Der Sicherheitsoffizier lächelte Bryan an, dann konferierte er wieder mit dem Arzt. Der sprach so schnell, dass Bryan selbst in seiner Muttersprache kein Wort verstanden hätte. Der Offizier zuckte die Achseln und stand auf. Bryan wurde nach draußen zu den anderen gebracht.

Da stand er auf einmal James gegenüber, der noch immer in der inzwischen kurzen Schlange wartete. Das klatschnasse Hemd klebte ihm am Körper. Am Halsausschnitt zeichnete sich ein dunklerer Schatten ab. Bryan erstarrte. James trug Jills Tuch. Das war irrsinnig gefährlich, aber James wirkte entspannt. Bryan wusste es besser. Hinter der ruhigen Fassade war der Freund in höchster Alarmbereitschaft. Und ohne seinen Talisman hatte er nichts, woran er sich noch hätte klammern können.

Nur – wenn er sich nicht davon trennte, konnte nichts mehr ihn retten.

»Es ist okay«, mimte Bryan. James schüttelte fast unmerklich den Kopf und ging wie die anderen einen Schritt weiter.

Schließlich erhob sich der vorgesetzte Sicherheitsoffizier. Er gab der kleinen Gruppe in der Ecke, die sich nachts mit Decken versorgt hatte, zu verstehen, sie sollte sich vor dem Vorhang neben der Tür aufstellen.

Aus der Kabine dort drang etwas, das nach einem Wutausbruch klang, die Leinwand beulte sich aus, als schlüge jemand dagegen. Mit hochrotem Kopf riss der vorgesetzte Sicherheitsoffizier den Vorhang auf und schleppte den Befragten hinter sich her.

Sofort waren zwei Wächter zur Stelle und schnappten sich den Mann, der die apathische Gesellschaft aus wilden Augen anstarrte. Vergeblich suchte er nach etwas, woran er sich klammern konnte. Bryan ließ den Blick teilnahmslos in seine Richtung schweifen. Dem Mann lief das Blut vom Haaransatz auf die Stirn. Auch ihn hatte ein Gegenstand getroffen. Vielleicht hatte er den Fehler gemacht und versucht, sich zu schützen.

Der Vorgesetzte ließ sich auf einer Ecke des Tischs hinter sich nieder. Grimmig lächelnd sah er zu, wie die Wächter den Patienten zwischen den Reihen der anderen hindurch schleppten, damit ihn alle von Nahem sehen konnten. Dann verschwand das Lächeln. Unverhohlen aggressiv holte er tief Luft und schrie den in Reih und Glied aufgestellten Männern ihre Anklagen ins Gesicht, seine Worte überschlugen sich förmlich. Eines aber war unmissverständlich:

»Simulant!«

Der so beschuldigte Mann hörte plötzlich auf zu zittern. Schuldbewusst und enttarnt ließ er den Kopf hängen, bereit zur Buße.

Urplötzlich brach der Wutanfall des Offiziers ab. Jovial und breit lächelnd hob er beide Arme. Mit ruhigen Worten appellierte er an seine Zuhörer. Bryan begriff, dass er versuchte, mögliche andere Simulanten zu überreden, ihr Spiel aufzugeben, solange noch Zeit war. Dann würde ihnen nichts geschehen.

Auf keinen Fall durfte Bryan zu James hinübersehen oder sich gar zu erkennen geben, solange dieses schwarze Ungeheuer sie inspizierte. James, wir melden uns nicht!, flehte Bryan innerlich und beschwor damit vor allem sich selbst.

Lächelnd und abwartend stand der Offizier den Männern gegenüber, genauso lange, wie Bryan für ein Vaterunser brauchte. Dann trat er urplötzlich einen Schritt hinter den Enttarnten, zog blitzschnell seine Pistole aus dem Halfter, und noch ehe der Delinquent schreien konnte, hatte der Offizier ihn mit einem Genickschuss hingerichtet.

Die versammelten Männer zuckten nicht einmal zusammen. Aus dem Hinterkopf schoss das Blut. Bryan verfolgte unmerklich, wie es über den Fußboden in James' Richtung floss. Der stand wie angewurzelt und war kreidebleich im Gesicht.

Die beiden Wächter packten den Toten und zogen ihn hinter sich her. Einer der Ärzte hatte noch immer die Hände vors Gesicht geschlagen, ein Schockreflex. Als er sich gefasst hatte, protestierte er matt. Der Sicherheitsoffizier machte einfach auf dem Absatz kehrt. Der Vorfall würde in keinem Bericht erwähnt werden.

Nachdem James hinter dem Vorhang verschwunden war, begann Bryan, die Sekunden zu zählen. Als er bei zweihundert angelangt war, wurde James wieder herausgeführt. Er wirkte wie paralysiert, als wäre er ganz weit weg. Der Mann, der nach ihm an der Reihe war, blieb stehen, er schien den Zuruf des Arztes, der den Vorhang hielt, nicht zu bemerken. Als die Soldaten ihn bei den Armen nehmen wollten, sank er ganz langsam in sich zusammen. Da griffen die Wächter nach dem nächsten und zogen ihn um den Liegenden herum. Der war auf die Seite gerollt und wimmerte leise, wie im Wahn, immer wieder einen Namen, den Bryan schon einmal gehört hatte. Den der Liebsten, der Ehefrau, Mutter oder Tochter?

Wenige Schritte entfernt hatte James wieder sein langsames, tonloses Summen begonnen. Sein schmächtiger Nebenmann in der Zwangsjacke wirkte hoch konzentriert, als grübelte er. Derweil tropfte Urin von dessen Hemd, das sich dunkel verfärbte.

Vielleicht hat er zu gierig von dem Wasser getrunken, als er unter der Dusche nach oben starrte, dachte Bryan.

Erschrocken wachte er auf. Jemand hatte auf Englisch »Lass mich!« gerufen. Womöglich er selbst? Schließlich hatte er die Worte verstanden. Bei der Vorstellung wurde es Bryan eiskalt. Er sah hinüber zur Krankenschwester, die gerade an seinem Bett gestanden hatte. Er war offenbar nur ganz kurz eingenickt. Die Schwester schenkte ein Glas Wasser ein und legte seinem Nebenmann zwei Tabletten in den Mund. Sie schien nichts gehört zu haben. Vielleicht hatte er ja nur geträumt.

Man hatte sie verlegt. Bryan sah sich in der neuen Umgebung vorsichtig um. Sie lagen in Krankenbetten in einem hohen, hellgrünen Raum, vielleicht zwanzig Meter lang und zehn Meter breit. Er war für zweiundzwanzig Betten ausgelegt, auf der einen Seite standen zwölf und auf der anderen zehn, alle dicht gedrängt und kreuz und quer.

Bryan lag im fünften Bett links von der Tür, James auf der gegenüberliegenden Seite ganz hinten. Bryan verfluchte den Moment, in dem James und er auf dem Weg von der Turnhalle zu den Holzbaracken getrennt worden waren. Wäre das nicht passiert, würden sie jetzt immer noch nebeneinander liegen, und das wäre zweifellos sicherer.

Nun war dieser hohe, hellgrüne Raum also seine Welt. Seine Habseligkeiten lagen auf einem der zweiundzwanzig im Mittelgang stehenden Stühle, deren Farbe bereits abblätterte. Ein Nachthemd, ein Paar Pantoffeln und ein dünner Schlafrock, das war alles, was er besaß.

Vier der Betten waren bei ihrem Eintreffen bereits mit bewusstlosen, verbundenen Verletzten, die restlichen mit Soldaten aus demselben Transport belegt. Jeder bekam das Bett, vor dem er zufällig stehen geblieben war. Bis die Schwestern kamen und die Pillen verteilten, hatten sich schon zwei mit Schuhen aufs Bett gelegt und das Bettzeug durcheinandergebracht. Jeder Mann bekam zwei Pillen und einen Schluck Wasser aus einem Becher, der regelmäßig aus einer weiß emaillierten Wasserkanne aufgefüllt wurde.

Die Schwestern waren mit ihrer Runde fast fertig.

Der Geruch der ersten Mahlzeit war undefinierbar, zwar nicht gerade verlockend, aber doch außerordentlich appetitanregend. Bryan hatte seit Tagen nicht gewagt, an Essen zu denken. Aber nun lief ihm das Wasser im Mund zusammen, und die letzten Sekunden der Wartezeit wurden ihm quälend lang.

Die Klumpen auf den Tellern aus unzerbrechlichem Material ähnelten Sellerie, waren aber völlig geschmacklos. Vielleicht war es Kohlrabi, Bryan hatte keine Ahnung. In der Familie Young war man andere Kost gewohnt.

Die Männer schaufelten sich das Essen gierig mit den Löffeln in den Mund, ihr Kauen hatte etwas Animalisches. Bryan schloss daraus, dass einige Sinne doch noch funktionierten.

James' leerer Teller stand gefährlich nahe an der Bettkante. Seine tiefen Atemzüge und die entspannte Miene zeugten von der unglaublichen Anpassungsfähigkeit des Menschen. Bryan beneidete James um seinen ruhigen Schlaf. Ihn selbst beherrschte noch immer die Angst, sich im Schlaf zu verraten. Ein Wort genügte, und er würde enden wie der arme Teufel in der Turnhalle. Der lag nun zwischen den Baracken im Schnee. Sie hatten ihn auf dem Weg hier herüber dort liegen sehen.

Etwas Süßliches mischte sich unter den faden Geschmack des Kohlrabis. Bryan wurde immer schwindliger, er konnte sich nicht mehr konzentrieren. Die Tabletten begannen Wirkung zu zeigen.

Ob er es wollte oder nicht, nun würde er schlafen.

Sein Nachbar zur Rechten lag auf der Seite, er starrte mit leerem Blick auf Bryans Kissen und bemerkte offenbar selbst gar nicht, dass er immer wieder laut furzte. Das war das Letzte, was Bryan mitbekam, ehe ihn der Schlaf übermannte.

8

ES WIRD SCHON gut gehen! Zu diesem Gedanken hatte sich Bryan gezwungen, als sie ihn zum ersten Mal durch die Glastür brachten.

Viele waren schon draußen in den Untersuchungsräumen gewesen. Und wenn sie auch schlaff und apathisch zurückkamen und oftmals stundenlang wie tot auf ihrem Bett lagen, erholten sie sich anschließend wieder und schienen keinen bleibenden Schaden davonzutragen.

Außer der Schwingtür zum Krankenzimmer, die Bryan bis dahin natürlich nur von innen kannte, mündeten insgesamt sechs Türen auf den Korridor. An beiden Enden waren die Ausgänge, die letzte Tür links gehörte zum Aufenthaltsraum des Pflegepersonals, die Tür davor ging in den Behandlungsraum. Von den beiden letzten vermutete Bryan, dass sie in den Trakt der Ärzte führten.

Im vorletzten Raum standen mehrere Krankenpfleger und Ärzte bereit und erwarteten ihn. Noch ehe er wusste, wie ihm geschah, hatten sie Bryan mit Ledergurten festgeschnallt und ihm eine Spritze gegeben. Dann setzten sie die Walzenelektroden an seine Schläfen. Die elektrischen Schockwellen lähmten ihn auf der Stelle und beraubten ihn für Tage aller Sinne.

Eine Behandlungseinheit bestand für gewöhnlich aus höchstens einer Schockbehandlung pro Woche, und das fünf bis sechs Wochen lang. Dann folgte eine Ruhephase. Noch ahnte Bryan nicht, ob man die Behandlung bei ihm wiederholen würde, aber einiges deutete darauf hin. Jedenfalls bekamen die ersten Patienten nach einem Monat Pause gerade eine neue

Serie verabreicht. Während der Ruhephasen bekamen sie Tabletten. Jeder musste täglich eine oder zwei einnehmen. Und alle bekamen sie dasselbe Medikament.

Bryan zermarterte sich den Kopf darüber, was sie hier eigentlich mit den Patienten vorhatten. Und er machte sich Sorgen, was eine solche Behandlung mit ihm und James anstellen mochte. Ganz langsam verschwanden die Bilder aus seinem Gedächtnis, an die er sich vorher geklammert hatte. Er war wie betäubt, und die Wünsche, seine Lieben wiederzusehen, mit James zu sprechen oder einfach nur ohne Aufsicht draußen durch den Regen zu spazieren, verblassten immer mehr. Seine Erinnerung spielte ihm gewaltige Streiche. Gestern hatte er sich noch glasklar und lebhaft an ein Erlebnis aus der Kindheit erinnert, und heute wusste er kaum, wie er damals ausgesehen hatte.

Seine Fluchtpläne erstarben, noch ehe er sie zu Ende gedacht hatte.

Appetit hatte er auch kaum noch. Beim wöchentlichen Duschbad fiel Bryan auf, wie sehr Hüftknochen und Rippen vorstanden. Nicht, dass ihm das Essen nicht geschmeckt hätte. Manchmal, wenn es Kartoffelpuffer gab oder Gulasch oder Suppe oder Kompott, fand er es wirklich essbar. Aber die Lust fehlte. Wenn eine Schockbehandlung überstanden war und der Körper eigentlich nach neuer Energie schrie, musste Bryan sich übergeben, wenn er nur an Haferbrei oder Graubrot mit Margarine zum Frühstück dachte. Er rührte den Teller nicht an, und niemand nötigte ihn. Nur zum Abendessen, bei dem es meist belegte Brote mit den Resten vom Mittagessen und selten einmal Wurst oder Käse gab, konnte er sich zwingen, etwas herunterzubringen. Wenn man ihm genug Zeit zum Essen ließ.

James lag in seiner Ecke und ließ die Tage vergehen. Er lauschte und träumte und hielt sich immer wieder an Jills Halstuch fest. Er hatte es immer in der Nähe, unter der Matratze, unter der Bettdecke oder unter seinem Nachthemd.

Während der ersten Wochen kamen sie gar nicht aus dem Bett. Aber nach und nach wurde den Patienten gestattet, selbstständig zu den Toiletten am Ende des Korridors zu gehen. Allerdings brauchten die Krankenhelfer von da an auch länger, bis sie mit den Bettpfannen kamen. Immerhin: Bryan hatte seinen Wortschatz um den Ruf »Schieber, Schieber!« erweitert. Bisweilen dauerte es nun unerträglich lange, bis die emaillierte Bettpfanne unter die Decke geschoben wurde.

James war als Erster aufgestanden. Eines Morgens schwang er plötzlich die Beine aus dem Bett. Dann ging er von Bett zu Bett, sammelte das Frühstücksgeschirr ein und stellte es auf einen Servierwagen. Bryan hielt die Luft an. Wie perfekt James seine Rolle spielte! Die Kniestrümpfe waren heruntergerutscht, sodass sie um die Knöchel hingen. Er bewegte sich ruckartig und presste dabei die Oberarme so krampfhaft an den Körper, dass alle Bewegungen ungeschickt wirkten. Den Hals hielt er so steif, dass er jedes Mal den ganzen Körper drehen musste, wenn er aus dem Augenwinkel etwas Neues sah.

Bryan freute sich über James' Mobilität. So würden sie bald Kontakt aufnehmen können.

Doch nur wenige Tage später unterband James' Bettnachbar diese Aktivität. Kaum war James aufgestanden, verließ auch der große pockennarbige Mann das Bett und beobachtete James beim Einsammeln des Geschirrs. Dann trat er zu ihm, legte ihm den Arm um die Schultern und strich ihm ein paarmal übers Haar. Anschließend führte er James energisch zurück zu seinem Bett und drückte behutsam seinen Kopf aufs Kopfkissen. Seither war es der Pockennarbige, der dem Krankenpersonal half. Er lief herum und umsorgte die Patienten, wann immer sich eine Gelegenheit bot.

James hatte es ihm offenbar besonders angetan. Wenn James nachts ein Kissen aus dem Bett fiel oder beim Essen ein Krümel auf der Bettdecke landete, war der Pockennarbige sogleich zur Stelle und half.

Ursprünglich hatte der Mann in dem Bett gegenüber von Bryan gelegen. Aber an dem Tag, als James' erster Bettnachbar abgeholt und in die Leichenhalle gebracht wurde, hatte sich der Pockennarbige einfach so in das frei gewordene Bett gelegt. Zwei der jüngeren Krankenschwestern hatten ihn daraufhin zunächst wieder zu dem ihm zugewiesenen Bett bringen wollen. Aber da hatte er ganz erbärmlich geschrien und mit seinen großen Händen ihre Arme ergriffen. Als schließlich die Oberschwester erschien, schlief er tief und fest in seinem neuen Bett.

Dort ließen sie ihn nun in Ruhe.

Nachdem der Versuch, sich eine sinnvolle Aufgabe zu verschaffen, so gründlich missglückt war, stand James nur noch auf, wenn er sich waschen wollte oder zur Toilette musste.

Das erste Mal, dass Bryan sein Bett verließ, war zwei Tage nach einer Elektroschockbehandlung.

Beim üblichen notdürftigen Waschen im Bett war ihm schwindlig geworden und er musste schrecklich würgen. Dabei kippte die Waschschüssel mit dem Seifenwasser über die Bettkante und die Seife fiel auf den Boden. In dem Augenblick betrat eine der verknöcherten Krankenschwestern den Raum. Statt ihm zu helfen, fluchte sie über das vergossene Waschwasser und zerrte Bryan mit sich bis ganz ans Ende des Korridors, an den Behandlungsräumen vorbei. Bryan konnte sich kaum auf den Beinen halten und übergab sich immer wieder auf den frisch gewischten Fußboden.

In den weiß gefliesten Raum fiel das Licht durch ein großes Fenster, das den Blick auf andere Gebäude und die verschneiten Felsen dahinter freigab. Ruckzuck hatte die Schwester ihn in eine Toilette eingeschlossen. Bryan kniete vor der Kloschüssel und erbrach sich stöhnend. Als die Krämpfe nachließen, setzte er sich auf das kalte Porzellanbecken und sah sich um.

In der Toilette gab es keine Fenster, aber über der Tür bis

zur Decke war ein Stück ausgespart, durch das Licht hereinfiel. Nachdem er die Wände gründlich untersucht hatte, legte
Bryan sich flach auf den Boden und sah sich um, so gut es
ging. Die Trennwand stand auf rostigen Metallstangen. Dahinter war noch eine Toilette und dann kam eine gemauerte
Wand. An der Wand gegenüber führte eine schmale Tür zu
dem Raum, aus dem die Krankenpfleger Bettzeug holten und
die Putzfrau Besen und Eimer. Bryan hatte gesehen, wie die
Geräte und die Bettwäsche hin und her getragen wurden. Der
Raum in der Ecke musste das Bad sein, und die Tür neben dem
Fenster führte vermutlich zur Spülküche.

Sie holten ihn erst kurz vor der Visite wieder, tätschelten
ihm die Wange und lächelten ihn an, bis er das Lächeln erwiderte.

Seither stand Bryan mehrmals täglich auf. Während der
ersten Tage versuchte er, Kontakt zu James aufzunehmen.
Wenn James Anstalten machte, zur Toilette zu gehen, folgte
er ihm Sekunden später nach. Aber es nützte alles nichts. Wie
günstig die Gelegenheit auch sein mochte, sobald James Bryan
entdeckte, eilte er sofort in die entgegengesetzte Richtung.

Auch bei anderen Gelegenheiten, in der Regel nach der
Kontrolle am Nachmittag, wenn im Krankenzimmer Ruhe
herrschte, versuchte Bryan, Blickkontakt aufzunehmen, jedoch
ohne Erfolg.

Schließlich stand James offenbar nur noch auf, wenn Bryan
schlief.

Bryan fühlte sich verdammt allein.

9

DASS DIE ZEIT nicht planlos ins Land ging, hatten sie dem Kalendermann zu verdanken. So hatte Bryan den Patienten gegenüber von James getauft. Seine kurzen Beine waren es gewesen, die auf der Fahrt hierher über Bryans Trage gebaumelt hatten. Ein heiterer, stummer kleiner Mann, der nie sein Bett verließ und dessen einzige Beschäftigung darin bestand, jeden Tag das aktuelle Datum in das Kopfende seines Betts zu kratzen. Die Krankenschwestern brachte das zur Weißglut. Zur Strafe gaben sie ihm kleinere Essensportionen und verbreiteten bei der Visite offenbar Lügen über ihn. Darum fiel seine Behandlung durch die Ärzte noch drastischer aus als die der anderen.

Mit einer neuen LKW-Ladung Patienten erschien eines Tages die Rettung des Kalendermannes. Die Neuankömmlinge waren in Begleitung von drei jungen Krankenschwestern über den Hof zu einem der hinteren Gebäude getrottet, und diese Schwestern lösten einige der schlimmsten Peinigerinnen des Kalendermanns ab. Nach ein paar Tagen brachte ihm die zierlichste der drei jungen Frauen, kaum so alt wie Bryan und James, einen Bleistift und einen kleinen Block aus grauem, grobem Papier, den sie an einem Metallstift am Kopfende seines Bettes aufhängte. Nun brauchte er das aktuelle Datum nicht mehr mühselig ins Bett zu kratzen.

Wie der Kalendermann es schaffte, nach den Elektroschockbehandlungen immer wieder das richtige Datum aufzuzeichnen, war Bryan ein Rätsel. Offenbar kehrte das Verlorene jedes Mal auf wundersame Weise und mit der größten Genauigkeit in seinen Kopf zurück.

Es war zwar schon April, aber immer noch sehr kühl in ihrem Krankenzimmer. Noch gestattete man den meisten Patienten, sich nachts mit zwei Wolldecken zuzudecken. Viele hatten sich erkältet, sie husteten und schnieften in ihren Betten. Bryan behielt immer seine Socken an und bemühte sich, seinen Körper, so gut es eben ging, gegen die Zugluft zu schützen.

Dem Pockennarbigen schien die Kälte nichts auszumachen. An diesem Abend wanderte er zum dritten Mal zu Bryan hinüber, um dessen Bettdecke festzustecken. Es war sehr windig gewesen, aber der Wind hatte sich nun gelegt und im Krankenzimmer war es ganz still. Bryan hatte die Augen geschlossen, als er spürte, wie die großen Hände die Decke behutsam richteten und ihm zart wie Katzenpfoten über die Stirn strichen. Dann kraulte der Pockennarbige vorsichtig, wie bei einem Kind, Bryans Wange. Da schlug Bryan die Augen auf und lächelte ihn an, worauf sein Gegenüber ihm unerwartet ein paar Worte ins Ohr flüsterte. Die Gesichtszüge des Riesen veränderten sich vorübergehend, er wirkte wachsam und kühl. Blitzschnell schien er Bryans Züge zu erfassen, wirkte dann aber gleich wieder so stumpf wie sonst. Danach drehte er sich zu Bryans Nachbar um, tätschelte dessen Wange und sagte: »Gut, guuut!«

Schließlich setzte sich der Pockennarbige auf einen der Stühle im Mittelgang und starrte zu James hinüber. Die beiden Männer in den Nachbarbetten hoben die Köpfe. Deutlich zeichneten sich ihre Silhouetten im Schein des Mondes vor dem Fenster ab. Auch sie sahen hinüber zu James, der flach ausgestreckt auf seinem Bett lag.

Bryan ließ den Blick vorsichtig durch den Raum wandern. Soweit er sehen konnte, schliefen alle anderen – außer den dreien. Stoßweises Flüstern echote zu ihm hinüber, dann legten sich die Schatten wieder auf ihre Betten zurück. Erneutes Flüstern.

Bryan schauderte es. Hörte er sie tatsächlich flüstern oder war das doch der Wind gewesen?

Am nächsten Morgen saß der Pockennarbige immer noch auf dem Stuhl und schnarchte. Die Nachtschwester kam und gab dem Schnarchenden einen Klaps auf den Hinterkopf.

Seufzend nahm sie ihre allmorgendliche Arbeit in Angriff.

Etlichen Patienten ging es inzwischen sichtlich besser. Bryans Nebenmann lag nicht mehr nur im Bett und starrte apathisch an die Decke. Wenn er nun ab und zu stoßweise redete, klopfte das Pflegepersonal ihm immer aufmunternd auf die Schulter. Andere Patienten waren die meiste Zeit auf, saßen am Tisch und blätterten in den bunten Heftchenromanen der Krankenträger. Zwei der älteren Träger sorgten dann und wann für einen kleinen Auflauf, wenn sie eine Runde Schwarzer Peter spielten.

Wenn die Sonne schien, stellten sich einige der Patienten in der Mittagszeit ans Fenster. Sie sahen den Männern aus anderen Abteilungen zu, Angehörigen der SS mit äußerlichen Verwundungen, die kurz vor ihrer Entlassung standen und unten im Hof lachten und Bockspringen, Völkerball und Fangen spielten.

Bryan konnte alles beobachten, was auf dem Hof vor sich ging, wenn er sich nur am Kopfende seines Bettes im Schneidersitz hinsetzte und den Kopf reckte. Stundenlang saß er so und starrte in den Himmel über den Wachtürmen am Tor und zu den Hügeln hinüber.

In dieser Haltung konnte er auch die Enden der Bettpfosten erreichen, vorsichtig den Holzpfropfen oben herausziehen und seine Tabletten in den Metallrohren versenken. Seit er keine Elektroschocks mehr bekam, versuchte er, die Pillen, die ihm in den Mund gelegt wurden, möglichst nicht zu schlucken. Manchmal schluckte er eine, manchmal hatten sie sich schon aufgelöst, bis es ihm möglich war, sie auszuspucken. Aber schon die Reduzierung der Dosis zeigte Wirkung: Bryan wurde immer klarer im Kopf. Gleichzeitig wurde sein Wille zur Flucht drängender.

Von all den geistesabwesenden Kranken im Raum hatte nur einer gesehen, wie er die Tabletten in die Metallrohre warf, und zwar der, der damals unter der Dusche gestanden und in das eiskalte Wasser gestarrt hatte. Anfangs hatte sich dieser zarte Mann immer wieder selbst verstümmelt, sodass er die meiste Zeit mit Zwangsjacke und Medikamenten ruhiggestellt wurde. Nun, drei Monate später, lag er stumm mit angezogenen Beinen und der Hand unter der Wange auf der Seite und starrte zu den anderen hinüber. Bryan sah seinen Blick in der Sekunde, als er die Tabletten in das Rohr fallen ließ. Der andere strahlte ihn an. Später, als Bryan an den Betten entlang tippelte, blieb er am Bett dieses Mannes stehen. Der wirkte völlig entspannt, und als Bryan sich über ihn beugte, war in seinen Augen kein Zeichen des Wiedererkennens zu entdecken.

Nur sehr langsam gelang es dem Frühling, das Graubraun des Hofs zu verdrängen und die Schatten zu beleben. Bryan hatte genug Zeit, das Panorama haarklein zu erforschen.

Ihr Haus lag den Felsen am nächsten, die Fenster waren nach Westen ausgerichtet. Die Abendsonne ging direkt zwischen den Wachtürmen unter und tauchte die davor liegenden Gebäude in einen mattroten Schein. Ganz links außen, nach Süden zu, lag die Küche, die hatte er vom Korridorfenster neben der Toilette besser im Blick. Weiter in südwestlicher Richtung standen einige kleine Baracken, dort lag das Quartier der Wachsoldaten und der Sicherheitsleute. Unmittelbar vor Bryans Fenster sah man direkt auf den Giebel des Anbaus, in dem das Krankenhauspersonal untergebracht war. Oft konnte man den jungen Ärzten dabei zusehen, wie sie sich eifrig bemühten, die Krankenschwestern ins Bett zu bekommen. Dass das so gut wie nie gelang, machte den Vorfall zwar amüsant und seine Akteure lächerlich – erstaunlicherweise aber nicht menschlicher.

Nach Norden hin versperrte das Gebäude, das parallel verschoben zu ihrem eigenen Block errichtet war, den Blick auf die Turnhalle und die Umgebung dahinter. Auch einige der etwas tiefer liegenden Abteilungen wurden fast ganz von der scharfen gelben Gebäudeecke verdeckt.

Rund um die Uhr sah man Wachtposten mit Hunden am Zaun entlang patrouillieren. Die wenigen Zivilisten, die Zutritt zum Lazarett erhielten, wurden stets von Sicherheitsleuten oder SS-Soldaten begleitet.

Während der ersten langen Wochen drückte Bryan die Angst, mit Angehörigen des Soldaten konfrontiert zu werden, dessen Identität er angenommen hatte. Ein Albtraum. Doch auf dieser Station gab es keine privaten Besuche. Die Patienten waren isoliert, und niemand wollte, dass jemand von ihrer Existenz, geschweige denn von ihrem Zustand erfuhr. Es war Bryan unbegreiflich, warum man sie überhaupt am Leben ließ.

James sah niemals aus dem Fenster, soweit Bryan das beurteilen konnte. Seit Anfang April hatte er nur noch selten das Bett verlassen und schien sehr stark unter dem Einfluss der Medikamente zu stehen.

Drei Lastwagen fuhren zum Haupttor hinaus, das sich gleich wieder hinter ihnen schloss. Man müsste in einem davon sitzen und einfach drauflosfahren, bis man wieder zu Hause ist, träumte Bryan. Das Motorengeräusch erstarb, sobald die Lastwagen den Hügelkamm passiert hatten und hinunter ins Tal verschwanden. Der Nebenmann des Pockennarbigen, der mit dem breiten Gesicht, stellte sich neben Bryans Bett und sah stumm zu den Wachen. Eins seiner Beine zitterte, und seine Lippen bewegten sich unablässig. Diese stummen Selbstgespräche hatte er vom ersten Tag an geführt. Bryan hatte mehrfach gesehen, wie der Pockennarbige und der andere Nebenmann des Breitgesichtigen erwartungsvoll und geduldig das Ohr an seinen Mund gelegt hatten. Danach schüttelten sie immer idiotisch kichernd den Kopf.

Als er daran dachte und auf die rastlos arbeitenden Lippen

blickte, musste er lachen. Der Mann drehte sich um und schaute ihn so irre an, dass sein Gesicht noch komischer wirkte. Bryan legte instinktiv die Hand vor den Mund, um sein Lachen zu unterdrücken. Da hörten die Bewegungen des Mundes abrupt auf, und der Mann lächelte ihm zu. Es war das breiteste Lächeln, das Bryan je gesehen hatte.

10

VOM GANG DRANG Walzermusik ins Krankenzimmer. Obwohl er erst gestern da gewesen war, kam der Mann, der sie rasierte, auch an diesem Morgen und sorgte dafür, dass ihre Wangen glatt waren wie nie. Wie gewöhnlich schlug einer der Krankenträger, ein Veteran des Ersten Weltkriegs, mit seiner eisernen Faust gegen den nächstbesten Bettpfosten, dass es schepperte. Das war das Zeichen für alle, ins Bad zu gehen. Dieses Abweichen von der Routine verwirrte Bryan und beunruhigte ihn – und da war er nicht der Einzige.

Das Pflegepersonal lächelte, als es den Patienten schneeweiße, frisch gewaschene Bademäntel austeilte und sie zur Eile antrieb. Der Sicherheitsoffizier, der den Simulanten in der Turnhalle erschossen hatte, stand breitbeinig an der Schwingtür und musterte sie. Er nickte gemessen und fast freundlich, als sie vor ihren Betten Aufstellung genommen hatten. Dann wurden sie aufgerufen. Einige der Patienten reagierten nie auf ihren Namen, Bryan war aber dazu übergegangen, es zu tun.

»Arno von der Leyen!« Gellend rief der Sicherheitsoffizier den Namen. Bryan zuckte zusammen. Warum sollte er als Erster gehen? Er zögerte. Erst als ihn ein Krankenhelfer beim Arm nahm, ging er mit.

Einer nach dem anderen wurde aufgerufen. Als die wunderliche Prozession an ihm vorbeidefilierte, schlug der Sicherheitsoffizier die Hacken zusammen und reckte den Arm zum Hitlergruß. Zurück blieben nur die Patienten, die gerade mit Elektroschock behandelt worden waren, darunter auch James.

Bryan sah sich nervös um. Hinter ihm gingen siebzehn, achtzehn Männer, die immer noch völlig irre waren. Seit mehr als drei Monaten versorgte man sie nun schon hier. Was hatte man jetzt mit ihnen vor? Sollten sie in andere Abteilungen oder Lazarette überführt werden? Oder wollte man sie »aussortieren«? Und warum war Bryan vor allen anderen aufgerufen worden? Weder der Sicherheitsoffizier, der beim Gehen seine Stiefel auf den Steinboden knallte, noch die Pfleger und Träger gefielen ihm. Was hatten sie mit ihnen vor? Vielleicht war es gut, dass James nicht dabei war.

Die Männer gingen an dem Behandlungsraum, dem Raum der Elektroschockbehandlung und dem Kontrollraum der Ärzte vorbei. Sie verließen den Gang durch die Tür, durch die sie am ersten Tag hereingekommen waren und die sie seither nie mehr benutzt hatten. Schon auf der Treppe wurden die Männer unruhig, bald blieben einzelne stehen und pressten die Arme an den Oberkörper. Sie wollten nicht mit. Die Pfleger lachten, redeten ihren Patienten gut zu und zwangen sie, wieder ihren Platz einzunehmen.

Es war ein schöner Tag, aber erst die zweite Aprilhälfte, und hier auf der Höhe war es noch immer nasskalt. Bryan sah hinunter auf seine Strümpfe und die Hausschuhe. Unauffällig bemühte er sich, Pfützen und Matsch auszuweichen, als sie im Gänsemarsch den aufgeweichten Appellplatz überquerten. Als ihm klar wurde, dass sie zur Turnhalle geführt wurden, erfasste ihn Panik.

Ihre Prozession wurde von einem SS-Offizier angeführt. Die Revolvertasche an seinem Gürtel schwang bei jedem Schritt, sie war nur wenige Zentimeter von Bryans Hand entfernt. Würde es ihm gelingen, sich den Revolver zu greifen? Und wohin müsste er dann rennen? Bis zum Zaun hinter der Turnhalle waren es gut zweihundert Meter. Dort stand ja noch mehr Wachpersonal.

Dann kamen sie an den Baracken vorbei.

Hinter der Turnhalle lag ein großer offener Platz. Nun konnte Bryan neben dem Grasstreifen auch die Häuser sehen, die vorher nur zu ahnen gewesen waren: ein Gebäude, das parallel zur Turnhalle lag, zwei mit Krankenbetten und ein Gebäude, das wie ein Verwaltungskomplex aussah, mit kleinen Fenstern und braunen Flügeltüren. Eine Art Korridor aus Holz verband die Turnhalle und das Gebäude dahinter. Dort blieb die Gruppe stehen und der Sicherheitsoffizier ließ sie kurz allein.

Heute sehe ich zum letzten Mal die Sonne aufgehen, dachte Bryan, als er den Blick über die angestrahlten Wipfel der Fichten und die vor der Mauer stehende Reihe der Männer schweifen ließ. Der Pockennarbige stand stramm und hatte den Kopf in den Nacken gelegt. Er überragte sie alle.

Der Typ mit dem breiten, teigigen Gesicht stand zwischen ihnen. Sein Mund war in ständiger Bewegung, ohne dass je ein Wort über seine Lippen kam. Als weitere Schritte erklangen, zuckte Bryan so heftig zusammen, dass das Mundwerk seines Nachbarn für einen Moment still stand.

Als die ersten Sonnenstrahlen von hinten auf den Platz fielen, verliehen sie den schwarzen und feldgrauen Uniformen etwas Feierliches, Ehrfurchterweckendes. Das hatte Bryan nicht erwartet. Das hier war kein Hinrichtungskommando, sondern ein Mummenschanz aus Orden, Eisernen Kreuzen, glänzenden Ordensbändern und Lackstiefeln. Überall sah man die SS-Runen oder den Totenkopf. Alle Korps waren vertreten, alle Typen, alle möglichen Verwundungen und jedes Alter. Das hier war der Aufmarsch der Verwundeten, ein Aufgebot von Verbänden, Armschlingen, Krücken und Stöcken.

Die Elitesoldaten des Deutschen Reiches erbrachten den Beweis, dass ein Krieg nicht ohne Blutvergießen gewonnen werden konnte.

Die Soldaten defilierten in Grüppchen am Fahnenmast in der Platzmitte vorbei. Soldaten in Rollstühlen, geschoben von Krankenschwestern, bildeten die Nachhut. Ganz zuletzt schoben schwitzende Sanitäter auf dem Plattenweg noch einige Krankenbetten mit gewaltigen Rädern heran.

Die frische Luft tat gut, aber es war eisig kalt, was natürlich durch ihre unpassende Bekleidung hindurch deutlich zu spüren war. Bryans Nebenmann klapperte mit den Zähnen. Mach dir keine Sorgen, sagte sich Bryan und sah zu der Hakenkreuzfahne auf, die in feierlichem Schweigen gehisst wurde, während nun alle den Arm zum Hitlergruß erhoben hatten.

Sie standen in der nordwestlichen Ecke des Geländes fast ganz hinten. Bryan lehnte sich zur Seite, tat, als würde er wegdösen, und schielte um die Ecke des Gebäudes. Von hier aus konnte er gerade eben noch ein kleineres gemauertes Haus am Rand des Felsens ausmachen. Vermutlich die Kapelle des Lazaretts. Am entgegengesetzten Ende, am Zaun nach Westen zu, erkannte er noch ein Tor. Links und rechts standen Wachtposten in Habachtstellung, den Arm zum Hitlergruß erhoben. Sie schauten zum Appellplatz hinüber.

Dann stimmten alle zusammen begeistert das Horst-Wessel-Lied an.

Von den Geisteskranken sang niemand mit, sie standen nur da und sahen sich verwirrt um. Das Echo und die Kraft der vielen Stimmen füllten den Platz. Bryan war angesichts der grotesken Schönheit des Auftritts wie versteinert. Aber warum man alle hier versammelt und warum man sie sogar außer der Reihe rasiert hatte, begriff er erst, als jemand das Porträt des Führers enthüllte. Bryan schloss die Augen und sah den Zettel über dem Bett des Kalendermanns vor sich. Gestern war der 19. April, dann war heute also der 20., Hitlers Geburtstag.

Die Offiziere hatten ihre Mützen unter den an den Körper gepressten linken Arm geschoben. Ungeachtet ihrer Verwundungen standen sie aufrecht und sahen voller Respekt zum Porträt auf. Was war das doch für ein Kontrast zu den Karikaturen von Hitler, die bei der Royal Air Force jede Mannschaftsbaracke zierten – übermalte, von Dartpfeilen durchbohrte oder mit Schimpfwörtern beschmierte Adolf-Gesichter.

Einige der Krieger wirkten wie in einem Glücksrausch, als

sie – die Augen vor dem Morgenlicht abschirmend – zur Flagge aufschauten.

Unterdessen nutzte Bryan die Gelegenheit und sah sich gründlich die Umgebung hinter ihnen an. Hinter dem Stacheldrahtzaun auf dieser Längsseite gab es einen weiteren Zaun. Ein wenig effektiver Schutz aus rohen Latten, mit Stacheldraht verflochten. Der Schotterweg, den sie seinerzeit heraufgefahren waren, führte ein kurzes Stück entlang des Lattenzauns und vermutlich über die Felsen und ins Gebirge. Bryan drehte den Kopf ein kleines Stück nach Westen zu den Wachtposten, die nun zusammenstanden und sich unterhielten.

In diese Richtung würde er flüchten. Über den ersten Zaun und unter dem nächsten hindurch, an der Straße und dem kleinen Bach entlang, hinunter ins Flachland und hinüber zur Bahnstrecke, die am Rhein entlang bis nach Basel führte.

Wenn er den Schienen südwärts folgte, würde er früher oder später zur Schweizer Grenze kommen.

Wie er die überwinden könnte, würde er schon noch herausfinden.

So etwas wie ein siebter Sinn veranlasste ihn wohl, den Kopf zur anderen Seite umzudrehen. Der Pockennarbige sah ihn direkt an, aber als Bryan ihm das Gesicht zuwandte, senkte der Riese sofort den Blick. Dennoch war Bryan nicht entgangen, wie wach und aufmerksam der Mann gewesen war. Er würde diesen Kerl unbedingt und natürlich so diskret wie nur möglich im Auge behalten müssen. Jetzt sah er aber erst mal wieder hinüber zum Zaun.

Er glaubte nicht, dass der zu hoch war.

Wenn sich der Fahnenmast am untersten Bolzen umkippen ließe, könnte man ihn wie eine Brücke über den Zaun legen. Da fielen Bryan die Rostflecke auf den Schraubenmuttern des Bolzens auf. Natürlich. Er würde einen Schraubenschlüssel brauchen. Ohne den ging es nicht. Wieder einmal scheiterte die Umsetzung eines Vorhabens an einer lächerlichen Kleinigkeit. Wieder einmal war ein scheinbar unbedeutendes Detail für den Fortgang der Dinge von entscheidender Bedeutung: Die zufällige Begegnung mit einem Menschen, der dann der zukünftige Partner wurde. Sätze aus der Kindheit, die sich unerwartet ins Bewusstsein schoben. Ein günstiger Moment, in dem einem das Glück lachte. Aus allen möglichen Zusammenhängen gerissene Bruchstücke hatten Einfluss auf die Zukunft, blieben aber immer zufällig und unvorhersehbar.

So wie dieser Rostfleck auf dem Bolzen.

Ihm würde also nichts anderes übrig bleiben, als über den Zaun zu klettern. Er musste damit rechnen, sich an dem Stacheldraht zu verletzen. Dann waren da noch die Wachtposten. Denn unbeobachtet über den Zaun zu klettern, war das eine. Anschließend unbeobachtet davonzukommen, war dann noch mal etwas ganz anderes. Eine zufällige Maschinengewehrsalve ins Dunkel hinein gefeuert, und es war aus. Wieder spielte der Zufall die Hauptrolle. Ausschalten konnte er ihn nicht, aber er durfte sich auch nicht von der Angst davor beherrschen lassen.

Die Zeremonie endete mit einer kurzen Ansprache des befehlshabenden Sicherheitsoffiziers. So viel Begeisterung hätte Bryan dieser blutleeren Figur gar nicht zugetraut. Darauf folgten nicht enden wollende Heil-Rufe. Dann wurden die Verwundeten in den Krankenbetten und die in den Rollstühlen wieder weggebracht, selig lächelnd in der Gewissheit, ihren Dienst am Vaterland bereits geleistet zu haben und sich nunmehr in Sicherheit zu befinden.

Die dunklen Fichten hinter ihrem Gebäudeblock wiegten sich schwach im Wind. Von der Kälte und dem wenige hundert Meter langen Weg hinüber zum Gebäude schmerzten Bryan alle Gelenke. Pass auf dich auf, dachte Bryan, und sieh zu, dass du nicht krank wirst.

Er hatte seinen möglichen Fluchtweg gesehen. Wenn er krank würde, kämen James und er nicht vor der nächsten Behandlungsserie mit Elektroschocks weg. Also galt es, gründlich und schnell nachzudenken. Und dann musste James in die Pläne eingeweiht werden, ob er wollte oder nicht. Ohne James konnte er nicht vernünftig planen.

Und schon gar nicht fliehen.

11

JEDES MAL, NACHDEM er die Elektroschocks bekommen hatte, ging es James elend, wenn er wieder zu sich kam. Vor allem war er vollkommen entkräftet. Sein Körper arbeitete bis in die letzte Faser auf Sparflamme. Sämtliche Sinne waren abgestumpft und verschwammen. Genau wie seine Gefühle. Rührung, Sentimentalität, Selbstmitleid und Verwirrtheit, alles war durcheinandergewirbelt und versetzte ihn chronisch in eine von Angst und Trauer geprägte Stimmung.

Dass Angst ein schlechter Berater war, wusste James schon lange, und darum hatte er gelernt, mit ihr zu leben und sie unter Kontrolle zu halten. Als das Kriegsgeschehen näher rückte und sie in ihrem Lazarett das entfernte Dröhnen der Bomben hören konnten, da erwachte in ihm eine leise Hoffnung, der Albtraum möge einmal ein Ende haben. Wenn es irgend ging, bemühte er sich, wachsam und aufmerksam die Stunden zu genießen. Er lag ganz still in seinem Bett, betrachtete das Leben um sich herum oder träumte sich weit weg.

Er hatte in den zurückliegenden Monaten gelernt, sich ganz in seine Rolle einzuleben. Niemand würde ihn mehr verdächtigen zu simulieren. Man konnte ihn jederzeit aus seinem Dämmerzustand wecken – er reagierte stets mit leerem Blick. Den Krankenschwestern machte er nicht viel Mühe, denn er aß, was er sollte, er beschmutzte das Bett nicht, und vor allem: Er nahm widerstandslos seine Medikamente ein. Was einerseits ewige Trägheit und Denken im Zeitlupentempo zur Folge hatte, ihm andererseits aber auch eine gewisse Gleichgültigkeit bescherte.

Die Tabletten waren äußerst wirksam.

Am Anfang hatte er nur genickt, wenn er beim Assistenzarzt war und der die Stimme hob. Nie hatte er ohne Befehl eine Bewegung gemacht. Manchmal hatte die Oberschwester bei der Visite laut aus der vergilbten Krankenakte vorgelesen. Auf diese Weise lernte James Stück für Stück die Lebensgeschichte des Fremden kennen, in dessen Identität er geschlüpft war. Die Krankenschwester verstand es, nüchterne biographische Daten mit dem zu kombinieren, was sie über Peuckerts Vergangenheit gehört hatte. Sollte James jemals ein schlechtes Gewissen geplagt haben, weil er die Leiche aus dem Zug geworfen hatte, so wäre damit in dem Moment Schluss gewesen, als er das Wesen seines Retters kennenlernte.

James und Gerhart Peuckert, wie der verstorbene SS-Offizier hieß, waren fast gleichaltrig. Der Deutsche hatte eine unglaubliche und schnelle Karriere hingelegt. Er war zum Zeitpunkt seines Todes Standartenführer bei der Sicherheitspolizei der SS, eine Art Oberst, gewesen. Deshalb hatte er im Krankensaal den höchsten Rang – abgesehen von diesem Arno von der Leyen, dessen Identität Bryan angenommen hatte. Peuckert schien in der Abteilung einen Sonderstatus innezuhaben. Manches Mal, wenn sie alle auf ihren Betten saßen und die anderen ihn kalt anstarrten, hatte James den Eindruck, als hätten sie Angst vor ihm oder als hassten sie ihn sogar.

Die Krankenschwester erging sich förmlich in der Schilderung von Peuckerts ehemals sadistischem Wesen. Der Mann hatte offenbar keine Sünde ausgelassen. Gerhart Peuckert hatte in allen Zusammenhängen rücksichtslos jedes Hindernis, das sich ihm in den Weg stellte, entfernt und gnadenlos jeden abgestraft, der ihm missfiel. Die Ostfront hatte ihm da gut in den Kram gepasst. Schließlich waren einige Untergebene durchgedreht und hatten ihn in demselben Bottich zu ertränken versucht, den er benutzt hatte, wenn er eigenhändig sowjetische Partisanen oder Zivilisten, die Ärger machten, folterte. Das war der Grund, weshalb er lange in einem Feldlazarett im Koma gelegen hatte. Niemand hatte erwartet, dass er sich erholen würde.

Mit den Attentätern wurde kurzer Prozess gemacht – eine Klaviersaite um den Hals und Tod durch Strangulieren. Als Peuckert dennoch aufwachte, beschloss man, ihn in die Heimat zu überführen. Unterwegs bezahlte der echte Gerhart Peuckert schließlich für seine Gräueltaten, und James wurde sein Stellvertreter.

Peuckert war typisch für die Männer in dem Krankenzimmer: ein hochrangiger SS-Offizier, der an der Front Schaden genommen hatte an seiner Psyche, der aber ein zu guter Lakai des Systems war, als dass man ihn ohne Weiteres hätte aufgeben wollen. Normalerweise ging die SS mit solchen Fällen weniger zimperlich um. Aber solange Hoffnung bestand, dass einer aus der Schar dieser hochrangigen und dem Führer besonders loyalen Soldaten sich erholen könnte, wurde alles für seine Genesung getan. Der Öffentlichkeit blieb das Schicksal dieser Patienten meist verborgen, denn ein SS-Offizier konnte einfach nicht geistesgestört aus dem Krieg zurückkehren. Das hätte die Größe des Dritten Reiches beschmutzt und nicht zuletzt unvorhersehbare Konsequenzen für das Vertrauen in die Meldungen von der Front gehabt. Nichts durfte in der Bevölkerung Zweifel säen hinsichtlich der Unverwundbarkeit seiner Helden. Die Familien der Offiziere wären entehrt, das hatte der Sicherheitsoffizier den Ärzten immer und immer wieder eingeschärft. Und: Ein toter Offizier war allemal besser als ein Skandal.

Hinzu kam, dass die kranken SS-Offiziere eine Elite bildeten, die vor äußeren und inneren Feinden des Landes geschützt werden musste. Darum hatte man das Lazarett zur Festung ausgebaut, die nur gesundete Patienten und Wächter verlassen durften. Unbefugte hatten hier keinen Zutritt.

Inzwischen drohten die ständig neu hinzukommenden Patienten die Kapazität des Krankenhauses zu sprengen. Möglicherweise war man stillschweigend zu der Einsicht gelangt, dass das Dritte Reich so, wie sich der Krieg entwickelte, diese Patienten ohnehin nicht mehr zu seinem Nutzen würde einsetzen können. Nach dem Zusammenbruch der Ostfront wollte man wohl keine Zeit mehr mit Experimenten vergeuden.

Ein Großteil der Patienten hatte sich in den letzten Wochen so gut erholt, dass die Behandlungserfolge von nun an dramatisch nachlassen würden. James hörte mit dem ewigen Summen auf und hoffte, dadurch weiteren Elektroschockbehandlungen zu entgehen. In Folge dieser heftigen Stromstöße litt seine Konzentration sehr, und damit war auch James' Lieblingsbeschäftigung bedroht: den Kopf in den Nacken zu legen, die Augen zu schließen und vor seinem inneren Auge Filme ablaufen zu lassen.

»Wo ist Sergeant Cutter?«, rief Sergeant Higginbotham.

»Der hat zu tun«, lautete die mürrische Antwort von Victor McLaglen, der auf der Fensterbank saß. Er drehte sich zu Cary Grant alias Sergeant Cutter um, der gerade auf die Soldaten eindrosch, die die Treppe zu erklimmen versuchten.

»Eine Karte von einem vergrabenen Schatz kaufen – ha! Lass mal deinen Kopf untersuchen«, höhnte Douglas Fairbanks Jr. und stemmte die Arme gleichermaßen demonstrativ wie dekorativ in die Seiten.

Cary »Cutter« Grant gab der ganzen Bande eins auf die Schnauze, dass ihnen die Kilts um die Ohren flogen, als sie rückwärts die Treppe hinuntertaumelten. »Wir hätten das Heer verlassen und wie die Fürsten leben können!«, schnaubte er mit blitzenden Augen. Im selben Moment wurde er von einem Stuhl torpediert. Über ihm stand ein Schotte und starrte verdutzt auf die abgebrochenen Reste, die er in der Hand hielt. Cutters Miene war unbeeindruckt, fast drohend.

»Äh …«, sagte er und deutete mit dem Zeigefinger auf den

Flüchtenden, »das war der Kerl, der mir die Karte verkauft hat!«

Als sich Fairbanks Jr. den Schotten gerade schnappen wollte, hob Grant abwehrend die Hand. Dann packte er den Highlander am Kragen, schlug ihn mit einem Fausthieb k. o. und hielt ihn am ausgestreckten Arm aus dem Fenster.

»Hallo!«, donnerte Higginbotham von unten, »lass den Mann los!«

An der Stelle musste James sich in Acht nehmen, um nicht laut loszulachen. Als er den Schotten zu Boden stürzen sah und Cary Grant unschuldig die Arme ausstreckte, blickte James sich vorsichtig um und verkniff sich das Lachen.

›Aufstand in Sidi Hakim‹ war James' Lieblingsfilm und fester Bestandteil des Filmrepertoires seiner Tagträume.

Wenn er einen seiner Filme »abspielte«, begann er normalerweise ganz von vorn und ging ihn dann, so gut er konnte, Szene für Szene durch. Eine Handlung, die in einem Kino vielleicht eine Stunde in Anspruch nahm, konnte ihn inzwischen durchaus einen ganzen Vormittag oder Abend beschäftigen. Solange er sich in einen Film einlebte, vergaß er alles um sich herum. Wenn trübe Gedanken aufkamen oder sich in ihm die Angst breitmachte, er könne seine Lieben nie mehr wiedersehen, wurde dieser Zeitvertreib sein Trost.

Seine großzügige Mutter hatte ihm und seinen Schwestern oft ein bisschen Kleingeld zugesteckt, damit sie zur Sonntagsmatinee ins Kino gehen konnten. Als Kinder verbrachten sie einen großen Teil ihrer Zeit mit Deanna Durbin, Laurel und Hardy, Nelson Eddy oder Tom Mix, während die Eltern einen Schaufensterbummel machten. Problemlos konnte er sich seine beiden Schwestern in Erinnerung rufen. Wenn der Held die Heldin küsste und die Zuschauer johlten, hatten Jill und Elizabeth im dunklen Kino geflüstert und gekichert.

Die Erinnerungen an die Filme und an Bücher, die er in seiner Schulzeit verschlungen hatte, halfen ihm nun dabei, nicht durchzudrehen. Aber je mehr Elektroschockbehandlungen er im Lauf der Zeit ausgesetzt war und je mehr Tabletten er geschluckt hatte, desto öfter kam es vor, dass er bei den Tagträumen ins Stocken geriet, weil ihn mittendrin sein Gedächtnis im Stich ließ.

Im Moment wollten ihm die Namen von Douglas Fairbanks Jr. und McLaglen im Film einfach nicht einfallen. Aber das würde schon noch wiederkommen.

Bisher war das noch immer so gewesen.

James' Kopf lag schwer auf dem Kissen. Er tastete nach Jills Halstuch unter der Matratze.

»Herr Standartenführer, wollen Sie nicht doch einmal aufstehen und ein bisschen herumgehen? Sie haben den ganzen Vormittag gedöst. Geht es Ihnen nicht gut?«

James schlug die Augen auf. Die Krankenschwester lächelte ihn an und stellte sich auf die Zehenspitzen, damit sie den Arm unter sein Kopfkissen schieben und es zurechtziehen konnte. Schon seit Monaten hätte James ihr gern geantwortet oder ein Zeichen gegeben, dass es ihm besser ging. Stattdessen starrte er sie weiter ausdruckslos an, ohne eine Miene zu verziehen.

Die Schwester hieß Petra und war das einzige wirklich menschliche Wesen, das er hier bislang gesehen hatte.

Petra hatte der Himmel geschickt. Als Erstes hatte sie dafür gesorgt, dass die anderen Schwestern Werner Fricke, den Patienten mit der Kalendermanie, in Ruhe ließen.

Dann hatte sie sich mit zweien ihrer Kolleginnen angelegt, weil sie die Strafen für Bettnässen und »unmanierliches Essen« mildern wollte.

Und dann hatte sie begonnen, sich in besonderem Maße um James zu kümmern.

Offenbar war er ihr gleich sympathisch gewesen. Zwar ließ sie auch anderen im Krankenzimmer viel Fürsorge angedeihen. Aber ihr trauriges, bedrücktes Gesicht machte sie nur, wenn sie an James' Bett stehen blieb. James staunte, dass sie für einen Mann wie Gerhart Peuckert etwas empfinden konnte. Er vermutete, dass sich hinter der Schwesterntracht ein naives und vielleicht etwas phantasieloses Mädchen verbarg, das aus einer Klosterschule direkt zur Schwesternausbildung gekommen war.

Die mangelnde Lebenserfahrung war ihr deutlich anzumerken. Professor Sauerbruch war ihr Lehrmeister und weltlicher Schutzheiliger. Wenn Petra von ihm sprach, bekam sie leuchtende Augen, und ihre Hände arbeiteten doppelt so sicher und schnell. Und wenn ein Patient durchdrehte und alle in die Hölle schicken wollte, bekreuzigte sie sich erst, bevor sie Hilfe holte.

Petras Vorliebe für James ließ sich vielleicht mit romantischen Vorstellungen erklären. Vielleicht fand sie einfach, er sei ein gut aussehender junger Mann. Der Krieg währte nun schon fünf Jahre. Als sie sich für den harten Alltag der Krankenhäuser entschieden hatte, war sie kaum älter als sechzehn, siebzehn gewesen. Wo hätte sie ihre Träume und Phantasien ausleben sollen? Wann hatte sie überhaupt die Möglichkeit gehabt, zu lieben und geliebt zu werden?

James hatte nichts dagegen, in ihr Wünsche und Vorstellungen zu wecken. Sie war ein nettes Mädchen und obendrein hübsch. Bis auf Weiteres nahm er sich in Acht und genoss ihre Fürsorge. Solange sie da war, um ihm nach den Schockbehandlungen das Essen einzuflößen oder das Fenster zu schließen, wenn ihm die Zugluft zu schaffen machte, würde ihn sein Körper jedenfalls nicht vor der Zeit im Stich lassen.

»Nun kommen Sie schon, Herr Standartenführer!«, fuhr sie fort und schob James' Beine über die Bettkante. »Das nützt doch nichts. Sie wollen doch auch, dass es Ihnen wieder besser geht, nicht wahr? Und dazu muss man auch mal aufstehen und sich bewegen.«

James stellte sich zwischen die Betten und schob sich langsam auf den Mittelgang zu. Petra nickte und lächelte. In anderer Hinsicht war er von dieser Sonderbehandlung weniger erbaut. Damit geriet er nur ins Visier der anderen Krankenschwestern. Von Petra bevorzugt zu werden konnte im vermeintlichen Namen der Gerechtigkeit Repressalien und Gegenmaßnahmen nach sich ziehen.

Allerdings fürchtete sich James nicht so sehr vor Vergeltungsmaßnahmen aus dieser Richtung. Es war nur ein Gefühl, aber immer häufiger kam es ihm so vor, als herrschte im Krankenzimmer erhöhte Wachsamkeit und eine angespannte Atmosphäre. Auch an diesem Tag empfand er wieder dieses unbestimmte Unbehagen. Durch die verklebten Wimpern warf er einen Blick auf die gegenüberliegende Bettenreihe.

Schon zum dritten Mal an diesem Tag starrte Bryan ihn an und versuchte, Kontakt mit ihm aufzunehmen.

Verdammt noch mal, Bryan. Hör auf, mich anzuglotzen! Das kriegt doch jeder mit!, dachte er, als er Bryans flehentlichen Blick sah. Petra nahm James beim Arm. Während sie ihn langsam zum Fenster am anderen Ende des Raums führte, unterhielt sie ihn wie immer mit kleinen Alltagsgeschichten. James spürte, wie Bryan sich anstrengte, aufzustehen. Es war erst einen Tag her, seit er zuletzt einer Schockbehandlung unterzogen worden war, aber er gab nicht auf.

James wollte unter keinen Umständen zusammen mit Bryan dort in der Ecke stehen. Die Krankenschwester verstummte, als er sie wieder in Richtung seines Bettes zog. Auch Bryan bemerkte James' Manöver. Entmutigt lehnte Bryan sich gegen das Fußende seines Bettes, als James an Petras Arm vorbeiging.

Im Moment bist du schwach, Bryan, aber morgen hast du dich wieder erholt, dachte James. Ich will kein Mitleid mit dir haben. Lass mich einfach in Ruhe! Du weißt doch selbst, dass es so das Beste ist. Ich bringe uns schon hier raus. Aber nicht jetzt. Vertrau mir! Man beobachtet uns …

James hörte ein Klappern von Bryans Bett und fühlte den verzweifelten Blick des Freundes im Rücken.

Der Pockennarbige stolzierte hinter ihnen her. Er klopfte Bryan auf die Schulter und brummte irgendetwas Unverständliches.

James wand sich aus dem Arm der Schwester und sank aufs Bett. Wie hieß noch mal dieser verflixte Sergeant in ›Aufstand in Sidi Hakim‹? Denk nach, James! Du weißt es doch!

Der Pockennarbige ließ sich schwerfällig auf sein Bett sinken und sah Petra nach, als sie schließlich weiterging. »Schnuckelig, nicht wahr, Herr Standartenführer?«, sagte er zu James.

Der empfand jedes Wort wie einen eisigen Stich.

Der Riese schlug mit den Fersen gegen das Bettgestell, dass es wackelte. James reagierte nie auf seine Fragen. Vielleicht würde der Riese ja eines Tages aufgeben.

Die Männer in den Betten neben dem Pockennarbigen saßen aufrecht und starrten Bryan an wie die Geier, als er sich unter die Bettdecke wühlte und entkräftet liegen blieb. Entspann dich, Bryan, du musst dich um Himmels willen entspannen, Bryan, flehte James in Gedanken. Sonst kriegen die uns!

12

JAMES SCHLIEF TIEF und fest, als ihm die Namen schließlich
einfielen. McChesney und Ballantine hießen die beiden letzten
Sergeanten in ›Aufstand in Sidi Hakim‹. Überrumpelt schlug
er die Augen auf und starrte ins graue Halbdunkel.

Das Schnarchen und die gleichmäßigen, schweren Atemzüge
der anderen Männer holten ihn zurück in die Realität. Durch
die Fensterläden drangen kurz ein paar Lichtstrahlen. James
zählte bis zweiundvierzig, dann blitzte es wieder schwach
durch die Ritzen auf. Noch zweimal ließen die Männer auf dem
Wachturm hinter den SS-Baracken den Scheinwerfer routine-
mäßig kreisen, dann zogen sie sich wieder in den Schutz des
Vordachs zurück. Es regnete nun schon die vierte Nacht in
Folge. In der vorletzten Nacht hatte er das Dröhnen mehrerer
Bombergeschwader gehört, das von den Felswänden widerhallte, und die gellenden Befehle der Wachleute.

Vorgestern Nacht war außer James auch noch der Patient in
Bett Nummer neun wach gewesen, ein Hauptsturmführer. Der
Mann hatte mit angezogenen Beinen im Bett gelegen und leise
geschluchzt. Auch er kam von der Ostfront. Bei einem Angriff
war er mehr als zehn Stunden lang unter einem umgestürzten
Baum eingeklemmt gewesen, während seine eigenen Leute die
Gegend mit Flammenwerfern verwüstet hatten. Heute Nacht
war James als Einziger wach.

Er atmete einmal tief durch und seufzte. Heute war Petra
seinetwegen errötet.

Träger Vonnegut, der mit der eisernen Faust, hatte wie üblich in der Zeitung erst die Verlustlisten studiert und sich dann
dem winzigen Kreuzworträtsel zugewandt. Immer, wenn ein

Wort nicht so wollte wie er, knallte er seine stählerne Prothese auf den Tisch.

Vonnegut hatte die Männer mehr oder weniger sich selbst überlassen. Den ganzen Tag war die Stimmung miserabel gewesen.

Zwischen Petra und der Oberschwester herrschte Eiszeit.

Gegen Abend wurde Petra von der Oberschwester unter dem Vorwand in eine andere Abteilung geschickt, sie solle einigen Aspiranten assistieren. Dass sie Petra damit den freien Abend vermasselte, war reine Schikane.

Wie hätte James die rebellische junge Schwester in den flachen Schuhen, der grauen Schwesterntracht mit weißer Schürze nicht liebenswert finden sollen?

James sah ihr voller Sympathie zu, und als sie sich zum wiederholten Mal bückte und in den Kniekehlen kratzte, wo sie die schwarzen Wollstrümpfe am meisten störten, lächelte er. In dem Moment drehte sie sich um und entdeckte seinen Blick.

Da errötete sie.

Kröner, der Pockennarbige im Bett nebenan, fing an, sich unruhig zu bewegen, er würde bald aufwachen. »Verreck doch im Schlaf, du elendes Schwein!«, flüsterte James lautlos und zwang sich, weiter an Petra zu denken. In diesem Augenblick lag sie bestimmt in ihrem Mansardenzimmer über ihnen. Vielleicht träumte sie von seinem Blick. So, wie er von dem Blick träumte, mit dem sie seinen erwidert hatte. Vielleicht wäre es James ohne diesen Blick besser gegangen. Jung zu sein und voller Begehren, das war verdammt schwer.

Er hielt die Augen fast geschlossen. Da flimmerte in der Dunkelheit das Bild Kröners über seine Netzhaut, der sich umgedreht hatte und ihn musterte. Vorsichtig schloss James die Augen ganz und wartete auf das Flüstern.

Der Albtraum hatte sich vor gut zwei Monaten spät nachts zugetragen. Er war von den raschen und energischen Schritten der Nachtschwester aufgewacht. Kurze Zeit später war sie über den Korridor in Richtung Personaltoiletten hinten bei der Treppe zum Hof gegangen. Aber direkt vor ihm schwankte eine Silhouette auf das Kopfende des Nachbarbetts zu. James sah ein Zucken am Fußende des Bettes, während sich der Schatten mit dem Kopfkissen im Nachbarbett zu schaffen machte. Dann war die schattenhafte Gestalt schnell zum anderen Ende des Raums gegangen und hatte sich dort ins Bett gelegt.

Am nächsten Morgen weckte Vonnegut sie wie üblich, indem er mit seiner Prothese gegen die Bettenden klopfte. Der Patient in James' Nachbarbett war tot. Sein Gesicht war blau angelaufen, die Zunge hing ihm vulgär und grotesk aus dem offenen Mund. Die Augen schienen aus dem Kopf zu quellen, sie zeigten einen verzweifelten Ausdruck.

Später hieß es, der Mann habe immer Essensreste unter dem Kopfkissen versteckt gehabt, und nun sei er an einer Fischgräte erstickt. Der Assistenzarzt Holst schüttelte den Kopf, und die Oberschwester flüsterte ihm etwas ins Ohr. Dr. Holst steckte die Fäuste in die Taschen seines Kittels. Vonnegut, der ihm Fragen stellte, fertigte er kurz ab, dann sorgte er dafür, dass die Träger die Leiche wegschafften, ehe die Sicherheitsleute und der Oberarzt dem Pflegepersonal der Abteilung Probleme machen konnten.

James war in jener Nacht Zeuge eines Mordes geworden.

Als die Krankenpfleger das Bettzeug des Toten wechselten, hoben mehrere Patienten den Kopf und sahen zu.

Um die Mittagszeit verließ ausgerechnet der Patient sein Bett, welcher nachts als Schatten sein Unwesen getrieben hatte.

Er kam auf James zu und legte sich in das frisch bezogene Nachbarbett. Es handelte sich um den pockennarbigen Mann, der James die Idee streitig gemacht hatte, dem Pflegepersonal zur Hand zu gehen. Als die Schwestern mit dem Mittagessen kamen und ihn entdeckten, wurde er trotz weinerlichen Protestes unerbittlich zurück in sein Bett gebracht. Doch sobald sie ihm den Rücken zukehrten, legte sich der Mann wieder in das Bett neben James. Er zog die Decke bis unters Kinn und hielt sie ganz fest. Erst wenn er sich in diesem Bett befand, wurde er ruhig. Nachdem sich dieser Auftritt etliche Male wiederholt hatte, gab man auf und ließ ihn liegen, wo er war.

James' neuer Bettnachbar hieß Kröner und war ein Mörder.

James begriff das alles nicht. In den ersten Nächten konnte er vor lauter Angst überhaupt nicht schlafen. Was auch immer das Motiv dieses Verrückten gewesen war – wenn er überhaupt eins gehabt hatte –, man konnte doch davon ausgehen, dass er es möglicherweise wieder tun würde. Insofern erschien es James sicherer, tagsüber zu schlafen und nachts zu wachen und mitzuzählen, wie oft sich der Nachbar in dem knarrenden Bett umdrehte. Im Notfall könnte er dann laut um Hilfe schreien oder sich aufrichten und an der Klingelschnur ziehen.

In der dritten Nacht nach dem Vorfall war es stockdunkel. Die Läden waren geschlossen, und anders als sonst brannte auch auf dem Korridor kein Licht. Nur das Atmen und Schnarchen der Mitpatienten war zu hören, James konnte sich etwas entspannen. Nachdem er erst Pinkertons Taten durchgegangen war, flüchtete er sich in den letzten Film, den er in jenen unbeschwerten Tagen in Cambridge noch hatte sehen können, ein groß angelegtes Epos von Alexander Korda. Dabei nickte er ein.

Anfangs glitten die geflüsterten leisen Worte fast unmerklich zwischen seine Traumbilder. Als verwirrende und fremde Elemente mischten sie sich in eine Liebesszene. James schlug die Augen auf und musste feststellen, dass das Flüstern weiterging. Er erschrak. Die Worte waren real, und der Sprecher war bestimmt kein Geistesgestörter: Es war der pockennarbige Mann im Nachbarbett, Kröner.

Andere Stimmen kamen hinzu. Insgesamt konnte James drei unterscheiden: Sie gehörten Kröner, dem Mörder, und den Männern in den beiden nächsten Betten.

»Verflucht, ich musste doch eine Szene machen.« Das kam von dem entferntesten der drei Betten. »Die Oberschwester, die blöde Ziege, hat mich doch erwischt, wie ich da hinten am Tisch in Vonneguts Heften las.«

»Das war aber auch idiotisch, Dieter!«, brummte Kröner.

»Was zum Teufel soll man denn machen? Wenn man nicht schon verrückt ist, hier wird man es vom Herumliegen, vom dämlichen Nichtstun!«

»Aber jetzt bleibst du von den Heften weg, verdammt!«

»Natürlich. Glaubst du etwa, ich hätte es drauf angelegt? Glaubst du, es ist ein Vergnügen, tagelang in der Gummizelle eingesperrt zu sein? Im Übrigen haben sie angefangen, einige zu liquidieren. Was soll man auch sonst mit denen machen«, fügte er noch hinzu.

»Warum zum Teufel schreien die denn? Ich hab immer geglaubt, nur die Stuka-Piloten würden so verrückt«, flüsterte der in der Mitte mit dem breiten Gesicht, Horst Lankau.

James' Herz hämmerte. Um sich zu beruhigen und um der geflüsterten Konversation weiter folgen zu können, atmete er vorsichtig und langsam. Das hier war ein ganz normales Gespräch, nur die Umstände waren es nicht. Von den dreien war nicht einer auch nur im Mindesten geistesgestört.

Erst gegen Morgen wurde James wirklich bewusst, wie gefährlich die Situation für Bryan und ihn werden konnte. Sie waren definitiv nicht die einzigen Simulanten!

Das größte Problem bestand im Moment darin, dass Bryan nichts wusste. Wenn Bryan nicht aufhörte, Kontakt zu ihm aufzunehmen, konnte das ihr Ende bedeuten.

James musste alle Kontaktversuche ignorieren. Er musste Bryan um jeden Preis meiden und alles umgehen, was auf eine Verbindung zwischen ihnen beiden hindeuten könnte.

Was Bryan daraus machte, musste zunächst seine Sache sein. Sie kannten sich doch so gut, er würde wohl nach und nach verstehen, dass er, James, sich nur deshalb so verhielt, weil es nötig war, wenn sie das hier überleben wollten.

Bryan musste einfach lernen, sich in Acht zu nehmen.

Kröner war derjenige, der die Fäden in der Hand hielt. Der die anderen beiden dirigierte und dafür sorgte, dass bei jeder unerwarteten Bewegung, bei jedem fremden Ton alle sofort schwiegen. Hinter dem Knorrigen des Riesen und seinem pockennarbigen Gesicht verbarg sich ein intelligenter, gebildeter und restlos egoistischer Mensch.

Kröner war immer wachsam, immer aktiv, auch am Tag. Die beiden anderen, der Breitgesichtige und sein rappeldürrer Kumpel, Dieter Schmidt, verschliefen die Tage meist, vermutlich, damit sie für die nächtlichen Gespräche wach waren.

Kröners gesamtes Tun hatte offenbar nur ein Ziel: das Lazarett bis zum Kriegsende zu überleben. Tagsüber war er mit jedermann gut Freund und erledigte Besorgungen für das Personal. Nachts würde er jeden liquidieren, der ihm im Wege stand. Das hatte er bereits bewiesen.

Das Flüstern konnte sich durchaus über zwei Stunden hinziehen. Seit der Geschichte mit der Gräte waren die nächtlichen Kontrollen etwas verschärft worden und die Nachtschwester konnte jederzeit auftauchen. Sie ließ den Lichtkegel einer Dynamolampe über die Gesichter wandern. Dann hörte man im Krankenzimmer nur noch das Geräusch des Lampendynamos.

Wenn die Schwester im Schein der kleinen Lampe aus dem Raum gewandert war und ihre Schritte auf dem Korridor verklangen, wartete Kröner immer noch einen Augenblick ab, um Gewissheit zu haben, dass wieder absolute Ruhe herrschte. Dann setzte das Flüstern erneut ein.

Und James spitzte die Ohren.

Ihm wurde klar, dass Kröner den Mann einzig und allein deshalb erstickt hatte, weil er näher bei seinen Kumpanen liegen wollte. Solange der Pockennarbige James nicht als Bedrohung empfand, hatte er also nichts zu befürchten.

Dennoch konnte James nicht mehr ruhig schlafen. Das, was die Simulanten sich nachts erzählten, war einfach zu entsetzlich. Und was James am meisten erschütterte: Sie erzählten es, als handelte es sich dabei um Heldentaten.

13

IHRE AUSFÜHRUNGEN WAREN unerträglich detailliert. Die Simulanten schwelgten förmlich in ihren eigenen Untaten. Nacht für Nacht wollten sie sich gegenseitig übertrumpfen. James hatte sich nicht vorstellen können, dass es Menschen gab, die dem Krieg durchaus etwas abgewinnen konnten.

Er war erschüttert. Wenn die drei Teufel dann endlich Ruhe gaben, verfolgten ihre Geschichten voller Gräuel und Gewalt James bis in den Schlaf, und nicht selten wachte er schweißgebadet aus diesen viel zu realen Albträumen auf. Stück für Stück offenbarte sich ihm, wieso die Simulanten hier gelandet waren und warum sie um jeden Preis bleiben wollten, bis der Krieg zu Ende war oder sie auf andere Weise entkommen konnten …

Obersturmbannführer Wilfried Kröner hatte sich in den Jahren 1942 und 1943 auf dienstlichen Befehl hin mit seiner Einsatzgruppe der Sicherheitspolizei, dem SD, den Bewegungen der Panzerdivisionen der Waffen-SS an der Ostfront an die Fersen geheftet. Hier lernte er, dass man jeden Willen brechen konnte – und dafür liebte er seine Arbeit.

Kröner erinnerte sich immer wieder genüsslich daran, wie es war, wenn man die Delinquenten beim Aufhängen so langsam hochzog, dass die Zehenspitzen gerade noch den Boden berührten. Und an den Kitzel, wenn die Unterlage gefroren war und die Zehenspitzen fieberhaft über das spiegelglatte Eis tanzten. Selbstzufrieden berichtete er, wie es ihm dann und wann gelungen war, einen Strick so punktgenau über den Galgen zu werfen, dass zwei gleich schwere Partisanen gleichzeitig an den beiden Enden aufgehängt werden konnten.

James wurde jedes Mal übel.

Wenn man Kröners Ausführungen folgte, musste man zu dem Schluss kommen, er habe dort seine große Zeit gehabt. In einem Verhör leistete ein Leutnant der Sowjetunion mit eisernem Willen hartnäckig Widerstand. Bevor er schließlich zusammenbrach, hatte er aus seinen Kniehosen noch einen Leinenbeutel gerissen: Ringe und deutsches Geld, silberne und goldene Amulette und einige Rubel rollten über den Tisch. Geholfen hatte ihm das nicht mehr, sie prügelten ihn zu Tode. Zweitausend Mark, überschlug man den Wert, als sie die Beute aufteilten. Das waren vierhundert für jeden der Offiziere in Kröners Stab und achthundert für ihn. Sie nannten es zurückgewonnene Kriegsbeute und sorgten in Zukunft dafür, die Gefangenen persönlich einer Leibesvisitation zu unterziehen, ehe sie zum Verhör gebracht wurden. Oder zur »Einschläferung«, wie Kröner die standrechtlichen Hinrichtungen lakonisch nannte. Er lachte, als er erzählte, wie seine Untergebenen ihn einmal dabei erwischt hatten, dass er die Beute an sich nahm, ohne sie mit ihnen zu teilen. Kurzerhand hatte er seine Neider umgebracht.

Kröner war im Winter 1943, genau gesagt zwei Wochen vor Weihnachten, zum ersten Mal auf Horst Lankau gestoßen. Er hatte sich an dem Tag zu einer Razzia im südlichen Abschnitt der Ostfront aufgehalten, deren Ziel eine Säuberungsaktion nach einem kürzlich erfolgten Überfall war.

Die Dörfer waren zerstört, aber der Wille der Menschen ungebrochen. Hinter eingestürzten Bretterwänden, geschützt von Strohbündeln, saßen immer noch Familien und kochten eine Suppe aus den letzten Knochen der getöteten Tiere. Kröner ließ sie alle herausholen und erschießen. »Weitermachen!«, befahl er den SS-Soldaten. Er wollte keine potentiellen Partisanen gefangen nehmen, sondern sowjetische Offiziere, die etwas wussten und vielleicht auch Wertgegenstände besaßen, die man ihnen abknöpfen konnte.

Am Rand eines anderen Dorfs zerrte eine Abteilung SS-Soldaten einen Mann zwischen den brennenden Hütten hervor. Man warf ihn vor Kröners Stabswagen. Die Lumpengestalt stand sofort auf, wischte sich wutschnaubend den Schnee aus dem Gesicht. Furchtlos starrte er seinen Richter an. »Befehlen Sie denen, zu gehen«, sagte er in klarem Hochdeutsch. Dabei wedelte er abwehrend in Richtung seiner Wächter. Kaltblütig fuhr er fort: »Ich habe Ihnen etwas Wichtiges mitzuteilen.«

Kröner ärgerte sich über die Todesverachtung des Mannes. »Auf die Knie!«, befahl er mit dem Finger am Abzug. Der Mann in den elenden Lumpen der Bauern berichtete ohne jede Reue, er sei ein deutscher Deserteur, Standartenführer des Gebirgsjäger-Regiments und ein verdammt guter Soldat, hoch dekoriert und wirklich keiner, den man einfach füsilierte.

Da wurde Kröner dann doch neugierig. Das rettete dem Kerl das Leben. Mit den Worten, er heiße Horst Lankau und habe einen Vorschlag zu machen, stand ihm der Triumph ins breite Gesicht geschrieben.

Horst Lankaus Vergangenheit blieb diffus. Aber aus dem Gehörten schloss James, dass er wohl schon vor Kriegsbeginn eine militärische Laufbahn eingeschlagen hatte. Er war offenbar für eine glorreiche, wenn auch traditionelle Karriere beim Militär prädestiniert gewesen. Er verfügte über enorme Erfahrung.

Doch der Krieg im Osten machte selbst den ruhmreichsten Traditionen ein Ende.

Ursprünglich war Lankaus Gebirgsjäger-Regiment als einer der Trümpfe der Offensive dafür vorgesehen gewesen, Stabsoffiziere der Sowjets in der Nachhut der Feinde gefangen zu nehmen. Anschließend sollten sie dem SD oder seltener der Gestapo überlassen werden, die dann so viel wie möglich aus ihnen herauspressen sollten. Genau das war einige Monate lang Horst Lankaus Aufgabe gewesen. Ein gefährlicher und ein dreckiger Job.

Aber dann hatten sie plötzlich das große Los gezogen. Sie hatten sich offenbar einen Generalmajor geschnappt, in dessen Besitz sich ein Kästchen mit dreißig kleinen, aber lupenreinen Diamanten befand. Und diese dreißig kleinen Steine waren der Grund, weshalb Lankau den Krieg um jeden Preis überleben wollte.

Doch Lankau hatte nicht mit den eigenen Leuten gerechnet. Sie hatten bemerkt, dass er sich mit den Diamanten aus dem Staub machen wollte.

Lankau reagierte. Als seine Leute und die Gefangenen eine großzügig gewährte Extraration Kaffee schlürften, sprengte er sie alle mit einer einzigen Handgranate in die Luft. Anschließend suchte Horst Lankau bei sowjetischen Bauern Zuflucht, die er mit Geld bestach. Solange er untergetaucht war, mussten der Krieg und er ohne einander auskommen.

Aber dann war ihm Kröner dazwischengekommen.

»Ich bezahle mit der Hälfte der Diamanten für mein Leben«, hatte er eiskalt seinen Häscher gelockt. »Wenn Sie alle verlangen, können Sie mich gleich erschießen, denn die bekommen Sie nicht. Und Sie werden sie auch nicht finden. Aber Sie können die Hälfte bekommen, wenn Sie mir Ihre Pistole überlassen und mich in Ihr Quartier bringen. Später werden Sie berichten, sowjetische Partisanen hätten mich gefangen genommen und Sie hätten mich befreit. Aber bis dahin lassen Sie mich in Ihrem Quartier, sodass ich nicht mit den anderen Offizieren in Kontakt treten muss. Was dann passieren soll, werde ich Ihnen sagen, wenn es soweit ist.«

Kröner feilschte mit ihm um die Verteilung, aber am Ende bekam Lankau genau das, was er wollte. Fünfzehn Diamanten für jeden, und Lankau wurde mit einer geladenen Pistole in Kröners Lager einquartiert.

»Für jede Woche, die Sie bei mir in Logis sind, bekomme ich einen Diamanten von Ihnen«, versuchte Kröner ihn unter Druck zu setzen. Der Breitgesichtige reagierte darauf mit einem breiten Grinsen. Das war eine Absage, begriff Kröner. Er musste Lankau schnellstmöglich loswerden, damit dieser keine Aufmerksamkeit erregte.

Während der drei Tage Weihnachtsurlaub wich Lankau nicht von der Seite seines Befreiers. Ob es die Hand war, die ständig in der Tasche mit der geladenen Pistole steckte, oder diese gutmütige, fast schon fromme Miene, die Kröner zu schaffen machte, er wusste es selbst nicht. Aber er entwickelte nach und nach Respekt vor Lankaus Kaltblütigkeit und Ausdauer. Und allmählich dämmerte ihm, dass sie gemeinsam Ergebnisse erzielen könnten, die jedem für sich verwehrt bleiben würden.

Am dritten Tag ging es nach Kirovograd. Dorthin fuhren die meisten Soldaten, wenn ihnen die Verpflegung der Feldküche zu eintönig oder das Leben an der Front zu düster wurde.

Kröner hatte sich oft einen Spaß daraus gemacht, sich Gäste auszusuchen, die dafür bezahlten, dass sie nicht zusammengeschlagen wurden.

Lankau weihte Kröner dort in die Pläne ein, die er in der Zurückgezogenheit der letzten Monate entwickelt hatte. »Wie besprochen, erstatten Sie der Kommandantur in den nächsten Tagen Meldung. Sie hätten mich aus der Gefangenschaft bei den Partisanen befreit. Als Nächstes beschaffen Sie ein ärztliches Attest, aus dem hervorgeht, dass ich durch die harte Folter den Verstand verloren habe. Sobald ich im Lazarettzug in Richtung Westen sitze, können Sie zwei weitere Diamanten kassieren.«

Die Idee gefiel Kröner. Auf diese Weise würde er Lankau loswerden und dabei noch etwas gewinnen. Das könnte eine Art Generalprobe für ihn werden, falls das Leben an der Front zu riskant wurde.

Aber daraus wurde nichts. Im Offizierskasino dienten zwei Toiletten, hinter dem Kasino vier Verschläge als Abort. Kröner hatte es schon immer vorgezogen, sein Geschäft im Freien zu erledigen. Befreit knöpfte er sich die Hose zu, als in der pechschwarzen Nacht dort draußen plötzlich eine Gestalt vor ihm auftauchte und keinerlei Anstalten machte, ihn vorbeizulassen. Ganz schön übermütig für so einen kleinen, schmächtigen Kerl, dachte Kröner.

»Heil Hitler, Herr Obersturmbannführer.« Die Stimme passte zur Erscheinung. Kröner ballte die Faust und wollte eben das Hindernis beseitigen, da hob der Offizier die Hand an die Mütze und ging zurück zu der schwach erhellten Hinterhofmauer.

»Obersturmbannführer Kröner«, sagte der Fremde, »haben Sie einen Moment Zeit für mich? Ich möchte Ihnen einen Vorschlag unterbreiten.«

Schon nach wenigen Sätzen hatte der Schmächtige Kröners Interesse und Neugier geweckt. Kröner sah sich um, nahm den Arm des Hauptsturmführers und führte ihn auf die Straße zu seinem Wagen, wo der Breitgesichtige saß.

Der schmächtige kleine Mann hieß Dieter Schmidt. Er hatte von seinem Vorgesetzten den Auftrag, Wilfried Kröner anzusprechen. Dieser Mann wollte seine Identität nicht preisgeben, ließ aber mitteilen, dass Kröner diese ohne viel Mühe herausfinden könne, falls er das unbedingt wolle.

»Falls etwas schiefgeht, ist es für alle Beteiligten sicherer, wenn wir einander nicht kennen«, sagte Dieter Schmidt und sah Horst Lankau an, der keine Anstalten machte, sich vorzustellen. Schmidt erklärte dann umständlich, sein Vorgesetzter bitte darum, seinen Wunsch nach Anonymität zu respektieren, denn er riskiere im wahrsten Sinn des Wortes Kopf und Kragen.

Der dünne Mann öffnete die beiden obersten Mantelknöpfe. Dass er zu den deutschen Panzerdivisionen gehörte, konnte man an seiner Uniform erkennen.

Dass er aber ursprünglich Sturmbannführer und Vizekommandant eines Konzentrationslagers gewesen war, wussten nur wenige. Vor wenigen Monaten waren er und sein Kommandant, der bis dahin für ein Konzentrationslager und drei kleinere Arbeitslager verantwortlich gewesen war, zwangsversetzt und um einen Rang degradiert worden. Man hatte sie auf einen administrativen Posten bei der Wehrmacht an der Ostfront versetzt – eine akzeptable Alternative zu Entehrung und Hinrichtung. Aber je länger sie sich auf sowjetischem Boden aufhielten, umso klarer wurde ihnen, dass sie das Land höchstwahrscheinlich nie mehr verlassen würden. Auch wenn die Deutschen wie die Teufel kämpften, um ihre Stellungen zu halten, deutete nichts mehr darauf hin, dass sie auf Dauer in der Lage sein würden, das gewaltige sowjetische Heer aufzuhalten. Die Front war so nahe, dass die sowjetischen Panzer keine halbe Stunde brauchen würden, um sie von ihren Verwaltungsposten zu schießen. Von den ursprünglich vierundzwanzig Offizieren des Stabs waren nur noch vierzehn übrig.

Das war die Lage an der Ostfront, und alle wussten das.

»Das, was wir im KZ praktizierten, war gar nicht so ungewöhnlich. Aber damals wussten wir das nicht«, sagte Dieter Schmidt. »Wir hatten ein bestimmtes Budget und das war einzuhalten. Für die Verpflegung der Gefangenen pro Tag eintausendeinhundert Mark. Wir ließen die Essensausteilung etwa jeden fünften Tag ausfallen. Das Insassenpack machte keinen Ärger. Denen gegenüber nannten wir das kollektive Hungerstrafe für irgendwelche Vergehen. Ein paar Tausend blieben auf diese Weise auf der Strecke, aber wen störte das schon?

Außerdem führten wir selten genau Buch über die Einnahmen, die uns durch den Verleih der Zwangsarbeiter zuflossen. Und schließlich setzten wir die angeordneten Steuern etwas herab, was zweifellos den Umsatz im Verhältnis zur Zielsetzung erhöhte. Die Fabrikanten und die anderen Arbeitgeber beklagten sich nie. Die Zusammenarbeit hätte nicht besser sein können.

Im Laufe des Spätsommers betrug unser Gewinn gut und

gerne eine Million Mark. Ein glänzendes Geschäft – bis ein Kapo bei einer Inspektion versehentlich einen Beamten aus Berlin umstieß, dessen Brille dabei zu Bruch ging. Der Kapo warf sich sofort auf die Knie und flehte um sein Leben. Als würde sich irgendwer die Mühe machen, es ihm zu nehmen. Doch er heulte und bettelte und schrie, er würde ihm alles über die Verhältnisse im Lager berichten, wenn er ihn nur am Leben ließe.

Zwar waren seine Kenntnisse begrenzt, aber ehe es uns gelungen war, ihn wegzubringen und uns seiner zu entledigen, hatte er schon über unsere schönen Geschäfte mit den Essensrationen geplaudert.

Bei der anschließenden Überprüfung kam alles ans Licht, alles, was wir zur Seite geschafft hatten, wurde konfisziert. Über einen Monat saßen wir in Lublin im Zuchthaus und warteten auf die Vollstreckung des Todesurteils. Was für die Milderung des Urteils sorgte, wissen wir nicht. Da musste jemand seine Meinung geändert haben. Und dann kamen wir eben an die Ostfront.«

Nach und nach konnte sich James aus den vielen Details ein Bild machen. Aus Bruchstücken von Informationen, aus kleinen Geschichten, aber vor allem aus den stundenlangen Prahlereien seiner drei Bettnachbarn erschloss sich ihm mit der Zeit die Geschichte der drei Simulanten.

Dieter Schmidt, der Schmächtige, der am weitesten von ihm entfernt lag, sprach oft sehr leise, und vieles war deshalb schwer zu verstehen. Ob er von Natur aus eher ängstlich war oder ob es an der Angst vor Entdeckung lag, ließ sich kaum entscheiden. Auffällig war jedoch, dass seine Äußerungen immer diffuser wurden, je länger er mit Elektroschocks behandelt wurde. Kröner und Lankau hingegen schienen auf die Behandlungen nicht besonders anzusprechen, sie tauschten sich unverdrossen weiter über ihre Heldentaten aus.

Eines Nachts würde eine Krankenschwester sie hören, hoffte James inständig. Dann wären die drei Teufel enttarnt und zumindest dieser Teil des Albtraums hätte ein Ende.

Bis dahin musste er unbedingt dafür sorgen, dass kein Verdacht auf ihn fiel.

So abscheulich der Hintergrund der Simulanten war, irgendwie fand James ihre Geschichten auch faszinierend. Sie beschäftigten ihn mehr und mehr, ein bisschen wie die Filme und Romane, die er sich in Erinnerung rief.

Er konnte alles genau vor sich sehen.

Wenn Dieter Schmidt von seinem anonymen Vorgesetzten sprach, nannte er ihn immer den »Postboten«, weil dieser Mann häufig zynische Witze über das »Verschicken« der Lagerinsassen machte.

Der Postbote war laut Dieter Schmidt ein munterer und erfindungsreicher Mann, der dafür gesorgt hatte, dass ihr Leben im Konzentrationslager heimatlichen Zuständen glich.

Aber nach der Degradierung und Versetzung war mit dem Überfluss und ihren Machenschaften Schluss gewesen. Die Mittel waren geringer, die Verantwortung hatten andere, und sie selbst wurden peinlich genau kontrolliert. Trotzdem hatte sich für Schmidt und seinen Kommandanten in ihrem neuen Wirkungsfeld ein phantastischer Glückstreffer ergeben.

Eines Tages, als mehrere Frontabschnitte zusammenbrachen – was man in Berlin ja lieber mit »Frontverkürzung« bezeichnete –, hatte der Postbote die Idee gehabt. Alles schrie nach Verstärkung und Materialnachschub.

Obergruppenführer Hoth, General der 4. Panzerarmee, war fuchsteufelswild. Ein ganzer Güterzug mit Ersatzteilen für Panzer war verschwunden, und Schmidts Abteilung sollte sich um den Fall kümmern.

Drei Tage, bevor die Russen Kiew eroberten, fand man tatsächlich den Güterzug in einem abgelegenen Winkel des dortigen Rangierbahnhofs. Hoth war heilfroh. Er befahl dem Postboten, persönlich zu überwachen, dass der Transport umgehend nach Winniza überführt wurde, wo die Ersatzteile dringend gebraucht wurden.

In Winniza wurden Hunderte schwerer Holzkisten mit Motorteilen, Raupenketten, Achsen und kleineren Ersatzteilen in einem Lager entladen. Ganz hinten in diesem gewaltigen Depot, wo Tausende Kästen ungeordnet herumstanden, war es fast dunkel. Schmidt wurde stutzig, denn unter den Deckeln der Kisten dort schaute alles Mögliche hervor: Bilderrahmen, Stoffe und zahlreiche Gegenstände, die die Neugier der Männer weckten. Die Überraschung war groß, denn alles deutete darauf hin, dass gewaltige Mengen an Kriegsbeute beiseitegeschafft worden waren, die nun hier lagerten. Vermutlich sollte all das in die Heimat gebracht werden.

Es dauerte nicht lange, da bestätigte sich die Annahme. Im Jahr 1943 war jeder Gegenstand, dessen Wert dreitausend Reichsmark überstieg und aus Kirchen, Verwaltungsgebäuden, Museen und Privatsammlungen geraubt worden war, hierhin verbracht worden. Jetzt, da die Front immer näher rückte, sollte diese Kriegsbeute schnell evakuiert werden. Da hatte der Postbote die geniale Idee, zweihundert der Kisten etwa fünfzig Meter weiter abseits vom Lager zu deponieren. Und dann wollte man einfach abwarten, was passieren würde.

Die Begeisterung war groß, als der Postbote und Schmidt fünf Tage später zum Depot zurückkehrten. Es hatte funktioniert. Sämtliche Kisten waren abtransportiert worden.

Bis auf die am Rand des Depots.

Jetzt hatten sie es verdammt eilig. Sobald der Transport in Berlin ankam, würde man den Verlust von zweihundert Kisten bemerken. »Und da bekam ich den Befehl, mich mit Ihnen in Verbindung zu setzen, Herr Obersturmbannführer«, hatte Schmidt im Auto hinter dem Offizierskasino in Kirovograd erklärt. »Wir benötigen schließlich die Unterstützung eines höheren Offiziers mit Verbindung zum SD. Und dann erfuhren wir, dass Sie der richtige Mann für uns sind.

Sie, Herr Obersturmbannführer, arbeiteten auf demselben Frontabschnitt wie wir. Uns war bekannt, dass Sie begabt, phantasievoll und höchst motiviert sind. Aber was uns in erster Linie imponiert hat, war Ihre absolute Skrupellosigkeit.«

Und so schmiedeten sie einen Plan.

Der Postbote hatte einen Güterwaggon wenige hundert Meter vom Depot entfernt an die Seite rangieren lassen. Der Waggon sollte zum Einsammeln von »Einzelteilen« verwendet werden. Keiner würde ihn vermissen. Kröner sollte dafür sorgen, dass russische Zwangsarbeiter nach Winniza überführt wurden. Lankau würde sie dort Reliquien, Ikonen, Altarsilber und andere Kostbarkeiten in den Güterwaggon verladen lassen.

Wie die Zwangsarbeiter anschließend zu entfernen waren, wollte er Kröner und Lankau überlassen.

Dieter Schmidt würde außerdem dafür sorgen, dass der Güterwaggon mit falschen Transportunterlagen ausgestattet und sofort zu einem kleinen Ort mitten in Deutschland gebracht würde. Dort sollte er so lange unbemerkt auf einem Nebengleis stehen, bis der Krieg überstanden war.

Erst wenn dieser Waggon abgeschickt war, sollte Kröner von Lankaus »Befreiung« Meldung machen. Genau wie im ursprünglichen Plan sollte ihm seelischer Erschöpfungszustand attestiert und er nach Deutschland zurückgeschickt werden.

Nach anfänglicher Skepsis war Dieter Schmidt von der Sache mit dem vorgetäuschten Dachschaden begeistert. Natürlich bestand das Risiko, entdeckt oder sofort getötet zu werden. Damals im Konzentrationslager hatte er selbst Hunderte von Liquidierungen von Geisteskranken befohlen. Der Grad der Nervenkrankheit war entscheidend. Er durfte daher die Umgebung nur glauben machen, dass er einen vorübergehenden

Knacks habe, und nicht, dass er unheilbar erkrankt sei. Dann hatte er eine realistische Chance.

Gab es denn eine Alternative? Die letzten Wochen an der Front waren die Hölle gewesen. Der Widerstand war grauenhaft effektiv. Der Krieg konnte nicht mehr gewonnen werden. Überleben um jeden Preis, nur darum ging es noch. Und falls die Geschichte aufflog, wäre es äußerst vorteilhaft, so weit wie überhaupt nur möglich vom Zentrum der Ereignisse entfernt zu sein.

Die Idee, eine Nervenkrankheit zu simulieren, passte doch. Niemand käme mehr auf den Gedanken, dass ein Patient mit Granatenschock Tausende Kilometer von der Front entfernt mehrere Tonnen an Wertgegenständen gestohlen haben könnte. Dieter Schmidt war sich seiner Sache sicher. Sie mussten einfach einen Nervenschock simulieren. Alle vier! Er, Kröner, Lankau und der Postbote.

Der Plan schien gut und sicher zu sein. Abgesehen von dem enormen zu erwartenden Gewinn hatte jeder von ihnen seine höchstpersönlichen Motive, von der Ostfront wegzukommen.

Die »Operation geisteskrank« würde losgehen, sobald der Postbote das Codewort »Heimatschutz« absetzte. Sowie die Information eintraf, würde Kröner für einen Überfall auf zwei ukrainische Dörfer sorgen, und Lankau sollte aus einem davon vermeintlich befreit werden.

Danach sollte Kröner Dieter Schmidt offiziell aufsuchen, um in der schwierigen akuten Versorgungssituation eine Sonderbehandlung der SD-Schutztruppen zu propagieren.

Bei diesem Treffen mussten sie dafür sorgen, am Nachmittag allein zu bleiben, nämlich dann, wenn die sowjetische Artillerie das Hinterland mit Granatenangriffen zu überziehen pflegte. Sowie das Bombardement näher rückte, würden sie in Deckung gehen und Dieter Schmidts Quartier in die Luft sprengen. Es sollte der Eindruck entstehen, ein sowjetischer

Irrläufer habe einen Volltreffer gelandet. Beim Ausgraben der Ruine würde man Kröner und Schmidt finden, beide vollständig unter Schock und paralysiert. Dieser Zustand würde bis Kriegsende anhalten.

Der Postbote würde seine Vorbereitungen unabhängig davon treffen. »Ich werde mich schon rechtzeitig zu erkennen geben«, hatte er ihnen mitteilen lassen. Es dauerte eine Weile, aber dann hatte Dieter Schmidt Kröner und Lankau überzeugen können, dass der Postbote kein Mann war, der seine Leute im Stich ließ.

14

IN DER VERGANGENEN Nacht hatte James schon zum dritten Mal in dieser Woche kaum Schlaf gefunden. Entsprechend fühlte er sich.

Ich hole uns hier raus, Bryan! Das verspreche ich dir! Um die Traumbilder zu verscheuchen, schüttelte James den Kopf. Dabei schlug er versehentlich gegen das Kopfende des Betts. Das tat so weh, dass er vor Schreck die Augen aufriss. Sein Blick fiel sofort auf den Bettnachbarn. Der lag auf der Seite, das Kopfkissen zusammengefaltet unter dem Kopf, und sah James unverwandt an. James reagierte darauf sofort mit seinem unmelodischen Summen. Doch den aufdringlichen Blick spürte er auch noch, als er sich umdrehte. Durch die Ritzen der Fensterläden fiel das erste Morgenlicht. Damals, auf den Klippen von Dover, war es auch so früh am Morgen gewesen.

Bryans Familie besaß ein Haus in Dover, und wann immer den Eltern der Sinn danach stand, fuhr die Familie die fünfundzwanzig Kilometer an die Küste, auch mitten in der Woche. Mr. Young liebte das Meer, den Wind und die Aussicht. Seit seinen Junggesellentagen stand ihm das Haus zur Verfügung und ein Hausmeisterehepaar sorgte dafür, dass es jederzeit bereit war.

An den Wochenenden fuhr James regelmäßig mit. Seine Mutter fand zwar, Dover eigne sich nur zur Durchreise, das sei keine Stadt, in der man lebte. Und doch stand der Ort auch für sie für das Unbekannte, Gewagte. Sie war ein Mensch, der sich ständig Sorgen machte. Aus diesem Grund hatte James seinen Eltern auch nie von ihren Experimenten mit Rauch-

und Stinkbomben erzählt oder von den großartigen Erfindungen, mit denen Bryan und er sich beschäftigten: ein Floß aus Heringsfässern und riesige Steinschleudern aus Fahrradschläuchen.

Mrs. Teasdale wäre kaum entzückt gewesen, hätte sie gewusst, dass ihr Sohn damit einen Backstein mit solcher Wucht und Präzision abfeuern konnte, dass der auf fünfzig Meter einen Sack Getreide durchschlagen konnte.

Dover war für die beiden Jungen die Freiheit. »Da gehen Mr. Youngs Söhne!«, hieß es im Ort, wenn die beiden über die Uferpromenade schlenderten.

Ihnen gefiel es, dass man sie für Brüder hielt. Dann legten sie sich gegenseitig den Arm um die Schulter und stimmten aus vollem Hals ihr Kampflied an.

> »I don't know what they have to say
> It makes no difference anyway
> Whatever it is, I'm against it
> No matter what it is or who commenced it
> I'm against it!
>
> Your proposition may be good
> But let's have one thing understood
> Whatever it is, I'm against it!«

Sie hatten einen Geschichtslehrer, Mr. Denhams, dessen Unterricht sie liebten. Er vermochte den Jungen historische Persönlichkeiten wie Oliver Cromwell, Thomas Beckett, Königin Victoria oder Maria Stuart eindrücklich nahezubringen. Mit Jules Verne tauchten sie in die Tiefsee, drangen ins Innere der Erde vor und flogen mit absonderlichen Maschinen.

Und sie skizzierten mit wenigen Strichen gegenseitig ihre Erfindungen, ohne dass es dazu vieler Worte bedurft hätte.

So erfanden sie einen Riesenbohrer, der eine komplette Mine

oder einen Tunnel nach Frankreich ausschachten konnte, und ein Auto, das ganze Ortschaften dorthin verfrachten konnte, wo das Wetter gut war.

Da sich diese Dinge in der Vorstellung der Jungen ohne Weiteres realisieren ließen, fragten sie sich natürlich, warum das bisher noch nie jemand umgesetzt hatte. Und sie versuchten es selbst.

Bei einem der Herbststürme ermittelte Mr. Denhams eine Windgeschwindigkeit von siebenundzwanzig Yards pro Sekunde. Bryan und James hatten staunend das kleine Anemometer betrachtet. Neunzig Stundenkilometer!

Auf dem Heimweg von der Schule staunten sie immer noch darüber. Bei einer Geschwindigkeit von fünfzig Kilometern in der Stunde konnte man bei günstigen Windverhältnissen in einer halben Stunde nach Frankreich fliegen! Glitt man mit einem Eisboot über das Eis, dauerte es sicher doppelt so lange.

Noch ehe der Tag um war, hatten sie erste konkrete Vorstellungen eines Interesses entwickelt, das ihr Schicksal werden sollte. Sie wollten einen Ballon nähen und die faszinierende Kraft des Windes damit einer Probe unterziehen.

Sie wollten fliegen.

Das Segeltuch stahlen sie an den Wochenenden Stück für Stück unten am Hafen von Dover. Für den Transport nach Canterbury sorgte nichtsahnend Mr. Young: Der Hohlraum unter dem Rücksitz fasste erstaunlich viel.

Fast ein Jahr lang nähten die beiden in der Gartenlaube der Familie Young an einem Ballon. Niemand sollte etwas davon wissen. Sie hatten es eilig, denn nach den Ferien würden sie das King's College in Canterbury verlassen und nach Eton wechseln.

Dann war Schluss mit den regelmäßigen Wochenendbesuchen in Dover.

Drei Tage vor Beginn der Ferien legten sie letzte Hand an ihr Werk.

Das Problem, wie der Ballon nach Dover geschafft werden konnte, wo Klippen und Wind warteten, fand zufällig durch Jill eine Lösung.

Sie suchte eine Vitrine für ihre Aussteuer. Als sie in einer Zeitungsanzeige aus Dover »Vitrine zu verkaufen, Tausch gegen ein gutes Damenfahrrad möglich« las, waren die Jungen Feuer und Flamme. Sie würden nach Dover fahren, Mrs. Teasdales Fahrrad eintauschen und es in das Segeltuch des Ballons verpacken.

Als sie nach Dover kamen, war die Vitrine leider schon verkauft. Jill war untröstlich. Auf dem Heimweg fragte James seine große Schwester, ob sie sein Taschentuch leihen wolle. Jill betrachtete es ungläubig, dann lachte sie los. »Du brauchst wohl eher meins, kleiner Bruder!«

James konnte ihre Grübchen immer noch vor sich sehen.

Das Taschentuch, das sie ihm gegeben hatte, war blau, und Jill selbst hatte es bestickt.

In der folgenden Zeit beobachtete Bryan erstaunt, wie sich James jeden Morgen seinen Talisman, das Tuch, um den Hals band.

Zwei Wochen warteten die Jungen, bis Windstärke und Windrichtung stimmten. Dann war es soweit.

Sie holten den Korb voller Holzscheite, der seit dem Herbst versteckt zwischen den Bäumen lag. Dieser Ballonkorb war ein Prachtexemplar von einer Gondel, die sie mit fünf Seilen unter der Öffnung des Ballons festzurrten. Danach legten sie das Holz unter dem Baum zurecht, in dessen Wipfel das Segeltuch hing. Als es hell wurde, brannte schon seit Stunden ein lustiges Feuerchen unter dem Ballon, der sich mehr und mehr aufblähte.

Noch ehe sich das Segeltuch zu zwei Dritteln gefüllt hatte,

war die Sonne aufgegangen. Der Himmel war so klar, dass man das europäische Festland am Horizont ausmachen konnte. Unten am öffentlichen Badestrand wateten einige Pensionsgäste durchs Wasser.

Nie würde James diese Stimmung vergessen.

In jenen kritischen Minuten, ehe ihre Fahrt beginnen sollte, machte James mehrere Fehler. Als die Badegäste auftauchten, verlangte er, dass es sofort losgehen solle, damit sie nicht entdeckt würden. Bryan protestierte. Der Ballon hatte sich noch nicht ausreichend gefüllt. »Vertrau mir«, hatte James gesagt. »Es wird funktionieren.«

Als der Wind den Ballon schließlich leicht anhob, hatte James sich sicher gefühlt. Das Segeltuch über ihnen war beeindruckend. Oval, aufgebläht und groß. Da kappte er die erste Vertäuung und warf noch zwei Klötze über Bord.

Die gewaltige Silhouette des Ballons schwankte einen Moment über dem Rand der Klippe. Bryan hatte erschrocken nach oben geschaut und auf die Nähte gedeutet, wo bereits heiße Luft entwich. »Lass es uns an einem anderen Tag versuchen!«, hatte er gesagt, aber James hatte nur den Kopf geschüttelt und hinüber nach Cap Gris Nez gespäht. Dann ritt ihn noch einmal der Teufel und blitzschnell hatte er die restlichen Holzscheite, ihren Proviant und die Extrakleidung abgeworfen.

Im selben Moment, als der Korb in einem anmutigen Hopser abhob, wurde der Ballon flach und streckte sich wie ein Segel vor den unberechenbaren Windstößen. Bryan hatte sich mit einem Satz in Sicherheit gebracht – James war sprachlos in der Gondel geblieben.

Und dann wurde das Fahrzeug über den Rand der Steilküste getrieben.

Die Menschen, die unten zugeschaut hatten, erzählten später, der Ballon sei von den Turbulenzen sofort gegen die Klippe gedrückt worden, man hätte das Reißen des Segeltuchs hören können.

»Verdammter Mist!«, hatte James zu Bryan hinauf geschrien, der vorsichtig über den Rand der Klippe lugte. Von ihrem ehemaligen Traum waren jetzt allerlei unheilvolle Geräusche zu hören. Das Segel, das von den Windböen immer wieder gegen die Klippen getrieben wurde, riss entzwei, und bald flatterten die Fetzen. Später hieß es, weil das Segeltuch ohnehin fadenscheinig gewesen sei, habe man den Diebstahl nie weiter verfolgt.

James fluchte nicht mehr, als Bryan den gefährlichen Abstieg zu ihm hinunter begann. Beide Jungen wussten, dass die Klippen schon viele Opfer gefordert hatten.

Während sich Bryan an die poröse Kreide des Steilhangs klammerte, hatte James angefangen, ihr Kampflied zu summen.

> »I don't know what they have to say
> It makes no difference anyway
> Whatever it is, I'm against it …«

Wie es weiterging, daran konnte sich James kaum erinnern.

Als sie endlich am Fuß der Klippe lagen, versuchten sie, wieder zu Atem zu kommen. Bryan hatte seinen Freund lange nur angesehen, während der unablässig weiter vor sich hinsummte.

James erinnerte sich häufig an diese Geschichte: als sie die Operation »Supercharge« in der afrikanischen Wüste flogen, bei den Nachtflügen, während der anstrengenden Jahre in Cambridge. Und jetzt in dieser bizarren Situation wieder.

Unter Mühen fand er in die Realität der Krankenstube zurück. Aus der unteren Etage drang ein Klirren. Die Luft war von den nächtlichen Ausdünstungen gesättigt. Vorsichtig drehte er den Kopf und sah hinüber zu Bryan. Die Gardine hinter ihm flatterte ein wenig, obwohl die Läden geschlossen waren. In Bryans Reihe war nur das magere Männchen mit den roten Augen wach. Er sah zu James herüber und probierte ein Lächeln. Aber als James nicht reagierte, zog er sich die Decke über das Gesicht.

Ich bringe dich hier raus, Bryan!, dachte James in einem ewigen Kreislauf immer gleicher Worte – und versank erneut in den Nachwirkungen der jüngsten Elektroschocks.

15

DANN KAM DIE HITZE. Und mit der Hitze kamen die Veränderungen.

Die Krankenschwestern trugen statt der Kniestrümpfe weiße Söckchen.

Der Geruchssinn wurde überstrapaziert. Bei jeder Bewegung der Schwingtüren drang aus den Toiletten und dem Duschraum schwerer, feuchter Dunst in die Abteilung. Vonnegut rief deshalb einen SS-Soldaten, der von Haus aus Zimmermann war: Der sollte eines der Fenster gangbar machen. Der Mann bearbeitete einen der Fensterrahmen so gründlich mit dem Hobel, dass fortan nicht nur bei weit geöffnetem Fenster die frische Luft durch den Raum und den Flur zog und alle Gerüche durcheinanderwirbelte, sondern auch, wenn es geschlossen war.

Die übrigen Fenster waren fest verschraubt.

Senkrecht verlaufende, weiße Streifen auf den Scheiben zeugten vom Versammlungsplatz der Vögel auf der Dachtraufe anderthalb Stockwerke über ihnen.

Inzwischen sah Vonnegut keine Verlustlisten mehr durch. Viel zu oft war es vorgekommen, dass er plötzlich ganz still dasaß und vor sich hin murmelte. Jetzt begnügte er sich damit, den Judenwitz des Tages zu lesen und das Kreuzworträtsel zu lösen, ehe es ein anderer tat.

Einigen Patienten ging es spürbar besser. Es war wohl nur noch eine Frage von Wochen, ehe sie an die Front zurückgeschickt wurden.

Patienten der Kategorien Z15,1, L15,1, v U15,1 und v U15,3 wurde bis auf Weiteres keine Arbeitsunfähigkeit mehr bescheinigt. Zu diesen Kategorien gehörten die meisten Formen von Geisteskrankheit sowohl vorübergehender als auch chronischer Art, und die waren in ihrem Abschnitt alle vertreten. In Friedenszeiten hätten solche Erkrankungen unweigerlich zur Ausmusterung oder zumindest zur Übertragung leichterer Aufgaben geführt. Wofür die Bezeichnungen im Einzelnen standen, sagte ihnen nie jemand. Aber im Laufe der Zeit nahm auch niemand mehr Rücksicht auf diese Einteilungen. Diese Zahlen- und Buchstabenkombinationen führten einzig und allein dazu, dass das Lazarett von den Krankenpflegern einen Spitznamen erhielt.

Sie nannten es das »Alphabethaus«.

Die Behandlung hier im Lazarett verfolgte vor allem ein Ziel. Offiziere mit niedrigerem Dienstgrad sollten so weit wiederhergestellt werden, dass sie wussten, in welche Richtung ihre Kompanien die Waffen zu richten hatten, und die mit einem höheren Rang sollten wieder einschätzen können, warum sie das tun sollten.

Nur von den Patienten in diesem besonderen Krankenzimmer wurde mehr erwartet.

Oberarzt Manfred Thieringer war deshalb schon zweimal zu einem Gespräch mit dem zuständigen Gauleiter gebeten worden. Der hatte ihm dringend nahegelegt, brauchbare Ergebnisse nachzuweisen.

Man machte ihn darauf aufmerksam, dass dem Oberkommando am Wohlergehen gewisser Offiziere sehr gelegen sei und dass er persönlich zur Verantwortung gezogen würde, falls es diesen verdienstvollen Soldaten nicht binnen angemessener Zeit besser ginge.

Wenn Thieringer diese »verdienstvollen« Patienten inspizierte, die ihre eigenen Pantoffeln immer noch nicht von denen des Nachbarn unterscheiden konnten, zwirbelte er immer gerne seinen Schnurrbart und zitierte gegenüber seinen Untergebenen die Ermahnung von oberster Stelle. »Aber eine Kur ist nun mal eine Kur«, pflegte er zu sagen. Da konnte selbst Himmler sagen, was er wollte.

Mit jeder Woche, die verging, war James weniger Herr seiner eigenen Gedanken. Erst verschwanden die Details, die seiner gedanklichen Flucht die Würze und den Personen in seinen Geschichten ihre Lebendigkeit gaben. Und als ihm dann auch die Handlungen mehr und mehr entglitten, begann er, seinen geistigen Verfall selbst zu spüren.

Unzählige Male hatte James erwogen, die Tabletten nicht zu nehmen. Diese nach Chlor schmeckenden Präparate machten ihn völlig apathisch, andererseits wusste er nicht, ob er das Leben sonst überhaupt noch ertragen würde. Doch ließ er die Tabletten auf den Fußboden fallen, war das Risiko sehr groß, entdeckt zu werden. Es wurde täglich sauber gemacht. Nahm er die Pillen mit auf die Toilette und wurde dabei erwischt, waren die Konsequenzen absehbar. Viele andere Möglichkeiten gab es nicht.

Aber dann war da ja auch noch Petra.

Denn genau genommen war Schwester Petra der Grund, warum er sich nicht bemühte, den Schluckvorgang aufzuhalten, wenn sie ihm vorsichtig die Tabletten auf die Zunge legte.

Sie kam ihm dabei mit ihrem Gesicht immer ganz nahe. Ihr Atem war so süß und feminin. James war zutiefst verwirrt. Denn Petra gehörte doch zum Feind – sie war aber auch seine Wohltäterin und Erlöserin. Um sie nicht in Schwierigkeiten zu bringen, musste er die Pillen schlucken.

Solange die Dinge so standen, kam eine Flucht nicht in Frage. James fühlte sich wie gelähmt. Denn die ganze Zeit über bestand auch das Risiko, dass die Simulanten etwas bemerkten. Sie kannten kein Erbarmen und hatten schon zweimal zugeschlagen. Das erste Mal, als Kröner seinen Bettnachbarn erstickte, um in dessen Bett zu kommen.

Das zweite Mal war noch keine Woche her.

Ein neuer Patient, der nicht nur ein Loch im Bein hatte, sondern auch einen echten Kurzschluss im Gehirn, war von einer gewöhnlichen Krankenstation hierher verlegt worden. Er lag den lieben langen Tag im Bett neben dem Kalendermann und seufzte.

Als Vonneguts Radio von der Westfront ernste Entwicklungen verkündet hatte, war der einarmige Pfleger sofort zum zweiten Assistenzarzt gelaufen, der seinerseits die Papiere auf das nächstbeste Bett warf und Vonnegut in den Aufenthaltsraum folgte. Die Gerüchte waren bis zum Abend durch immer neue Mitteilungen bestätigt worden. Und weil die Krankenschwestern und die Träger natürlich darüber sprachen, kamen sie bald auch den Patienten auf der Station zu Ohren.

»Die sind in Frankreich gelandet!«, hatte Vonnegut irgendwann gerufen. James war zusammengezuckt. Bei der Vorstellung, dass die alliierten Truppen nur wenige hundert Kilometer von ihnen entfernt kämpften, kamen ihm die Tränen. Das müsstest du wissen, Bryan!, dachte er. Vielleicht könntest du dich dann etwas entspannen. Aber Bryan war noch versunken in den Folgen der letzten Schocktherapie.

Als James gerade den Kopf zur Wand drehen wollte, steigerte sich der neue Patient ihm schräg gegenüber in einen Lachanfall hinein, bis Kröner in James' Nachbarbett die Decke zur Seite schob, sich langsam aufrichtete und den Neuen anstarrte. Als James fühlte, dass Kröners Blick auch auf ihm ruhte, wurde ihm abwechselnd heiß und kalt. Der Lachanfall endete abrupt. Doch Kröner blieb stehen.

Während der nächsten Tage bewachten die Simulanten abwechselnd den Neuen. Wenn er gefüttert wurde, wenn er auf dem Schieber saß, wenn sein Verband gewechselt, sein Leib mit Desinfektionsmitteln abgewischt wurde. Die Simulanten hielten die ganze Zeit Wache. Das nächtliche Flüstern hatte aufgehört, und damit waren die Nächte unkalkulierbar geworden. In der vierten Nacht stand Lankau auf, ging zu dem

Neuankömmling und tötete ihn fast lautlos. Das Knacken der Halswirbel war leiser als das ewige Fingerknacken des Idioten am Ende des Raums. Lankau schleifte den Mann zu dem einzigen Fenster, das sich öffnen ließ, und kippte ihn mit dem Kopf vornüber hinaus.

Sofort war das Rufen der Wachen zu hören, und keine drei Minuten später stand einer der Sicherheitsoffiziere im Raum. Sämtliche Lampen wurden eingeschaltet. Laut schimpfend rannte der Offizier zwischen dem Fenster und der wachhabenden Krankenschwester hin und her, die händeringend neben den Betten stand. Das Toben nahm kein Ende. Das Fenster müsste auf der Stelle fest verschraubt werden, und derjenige, der dafür gesorgt hatte, dass es sich öffnen ließ, würde zur Verantwortung gezogen.

Dann schritt der Offizier die Betten der Reihe nach ab und unterzog jeden Patienten einer eingehenden Musterung. James war so aufgeregt, dass der Offizier es bemerkte und bei ihm stehen blieb.

Als dann der vorgesetzte Sicherheitsoffizier ins Krankenzimmer trat, sah man ihm an, dass er aus dem Schlaf gerissen worden war. Im Schlepptau brachte er zwei müde SS-Soldaten mit, die sich kaum auf den Beinen halten konnten. Auch der Oberarzt kam hinzu. Auf die Anschuldigungen reagierte er nicht. »Das Fenster wird morgen zugenagelt«, entgegnete er kurz angebunden, machte auf dem Absatz kehrt und ging wieder.

Kurz bevor das Licht wieder ausgeschaltet wurde, erwachte Bryan aus seinem Dämmerschlaf nach der letzten Schockbehandlung. Apathisch blickte er sich um. James schloss sofort die Augen.

In der folgenden Nacht wurde wieder geflüstert, und damit war der beunruhigende Normalzustand wiederhergestellt. Die Mitteilungen, die die Simulanten austauschten, waren nur kurz. Kröner hatte den Ermordeten wiedererkannt – vor allem aber hatte der *ihn* wiedererkannt. Er lobte Lankau, fügte aber trocken hinzu, nun müssten sie sich für die Zukunft andere Methoden ausdenken, falls sich erneut Probleme ergäben.

»Warum?«, meinte Lankau. »Was macht es denn schon, wenn das Fenster fest verschraubt wird? Was sollte einen Selbstmörder hindern, sich durch ein geschlossenes Fenster zu stürzen?« Er lachte. Aber Kröner lachte nicht mit.

Die Entwicklungen waren beängstigend. Es war nur eine Frage der Zeit, bis sie die kleinen Zeichen, mit denen Bryan versuchte, Kontakt zu James aufzunehmen, entdecken würden.

Schmidt und Lankau würden weiterhin tagsüber gut schlafen, aber Kröner hatte ganz gewiss nicht vor, sich täuschen zu lassen.

Das musste Bryan unbedingt begreifen.

16

DIE SCHWESTERN LÄCHELTEN Bryan schon den ganzen Morgen an.

Der Pockennarbige, der den Wagen voller Wäsche vorbeischob, nickte ihm eifrig zu und deutete zur Schwingtür. Eine Abordnung von Krankenschwestern kam herein – Bryan erkannte nur zwei –, steuerte direkt auf ihn zu, baute sich vor seinem Bett auf und schmetterte drauflos. Schöner Gesang war etwas anderes.

Bryan wich förmlich zurück. Inständig hoffte er, sie würden schnell wieder verschwinden. Stattdessen beugte sich eine der Älteren über das Bett und presste sich die Hände vor die Brust. Zwei der Patienten applaudierten, als die Oberschwester Bryan ein hübsch in Seidenpapier gewickeltes Päckchen reichte. Sie winkte der hinter ihr stehenden Schwesternhelferin zu, die auf ausgestreckten Händen etwas Braunes trug. Soweit Bryan erkennen konnte, war das ein Stück Torte, in dem eine kleine Hakenkreuzfahne steckte. Alle ringsum strahlten. Der Oberarzt schaute zu. Zum ersten Mal lächelte er Bryan freundlich an. Seine Zähne waren in einem miserablen Zustand.

Bryan ließ sich zurücksinken. Ihm war sehr sonderbar zumute. Es war der erste Geburtstag, der hier im Krankenzimmer gefeiert wurde. Der Geburtstag eines anderen Mannes, und doch stand er im Mittelpunkt.

Es war noch gar nicht lange her, da war James in aller Stille zweiundzwanzig geworden. Bryan hatte ihm zunicken wollen, aber James hatte nur in die Luft gestarrt.

So hatte sich James während der beiden letzten Monate meistens verhalten. Wie sie auf diese Weise Fluchtpläne schmieden und umsetzen sollten, war Bryan schleierhaft.

Dass James an seinem Geburtstag wehmütig wurde, konnte er ja nachvollziehen. Aber was bedeutete das an den anderen Tagen? Warum mied er seinen besten Freund? Wie lange sollten sie denn noch warten?

Bryan probierte ein paar Krumen und reichte den Kuchen dann an seinen Nebenmann weiter. Der knallte wie immer die Hacken zusammen und aß, als hätte man es ihm befohlen. Es war nur eine Frage von Tagen, dann würde dieser Mann zurück in die Hölle der Ostfront geschickt. Der Idiot freute sich. Er stand die meiste Zeit am Fenster, kehrte den anderen den Rücken zu und starrte in die hügelige grüne Landschaft hinter den Wachtürmen.

Gerade als der Pockennarbige und sein breitgesichtiger Kumpel die Essenswagen ins Krankenzimmer schoben, war von Norden ein lautes Brummen zu hören. Nicht lange, aber für einen routinierten Offizier der englischen Luftwaffe lange genug, um stutzig zu werden. Bryan warf einen Blick auf James, der, die Hände hinter dem Kopf gefaltet, auf dem Bett lag.

Das dumpfe Dröhnen kam von irgendwo weit her. Baden-Baden, flüsterten einige, andere vermuteten Straßburg. Vonnegut deutete mit seiner eisernen Faust zum Fenster und rief einer Putzfrau beide Städtenamen zu. Sie schrubbte den Fußboden, als ginge sie das alles nichts an.

Da wurde das Geräusch auf einmal sehr viel lauter. Drei, vier Patienten standen auf, um zuzusehen, wie bei schwindendem Tageslicht das Feuer der Flak-Geschütze immer deutlicher zu sehen war. Rötlicher Lichtschein hing die ganze Nacht wie eine schwache Aura über der Sommerlandschaft.

Sie kommen näher, dachte Bryan und betete für seine Freunde in der Luft, für sich und für James. Beim nächsten Mal ist es vielleicht Freiburg. Dann schlagen wir zu, James!

Einer der Patienten, der bisher nur apathisch im Bett gelegen hatte, tanzte plötzlich durch das Krankenzimmer. Im Schlepptau hatte er immer einen mageren Mitpatienten, der nie allein den Kopf drehte, sondern immer den ganzen Körper. Wie siamesische Zwillinge hatten sie den ganzen Vormittag an dem Fenster gestanden, wo der Kalendermann sein Bett hatte. Geduldig und stumm hatten sie hinausgestarrt. Als der entfernte Feuerschein nicht mehr zu übersehen war und die Detonationen über die Ausläufer der Berge bis zur Klinik dröhnten, nahm der Magere den anderen am Arm und lehnte still seinen Kopf an dessen Schulter.

Am anderen Ende des Raums kam der Kalendermann gerade von einem seiner seltenen Toilettenbesuche zurück. Als er die Unzertrennlichen dort mit der Nase am Fenster vorfand, brummte er irgendetwas und versuchte, den Mageren aus seinem Territorium zu schieben, ohne Erfolg.

Bryan sah ihnen zu und lehnte sich auch zum Fenster vor. Es lag etwas in der Luft. Die Zwillinge hatten richtig gehört. Das leise Summen wurde gegen den Berg geworfen und von den Bäumen aufgesogen. Die sind auf dem Weg nach Süden, dachte Bryan. Vielleicht nach Italien! Er starrte James an.

Sekunden später fuhren die Zwillinge zusammen. Die dumpfen Explosionen kamen sozusagen von hinten, schlugen über dem Lazarett und über den Felswänden zusammen und wurden dann als kaum zu unterscheidende Abfolge von Echos zurückgeworfen. Die Flugzeuge waren offenbar von Südwesten gekommen. Vielleicht waren die Formationen über Colmar herübergeglitten, vielleicht hatte aber auch der Wind die Geräusche verweht und Bryan an der Nase herumgeführt.

Jedenfalls hatte etwas ganz in der Nähe eingeschlagen, soviel war klar.

»Schnell, schnell!« Die Krankenschwester, die sie aus dem Raum scheuchte, wirkte weder überrascht noch panisch. Die wenigen bewusstlosen Patienten ließ sie einfach liegen. Alle übrigen gingen wenige Minuten später die Treppen hinunter.

Draußen waren Sirenen zu hören, eilige Schritte und Türknallen. Am Ausgang zum Hof stand ein Wachposten und bedeutete ihnen mit dem Gewehr, dass sie an ihm und dem Stahlgeländer vorbei in den Keller des Alphabethauses gehen sollten. Die Patienten drängelten und schoben heftig. Die Ereignisse ringsum ließen die Fronterlebnisse, die ihnen allen den Verstand geraubt hatten, wieder lebendig werden.

Im Keller gab es zwei getrennte Bereiche. Eine Reihe von Zellen war mit grauen Stahltüren versehen, von wo unaufhörlich gedämpft Klagerufe und Schreie zu hören waren. Eine einzelne Tür rechts führte in einen Raum, der etwa halb so groß war wie ihr Krankenzimmer. Ohne die geringste Chance, in James' Nähe zu kommen, wurde Bryan immer weiter vorwärts gedrängt. Plötzlich fand er sich in der entferntesten Ecke wieder, während sich immer neue Patienten aus anderen Abteilungen durch die schmale Tür schoben.

James stand mitten im Raum unter einer der schwachen, flackernden Deckenlampen und starrte vor sich hin. Der Pockennarbige hielt ihn an der Schulter. Den Verwundeten aus dem angrenzenden Gebäude bekam das Stehen gar nicht, sie hatten offenkundig Schmerzen und versuchten, sich Platz zu verschaffen, um nicht angerempelt zu werden, oder ließen sich schlaff in die Hocke fallen.

Das Personal war vollauf damit beschäftigt, die besonders Aufgebrachten zu beruhigen und dafür zu sorgen, dass niemand niedergetrampelt wurde. Schwer atmend starrte ein junger Krankenpfleger vor sich hin.

Bryan wiegte sich hin und her, dabei summte er vor sich hin, wie James es zu Anfang immer getan hatte. Mit jeder Bewegung verschaffte er sich einen kleinen freien Raum, ohne dass die Umstehenden protestierten. Fliegeralarm, dachte Bryan, bitte, bitte dauere lange! Wiegend und summend bewegte er sich in James' Richtung. Die Deckenlampe brannte jetzt ruhig. Die Geräusche von außen waren nicht mehr zu unterscheiden.

Einer der Verwundeten griff auf einmal nach Bryans Hemd und fing an, ihn zu beschimpfen. Seine Augenlider waren schwer und der Griff schwach. Woher er die Kraft für diesen aggressiven Ausbruch hatte, war Bryan ein Rätsel. Er wand den Daumen des Mannes aus seinem Hemd und blickte hinüber zu James.

Nie hatte er einen ähnlichen Ausdruck in James' Augen gesehen. Sein Blick war nicht zornig, sondern drohend, fast hasserfüllt.

Jäh unterbrach Bryan sein Summen und atmete geräuschvoll aus. James sah weg. Als Bryan abermals ein paar Schritte auf James zuging, war da sofort wieder dieser abweisende Blick. Dann endlich fiel Bryan auf, dass der Pockennarbige James und ihn beobachtete.

Bryan hätte nicht sagen können, ob es ihm gelungen war, rechtzeitig den Blick zu senken.

Bis er wieder im Bett lag, fühlte Bryan sich unablässig beobachtet.

Der Aufenthalt im Keller hatte ihm viel zu denken gegeben. Die Schreie in den kleinen Zellen neben dem Gang: Alle hatten sie gehört, aber niemand hatte reagiert. Auch nicht auf dem Rückweg, als sie den Schutzraum wieder verließen. Was war diesen Menschen widerfahren? War es denkbar, dass Dr. Holst und Manfred Thieringer doch nicht so ganz ermessen konnten, wie viele Elektroschocks ein menschliches Gehirn auf Dauer aushalten konnte? Oder war das die Strafe, die James und ihn erwartete, wenn man sie als Feinde und Simulanten enttarnen würde?

Und dann diese Blicke: James' Blicke und die des Pockennarbigen.

147

Am Abend, als sie Teller und Besteck verteilten, lächelten der Pockennarbige und sein breitgesichtiger Begleiter und gaben sich fürsorglich wie immer. Tagsüber schlief der Breitgesichtige fast nur, aber sobald es Zeit war für die Mahlzeiten, trottete er durch die Gänge und holte aus der Küche ein paar Häuser weiter die Essenseimer. Alle lächelten die beiden vergnügt an, wenn sie sich mit der schweren Last abrackerten.

An diesem Abend blinzelte der pockennarbige Riese seinem Kumpel kaum merklich zu, aber Bryan hatte es gesehen. Mehr oder weniger in derselben Sekunde wandte er sich Bryan zu. Der war zwar überrumpelt, ließ aber geistesgegenwärtig die Spucke, die sich angesammelt hatte, aus dem offenen Mund und über sein Kinn fließen.

Der Riese schob den nächsten Teller zurecht und füllte noch eine Kelle Wurststückchen neben die dicken Scheiben Brot. Der Patient, dem diese Extraration zukommen sollte, versuchte undankbar, den Segen abzuwehren. Aber das bekam der Pockennarbige nicht mit. Er sah nur auf die Spucke an Bryans Kinn.

Seit er im Lazarett war, hatte Bryan einige wenige deutsche Wörter gelernt, wenn ihm auch die Bedeutung nicht immer ganz klar war. Aber aus der Satzbetonung und dem Gesichtsausdruck der Sprechenden erschloss sich ihm doch einiges. Zum Beispiel, in welchem Gesundheitszustand die Mitpatienten sich befanden und was die Ärzte von ihren psychischen Entwicklungen her erwarteten.

Dieses Lernen verlangte viel Konzentration, und die konnte Bryan nur schwer aufbringen, zumal er immer wieder mit Elektroschocks behandelt wurde. Selbst wenn die anfängliche Mattigkeit überwunden war, nahm er die Umwelt in verzerrten, sich langsam bewegenden Bildern wahr.

Bryan wusste, dass er den Pockennarbigen nicht ansehen durfte. Wenn sein Verdacht stimmte, dann gingen Dinge auf der Station vor sich, deren Zusammenhänge er zwar nicht verstand, vor denen er sich aber hüten musste. Häufig erlebte er, dass sich der Pockennarbige über ihn beugte, wenn er döste. Der Riese veränderte andauernd seinen Tonfall, und mit seinem Lächeln und dem freundlichen Plaudern erschreckte er Bryan zutiefst. Nimm dich in Acht, dass du nichts verrätst, impfte er sich ein, wenn er den Atem des Riesen über seinem Gesicht spürte. Reiß dich zusammen!, schimpfte Bryan mit sich und kämpfte gegen die Mattigkeit an.

Seit den Bombenangriffen auf Freiburg hatte sich die Stimmung im Lazarett verändert. Von den jungen Krankenpflegern waren etliche an die Front oder zum Wiederaufbau in den Ortschaften ringsum abkommandiert worden. Auf den Stationen hatte nun noch weniger Personal noch mehr Menschen zu versorgen, denn die Anzahl der Verwundeten, die eingeliefert wurden, überstieg die Zahl derjenigen, die das Lazarett verließen. Man war gezwungen gewesen, die Turnhalle zum Notlazarett umzufunktionieren. Unter Umständen war es nur eine Frage der Zeit, bis auch das Alphabethaus an der Reihe war. Die akut Verwundeten hatten immer Vorrang.

Dem Personal stand die Angst ins Gesicht geschrieben. Viele hatten bei den Bombenangriffen Angehörige verloren. Schwester Petra bekreuzigte sich fünfzehnmal am Tag und hatte nur noch selten ein Wort oder Lächeln für andere übrig. Außer für James.

Alle taten nur noch, was sie tun mussten.

17

EINE FOLGE DER Elektroschockbehandlung war die Mund-
trockenheit. Schwer ließ Bryan den Kopf auf das frisch bezogene Kopfkissen sinken.

Drüben vom Bett des mageren siamesischen Zwillings war
ein ärgerlicher Ausruf zu hören, und Bryan hob den Kopf. Der
Pockennarbige hatte dem Mann Wasser geben wollen, aber der
Magere konnte nicht ausstehen, dass man sein Bett berührte,
und wollte die Berührung abwehren. Nur sein siamesischer
Gegenpart durfte sich so etwas erlauben. Matt betrachtete Bryan die Szene, und als er das Wasserglas sah, das der Pockennarbige gegen die zusammengepressten Lippen des Mageren
drückte, versuchte er, wiederum zu schlucken. Dann hob er
den Arm und winkte, bis der Riese sich ihm endlich zuwandte.
Breit lächelnd stolzierte er mit ausgestrecktem Arm zu Bryan
hinüber und reichte ihm das Glas.

Das Wasser tat gut. Der Riese sah zu, wie Bryan das Glas
gierig leerte. Er wollte es gleich noch einmal füllen. Als er
sich umdrehte, stieß er gegen das Bettgestell. Die Tabletten im
Bettpfosten rasselten so laut, dass Bryan das Gefühl hatte, nun
müssten ihn alle anklagend anschauen. Sofort war sein Mund
wieder staubtrocken. Der Pockennarbige wandte sich ihm ganz
langsam zu, dabei stieß er mit dem Knie leicht an den Bettpfosten. Aber es blieb still. Bryan bekam einen Hustenanfall, sodass
der Krankenpfleger, der am Bett des Kalendermannes stand,
schnell kam und ihm auf den Rücken klopfte. Der Pockennarbige blieb noch einen Moment stehen und sah zu. Auf Verlangen
des Krankenpflegers holte er schließlich noch ein Glas Wasser.

Auch wenn Bryan vermutete, dass die Tabletten nun auf

den Boden des Pfostens gerutscht waren und kaum mehr Geräusche verursachen würden, wagte er sich an dem Tag kaum noch zu rühren.

Offenbar hatte der Riese als Einziger etwas gehört.

Gegen Mitternacht zogen Wolken vor den Mond, und Bryan wollte nun unbedingt die Tabletten wegschaffen. In dieser Nacht bewegte sich in der Krankenstube niemand, nicht einmal Schatten an der Schwingtür.

Als er davon überzeugt war, als Einziger noch wach zu sein, stand er auf und hob den rechten Bettpfosten am Kopfende an. Der Pfropfen, mit dem er am Boden verschlossen war, steckte dort fest, seit ihn der Hersteller eingesetzt hatte. Bryan musste ihn mühsam abwechselnd mit der rechten und der linken Hand drehen. Er gab sich alle Mühe, nicht zu stöhnen.

Als sich der Pfropfen schließlich löste, war Bryan so erschöpft, dass er seinen Erfolg gar nicht genießen konnte.

Aber Sekundenbruchteile später erkannte er die Katastrophe und fasste unter die Öffnung des Rohrs, aus der sich die Tabletten ergossen. Ein paar rollten zur Seite.

Eine landete im Mittelgang, andere rollten unter die Betten. Bryan lockerte vorsichtig seine Hand, bis die restlichen Tabletten herausgerutscht waren und einen kleinen Haufen bildeten, den er einfach aufheben konnte. Er hielt sein Hemd auf und kroch auf allen vieren auf dem Fußboden herum und sammelte fieberhaft die weißen Teufelsdinger ein. Als er überzeugt war, dass er alle erwischt hatte, drehte er sich um und presste den Pfropfen so fest er konnte wieder in die Öffnung. Da riss die Wolkendecke auf und das Mondlicht erhellte ohne Vorwarnung den ganzen Raum. Hinter den Bettpfosten auf der anderen Seite erhob sich langsam eine Gestalt und starrte zu ihm herunter. Bryan drückte sich unter das Bett.

Das musste der Pockennarbige sein, Bryan war sich völlig sicher.

Im kühlen Licht des Mondes zeichneten sich auf dem Fußboden die Schatten Dutzender Bettpfosten ab. An einem lag eine Tablette. Sie musste über den Mittelgang gerollt und unter dem Fußende des Pockennarbigen liegen geblieben sein.

Das Bett des Riesen knarrte. Er hatte nicht vor, sich wieder hinzulegen.

Sowie sich die Wolkendecke wieder schloss, lockerte Bryan seinen Griff um das Hemd und tastete nach seiner Bettdecke. Mit einem Ruck zog er sie zu sich, sodass der Pockennarbige in der Dunkelheit nicht mehr viel erkennen konnte.

Auf dem Weg zu den Toiletten sah ihm der Riese unverhohlen und aufmerksam nach. Bryan wandte den Blick nicht zur Seite, sondern konzentrierte sich auf den Hemdzipfel.

Erst als er das dritte Mal gespült hatte, waren auch die letzten Tabletten weg.

Als er in die Krankenstube zurückkam, war sie wieder vom Mondlicht erhellt. Der Pockennarbige saß auf der Bettkante und ließ die nackten Beine baumeln. Hellwach musterte er seine Umgebung. Ganz offenkundig würde er Bryan nicht einfach passieren lassen.

Vor Schreck hielt Bryan inne. Sofort ließ er den Unterkiefer herunterfallen und die Zunge heraushängen.

Der Pockennarbige schien ihn unablässig zu betrachten, ohne auch nur zu blinzeln. Da lehnte Bryan sich dämlich glotzend vornüber, bis er fast das Gesicht des Pockennarbigen berührte. Bryan tat, als wollte er einschlafen, und schob vorsichtig tastend den Fuß dorthin, wo die verräterische Tablette liegen geblieben war. Als er sie schließlich spürte und seine Zehen darum krümmte, machte der Pockennarbige einen solchen Ruck nach vorn, dass sie brutal mit der Stirn zusammenstießen. Überrumpelt flog Bryan rückwärts und knallte mit dem Hinterkopf auf den Fußboden.

Die Schmerzen waren unerträglich. Beim Aufprall hatte er sich fast die Zunge durchgebissen.

Bryan rutschte unendlich langsam und leise rückwärts zu seinem Bett, weg von dem Blick, der ihm die ganze Zeit folgte. Der Pockennarbige legte sich wieder hin.

Mit wild klopfendem Herzen versuchte Bryan in den kommenden Stunden, sich selbst zu überzeugen, dass irgendwann einmal alles wieder gut sein würde. Sein Mund füllte sich immer wieder mit Blut, die Zunge schwoll unglaublich an. Sie begann zu pochen, und er stöhnte vor Schmerz immer wieder auf, aber so leise, dass niemand davon geweckt wurde.

Als er sich endlich so weit gefangen hatte, dass er spürte, wie der Schlaf kommen wollte, fiel ihm die Tablette wieder ein. Er hatte sie beim Sturz wieder verloren, und sie lag immer noch auf dem Boden.

Lange starrte er an die Decke und überlegte, ob er doch noch einmal aufstehen und danach suchen sollte.

Da hörte er zum ersten Mal das Flüstern.

18

SCHWESTER PETRA ERSCHRAK, als sie Bryan am nächsten Morgen fand.

Nach einer Nacht voller Schmerzen und Angst war sein Bett vollständig durchgeschwitzt und voller Blut. Stirn, Lippen und Kinnpartie waren geschwollen und pochten. Er hatte nicht eine Minute geschlafen. Denn auch als die Stimmen wieder geschwiegen hatten und nur die Stille geblieben war, hatte der Schlaf nicht kommen wollen. Bryan war zu aufgewühlt von dem, was er in dieser Nacht begriffen hatte.

Was für eine grauenhafte Erkenntnis: James und er waren nicht die einzigen Simulanten! Und die anderen drei waren höchst aufmerksam, unberechenbar, skrupellos. Er zweifelte keinen Augenblick daran, dass sie gefährlich waren. Dazu kamen die vielen unbekannten Faktoren – die waren schon immer Bryans ärgste Bedrohung gewesen.

Dass der Pockennarbige Bryan von nun an im Auge behalten würde, daran bestand kein Zweifel. Die Frage war nur, was er bereits beobachtet hatte. Jetzt war Bryan immerhin klar, dass James die ganze Zeit vor den Simulanten zu warnen versucht hatte. Die Vorstellung, wie machtlos James gewesen war, bedrängte ihn. Was hatte der Freund in den letzten Wochen und Monaten nicht seinetwegen durchmachen müssen. Hätte er doch nur die Zeichen begriffen! James, ich werde es dir nun nicht mehr schwer machen!, war Bryans stummes Versprechen. Er hoffte inständig, dass James das wusste. Die nächtliche Episode konnte seiner Aufmerksamkeit nicht entgangen sein.

Das unsichtbare Band zwischen ihnen beiden war wieder geknüpft.

Mehrere Patienten zuckten nervös zusammen, als eine der neuen Krankenschwestern die Schwingtür aufstieß. Immer wieder fielen die Wörter »Hitler« und »Wolfsschanze«.

Bryan sah ihr nach, wie sie den Mittelgang hinunterlief, vorbei an Petra, die sich bekreuzigte, und an Vonnegut, der nur gaffte. Bryan hoffte, ihr Geschrei möge bedeuten, dass Hitler tot war. Dr. Holst hörte ihr zu, aber ihr Stammeln und ihre Aufregung schienen auf ihn keinen großen Eindruck zu machen. James saß ausnahmsweise einmal aufrecht im Bett und folgte dem Auftritt mit etwas zu lebhaftem Blick. Im Nachbarbett saß der Pockennarbige und beobachtete James.

Dann machte Dr. Holst plötzlich kehrt, wandte sich den Betten hinter sich zu und überließ die Krankenschwester, Hitler und die Wolfsschanze sich selbst. Für ihn standen die Patienten und die tägliche Arbeit im Lazarett an erster Stelle. Bryan beobachtete, wie James von dem abrupten Ende der Informationen so überrascht wurde, dass er nur mit Mühe in seine antrainierte Apathie zurückfiel. Der Pockennarbige hingegen lächelte stumpf vor sich hin und hob die Bettdecke an, als Dr. Holst an sein Bett trat.

Alle wirkten wie elektrisiert, die Stimmung war umgeschlagen, irgendetwas Gravierendes musste geschehen sein, das war deutlich zu spüren, denn zum ersten Mal seit Wochen zeigte sich auch ein Sicherheitsoffizier auf der Station.

Bryan hatte ihn noch nie zuvor gesehen. Fast noch ein Junge, schätzte Bryan, kaum so alt wie er selbst. Während der Jüngling die Reihen der Betten abschritt, grüßte er jeden kurz mit angedeutetem Hitlergruß. Wenn der Gruß erwidert wurde, nickte er. Er sah jedem einzelnen Patienten in die Augen. Auch den hinteren Korridor, der zu den Toiletten und dem Bad führte, schritt er langsam ab, stieß die Türen auf, sodass sie gegen die Wände knallten. Doch die Anwesenheit des Schwarzgekleideten schien auf niemanden Eindruck zu machen. Selbst die Simulanten sahen ihm beim Grüßen unbewegt ins Gesicht.

Der Breitgesichtige lächelte noch etwas breiter als sonst und erwiderte den Hitlergruß so energisch, dass alle zusammen-zuckten.

Sein schmächtiger Kumpan im Nachbarbett reagierte ge-dämpfter. Zwar lächelte auch er, aber er hob den Arm nur halb zum Gruß. Dabei rutschte die Decke halb auf den Fußboden – und genau dort, unter dem Bett, lag die Tablette, die Bryan beim Zusammenstoß mit dem Pockennarbigen verloren hatte. Bryan sah sie sofort und versuchte krampfhaft, seine Angst zu verbergen.

Falls der Sicherheitsoffizier die Tablette fand, wüsste er noch nicht automatisch, woher sie kam. Aber was würde der Simu-lant nebenan sagen, wenn man ihm nur entsprechend zusetz-te? Und der Pockennarbige, was würde er aus den Ereignissen der vergangenen Nacht ableiten? Bryan brauchte nur eine Se-kunde, um sich darüber im Klaren zu sein, dass ihn diese un-scheinbare Tablette seinem Verderben um ein Vielfaches näher gebracht hatte. Irgendwann würde jemand die Tablette auf-heben, aber nicht er. Unter keinen Umständen würde er noch einmal einen Versuch wagen.

Der Mann neben dem mageren Simulanten hatte starke Verbrennungen im Gesicht. Er gehörte zu denen, die bereits hier im Raum gelegen hatten, als sie ankamen. Inzwischen hatte die vernarbte Haut langsam begonnen, eine normalere Farbe anzunehmen. Er war einer von vielen, die in einem brennenden Panzer eingeschlossen gewesen waren – und einer der wenigen, die das überlebt hatten. Ein Überleben, das ihn stumm gemacht und vollständig verwirrt hatte. Der Sicher-heitsoffizier blickte auf den Arm des Mannes mit den Brand-narben, der sich zum Hitlergruß heben wollte, und trat zwi-schen die Betten, um ihm zu helfen.

Bei dem Schritt nach vorn stieß der Offizier mit der Schuh-spitze gegen die Tablette, sodass sie gegen die Außenwand rutschte, abprallte und quer durch den Raum schoss. Die Gefahr schien abgewendet zu sein und vor Erleichterung schnappte Bryan unhörbar nach Luft.

Zwei Minuten später hatte der Offizier fast die Tür erreicht, da trat er auf die Tablette. Das Knirschen war kaum zu hören, aber er blieb stehen.

Auf sein Rufen hin kam eine der Krankenschwestern angerannt. Ein Knie am Boden, rührte er mit dem Finger vorsichtig in dem weißen Pulver. Dann streckte er ihr die Fingerspitze mit dem Pulver entgegen, sie sollte daran lecken. So wie Bryan ihre Miene interpretierte, wollte sie den Vorfall bagatellisieren und natürlich ihre Unschuld beteuern. Denn der junge Sicherheitsoffizier stellte ihr einige Fragen, auf die sie jedes Mal den Kopf schüttelte. Aber ihre Gesichtsfarbe änderte sich zusehends. Nachdem er sie einige Minuten ausgefragt hatte, sah sie sich um, und in ihrem Gesicht stand nichts als der Wunsch zu fliehen.

Da bückte sich der Offizier und verschwand aus Bryans Gesichtsfeld. Einen Moment später tauchte er an Bryans Bett auf. Wie ein Spürhund kroch er über den Fußboden. Nach kurzem Suchen hatte er zwei weitere Tabletten gefunden. Bryan war entsetzt.

Alle wurden hereingerufen. Die Krankenschwestern, die gerade Dienst hatten, und die Nachtschwester, die kaum noch die Augen offen halten konnte. Die Wärter, deren Aufgabe darin bestand, die Patienten zur Elektroschockbehandlung zu bringen und abzuholen, außerdem die Pfleger, darunter Vonnegut, die Schwesternhelferinnen, die Putzfrauen, Assistenzarzt Holst und sogar Professor Thieringer. Keiner hatte eine vernünftige Erklärung.

In dem Sicherheitsoffizier wuchs angesichts der Aussagen unübersehbar die Überzeugung, dass hier etwas ganz und gar nicht stimmte.

Schließlich wurde noch der vorgesetzte Offizier, der sie in der Turnhalle verhört hatte, dazugeholt und über den Vorfall informiert. Von den vielen Wörtern, die in der aufgeregten Stimmung fielen, verstand Bryan nur eines.

»Simulant.«

Binnen kürzester Zeit wurde eine gründliche Untersuchung der Station anberaumt. SS-Soldaten durchsuchten jeden Quadratzentimeter auf Knien. Kein einziges denkbares Versteck wurde ausgelassen: Toilettenschränke, Zeitungen, Wäsche und Bettwäsche, Matratzen, Fensterrahmen und Fensterläden. Nur die wenigen Patienten, die tatsächlich nicht in der Lage waren, aufzustehen, durften liegen bleiben. Alle anderen standen mit nackten Beinen an der Wand und sahen irritiert zu. In einem unbemerkten Augenblick hatte James Jills Halstuch unter der Matratze vorgezogen und es sich so umgebunden, dass es vom Krankenhemd verdeckt war.

Oberarzt Thieringer, verärgert und unglücklich, weil er die Situation nicht unter Kontrolle hatte, mahnte zur Besonnenheit. Aber er schwieg, als sie die Pfropfen am Fuß eines Bettgestells herauszogen und Dutzende von Tabletten herausrollten.

In dem Moment erstarrte jeder, der sich im Raum bewegt hatte. Der SS-Offizier, der die Aktion befehligte, gab sofort Order, bei sämtlichen Betten die Pfropfen zu lösen. Der Sicherheitsoffizier befragte Vonnegut. Als würde man ihn zwingen, seine eigenen Kinder anzuzeigen, hob er langsam und widerwillig die eiserne Faust und deutete auf die Mitte der Schar vor der Wand. Der Magere der siamesischen Zwillinge schrie auf und fiel am ganzen Körper zitternd vor dem Sicherheitsoffizier auf die Knie.

Während der Untersuchung der Bettpfosten sandte Bryan ein Stoßgebet zum Himmel, auch nicht eine einzige kleine Tablette möge letzte Nacht in dem Stahlrohr hängen geblieben sein. Erst nachdem der Magere schluchzend abgeführt worden und im Krankenzimmer wieder Ruhe eingekehrt war, begriff

Bryan, dass er in diesem Moment das Unglück des anderen besiegelte. Gleichzeitig wusste er nun mit absoluter Sicherheit, dass von den ursprünglichen zweiundzwanzig Patienten mindestens sechs Simulanten waren. Eine unglaubliche Zahl, aber wer wusste schon, ob sie nicht sogar noch höher lag? Den mageren siamesischen Zwilling hätte er nicht im Geringsten verdächtigt. Ganz im Gegenteil hatte dieser im Laufe der vergangenen Monate das Bild eines mental schwer gestörten Menschen abgegeben, der nach und nach, wenn auch unendlich langsam, genas. Seit Bryan ihn damals im Lastwagen erlebt hatte, war er bis ins kleinste Detail überzeugend gewesen.

Vier Betten weiter saß der zweite der siamesischen Zwillinge auf der Bettkante und bohrte sich in der Nase, wie er es immer getan hatte. Unfassbar die Vorstellung, auch er könne simulieren. Nichts deutete darauf hin, dass er über das Geschehen traurig war. Reaktion zeigte er allenfalls, wenn sein Zeigefinger erfolgreich war.

Auch später, als der Magere in den Raum zurückgebracht wurde, blass und übel zugerichtet, schien das seinen »Zwillingsbruder« nicht sonderlich zu beeinflussen. Der lächelte nur und bohrte weiter. Bryan hingegen traute seinen Augen nicht. Wie es dem Mageren gelungen war, freizukommen, wusste er nicht, aber es beunruhigte ihn.

Alle anderen schienen mit dem Ausgang zufrieden zu sein. Die Ärzte lächelten, und die diensthabende Krankenschwester war ungewohnt freundlich. Der Druck hatte bleischwer auf ihnen allen gelastet.

Am nächsten Morgen holten sie den Mageren wieder ab. Die ganze Nacht hatte er gezittert wie Espenlaub. Er musste geahnt haben, was ihm bevorstand.

Um die Mittagszeit kam der junge Sicherheitsoffizier zusammen mit einem gewöhnlichen SS-Soldaten. Er erteilte ein paar Befehle, worauf alle Patienten zu den Fenstern gingen.

Bryan folgte als einer der Letzten und stand in der zweiten Reihe, von der aus man nur sehen konnte, was passierte, wenn man sich auf die Zehenspitzen stellte. Auch dann war der Blick wegen der Fenstersprossen und Gitter eingeschränkt. Bryan schob den Kopf langsam vor und konnte so über die Schulter vor ihm sehen.

Die Sicht auf den Rand des Felsen, der zwei Meter von der Wand des Lazarettgebäudes bis zur Kapelle etwa hundert Meter weiter verlief, war einigermaßen unverstellt. Den schmalen nackten Saum unterbrach nur ein einzelner Pfosten, der womöglich ein altes Bohrloch markierte.

An diesen Pfahl fesselte man den Mageren, und an diesem Pfahl wurde er vor den Augen der Patienten erschossen. In dem Augenblick, als der Schuss fiel, wandte Bryan den Kopf ab und sah stattdessen zu James in der ersten Reihe, mit dem Pockennarbigen neben sich. Beim Dröhnen des Schusses zuckte James heftig zusammen. Aber weder die Hinrichtung noch James' Reaktion waren die Ursache für den kalten Schweiß auf Bryans Stirn. Nein, es war der Blick, mit dem der Pockennarbige, der James intensiv beobachtet hatte, dem Breitgesichtigen zunickte.

Es verging einige Zeit, ehe der Nächste an den Pfahl gefesselt und erschossen wurde. Bryan hatte keine Ahnung, wer der arme Sünder war. Jedenfalls keiner aus dem Alphabethaus. Aber es konnte kein Zweifel daran bestehen, dass er versucht hatte, sich dem Kriegsdienst zu entziehen. Dieses Vergehen wurde mit ultimativer Härte bestraft – das war die Botschaft und Warnung an alle.

Der Anblick des Toten hatte auf den anderen Zwilling keinen Eindruck gemacht. Er schien nicht zu begreifen, was um ihn herum geschah. Keiner versuchte, ihn zu trösten, keiner verhörte ihn.

Nach der Exekution hatte man das Bett des Mageren sofort entfernt. Dann wurde der Fußboden der gesamten Station geschrubbt, es wurde Kaffee-Ersatz serviert und Vonnegut brachte Lautsprecher, um die Gemüter durch Pauken und Geigen zu besänftigen.

Schließlich waren die Männer unter seiner Obhut krank und mussten behandelt werden.

19

VON NUN AN WAREN beinahe jede Woche Schüsse zu hören. Die Simulanten hatten aufgehört, nachts zu flüstern, und James reagierte fast nur noch, wenn das Essen gebracht wurde, ansonsten lag er apathisch in seiner Ecke. Abgesehen davon ging das Leben weiter wie bisher.

Besonders der Pockennarbige war ganz offenkundig auf der Hut. Seine Fürsorge für die anderen Patienten war weiter demonstrativ. Aber früher hatte er für jeden eine Bemerkung übrig gehabt und auch mal jemandem zugeblinzelt, nun war er eher wortkarg und beobachtete alles mit höchster Wachsamkeit. Bryan wusste, was er dachte, und er dachte genauso. Wer war sonst noch ein Betrüger?

In erster Linie hatte der Pockennarbige James im Auge. Manchmal sah Bryan, wie alle drei Simulanten James verbissen anstarrten. Sie hatten ihn eindeutig im Visier. Allerdings konnten sich zwei von ihnen nur selten länger als ein paar Minuten konzentrieren, dann wurden ihre Lider schwer und die Augen fielen ihnen zu. Die Tabletten taten ihre Wirkung. Der Pockennarbige hingegen konnte sich stundenlang wach halten.

Anfangs hatte Bryan geglaubt, die Simulanten würden James in Ruhe lassen. Was hatten sie schon zu befürchten von einem, der die meiste Zeit bewusstlos im Bett lag? Erst als der Kalendermann eines Tages anfing, zu schreien und mit den Armen zu fuchteln, und dabei auf James deutete, merkte Bryan, dass nicht alles war, wie es sein sollte. Schwester Lili stürzte herbei und klopfte James auf den Rücken. Er war leichenblass und versuchte, ein Räuspern zu unterdrücken.

Schon am nächsten Tag beim Mittagessen wiederholte sich das Ganze.

In den folgenden Tagen setzte sich Bryan im Bett auf, statt sich wie bisher zum Essen vor dem Nachtspind auf die Bettkante zu setzen. So konnte er James ohne Weiteres beim Essen beobachten. Das Krankenzimmer war erfüllt von Essensgeräuschen, Besteckklirren und leisem Rülpsen. Nur James saß reglos da und starrte auf seinen Teller, als versuche er, Appetit zu bekommen. Ganz am Schluss, kurz bevor das Geschirr eingesammelt wurde, sanken seine Schultern, als seufzte er, und er nahm ein paar Löffel voll.

Gleich darauf begann er zu husten.

Nachdem sich das an sechs Tagen hintereinander wiederholt hatte, stand Bryan auf, als das Essen gebracht worden war, und ging leise summend mit dem Teller in der Hand zu Vonneguts Tisch. Wären Vonnegut oder Schwester Lili anwesend gewesen, hätten sie ihn sofort wieder zurückgeschickt. Aber an dem Tag hatte ein Patient so heftig auf die Schockbehandlung reagiert, dass Schwestern und Pfleger vor der Visite am Nachmittag alle Hände voll zu tun hatten. Bryan stellte den Teller ganz am Rand von Vonneguts Tisch ab und begann, das Essen in sich hineinzuschaufeln. Seine Zunge war noch immer geschwollen, heilte aber gut. Die Simulanten sahen ihm interessiert beim Essen zu und ließen den Blick zwischen ihm und der erstarrten Gestalt in der Ecke hin und her wandern. James wusste sicher genau, dass Bryan ihn beobachtete, aber er sah nicht auf.

Da nahm James erst einen Löffel voll und dann noch einen. Der Abstand zwischen Bryan und James betrug nur wenige Meter. Bryan drückte auf den Rand des tiefen Tellers und registrierte genau den Widerstand und das Gewicht des Tellers.

Im selben Moment, als James' Hustenanfall kam, schlug Bryan auf den Tellerrand, sodass der Teller über die Tischkante und direkt gegen den Bettpfosten neben James' Fuß schoss.

Ohrenbetäubender Lärm war die Folge, und alle sahen auf. Bryan rannte hinter seinem Teller her.

Vor James blieb er abrupt stehen und lachte ihm tonlos und entschuldigend ins Gesicht, dabei deutete er auf den verschmutzten Fußboden und den Teller. Aber James hob den Blick nicht von seinem Teller. Zwischen den Stücken von Schweinebauch und grauem, zerkochtem Sellerie lag etwas Undefinierbares, das aussah wie menschliche Exkremente.

Bryan beugte sich scherzend vor und bohrte mit seinem Löffel darin herum. Er stimmte wieder sein Summen an, denn der Brechreiz war kaum zu unterdrücken. Auf James' Teller lag tatsächlich menschlicher Kot.

Der Pockennarbige lachte nur, aber der Breitgesichtige stürzte herbei und entriss James den Teller. Dann kratzte er die Substanz auf dem Fußboden auf James' Teller und rannte zu den Toiletten.

Wie der Kot in die Essensportion gekommen war, blieb Bryan ein Rätsel. Aber er war davon überzeugt, dass die Simulanten dahintersteckten und dass sie das für sich behalten wollten.

Seit Tagen hatten sie James so schikaniert. Das war ein gnadenloser, offener Krieg mit ungleichen Mitteln und dem Ziel, James zu entlarven. Was ihnen möglicherweise gelungen war, denn James hatte reagiert. Er weigerte sich zu essen.

An diesem Nachmittag durfte James unbehelligt auf der Bettkante sitzen.

Und Bryan konnte nichts für ihn tun.

Zwei der Verdunkelungsläden schlugen an ein Fenster, von dem Knall wurde Bryan sofort hellwach. Im Bett nebenan lag schwer atmend der Panzeroffizier mit den schweren Verbrennungen. Ein Stück weiter in der Reihe saß der Mann, der in den Duschkopf gestarrt hatte, schräg vorm Kopfende seines Betts und stierte auf die Reihe gegenüber.

Die Nacht war nicht pechschwarz, sondern hatte noch etwas von dem bleichen Licht des Sommers. Die Silhouetten der Simulanten ragten im Dunkel um James' Bett auf. Bryan wurde es eiskalt. Einer stand am Kopfende, einer in der Mitte und einer am Fußende. Immer wieder hob sich ein Arm zum Schlag. Nicht einmal ein Schrei verriet, was sie mit James anstellten. Erst später in der Nacht, als sie endlich von ihm abließen, war das Stöhnen zu hören.

Ihr rührt ihn nicht noch mal an!, drohte ihnen Bryan innerlich, als er sah, wie James am nächsten Morgen zum Duschraum wankte.

Doch warum hätten sie aufhören sollen? Nacht für Nacht waren nun aus der Ecke dumpfe Schläge zu hören. Allerdings achteten die drei darauf, keine Spuren in James' Gesicht zu hinterlassen.

Bryan war verzweifelt, er fürchtete um James' Leben. Oft war er kurz davor, laut zu schreien oder nach der Klingelschnur zu greifen, um die Nachtschwester zu rufen oder sich James' Peinigern selbst entgegenzustellen. Doch der Krieg hatte ihn seine ganz eigenen Überlebensregeln gelehrt. Regeln, die einem unter normalen Verhältnissen absurd und unmenschlich vorkommen mussten. Und so ergab sich Bryan in seine Ohnmacht.

Als Schwester Petra James eines Morgens bewusstlos in einer Blutlache fand, hatten sie ihn zum letzten Mal in der Nacht heimgesucht. Petra war vor Entsetzen wie gelähmt. Nicht nur Dr. Holst, sondern auch ein Arzt aus der somatischen Abteilung wurde herbeigerufen. Herrgott noch mal, seht ihr denn nicht das Loch im Schädel, das kommt doch nicht von allein!, zischte Bryan unhörbar, als sie die Bettkante, das Kopf- und das Fußende sowie den Fußboden auf der Suche nach einer Erklärung für die Verletzungen untersuchten. Verräter!, schimpfte er sich selbst und betete, James möge am Leben bleiben.

Gegen den Willen der Ärzte wurde im Krankenzimmer eine kurze Ermittlung durchgeführt. Der junge Sicherheitsoffizier sah sich die tiefe Wunde gründlich an und befühlte die Stirn, als sei er die ärztliche Kapazität. Dann untersuchte auch er haargenau das Bettgestell, den Fußboden, die Wände, die Bettpfosten. Und als er nichts fand, ging er von Bett zu Bett und riss den Patienten die Bettdecken weg, um nachzusehen, ob sie etwas darunter versteckten.

Lass Spuren an ihren Händen sein oder Blut an ihren Nachthemden, flehte Bryan stumm. Denn James, der kreidebleich war, musste heftigst geblutet haben. Aber der Sicherheitsoffizier fand nichts. Schließlich scheuchte er die Krankenschwestern herum und trampelte mit seinen Stiefeln zwischen den Betten hin und her, dann erhielt Schwester Petra den Befehl, etwas zu holen.

Ehe Bryan begriff, was sie vorhatten, hatten sie James die Braunüle bereits gesetzt. Die zugehörige Flasche hing an dem Galgen über dem Bett.

Oh Gott, jetzt wirst du sterben, dachte Bryan, und versuchte sich zu erinnern, was James vor ewigen Zeiten in jenem Lazarettzug über Bluttransfusionen und Bluttypen gesagt hatte. »Mach, was du willst, Bryan, aber ich tätowiere mir A plus«, hatte James gesagt und damit sein eigenes Todesurteil gefällt. Nun lief das falsche Blut durch den Schlauch – in die Venen eines Schwerverletzten.

Bryan war davon überzeugt, dass die Simulanten James nicht hatten töten wollen. Sie hätten es tun können, wenn sie gewollt hätten. Aber sie wollten nicht. Denn Gerhart Peuckert war nicht irgendwer. Er war Standartenführer der SS. Würde man feststellen, dass James zu Tode geprügelt wurde oder irgendeines anderen unnatürlichen Todes gestorben war, würde man bei den dann anberaumten Untersuchungen mit Sicherheit wenig zimperlich vorgehen.

Die Simulanten wollten Gewissheit und Kontrolle. Bis jetzt hatten sie weder das eine noch das andere erreicht.

Dann wurde James zum Waschen entkleidet. Bryan seufzte erleichtert, als er sah, dass James sein Halstuch nicht trug. Die drei Männer verfolgten das Geschehen aufmerksam. Je mehr blaue Flecken und Blutergüsse zu sehen waren, umso tiefer drückten sich die drei Teufel in ihre sicheren Lager.

Schwester Petras wiederholte Versuche, die Ursache dieser Verwundungen zu erforschen, wurde von ihren Vorgesetzten jedes Mal kurz und bündig vereitelt. Schwester Petra schuf Unruhe. Schwester Lili hingegen war stets daran gelegen, dass sich die Verhältnisse im Krankenzimmer schnellstmöglich normalisierten. Sie lebte offenbar mit der sonderbaren Vorstellung, allein der Verdacht eines Verbrechens könnte auch ihr eine Schuld zuweisen. Untersuchungen und Verhöre konnten Misstrauen bedeuten, und Misstrauen konnte zur Versetzung führen – in letzter Konsequenz bedeutete das: Dienst in einem Lazarett an der Ostfront.

An Phantasie fehlte es Schwester Lili vermutlich nicht.

Die Verantwortung für James oblag in den nächsten Tagen allein Schwester Lili.

Der Allgemeinzustand des Patienten war schlecht, darum bekam er eine weitere Bluttransfusion. Insgesamt liefen also zwei Flaschen Blut der falschen Blutgruppe – mehr als ein Liter – in James' Körper.

Und er lebte.

20

DIE TAGE VERGINGEN schleppend. Allmählich wurde Bryan klar, dass der Albtraum noch lange nicht vorüber war.

Die erste Warnung kam, als er eines Morgens aufwachte und sah, wie Petra neben dem zitternden James am Bett saß und seinen Kopf an sich drückte und streichelte, als tröstete sie einen Weinenden.

Später in der Woche saß James unruhig im Bett und erbrach sich. Als am selben Abend der Breitgesichtige und der Pockennarbige unterwegs waren, um die Essenseimer zu holen, riskierte Bryan, dicht an James' Bett vorbeizugehen. Der dritte Simulant schien tief zu schlafen.

James war extrem blass. Seine Haut wirkte wie Pergament, die Schläfen schimmerten bläulich.

»Du musst jetzt schnell wieder gesund werden!«, flüsterte Bryan. »Unsere eigenen Truppen sind bald da. Nur noch ein, zwei Monate, dann sind wir frei.« James reagierte nicht, sondern lächelte nur und spitzte den Mund, als wollte er Bryan bitten, still zu sein. Dann formte er Wörter, aber Bryan musste sein Ohr an die trockenen Lippen legen, ehe er den Freund verstand. »Halt dich fern! Bleib weg!«, hatte James geflüstert.

Bryan wich zurück, und der Schmächtige schlug mit der Bettdecke.

Als die Front immer näher rückte, flüchteten die Menschen aus der Stadt in den Schwarzwald.

Mitte September passierten Dinge, die Bryan veranlassten, seine Verhaltensregeln aufs Neue zu revidieren, vielleicht zum letzten Mal.

An einem strahlenden Morgen, das Herbstlicht fiel in aller Klarheit durch die Fensterläden, wäre James fast verblutet, als sie ihn fanden. Alle Verbände waren abgerissen und die fast verheilte Wunde am Kopf klaffte wieder. James' Haut war so bleich wie das Bettlaken, seine Hände von geronnenem Blut fast schwarz. Im blinden Glauben, er habe sich diese Verletzungen selbst zugefügt, brachte man dicke Verbände um seine Hände an, sodass er das nicht noch einmal tun konnte.

Und dann gaben sie ihm noch eine Bluttransfusion.

Bryan wusste nicht mehr aus noch ein, als er wieder die Glasflasche am Galgen über dem Kopfende von James' Bett hängen sah.

Zwischen Bryan und den anderen Simulanten herrschte Waffengleichheit. Sie behielten einander sehr genau im Auge. Eines Tages fiel James plötzlich in so tiefe Bewusstlosigkeit, dass Dr. Holst das Wort Koma benutzte. Während er noch den Kopf schüttelte, drehte er sich um und verabschiedete sich lächelnd von Bryans Bettnachbarn und von seinem Gegenüber, die beide endlich den grünen Entlassungsstempel bekommen hatten.

Zum ersten Mal sah Bryan Patienten in anderer Kleidung als im Nachthemd. Schließlich waren alle vom ersten Tag an in nichts weiter als diesen am Hals zugebundenen, nach hinten offenen, knielangen Krankenkitteln herumgelaufen. Unterhosen hatten sie so gut wie nie getragen.

Die beiden Offiziere strahlten. Bekleidet mit frisch gebügelten Reithosen, den hohen Schirmmützen und allerlei dekorativem Tand auf den gestärkten Jacken wirkten sie gleich so, als hätten sie ihre volle Autorität und Würde wiedergewonnen. Dr. Holst schüttelte beiden zum Abschied die Hand, die Krankenschwestern knicksten. Noch vor wenigen Tagen hatten dieselben Schwestern den Männern einen Klaps gegeben, wenn sie nach dem Bad nicht nackt an ihnen vorbei defilieren wollten. Als Bryans ehemaliger Nachbar dem Pfleger Vonnegut die Hand geben wollte, wurde der so verlegen, dass er ihm statt der gesunden linken Hand die eiserne Faust hinhielt.

Nach welchen Kriterien die Ärzte zwischen gesund und krank unterschieden, war kaum nachvollziehbar. Aber gesund genug, um als Kanonenfutter zu dienen, waren die Männer wohl allemal.

Beide waren mächtig stolz und auf naive Weise aufgekratzt. Sie sprachen von Arnhem.

Offenbar war das ihr nächster Einsatzort.

Als sich sein Nachbar von ihm verabschiedete und ihm direkt in die Augen sah, erkannte Bryan den Patienten nicht wieder, der monatelang Tag und Nacht schwer atmend an seiner Seite gelegen hatte.

Mit den ersten Meldungen über deutsche Siege bei Arnhem veränderte sich die Stimmung auf der Station. Einige der Patienten, die am ehesten zur Entlassung anstanden, gingen aufrechter und ließen keine Gelegenheit aus, zu demonstrieren, dass es ihnen bereits viel besser ging. Bei anderen Patienten verschlechterte sich der Zustand, sie schrien nachts häufiger, wiegten sich heftiger hin und her, zeigten neue, sonderbare Zuckungen und Mundbewegungen und fraßen wieder mehr, als dass sie aßen.

Auch die Simulanten reagierten.

Der Pockennarbige ging seiner Aufgabe mit solcher Inbrunst nach, dass die Pfleger für einige Tage die Essensverteilung übernahmen. Der Breitgesichtige führte täglich ein Schauspiel auf, er grüßte Vonnegut und die Mitpatienten andauernd mit dem Hitlergruß. Nachts musste die Nachtschwester kommen, weil er in einem Anfall von Lebensfreude lauthals sang und dazu den Takt aufs Bettgestell klopfte.

Bryan machte es wie der schmächtige Simulant. Er schüttelte sich, zog sich die Decke über den Kopf und war stumm wie immer.

Sein offenkundig hoher Rang, die große Verantwortung, seine Hinfälligkeit und die zögernde Genesung waren Bryans Lebensversicherung und der Garant dafür, dass er nicht wie sein Nachbar und sein Gegenüber an der Front enden würde. Womöglich wusste keiner so recht, was man mit ihm anstellen sollte.

Um sein eigenes Leben hatte Bryan keine Angst. Aber um das von James. Er fürchtete sich vor allem davor, was die Simulanten mit dem Freund vorhatten.

Irgendwann war James aus seiner tiefen Bewusstlosigkeit erwacht. Er war nur noch ein Schatten seiner selbst. Wie er die Infusionen mit der falschen Blutgruppe überleben konnte, war Bryan ein Rätsel. Und es würde sicher noch lange dauern, bis James wieder imstande war, das Bett zu verlassen.

Bryans Gedanken aber kreisten jetzt seit vielen Wochen um die Flucht. Immer wieder überlegte er, wie sie gelingen könnte.

Das größte Problem war die Kleidung. Außer dem Nachthemd besaß Bryan nur ein Paar Socken, das jeden dritten Tag durch ein neues Paar, noch verwaschener als das vorhergehende, ersetzt wurde. Seit Bryan selbstständig zur Toilette ging, hatte er auch einen Schlafrock. Der würde ihn zumindest etwas vor Wind und Wetter schützen.

Aber jetzt war der Bademantel weg. Einer der Pfleger hatte schon lange begehrliche Blicke darauf geworfen. Die Pantoffeln waren seit Langem verschwunden.

Er schätzte die Entfernung bis zur Schweizer Grenze auf etwa sechzig bis achtzig Kilometer, das war zu schaffen. Noch war es spätsommerlich mild, an klaren Tagen zeichnete sich die Landschaft scharf ab. Nur die Nächte waren schon empfindlich kühl.

Seit der Wind vor einigen Wochen auf West gedreht war, brachte er neue Geräusche mit, zum Beispiel sporadisches Pfeifen und tiefes Grollen wie von einem Zug. Das klang fast wie ein gar nicht so fernes Echo, das Rettung ankündigte. Wir sind am Rand des Gebirges, James!, dachte er. Die Eisenbahn ist nicht weit weg. Wir können auf einen Zug aufspringen und damit bis zur Grenze fahren. Wir haben das schon einmal durchexerziert. Das machen wir wieder. Die Bahn wird uns bis nach Basel bringen, James! Wir springen einfach auf.

Aber James war ein Problem.

Die bläulichen Schatten unter seinen Augen wollten nicht verblassen.

Schwester Petra betrachtete ihn immer besorgter.

Eines Nachts begriff Bryan endlich, dass er allein würde fliehen müssen. Er war mit einem Ruck und dem sicheren Gefühl aufgewacht, im Schlaf gesprochen zu haben. Der Pockennarbige stand neben seinem Bett und betrachtete ihn argwöhnisch.

Die Flucht ließ sich nicht länger aufschieben.

Es hatte Stunden gegeben, da hatte er mit dem Gedanken gespielt, einen Pfleger niederzuschlagen und dessen Kleidungsstücke zu stehlen. Oder sich die Zivilgarderobe eines Arztes aus dem Arbeitszimmer zu beschaffen. Aber das waren natürlich nur Tagträumereien. Tatsächlich war Bryans Aktionsradius minimal: das Krankenzimmer, der Behandlungsraum, der Raum, in dem die Elektroschocks verabreicht wurden, und dann noch die Toiletten und das Duschbad. All das kannte er gut – aber Zivilkleidung hatte er dort noch nie gesehen. *Das war die Realität.*

Die Lösung fand er, als einer der Patienten an die Tür zum Bad pinkelte und so lange schrie und heulte, bis sie mit der Spritze angerannt kamen und ihn aus dem Verkehr zogen. Während Vonnegut auf dem Fußboden kniete und die gelbe Pfütze aufwischte, trippelte Bryan seitwärts in die Toilette.

Die Tür zum Depot gegenüber den Kabinen stand weit offen. Während Bryan auf der Kloschüssel saß, sah er durch den Türspalt in den Lagerraum. Es war das erste Mal, dass er einen Blick hineinwerfen konnte.

Eigentlich war das sogenannte Depot nichts weiter als ein großer Schrank, in dem Lappen, Seifen, Besen und Eimer verstaut waren.

Von der Seite fiel Licht in die Kammer und erhellte den Fußboden und die Regale. Vonnegut plagte sich immer noch mit dem Fußboden ab und machte kein Hehl daraus, dass er sich und alle anderen sonst wohin wünschte. Mit wenigen Schritten war Bryan an der Tür. Er musterte den Rahmen. Der wirkte schwach. Das Holz war mürbe und das Schloss hielt nur notdürftig, der Metallbeschlag hatte sich längst gelockert. Die Tür öffnete sich nach innen und würde auf entsprechend energischen Druck und gleichzeitiges Pressen mit dem Knie leicht aufgehen.

Auf der Rückseite der Tür hing an einem Porzellanhaken ein ausgedienter brauner Kittel. Bryan schnappte nach Luft, als Vonnegut die Tür aufstieß, ihn am Handgelenk packte und zu seinem Bett zurückbrachte.

Bis der Mond unterging und es im Raum endlich ganz finster geworden war, hatte sich Bryan unzählige Male in Erinnerung gerufen, was er im Depot gesehen hatte. Bryan hatte einen Plan: Er würde in dieser Nacht mehrfach zur Toilette gehen. Durchfall war hier nichts Ungewöhnliches, die immer schlechtere Verpflegung zeigte Wirkung.

Als Bryan in der Nacht zum ersten Mal simulierte, austreten zu müssen, zwängte er sich in das Depot und hob vorsichtig die beiden obersten Regalbretter herunter.

Im Kabuff gab es ein kleines Fenster, über dem obersten Regalbrett und nicht leicht zu erreichen, aber gerade groß genug. Anders als die schmalen Schlitze unter der Decke im Bad und im Toilettenraum war es nicht vergittert.

Der Fensterhaken ließ sich geräuschlos öffnen.

Bryan entschloss sich rasch. Beim nächsten oder übernächsten Mal wollte er es versuchen. Er würde den Kittel anziehen, aufs Regal steigen, aus dem Fenster klettern und hoffen, dass er den Sprung ins Ungewisse heil überstehen würde. Dann würde er zum Appellplatz schleichen und dort über den Stacheldraht klettern.

Ein äußerst riskanter Plan mit vielen Unbekannten. Riskant wie die meisten der Unterfangen, die James und er jedoch bis hierhin überlebt hatten – mehr schlecht als recht, denn James' Zustand war kritisch, die Realität gnadenlos. Das Wissen darum, den Rest seines Lebens von Gewissensbissen geplagt zu werden, marterte Bryan schon jetzt.

Aber er hatte keine Wahl.

Beim dritten Toilettenbesuch blieb Bryan schließlich im Depot und zog den Kittel über das Nachthemd. Ein lächerlicher Schutz gegen die Kälte.

Als Bryan sich abstieß und nach dem Fensterrahmen griff, knarrte das Regal im Kabuff bedrohlich. Aus dem Krankenzimmer war nichts zu hören.

Das Fenster war schmaler als gedacht. Er presste den Oberkörper so weit hinaus, bis er fast das Gleichgewicht verlor. Trotz der Dunkelheit sah er den Abgrund erschreckend detailliert unter sich. So ein Sprung wäre selbstmörderisch.

Durch das Fallschirmspringen und simulierte Flugzeugabstürze war Bryan besser als die meisten für einen solchen Sturz gerüstet. Aber sechs Meter freien Fall würde auch er nicht unverletzt überstehen. Beim Sprung zu sterben schreckte ihn weniger. Aber was, wenn die Sicherheitspolizei ihn schwer verletzt fand?

Der dunkle Küchenbau, der sich an die Felswand lehnte, wirkte friedlich. Bekannte Geräusche kündeten von der nächtlichen Runde zweier Wachen. Er hörte die Schritte der Männer, sah die Atemwolken vor ihren Gesichtern.

Unmittelbar nachdem die Wachen ihn passiert hatten, lachte einer der beiden Männer laut los. In derselben Sekunde knarrte es hinter Bryan und das Regalbrett brach aus der Wand.

Leise fluchend drückte er die Ellbogen gegen die Mauern,

um sich hoch- und hinauszustemmen, während seine Füße vergeblich nach Halt suchten.

Trotz der Kälte war er schweißgebadet. Die Wachposten waren noch nicht ganz hinter dem Appellplatz verschwunden. Die Hunde sprangen ihnen verspielt um die Beine herum.

Die Wachen würden jeden Augenblick zurück sein.

Der Lärm in dem Depot war unbeschreiblich. Fieberhaft versuchte er, sich das letzte Stück nach vorn zu pressen. Da spürte er einen eisernen Griff um sein Fußgelenk.

21

EINE FOLGE DER Bluttransfusionen mit der falschen Blutgruppe waren Übelkeit und allgemeines Unwohlsein. Außerdem litt James unter Angstzuständen, Wahrnehmungsstörungen und völliger Kraftlosigkeit, was aber auch den vielen Elektroschocks und den Tabletten zugeschrieben werden konnte. Immer öfter war er bewusstlos. Immer seltener konnte er seinen Tagträumereien nachhängen. Die meisten Bücher und Filme waren inzwischen ohnehin aus seinem Gedächtnis getilgt.

James war am Ende. Körper und Seele litten, er fühlte sich allein, erschöpft und tränenleer. Er hatte kaum noch Energie. Ohnmacht und Wahnsinn lagen auf der Lauer. Und dann waren da noch seine Peiniger – und schließlich Bryan.

Da sich die Simulanten jetzt ein neues Opfer auserkoren hatten, kümmerte sich James um nichts mehr und gab die meiste Zeit vor, weit weg zu sein.

Das fiel ihm nicht schwer.

Es waren die Simulanten gewesen, die Bryan aufgehalten hatten. »Lasst ihn am Leben«, hatte Kröner gezischt, als sie auf ihn eindroschen, soviel hatte Bryan verstanden. Anschließend hatte Kröner offenbar den Befehl erteilt, im Lagerraum das Blut von den Wänden zu waschen und das Regal zu reparieren.

Erstaunlich prompt waren sie der Anweisung gefolgt. Der im Krankenzimmer verbliebene siamesische Zwilling war der Einzige, der unruhig wurde. Sein Blick flackerte zwischen der Klingelschnur über seinem Kopf und dem Fußboden hin und her. Kröner fauchte ihn an, dass er zu jammern begann und sich unter seiner Bettdecke verkroch.

Widerstandslos ließ Bryan sich von ihnen ins Krankenzimmer führen. Seine Hände bluteten. Das erste Morgenlicht drang gedämpft durch die Ritzen der Fensterläden. Die
Simulanten beugten sich über ihn, ihre Fragen prasselten auf
ihn ein. Bryan konnte sich denken, was die harschen deutschen
Worte bedeuten sollten. Man wollte wichtige Informationen
von ihm: Gab es noch mehr Simulanten? Gab es Mitwisser?
Was wusste er?

Aber Bryan schwieg, und die Simulanten waren unschlüssig. War er ein Simulant? Hatte er tatsächlich flüchten wollen?
Oder Selbstmord begehen?

Auch die Prüfung am nächsten Morgen stand Bryan durch.
Aber die Verzweiflung stand ihm ins Gesicht geschrieben.

Die Putzfrau hatte Streifen an der Wand entdeckt. Sie schlug
Alarm und zog an dem losen Regal im Kabuff. Auf die Stations-
schwester machte das allerdings keinen besonderen Eindruck.

Die Morgentoilette war längst vorbei. Die Simulanten hatten in einer Mischung aus Erleichterung und Boshaftigkeit
zu Bryan hinüber geschielt, als er mit steifen Schritten in den
Duschraum ging, um die Spuren der nächtlichen Prügel von
Armen, Händen, Hemd und Körper abzuwaschen.

Nur die Risse an den Fingerspitzen, die er davongetragen
hatte, als er versuchte, sich durch das Fenster zu zwängen,
hatte er nicht einfach abwaschen können. Einem der Pfleger
waren die Verletzungen aufgefallen. Auf Bryan deutend, hatte
er seine Ablösung über seine Beobachtung informiert.

Und James sah, dass Bryan das mitbekam.

Im Laufe des Vormittags tauchte der Sicherheitsoffizier
schließlich auf. Als er die Patienten der Reihe nach untersuchen sollte, zeigte ihm der Pfleger Bryans Hände. Bryan
nickte nur und lächelte. Wie Igelstachel ragten aus den blutigen
Fingerspitzen einzelne Holzsplitter. Der Pfleger runzelte die
Stirn und schüttelte Bryans Unterarme, als hielte er einen

Welpen im Nacken. Bryan machte sich frei und schlug die Hände mehrmals fest an die Fensterläden hinter sich, wobei er wie in Trance die Augen schloss.

Der Offizier manifestierte seine Autorität so vernehmlich, dass alle zusammenzuckten. Wutentbrannt packte er Bryan am Nachthemd und schleuderte ihn zu Boden. »Ich werde dich lehren, uns zum Narren zu halten!«, schrie er und zwang Bryan, stramm zu stehen. Der erwartete mit hängenden Schultern sein Schicksal.

James wusste, dass Bryan um sein Leben kämpfte.

Der Offizier unterzog Bryan einer gründlichen Leibesvisitation. Das mehr graue als weiße Nachthemd war zerknittert und nach der gründlichen Morgenwäsche noch feucht. Der Wärter zuckte die Achseln. »Ich glaube, er hat es zum Waschen nicht ausgezogen«, sagte er.

Statt den Hemdenzipfel fallen zu lassen, zog ihn der Offizier weiter hoch. Behutsam, fast zärtlich nahm er Bryans Hoden und sah Bryan dabei freundlich ins Gesicht. »Haben Sie Heimweh bekommen, Herr Oberführer? Sie können sich mir ruhig anvertrauen. Es wird Ihnen nichts passieren.« So stand er einen Moment und sah Bryan in die Augen, ohne seinen Griff zu lösen.

»Und natürlich verstehen Sie nicht, was ich sage, Herr Oberführer, nicht wahr?«, fuhr er fort.

Als der Offizier fester zudrückte, sah James hinter dem Schmerz in Bryans Gesicht Ohnmacht und Verwirrung. Er wusste, dass Bryan die Fragen ebenso wenig verstand wie der umnachtete Arno von der Leyen, für den man ihn hielt. Was in diesem Augenblick aber vielleicht auch das Beste war.

Dass der Patient so gar nicht reagierte, ärgerte den Offizier. Aber es verunsicherte ihn auch.

Als er zum fünften Mal fragte, packte er so fest zu, dass Bryan aufschrie und sich übergab. Der Offizier ließ blitzschnell los und trat einen Schritt zur Seite. Auf Bryans Brüllen hin kam ein Pfleger angerannt und wischte den Fußboden auf.

Auch das Nachbarbett hatte Erbrochenes abbekommen. Einer der Patienten verließ sein Bett und ging mit ausgestrecktem Zeigefinger an dem beschmutzten Bett vorbei. Dabei deutete er immerzu auf die Außenwand.

James wusste nicht viel von ihm. Er hieß Peter Stich und hatte rote Augen.

Jetzt rettete er Bryan das Leben.

Der Sicherheitsoffizier wollte schon seine Hand wegschlagen, sah dabei aber doch dem Finger nach. Hinter Bryan, der zusammengekrümmt am Fenster stand, hatte sich der Fensterladen halb geöffnet. An der Kante verschmolzen lange braune Striche mit den Fasern des hellen Holzes. Der Offizier trat näher, befühlte das raue Holz und nahm daraufhin Bryans Fingerspitzen noch einmal in Augenschein. Abrupt machte er auf dem Absatz kehrt, schubste den Rotäugigen beiseite und verließ das Krankenzimmer.

Bryan bekam eine Beruhigungsspritze, und der Riegel des Fensterladens wurde ausgetauscht.

Eine Zeitlang nahm das nächtliche Geflüster wieder zu.

Der schmächtige Dieter Schmidt war davon überzeugt, dass Oberführer von der Leyen alles über sie und ihre Zukunftspläne wusste. Sie müssten etwas unternehmen, verlangte er.

Aber der pockennarbige Kröner schärfte ihnen ein, dass in Zukunft im Krankenzimmer keine Übergriffe mehr geschehen dürften. Ihre Situation würde sich schon bald ändern. Das Kriegsglück war auf Seiten der Alliierten. Der Krieg konnte schon sehr bald vorbei sein.

Ein liquidierter Arno von der Leyen würde ihnen nur endlose Verhöre einbringen. Wussten er und Lankau nicht, was ein Verhör bedeutete? Niemand würde auf Dauer schweigen können und niemand würde davonkommen.

Auch sie nicht.

»Wenn ihr etwas herausbekommen wollt, dann drückt ihm in die Augen oder fest in den Gehörgang. Aber achtet darauf, dass er nicht schreit, verstanden?«

Nacht für Nacht hörte James, wie sein Freund weinte und vor Schmerzen aufstöhnte. Aber Bryan sagte kein Wort. Die Simulanten waren verwirrt.

Und James konnte nichts tun. Einmal würde das Katz-und-Maus-Spiel ein Ende haben, das wusste er aus eigener Erfahrung.

Kröner schob die Unterlippe vor und sah von Bryan zu James. »Verrückt oder nicht. Hauptsache, sie kapieren, dass wir sie umbringen, wenn sie nicht spuren. Was sie vielleicht verstehen oder vielleicht nicht verstehen, ist mir scheißegal.«

Der Schmächtige schüttelte den Kopf. »Arno von der Leyen weiß über alles Bescheid, sage ich euch! Und der Postbote wird verlangen, dass er weggeschafft wird.«

»Aha!« Kröner stutzte. »Und wie soll das vonstattengehen?«, fragte er spöttisch. »Via Telepathie?« Kröner lächelte nicht. Der Postbote war wie ein Phantom, das alle Vorteile auf seiner Seite hat. »Glaubst du nicht selbst auch, dass er längst über alle Berge ist? Vielleicht hat er seinen treuen kleinen Schildknappen längst vergessen. Und was geht das dich an, Herr Hauptsturmführer? Du bist doch auch nur so ein Idiot, ein elender kleiner Judenplünderer. Sind wir das nicht alle?«

»Wart's ab.« In Dieter Schmidts Augen glomm ein seltsamer Funke.

»›David Copperfield‹! Heute nehme ich mir ›David Copperfield‹ vor.« James presste den Kopf ins Kissen. Es war still im Raum. Als Kind hatte er das Buch begeistert gelesen, und er war seither immer der Meinung gewesen, ›David Copperfield‹ sei Dickens' Meisterwerk. Auch die Werke anderer großer

Autoren hatten in James' Erinnerung tiefe Spuren hinterlassen, von Victor Hugo, Swift, Defoe, Emile Zola, Stevenson bis Kipling und Alexandre Dumas. Aber Charles Dickens und sein ›David Copperfield‹ überstrahlten alle anderen.

In den Nachmittagsstunden, wenn die Krankenschwestern reichlich zu tun hatten, gab er sich so gut es ging den tröstenden Erinnerungen hin.

Und Ruhe brauchte er für diese Nachdichtungen. Verwirrung und diffuse Gedanken waren inzwischen seine schlimmsten Widersacher. Die Tabletten, diese ekelhaften Chlorpräparate, verkleisterten sein Erinnerungsvermögen allmählich mehr als die Elektroschocks.

Bereits bei der Einleitung der Geschichte bemerkte James, dass er nicht mehr zurechtkam. Er konnte sich nicht an die Namen erinnern, sie waren weg. Wie hieß noch mal Copperfields zweite Frau, seine Freundin aus Kindertagen? James grübelte lange. Die erste Ehefrau hieß Dora. Hieß die zweite Emily? Nein. Elizabeth?

Panik keimte in ihm auf, dass sein Erinnerungsvermögen mittlerweile dauerhaft Schaden genommen haben könnte. Diese unglücklichen Überlegungen wurden unterbrochen, weil zwei Pfleger in den Raum kamen und in die Hände klatschten. »Ihr sieben sollt hier weg. Sammelt eure Sachen ein, ihr kommt nach oben!«, riefen sie und nahmen die Krankenblätter aus den Hüllen.

Dann scheuchten sie die Patienten nach draußen auf den Gang. An ihrer Stelle wurden neue Männer in das Krankenzimmer geführt. Schwester Petra lächelte James zu und errötete.

Vonnegut brachte sie weg. Eine entsetzliche Konstellation. Die drei Peiniger, er und Bryan, der Rotäugige und der Kalendermann. Fünf Simulanten isoliert beisammen.

»Es geht voran mit den Herren, sagt der Oberarzt.« Dass Vonnegut da seine Zweifel hatte, war ihm anzusehen. »Sie sollen von den anderen weg. Dann werden sie sich umso besser erholen, sagt er. Oben ist ein Saal frei geworden. Sind alle weg, zurück an die Front.«

22

ALS ALLERERSTES befestigte der Kalendermann seinen kleinen Datumszettel an der Wand hinter sich. 7. Oktober 1944 stand da.

Das neue Zimmer war bedeutend kleiner als das alte. Die Geräusche aus der Etage darunter waren gedämpft, der Irrsinn ein Stück weit aus dem Blickfeld gerückt.

James' Bett stand etwas abseits an der kurzen Schmalseite, die Aussicht von dort war erschreckend gut. Rechts von ihm lagen Dieter Schmidt und der Breitgesichtige zu beiden Seiten des Kalendermanns auf der Lauer. Am anderen Ende des Raums klapperte die Tür im Luftzug.

James betrachtete apathisch Bryans Platz zwischen dem Rotäugigen und Kröner. In wenigen Stunden, wenn Bryan von der Schockbehandlung zurückkam, würde er in der Gewalt der Simulanten sein – genau wie er selbst, aber bewusst- und wehrlos.

Die Tage, die vor ihnen lagen, würden so zäh verlaufen, dass sie ihnen wie Jahre vorkamen. Jedes Gelenk seines Körpers protestierte. Die inneren Organe arbeiteten auf Sparflamme. Er fühlte sich kraftlos und leer.

Ich werde dich hier rausholen, Bryan!, dachte er schlapp und glaubte selbst nicht mehr daran.

Aber vorläufig musste er zusehen, dass er sich erholte.

Kröner hatte mehrmals mit Handzeichen versucht, Horst Lankaus Redestrom abzuwehren. Zum ersten Mal fiel James auf, dass Kröner schwitzen konnte. Sein Blick glitt aufmerksam durch den Raum. Offenbar fühlte er sich beobachtet.

Erst nach der Abendvisite wagte Kröner, frei zu sprechen. Hier waren keine Abhörgeräte installiert.

Der Oberarzt schien mit dem Ergebnis seiner Behandlung zufrieden zu sein. Offenbar wollte man ihre Pflege intensivieren. Vielleicht wäre es ja nur eine Frage von Monaten, bis man sie wieder für tauglich befand, dem Führer zu dienen.

»Thieringer hegt keinen Verdacht«, begann Kröner gedämpft und sah zwischen Lankau und Schmidt hin und her. »Aber die Aussichten sind nicht gut. Ehe wir es uns versehen, sind wir wieder auf unseren Posten. Was glaubt ihr, wie es weitergehen soll? Hat der Postbote eine Lösung für das Problem, Schmidtchen?«

»Himmelherrgott, ich werde schon dafür sorgen, dass ich nicht an die Front komme. Das könnt ihr doch wohl auch!«, brummte Lankau und senkte die Stimme. »Wenn ihr mich fragt, haben wir hier ganz andere Probleme!« Er stand auf und baute sich vor dem Kalendermann auf.

»Steh auf, Fricke. Du liegst jetzt da«, sagte er und klopfte auf das Bett. Der Kalendermann machte keine Anstalten, sich zu bewegen. Er hatte nicht erkannt, wie ernst es dem Breitgesichtigen war. Nachdem er zum dritten Mal geklopft hatte, hielt Lankau ihm die geballte Faust vors Gesicht. »Beim nächsten Mal bleibt es nicht bei der flachen Hand, ist das klar? Dann kommt die hier. Ziehst du jetzt um?«

»Was glaubst du, wie die Krankenschwestern diese dauernden Bettenwechsel finden? Musst du jetzt auch noch bestimmen, wo du liegst?« Kröner wirkte müde.

»Das merken die doch gar nicht, Hauptsache, das richtige Krankenblatt steckt im richtigen Halter. Basta!« Er schlug die Klappen auf und drehte sich zu Dieter Schmidt um, der nun erneut sein Nebenmann war. »Jetzt sind wir wieder eine kleine Familie. Und jetzt antwortest du auf unsere Fragen, Kamerad! Spuck aus, wo der Postbote steckt und was du in drei Teufels Namen von seinen Plänen weißt. Anschließend kannst du mir dann auch erzählen, was wir mit den beiden Typen da machen!« Der Breitgesichtige deutete auf Bryans leeres Bett und dann mit dem Daumen in Richtung James, ohne dabei den Blick von Dieter Schmidt abzuwenden. »Die beiden wissen zu viel, das glaube ich auch. Die sind derzeit unser größtes Problem.« Er sah zu James hinüber, der die Augen geschlossen hatte. »Was wird passieren, wenn der dämliche von der Leyen wieder versucht, abzuhauen? Glaubst du, der Postbote kann mir das sagen?«

»Vermutlich.« Dieter Schmidt sah ihn eiskalt an.

»Dann sag uns das, verdammt!«

Die Schritte auf dem Gang alarmierten Lankau.

Als Schwester Petra bei ihnen hereinschaute, lagen alle stumm in ihren Betten. Petra reagierte nicht auf Lankaus neuen Platz. Sie hatte nur Augen für James.

In der Nacht setzten die Simulanten ihr Gezänk um die Schätze im Güterwaggon und um den Postboten fort. Und um Bryan.

James konnte sich kaum noch rühren. Das latente Gefühl, sich erbrechen zu müssen, war inzwischen ein Dauergast geworden. Er wurde unruhig. So lange war Bryan noch nie zu einer Schockbehandlung weg gewesen. Alle im Raum waren besorgt, allerdings aus höchst unterschiedlichen Gründen.

Einerseits wünschte James sich nichts mehr, als dass Bryan bald zurückkam. So lange dauerte eine Schockbehandlung normalerweise nur, wenn der Patient Krämpfe bekommen hatte. Dann würde er ein paar Stunden länger wegbleiben. Andererseits konnte Bryan auch auf eine andere Station verlegt worden sein. Und selbst wenn das Trennung und Ungewissheit bedeutete, wäre es für Bryan letztlich sicher das Beste.

Die Stunden vergingen, und die Simulanten waren sich einig, Arno von der Leyen umzubringen, sobald er zurückgebracht worden war. Ihr Geflüster zerrte an James' Nerven, und auch er war Gegenstand ihrer Diskussionen. Aber vorläufig schienen sie davon überzeugt zu sein, dass sie ihn unter Kontrolle hatten. Den Rotäugigen und den Kalendermann ignorierten sie vollständig.

Anders als sonst war Kröner zurückhaltend. Lankau schlug vor, sie sollten Bryan ein Laken um den Hals knüpfen und ihn aus dem Fenster werfen. Kröner grunzte nur und schüttelte den Kopf. Sie waren erst vor wenigen Stunden verlegt worden. Ein vorgetäuschter Selbstmord in diesem kleinen Raum war ein riskantes Unterfangen.

»Wenn es zur Vernehmung kommt, sind wir nur sechs«, sagte er schließlich. »Seid ihr sicher, dass ihr ein Kreuzverhör durchstehen könnt?«

Und dann erstarrte Kröner, denn die Antwort kam aus völlig unerwarteter Richtung.

»Ich schon!« Die neue Stimme aus dem Dunkel klang energisch und eiskalt. Sie schien den Raum förmlich zu erhellen. »Ob ihr andern es könnt, ist wohl eher zweifelhaft.« Die Worte kamen von Peter Stich, Bryans Bettnachbarn, dem unansehnlichen Mann mit den scharfen Gesichtszügen und den roten Augen.

»Es freut mich, die Herren nun begrüßen zu können, nachdem die Bekanntschaft so lange einseitig gewesen ist.« Die Geräusche von Lankaus und Kröners Bett verrieten, dass die beiden sich bereits aufgesetzt hatten. James sah Stich unverwandt an. »Bleiben Sie, wo Sie sind, Herr Sturmbannführer!« Bei seinem einstigen Titel angesprochen, blieb Dieter Schmidt vor James' Bett stehen. »Sie haben das ausgezeichnet gemacht. Ich bin sehr zufrieden mit Ihrer Loyalität und Verschwiegenheit. Sie haben uns unserem Ziel ein großes Stück näher gebracht. Gehen Sie nur wieder auf Ihren Platz. Und Sie, meine Herren«, sagte er und genoss die Aufmerksamkeit, »da wir nun so weit gekommen sind, erlauben Sie mir, dass ich mich vorstelle. Wie Sie sich inzwischen ausgerechnet haben, bin ich es, der so lange in den Gedanken der Herren als ›der Postbote‹ herumspukte.«

Die Wirkung war unerwartet schwach. Horst Lankau brummte etwas, wurde aber auf der Stelle von Kröner unterbrochen.»Aha! Was Sie nicht sagen! Was ist das doch für eine exklusive Gesellschaft, zu der wir uns entwickeln!« Kröner nickte dem Rotäugigen ohne ein Zeichen von Erstaunen zu.»Der Chef persönlich hat seine Tarnung abgelegt. Interessante Verkleidung, muss ich sagen. Ausgesprochen überzeugend!«

»Das soll sie auch bleiben.« Der Postbote griff Kröners Ironie auf.»Aber wie Sie sagen: eine exklusive Gesellschaft. Muss ich Sie daran erinnern, dass der Mann, den die Herren in eine andere Welt expedieren wollen, hier im Krankenzimmer den höchsten Rang inne hat? Ich teile natürlich Ihre Auffassung. Arno von der Leyen benimmt sich nicht wie ein Geisteskranker. Ich bin sogar wie Sie ziemlich überzeugt, dass er genauso frisch und gesund ist wie Sie, meine Herren, und ich. Ich habe ihn Dinge tun sehen, mit denen er sich nicht beschäftigen sollte. Zum Beispiel Tabletten verstecken! Aber bei diesem von der Leyen gibt es noch einen Haken, darüber müssen wir uns im Klaren sein. Ich bezweifle, dass die Herren Oberführer von der Leyens Meriten so gut kennen wie ich.«

Lankau schnaubte.»Er ist ein mieser Hund! Und er war leicht zu fangen. Wie ein verwirrtes Schoßhündchen.«

»Mag sein. Aber er ist auch ein Opportunist mit Geschichte, müssen Sie wissen. Natürlich ist er ein Arschkriecher, aber er ist auch eine treue Seele, ein echter Nationalsozialist. Ein Vertrauter des Führers. Einer von Berlins Heiligen. Aber mal ganz abgesehen von diesem äußeren Glanz finde ich, Sie können sehr froh sein, Herr Standartenführer Lankau, dass er sich so leicht von Ihnen einfangen ließ. Denn der Arno von der Leyen, den ich kenne, ist nicht nur ein Wunderknabe, sondern auch ein außerordentlich effektiver Mörder.« Der Rotäugige sah sich langsam um und nickte, wie um seine Worte zu bekräftigen. Lankau sah ihn missbilligend an.

»Ja, ja, verehrter Herr Standartenführer«, fuhr Stich fort. »Was glauben Sie denn, wie dieser Knabe so weit gekommen ist? Ich versichere Ihnen, dass Arno von der Leyen kaum Flaum auf den Wangen hatte, als er sich schon einen Platz in der Leibwache des Führers verdient hatte. Mit Totenkopf und allem Drum und Dran. Nicht viele bringen es in so jungen Jahren so weit. Der Inbegriff eines Jünglings, jawohl! Aber auch ein Kriegsheld. Er hat Blut an seinen Orden, wie sich das gehört. Aufgrund seiner Position steht er unter besonderem Schutz. Ohne ihn wäre wohl kaum einer von uns hier hoch gekommen. Er ist es, der hier von Bedeutung ist, nicht wir. Wir sind nur seine Stubenkameraden, seine Kulisse. Begreifen Sie das, meine Herren?«

Die Kälte und die völlige Ausdruckslosigkeit der Stimme des Postboten entsetzten James. Monatelang hatte er geschwiegen und sie alle beobachtet, in Freund und Feind unterschieden. Er war der Puppenspieler und sie die Marionetten. James zitterte bei dem Gedanken, er könnte sich vor ihm verraten haben.

»Nun kenne ich ja nicht nur Arno von der Leyens Meriten«, fuhr der Postbote fort. »Ich habe ihn auch schon einmal gesehen, obwohl das lange her ist und ich damals kaum ein Auge für ihn hatte«, betonte er.

»Und jetzt wird es erst richtig interessant. Denn den Arno von der Leyen, den ich damals gesehen habe, kann ich so gar nicht in dem Herrn wiedererkennen, der bald wieder in seinem Bett dort drüben liegen wird. Ich bin mir keinesfalls sicher, dieses Gesicht vorher überhaupt schon einmal gesehen zu haben. Ich habe meine Zweifel, verstehen Sie!« Kröner, der ihn unterbrechen wollte, ließ er nicht zu Wort kommen.

James spürte, wie er am ganzen Leib zitterte. Das Laken war schweißnass. Wenn sie nun Bryans Identität anzweifelten, dann gnade ihnen Gott. Sogar Kröner ließ sich von dem Postboten in die Schranken weisen.

Das konnte nichts Gutes verheißen.

»Wir müssen also rational denken und alle Möglichkeiten in Betracht ziehen. Und Sie, meine Herren, bitte ich nun, besonders aufmerksam zu sein. Denn was ist schlimmer? Dass wir ein wenig bei seinem Selbstmord nachhelfen und er damit aus unserem Leben verschwindet, wobei uns das möglicherweise gar nicht gut bekommt? Oder dass er eines Tages als Betrüger und Simulant enttarnt wird? Lassen wir ihn leben und er ist der richtige Arno von der Leyen, ist alles gut. Abgesehen davon, dass er zu viel von unseren Plänen weiß – weil die Herren nachts ja immer so dringend flüstern müssen. Und wenn er nicht Arno von der Leyen ist, weiß er immer noch zu viel.

Sollte sich eines Tages zeigen, dass er simuliert, werden uns die Sicherheitsleute vermutlich trotzdem verdächtigen. Man wird auf jeden Fall in unserer Vergangenheit graben. Und genau darum musste ich ihn unbedingt aus der Situation mit den Fensterläden retten. Denn er hätte sich unter Garantie dafür revanchiert, dass die Herren seine Flucht vereitelt haben. Und damit hätten unsere Schicksale recht unzweckmäßig mit seinem in Verbindung gebracht werden können.« Er sah sich um. »Ja ja. In jeder Hinsicht ein Dilemma, über das man nachdenken muss.

Ich habe ihn vom ersten Tag an beobachtet. Mir kommt er unausgeglichen, jung und verwirrt vor. Ich kann mich nicht recht entscheiden, ob er Arno von der Leyen ist oder nicht. Aber wenn er es nicht ist, glaube ich nicht, dass er in der Lage ist, seinen Betrug bis zum bitteren Ende durchzuhalten.« Er musterte sie eingehend. »Was mich betrifft, ist Schmerz ein erregender Tanz neuer Gefühle, wenn ich so sagen darf. Eine willkommene Gelegenheit, den Körper ganz neu zu erfahren. Aber so muss es ja nicht allen gehen.«

Dieter Schmidt zuckte die Achseln. Er war blass.

»Habe ich Recht?«, schloss der Postbote.

Horst Lankau teilte ganz offensichtlich Schmidts Ehrfurcht vor dem Postboten nicht. Aber Kröner akzeptierte die Situation, wie sie war. »Klappe, Lankau! Wir wissen doch, was du auf dem Herzen hast.« Kröner wurde ungeduldig, als Lankau nicht aufhörte, unzufrieden zu brummen. »Von jetzt an halten wir zusammen. Abgemacht?«

»Wollen wir uns nicht darauf einigen«, schaltete sich der Postbote wieder in diesem ausdruckslosen Ton ein, »dass der Herr Standartenführer Lankau, dieser Mann der Tat, der Richtige ist, um den sogenannten von der Leyen aus dieser tristen Welt zu befördern?«

Als Bryan auf die Krankenstube gebracht wurde, war praktisch alles für seine Liquidierung vorbereitet. »Lankau, Sie können nicht sein Laken benutzen! Das merken die doch, wenn sie ihn ins Bett legen. Wenn Sie darauf bestehen, schon jetzt alles vorzubereiten, dann nehmen Sie Ihr eigenes!«, fauchte Kröner. »Sie können es ja anschließend austauschen.«

»Wir sollten warten, bis er zurück ist. Dann nehmen wir sein eigenes.« Der Postbote sah lächelnd zu James hinüber. »Nicht wahr, Herr Standartenführer Peuckert?« James, dem das Blut in den Adern gefror, reagierte nicht, sondern stierte bewegungslos vor sich hin.

»Mir passt überhaupt nicht, dass er sieht, was wir tun.« Lankau warf James einen hasserfüllten Blick zu.

»Der zeigt uns nicht an. Warum, weiß ich nicht, aber der zeigt uns nicht an.« Der Rotäugige nickte. »Die Herren haben ihn gut unter Kontrolle bekommen.«

James wandte den Blick hinaus zu den Nadelbäumen und ohne recht zu wissen, was er tat, begann er, sie zu zählen. Als er fertig war, fing er wieder von vorn an. Doch die Ruhe, die er so nötig brauchte, wollte sich nicht einstellen.

Wie vermutet, hatte Bryan nach der Behandlung Krämpfe

bekommen. Die ganze Nacht war er unter Beobachtung geblieben. Es würde lange dauern, bis er sich wieder wehren konnte. James war fast besinnungslos vor Sorge, dazu an Leib und Seele erschöpft.

Während die Schwesternhelferinnen die Mittagsrationen in den anderen Stationen austeilten, hatte Lankau Bryans Laken am Waschbecken gezwirbelt. Es war jetzt so dünn und straff wie ein Hanfseil. Ans Kopfende des Bettgestells geknotet, lag es unter Bryans Bettdecke bereit.

Arno von der Leyens Bett hatten die Krankenschwestern schon gemacht. Mit ihm würden sie sich erst wieder beschäftigen, wenn er aufwachte.

»Ist Selbstmord die richtige Methode? Sollen wir ihn nicht besser einfach rauswerfen?« Lankau hatte noch immer Bedenken. »Das würde wie ein Fluchtversuch aussehen. Bis zu den Fichten auf der anderen Seite des Zauns sind es ja nur ein paar Schritte. Wenn man den Absprung vom Fensterrahmen gut schafft, könnte man schon sehr weit kommen.«

»Und …?« Der Postbote machte nicht den Eindruck, als erwartete er eine Antwort.

»Ja, und dann geht der Sprung halt schief.«

Der Postbote sog die Wangen nach innen. »Dann hätte von unserem Krankenzimmer aus ein Fluchtversuch stattgefunden und wir hätten die Untersuchungen am Hals. Ganz davon abgesehen, dass sie uns die Fenster verbarrikadieren würden. Damit wäre auch uns der Weg versperrt, falls sich die Notwendigkeit ergeben sollte. Und was, wenn er den Sturz überlebt? Nein, wir hängen ihn, sobald es dunkel geworden ist.«

Über James' Bett gab es keine Klingelschnur. Die Unterbringung in diesem Sechsbettzimmer war eben doch eine Notlösung. Wenn er den Kampf mit den Simulanten aufnahm, um sie an ihrem Vorhaben zu hindern, würde es ihm wie Bryan ergehen. Im Moment kämpfte er schon darum, überhaupt bei Bewusstsein zu bleiben.

Die Hilfe musste von außen kommen. Dafür musste er sorgen.

Aber wenn man das provisorische Seil fand, würden sofort Untersuchungen angestellt und die Prophezeiung des Rotäugigen in aller Grausamkeit umgesetzt. Nur Schwester Petra konnte die Katastrophe abwenden und den Verdacht in die richtige Richtung lenken.

Aber Petra kam nicht mehr jeden Tag.

Unheilschwanger wurde es an jenem Tag schon am frühen Nachmittag dunkel.

Völlig unerwartet betrat Schwester Petra das Krankenzimmer. Sie schaltete die Deckenlampe ein, füllte eine Kanne mit Leitungswasser und schenkte dann jedem ein Glas Wasser ein.

Als sie zu James kam, versuchte er, sich aufzurichten. »Aber Herr Peuckert!«, sagte sie und drückte ihn sanft zurück auf sein Kissen. James legte den Kopf in den Nacken, sodass die Übrigen ihn hinter ihrem Kopf nicht sehen konnten. Die Worte wollten nicht kommen. Der verzweifelte Ausdruck in James' Augen und seine unkontrollierten Bewegungen waren neu für sie und völlig unbegreiflich.

Deshalb holte sie die Oberschwester.

Diese energische Frau, die Personal und Patienten nur selten mit Einfühlsamkeit überraschte, beugte sich über James und betrachtete ihn sehr aufmerksam aus nächster Nähe. Als sie sich wieder aufrichtete, schüttelte sie nachsichtig den Kopf, schob sich an der besorgten Petra vorbei zum Fenster und zog die Gardine ein Stück vor die Läden. Danach trat sie zu Bryan und tätschelte dem Hilflosen erstaunlich resolut die Wange.

Bryan brummte etwas und zog unwillkürlich den Kopf zurück. »Er wacht bald auf«, sagte sie, und ohne sich zu versichern, dass Petra ihr folgte, verließ sie den Raum. »Das war auch an der Zeit«, war vom Gang noch zu hören.

Petra beugte sich über James und strich ihm behutsam über das Haar. Er flüsterte etwas, schwach und unverständlich. Petras Augen strahlten.

Dann rief die Oberschwester nach ihr.

»Na, mein Freund!« Lankau lächelte dem Kalendermann zu. »Jetzt wollen wir mal ein bisschen spielen. Komm hier rüber!«, rief er und zog das Laken um den Hals des Opfers strammer. Der Knoten lag wie geplant auf der Halsschlagader. Der Sturz würde schnell und effektiv vonstattengehen. Tod durch Genickbruch. Das war die Kunst beim Hängen.

Die Simulanten wussten, was sie taten. James hyperventilierte in seinem Bett und musste mitansehen, wie der Kalendermann albern lachte und auf Lankaus Aufforderung hin Bryan auf die Schultern hob. Er hüpfte vor Vergnügen und haute ihm auf den nackten Hintern. Auch der Breitgesichtige lachte und stieß das Fenster hinter Bryans Bett weit auf. Die übrigen Simulanten sahen teilnahmslos zu.

Während der Kalendermann noch immer albern kicherte, schlug Bryan die Augen auf. Verwirrt nahm er wahr, dass er auf der Schulter des Mannes hing und mit den Füßen die kalte Kante des Fensterrahmens berührte. Er hob den Kopf und begann wie von Sinnen zu schreien.

»Verflucht, nun packt doch seine Arme!«, schrie Kröner. Er sprang aus dem Bett und schlug Bryan hart auf die Schulter. Offensichtlich verdutzt über die Wendung des Spiels blieb der Kalendermann plötzlich stehen und lockerte seinen Griff. Er drehte sich um und fing an zu schreien. Er schlug heftig mit dem Handrücken nach Lankau und Kröner, die neben ihm standen und atemlos mit Bryan kämpften. Bryan hingegen klammerte sich mit einem Bein verzweifelt an das Fensterkreuz, während das andere Bein schon aus dem Fenster hing.

Der Postbote bewegte sich nicht von seinem Bett. Aber der Schmächtige sprang wutentbrannt auf und rammte mit voller Wucht seinen Schädel in Bryans Zwerchfell. Was nun geschah, hatte niemand vorhersehen können. Bryan flog brüllend so heftig vornüber, dass seine Stirn wie ein Hammer auf den Scheitel des Schmächtigen knallte. Ohne noch einen Mucks von sich zu geben, sackte der in sich zusammen.

»Halt!«, rief der Postbote und befahl den Simulanten, sich schnellstens in ihre Betten zurückzuziehen. Niemand außer ihm hatte die eiligen Schritte draußen auf dem Gang gehört.

Als sie Bryan stöhnend auf dem Fußboden liegen sahen, blieben die beiden Wärter abrupt stehen. Aus seinen Augen leuchtete der Wahnsinn.

»Jetzt ist er völlig durchgedreht. Halt du ihn fest«, ermahnte der eine und schloss das Fenster. »Ich hole die Zwangsjacke.«

Aber so weit kam es nicht, denn im selben Moment setzte das Heulen der Sirenen ein.

23

MAN HATTE SIE in aller Eile evakuiert. Die Wärter schienen den Vorfall völlig vergessen zu haben. Als in den nächsten Tagen nichts weiter passierte, wuchs in Bryan die Überzeugung, dass sie ihn nicht mal gemeldet hatten. Bryan dankte Gott, dass sie nicht dazu gekommen waren, ihn in der Zwangsjacke zu fixieren, denn dann wäre er für die Simulanten ein noch leichteres Opfer gewesen.

Weitere Bombardierungen nahe gelegener Städte hatten in der Umgebung des Lazaretts keine Schäden verursacht.

Aber drüben am Appellplatz hatte man kleinere Baracken errichtet, wohl um die Abteilungen des Lazaretts zu entlasten. Damit hatte sich jeder Gedanke an eine Flucht in diese Richtung erübrigt – das ganze Gelände war mit Elektrozäunen gesichert, allerorten waren Warntafeln angebracht. Abgesehen von den bedrückten Mienen des Krankenhauspersonals schien alles beim Alten zu sein.

Nur für Bryan nicht. In den beiden nächsten Nächten fand er keinen Schlaf. Und trotz des jüngsten Albtraums und trotz der Komplikationen nach der letzten Elektroschockbehandlung fühlte er sich auf einmal wieder kräftig und zu allem entschlossen. Die Simulanten beobachteten ihn die ganze Zeit und drohten ihm mit ihren Blicken. Obwohl die Situation hoffnungslos erscheinen mochte, empfand Bryan weder Ohnmacht noch Angst.

Der Rotäugige lächelte ihm aus dem Nachbarbett anteilnehmend und freundlich zu. Stundenlang lag er auf der Seite und betrachtete ihn neugierig. Wenn Bryan versuchte, sich an die Episode zu erinnern, war ihm, als hätte der Rotäugige eingegriffen und damit sein Leben gerettet. Denn das Echo des Rufs klang in seinem Hinterkopf noch nach.

Damit wäre er ihm zum zweiten Mal zu Hilfe gekommen. Bei der Visite achtete Bryan auf den Namen und merkte ihn sich. Peter Stich. Bryan erwiderte sein Lächeln, als gäbe es zwischen ihnen eine tröstliche und vielversprechende Verbundenheit.

Schwester Petra sah immerzu nach James. Bryan gelang es nur selten, Blickkontakt zu ihm aufzunehmen, aber er hatte das Gefühl, als ginge es seinem Freund sehr schlecht. Trotzdem wirkte Petra äußerst zufrieden.

Bei der Visite an einem der nächsten Tage hatten die Ärzte lange an James' Bett gestanden und diskutiert. Anschließend hatte man ihn mehrere Male zur Untersuchung in einen kleineren Raum auf demselben Korridor geholt.

Gegen alle Gewohnheit drückte der Oberarzt James am selben Abend jovial die Hand. Petra stand mit verschränkten Armen und verlegen lächelnd dabei, sie wirkte aufgeregt. Sie sprachen James an. Er antwortete zwar nicht, aber er sah sie an, als verstünde er sie.

Bryan freute sich über diese Entwicklung. Langsam wuchs in ihm die Zuversicht, dass er James schon bald wieder in seine Fluchtpläne einbeziehen konnte.

Am folgenden Abend diskutierten die Simulanten lange und eifrig. Sogar der Rotäugige machte auf seine Weise mit, indem er an die Decke starrte und dabei leidenschaftslos seine Kommentare abgab. Bryan hatte den Eindruck, als würde sich der Rotäugige über die anderen lustig machen. Und er schrieb es seiner Gemütserkrankung zu, dass die anderen ihn ließen. James' Miene schien jedes Mal Missfallen auszudrücken, wenn Bryan den Rotäugigen angesehen hatte.

Bryan maß dem keine Bedeutung bei.

Da betrat eine der neuen Krankenschwestern den Raum und schaltete die Deckenlampe ein. Das Flüstern verstummte augenblicklich. Anschließend hielt sie einem fremden Offizier die Schwingtür auf, dem wiederum breit lächelnd Oberarzt Thieringer folgte. Der junge Offizier sprach kurz zu den Patienten und gab den Krankenschwestern und dem Oberarzt die Hand. Dann schlug er die Hacken zusammen und verabschiedete sich mit dem Hitlergruß. Als das Licht wieder ausging, kehrte Ruhe ein.

Die Simulanten waren offensichtlich von dem Zwischenfall berührt. Schließlich nahmen sie ihr Flüstern wieder auf.

Bryans Gedanken kehrten zu seiner Anfangszeit im Lazarett zurück. Er war zur gleichen Zeit wie der junge Offizier hierhergekommen. Nun hatte der sich offenbar so weit erholt, dass sie ihn wieder in den Krieg schicken konnten – mehr lebendig als tot und damit ein gutes Beispiel für sie alle.

Das Getuschel der anderen wirkte einschläfernd. Seine Gedanken verhedderten sich, die Stimmen wurden immer leiser. Seine Rettungsleinen waren alle gekappt. Die Klingelschnur über ihm war zerrissen. An James' Bett befand sich erst gar keine. Im Grenzland zum Traum hob der junge Offizier die Hand ein letztes Mal zum Hitlergruß.

Dann war Bryan eingeschlafen.

Jedes metallische Geräusch sendet seine ganz eigene Botschaft aus. Wenn ein Flügel von einem Bomber abreißt, klingt das anders, als wenn der Rumpf des Fliegers aufreißt. Ein schwerer Hammer auf einem kleinen Nagel klingt anders als ein kleiner Hammer auf einem großen Nagel. Das Geräusch klingt in seinen metallischen Elementen fort, durch seine Lautgestalt erzählt es von dem, wofür es steht. Aber diesen fremden Laut hier zu deuten, metallisch und klangvoll zugleich, wollte Bryan einfach nicht gelingen. Die Antwort musste noch eine Weile im Ungewissen bleiben, seine Lider waren so schwer, dass er sich damit abfinden musste. Rings um ihn herum nahm er einen weißlichen Schimmer wahr, woraus er schloss, dass es Tag sein musste und er die Nacht überlebt hatte. Der Raum aber wirkte anders.

Mit der Zeit entwickelte sich vor seinem inneren Auge eine Vorstellung von dem scharfen, aufdringlichen Geräusch, ein Bild von einer pumpenden, rasselnden Apparatur. Wie eine Erfindung von H. G. Wells oder eines dieser Teufelsdinger, die es in seiner Jugend auf Jahrmärkten für einen Penny zu sehen gegeben hatte.

Bryan öffnete die Augen. Der Raum war ihm fremd.

Neben seinem Bett stand ein zweites. Mehr Betten gab es nicht. Am Rand des anderen Betts hing ein Glaskolben, verbunden mit einem Schlauch, an dessen Innenseite gelbliche Tröpfchen entlang glitten. Der Kolben war zu einem Viertel gefüllt. Unter der Bettdecke atmete ein Mensch stoßweise und unregelmäßig. Das Gesicht war halb von einer Maske bedeckt – und auch das Gesicht war Bryan völlig fremd.

Auf der anderen Seite seines Zimmernachbarn stand eine Sauerstoffflasche, die ihrerseits mit der Maske verbunden war. Auf einem grün gestrichenen Regal über dem Nachbarbett wirbelte eine Art Ventilator. Der Propeller hing schief, er war die Ursache dieses unbekannten Geräuschs.

Bryan sah sich um. Sein Nachbar und er waren allein in dem Raum. Das Ganze wirkte wie isoliert von der Realität des Lazaretts. Keine Gerüche, keine Ausbrüche der Patienten, nicht einmal die üblichen kahlen Wände. Auf dem Fußboden lag ein Teppich, an den Wänden hingen Bilder. Stiche mit religiösen Motiven, Fotografien von jungen Männern und Frauen in den Uniformen des Dritten Reiches, die stolz und phantasievoll posierten.

Wann und wie man ihn in einen anderen Raum verlegt hatte, war Bryan ein Rätsel. Vermutlich hatte man ihm das Bett des erst kürzlich entlassenen Offiziers zugewiesen. Aber warum ihm? Hatte man Lunte gerochen und ihn von seinen Peinigern wegbringen wollen? Oder sollte er unter besonderer Beobachtung stehen?

Der Raum lag dem bisherigen offenbar genau gegenüber. Die Gesichter des Krankenhauspersonals erkannte er.

Schwester Petras Gesicht verriet nichts, das ihn hätte beunruhigen müssen. Sie war heiter und geschäftig wie immer. Er überlegte, ob ihr Lächeln und ihr unablässiges, respektvolles und munteres Plaudern bedeuten könnten, dass man mit seinem Genesungsprozess zufrieden war. Gut, sie sollte Fortschritte zu sehen bekommen. Das würde ihm einen größeren Handlungsspielraum verschaffen.

Aber es durfte nicht zu schnell geschehen.

Bei einem seiner Toilettenbesuche inspizierte Bryan die Räumlichkeiten aufs Genaueste. Der Gang war gut drei Meter breit. Der Abstand zwischen den Türen war nicht besonders groß, weshalb er vermutete, dass die einzelnen Zimmer nur für wenige Betten Platz boten. Ihr Zimmer lag dem Giebel am nächsten. Auf seiner Seite des Korridors gab es noch ein kleineres Zimmer und dann wieder ein Zweibettzimmer. Ein Stück weiter befanden sich der Untersuchungsraum, die Toiletten und der Duschraum. Bis dorthin erstreckte sich nun seine Welt. Bis ganz zum Ende des Flurs kam er nicht. Auf der anderen Seite des Gangs gab es außer dem Krankenzimmer, in dem James lag, noch ein ebenso großes.

In Bryans altem Krankenzimmer war alles wieder so wie zuvor. Kröner hatte seine Stellung als diensteifriger Aufpasser eingenommen. Offenbar hatte niemand etwas dagegen, und er hatte auf diese Weise freien Zugang zu allen Räumen, als sei er ein Angestellter des Lazaretts.

Bryan war alles andere als wohl dabei.

24

PETRA WAGNER WAR entfernt mit dem Gauleiter von Baden verwandt. Da der Name Wagner aber so häufig war, hatte sie sich nie dazu äußern müssen.

Seit ihrer Versetzung hierher hatte sie den Schwarzwald und die Gegend schätzen gelernt. Auch wenn der barsche, militärische Ton ihr fremd geblieben war, hatte sie doch in der Klinik ihren Platz gefunden. Ihr harter Arbeitsalltag ließ ihr wenig Raum, um Freundschaften zu pflegen. Die wenigen Freundinnen, die sie hatte, arbeiteten ebenfalls im Lazarett. Ihre Freizeit verbrachte sie mit Handarbeiten und ganz normalem Jungmädchengeplauder in der Personalunterkunft, sodass sie sich über die näher rückende Front nur selten Gedanken machte.

Anders als sie sorgten sich fast alle Freundinnen um einen Liebsten, der im Feld war, oder hatten bereits Tote oder Verletzte zu beklagen. Sie lebten mit der Angst und dem Hass, die unweigerlich mit dem Krieg einhergingen. Aber auch Petras Leben war davon beeinträchtigt, nur auf andere Weise.

Im Lazarett war sie zwangsläufig Zeugin vieler Übergriffe, die sie mit Entsetzen und Fassungslosigkeit erfüllten: Experimente mit Medikamenten, übereilte Entscheidungen, sonderbare Diagnosen und unverhohlene Begünstigungen und Benachteiligungen. In einem Militärhospital herrschten Militärhierarchie und militärischer Codex. Hinrichtungen von Deserteuren und Simulanten waren ein fester Bestandteil dieser Ordnung, Petra hatte immer versucht, das so gut es ging auszublenden.

Sie war noch immer fassungslos, dass dieser Patient, den

alle den »siamesischen Zwilling« genannt hatten, so lange
Zeit durchgekommen war. Auch sie wäre nicht darauf gekommen, dass er simuliert hatte, wenn er wie ein Äffchen mit
dem Zwilling an der Hand herumspaziert war. Doch seit dieser
Geschichte mit den Tabletten sah sie ihre Umgebung natürlich
mit anderen Augen.

Es war die Station für Nervenkranke, und die meisten Patienten waren schwer krank und würden sich wahrscheinlich
nie erholen. Die Behandlungen mit Elektroschocks fand Petra
eher fragwürdig. Die wenigen Patienten, die seit ihrer Ankunft aus der Klinik entlassen worden waren, gingen einer
höchst ungewissen Zukunft entgegen, sie waren zutiefst an-
geschlagen, reagierten verlangsamt, und sie alle waren ganz
sicher noch nicht in dem Zustand, in dem man sie guten
Gewissens entlassen sollte. Der Oberarzt dachte genauso, das
wusste sie, aber die Betten wurden schon wieder für andere
gebraucht.

Nun sollten bald mehrere Patienten aus ihrer Station entlassen werden.

Einige der Patienten reagierten gar nicht, wenn sie angesprochen wurden, sie hatten offenbar Sprechblockaden, wie
zum Beispiel Werner Fricke, der sich nur um sich und seine
Kalenderzettel kümmerte, darüber hinaus schien er nichts zu
begreifen. Auch dieser berühmte Arno von der Leyen verstand offenkundig nicht, was sie sagte. Aber Gerhard Peuckert
begriff alles, das wusste sie, auch wenn sie keinen Kontakt zu
ihm herstellen konnte.

Die Symptome, die Gerhard Peuckert zeigte, ließen sich
nicht allein mit dem Granatenschock erklären. Viele seiner
Reaktionen erinnerten sie an Leiden, die sie früher in der in-
ternistischen Abteilung erlebt hatte. Es kam ihr vor, als litte er
an einer Art allergischem Schock. Gemessen an den anderen
wirkte er unverhältnismäßig willenlos und extrem entkräftet,
außerdem zeigte er zwischendurch absolut irrationale Reaktio-

nen. Die Ärzte taten das ab, was Petra jedoch zusätzlich mit Sorge erfüllte. Sie fühlte sich hilflos und ohnmächtig, gleichzeitig befanden sich ihre Gefühle in höchster Verwirrung: Noch nie war ihr ein so gut aussehender Mann begegnet.

Und es wollte ihr einfach nicht in den Kopf, dass *er* dieser Satan sein sollte, als den ihn seine Akte auswies. Entweder hatte man dort übertrieben – oder vielleicht waren ja seine Papiere vertauscht worden? Sie hatte sich doch immer so auf ihre Menschenkenntnis verlassen können!

Was Gerhart Peuckert aber dazu gebracht haben mochte, sich selbst dermaßen schwere Verletzungen zuzufügen, war ihr unverständlich. Die vielen Blutergüsse und der wiederholte enorme Blutverlust machten sie misstrauisch. Was waren die Ursachen für dieses Maß an Selbstverstümmelung? Die Wurzeln der Angst dieser Patienten saßen tief. Es konnte jederzeit zu akuten Erregungszuständen kommen. Wie sich jemand – so wie Arno von der Leyen – beinahe die Zunge durchbeißen konnte, war ihr dennoch unbegreiflich. Und doch kam es vor. Warum sollte es Gerhart Peuckert anders ergehen? Tröstlich war, dass es ihm in der letzten Zeit stetig besser ging, auch wenn er immer noch sehr schwach war.

Als er schließlich auf ihre Zärtlichkeit reagierte und versuchte, Worte zu formen, fasste sie einen Entschluss. Sie wollte gegen Gerhart Peuckerts Angst vorgehen, damit er nicht dasselbe Schicksal erlitt wie so viele andere.

Wenn es nach ihr ging, würde er bis zum Kriegsende im Lazarett bleiben. München, Karlsruhe, Mannheim und Dutzende anderer deutscher Städte wurden inzwischen heftig bombardiert. Sogar auf Freiburg waren schon Angriffe geflogen worden. Die Amerikaner rückten vor, die Alliierten begannen, sich auf deutschem Gebiet zu sammeln. Und wenn das alles einmal überstanden war, wollte sie, dass Gerhart Peuckert noch am Leben war.

Um seinet- und ihretwillen.

»Neue Direktiven aus Berlin. Im Oberkommando der Wehrmacht wurde bezüglich des Sanitätswesens nach der Anhörung im August endlich ein Beschluss gefasst.« Die Ärmel des Kittels von Oberarzt Manfred Thieringer schoben sich hoch und gaben seine schmächtigen Handgelenke frei. »Verlangt wird verschärfte Aufmerksamkeit im Hinblick auf Simulanten. Das Reservelazarett in Ensen hat bereits reagiert und alle Zweifelsfälle entlassen und an die Front geschickt.« Er sah sich in dem kleinen Raum langsam um. Es war seine Entscheidung gewesen, das frühere Besprechungszimmer als Behandlungsraum zu nutzen, als der Druck auf die einzelnen Abteilungen zu groß geworden war. Der Barackenbau konnte den Bedarf nicht mehr auffangen. Die Kämpfe an der Ostfront hatten ihnen enormen Zulauf beschert. Erst jetzt eröffnete sich langsam eine Möglichkeit, zur gewohnten Routine zurückzukehren und die Patientenzahl auf Normalmaß zu bringen.

Die Direktive aus Berlin würde ihnen wieder Platz verschaffen.

Dr. Holsts Augen hinter den dicken Brillengläsern wurden schmal. »Das Reservelazarett in Ensen behandelt im Grunde nur Kriegsneurotiker. Was hat das mit uns zu tun?«

»Das hat mit uns insofern zu tun, Herr Dr. Holst, als unsere Ergebnisse als unbefriedigend bewertet werden, wenn wir nicht wie sie vorgehen. Und dann wird man uns bitten, den Übrigen die Spritze zu geben oder eine Überdosis von Ihren geliebten Chloralen, Trionalen und Veronalen, Herr Doktor. Und anschließend können wir uns selbst an die Front melden, nicht wahr?« Professor Thieringer sah seinem Assistenzarzt in die Augen. »Sind Sie sich darüber im Klaren, Herr Dr. Holst, wie privilegiert wir sind? Hätte Dr. Goebbels' Ehefrau nicht an ihren Mann appelliert, dass die Lazarette generell ihre Verwundeten besser behandeln müssten, dann bestünde unsere Aufgabe heute darin, Geistesgestörte zu liquidieren. Tötung aus Mitleid, nicht wahr? Todesursache Influenza, können Sie das vor sich sehen? Bisher sind es immerhin nur die wenigen Schreihälse im Keller, die uns vor dieses Problem stellen.« Er schüttelte den Kopf. »Nein, wir tun, was von uns erwartet wird. Wir werden die Patienten jetzt nach und nach entlassen. Und es ist Schluss mit den Experimenten im Alphabethaus, Herr Dr. Holst. Schluss mit Ihren Chlorpräparat-Versuchen. Schluss mit Ihren Messungen zu Forschungszwecken bei der Behandlung mit verschiedenartigen Elektrostößen. Schluss mit unserem doch recht komfortablen Leben hier!«

Dr. Holst sah zu Boden.

»Ja, wir hatten Glück, dass Frau Goebbels ihren Mann davon überzeugte, die Hand über unsere Elitesoldaten zu halten. Dadurch konnten wir immerhin eine Weile mit ihnen arbeiten, nicht wahr? Und wir konnten daran mitwirken, für das deutsche Volk die Illusion von der Unfehlbarkeit des stolzen SS-Korps aufrechtzuerhalten!«

Thieringer sah hinüber zu Petra und den anderen Krankenschwestern der Abteilung. Bisher hatte er sie kaum eines Blickes gewürdigt. Mit diesem Blick nun bat er sie, die letzten Bemerkungen überhört zu haben. Er griff nach einem Stoß Krankenakten.

»Für uns bedeutet das, die Dosen auf Station IX zu verringern. Ab heute keine Insulintherapie mehr. Wilfried Kröner und Dieter Schmidt nehmen wir noch vor Dezember aus der Chemo-Psychotherapie. Werner Fricke können wir, glaube ich, bald aufgeben. Er kommt wohl nicht mehr zu Verstand. Stammt er nicht aus einer wohlhabenden Familie?«

Niemand antwortete. Der Oberarzt blätterte weiter in den Akten.

»Gerhard Peuckert müssen wir noch etwas beobachten. Aber er scheint sich zu erholen.«

Petra ballte die Hände.

»Und dann ist da noch Arno von der Leyen«, fuhr Thieringer fort. »Man hat uns informiert, dass er zu Weihnachten wichtigen Besuch aus Berlin erhalten wird. Wir müssen alles dafür tun, dass bald eine Besserung seines Zustands eintritt. Er soll versucht haben, sich das Leben zu nehmen, habe ich gerüchteweise gehört. Kann das jemand bestätigen?«

Die Krankenschwestern sahen sich an und schüttelten wortlos den Kopf.

»Das darf unter keinen Umständen geschehen. Mir sind zwei Patienten bewilligt worden, die in der somatischen Abteilung kurz vor der Entlassung stehen und zur Nachbehandlung hierher kommen sollen. Sie könnten Wache stehen und garantieren, dass sich so etwas nicht wiederholt. Wir können sie drei Monate hierbehalten. Das sollte doch reichen, was meinen Sie?«

»Stehen die dann Tag und Nacht als Wachen zur Verfügung?« Wie üblich wollte die Oberschwester gleich sichergehen, dass niemand aus ihrem Stab zusätzliche Nachtwachen übernehmen musste.

Thieringer schüttelte den Kopf. »Nachts schlafen Gruppenführer Devers und von der Leyen. Dafür müssen Sie Sorge tragen.«

»Wie steht es um den Patienten, mit dem von der Leyen das Zimmer teilt?«, fragte Dr. Holst unsicher.

»Devers wird sich kaum wieder erholen. Seine Lungen und sein Gehirn sind durch das Gas zu sehr geschädigt. Wir müssen unser Bestes tun, aber er wird weiterhin die volle Dosis erhalten. Er hat mächtige Freunde. Sie verstehen?«

»Ist er der Richtige? Um das Zimmer mit Arno von der Leyen zu teilen, meine ich. Also …« Dr. Holst wusste kaum, wie er sich ausdrücken sollte. Angesichts des Blickes, mit dem ihn der Oberarzt bedachte, rutschte er auf seinem Stuhl zurück. »Er liegt ja bloß da.«

»Ich finde, das passt ganz ausgezeichnet, doch, doch. Im Übrigen muss ich aufs Schärfste betonen, dass weder Horst

Lankau noch einer der übrigen Patienten aus Zimmer drei in dem Krankenzimmer von Arno von der Leyen und Gruppenführer Devers irgendetwas zu suchen haben.«

»Wilfried Kröner hilft doch bei einer Reihe von Aufgaben. Gilt das auch für ihn?«, warf Schwester Lili ein.

»Kröner?« Thieringer schob die Unterlippe vor und schüttelte den Kopf. »Nein. Er macht gute Fortschritte. Hingegen scheint mir, dass sich das Verhalten von Standartenführer Lankau sehr ungünstig entwickelt. Er wirkt instabil. Bis wir ihn entlassen, müssen wir unbedingt dafür sorgen, dass er ruhiggestellt ist und seine Mitpatienten nicht belästigt.«

Da Gerhart Peuckerts Situation bereits angesprochen worden war, hatte Schwester Petra nur noch eine Frage auf dem Herzen. »Wie sollen wir uns gegenüber der Besucherin von Gruppenführer Devers verhalten, Herr Oberarzt? Da sie so oft kommt, dürfen wir sie mit verpflegen?«

»Wie oft kommt sie denn?«

»Mehrmals in der Woche. Ich glaube, fast jeden Tag.«

»Sie können es ihr anbieten, ja. Am besten, Sie fragen sie. Sie könnte eine willkommene Abwechslung für Arno von der Leyen sein.« Er sah den Assistenzarzt gleichmütig an. »Ja, das würde sogar ganz ausgezeichnet passen. Ich werde mit ihr darüber sprechen, wenn ich sie treffe.«

Die Ehefrau von Gruppenführer Devers war schön und schlank, eine Frau mit Ausstrahlung, doch Schwester Petra beneidete sie vor allem um ihre elegante Garderobe. Gisela Devers lächelte Schwester Petra freundlich zu, aber die hatte nur Augen für deren teure Strümpfe und das Kostüm. »Alles Bamberger Seide«, erzählte sie abends den Freundinnen auf ihrem Zimmer. So etwas hatte keine von ihnen je getragen.

Petra war aufgefallen, dass Arno von der Leyen die Frau von Gruppenführer Devers immerzu anschaute, wenn sie am Bett ihres Mannes saß und las. Insgeheim dankte sie ihrem

Schöpfer, dass nicht Gerhart Peuckert mit dem Gruppenführer in einem Zimmer lag.

Die beiden Wächter waren zwei blasse Burschen, denen Leid und Elend noch ins Gesicht geschrieben standen. Ihre tadellos gebügelten Uniformen waren nagelneu, die Rangabzeichen eines SS-Rottenführers aber bereits abgewetzt.

Wenn Gisela Devers erschien, standen die beiden jungen Wächter stramm. Sie war eben nicht nur eine äußerst elegante Erscheinung, sondern auch die Ehefrau eines hohen SS-Offiziers und die einzige Angehörige, der der Zutritt zum Lazarett gestattet war. Besser achtzehn Stunden sieben Tage die Woche Wache schieben als eine einzige Stunde an der Front.

Schwester Petra musste Oberarzt Thieringer Recht geben. Horst Lankau hatte sich sehr verändert. Er lächelte nicht mehr, und die anderen Patienten schienen Angst vor ihm zu haben. Es stimmte auch, dass er mehrfach im Zimmer von Devers und Arno von der Leyen gewesen war, obwohl er dort nichts zu suchen hatte.

Als man ihm verbot, sein Krankenzimmer zu verlassen, bekam er einen solchen Wutanfall, dass sie ihn schließlich mit einer Spritze ruhigstellten.

Danach war er wieder so wie früher.

Auch sonst hatte sich einiges verändert. Wilfried Kröner ging es mittlerweile erheblich besser. Er bewegte sich frei durch das gesamte Alphabethaus, trug die Wäsche in den Keller und schob den Wagen mit dem Essen durch alle Etagen. Die Behandlung würde wohl bald abgeschlossen werden können. Allerdings litt er an klonischen Krämpfen mit unkontrolliertem Wasserlassen und an gelegentlichen Zuckungen, die sein Sprechvermögen beeinträchtigten und zu Kopfschmerzen führten.

Der sonderbare, sardonisch lächelnde Peter Stich starrte nicht länger in den Wasserstrahl der Dusche. Stattdessen bohrte er jetzt mit einer Heftigkeit in der Nase, dass man glauben konnte, er wolle auf diesem Weg gegen die chronischen Kopfschmerzen angehen.

Petra wurde von der ekligen Angewohnheit übel.

Die beiden Soldaten mussten inzwischen noch einen weiteren Patienten bewachen. Man hatte einen Obergruppenführer mit Nervenzusammenbruch eingeliefert, er war in von der Leyens Nachbarzimmer untergebracht worden. Zwar hatten ihn die Krankenträger ziemlich genau beschrieben, aber außer zwei Ärzten und natürlich Thieringer kannte niemand die Identität des Generals. Petra wusste nur, dass er ein netter Herr mittleren Alters war, der völlig neben der Spur zu sein schien.

Sein Zimmer durfte nur im Beisein des Oberarztes betreten werden, denn man wollte unbedingt einen Skandal vermeiden. Offiziell hieß es, er brauche nur Ruhe, um wieder zu Kräften zu kommen.

Gisela Devers hatte recht geschickt, aber vergeblich versucht, den Neuen begrüßen zu dürfen. Jemand hatte angedeutet, dass sie allein wegen ihres Charmes zu ihrer jetzigen Position gekommen sei. Petra bezweifelte das. Sie hatte an Devers' Tasche ein Zeichen der I.G. Farben entdeckt. Petra vermutete, dass Gisela Devers mit den Besitzern verwandt war. Das würde nicht nur ihre Kleidung und die Ehe erklären, sondern auch, warum sie so unbehelligt bis in diesen Bereich hatte vordringen können.

25

AUF EINMAL HÖRTE Lankau auf, Bryan zu belästigen.

Draußen hatten die beiden Wachleute das Sagen. Warum sie dort saßen, wusste er nicht, aber der andere Patient im Zimmer war eindeutig nicht irgendwer.

Die beiden SS-Männer waren wahrscheinlich jünger als er selbst. Um auf dem Gang frische Luft zu bekommen, ließen sie mehrmals am Tag die Zimmertür weit offen stehen. Dann kam der Pockennarbige vorbei und schwatzte ein bisschen mit ihnen.

Er war sehr bemüht, umgänglich zu wirken, aber Bryan konnte er nicht täuschen. Hinter der sanften Fassade lag das Böse auf der Lauer.

Wenn er in ihrem Krankenzimmer stand, richtete er zunächst immer ein wenig das Kissen des Nachbarn und strich ihm sanft über die Wange. In der Regel drehte er sich dann kurz zu Bryan um, wobei er mit diabolischem Grinsen langsam den Zeigefinger quer über den Hals führte. Anschließend tätschelte er dem Bewusstlosen noch einmal sanft die Wange und verließ dann leise und lächelnd das Zweibettzimmer.

Wenn die Tür offen stand, warf der Schmächtige einen Blick ins Zimmer, er sah Bryan dabei direkt an. Das dauerte nur einen Augenblick, mehr gestatteten die Wachleute nicht. Sie konnten ihn und seine Art nicht leiden.

Nachts fühlte Bryan sich sehr einsam, auch wenn er froh war, dem Flüstern nicht mehr ausgesetzt zu sein. Sein Zimmernachbar brauchte nur zu stöhnen, und schon fuhr er im Bett hoch.

In der Regel legten die Schwestern Bryan seine Tabletten

auf dem Nachttisch bereit. Er konnte nach Einbruch der Dunkelheit nicht zur Toilette gehen, denn die Tür zum Gang wurde abgeschlossen und im Zimmer gab es kein Waschbecken. Nachdem er zweimal vergeblich versucht hatte, die Tabletten im Nachttopf in Urin aufzulösen, gab er auch diese Methode, sie loszuwerden, auf. Nun wartete er immer so lange, bis in der Abteilung absolute Ruhe herrschte. Dann ging er zu seinem Nachbarn, zog die Maske zur Seite und drückte die Tabletten dem Mann in den Mund. Wenn Bryan ihm das Wasserglas an die Lippen hielt, hustete er ein bisschen, aber nach einer Weile setzten die Schluckbewegungen ein.

Natürlich machte sich Bryan Sorgen, ob die Doppelrationen nicht fatale Folgen haben könnten. Aber es geschah nichts. Die Atemzüge des anderen wurden nur ruhiger, fließender.

Falls die Simulanten immer noch hinter ihm her waren, würden sie wohl nachts zuschlagen. Um besser auf sich aufpassen zu können, musste Bryan deshalb die Nacht zum Tag machen und umgekehrt.

Er war fest entschlossen, Widerstand zu leisten. Schrie er nur laut genug, war das Zimmer der Wachleute nahe genug.

Er würde so laut schreien, dass die Toten und selbst sein Bettnachbar erwachen würden.

Und dann war Gisela Devers gekommen und hatte seine Ruhe unterbrochen.

Eine gefährliche, aber wunderbare Unterbrechung.

Ihre Anwesenheit weckte Erinnerungen an Familienfeste in Dover, wenn der Sommer zur Neige ging, bevor sich die Menschen wieder in alle Winde zerstreuten, um in ihre Winterdomizile zurückzukehren. Das waren die Gelegenheiten, bei denen Bryan gelernt hatte, sich am Duft der Frauen zu berauschen.

Gisela Devers war nur wenige Jahre älter als er. Sie hielt sich sehr aufrecht. Als Bryan sie zum ersten Mal sah, schloss er die Augen nicht ganz. Ihr anmutiges Profil und die weichen Löckchen im Nacken unter den hochgesteckten Haaren faszinierten ihn. Als er den milden Hauch ihres Parfums roch, regte sich in ihm zum ersten Mal seit langer Zeit wieder so etwas wie sexuelles Begehren.

Sie hatte sich leicht schräg hingesetzt. Der weiche Stoff ihres Rocks schmiegte sich eng um ihre schönen Beine.

Niemand nahm von Bryan Notiz, denn erst am vierten Tag nach einer Elektroschockbehandlung war damit zu rechnen, dass er wieder wie gewohnt reagierte. So konnte er ruhig dösen und Gisela Devers betrachten.

Gegen Abend des dritten Tages begann Giselas Körper auf einmal zu zittern, als weine sie. Sie ließ den Kopf hängen und neigte sich zum Bett ihres Mannes. Auf ihrem Schoß lag unbeachtet ein Buch.

Dann saß sie ganz still und in sich versunken da. Aber urplötzlich lachte sie los, und das Lachen erschütterte ihren ganzen Körper. Da vergaß Bryan sich und lachte mit.

Abrupt drehte sich Gisela Devers um. Sie hatte Bryan völlig vergessen, ihn überhaupt nie direkt angesehen. Jetzt glänzten seine Augen vor Lachen.

Und da nahm sie ihn wahr.

In den folgenden Tagen rückte Gisela Devers immer näher zu Bryans Bett hin. Noch nie hatte Bryan so viel Deutsch gehört. Sie sprach langsam und deutlich, als sei sie sich dessen bewusst, dass es nicht einfach sein würde, die Barrieren zu überwinden.

Aber es gelang ihr. Durch die stete Wiederholung bekamen die Wörter nach und nach eine Bedeutung. Schließlich gab er ihr zu erkennen, dass er sie verstand. Das machte ihr Spaß. Und wenn er eifrig nickte, ergriff sie seine Hand und tätschelte sie. Später streichelte sie sanft seine Finger, wenn er nickte.

Er war von ihr bezaubert.

Die Wachen ärgerten sich schon lange über den Schmächtigen. Nun hatte er auf seinen ewigen neugierigen Runden durch die Abteilung ihre Aufforderung einmal zu oft ignoriert. Ohne Vorwarnung fixierte ihn einer der Wächter in der offenen Tür zu Bryans Zimmer von hinten, und der andere steckte ihm die Finger so tief in den Hals, dass er sich übergab. Dafür bekam er einen Tritt. Der Rottenführer befahl ihm, den Boden mit seinem eigenen Ärmel aufzuwischen. Bei der nachmittäglichen Inspektion konnte Bryan hören, wie ihn die Oberschwester wegen der Schweinerei ausschimpfte.

Als die Wachleute lachten, verzog Gisela Devers fragend das Gesicht.

Die junge Frau begriff von dem, was sich auf der Station abspielte, nur wenig. Soweit Bryan verstehen konnte, sprach sie die meiste Zeit eifrig von sich. Er zweifelte keine Sekunde daran, dass sie ihn ohne zu zögern anzeigen würde, wenn sie die Wahrheit über ihn erführe. Dennoch begehrte er sie. Er war von ihr genauso angetan, wie sie es von Arno von der Leyen war.

Bryan genoss es, wenn sie ihre Hand unter die Bettdecke gleiten ließ und ihm behutsam fremde Worte ins Ohr flüsterte. Er hatte nicht damit gerechnet, dass sie Ernst machen würde.

Eines Tages hatte Schwester Petra erstaunlich lange in der Tür gestanden und sich warm geredet, während sie verstohlen Gisela Devers' schwarzes Kostüm betrachtete. Gisela Devers hatte Petra nur freundlich zugenickt, aber sich nicht besonders angestrengt, anteilnehmend zu wirken, geschweige denn interessiert.

In dem Moment, als Petra von den Wachleuten gerufen wurde und ging, wandte Gisela Devers Bryan ihr Gesicht zu. Ihre Lippen waren leicht geöffnet. Sie ließ das Buch vom Schoß auf den Boden fallen und schloss leise die Tür. Dann lehnte sie eine Weile am Türrahmen und sah ihm tief in die

Augen. Sie schob den einen Fuß an der Wand nach oben, bis das Knie hervorragte, und begann hörbar schwer zu atmen.

Bryan wurde es heiß und kalt. Da trat sie so nah an sein Bett, dass er nur noch ihre vom edlen Stoff umspielten Schenkel sah. Sie beugte sich über ihn und schob ein Knie auf die Bettkante. Bryan hob den Kopf, als sie ihm den Arm um den Hals legte. Der Stoff ihres Kostüms fühlte sich glatt, geschmeidig und kühl an, ihre Haut war warm und feucht.

Diese Umarmungen wiederholten sich, wenn auch nur für kurze Zeit. Die Abläufe auf der Station änderten sich täglich. Ruhe zu finden war schwer, und beide hatten ihre Gründe zur Vorsicht.

So begnügten sie sich damit, sich stundenlang anzusehen. In Bryans Ohren klang allein ihre Stimme wie ein köstlicher Liebesakt.

Eines Tages stellte Bryan einen neuen Tonfall in ihrem üblichen Plaudern fest. Dringlich und ernst.

Bryans Alarmglocken schrillten erst mit Verzögerung. Zunächst verstand er sie nämlich so, dass Gruppenführer Devers bald anderen Besuch bekommen würde.

Dann aber begriff er, dass sie von ihm, Arno von der Leyen, sprach. Dass sie ihn bewunderte und dass sie von seiner Entlassung noch vor Weihnachten überzeugt war. Dass er bald hohen Besuch aus Berlin bekommen würde.

Dass sie ihn vermissen würde.

Geringschätzig warf sie einen Blick auf ihren Mann.

Wenn Bryan sie richtig verstanden hatte, waren das gar keine guten Nachrichten.

Seit er in dem neuen Krankenzimmer lag, hatte Bryan Schwierigkeiten mit dem Zeitgefühl. Er hasste sich für seine Unaufmerksamkeit. Als das letzte schwere Bombardement einer der Städte in der nähen Umgebung bis zu ihnen hin zu hören gewesen war, hatte er nachgerechnet. Das musste der 5. November gewesen sein, zwei Tage vor seinem Geburtstag. Seither waren bestimmt schon wieder vierzehn Tage vergangen.

Die Kampfhandlungen auf der anderen Rheinseite waren nicht länger zu überhören. Auf wessen Seite das Kriegsglück stand, konnte man nicht wissen. Falls das Vorrücken der Alliierten eine Bedrohung für die Gegend darstellte, mussten die Verwundeten im Lazarett damit rechnen, verlegt zu werden.

Da er nun auch noch jederzeit auf Besuch gefasst sein sollte, wollte er seine Fluchtpläne dringend konkretisieren.

Diesmal musste es gelingen.

Wenn er nachts auf der Hut war und die Pläne mit sich selbst erörterte, dachte er immerzu an James.

Eine ganze Reihe von Problemen musste bedacht und gelöst werden. Kleidung und Schuhe. Wie ungesehen an den vielen Wachen vorbeikommen? Wie aus dem Gebäude gelangen und wie sich ungesehen entfernen? Die Hundepatrouille. Der neue elektrische Zaun. Die Felswand im Dunkeln. Wie sich unterwegs auf den Straßen bewegen, wenn überall höchste Alarmbereitschaft herrschte? Die Kälte, die nasse Erde, die Flussläufe. Das lange ebene Weinanbaugebiet bis zum Rhein, das mindestens zehn Kilometer breit war. Die Ungewissheit, ob womöglich auch so spät im Jahr noch Wein geerntet wurde. Dann würde man ihn leicht entdecken können.

Und dann die Dörfer und was ihn dort an Überraschungen erwarten mochte.

Das alles musste überwunden werden.

Bryan war sich darüber im Klaren, dass er nicht mehr einfach südwärts gehen konnte. Die Truppenkonzentration an der Schweizer Grenze war mit Sicherheit hoch. Stattdessen musste er über den kürzeren Weg westwärts flüchten und dabei die Eisenbahnstrecke überqueren, die am Rand des Gebirges durch das Rheintal führte. Er musste unbedingt den Fluss erreichen.

Danach zu urteilen, wie der Kriegslärm in den letzten Wochen zugenommen hatte, standen die amerikanischen Truppen unmittelbar am anderen Rheinufer. Wie konnte er es schaffen, bis dorthin zu gelangen?

Der mächtige Strom, der Bryan auf seinen Flügen so oft als Landmarke gedient hatte, war derzeit bestimmt der am besten bewachte Fluss der Welt. Wer dort gefangen genommen wurde, brauchte nicht lange nachzudenken, was mit ihm passieren würde. So dicht an der Front würde jeder verdächtige Zivilist als Deserteur gefasst und sofort erschossen.

Und wenn der Rhein endlich vor ihm lag, wie sollte er auf die andere Seite kommen? Wie breit war der Fluss eigentlich? Und wie tief? Wie stark war die Strömung?

Auch die letzte Frage, die sich ihm aufdrängte, gefiel ihm nicht. Wenn er die andere Seite erreicht hatte, was war dann? Würden nicht die eigenen Soldaten sofort das Feuer auf ihn eröffnen? Würden sie nicht auf alles schießen, was sich bewegte?

Die Zahl der Unwägbarkeiten war enorm. Dumme Menschen machen den Fehler, die Bedeutung der Unwägbarkeiten in ihrem Leben zu unterschätzen und sie nicht einzukalkulieren, das hatte Bryan als Kind von seinem Stiefvater gelernt. Aus dem Grund bevorzugten solche Menschen immer Träume, Phantasien und Illusionen, aus denen sowieso nichts werden konnte, statt ihr Leben in sicheren, wenn vielleicht auch banaleren Bahnen zu gestalten, hatte er gesagt. Auf die Weise wurden sie in ihrem Tun oft gelähmt. Die missachteten Unwägbarkeiten ließen sie häufig in Sackgassen enden und machten aus ihnen Verlierer.

Bryan beschloss, diesmal den Unwägbarkeiten zum Trotz zu handeln. Denn sein Stiefvater hatte auch noch eine zweite wichtige Überzeugung an seine Kinder weitergegeben.

Nämlich die, dass Probleme dazu da sind, gelöst zu werden.

Bryan kannte die Umgebung nicht und sprach kein Deutsch. Das waren die unumstößlichen Voraussetzungen seiner Flucht.

Da er nicht länger bleiben konnte, wo er war, musste er das tun, was er tun konnte, und zwar schnell.

Entscheidend würde sein, den Rhein vor dem Morgengrauen zu erreichen.

Die Frage war nur, ob James mitkommen konnte.

Bryan hätte alles gegeben für einen Spaziergang rund um die Gebäude oder eine bessere Aussicht aus seinem Fenster.

Der elektrische Zaun stellte das erste Hindernis dar. Auch wenn er versuchte, in Richtung Felsen zu kommen, würde er auf diesen Zaun stoßen. Und würde es ihm auf anderem Wege glücken, die Felsen zu überwinden, müsste er, um zur Straße nach Westen zu gelangen, einmal den gesamten Krankenhauskomplex umrunden.

Der einfachste Weg wäre durch das Tor. Doch das wäre auch die einfachste Methode, sich umbringen zu lassen.

Sich unter dem Zaun durchzugraben war ausgeschlossen. Er musste den Elektrozaun überwinden, ohne ihn zu berühren.

Er erinnerte sich sehr gut an Hitlers Geburtstag und an den kalten Weg zurück vom Appellplatz um die großen Fichten herum, die auf der Ostseite über den Zaun ragten. Ein kleiner Spaziergang würde reichen, und er wüsste, ob der Sprung zu schaffen war.

Aber es gab noch eine andere Möglichkeit, das zu erkunden. Von James' Krankenzimmer aus könnte er vom Fenster dort blitzschnell den Abstand abschätzen.

Bryan nickte entschlossen. So konnte es gehen.

James musste sowieso bei der nächsten Gelegenheit in die Fluchtpläne eingeweiht werden.

Sie war so überrumpelt, dass sie ihre Handtasche nahm und auf den Gang stürzte. Gisela Devers hatte in der Sekunde, bevor sie Bryan küssen wollte, das Knarren der Tür gehört. Lächelnd stand Kröner in der offenen Tür. Er hatte auf der Lauer gelegen und den Austausch von Zärtlichkeiten beobachtet. Die Blicke, die die beiden Männer tauschten, waren eiskalt. Eben noch hatte Bryan die Seide und die weichen Rundungen ihres Körpers gespürt, und in der nächsten Sekunde war er mit dem süffisanten Lächeln des Pockennarbigen konfrontiert. Ihm wurde heiß und kalt vor Hass.

Als Bryan sich drohend im Bett aufrichtete und aufstand, grinste Kröner noch immer. Der Pockennarbige zog sich zurück auf den Gang und ging mit der Hand vorm Gesicht in Richtung der Toiletten. Die Wachen stutzten, als Bryan ihm folgte. Im selben Moment, als Kröner sich im WC einschloss und so seinem Verfolger entkam, ließ ihre Aufmerksamkeit nach. Bryan wusste nicht, was er eigentlich wollte. Er hörte Kröners Gelächter. Was konnte er tun?

Die Wachen nahmen ihr leises Gespräch wieder auf. Alles wirkte ruhig wie immer. Kröner war still geworden. Neben der Tür zur Toilette, hinter der Kröner verschwunden war, klapperte die Tür zum Duschraum. Sie war nur angelehnt, genau wie die Tür ein paar Meter weiter. Diese hellgrüne Fläche hatte Bryan nie als Tür aufgefasst, für ihn war das nur ein Stück Wand vor der Glastür zur Hintertreppe gewesen.

Als Bryan auf die Tür zuging, kam von den beiden Wachleuten keine Reaktion. Als er sie aufzog, wusste er auch, warum.

Dahinter verbarg sich eine weitere Toilette.

Kröner grinste auch noch bei seiner Runde mit den Schwesternhelferinnen und dem Essenswagen am selben Abend. Als er Bryan sah, zog er jovial die Augenbrauen hoch, kam näher und flüsterte höhnisch: »Bald, Herr von der Leyen! Sehr bald, sehr, sehr bald!« Bryan verstand die Bedeutung der Worte nicht.

Immerhin – eines der Fluchtprobleme war nun gelöst: In der neu entdeckten Toilette gab es ein Fenster! Es ließ sich vermutlich nicht öffnen, aber die Aussicht war verheißungsvoll.

Die Toilette lag in dem Anbau, in dem sich auch die Hintertreppe befand. Deshalb hatte man freie Aussicht auf die Fassade, vorbei am Duschraum, an der Toilette, am Untersuchungsraum, am Zweibettzimmer, am mysteriösen Einbettzimmer bis hinüber zur Ecke des Gebäudes, wo Bryans Zimmer lag. Eine wunderbare Aussicht, und an der Fassade alle drei oder vier Meter Fallrohre. Besonders das Rohr vor dem Raum, den niemand außer dem Oberarzt betrat, war interessant. Nicht, weil das Rohr in einer Art Schuppen endete, in dem die Abfalleimer standen, sondern, weil es in der obersten Etage genau vor einer Gaube in der Dachschräge verankert war.

Das Fenster der Dachstube stand offen, und die Sonne beleuchtete die Regale im Zimmer und die Wäsche, die darauf lag.

Bryan musste nach oben, nicht nach unten.

In den nächsten Tagen erschien Gisela Devers nicht.

Bryan vermisste sie.

Nach zwei Nächten mit Albträumen und zwei Tagen in tiefer Einsamkeit war sie urplötzlich wieder da. Als sei nichts geschehen, saß sie am dritten Morgen am Bett ihres Mannes und las. In den wenigen Stunden sagte sie kein Wort und machte keine Anstalten, sich Bryan zu nähern. Erst kurz bevor sie den Raum verlassen wollte, setzte sie sich für einen Moment an Bryans Bett. Ohne wirkliche Anteilnahme tätschelte sie seine Hand und nickte ihm stolz zu. Eigenartigerweise verstand Bryan ihr Deutsch besser als das jedes anderen. Mit wenigen Worten machte sie ihm klar, sie hätte gehört, Hitler sei in der Gegend. Sie redete sich in Rage, sie klang optimistisch und lächelte, wenn sie den Namen des Führers aussprach.

Dann blinzelte sie ihm zu. Der Held von der Leyen würde bald Besuch bekommen. Wenn nicht vom Führer selbst, so doch von einem seiner nächsten Untergebenen.

Der ehrfürchtige Blick, mit dem sie ihn beim Verlassen des Raums ansah, war das Letzte, woran er sich von ihr erinnerte.

26

SCHLAF, FREUNDCHEN, schlaf einfach weiter, dachte Bryan. Devers war ein schwerer Mann, den Bryan nur mit Mühe aus dem Bett bugsieren konnte. Die Decke in seinem eigenen Bett war aufgeschlagen, alles war bereit, den Zimmernachbarn aufzunehmen. Dann legte er Devers' Schlafrock in das leere Bett. Er formte das Bündel vorsichtig zur Kontur eines liegenden Körpers, breitete die Decke darüber, zog sich seinen eigenen Schlafrock an, versicherte sich, dass niemand auf dem Gang war, und verließ das Zimmer.

Es war kurz vor neunzehn Uhr. Das Essen war verkocht gewesen, er hatte schnell aufgegessen. Den ganzen Tag über hatten Bereitschaftsübungen dem Personal immer wieder zugesetzt. Bryan hatte zuerst geglaubt, nun würden sie evakuiert. Selbstvorwürfe hatten sich in Wut verwandelt, weil damit die Möglichkeit zur Flucht verpasst gewesen wäre.

Die Krankenschwestern lächelten, als er sich auf den Gang stellte und sich mit verzagter Miene am Kopf kratzte. Plötzlich veränderte sich sein Gesichtsausdruck und gleichmütig und achselzuckend ging er zum Siebenbettzimmer.

Sie hielten ihn nicht auf, sondern sahen eher genauso gleichmütig aus wie er.

Die Simulanten hatten sich bereits zur Ruhe begeben. Bis auf Kröner. Als Bryan ins Zimmer trat, sah er ihm spöttisch entgegen und richtete sich sofort auf den Ellbogen auf. James lag jetzt in Bryans ehemaligem Bett zwischen Kröner und dem Rotäugigen.

Im letzten Bett an der Wand war ein unbekanntes Gesicht über der Bettdecke zu sehen, der Mann sah träge zu, wie Kröner sich durchs Zimmer bewegte. Der Breitgesichtige brummte, als Kröner ihn schüttelte, er wachte im selben Moment auf wie James.

In James' Blick lag weniger Müdigkeit denn Apathie.

Mehr brauchte Bryan nicht zu wissen. Es war unmöglich.

James konnte nicht mit ihm kommen.

Dann schritt Bryan zwischen Kröners und James' Bett zum Fenster und sah hinaus. Die Fichten auf der südlichen Felswand standen mindestens sechs Meter von der Hausmauer entfernt, aber direkt vor diesem Fenster. Ein Stück weiter war der Abstand erheblich geringer.

Die Fichten waren dunkelgrün, dicht und kräftig. Solange nur der Sprungwinkel stimmte, waren genug Zweige da, die man zu fassen bekommen konnte.

Von seinem früheren Bett eine Etage tiefer aus hatte Bryan jeden Tag die riesigen Schatten der Bäume verheißungsvoll vor dem Fenster tanzen sehen. Fragmente eines stillen, normalen Lebens. Wie gebannt hatte er die unerreichbaren Fichten beobachtet. Jetzt endlich vervollständigte sich das Bild dieser Bäume.

Hinter Bryan hatten sich Lankau und Kröner zwischen die Betten gestellt. Sie versperrten ihm den Rückweg. Kröner war ruhig und wartete aufmerksam ab, Lankau zitterte vor Ungeduld. Der Pockennarbige hatte wieder sein schiefes Lächeln aufgesetzt, seinen Hals schmückte Jills Tuch. Als Kröner mitbekam, dass Bryan das Tuch entdeckt hatte, strich er mit dem Handrücken darüber und lächelte sardonisch. Die Simulanten hatten James den letzten Zipfel Sicherheit und Geborgenheit entrissen. Bryan sah zu James hinüber, während der Rotäugige sie alle interessiert und lammfromm aus dem Nachbarbett heraus betrachtete.

James blinzelte nicht einmal, als Bryan ihn ansah.

Auf einmal hob Bryan sein Nachthemd und entblößte seinen nackten Hintern. Kröner und Lankau lachten solange, bis sich

Bryan weiter vorbeugte, den Bauch anspannte und furzte. Der Pockennarbige trat instinktiv einen Schritt zurück, dabei verstummte sein Lachen für einen Moment. Aber Lankaus Gebrüll war ansteckend, und als sich Bryan mit einem naiven Ausdruck umschaute, lachte auch Kröner.

Bryan sah ein letztes Mal zu James hin. Dessen Gesicht war so blass und schmerzerfüllt, dass Bryan schnell wegschaute. Nachdem er sich gefasst hatte, trat er ganz dicht an Kröner heran, sodass sie mit der Stirn zusammenstießen. Dann rülpste er ihm mitten ins Gesicht.

Blitzartig änderte sich die Gesichtsfarbe des Pockennarbigen. Bryan holte aus und versetzte ihm einen Schlag, der genau Kröners Jochbein traf. Kröner taumelte verblüfft in Lankau hinein. Der Wutausbruch der beiden Simulanten war unbeschreiblich. Beide stürzten sich auf Bryan und achteten nicht auf das Schreien des Rotäugigen.

Bryan hatte erreicht, was er wollte.

Lankau hatte ihn kaum gepackt, da fing Bryan schon so laut an zu schreien, als wollte er Tote aufwecken. Alle im Krankenzimmer waren nun hellwach und wurden Zeugen des Kampfes. Die Wachen kamen wie dunkle Schatten aus dem Gang herbeigestürmt und fielen sofort über die Kämpfenden her. Der Pockennarbige und der Breitgesichtige vergaßen sich in ihrer Wut. Als der eine Wächter Bryan losriss, prasselten Lankaus Schläge weiter auf den Uniformierten nieder.

Binnen kurzer Zeit lagen Kröner und Lankau wieder still im Bett – Bryan saß schluchzend und mit ausgestreckten Beinen auf dem Fußboden. Der Rotäugige zog an seiner Klingelschnur und der Schmächtige sank seufzend zurück auf sein Kissen.

Bryan warf James einen letzten Blick zu, als er, noch immer schluchzend, rückwärts den Raum verließ. Aber James hatte sich bereits in die Decke gewickelt und auf die Seite gedreht.

Mit wenigen schnellen Schritten überquerte Bryan den

Gang. Kurz bevor die Krankenschwestern vom Treppenhaus kommend die Schwingtüren aufstießen, hatte Bryan die Tür hinter sich zugeknallt und sofort sein Schluchzen eingestellt. Nun befand er sich in dem mittleren Raum, in dem der rätselhafte bedeutungsvolle Patient lag.

Es war dunkel im Zimmer.

Um sich zu orientieren, blieb Bryan einen Moment ganz still stehen. Jetzt würden sie vermutlich Kröner und Lankau etwas zur Beruhigung verpassen. In den nächsten fünf bis zehn Minuten würde das Pflegepersonal auf keinen Fall James' Krankenzimmer verlassen.

Er hörte, wie nebenan die Tür zu seinem Raum aufgestoßen wurde. Er konnte deutlich die Stimmen der Wachen hören, sie klangen erleichtert, als sie registrierten, dass Bryan bereits schlief.

Sein Bettnachbar Devers hatte sich in Bryans Bett sicherlich nicht umgedreht. Die Dosis Schlafmittel war ausreichend gewesen.

Drüben auf dem Bett zeichneten sich in der Dunkelheit langsam die Konturen eines Menschen ab, der sich aufgerichtet hatte und ihn ausdruckslos anstarrte.

Das beunruhigte Bryan. Dieser Mangel an Reaktion war unverständlich, wie so vieles auf der Station. Bryan legte den Zeigefinger vor die gespitzten Lippen und hockte sich neben den Mann. Der Kranke atmete nun tief und immer schneller, als wollte er gleich losschreien. Die Unterlippe zitterte.

Da zog Bryan das Kissen unter den Ellbogen des Mannes weg und stieß ihn zurück auf das Bett. Als Bryan das Kissen hob und es ihm auf das Gesicht presste, schien der Mann nicht einmal verblüfft zu sein.

Der Mann leistete überhaupt keinen Widerstand, er zappelte nicht einmal mit den Beinen. Der weiche hilflose Körper wirkte völlig einsam und verlassen.

Aber als sich die dünnen Arme ein kleines bisschen hoben,

konnte Bryan nicht weitermachen. Er warf das Kissen zur Seite und blickte in Augen, in denen das blanke Entsetzen stand.

Irgendwie war Bryan erleichtert und strich ihm über die Wange. Als Bryan lächelte, deutete sich auch bei seinem Gegenüber ein friedvolles Lächeln an.

Auch in diesem Zimmer hing nur der obligatorische Schlafrock. Bryan zog ihn über seinen eigenen und band den Gürtel eng um den Leib. Er hätte gern Licht gemacht, um zu sehen, ob sich in dem Raum noch etwas Brauchbares für ihn befand, wagte es aber nicht.

Das Fenster öffnete sich in die falsche Richtung, sodass der direkte Weg zur Regenrinne versperrt war. Vom Bett war nur ein schwaches Glucksen zu hören, als Bryan das Fenster aushängte und vorsichtig neben dem Waschbecken hinter der Gardine absetzte.

Von dem Tumult in der Abteilung war nun nichts mehr zu bemerken, auch keine Rufe des Pflegepersonals. Vom Gang hörte er nur das gedämpfte Lachen der Wachleute. Sie hatten bewiesen, dass auf sie Verlass war …

Aller Voraussicht nach würde man seine Flucht frühestens in sieben bis acht Stunden entdecken – sofern die üblichen Abläufe eingehalten wurden.

Er hatte den Gedanken noch nicht zu Ende gedacht, da erstarrte er: Das Klappern von Schlüsseln in einer Hosentasche ließ ihn innehalten. Und noch ehe die Person die Türklinke gedrückt hatte, warf sich Bryan rückwärts in Richtung Tür. Er knickte um und der Knöchel tat höllisch weh, als sich neben ihm ein schmaler Streifen Licht in den Raum und über seine Zehen legte.

Keine zehn Zentimeter von ihm entfernt steckte einer der Wachleute sein Gesicht ins Zimmer. Das Licht hinter ihm umgab den Kopf des Mannes wie ein Heiligenschein. Die geringste Bewegung, der kleinste Laut, und Bryan wäre erledigt. Die Gestalt drüben im Bett lag sanft lächelnd unter der Decke.

Die Gardine flatterte leicht. Bryan spürte den verräterischen Luftstrom und sah zu seinem Entsetzen, wie der Lichtstrahl am Boden den Fensterrahmen hinter der Gardine erfasste. Der Wächter brummte etwas und öffnete die Tür ein bisschen weiter, und erst als sich seine Augen so sehr an das Dunkel gewöhnt hatten, dass er den Liegenden erkennen konnte, blieb er stehen. Bryans Knöchel schmerzte mittlerweile so stark, dass er sich kaum noch auf den Beinen halten konnte. Vielleicht wäre das der Moment, aufzugeben! Es war doch im Grunde utopisch, dass ihm die Flucht gelingen könnte!

Da richtete sich der Patient in seinem Bett plötzlich so weit auf, dass er saß. Er wirkte völlig klar. »Gute Nacht«, sagte er dann sanft und so gut artikuliert, dass selbst Bryan es verstand. »Gute Nacht«, entgegnete der Wärter und zog die Tür so leise hinter sich zu, dass es fast menschlich wirkte.

Es war bitterkalt, der Winter hatte Einzug gehalten. Auf dem Platz unter ihm war keine Menschenseele zu sehen. Das Fallrohr machte einen stabilen Eindruck, war aber glatter, als Bryan erwartet hatte.

Und der Knöchel pochte heiß.

Darum strengten ihn die wenigen Klimmzüge bis hoch zur Dachgaube auch mehr an als erwartet. Das Fenster war nur eine Handbreit vom Rand des Daches entfernt, aber geschlossen. Bryan drückte vorsichtig gegen die beschlagene Scheibe. Der Fensterkitt war locker, trotzdem ließ sich die Scheibe nicht einfach eindrücken. Dann schlug er fester zu. Er schnitt sich an einer der Glasscherben. Der Fensterhaken saß viel zu weit oben. Da packte Bryan den Rahmen einfach und zog, bis er brach. Die obere Scheibe flog im Ganzen heraus und zerbrach zehn Meter unter ihm auf einem der Mülleimer. In Bryans Ohren klirrte das Glas so laut, als würde der Himmel einstürzen.

Und dennoch war er offenbar der Einzige, der den Lärm registrierte.

Glück gehabt, einfach Glück, und trotzdem war er immer noch kein Stück weiter. Die berühmte Ironie des Schicksals hatte ihm einen Strich durch die Rechnung gemacht. Denn nun war ihm zwar der Fensterrahmen nicht mehr im Weg, aber seit er sich die Gaube vor zwei Tagen von unten angeschaut hatte, hatte jemand ein massives Möbelstück vor das Fenster gerückt.

Viel zu massiv.

Musste er doch wieder hinunterklettern? Verzweifelt ließ er den Blick über das Schieferdach schweifen, das vor Nässe und Glätte glänzte und das schwache Licht der Lampen hinter dem Küchenbereich reflektierte. Dachfenster mit Metallrahmen unterbrachen die schwarze Fläche.

Im Nordwesten kündete aufblitzendes Licht von späten Explosionen, die gedämpft bis hierher zu hören waren. Die Kampfhandlungen auf der anderen Rheinseite hatten in der letzten Stunde zugenommen.

Von der Gaube zwei Meter näher am First waren helle Stimmen zu hören. Bryan vermutete, dass er sich direkt vor den Räumen der Krankenschwestern befand. Auch aus dem Zimmer hinter ihm deuteten gedämpfte Geräusche an, dass sich die Spätschicht zur Nachtruhe begab. Er konnte jetzt leicht entdeckt werden. Eine Bewohnerin musste nur ihr Zimmer lüften oder nachsehen, woher das Krachen und der Lichtschein kamen – und Bryan wäre entdeckt. Obwohl es kalt war, begann Bryan zu schwitzen, sodass die Hände vom Fensterrahmen abzurutschen drohten. Er musste schnell einen anderen Weg ins Gebäude hinein finden. In wenigen Augenblicken würden die Wachposten um die Ecke biegen.

Er war so leicht zu entdecken.

Zum zweiten Mal suchte Bryan die Dachfläche ab, eine Schieferplatte nach der anderen, um einen Ausweg zu finden. Als ihm ein vom Dach der Gaube verdeckter Metallrahmen auffiel, schöpfte er wieder Hoffnung. Bis zu dem Fenster würde er kommen, wenn ihm die Dachkehle der Mansarde ausreichend Halt bot.

Die ersten Griffe waren die schwersten. Die Fläche war verflucht kalt und ganz glitschig von verwelktem Laub. Da hörte er das Bellen der Hunde, das das Nahen der Wachposten anzeigte.

Normalerweise kamen sie zu zweit. Aber diesmal waren sich offenbar zwei Trupps begegnet und hatten beschlossen, genau dort, wo Bryan lag, einen Schwatz zu halten.

Während die Männer die Köpfe zusammensteckten, suchten sie mechanisch in den Brusttaschen nach Zigaretten. Im Lichtkegel der Laterne, unter der sie standen, waren sie gut zu sehen. Die Gewehre hingen ihnen schwer über den Schultern. Die Hunde zerrten an den Leinen, sie wollten weiter. Erst als Bryan den Fuß fest an die Seite der Gaube stemmte, begannen die Tiere Unheil zu wittern. Teile des matschigen Laubs waren über die Dachkante gerutscht und unten auf die Mülleimer geklatscht. Zwei der Hunde fingen an zu bellen. Die Männer sahen sich verwirrt um. Kopfschüttelnd traten sie die Zigaretten aus, und die Gruppe löste sich auf.

Sowie ihre Stimmen verstummt waren, schob sich Bryan auf das Dach und von dort durch das Fenster. Noch ein paar Sekunden länger, und er hätte keinen Halt mehr gehabt.

Das Dachzimmer hatte nichts zu bieten. Alte Betten und Matratzen hatten auf den staubigen Bohlen ihren letzten Platz gefunden. Hätte Bryan damit nicht Spuren hinterlassen, die verrieten, auf welchem Weg er verschwunden war, wäre er hier glatt ein paar Tage geblieben. Bis das Wetter vielleicht milder und die Flucht weniger riskant gewesen wäre.

Aber so, wie die Dinge lagen, musste er weiter. Doch zuerst musste er irgendetwas Wärmendes für seine Füße finden. Hier war nichts.

Die Treppe zur Etage darunter endete an einer Tür. Vielleicht war sie einmal abgeschlossen gewesen, aber nun boten nur Feuchtigkeit und Dreck Widerstand. Im Zimmer unter ihm rührte sich nichts. Das Dröhnen der Bomben klang hier anders, viel näher. Die ganze Dachschräge vibrierte. Es war beklemmend.

Der Gang war schmal und zog sich durch das gesamte Gebäude, links und rechts gingen von dort Türen ab. Bryan stand in dem gedämpften Licht auf dem Gang und merkte, wie ihm der kalte Schweiß ausbrach. Ein Mann im Schlafrock im Quartier der Frauen. Da gab es keinen Zweifel, dass er hier definitiv nicht hingehörte.

Das Mansardenzimmer, in das er von außen nicht hatte eindringen können, musste sich hinter einer der drei Türen unmittelbar vor ihm befinden. Die Geräusche hinter der Tür rechts und der Abstand zu den beiden nächsten Türen verrieten ihm, wo sich Bad und Toiletten befinden mussten. Also würde die Tür in der Mitte in den Raum führen, der über dem Untersuchungsraum unten lag, und die Tür links musste deshalb die zur Mansarde sein.

Im WC zog jemand die Wasserspülung und putzte sich die Nase. In dem Moment, als die Frau die Tür aufmachte, verschwand Bryan in der Mansarde. Ihre Schritte klangen müde. Als sie zur nächsten Tür kam, klopfte sie und rief etwas. Sekunden später herrschte auf dem Flur ein Durcheinander aus Schritten und Stimmen.

Unten vom Hof waren Fahrzeuge zu hören, die abfuhren, die Detonationen in der Ferne waren überall spürbar.

Es herrschte weit mehr Aktivität als normalerweise um diese Zeit des Tages.

Bryan sah sich um. Im Lichtschein der Explosionen erkannte er Stöße ordentlich zusammengefalteter Wäsche. Keine Schuhe. Nur Bettwäsche. Schon eine Bluse oder irgendwelche Unterhosen wären gut gewesen.

Aber auch hier war für ihn nichts Brauchbares zu finden.

Als der Trubel auf dem Gang schließlich nachließ und die Schatten, die sich durchs Schlüsselloch nicht identifizieren ließen, verschwanden, war nur noch aus den anderen Mansardenzimmern gedämpftes Plaudern zu hören. Bryans Möglichkeiten waren äußerst begrenzt. Er konnte die Treppe wieder hinaufgehen und versuchen, so leicht wie er nun bekleidet war, von der Dachfläche aus die Fichten zu erreichen. Da würde er unter Umständen tief fallen. Oder er konnte versuchen, unbemerkt in eines der Zimmer auf der anderen Seite des Ganges zu gelangen. Vielleicht war dort Kleidung zu finden und vielleicht war der Sprung zu den Bäumen von dort aus weniger riskant. Bei beiden Möglichkeiten schauderte es ihn. Du wüsstest, was zu tun wäre, James!, dachte er.

Der Magen zog sich ihm zusammen.

Ein donnerndes, krachendes Inferno von zahllosen Detonationen brachte die Scheiben zum Klirren. Die Stimmen in den Kammern wurden lauter. Türen auf der anderen Seite des Ganges gingen auf und die Mädchen rannten über den Gang in die Zimmer nach Westen hin, von wo aus man freie Sicht hatte. Erneut hallte das Gebäude vom Dröhnen der Explosionen wider. Niemand bemerkte ihn, als er in der nächsten Dachkammer verschwand.

Der Raum war klein und dunkel, jemand hatte vor Kurzem das Bett verlassen. Vor dem Fenster hing ein Verdunklungsvorhang. Im Schrank neben der Tür fand Bryan endlich etwas von dem, was er suchte: ein verblichenes Oberteil, lange Wollstrümpfe und eine weiße Unterhose. Ohne zu zögern öffnete er das Fenster und warf alles hinüber zur nächsten Fichte, die im Schein der Detonationen immer wieder aufleuchtete. Die Strümpfe rutschten gleich von den Ästen und verschwanden auf der falschen Seite des Zauns in der Tiefe.

Bevor Bryan sprang, fragte er sich, ob die Bewohnerin des Zimmers wohl das offene Fenster und die zurückgezogene Gardine bemerken würde.

Der Sprung war gewagt, die Landung äußerst schmerzhaft. Ohne Vorwarnung rutschte er ein paar Meter abwärts. Die Äste zerkratzten ihm Hände und Gesicht. Einen Moment hing er an einem Bündel Zweige, dann rutschte er weiter ruckweise nach unten und schlug schließlich auf dem Boden auf. Er hob den Kopf und sah sich um. Nur einen Meter weiter, und er wäre auf der scharfen Kante eines Felsenstücks gelandet. Die Unterhose und der Pullover lagen neben ihm. Vor ihm flimmerte der Zaun grau. Schwache Streifen von Licht zeigten, dass im Gebäude dahinter Leben war.

Sonst war weit und breit keine Menschenseele zu sehen. Lediglich an einem Fenster im zweiten Stock meinte Bryan den Umriss einer vertrauten Gestalt zu erkennen.

27

ES DAUERTE EINE WEILE, bis Bryan sich kräftig genug fühlte, um die Kleidungsstücke anzuziehen. Er vermisste die Strümpfe, schon jetzt waren seine Füße so kalt, dass sie brannten. Sobald er nicht mehr nur Felsen unter den Füßen hatte, wollte er schneller gehen, damit ihm wieder warm würde. Der Knöchel war zwar noch geschwollen, tat aber nicht mehr so weh. Dafür wenigstens war die Kälte gut.

Ringsum herrschte unglaublich geschäftiges Treiben. Reihenweise fuhren Lastwagen, von den Dörfern im Hinterland kommend, Richtung Westen und zwangen Bryan, im Straßengraben zu laufen.

Anfangs folgte er einem Bachlauf. Das Wasser war eisig, aber Bryan wusste, dass auf diese Weise die Hunde seine Fährte nicht aufnehmen konnten. Allein das war die Quälerei wert.

Die Luft schwirrte vor Geräuschen. Von überall her waren Befehle zu hören, dazu aus Nordwesten das andauernde tiefe Dröhnen der Kanonen.

Hausdächer verrieten Bryan, dass er nun zu einem Dorf kam. Deshalb entfernte er sich lieber von der Straße und schlug sich abseits davon über Hänge und Böschungen durch. In einer Nacht wie dieser schlief niemand. Mit jeder Detonation, mit jedem Schuss würden weniger Söhne, Ehemänner und Väter nach Hause zurückkehren.

In einer Nacht wie dieser konnte man beten lernen.

Jenseits des Dorfes folgte eine größere Ortschaft, und dann kam bis zum Rhein ein ausgedehntes Weinbaugebiet. Die Fruchtbarkeit der Landschaft wurde lediglich verschandelt durch einen breiten Asphaltstreifen, der sich durch das Rheintal hinzog.

Durch dieses Tal musste er hindurch.

Auch außerhalb der Ortschaft sah er hier und da Häuser mit Nebengebäuden. Das Vieh in den Ställen war unruhig, die Wäsche hing noch auf der Leine. Alles zeugte davon, dass hier ganz normale Menschen lebten. Dann kamen wieder Gebäude, verlassene alte Schuppen, weitere Gräben.

Vom Schwarzwald hinter ihm war das Echo der Geschützfeuer auf beiden Seiten des Rheins zu hören. So dicht war er den Kampfhandlungen am Boden bisher nie gekommen.

Als er schließlich irgendwann die Straße erreichte, stand er vor dem nächsten Problem. Wie sollte er sie hier, an diesem schnurgeraden Teilstück, ungesehen überqueren?

Ein Lastwagen nach dem anderen fuhr in die eine wie die andere Richtung. Wenige hundert Meter von ihm entfernt standen mehrere Motorrad-Offiziere in langen Mänteln, die den LKW-Fahrern bedeuteten, das Tempo zu drosseln. Ein großes Straßenschild, das einmal dazu gedient hatte, die Ausfahrt zu den Bergen ein paar Kilometer weiter anzukündigen, war zerrissen und ragte weit in die rechte Fahrbahn hinein.

Dort, wo die Offiziere standen, sah Bryan immer wieder einmal, wie sich Scheinwerferlichter auf die Straße zubewegten und unter ihr verschwanden. Vorsichtig ging er in Richtung des Schildes, denn wenn Fahrzeuge die breite Straße auf diese Weise passieren konnten, konnte er das auch.

Die Brücke lag die meiste Zeit im Dunkeln. Nur dann und wann wurde sie erhellt von den Scheinwerfern voll beladener Laster und von Personenwagen, die Zivilisten aus den Ortschaften in nächster Nähe des Rheins holten. Plötzlich hörte er aus der Unterführung gedämpfte Stimmen, und sofort suchte er an der Straßenböschung Deckung. Ein Stück weiter entfernt standen Menschen mit vor Kälte verschränkten Armen vor ihren Häusern und sahen dem Treiben zu.

Auf einmal erhellten mehrere Explosionen den Himmel. Vermutlich war der Fahrer eines Tiefladers davon abgelenkt und übersah darum die Aufforderung der Ordonnanzen, das Tempo zu drosseln. Erst in letzter Sekunde quietschten die Bremsen. Die Offiziere retteten sich mit einem Satz auf den Seitenstreifen. Wohl um dem Schild auszuweichen, zog der Fahrer den Laster schräg über die Straße. Schwer beladen, wie der Anhänger war, rutschte er bei dem Manöver quer über die Fahrbahn, rammte das Schild und kam schließlich zum Stehen. Die folgenden LKW waren bereits so dicht auf die Unfallstelle aufgefahren, dass niemand mehr zurückstoßen konnte. So baute sich in Windeseile ein Stau auf und die Straße lag im Dunkeln.

Bryan sah erst nach Süden, dann nach Norden. Der Verkehrsstrom war tatsächlich unterbrochen. Kurzentschlossen nutzte er die Gelegenheit und humpelte zügig über die Fahrbahn.

Ein kurzer Blick zurück genügte, um sich zu versichern, dass ihn weder die Dorfbewohner noch die Ordonnanzen entdeckt hatten. Aber irgendwie kam es ihm so vor, als huschten Schatten über die Fahrbahn.

Die Weinlese war längst abgeschlossen. In der Erde zwischen den Weinstöcken steckten zahlreiche scharfkantige Aststücke, sodass Bryan bei jedem Schritt aufpassen musste, sich nicht die nackten Füße zu verletzen. Er hätte sonst was gegeben für ein Paar Schuhe.

Die Kälte ging ihm durch und durch. Die Zehen protestierten schon nicht mehr, auch nicht der verletzte Knöchel, weil im Grunde alles schmerzte.

Aus unerfindlichen Gründen hörte das Bombardement im Norden plötzlich auf. So konnte er auf der anderen Rheinseite das Ticken leichter Handfeuerwaffen hören. Als auch dort eine Feuerpause eintrat, vernahm Bryan in den Pflanzen hinter sich eine Art Pfeifen. Er richtete sich schnell auf und spähte mit allen Sinnen über die halbhohen Ranken. Keine zehn Weinstöcke entfernt sah er wieder, wie sich dort tatsächlich graue, unbekannte Schatten bewegten.

Da beeilte er sich, weiterzukommen.

Bis zum Ende des Weinbergs war es nicht mehr weit. Eine undurchdringlich scheinende Windschutzpflanzung ragte dort auf. Bryan merkte, dass er sich dem Rhein mit der charakteristischen Flusslandschaft näherte. Immer deutlicher konnte er das Schwappen von Wasser hören. Er rutschte aus und ruderte wie wild mit den Armen, um nicht zu stürzen. Als ein erschrockener Vogel vor ihm aufflog, blieb er stehen. Wie ein Echo seiner eigenen tastenden Schritte waren hinter ihm schwache Geräusche zu hören. Er drehte sich um und kauerte sich zusammen.

Er war nicht allein.

Die Hände auf die Hüften gestützt, stand etwa acht Schritte von ihm entfernt eine Gestalt. Das Gesicht konnte Bryan nicht erkennen, wohl aber die Silhouette. Eiskalt lief es ihm über den Rücken.

Lankau.

Der würde ihn mit Sicherheit nicht laufen lassen.

Der Breitgesichtige schwieg und rührte sich nicht, dabei hätte er Bryan mit wenigen Schritten erreichen können. Seine ganze Haltung hatte etwas Lauerndes. Bryan spitzte die Ohren. Im Gestrüpp hinter ihm raschelte es.

Bryan hatte nie etwas Vergleichbares gesehen. Wasserlauf und Wald waren wie miteinander verwoben, ein botanisches Meisterstück, Sumpf und Dschungel zugleich. Der perfekte Ort, um in einer perfekten Nacht zu verschwinden. Das gefiel seinem Verfolger sicherlich ausgezeichnet.

Sie standen sich gegenüber und musterten sich – in Anbetracht der Situation erstaunlich lange. Erst allmählich ging Bryan auf, dass Lankau alle Zeit der Welt hatte. Noch einmal warf Bryan einen Blick über die Schulter. Wieder wisperte es im Gestrüpp. Da wurde ihm völlig klar: Lankau war tatsächlich nicht allein. Unvermittelt schlug Bryan eine neue Richtung ein. Damit hatte Lankau nicht gerechnet, er musste über mehrere Rebstöcke springen, ehe er dorthin kam, wo Bryan bis eben gestanden hatte.

Mit diesem Manöver hatte sich Bryan einen beträchtlichen Vorsprung verschafft. Sobald er eine Stelle gefunden hatte, wo sich das Unterholz etwas öffnete, bog er in das fremdartige Dickicht ein. Nur wenige Schritte, und er versank bis zur Taille im Wasser. Der Grund war fest, aber glatt. Ob sie ihm wohl von einer anderen Seite den Weg abschneiden konnten? Und was viel wichtiger war: Ob ihn der Grund auch weiterhin tragen würde? Der Gedanke an einen langsamen Tod im Morast ließ ihn vor jedem weiteren Schritt mit den Zehenspitzen den Boden abtasten, auch wenn das Zeit kostete.

Hinter ihm waren erregte Stimmen zu hören. Im Moment hatten sie seine Fährte verloren, und Bryan gab sich die größte Mühe, sich so geräuschlos wie möglich durch das Wasser zu bewegen. Auf die Dauer würde sein Organismus diese Kälte nicht verkraften.

Einer der Männer im Gestrüpp hinter ihm stieß ein hohles, durchdringendes Geheul aus. Jetzt stand er also ebenfalls im eiskalten Wasser.

Vorhin hatte man die Detonationen der Maschinengewehrsalven von vorn gehört, durchs Unterholz drangen sie nun nicht mehr so deutlich. Die leichte Verteidigung der Deutschen war mobil, und der Deich am Rhein lag im Moment offenbar nicht direkt unter Beschuss.

Bryan schleppte sich über eine schlammige Sandbank. Im Laufe der Jahre hatten sich darauf Zweige verkeilt, waren verrottet, Neues war gewachsen und wieder vergangen. An einem Sommertag musste das hier herrlich sein. Vögel, Blumen und Farben überall. Jetzt war es die Hölle.

Die Zeit wurde langsam knapp. Er wusste nicht, wie spät es war, vielleicht drei, vielleicht aber auch schon vier Uhr.

Bryan betete, dass es noch nicht fünf Uhr war, denn dann wären es nur noch zwei Stunden, bis der Morgen dämmerte.

Ganz in der Nähe donnerte vor ihm ein Fahrzeug vorbei, als würde es fliegen. Also konnte der Deich nicht mehr weit sein.

Auch die Geräusche waren jetzt anders, sehr viel deutlicher und klarer als bisher. Bis zum Deich konnten es höchstens noch zwei- bis dreihundert Meter sein. Bryan stand unter Hochspannung. Wie sollte er bloß über den Deich und bis zum Fluss kommen? Und was für ein Hexenkessel bedrängter Truppen erwartete ihn auf der anderen Seite des Flusses? Er konzentrierte sich und ließ sich vorsichtig wieder in den Sumpf gleiten, um das letzte Stück zu bezwingen.

Jatzt registrierte Bryan den Gestank von Fäulnis und Moder, und im selben Moment verdunkelte sich die Luft ringsum vor lauter flatternden schwarzen Gestalten mit aufgebrachtem Vogelkrächzen. Hunderte von Kormoranen erhoben sich flügelschlagend von ihren Plätzen. Bryan blieb ganz still im Wasser stehen und sah zu, wie sich die Vögel über den Wipfeln der Bäume versammelten und langsam auf neue Plätze senkten. Alle Vögel hielten die Schnäbel hoch in die Luft, als erwarteten sie einen Feind von dort oben.

Der infernalische Lärm musste weithin zu hören gewesen sein, und trotzdem blieb ringsum alles still. Lange stand er reglos da und lauschte, erst dann bewegte er sich weiter. Bei seinem nächsten Schritt auf ein Schilfnest zu stand er plötzlich vor ihm: Dieter Schmidt ging sofort auf Bryan los. Er griff ihm an die Kehle und versuchte gleichzeitig, ihm unter Wasser in den Schritt zu treten – vergeblich. Bryan wehrte sich mit aller Kraft. Als sie umkippten, flogen die Vögel wieder auf. Bryan fiel auf die Seite, und einer der abgebrochenen Äste, die überall herumschwammen, bohrte sich ihm ins Ohr. Noch unter Wasser brüllte er vor Schmerz auf und stemmte sich so heftig vom Boden ab, dass beide auf einmal aus dem Wasser flogen. Der Schmächtige wankte sofort auf Bryan zu und schlug dabei wütend mit der flachen Hand aufs Wasser. Bryan warf einen beunruhigten Blick über die Schulter. Lankau war nirgends zu entdecken.

Als der Schmächtige auf ihn zu hechtete, ergriff Bryan einen der im Wasser schwimmenden Äste und stieß damit nach dem Gesicht des Schmächtigen. Der konnte nicht einmal mehr schreien. Der Ast steckte schräg in seinem Mund und hatte sich ihm durch die linke Wange gebohrt. Bryan machte einen Satz zur Seite und kam auf etwas festerem Grund zu stehen. Mit zwei schnellen Sprüngen hatte er seine Position stabilisiert. Der Schmächtige schaute ihn hasserfüllt an. Er stand bis zu den Knien im Wasser, lauernd. Bei jedem Atemzug bewegte sich das Aststück in der Wange. Ein grotesker Anblick. Schmidt trug nur einen durchnässten grauen Schlafrock. Die dünnen nackten Beine waren blauschwarz wie das Wasser, in dem er stand. Er und der Breitgesichtige hatten hastig aufbrechen müssen, eigentlich sollte man sie für ihre Tatkraft bewundern.

Ihr Wille hatte die zwei Männer einzig mit dem Ziel hierher gebracht, Bryan umzubringen.

Der Ruf Lankaus kam aus nächster Nähe. Wie ein bedrohtes Tier kniff Bryan die Augen zusammen, als der Schmächtige mit ausgebreiteten Armen vorwärts stürmte. Doch plötzlich hatte Bryan keine Angst mehr. Der Schmächtige verlor für einen winzigen Moment in dem ruhigen Wasser den Grund unter den Füßen, und um das Gleichgewicht zurückzugewinnen, lehnte er sich leicht vornüber. Genau da traf Bryans Tritt seinen Kehlkopf.

Die zitternde Gestalt kippte schlaff hintenüber, und Bryan hielt den Körper mit aller Kraft unter Wasser gedrückt.

Gerade als es mit dem schmächtigen Mann zu Ende zu gehen schien, brach Lankau aus dem Dickicht und watete, zu allem entschlossen, durch den Schlamm.

Alle Sinne aufs Äußerste gespannt, sah Bryan sich um. Wieder war das Ticken der Maschinengewehre zu hören, sie mussten ganz in der Nähe sein. Mitten im Wasser standen sich Lankau und Bryan nun gegenüber. Und beide waren zum Äußersten bereit.

Lankau hielt kurz inne. In der Linken trug er ein Messer, dessen lange und zerkratzte Schneide schräg nach oben zeigte. Ein ganz gewöhnliches Messer, wie es Bryan unzählige Male in der Hand gehabt hatte. Es stammte sicher aus dem Lazarett und war spitz wie eine Ahle.

Wie mochte der Breitgesichtige dieses Messer in seinen Besitz gebracht haben? Aber vor allem: Wie hatte er es so zurechtschleifen können?

Lankau betrachtete Bryan lange Zeit abschätzend, dann begann er, mit gedämpfter Stimme zu ihm zu sprechen. Ganz offensichtlich hatte er Respekt vor dem Mann, dem er gegenüberstand. Aber genauso offensichtlich war, dass nichts ihn von seinem Vorhaben abbringen würde.

Der Kampf war unausweichlich, und es war ein ungleicher Kampf.

Keiner von beiden wollte die Initiative dem anderen überlassen, allerdings wollte sie auch keiner übernehmen. Da mobilisierte ein kaum wahrnehmbarer Laut Bryans Sinne. Der Körper des Schmächtigen vollführte noch eine Vierteldrehung und blieb auf der Seite liegen. Dann atmete er zum letzten Mal aus. Die Luftblasen erinnerten Bryan daran, dass das Wasser sein Verbündeter war. Das Wasser, die Dunkelheit und der Altersunterschied, das alles fiel zu seinen Gunsten aus.

Alle anderen Vorteile hatte der Breitgesichtige auf seiner Seite.

In einem Gewirr von Zweigen bildeten lange dünne Luftwurzeln über Bryan einen riesigen, luftigen gordischen Knoten. Diese Luftwurzeln wuchsen auf der Suche nach Nahrung und Bodenkontakt abwärts.

Blitzschnell sah Bryan seine Chance. Er hantelte sich mit Hilfe der Luftwurzeln vorwärts und war mit nur drei Zügen über seinem Feind, bereit, sich auf ihn fallen zu lassen. Als Bryan mit seinem ganzen Gewicht auf den zurückgeneigten Kopf knallte, knackte es in Lankaus Hals, und der Mann sackte in sich zusammen. Bryan spürte nur, wie die schlaffe Gestalt zur Seite glitt und unter Wasser liegen blieb.

Der Kampf war vorbei, noch ehe er begonnen hatte.

Bryan trat zwei Schritte zurück und ließ sich schwer auf die Böschung sinken. Das Wasser schloss sich über Lankaus Körper und wurde ganz ruhig. Die Dämmerung hatte eingesetzt, und nach und nach trat die Landschaft detaillierter hervor. Noch etwa eine Stunde, dann war es Morgen.

Bryan fühlte sich wie erschlagen. Als er sich gerade darüber wundern wollte, dass von Lankaus Körper keine Luftblasen mehr aufstiegen, war es bereits zu spät.

Der Breitgesichtige musste die Augen schon geöffnet haben, bevor er an die Oberfläche kam. Sein Blick war der eines Wahnsinnigen, seine Hand umklammerte noch immer das Messer. Aber Bryan war sofort auf den Beinen und hob abwehrend den Arm. Lankaus Messer drang direkt über dem Ellbogen bis zum Heft ein. Bryan zog den Arm so heftig zurück, dass Lankau stolperte. Als ihm Bryan die Finger in die Augen drückte, gab ihm sein eigenes Gewicht den Rest.

Schreiend presste er die Hände vors Gesicht, stürzte rückwärts auf die Sandbank und blieb im Schlamm liegen. Plötzlich war in nächster Nähe eine Maschinengewehrsalve zu hören. Ohne sich noch einmal umzudrehen, kletterte Bryan die Böschung hinauf und überließ Lankau seinem Schicksal.

Erst nachdem er die letzte Windschutzpflanzung am Deich hinter sich hatte, ließ er sich entkräftet auf die Knie fallen. Vorsichtig zog er das Messer aus dem Arm. Die Wunde über dem Ellbogen blutete nicht so stark, wie er befürchtet hatte.

Weil er sonst nichts hatte, riss er Streifen von seinem Schlafrock ab und legte sich einen notdürftigen Verband an. Es war verflucht kalt, so kalt, dass ihn die reißenden Wasser des Flusses nicht erschrecken konnten. Noch viel kälter konnte ihm kaum werden. Trotzdem war die Aussicht, die sich ihm oben vom Deich offenbarte, erschreckend und irgendwie rätselhaft.

Unten am Ufer polterte ganz in der Nähe ein Panzer entlang. Geöffnete Schranken an den Fahrspuren erlaubten den Kolonnen der nordwärts fahrenden Versorgungsfahrzeuge freie Fahrt.

Bryan drückte sich flach auf den Boden. Er musste sofort verschwinden. Hier auf dem Deich gab es keine Deckung. Drüben, auf der anderen Seite des Flusses, konnte er einen dunklen Uferstreifen ausmachen, der sich mehrere hundert Meter nach Norden erstreckte und dort in einem noch breiteren Strom verschwand. Vor ihm lag so etwas wie eine längliche Insel oder eine Sandbank im Rhein.

Was für ein Glück, denn das hieß, dass er den Fluss in zwei Etappen überqueren konnte. Der Aufenthalt auf der Sandbank würde ihm eine Verschnaufpause verschaffen. Noch ehe das Scheinwerferlicht des nächsten Lastwagens auf die Torfhaufen wenige Meter weiter traf, ließ er sich das letzte Stück des Deichs bis zu jenem Fluss hinunterrollen, der ihm die Rückkehr ins Leben bringen sollte.

Bryan hatte sich geirrt. Das Wasser war so kalt, dass sein Körper ihm den Dienst binnen kürzester Zeit versagen würde. Bryan kannte die Warnzeichen, denn er hatte wiederholt unterkühlte Fallschirmspringer gesehen, die wehrlos auf der Erde aufgeschlagen waren. Diese Art von Kälte kroch einem in den Körper, und selbst die stärkste Willenskraft konnte nichts dagegen ausrichten.

Hinzu kam die starke Strömung. Bryan hatte das Gefühl, als flössen sämtliche Schmelzwasser durch diese schmale Passage.

Er ließ sich einfach treiben. Es blieb ihm gar nichts anderes übrig. Bald schon war die Sandbank aus seinem Sichtfeld verschwunden.

Hier war der Rhein extrem breit. Wie breit, konnte er nicht einschätzen, weil er so tief im Wasser lag. Aber immerhin war ihm bewusst, dass man seine Gestalt im Halbdunkel von keinem Ufer aus erkennen konnte. Es könnte ihn höchstens einer der Lichtkegel, die ab und zu über den Fluss huschten, erfassen.

Wie aus dem Nichts tauchten die Leichen auf. Still trieben sie mitten im Strom. Sie mussten schon lange im Wasser liegen, so aufgequollen, wie sie waren.

Unaufhörlich begleitete ihn das Geräusch der Gefechte am westlichen Ufer. Bryan packte eine der Leichen und versuchte, am Ufer Leben auszumachen. Seine Körpertemperatur war inzwischen so niedrig, dass er um jeden Preis aus dem Wasser kommen musste. Nur wenige hundert Meter vor ihm erhob sich eine Brücke. Schwache Lichter weiter im Norden zeigten an, dass sich dort eine weitere hohe Brücke befand. Zwischen diesen beiden schienen die Ingenieurtrupps Pontons zu einer schwimmenden Brücke verbunden zu haben. Der Bedarf an solchen Lebensadern war in dieser Nacht sehr groß.

Fast unablässig blitzte das Feuer der Mörsergranaten. Die Luft vibrierte. Und immer wieder hörte Bryan Schreie.

Als Bryan den toten Soldaten losließ, drehte der sich leicht schaukelnd auf den Rücken. Nun sah Bryan auch, warum der Leichnam nicht weiter stromabwärts getrieben war: Die Leiche hing an einem Gitter fest. Vielleicht war das ein Zufall, aber es wirkte, als verliefe an dieser Stelle eine Absperrung längs durch den Fluss und teilte ihn. Mit einsetzender Dämmerung erkannte Bryan immer deutlicher, wie sich das Wasser dort kräuselte, wo Zweige und Abfall an dem Gitter festhingen.

Das hieß, wenn er über das Gitter kletterte, konnte man ihn vom Ufer aus sehen. Am östlichen Ufer war alles ruhig, aber am Westufer konnte sein Untergang lauern. Bryan musste auf das vertrauen, was er erkennen konnte, menschliche Laute durchdrangen die Kakophonie des Krieges in diesem Moment nicht.

Energisch packte Bryan die Spitzen des Gitters und ließ sich rückwärts auf die rettende Seite fallen. Schwer atmend klammerte er sich an das Gitter und suchte mit den Augen das westliche Ufer ab.

Genau an jener Stelle wollte er versuchen, an Land zu kommen. Eine Gruppe von Bäumen bewegte sich im Wind. Der Bewuchs schien dicht zu sein und Schutz zu bieten. Dort wollte er etwas verweilen, um wieder warm zu werden, ehe er weiterzog.

Nur ein Tier hätte die Gefahr gewittert. Als man ihn urplötzlich am Arm packte, war Bryan so unvorbereitet wie ein Mensch, den ein Herzschlag trifft.

Bryan fühlte nichts als blankes Entsetzen, als er in die Augen des Breitgesichtigen sah. Bryan konnte gerade noch aufschreien, da zog ihn der feste Griff um seinen Hals bereits in die Tiefe. Hier also, im dunklen Fluss, würde sein Leben nun enden. Sein Widersacher wollte es so.

Aber als Bryans Füße auf den Querstreben des Gitters Halt fanden, schob er sich mit letzter Willenskraft nach oben. Der Breitgesichtige hatte nicht die Absicht loszulassen und brüllte vor Schmerzen, als seine Unterarme in dem Gitter, das sie trennte, eingeklemmt wurden. Das war Bryans Rettung.

Die Schüsse kamen von hinten, vom östlichen Ufer, und der Breitgesichtige brüllte nur noch lauter. Dann verstummte er und sackte in sich zusammen, schließlich ließ er los. Als er sich an die Spitzen des Gitters klammerte und zusah, wie Bryan dem Ufer zustrebte, wirkte er ganz normal. Sterblich und verletzlich. Die Schusssalven verstummten so plötzlich, wie sie begonnen hatten.

Die deutschen Soldaten am Ufer hatten genug zu tun.

Obwohl er nur noch ein kleines Stück vom rettenden Ufer entfernt war, spürte Bryan schließlich, dass sein Körper ihm nicht mehr gehorchen wollte. Seine Beine versagten ihm den Dienst. Er sank.

Später erinnerte sich Bryan, dass er plötzlich lachen musste. Denn gerade, als ihn das Wasser fast schon verschlungen hatte, trafen seine Füße auf Grund.

Von den ersten Sonnenstrahlen begleitet, watete er ans Ufer.

Das Ticken der Handfeuerwaffen war auf einmal südlich von ihm.

Trotz des stellenweise dichten Bewuchses am Ufer wurde schnell klar, dass das nächtliche Gefecht auch hier seine Opfer gefordert hatte. Bryan begann zu zittern, als er die Uniform sah.

Der amerikanische Soldat war vermutlich davon überrascht worden, dass das Dickicht so plötzlich aufhörte. Er sah noch im Tod überrascht aus. Bryan legte sich ganz dicht neben die Leiche und rieb seine steifgefrorenen Finger.

Die Uniform des Soldaten würde seinem Körper sicher ein klein wenig Wärme spenden.

Bryan sah sich um. Die Sandbank im Fluss war ein ganzes Stück weit entfernt. An der Spitze lagen mehrere Kähne, und ein Stück weiter zur Westseite des Flusses hin war ein weiterer Prahm vertäut. Er war schwer mit Dung beladen, der Gestank weckte in Bryan Erinnerungen an eine schöne, vergangene Zeit. Aber die Detonationen im Norden riefen ihn gleich wieder zurück in die Realität. Immerhin: Lankaus breites Gesicht war nur noch ein Fleck dort draußen im Fluss.

28

»**ALSO NOCH MAL** zum Obergruppenführer: Wurde er bewacht? War er tatsächlich verrückt? Was genau wissen Sie darüber?« Die Fingerspitzen des Nachrichtenoffiziers, den sie Wilkens nannten, waren gelb vom Nikotin. Er zündete sich schon wieder eine Zigarette an. Vermutlich hatten ihn seine Kollegen gewarnt, Bryan Underwood Scott Young sei nicht besonders gesprächig.

Bryan verzog das Gesicht, als ihm der Rauch in die Nase stieg. »Sir, ich weiß es nicht. Ich glaube, er war verrückt. Aber ich weiß es nicht. Ich bin kein Arzt.«

»Sie waren mehr als zehn Monate in diesem Krankenhaus. Da müssen Sie doch einen Eindruck gewonnen haben, wer krank war und wer gesund!«

»Meinen Sie.« Bryan schloss wieder die Augen. Er war so müde. Wie oft hatte Hauptmann Wilkens ihn nun schon dasselbe gefragt. Er suchte nach einfachen Erklärungen. Wieder zog er an der Zigarette und er hielt den Rauch lange in der Lunge. Den Kopf gesenkt, betrachtete er Bryan aufmerksam. Er bewegte die Hand mit der Zigarette in einer abrupten Bewegung auf Bryan zu, als wollte er ihm auf die Sprünge helfen. Die Asche landete auf Bryans Bettkante. »Ich habe doch schon mehrmals erklärt, dass der General verrückt war. Jedenfalls glaube ich, dass er es war.« Bryan sah auf den Fußboden. Unbeteiligt fuhr er fort: »Ja, ich bin überzeugt, dass er verrückt war.«

»Wie geht es Ihnen?« Unbemerkt war der Oberarzt ins Zimmer gekommen. »Wir machen doch Fortschritte, Mr. Young?« Bryan zuckte die Achseln. Wilkens lehnte sich zurück, er konnte seinen Ärger über die Unterbrechung gut verbergen.

»Sprechen ist nach wie vor unangenehm. Meine Zunge fühlt sich immer noch seltsam an.«

»Das ist doch wohl kein Wunder.« Der Oberarzt lächelte und nickte dem Hauptmann zu, der angefangen hatte, seine Notizen zusammenzupacken.

Bryan legte den Kopf aufs Kissen. Vor fast drei Wochen hatten amerikanische Infanteristen ihn aufgelesen. Seither war er unzählige Male verhört worden. Inzwischen hatte er von seiner Muttersprache genug. Die vielen Monate in sprachlicher Isolation hatten ihn für Fragen überempfindlich gemacht. Die Antworten waren doch so egal.

Zwar hatten ihm die Ärzte immer wieder erklärt, dass er von seinem Aufenthalt in der Nervenklinik keinen dauerhaften Schaden davontragen würde. Aber er wusste, dass das nicht stimmen konnte. Die Narben am Körper würden verheilen, vielleicht würden auch diese Stimmungsschwankungen eines Tages abklingen und vielleicht würde sich sogar das Gewebe des Gehirns nach den Elektroschockbehandlungen wieder erneuern. Vielleicht würde auch die permanente Angst, in Lebensgefahr zu sein, eines Tages vergehen. Aber der eigentliche Schmerz, das Gefühl, jemanden im Stich gelassen zu haben, der grub sich mit jedem Tag tiefer in seine Seele. Wer sollte, wer konnte das jemals heilen?

Die Nächte waren lang.

Bereits im amerikanischen Lazarett in Straßburg waren Informationen zu ihm gedrungen, dass Freiburgs Stadtkern dem Erdboden gleichgemacht worden sei. »Hat keine zwanzig Minuten gedauert«, war stolz ergänzt worden. Seither hatte er Tag und Nacht an James gedacht.

Seit ihrem Absturz hatten sie beide als vermisst gegolten. Ihre Familien trauerten seit Monaten um sie. Am schwersten würde es sein, Mr. und Mrs. Teasdale in die Augen zu blicken. Sie würden ihren Sohn nie wiedersehen. Davon war Bryan überzeugt.

»Die Zunge wird Ihnen auf Dauer keine Probleme bereiten. Das ist nur eine Frage des Trainings. Und würden Sie bei diesen Sitzungen etwas mehr sprechen, ginge es wohl auch etwas schneller. Sie müssen sich aber auch selbst dazu zwingen, Mr. Young, nur das wird Ihnen helfen.«

Der kurze Schneeschauer war in Regen übergegangen. Der Oberarzt konnte nicht aus dem beschlagenen Fenster sehen. Er stand oft so da, wandte Bryan den Rücken zu und wischte die Scheibe frei, während er mit ihm sprach.

»Man hat Sie für eine Tapferkeitsmedaille vorgeschlagen. Wenn ich das richtig verstanden habe, wollen Sie die Ehrung nicht annehmen. Ist das richtig?«

»Ja.«

»Ist es die Geschichte Ihres Freundes, die Ihnen zu schaffen macht?«

»Ja.«

»Sie wissen doch, dass Sie mit dem Nachrichtendienst zusammenarbeiten müssen, wenn Sie Ihren Freund wiedersehen wollen, oder?«

Bryan zog die Mundwinkel herunter.

»Na ja. Ich habe entschieden, Sie noch eine Weile hier im Krankenhaus zu behalten. Ihre körperlichen Verletzungen werden in ein paar Wochen wohl verheilt sein. Ich bin mir sicher, dass die Sehnen im Oberarm nicht irreparabel geschädigt sind. Insgesamt heilen Ihre Wunden ausgezeichnet.« Wenn der Oberarzt lächelte, trafen sich die buschigen Augenbrauen über der Nase, das sah irgendwie komisch aus. »Allerdings fürchte ich, dass Ihre seelischen Verletzungen Ihnen noch länger zu schaffen machen werden.«

»Warum schicken Sie mich nicht nach Hause?«

»Dann bekommen wir ja keine Antworten mehr auf unsere Fragen, Mr. Young. Außerdem ist es dafür definitiv zu früh, meinen Sie nicht auch?«

»Vielleicht.« Bryan sah zum Fenster. Die Scheiben waren

wieder völlig beschlagen. »Aber ich habe nichts weiter zu sagen. Ich habe alles gesagt, was ich weiß.«

Eine hochgewachsene junge Frau, die gegenüber am Bett ihres schwer verletzten Bruders saß, drehte sich um. Ein einfaches walisisches Mädchen mit vollem Haar, das im Nacken zu einem Knoten gefasst war. Sie wirkte vertrauenerweckend, strahlte Ruhe aus. Wenn sie ihn anlächelte, bildeten sich kleine Lachfalten um ihre Augen.

Einige Tage nach Neujahr gab man Bryan zu verstehen, dass er bald nach Hause geschickt würde. Weihnachten war einsam gewesen. Er hatte den dringenden Wunsch verspürt, sich im Kreise seiner Lieben zu erholen.

Vermissen würde er nur das walisische Mädchen.

Das neue Jahr war kaum zwei Wochen alt, da hörten die Fragen auf. Bryan war nicht länger bettlägerig. Und er hatte definitiv nichts mehr zu sagen.

An einem Dienstag besuchte ihn Offizier Wilkens vom britischen Nachrichtendienst zum letzten Mal. Am Vorabend hatte man Bryan mitgeteilt, er würde am nächsten Tag, dem 16. Januar 1945, zwölf Uhr, entlassen. Man erwarte, dass er sich am 2. Februar um vierzehn Uhr bei seiner Kompanie zurückmeldete. Weitere Instruktionen würden direkt von Castle Hill House zu ihm nach Hause, nach Canterbury, geschickt.

Mechanisch beantwortete Bryan die Fragen bei der letzten Vernehmung. Die Vorstellung, wieder zu fliegen, widerstrebte ihm zutiefst. Er bezweifelte, dass er es konnte.

»Wir möchten uns noch einmal der genauen Position des Lazaretts versichern, Mr. Young.«

»Warum? Ich habe sie Ihnen mindestens zehnmal angegeben.« Bryan sah sich um. Der Offizier zog an seiner Zigarette, die Glut war so dicht an seinen Fingernägeln, dass es Bryan übel wurde.

Bryan drehte sich um und ging den Gang hinunter. Auf

dem Korridor war viel los, es war schwer zu sagen, wo mehr Verwundete lagen, in den Zimmern oder auf den Gängen. Die breite Treppe führte ohne Treppenabsatz zur Etage darunter. Auch dort standen Betten dicht an dicht.

»Warum wir das wissen wollen, Mr. Young?« Wilkens war Bryan nachgegangen und folgte interessiert seinem Blick in die darunterliegende Etage. »Weil wir ganz sicher sein wollen, dass wir die Schlangengrube ausradiert haben!«

»Was soll das heißen?« Bryan schnellte herum. Der kalte Blick seines Gegenübers nahm ihn gefangen.

»Ja, das heißt, dass die rechte Rheinseite gestern von einhundertsieben B-Siebzehnern bombardiert wurde. Die haben zweihundertneunundsechzig Tonnen Bomben abgeworfen. Das sagt mir zwar nichts, ist aber sicher eine Menge. In dem Zusammenhang kann ich Ihnen auch mitteilen, Mr. Young, dass einige dieser Tonnen für Ihr altes Lazarett vorgesehen waren. Wir brauchen wohl nicht mehr zu befürchten, dass aus dieser Irrenanstalt noch Leute an die Front geschickt werden. Was meinen Sie?«

Das junge Mädchen aus Wales gab später zu Protokoll, dass Bryan in diesem Augenblick rückwärts die Treppe hinuntergestürzt war. Die Ärzte meinten, er habe sich auf jeder einzelnen Stufe einen Knochen gebrochen.

In seiner Personalakte wurde vermerkt, es sei ein Unfall gewesen.

TEIL 2

PROLOG 1972

SEIT ÜBER EINER halben Stunde rollte der Verkehr in dichtem Strom Richtung Westen. Von unten aus dem Hauswirtschaftsraum hörte sie das Radio dudeln, ihre Haushälterin summte wenig harmonisch mit. Schon jetzt war es unerträglich heiß im Zimmer. In diesem Sommer knallte die Sonne erbarmungslos vom Himmel.

Sie sah noch einmal in den Spiegel.

Seit geraumer Zeit ertappte sie ihren Mann dabei, wie er sie mit diesem etwas wehmütigen Blick betrachtete, den manche Psychologen als Zeichen einer beginnenden Midlife-Crisis auslegen würden – doch sie wusste es besser. Ihr Spiegelbild log nicht, man sah ihr die Jahre an.

Mit einem Finger zog sie vorsichtig am Mundwinkel. Die Haut war nur noch mäßig geschmeidig. Sie befeuchtete die Lippen und neigte den Kopf zur Seite.

Wie die Zeit vergangen war.

Heute Morgen war sie nach einer unruhigen Nacht als Erste aufgestanden. Ihr Mann hatte offenbar seit Stunden wach gelegen und an die Decke gestarrt. Sie kannte diese Nächte. Immer wieder gab es Phasen, in denen furchtbare Albträume ihn heimsuchten.

Vergangene Nacht war es wieder mal soweit gewesen.

Er kam erst nach dem Frühstück herunter. Einen Moment blieb er unschlüssig bei ihr stehen. Seine sanften Augen wirkten, als wäre er noch nicht ganz wach. Zaghaft zeichnete sich ein entschuldigendes Lächeln ab. »Ich muss los«, sagte er.

Das Wohnzimmer wirkte auf einmal viel zu groß.

Da klingelte das Telefon. Widerwillig nahm sie ab. »Laureen«, meldete sie sich und fasste sich unwillkürlich an den Hinterkopf, als sie die Stimme ihrer Schwägerin hörte.

Das Haar saß, wie es sollte, straff zurückgebunden.

29

»NEIN, ICH KANN Ihnen leider nicht sagen, wann Mr. Scott hier sein wird. Ja, richtig, normalerweise kommt er vor zehn.« Die Sekretärin legte den Telefonhörer auf die Gabel und lächelte die beiden Männer entschuldigend an, die seit 9.29 Uhr in ihrem Vorzimmer saßen und geduldig Löcher in die Luft starrten. Doch jetzt sahen auch sie auf ihre Armbanduhren. Rolex, registrierte sie, und ließ den Blick zu den trompetenförmigen Hosenbeinen des jüngeren Mannes wandern. Was für ein Geck!, dachte sie.

Endlich kam das erlösende Zeichen, und das winzige rote Lämpchen der Sprechanlage vor ihr leuchtete auf.

»Mr. Scott ist bereit, Sie jetzt zu empfangen.« Ihr Chef hatte in der Tiefgarage auf der Kennington Road geparkt und war über die Hintertreppe heraufgekommen. Der Brook Drive war um diese Zeit vermutlich mal wieder völlig verstopft gewesen.

Mr. Scott begrüßte seine Gäste ausgesprochen förmlich. Er kannte sie nicht und hatte auch nicht um ihr Kommen gebeten. Er hatte wie immer mehr als genug zu tun. Die hohe Arbeitsbelastung war natürlich eine Folge der hervorragend laufenden Geschäfte seiner Firma – aber langsam wurde es ihm zu viel. In dieser Woche hatte er entschieden zu wenig geschlafen.

»Entschuldigen Sie die Verspätung, meine Herren, aber es war kein Durchkommen auf der M2.«

»Ach, Sie kommen von Osten her in die Stadt.« Der ältere Mann lächelte. »Wohnen Sie immer noch in Canterbury?«

Forschend sah Mr. Scott seinen Gast an. Dann warf er noch mal einen Blick auf seinen Bürokalender, wo die Namen der

beiden vermerkt waren. Direktor Clarence W. Lester und sein
Juniorpartner W.W. Lester von Wyscombe & Lester & Sons
in Coventry. »Ja. Ich habe nie woanders gewohnt.« Er lächelte
und kniff dabei die Augen zusammen. Viele Menschen fanden
die tiefen Falten in seinen Augenwinkeln attraktiv. »Und wir
sind uns schon einmal begegnet, Mr. Lester?«

»Oh ja, das will ich meinen. Allerdings ist das schon viele
Jahre her. Waren ganz andere Umstände damals.«

Mr. Scott hob den Zeigefinger. »Aber Sie selbst stammen
nicht aus Canterbury, höre ich. Darf ich raten? Wolverhamp-
ton?«

»Gar nicht schlecht, Mr. Scott. Ich bin in Shrewsbury geboren. Aufgewachsen bin ich aber in Sheffield.«

»Und jetzt leben Sie in Coventry, wie ich sehe.« Wieder
studierte er den Eintrag in seinem Kalender. »Hatten wir schon
einmal geschäftlich miteinander zu tun, Mr. Lester?«

»Nein. Das heißt, natürlich sehen sich alle Arzneimittelher-
steller Englands früher oder später mit Ihrem Lizenzgeschäft
konfrontiert. Aber nein, wir hatten bisher noch nicht das Vergnügen, uns in geschäftlichen Zusammenhängen zu begegnen.«

»Rotary? Sport? Eton? Cambridge?«

Der Jüngste der Runde rückte seine Aktentasche zurecht und
lächelte. Mr. Lester schüttelte den Kopf. »Nun sind wir ja nicht
gekommen, um uns in Erinnerungen zu ergehen, Mr. Scott,
also will ich lieber zur Sache kommen. Schließlich sind Sie ein
vielbeschäftigter Mann. Wir beide sind uns vor sehr langer
Zeit begegnet. Und unter anderen Namen. Das kann natürlich
zu Verwirrungen führen.«

»Ah ja. Ja, das ist richtig, ich habe meinen Namen geän-
dert. Das vergesse ich immer wieder. Meine Mutter und mein
Stiefvater haben sich scheiden lassen. Damals hieß ich Young.
Bryan Underwood Scott Young. Und jetzt eben nur noch Scott.
Und Sie?«

»Lester ist der Name meiner Frau. Sie fand meinen Familiennamen zu provinziell. Aus Rache habe ich dann aber meinen Nachnamen als Mittelnamen behalten. Wilkens, Sir.«

Bryan sah den älteren Herrn eine Weile sehr genau an. Die Zeit hatte in Bryans Gesichtszügen unverkennbar Spuren hinterlassen, aber er meinte, sich über die Jahre nur wenig verändert zu haben. Dagegen fiel es ihm schwer, im Gesicht seines angenehmen, fast glatzköpfigen Gegenübers die harten Züge von Hauptmann Wilkens zu entdecken.

»Ich bin älter als Sie, Mr. Scott.« Er strich sich über das schüttere graue Haar und nickte. »Aber Sie haben sich außergewöhnlich gut gehalten. Wie ich sehe, haben Sie sich von Ihrem bösen Sturz gänzlich erholt.«

»Ja, das habe ich.« Bryan Underwood Scott hatte sich im Lauf der Zeit den Ruf erworben, ein wahrer Eisblock zu sein, ein Mann, dem niemals eine Unsicherheit anzumerken war, der seine Gegner niemals aus den Augen ließ und der Meinungsverschiedenheiten stets mit fundierten Einwänden zu seinen Gunsten entschied.

Nach dem Medizinstudium hatte er sich als Spezialist für Magen- und Darmerkrankungen niedergelassen, diesen Schwerpunkt in den letzten Jahren aber immer weiter zurückgefahren zugunsten einer Tätigkeit als Sportarzt, Forscher sowie zunehmend auch als Geschäftsmann. Seine Willensstärke, seine Beharrlichkeit und auch ein gewisser Mangel an Sentimentalität hatten Opfer gefordert. Aber keine finanziellen. Als seine Mutter vier Jahre zuvor starb, war er bereits so vermögend, dass für ihn der Anteil an den sechs Millionen Pfund, die sie ihm und seinen Geschwistern hinterlassen hatte, kaum noch von Bedeutung war.

Das Schlüsselwort lautete: Lizenzen. Herstellungsrechte für Arzneimittel, chirurgische Instrumente, Komponenten für Scanner und Ersatzteile für japanische und amerikanische Monitore. Alles im Dienst der Gesundheit. Ein gigantisches

Geschäftsfeld, auf dem bezüglich Kosten die sonst sprichwörtliche britische Zurückhaltung nur wenig zum Tragen kam.

Seine Laufbahn hatte Bryan Underwood Scott manche Turbulenzen beschert. Doch keine davon konnte es mit der Erschütterung aufnehmen, die diese völlig unerwartete Begegnung in ihm auslöste: Er saß Hauptmann Wilkens von Angesicht zu Angesicht gegenüber, einem Menschen, für den er aus gutem Grund keine Sympathie hegte.

»Selbstverständlich erinnere ich mich gut an Sie, Hauptmann Wilkens.«

»Andere Umstände. Andere Zeiten.« Clarence W. Lester verschränkte die Arme und lehnte sich zurück. »Es waren harte Zeiten. Für uns alle.« Er runzelte die Stirn. »Haben Sie je herausgefunden, was aus Ihrem Kameraden geworden ist, Mr. Scott?«

Bryan schwieg und spürte, wie sein Herz sich zusammenzog. Dann schüttelte er kaum erkennbar den Kopf.

»Und Sie haben vermutlich sämtliche Möglichkeiten ausgeschöpft?«

Bryan nickte und sah zur Tür. Die Akte Teasdale war bereits vor der Kapitulation der Deutschen geschlossen worden. Acht Monate später hatte der Geheimdienst widerstrebend erklärt, die Gestapo-Archive befänden sich in den Händen der Russen und das Schicksal des SS-Offiziers Gerhart Peuckert bliebe somit unaufgeklärt. Bryan waren die Hände gebunden gewesen. James Teasdale war ja nur einer von vielen. Selbst der politische Einfluss und sämtliche Kontakte seines Stiefvaters hatten nichts ausrichten können. Bryan hatte seither immer wieder versucht, an Informationen zu gelangen, auch mit Hilfe von sehr viel Geld. Achtundzwanzig Jahre waren inzwischen vergangen, in denen sein rabenschwarzes Gewissen nach und nach grau geworden war.

Wilkens versuchte sich in einem mitfühlenden Blick.

Bis zur Tür waren es nur wenige Schritte. Bryan überlegte,

ob er gehen und die Tür hinter sich zuknallen sollte. Übelkeit stieg in ihm auf. Die Albträume waren zurückgekehrt.

»Gerade heute Morgen habe ich meinem Sohn erzählt, mit welcher Beharrlichkeit Sie versucht haben, Informationen über Ihren Freund zu beschaffen. Sind Sie seitdem je wieder in Deutschland gewesen?«

»Nein.«

»Unglaublich, wenn man bedenkt, in welcher Branche Sie tätig sind, Mr. Scott.« Bryan reagierte nicht. »Sie nehmen mir doch hoffentlich nicht übel, dass ich diese alten Geschichten aufrühre?« Wilkens wirkte, als würde er die Antwort kennen, doch er irrte sich. Die Besprechung war beendet, noch ehe der Halbstundenschlag der Standuhr im Vorzimmer verklungen war. Die beiden Männer waren gekommen, weil sie sich von Bryan die Genehmigung für das Kopieren von Waren erhofften, für die er die Lizenz besaß. Er erteilte sie ihnen nicht, machte nur wenige vage Versprechungen. Eine einzige Bestellung wurde zur Prüfung an Mr. Scotts Assistenten Ken Fowles weitergeleitet. Vater und Sohn waren offensichtlich enttäuscht.

Sie hatten sich mehr versprochen.

So eine Pall Mall ohne Filter rauchte Bryan inzwischen äußerst selten.

Trotz der Hitze schlug er den Mantelkragen hoch. Er lehnte sich gegen die Wand und sah hinüber zur Fassade des Kiosks. Aus der Underground-Station Elephant & Castle strömten die Menschen. Die Mittagspause war vorbei.

»Ich komme heute nicht mehr zurück ins Büro, Mrs. Shuster«, hatte er zu seiner Sekretärin gesagt.

Das war ungewöhnlich. Laureen würde bereits wittern, dass etwas im Busch war. Zwar hatte sich seine Frau an seinen Gefühlsschwankungen und deren Ursachen nie sonderlich interessiert gezeigt, aber sie verfügte über ein untrügliches Gespür für Turbulenzen. Falls sie ihrer Intuition folgte und

im Büro anrief, würde Mrs. Shuster ihr Erstaunen nicht verbergen können. Laureen war in dieser Hinsicht zu manchem
fähig. Und genau aus diesem Grund hatte Bryan einen Großteil seines Erfolgs in Wirklichkeit ihr zu verdanken. Ohne
Laureen wäre er in Seelenqualen und Selbstmitleid versunken.

Sie war eine ganz gewöhnliche junge Frau aus Wales gewesen, die ihn in dem britischen Lazarett einfach nur angelächelt
hatte. Immer wieder – obwohl eine Erwiderung ausgeblieben
war.

Nach seinem Sturz hatte sie sich hingebungsvoll um ihn
gekümmert. Sie hieß Laureen Moore. Ihr volles Haar trug sie
im Nacken zu einem großen Knoten hochgesteckt.

Acht Männer aus ihrer nächsten Familie hatte ihr der Krieg
genommen. Ein Bruder starb im Lazarett vor Bryans Augen
in ihren Armen. Außerdem Vettern, zwei Brüder, ein Onkel
und ihr Vater, von dem sie noch immer mit traurigem Blick
erzählte. Sie wusste, was Trauer war, und sie ließ Bryan in
Frieden mit seiner Trauer leben. Ihre Haltung, man solle die
Vergangenheit ehren, aber im Hier und Jetzt leben, war cha-
rakteristisch für ihre Persönlichkeit.

Dafür – und für so vieles andere – liebte Bryan sie.

Doch Bryan zahlte auch einen Preis dafür: Mit seiner Vergangenheit war er allein geblieben, mit allem, was damals
geschehen war, mit seinen Albträumen und seiner Trauer. Niemals wieder hatte er die Familie Teasdale besucht. Obwohl
Bryan und Laureen nur wenige Straßen von James' Familie
entfernt wohnten, sprach Bryan nie über die Teasdales und
über das, was geschehen war.

Doch das Leben im Hier und Jetzt verstand Laureen meis-
terhaft für sie beide zu organisieren. Ohne Laureen hätte sich
Bryans Leben anders entwickelt.

»Warum befasst du dich eigentlich immer noch mit dem
Durchfall und den Darmverschlingungen der Reichen, Bryan,
wenn du gar keine Lust dazu hast?« Mit dieser Bemerkung

hatte sie vor Jahren eine neue Ära eingeläutet. »Die sind doch nur sauer auf dich, wenn du ihnen ihre Pralinen, ihre Zigarren und ihren Whisky verbietest«, hatte sie lakonisch festgestellt und lachend akzeptiert, dass sie damit riskierten, in Zukunft finanziell knapsen zu müssen. Keine Woche später hatte Bryan eine Annonce aufgegeben, in der er seine Praxis zum Verkauf anbot.

Anfangs brachte ihm die Forschung tatsächlich nicht viel ein, aber Laureen beklagte sich nicht. Im Notfall, wusste sie, konnten sie sich der finanziellen Unterstützung ihrer Schwiegermutter gewiss sein.

Als sich schließlich der Erfolg einstellte, war der gleich überwältigend.

»Ach, Dad!«, hatte seine Tochter Ann gestöhnt, als er endlich ein Büro in London einrichtete. »In Lambeth? Das ist doch keine Gegend, wo man einfach mal bei dir vorbeischauen kann. Warum denn nicht Tudor Street oder Chancery Lane?« Ann war ein reizendes, offenes Mädchen. Ihr Interesse an Leichtathletik und vor allem an den gut gebauten Sportlern hatte dazu geführt, dass Bryan neben seiner Forschungs- und Unternehmertätigkeit doch immer noch als Spezialist für Sportmedizin praktizierte.

Sein Spezialgebiet waren Ernährungspläne und die Behandlung akuter Magenverstimmungen. Sportler mit Magenproblemen gingen nicht zu den Fachärzten auf der Harley Street, sondern kamen zu ihm.

Alles in allem hatten sie ein gutes Leben.

Bryan zündete sich noch eine Zigarette an. Er sah Wilkens' gelbe Finger vor sich, damals beim Verhör. Er selbst hatte in jungen Jahren nicht geraucht. Jetzt nahm er einen tiefen Zug. Dass Wilkens ausgerechnet heute aufgetaucht war, grenzte an einen übernatürlichen Zufall. Der Albtraum der letzten Nacht steckte ihm noch in den Knochen. Obwohl die Träume jedes Mal anders waren, blieb ihre Quintessenz doch immer dieselbe: Er hatte James im Stich gelassen. Nach diesen Träumen empfand er tagelang tiefe Scham. Oft ging er dann die paar hundert Meter von seinem Büro zum Kriegsmuseum. Neben der dort ausgestellten Not und dem Leiden ungezählter Menschen erschienen ihm seine privaten Sorgen dann so klein. Über die Jahrhunderte hatte die Menschheit immer aufs Neue fatale Fehler begangen, das Blut von Abermillionen war vergossen worden. An all das gemahnte dieser imposante Prunkbau.

Doch heute ertrug er die Ausstellung nicht.

Am gestrigen Abend hatten Delegierte des Nationalen Olympischen Komitees ihn zu Hause angerufen mit der Bitte, sich als Berater dem Ärzteteam anzuschließen, das nach München zu den Olympischen Spielen reiste.

Dieser Anruf war sicherlich der Auslöser seines Albtraums gewesen. Seit Jahren lehnte er Einladungen nach Deutschland kategorisch ab. Überhaupt wehrte er alles ab, was ihn an die schrecklichen Geschehnisse von damals erinnern könnte. Alle seine Nachforschungen hatten immer wieder zum selben Ergebnis geführt: Es hatte keinen Zweck. James war tot.

Warum also sich noch einmal damit quälen?

Und nun kamen innerhalb weniger Stunden diese Einladung, der Albtraum, Wilkens' Besuch. Das Komitee hatte ihm diesmal nur acht Tage Bedenkzeit eingeräumt. Bis zur Eröffnung der Spiele war es noch knapp einen Monat hin. Vor vier Jahren hatte er für die Entscheidung, ob er die Sportler als Berater in Sachen akuter Magenverstimmungen zu den Spielen nach Mexiko begleiten wollte, mehr Zeit gehabt.

Harper Road, Great Suffolk Street, The Cut. Überall in der Stadt tobte das Leben.

Doch Bryan bekam von all dem nichts mit.

»Bryan! Du willst mir doch nicht erzählen, dass du bei dem Wetter in dem Aufzug draußen herumspaziert bist, weil du darüber nachdenken musstest, ob du mit nach München willst? Das ist doch absurd! Das hättest du doch auch zu Hause machen können.« Noch ein Tropfen, und Laureens Teetasse würde überlaufen. »Selbstverständlich hätte ich versucht, es dir auszureden. Aber das tue ich auch jetzt noch, das weißt du.«

»Hmhm.«

»Nach Mexiko habe ich nämlich keine Lust mehr auf das Gemaule.«

»Gemaule?« Er sah sie an. Sie war beim Friseur gewesen.

»Zu heiß, zu viele Menschen. Idiotischer Zeitplan.« Sie spürte seinen Blick. Dann sah er wieder weg.

»In Deutschland ist es nicht heiß.«

»Du weißt, was ich meine, Bryan. Es sprechen andere Dinge gegen Deutschland. Zum Beispiel ist es dort – zu deutsch!« Der Tee lief tatsächlich über.

Reiseunlust hatte schon immer zu ihren Gemeinsamkeiten gehört. Laureen wollte nicht reisen, weil sie Angst vor dem Unbekannten hatte, und Bryan, weil er Angst vor der Begegnung mit dem Bekannten hatte.

Wenn Laureen eine Reise Bryans nicht verhindern konnte, begleitete sie ihn und sorgte dafür, dass alles so schnell und geordnet wie möglich überstanden war. So war es bei vielen seiner Geschäftsreisen gewesen, und so wollte sie es auch diesmal halten.

Wenig begeistert legte sie Bryan also am nächsten Tag den Reiseplan und die Flugtickets vor – und war nicht sonderlich überrascht, als er ihr mitteilte, er habe nun doch beschlossen, dem Olympischen Komitee abzusagen. Er wolle nicht mit nach München.

In der folgenden Nacht schlief er so unruhig wie schon seit Jahren nicht mehr.

30

ERLEICHTERT, NUN DOCH nicht verreisen zu müssen, stürzte sich Laureen bereits am frühen Morgen freudig in die Vorbereitungen für ihre Silberhochzeit im Herbst.

Kaum war Bryan aus dem Haus, nahm sie Maß für neue Gardinen. Zwei Stunden später rief das Olympische Komitee in seinem Büro an. Bryan gab Mrs. Shuster ein Zeichen, die Tür zu schließen. Dass das Komitee ein weiteres Mal versuchte, ihn zu überzeugen, war ungewöhnlich.

»Es tut mir leid, aber wir sind gerade dabei, europaweit ein neues Schmerzmittel gegen Magengeschwüre einzuführen. Bei der Entwicklung unserer Verkaufsstrategie und der Auswahl unserer Vertriebspartner bin ich leider unabkömmlich.«

Damit beendete er das Gespräch. Im Prinzip stimmte das. Sein Unternehmen war im Begriff, eine neue Verkaufsoffensive zu starten, und brauchte daher neue Agenturen. Nur hatte Bryan in der gesamten Firmengeschichte noch nie persönlich an der Auswahl von Verkäufern oder Zwischenhändlern teilgenommen.

Um seiner Notlüge wenigstens einen Hauch von Wahrheit zu verleihen, wich er diesmal von der Regel ab.

Ken Fowles, der Leiter der Logistikabteilung, hatte von den fünfzig potenziellen Zwischenhändlern lediglich zehn zu einem Gespräch eingeladen. Am Ende sollten vier von ihnen für jeweils ein genau abgestecktes geographisches Gebiet zuständig sein. In Bryans Augen waren alle Bewerber gleich gut. Er ergriff in den Gesprächen nur selten das Wort.

Zwar gebot es die Höflichkeit, dass Fowles seinen Chef in

den kurzen Pausen nach seiner Meinung fragte. Aber dass letztlich Fowles die Entscheidungen treffen würde, daran herrschte kein Zweifel.

Am zweiten Tag erschien ein Bewerber namens Keith Welles zum Vorstellungsgespräch. Er erwies sich als munterer Herr, der das Gespräch trotz des Ernstes der Situation mit Humor führte. Er kam als Letzter an die Reihe und hatte fast den ganzen Tag warten müssen. Es war Fowles deutlich anzumerken, dass seine Wahl nicht auf diesen rotwangigen Herrn fallen würde. Skandinavien, Deutschland, Österreich und die Niederlande waren viel zu wichtige Vertriebsgebiete, als dass Fowles sie einem Mann überlassen würde, mit dem er nicht auf einer Wellenlänge war.

»Was ist denn in Ihrem früheren Verkaufsgebiet schiefgelaufen?«, schaltete Bryan sich in das Gespräch ein.

Welles sah ihm in die Augen. Er schien mit dieser Frage gerechnet zu haben, nur nicht von Bryan. »Das hatte viele Gründe. Als in Hamburg lebender Ausländer muss man Produkte verkaufen, die besser sind als alle anderen. Sind sie das nicht, kommen die Deutschen lieber mit einem Ausländer, der in Bonn wohnt, ins Geschäft, oder noch besser, mit einem Deutschen, der im Ausland lebt. So ist das nun mal in Deutschland.«

»Und Ihre Produkte waren nicht besser?«

»Besser?« Achselzuckend wandte er den Blick von Bryan ab. »Sie waren absolut vergleichbar mit allen anderen Produkten. Auf meinem Gebiet hat es in den letzten Jahren keine Neuentdeckungen oder Wunder gegeben.«

»Psychopharmaka?«

»Ja, genau. Neuroleptika.« Welles lächelte entschuldigend und fuhr fort: »Die Zeiten ändern sich. Chlorpromazinpräparate sind bei der Behandlung von Psychosen heutzutage nicht mehr das Nonplusultra. Und ich habe nicht aufgepasst. Zum Schluss waren meine Lager zu groß, die Außenstände noch größer und die Wahrscheinlichkeit, das Produkt doch noch zu verkaufen, verschwindend gering.«

Ken Fowles rutschte ungeduldig auf dem Stuhl herum. Bryan konnte sich an das Präparat erinnern, das Welles auf Fowles Nachfrage hin nannte. Er kannte viele Namen für dasselbe Mittel. Largactil, Prozil. Sie enthielten alle den gleichen Wirkstoff: Chlorpromazin. Etliche Patienten im Alphabethaus hatten als Versuchskaninchen für ein stark an Chlorpromazin erinnerndes Medikament herhalten müssen. Er spürte noch heute, achtundzwanzig Jahre später, die Nachwirkungen des Vorläuferpräparates. Und das, obwohl er während der zehn Monate im Alphabethaus die Einnahme der Tabletten soweit wie irgend möglich vermieden hatte. Beim bloßen Gedanken daran konnte ihm der Schweiß ausbrechen und er bekam einen trockenen Mund und wurde von Unruhezuständen geplagt.

»Sie sind Kanadier, Mr. Welles«, riss sich Bryan zusammen.

»Fraserville am Lawrence River. Deutsche Mutter, englischer Vater, französischsprachiges Umfeld.«

»Beste Voraussetzungen für eine Karriere in Europa. Trotzdem gehört Frankreich nicht zu Ihrem Vertriebsgebiet. Warum?«

»Zu umständlich. Meine Frau möchte mich hin und wieder auch ganz gerne einmal sehen, Mr. Scott. Sie ist klüger als ich.«

»Und sie ist auch der Grund dafür, dass Sie in Hamburg und nicht in Bonn gelandet sind?«

Fowles bemühte sich zu lächeln, sah aber immer wieder auf die Uhr. Welles' privater Hintergrund war doch in diesem Zusammenhang von keinerlei Belang.

»Ich bin ausgebildeter Apotheker und hatte mich im Zweiten Weltkrieg als solcher freiwillig zum britischen Sanitätskorps gemeldet. 1943 war ich bei der Landung von McCreerys Zehnter Armee im Golf von Salerno dabei und bin von da den ganzen Weg bis hoch nach Deutschland gekommen.«

»Und da stand sie an der Grenze und hat auf Sie gewartet?«
Fowles grinste, bis er Bryans scharfen Blick bemerkte.

»Nein, nein, wir haben uns erst ein Jahr nach der Kapitulation kennengelernt. Ich habe beim Europäischen Wiederaufbauprogramm mitgearbeitet.« Bryan ermunterte ihn zu reden. Welles' Worte eröffneten ihm plötzlich eine neue Perspektive.

Welles hatte in Dempseys zweiter Armee gedient, als diese das Konzentrationslager Bergen-Belsen befreite. Er wurde immer wieder als Zeuge unter anderem in den Nürnberger Prozessen verhört, wenn es um die medizinischen Versuche der Nazis an den Häftlingen der Konzentrationslager ging. Schließlich war ihm die Aufgabe zuteil geworden, zusammen mit einem vom Nachrichtendienst gebildeten Expertenteam ehemalige Landeskrankenhäuser zu inspizieren. An dieser Stelle hatte Bryan aufgehorcht.

Hunderte von Lazaretten hatte es damals im ganzen Land gegeben. Die meisten von ihnen waren einfach verlassen worden. In der Nähe von einigen Lazaretten hate man nach dem Krieg Massengräber entdeckt, wo man im Krieg die Krüppel und die Geisteskranken verscharrt hatte.

Immer wieder war das Expertenteam zutiefst erschüttert gewesen. Selbst Patienten mit ausschließlich körperlichen Gebrechen waren dem Menschenbild der Nationalsozialisten zum Opfer gefallen, auch solche aus den eigenen Reihen. Dazu kam, dass in den letzten Kriegsmonaten das Anstaltsessen vielerorts äußerst fettarm gewesen war, was zu irreparablen Schäden an den Nervenbahnen der Patienten geführt hatte.

Von den untersuchten Lazaretten konnten nur einige wenige in Süddeutschland sowie in Berlin als zumutbar eingestuft werden, in allen anderen hatten unhaltbare Zustände geherrscht.

Nach monatelanger Inspektionsarbeit war Welles emotional so abgestumpft gewesen, dass es ihm gleichgültig war, wo er sich befand, mit wem er zusammen war und was er trank. Er hatte auch nicht mehr daran gedacht, nach Kanada zurückzukehren.

Der Begriff »Vaterland« bedeutete ihm nichts mehr.

Im Krankenhaus von Bad Kreuznach hatte er eine Krankenschwester kennengelernt, eine lebenslustige junge Frau. Durch sie hatte er ins Leben zurückgefunden. Bryan musste an Laureen denken und lächelte.

Welles und die junge Frau verliebten sich und zogen zwei Jahre später nach Hamburg, wo seine Frau Familie hatte. Außerdem sah man sie in der Großstadt nicht ganz so schief dafür an, dass sie einen Besatzungssoldaten geheiratet hatte.

Welles baute sich ein Geschäft auf, das einige Jahre gut lief. Sie bekamen drei Kinder. Im Großen und Ganzen war er zufrieden.

Seine Geschichte hinterließ tiefen Eindruck bei Bryan.

Als Ken Fowles Bryan noch am selben Abend die Liste mit den ausgewählten Agenten überreichte, war Welles' Name nicht dabei. Fowles hatte ihn geprüft und für zu leicht, zu alt, zu jovial, für zu wenig engagiert und zu kanadisch befunden.

Bryan musste die Absage nur noch unterschreiben.

Den ganzen Abend und die ganze Nacht lag der Brief auf Bryans Schreibtisch. Das Blatt Papier war das Erste, worauf sein Blick am nächsten Morgen fiel.

Welles klang nicht im Geringsten enttäuscht oder überrascht, als Bryan ihn anrief. »Ach, es wird schon gehen, Mr. Scott«, sagte er. »Aber haben Sie vielen Dank, dass Sie mich persönlich anrufen, um mir abzusagen.«

»Ihre Reisekosten werden wir Ihnen selbstverständlich erstatten, Mr. Welles. Aber vielleicht kann ich trotzdem etwas für Sie tun. Wie lange sind Sie noch im Hotel?«

»In zwei Stunden muss ich zum Flughafen.«

»Können wir uns vorher noch sehen?«

Die Pension in Bayswater reichte nicht im Entferntesten an den Standard heran, den Bryan seinen Angestellten bei Übernachtungen auswärts zugestand. Zwar gab es in dem eleganten Stadtteil mehr Pensionen als in der City Banken, aber Welles war es dennoch gelungen, sich die schäbigste Herberge von allen auszusuchen.

Welles wartete bereits in der Lobby. Solange er sich unbeobachtet fühlte, war ihm die Enttäuschung anzusehen. Als Bryan ihn ansprach, setzte er sogleich wieder die heitere Maske auf.

Er war unrasiert und begrüßte Bryan etwas unbeholfen, aber Bryan mochte ihn, und er brauchte ihn.

»Ich habe Ihnen eine Arbeit besorgt, Mr. Welles. Sollten Sie und Ihre Familie sich doch überwinden können, nach Bonn zu ziehen, erwartet Sie dort ab Mitte nächsten Monats eine Stelle. Der Zulieferer eines unserer Lieferanten sucht einen Pharmazeuten mit Englischkenntnissen für die Verwaltung. Sie sind genau der Mann, den die Firma sucht. Man wird Ihnen eine Dienstwohnung in der Nähe des Rheins zur Verfügung stellen, zwei Kilometer außerhalb. Anständiges Gehalt und Betriebsrente. Was sagen Sie?«

Welles kannte die Firma. Die strahlende Maske fiel und sein Gesicht verriet Verwirrung und Erstaunen. Dabei war er an sich nicht leicht aus der Fassung zu bringen.

»Sie können sich dafür bei mir revanchieren, Mr. Welles.«

Er runzelte die Stirn. »Solange ich nichts Illegales tun oder singen muss …« Schon scherzte er wieder.

»Als Sie mir gestern erzählten, dass Sie nach dem Krieg in Deutschland Krankenhäuser inspizierten, erwähnten Sie, dass Sie psychiatrische Einrichtungen in Augenschein genommen haben. In diesem Zusammenhang seien Sie auch in Süddeutschland unterwegs gewesen. Richtig?«

»Ja, mehrfach sogar.«

»Auch in der Gegend rund um Freiburg?«

»Im Breisgau? Ja, ich war ziemlich viel in ganz Baden-Württemberg unterwegs.«

»Ich interessiere mich ganz besonders für ein Sanatorium – oder eigentlich eher ein Lazarett – nördlich von Freiburg, am Rande des Schwarzwalds, in der Nähe von Herbolzheim. In dem Krankenhaus waren ausschließlich SS-Soldaten untergebracht. Und es gab dort eine Station mit Geisteskranken. Sagt Ihnen das irgendetwas?«

»Es gab – und gibt – so viele Sanatorien in Freiburg.«

»Ja, aber ich meine eines nördlich von Freiburg. Ziemlich groß. Oben in den Bergen. Eine ganze Anlage aus mindestens zehn großen Gebäuden.«

»Sie wissen nicht zufällig noch, wie es hieß?«

»Manche nannten es ›Das Alphabethaus‹, mehr weiß ich nicht. Und dass dort nur Angehörige der SS aufgenommen wurden.«

»Ich fürchte, ich muss Sie enttäuschen, Mr. Scott. Während des Krieges wurden Unmengen von Reservelazaretten eingerichtet. Und das alles ist schon so lange her. Manchmal musste ich mehrere Krankenhäuser an einem Tag besichtigen. Es ist einfach zu lange her, ich kann mich an die Einzelheiten nicht mehr erinnern.«

»Aber Sie könnten es doch versuchen, oder?« Bryan beugte sich vor und sah ihn direkt an. Welles hielt Bryans Blick mit wachen, intelligenten Augen stand. »Fliegen Sie zurück nach Deutschland, reden Sie mit Ihrer Familie und regeln Sie alles. Dafür haben Sie zwei Tage Zeit. Danach machen Sie sich auf den Weg nach Freiburg und stellen dort bis zum Antritt Ihrer neuen Stelle Nachforschungen für mich an. Für Ihre Mühen werde ich Sie natürlich angemessen entschädigen und selbstverständlich sämtliche Auslagen übernehmen.« Bryan nickte. »So können Sie sich bei mir revanchieren.«

»Und wonach genau suche ich? Soll ich einfach nur das Lazarett finden, von dem Sie gerade sprachen?«

»Nein. Das Lazarett wurde Anfang 1945 dem Erdboden gleichgemacht. Ich suche einen Mann, den ich dort kannte.«

»Im Lazarett?«

»Ja. Ich war selbst Patient in diesem Lazarett. Am 23. November 1944 bin ich von dort geflohen. Die genauen Umstände werde ich Ihnen später mal erzählen. Der Mann, den ich suche, blieb zurück, und ich habe ihn seither nie wieder gesehen. Ich möchte wissen, was mit ihm passiert ist. Im Lazarett war er als Gerhart Peuckert registriert. Alles, was Sie sonst noch wissen müssen – militärischer Rang, Aussehen und so weiter – werde ich Ihnen in den nächsten zwei Tagen zukommen lassen.«

»Wissen Sie denn, ob er noch lebt?«

»Ich fürchte, dass er tot ist. Höchstwahrscheinlich befand er sich noch im Lazarett, als unsere Kameraden es bombardierten.«

»Was ist mit den üblichen Nachrichtenquellen und Archiven? Haben Sie sämtliche Möglichkeiten ausgeschöpft?«

»Darauf können Sie wetten.«

Obwohl Bryan ihm bei diesem Gespräch nur das Allernötigste erzählt hatte, willigte ein verwunderter Keith Welles ein, sich der Aufgabe anzunehmen. Er hatte Zeit und meinte, Bryan diesen Gefallen zu schulden.

Bryan übermittelte ihm detaillierte Informationen zu dem Sanatorium und der Umgebung sowie zu den anderen Patienten und dem Personal, mit Namen und äußeren Merkmalen. Dennoch konnte Keith Welles in seinem ersten Bericht über Gerhart Peuckerts Schicksal nichts Neues vermelden. Fast dreißig Jahre waren vergangen, und das Unterfangen sei darum so gut wie unmöglich, sagte Welles resigniert. Weder das Lazarett noch der gesuchte Mann hatten Spuren hinterlassen. Außerdem war ein Patient der Psychiatrie in den letzten Tagen des Dritten Reiches höchstwahrscheinlich liquidiert worden – Tötung aus Mitleid hieß bei dieser Patientengruppe die sicherste Behandlungsform des NS-Staatsapparates. Wenn er nicht zuvor schon bei den Bombardierungen der Alliierten sein Leben gelassen hatte.

Bryans Enttäuschung war immens. Die Begegnungen mit Welles und Wilkens sowie die Einladung zu den Olympischen Spielen, all das hatte in ihm die Hoffnung geweckt, James' Schicksal doch noch rekonstruieren zu können – und endlich seinen Seelenfrieden zu finden.

»Könnten Sie nicht selbst ein paar Tage herkommen, Mr. Scott?«, bat Welles ihn eindringlich. »Sie wären mir ganz sicher eine große Hilfe.«

Am dritten Tag rief Bryan das Olympische Komitee an und erklärte, er habe geschäftlich in Süddeutschland zu tun. Wenn man ihm eine Unterkunft im Olympischen Dorf zur Verfügung stellte, dürfe man ihn bei akuten Problemen gerne konsultieren. Man willigte ein. Diesmal mussten es mehr als die in Mexiko erreichten fünf Gold-, fünf Silber- und drei Bronzemedaillen werden. Kostete es, was es wolle.

Laureen war einigermaßen verstimmt. Nicht, weil Bryan nun doch verreiste, sondern, weil sie es erst einen Tag vor der Abreise erfuhr.

»Hättest du mir das nicht wenigstens gestern sagen können? Du weißt genau, dass ich jetzt unmöglich noch mitkommen kann, Bryan. Hast du etwa geglaubt, ich könnte meiner Schwägerin sagen, sie soll zu Hause in Penarth bleiben? Dafür ist es zu spät. Bridget steht nämlich in diesem Augenblick in Cardiff auf dem Bahnsteig und wartet auf ihren Zug.«

Verzweifelt sah Laureen auf die Uhr. Sie seufzte. Bryan wich ihrem Blick aus. Er wusste genau, was sie dachte. Es war ungeheuer aufwendig gewesen, den Besuch der Schwägerin zu organisieren. Eine so späte Absage würde einem Weltuntergang gleichkommen.

Und genau das hatte er einkalkuliert.

31

DIE BEI BRYANS ANKUNFT am Münchner Flughafen herrschenden Zustände passten so gar nicht zu der verbreiteten Vorstellung von deutscher Ordnung und Effizienz. Beim Verlassen des Gebäudes schlug ihm die Hitze entgegen. Die Autos standen Stoßstange an Stoßstange. Der Verkehr war zum Erliegen gekommen.

Keith Welles kam lächelnd auf ihn zu. »Chaos! Komplettes Chaos!« Welles zog ihn an der Fahrbahn entlang. Nur die Busse fuhren noch. Alle wollten bei der Eröffnung der Olympischen Spiele dabei sein.

Alle außer Bryan.

Die Stadt war ein einziges farbenfrohes Fest. Musiker, Maler, Zeichner, Tänzer – alles war hier versammelt. An jeder Straßenecke wurden die tausend Tage Vorbereitung deutlich.

Bryan kam es vor, als bewegte er sich zwischen all den lächelnden, sorglosen Deutschen und Ausländern wie in einem Vakuum. Die Gespenster der Vergangenheit ließen sich nur kurz verscheuchen. Dann drangen die Stimmen wieder zu ihm vor und mit ihnen die Erinnerung an die Sprache, den Tonfall und an Äußerungen, bei denen Bryan vor wenigen Jahren noch zusammengezuckt wäre. Er registrierte die vielen jungen Menschen, die fröhlich und ausgelassen in den Straßencafés saßen und diese Sprache so fließend und natürlich sprachen, ganz ohne all die hasserfüllten und drohenden Untertöne. Aber als er die zahllosen alten Männer und Frauen bemerkte, sah er in ihren Gesichtern das Kainsmal der Vergangenheit. Und da wusste er, dass er wieder in Feindesland war.

Sie saßen in einem Straßencafé und Welles informierte Bryan über alle seine Versuche, die bislang ergebnislos geblieben waren. Das magere Resultat war ihm peinlich, davon konnte auch das muntere Treiben ringsum nicht ablenken. Auf seine abwehrende Handbewegung hin zog sich der Kellner zurück. »Wenn ich ewig weitermachen würde, dann würde ich bestimmt irgendwann über eine Spur stolpern, die zu jemandem führt, der etwas mit dem Sanatorium in Freiburg zu tun hatte. Aber ich fürchte, das würde Jahre dauern. Ich bin schließlich kein Profi. Die Frage ist ohnehin, ob ich der richtige Mann für diesen Job bin.« Welles schwieg kurz. »Ich habe nicht genug Zeit, das wissen wir«, fuhr er dann fort. »Es gibt viel zu viele medizinische Einrichtungen, viel zu viele Archive und viel zu viele Krankengeschichten. Dazu die enormen Entfernungen. Und nicht zu vergessen: die Mauer. Wer sagt denn, dass der entscheidende Hinweis in Westdeutschland zu finden ist? Wenn Ostdeutschland ins Spiel kommt, müssen wir erst einmal ein Visum beantragen und so weiter, und auch das kostet jede Menge Zeit.« Sein Lächeln war Resignation gewichen. »Was Sie brauchen, ist eine ganze Armee von Schnüfflern und Archivaren.«

»Hatte ich alles.«

»Und warum versuchen Sie es dann jetzt wieder?«

Bryan sah Welles lange schweigend an. Er musste ihm leider recht geben. Nichts sprach dafür, dass er James' Schicksal diesmal auf die Spur kommen würde. Und es stimmte natürlich, dass er den Auftrag echten Profis hätte erteilen können. Aber Bryan hatte ja auch gar nicht vorgehabt, wieder in der Vergangenheit zu graben. Bis ihm die Vorsehung jenen unrasierten Mann geschickt hatte, der ihm jetzt gegenübersaß.

Er war immer davon ausgegangen, dass James tot war. Darüber wollte er aber jetzt endgültig Gewissheit haben.

»Es täte mir wirklich sehr leid, wenn Sie jetzt aufgäben. So sehr, dass es Konsequenzen für Ihre Anstellung in Bonn haben könnte.«

Welles' Reaktion war unmittelbar vom Ausdruck seiner Augen abzulesen. Solche Drohungen zogen bei ihm nicht.

»Bitte entschuldigen Sie. Ich stehe zu meinem Wort, Mr. Welles, und Sie schulden mir überhaupt nichts. Ich bin einfach verzweifelt und fürchte fast, dass ich mir selbst mit dieser Geschichte einen Bärendienst erweise. Sie müssen wissen, dass der Mann, den wir suchen, mein bester Freund war. Er war Engländer wie ich, und sein wirklicher Name war James Teasdale. Ich habe ihn im Lazarett zurückgelassen und seither nie wieder gesehen. Wenn es mir jetzt nicht gelingt, herauszufinden, was mit ihm geschah, werde ich wohl bis ans Ende meiner Tage mit dieser Ungewissheit leben müssen. Denn noch einen Anlauf schaffe ich bestimmt nicht.«

Im Laufe ihres Gespräches waren die vielen Menschen um sie herum verschwunden. Selbst die Kellner hatten sich hinter den Tresen verzogen. Die Übertragung der Eröffnungsfeier hatte begonnen. Welles sah Bryan nachdenklich an, als der weitersprach: »Bleiben Sie noch vierzehn Tage, Mr. Welles. Bis zum Ende der Olympischen Spiele. Sie brauchen sich wirklich nur auf das Gebiet um Freiburg zu konzentrieren. Wenn Sie nichts finden, muss ich mir etwas anderes überlegen. Ich gebe Ihnen fünftausend Pfund für die zwei Wochen. Werden Sie das für mich tun, Mr. Welles?«

Aus dem Inneren des Cafés, aus allen Fenstern hörten sie Fanfaren. Die ganze Straße hallte wider vom Jubel Tausender Menschen. Welles fingerte seit geraumer Zeit mit ernster Miene an seinem leeren Glas herum. Als es kurz in der Sonne aufblitzte, verzogen sich seine Mundwinkel zu einem Lächeln. Dann streckte er Bryan die Hand hin.

»Nur, wenn du mich ab sofort Keith nennst!«

Trotz der sommerlichen Hitze und der gesundheitlichen Gefahren, die Menschenansammlungen dieser Größenordnung mit sich bringen, hatte Bryan im Olympischen Dorf kaum etwas zu tun. Bisher hatte Bryan nur telefonischen Kontakt zur britischen Delegation gehabt. Schon bei der Ankunft hatte man ihm seine Stadienausweise sowie die üblichen Einladungen zu den Empfängen und Festen überreicht. Doch obwohl ihm die Zeit mitunter lang wurde, verspürte er kein Bedürfnis nach Gesellschaft. Die ganze Welt blickte auf diesen Wirbelsturm eines Sportereignisses, aber Bryan befand sich in dessen Auge und bekam wenig davon mit. »Ich beneide dich«, sagte Keith Welles jedes Mal, wenn er morgens anrief, um Bericht zu erstatten. »Ich beneide dich überhaupt nicht«, sagte Laureen täglich am Telefon – und log.

Im Olympischen Dorf pulsierte das Leben, es war, als seien alle Menschen unaufhörlich in Bewegung. Von Bryan nahm niemand Notiz. Wenn er nicht in seinem Zimmer war, hielt er sich in der Münchner Innenstadt auf: in den Cafés der Kaufhäuser, in den Museen, auf den Bänken in den Parks, die unter dem nicht enden wollenden Sommer litten.

Die Warterei war unerträglich. Nichts konnte ihn ablenken. Kurz überlegte er, sich einige der vielen Pharma-Unternehmen in der Umgebung näher anzusehen, verwarf die Idee aber gleich wieder. Seine Gedanken kreisten einzig und allein um James. Die Olympischen Spiele interessierten ihn nicht.

Vielleicht werde ich alt, ging es Bryan durch den Kopf, als er auf den ausgeschalteten Fernseher in der hintersten Ecke seines Zimmers starrte. Aber es waren schließlich nicht die letzten Olympischen Spiele.

Am zehnten Tag klang Welles bei seinem Anruf anders als sonst.

»Vielleicht habe ich etwas für dich, Bryan.« Bryan stockte der Atem. »Mach dir keine zu großen Hoffnungen, aber ich glaube, ich habe deinen Kalendermann gefunden.«

»Wo bist du?«

»Ich bin in Stuttgart, aber er ist in Karlsruhe. Können wir uns dort treffen?«

Bryan wippte unruhig mit dem Fuß. Ihm wurde mulmig. »Ich werde mir ein Auto mieten. Soll ich dich unterwegs einsammeln?« Ohne eine Antwort abzuwarten, fuhr er fort: »Ich muss hier eben Bescheid geben, dass ich München verlasse. Aber in drei Stunden könnte ich bei dir sein.«

Bryan mietete sich wie stets im Ausland einen Jaguar – nicht, weil er eine Schwäche für schnelle Autos hatte, sondern aus einem gewissen Nationalstolz heraus. Geräuschlos glitt der Wagen dahin. Unverkennbar viel zu schnell für Welles' Geschmack – er lehnte sich zur Wagenmitte und vermied es, auf die Fahrbahn zu sehen. »Ich habe ganz gezielt nach einem Mann gesucht, dessen Lebensinhalt es ist, stets penibelst über Jahre, Monate, Wochen und Tage Buch zu führen. Ich dachte mir, wenn dieser Werner Fricke noch lebt, kann es nur eine Frage der Zeit sein, bis ich mit meinen Anrufen in einer der vielen Einrichtungen Erfolg haben würde. Das klingt so einfach, hat mich aber mehrere Tage und viele Nerven gekostet. Ein Profi wäre die Sache vielleicht anders angegangen, aber ich habe schlicht in allen Heilanstalten angerufen, die ich finden konnte. Die, zu der wir jetzt fahren, war mindestens die fünfzigste.«

»Und was ist mit Gerhart Peuckert?« Bryan umklammerte das Lenkrad. Er richtete den Blick weit voraus auf die Fahrbahn.

»Tut mir leid, Bryan, aber zu Gerhart Peuckert wusste bisher niemand etwas zu sagen.«

»Schon in Ordnung, ich darf wohl auch nicht zu viel auf einmal erwarten. Du hast gute Arbeit geleistet, Keith. Eins nach dem anderen.« Bryan versuchte ein Lächeln. »Ich bin sehr gespannt darauf, ihn wiederzusehen. Er lebt, der gute Kalendermann.« Sein Blick wurde starr. »Und wenn der noch am Leben ist, besteht doch auch Hoffnung für James.«

»Sie können ihm gerne Fragen stellen. Ich kann Ihnen aber nicht versprechen, dass er Ihnen antworten wird.« Das Büro der Oberärztin war genau so hell und bunt wie der Rest der Klinik. Eine teure Klinik, die sich nicht jeder leisten konnte. »Wir haben Werner Frickes Familie über Ihren Besuch informiert, und sie hatte keine Einwände«, fuhr Dr. Würtz ernst fort. Sie sprach Englisch mit starkem deutschem Akzent. »Vielleicht könnte Ihnen Mr. Welles als Dolmetscher dienen, Mr. Scott?«

»Dürfen wir einen Blick in seine Krankenakte werfen?«

»Ich weiß, dass auch Sie Arzt sind, Mr. Scott. Würden Sie die Krankenakte eines Ihrer Patienten aus der Hand geben?«

»Vermutlich nicht, nein.«

»Wir haben eine Karteikarte mit den wichtigsten Patientendaten. Die können Sie gern einsehen.«

Bryan bat Welles, sämtliche psychiatrischen Begriffe außer Acht zu lassen. Fricke war krank und wurde behandelt, Punkt. Ihn interessierte nicht, ob bei Fricke zu irgendeinem Zeitpunkt die Hoffnung auf Heilung bestanden hatte. Ihn interessierte einzig die Geschichte dieser Klinik.

Die Aufzeichnungen begannen 1945. Es gab keinen Hinweis darauf, wo Werner Fricke vorher gewesen und wie es zu seiner Erkrankung gekommen war. Freiburg wurde überhaupt nicht erwähnt. Werner Fricke war am 3. März 1945 fast wie aus dem Nichts in dieser Klinik nahe Karlsruhe aufgetaucht. Man hatte ihn von einem SS-Behelfslager in Tübingen dorthin überführt. Davor war er für mehr als ein Jahr vermisst gemeldet gewesen. Von seiner persönlichen Vorgeschichte und der seiner Erkrankung war nichts bekannt, es gab auch keinen Wehrpass, dem etwas für dieses Jahr zu entnehmen gewesen wäre.

Werner Frickes Aufenthaltsort in Tübingen war im Zuge des Vormarsches der Alliierten geräumt und sämtliche Patienten in diese Klinik bei Karlsruhe überführt worden. Als sie Anfang der Sechziger privatisiert wurde, musste sich der Großteil der Patienten damit abfinden, verlegt zu werden. Werner Fricke war als Einziger von den damaligen Patienten übrig geblieben.

Die Familie des Kalendermannes war wohlhabend genug, um für seinen Aufenthalt in der exklusiven Klinik aufzukommen.

Die Liste der anderen Patienten von damals war überschaubar. Sie enthielt nicht einen Namen, der Bryan bekannt vorkam.

Von den ehemaligen Patienten des Alphabethauses war offenbar nur der Kalendermann hier gelandet.

Bryan war selbst überrascht, wie sehr ihn die Begegnung bewegte. Achtundzwanzig Jahre waren wie ausgelöscht, als er die kurzbeinige, gedrungene Gestalt mit den sanften Augen wiedersah. Ein vergessen geglaubter Schmerz überlagerte alle anderen Gefühle. Bryan stellte sich zwischen den Fernseher und den Kalendermann, was dieser sofort mit einem »Aaaaah« und dem Hochziehen der buschigen weißen Augenbrauen quittierte. Bryan nickte dem Kalendermann zu und spürte, wie ihm die Tränen kamen. »Das sagt er zu jedem«, schnarrte Oberärztin Würtz.

Als Folge jahrzehntelanger Untätigkeit war der Körper des Mannes mehr und mehr in sich zusammengesunken. Aber seine Würde hatte dieser Mann nicht verloren. Trotz ärmellosen Kittels und offenen Hosenstalls war dieser Mann, der da vor ihm saß und ihn neugierig beäugte, immer noch ein SS-Offizier. Bryan fühlte sich schlagartig in die Zeit im Alphabethaus zurückversetzt. Gleichzeitig war ihm bewusst, hier und heute dem Kalendermann gegenüberzustehen. Er lebte. Auf einem winzigen Schwarzweißfernseher verfolgte er die Übertragung der Olympischen Spiele in München. Der Kalender über dem Fernseher zeigte selbstverständlich das richtige Datum an.

Montag, 4. September 1972.

»Was soll ich ihm sagen?« Welles ging neben ihnen beiden in die Hocke.

»Ich weiß es nicht. Fang mit den Namen an, die ich dir gegeben habe. Frag ihn, was er über sie weiß. Frag ihn nach

Schwester Petra und Vonnegut. Und frag ihn, ob er sich an mich erinnern kann, an Arno von der Leyen. An den Mann, den er aus dem Fenster werfen wollte.«

Der Kalendermann hatte die Fragen beinahe ohne jede Reaktion regungslos über sich ergehen lassen, und so hatten sie sich recht schnell wieder von ihm verabschiedet. Bryan und Welles hatten das Zimmer noch nicht wieder verlassen, da wandte sich Werner Fricke schon erneut den Zweihundertmeterläufern zu. Sie platzierten gerade für das Finale ihre Füße in den Startblöcken.

Als sie wieder im Auto auf dem Klinikparkplatz saßen, resümierte Welles: »Ich weiß, dass du enttäuscht bist, Bryan, aber es hat einfach keinen Zweck. Ich habe bezüglich Vonnegut schon so viele Anfragen gestellt – der Name ist gar nicht so selten. Die Wahrscheinlichkeit, den Richtigen zu finden, ist verschwindend gering – und dass er noch am Leben ist, auch.«

»Und Fricke hat nur auf Vonnegut reagiert?«

»Ja. Und natürlich auf die Schokolade, die du ihm gegeben hast. Ich fürchte, du darfst nicht zu viel darauf geben.«

Keith Welles wartete, dass Bryan etwas sagte. In der Zwischenzeit kehrten viele Besucher zu ihren Autos zurück, sahen die beiden Männer verwundert durch die Windschutzscheibe an und fuhren weg. Bryan rührte sich nicht.

»Und was jetzt?«, brach Welles dann doch das Schweigen, nachdem das letzte Auto den Parkplatz verlassen hatte.

»Tja, was jetzt?« Bryan sprach so leise, dass Keith ihn kaum verstand.

»Bis ich die neue Stelle in Bonn antrete, habe ich noch zehn Tage Zeit, Bryan. Ich mache gerne noch fünf Tage weiter, wer weiß, ob ich nicht doch noch etwas herausfinde.« Welles bemühte sich, seine Worte optimistisch klingen zu lassen.

»Du musst zurück nach Stuttgart, oder?«

»Ja, sicher, dort sind ja alle meine Unterlagen, mein Auto und mein Gepäck.«

»Würdest du es mir übel nehmen, wenn ich dich bäte, dir für die Rückfahrt ein Auto zu mieten? Auf meine Kosten natürlich.«

»Nein, natürlich nicht. Aber warum?«

»Ich überlege, ob ich nach Freiburg fahren soll. Jetzt sofort.«

In einer Privatklinik in Karlsruhe saß der Mann, den Bryan als »Kalendermann« kannte, in einem kleinen Zimmer auf einem Stuhl und schaukelte mit dem Oberkörper vor und zurück. Der Fernseher war bereits ausgeschaltet. Es wurde langsam dunkel. Seine Lippen bewegten sich ein wenig, aber niemand hörte ihn.

Sechzig Kilometer südlich hatte Bryan genug von dem starken Verkehr auf der mehrspurigen Autobahn. Es gab zwei Möglichkeiten: Entweder fuhr er die schöne Strecke entlang des Rheins, oder er nahm die Landstraße am Rande des Schwarzwalds.

Er entschied sich für die Schwarzwald-Route.

Die Stelle, an der er seinerzeit wie ein Wahnsinniger versucht hatte, dem Breitgesichtigen und dem Schmächtigen zu entkommen, konnte und wollte er nicht passieren.

Noch nicht.

32

FREIBURGS STRASSENBAHNEN mit ihren fremden Geräuschen hatten Bryan abends in der Stadt willkommen geheißen. Ihr anfängliches tiefes Brummen, das sich in metallisches Kreischen verwandelte, wünschte ihm nun auch einen guten Morgen. Bryan erwachte, ohne recht zu wissen, wo er eigentlich war.

Das Deckenlicht in seinem Zimmer brannte noch, und er lag vollständig angekleidet auf dem Bett. Er war noch immer müde.

Kaum hatte er die Augen geöffnet, beschlich ihn ein unangenehmes Gefühl. Fast wie vor einer Prüfung. Wäre Laureen doch bloß an seiner Seite. Angesichts der vor ihm liegenden Aufgabe fühlte er sich so einsam.

»Hotel Roseneck« hatte auf dem Schild gestanden. Doch wo genau in dieser Stadt er sich einquartiert hatte, wusste Bryan nicht. Urachstraße, verriet die Visitenkarte, die der Portier ihm in der Nacht überreicht hatte.

»Gibt es hier ein Telefon?« Der Nachtportier hatte mit saurer Miene auf einen Münzfernsprecher gegenüber der steilen Treppe gezeigt.

»Können Sie wechseln?«, war Bryans letzte Frage des Tages gewesen.

»Ja, morgen früh!«, hatte die Antwort gelautet. Darum hatte Bryan noch nicht bei Laureen anrufen können.

Und jetzt warteten Freiburgs Straßen auf ihn. Und die Berge. Und der Bahnhof. Die Stadt übte eine hypnotische Wirkung auf ihn aus. Während der zehn Monate im Alphabethaus in den Bergen nördlich der Stadt hatte er sich an seine Phantasien geklammert. Er hatte sich das Leben zu Hause in Canterbury vorgestellt. Die Freiheit. Und die so nahe gelegene Stadt.

Jetzt war er hier.

Das Hotel lag an einer Straßenecke direkt neben einem kleinen Park mit alten Bäumen. Schon der Eingang zeigte, dass das Haus bessere Tage gesehen hatte. Im Windfang blätterte der Putz von den Wänden, und von der Decke baumelte eine schmiedeeiserne Lampe. Die Urachstraße war nicht die feinste Adresse, lag aber praktisch, da sie eine Seitenstraße der Günthertalstraße war, die wiederum am Holzmarkt in die Kaiser-Joseph-Straße überging und durch das Martinstor, das alte Stadttor, direkt bis in den Stadtkern führte.

Lustlos sah sich Bryan mit einem städtischen Wirrwarr konfrontiert, auf das er nicht vorbereitet war und das nicht dazu beitrug, seine Gedanken zu sortieren. Also überließ er sich dem Treiben und mischte sich unter die vielen schlendernden oder vorübereilenden Fußgänger, unter Fahrrad- und Autofahrer sowie die an den Straßenbahnhaltestellen Wartenden. Er kam sich vor, als bewegte er sich vor einer Kulisse, zusammen mit unzähligen anderen Darstellern, einem bunten Haufen von der feisten, grauhaarigen Hausfrau bis zum grinsenden Jungen, der die Hände in den Taschen vergraben hat.

Freiburg war offenkundig eine wohlhabende Stadt.

Den Häusern in der Innenstadt war nichts mehr von den schweren Bombenangriffen anzusehen. Freiburg war wiederaufgebaut und restauriert worden und präsentierte sich ihm als eine bezaubernde, lebhafte und vielseitige Stadt.

Das Warenangebot der Kaufhäuser war üppig und die Freiburger konnten es sich offenbar auch leisten. Irgendwie versetzte Bryan dieser Gedanke einen Stich. Wie konnten die Menschen so sorglos in den Tag hineinleben? Die Schuld der Vergangenheit wog doch noch so schwer! Oder waren die Spuren wirklich schon völlig verblasst?

Im Eingangsbereich eines Supermarktes zerrte ein ganzer Pulk von Frauen Kleidung von einem Haufen, der vom Warentisch zu stürzen drohte. Kurze Sommerhosen für das kommende Jahr, sicher zu einem sehr fairen Preis. Neben ihnen hüpfte ein dunkelhäutiger älterer Mann auf einem Bein herum und probierte ein Paar Shorts über seiner langen, zerknitterten Hose an. Es war ein kurzer Eindruck des neuen Friedens, den Bryan im Vorbeigehen auffing.

Ziellos streifte er durch die Stadt.

Über die Bertoldstraße gelangte er zum Bahnhof. Das Kopfsteinpflaster des Vorplatzes durchzogen die in der Sonne glänzenden Gleise. Die Eisenbahnbrücke wurde von zwei in weiterer Entfernung liegenden Türmen flankiert.

Die Menschenmenge auf den Bahnsteigen war überschaubar. Ein Reiseleiter versuchte durch beständige Zurufe, seine Gruppe beisammenzuhalten. Die Frauen trugen alle Rucksäcke. An ihren nackten Beinen unterhalb der knielangen Hosen hätte Laureen sicher Anstoß genommen, ging es Bryan durch den Kopf.

Ihm kam das alles fremd vor. Er ließ den Blick über die Bahnsteige wandern, erkannte sie aber nicht wieder. Trotzdem brach sich die Erinnerung an jene bangen Stunden, die sie vor fast dreißig Jahren bei klirrender Kälte an einem dieser Gleise zugebracht hatten, plötzlich wieder Bahn. Vermutlich war die gesamte alte Bahnhofsanlage irgendwann von der Royal Air Force in Schutt und Asche gelegt und nach dem Krieg ein neuer Bahnhof errichtet worden.

Er lenkte den Blick hin zur Brücke, nach Süden. Im entlegensten Winkel des Bahnhofsgeländes, noch hinter den Rangiergleisen, stand ein dunkles, klotziges Gebäude, das sich ganz deutlich von den anderen unterschied. Bryans Atmung beschleunigte sich.

Also gab es doch noch Reste der alten Bausubstanz.

Vom Güterwaggon bis zur nackten Backsteinmauer waren es nicht einmal vier Meter. Bryan hatte den Abstand mindestens doppelt so weit in Erinnerung. Auf diesem Bahnsteig hier hatte er gelegen. Bryan schloss die Augen und rief sich in Erinnerung, wie er einst die Wartenden nach James absuchte. Wo sie jetzt wohl waren, all jene halb toten, zitternden Menschen auf den Tragen? Waren sie längst begraben? Im Niemandsland des Vergessens verschwunden? Oder zu Hause bei ihren Lieben?

Blaugrün und friedlich erhob sich in der Ferne der Schwarzwald, mehrschichtig wie die Kulisse eines altmodischen Puppentheaters. Eine rostige Weiche zeigte schräg zu den Bergen hinüber. Als wäre es gestern gewesen, sah Bryan jenen Eisenbahnarbeiter vor sich, der damals über die Schienen rannte, nachdem er seine Eisenstange hatte fallen lassen. Auch die Soldaten mit ihren Gasmasken auf dem Rücken, fröhliche junge Männer auf dem Weg in den Heimaturlaub, tauchten vor seinem inneren Auge wieder auf. Die alten Güterwaggons, das trutzige Gebäude, die Farben und die Stille … Genau wie damals, als leise der Schnee auf den Bahnsteig fiel. All diese Eindrücke rührten an etwas tief in Bryans Innerstem, mit dem er sich nur äußerst selten konfrontierte.

Er senkte den Kopf und weinte.

Zurück im Hotel, ließ er sich den Rest des Tages vom Portier versorgen. Da es im Hotel selbst kein Restaurant gab, bestellte der Mann aus einem nahegelegenen Café Sandwiches mit Schinken und welkem Salat. Und obwohl Bryan ihm ein fürstliches Trinkgeld gab, hellte sich die Miene des Portiers nicht einmal ansatzweise auf. Auch an diesem zweiten Abend im Hotel rief Bryan nicht zu Hause an. Er schaffte es nicht, fühlte sich vollkommen ausgelaugt und verspürte kein Bedürfnis, mit seiner Frau zu reden. Er musste jedes bisschen Energie aufsparen, um am nächsten Morgen die Kraft zu haben, überhaupt wieder aufzustehen.

Und er stand wieder auf und machte sich auf den Weg nach Norden. Der Jaguar zog die Aufmerksamkeit einiger Kinder auf sich, als er Waldkirch hinter sich ließ und in den vom Hünersedel überragten Ausläufern des Schwarzwaldes verschwand. Wäre er westlich um das Massiv herumgefahren, hätte er sich vermutlich von allem Möglichen ablenken lassen und sich verfahren. Heute wollte er unbedingt herausfinden, wo genau das Alphabethaus gelegen hatte. Seine Erfahrung als Pilot sagte ihm, dass ihm das am besten von möglichst weit oben gelingen würde, und so steuerte er die Hochebene bei Ottoschwanden an, von der aus er vermutlich weit hinunter ins Tal und nach Westen blicken konnte.

Selbst aus einem zügig fahrenden Auto wirkten die Felsmassen und Baumreihen schier unendlich. Zahllose sich ähnelnde Pfade und Wasserläufe unterstrichen die Sinnlosigkeit einer planlosen Suche. Bryan hoffte, vom Plateau aus irgendeinen Anhaltspunkt in der Landschaft zu finden.

Er wollte sich am Kaiserstuhl, jenem merkwürdig geformten, fruchtbaren Mittelgebirge inmitten der oberrheinischen Tiefebene, orientieren. Dieses Gebirge hatte er seinerzeit vom rumpelnden Lastwagen aus gesehen, als die Plane plötzlich aufgeflattert war. Er musste die Straße finden, von der aus er denselben Blick auf den Kaiserstuhl hatte wie damals.

Es dauerte lange, aber er fand sie tatsächlich. Noch länger dauerte es, bis er endlich den gesuchten Punkt erreicht hatte. Genau wie damals. Man war mit ihnen einen Umweg gefahren, um nicht zu viele Augenzeugen zu haben. Irgendwie wunderte es ihn gar nicht, dass die Plane damals genau an dieser Stelle aufgeflogen war. Es wehte eine warme, nach Humus duftende Brise. Der Kaiserstuhl lag genau so vor ihm wie damals, und nur wenige hundert Meter weiter durchzogen die vielen kleinen Entwässerungskanäle die Landschaft.

Südlich von ihm führte eine kleine Straße bergab in nordwestliche Richtung. Auf der gegenüberliegenden Seite bedeckte Wald die Berge, soweit das Auge reichte. Neben der Straße verliefen Gräben, und jenseits davon flossen die Bäche, durch die er geflohen war.

Der Anblick war überwältigend. Groß. Schön. Alles stimmte.

Bryan stellte das Auto ab und machte sich zu Fuß auf den Weg durch den immer dichter werdenden Wald. Er sah sich um, versuchte, sich an das Gelände zu erinnern. Nirgends eine Spur von dem, was er suchte. Die ihn jetzt umgebenden Fichten waren jünger und auch nur halb so hoch wie die näher an der Straße gelegenen Bäume. Nichts deutete auch nur im Geringsten darauf hin, dass hier einmal große Gebäude gestanden hatten. Das Unterholz war dicht. Nur ein schmaler Wildpfad ließ erahnen, dass es neben der Flora auch eine lebendige Fauna gab. Bryan zog die Socken über den Hosensaum und schlug sich leicht gebeugt und stolpernd durch das Dickicht. Er gelangte zu einem etwas offeneren Waldstück, auf dem einige sehr alte, vereinzelt stehende Fichten weit in den Himmel ragten. Keine zehn Meter vor ihm erhob sich ein Fels gut zwei Meter über das Gelände. Bryan ging in die Hocke und ließ den Blick wandern.

Das Küchengebäude, die Personalunterkunft, das Lager der Wachen, fünf mehrstöckige Gebäude, Kapelle, Turnhalle, Garagen, der Hinrichtungsplatz. Alles war dem Erdboden gleichgemacht.

Alles war weg, und doch war das alles ganz genau hier passiert.

Bryan kehrte zum Auto zurück. Auf der Fahrt durch die hügelige Landschaft nahm er nun auch die Namen der Dörfer wahr. Die letzten Kilometer vor dem Sumpf fuhr er sehr langsam. Erinnerungen stiegen in ihm auf. An nackte, eiskalte Füße. Kanonendonner. Angst. Und dann auf einmal lag er vor ihm, der Taubergießen – einer der letzten Urwälder Europas. Die Wildnis, in der er fast sein Leben gelassen hätte. Die

Hänge, der Schlamm, die Sandbänke im Fluss, das Dickicht am anderen Ufer. Alles war noch da. Nur nicht der Lärm, die Toten, der Breitgesichtige und der Schmächtige.

All das war längst vergangen.

Die Entfernungen waren geschrumpft. Doch die Atmosphäre war noch dieselbe, dem Duft nach erntereifem Wein, dem fröhlichen Gesang der Vögel und dem äußerst milden Herbstwetter zum Trotz.

Bryan fröstelte. Hier hatte er zwei Menschen getötet.

Er war wie benommen, als er in die Stadt zurückkehrte. Was er an diesem Vormittag erlebt hatte, hätte eigentlich ein über Jahre verdrängtes und unterdrücktes Bedürfnis stillen sollen. Seine spontane Entscheidung, nach Freiburg zu fahren, hatte gewisse Erwartungen in ihm geweckt, er hatte es getan in der Hoffnung, endlich zur Ruhe zu kommen. Aber so einfach war das nicht, Bryan musste den Tatsachen ins Auge sehen. Die Vergangenheit würde niemals vergehen, genauso wenig wie die Bilder in seinem Kopf – ganz gleich, ob und wie sehr sie sich im Laufe der Zeit verändert oder gar verzerrt hatten. Nur – wie sollte er jetzt weitermachen?

Freiburgs Straßen waren wie leergefegt. Im Postamt herrschte eine merkwürdige Stimmung. Die Dame, die ihm den Münzfernsprecher zeigte, machte ein gequältes Gesicht. Die Menschen in der Schlange am Schalter starrten ausdruckslos vor sich hin. Bryan wählte Laureens Nummer und ließ es lange klingeln. Manchmal dauerte es eine Weile, bis seine Frau ihr Kreuzworträtsel zur Seite gelegt hatte.

»Ja?«, meldete sie sich, als sie endlich abnahm.

»Laureen? Bist du das?«

»Bryan!« Er konnte sofort hören, dass sie aufgebracht war. »Warum zum Teufel hast du dich nicht gemeldet? Du musst dir doch denken können, dass ich mir Sorgen um dich gemacht habe, verdammt!«

Laureen hatte seit Jahren nicht geflucht. »Ich hatte bisher keine Möglichkeit anzurufen, Laureen.«

»Ist dir etwas passiert, Bryan? Hattest du irgendetwas mit der Sache zu tun?«

»Wovon redest du? Womit soll ich etwas zu tun haben? Ich hatte hier viel um die Ohren.«

»Bryan.« Ihr Ton änderte sich. »Wo bist du? Doch nicht in München, oder?«

»Im Moment nicht, nein. Ich bin gestern nach Freiburg gefahren.«

»Geschäftlich?«

»Möglicherweise.«

Am anderen Ende der Leitung war es einen Moment still. Bryan vermochte nicht, die möglichen Konsequenzen seiner Lüge auszuloten.

»Bryan. Bitte erklär mir, wieso du nicht weißt, warum ich mir Sorgen um dich mache.« Er konnte hören, wie sehr sie versuchte, sich zu beherrschen. »Die ganze Welt weiß es! Du brauchst nicht einmal eine Zeitung *aufzuschlagen*, Bryan, weil es nämlich überall auf der ersten Seite steht!«

»Ich weiß wirklich nicht, wovon du redest. Hat man uns um eine Goldmedaille betrogen?«

»Ich muss es dir also wirklich erklären?« Sie klang aggressiv. Und sie wartete gar nicht erst auf seine Antwort. »Gestern wurde eine ganze Gruppe israelischer Sportler im Olympischen Dorf als Geiseln genommen. Von Palästinensern. Die ganze Welt hat dabei zugesehen. Es war so schrecklich, so furchtbar, Bryan, und jetzt sind sie alle tot. Alle Geiseln und alle Terroristen.« Sie schwieg einen Moment, doch Bryan brachte kein Wort heraus. Er war sprachlos. »Die Menschen reden von nichts anderem. Verstehst du, Bryan? Die ganze Welt trauert! Und du hast davon nichts, aber auch gar nichts mitbekommen? Wie kann das sein, Bryan? Was ist los?«

Bryan versuchte, einen kühlen Kopf zu bewahren. Er war erschöpft. Vielleicht war dies der Moment, Laureen von seinem eigentlichen Vorhaben in Deutschland zu erzählen. Laureen hatte Bryan stets vertraut und ihn nie bedrängt. Sie wusste, dass er Pilot gewesen und über Deutschland abgeschossen worden war. Mehr aber nicht. Und das war inzwischen verdammt lange her.

Sie würde seinen Drang, sich mit der Vergangenheit auseinanderzusetzen, nicht verstehen, selbst wenn er ihr die Geschichte mit James erzählte. Passiert war eben passiert. Und damit in ihren Augen vorbei.

So war sie.

Vielleicht würde er es ihr erzählen, wenn er wieder zu Hause war.

Und damit ließ er die Gelegenheit verstreichen.

Er schwieg.

»Ruf mich an, wenn du wieder du selbst bist«, presste Laureen hervor und legte auf.

Als sich Bryan an diesem Tag zum zweiten Mal durch die Bertoldstraße in Richtung Bahnhof treiben ließ, überschlugen sich seine Gedanken. Ein kurzes Gespräch mit Keith Welles hatte ihn kein Stück weitergebracht. Der Kalendermann frönte seinem Datenwahn in einer Sackgasse, das brachte Bryan nun auch nicht weiter.

Auf einigen Bänken saßen dicht an dicht alte Männer und lasen Zeitung. Ein Blick auf die Schlagzeilen hätte Bryan in der Tat sofort verraten, dass etwas nicht stimmte. Das war also der Grund für die seltsame Stimmung, die er auf dem Postamt bemerkt hatte. Die Menschen standen unter Schock. »16 Tote!«, titelte eine Zeitung. »Alle Geiseln tot!«, eine andere. Und die Bild-Zeitung verstand es, besonders eingängige Formulierungen zu finden. Das Wort »Blutbad« erschloss sich selbst Menschen mit geringen Deutschkenntnissen.

In Anbetracht der Ereignisse von damals überraschte es Bryan eigentlich nicht, was in München geschehen war. Es zeigte, dass aus Hass immer nur Hass entstehen konnte. Heute trugen die Deutschen zusammen mit dem Rest der Welt Trauer. Vor dreißig Jahren waren sie es selbst gewesen, die Terror und Schrecken verbreitet hatten.

Im Wirrwarr der neuen Wohnviertel geriet Bryan unversehens an den Stadtrand. Tief in Gedanken war er immer weiter gezogen, bis er schließlich irgendwo unvermittelt stehen blieb und ein graues Schild auf der gegenüberliegenden Straßenseite anstarrte. Es hob sich kaum von der tristen Umgebung ab.

»Pension Gisela« stand auf dem Schild. Gisela. Ein unscheinbarer Name in einer unscheinbaren Straße. Bryan erstarrte.

Warum war er nicht schon früher darauf gekommen? Er war wie gelähmt.

Jahrelang hatte er die zärtliche Erinnerung an Gisela Devers gepflegt. Sie war das Einzige aus jener Zeit, woran er hin und wieder gern gedacht hatte.

Bryan fing an zu zittern. Zwar war die Wahrscheinlichkeit, anhand dieser vagen Spur weiterzukommen, äußerst gering – aber warum sollte er sich nicht mal auf sein Gefühl verlassen: dass Gisela Devers ihn auf seiner Suche nach endgültiger Gewissheit ein bedeutendes Stück weiterbringen konnte. Wenn sie denn noch lebte.

Devers war kein ganz ungewöhnlicher Name. Im Hotel hatte man Bryan mit bemerkenswerter Freundlichkeit das örtliche Telefonbuch zur Verfügung und eine Tasse Tee direkt neben den Münzfernsprecher gestellt. Die Groschenstapel vor ihm waren in den letzten zwei Stunden beträchtlich geschrumpft. Jetzt, zur Feierabendzeit, erreichte er fast alle, die er anrief. Die meisten sprachen kein Englisch. Und niemand kannte eine Frau namens Gisela Devers, die etwa Mitte fünfzig sein musste.

»Vielleicht lebt sie nicht mehr. Vielleicht wohnt sie nicht in Freiburg. Vielleicht hat sie kein Telefon.« Der Portier bemühte sich, Bryan aufzurichten. Er versorgte ihn mit einem weiteren Stapel Groschen, dann wurde der Mann vom Nachtportier abgelöst. Wenige Minuten später beschleunigte sich Bryans Atmung wieder, und er warf hektisch einen weiteren Groschen ins Münztelefon, als eine ruhige, junge Stimme ihm antwortete.

»Meine Mutter hieß Gisela Devers. Sie wäre bald siebenundfünfzig geworden.« Sie sprach korrektes, wenn auch etwas holpriges Englisch.

Sie hieß Mariann G. Devers, daraus schloss Bryan, dass sie unverheiratet war. »Warum fragen Sie? Kannten Sie sie?« Die junge Frau fragte mehr aus Höflichkeit denn aus Neugier.

»Ist sie tot?«

»Ja, schon seit über zehn Jahren.«

»Das tut mir leid.« Bryan schwieg einen Moment. Es tat ihm wirklich leid. »Dann möchte ich mich nicht weiter aufdrängen.«

»Soweit ich mich erinnere, hat meine Mutter nie erwähnt, dass sie englische Bekannte hatte. Woher kannten Sie sie?«

»Hier aus Freiburg.« Die Enttäuschung traf ihn mit Wucht. Es ging nicht nur um James. Gisela Devers war tot. Er würde sie nie wiedersehen. Es überraschte ihn selbst, wie traurig ihn das stimmte. Er konnte die Nahtstrümpfe an ihren schlanken Waden noch genau vor sich sehen. Sie war eine Schönheit gewesen, und sie hatte ihn im Vorhof des Grauens leidenschaftlich geküsst.

»Wann? Wann haben Sie zuletzt mit ihr gesprochen?«

»Sagen Sie, haben Sie vielleicht ein Foto von Ihrer Mutter? Ich würde so gerne ein Bild von ihr sehen. Wissen Sie, Ihre Mutter und ich standen uns einmal sehr nah.«

»Wenn Sie möchten, können Sie morgen kurz bei mir vorbei kommen. Ich habe zwischen zwölf und dreizehn Uhr Mittagspause, die verbringe ich meistens zu Hause.«

Mariann Devers war älter, als Bryan erwartet hatte. Jedenfalls älter als ihre Mutter bei seiner Begegnung mit ihr im Alphabethaus. Mariann war außerdem ein ganz anderer Typ Frau, ungeschminkt und längst nicht so schön wie die lebhafte, hochgewachsene Gisela. Die Wangenknochen hatte sie jedoch von ihrer Mutter.

Bryan überreichte ihr einen Strauß Blumen. Mariann Devers' Wohnung war kaum größer als ein Schuhkarton, wirkte mit den vielen bunten Postern an den Wänden wie ein Zettelkasten und passte ganz ausgezeichnet zu Mariann Devers' ungezwungener Art sowie ihrer etwas sonderbaren Kleidung. Die Frau machte den Eindruck, als sei sie arm – aber Besseres gewöhnt.

»Sie wurden also während des Krieges geboren? Aber dann müssen Sie ja schon auf der Welt gewesen sein, als ich Ihre Mutter kennenlernte?«

»Ich wurde 1942 geboren.«

»1942? Wirklich?«

»Und Sie haben auch meinen Vater gesehen, sagen Sie?« Mariann Devers zupfte abwechselnd an den vielen Halstüchern und den dunklen Haaren.

»Ja.«

»Erzählen Sie mir von ihm.«

Mit jeder Information, die Mariann Devers über ihren Vater erhielt, hellte sich ihr Gesicht ein wenig mehr auf, und je mehr es sich aufhellte, desto mehr erzählte Bryan. Sie hatte so gut wie keine Informationen über ihren Vater.

»Ich weiß nur, dass mein Vater bei einem Bombenangriff ums Leben kam. Vielleicht war das in dem Sanatorium, von dem Sie mir jetzt erzählen. Keine Ahnung. Meine Mutter hat immer gesagt, es sei doch vollkommen gleichgültig, wo er ums Leben gekommen sei, das Ergebnis sei schließlich dasselbe.«

»Und Ihre Mutter hat hier in Freiburg gelebt? Aber sie stammte doch gar nicht aus dieser Gegend, soweit ich weiß?«

»Stimmt. Aber nach dem Krieg sind so viele Menschen umgezogen. Mussten sie ja.«

»Was meinen Sie damit?«

»Na ja, Gerichtsverfahren, Konfiszierungen und dergleichen. Die Familie meiner Mutter hat damals alles verloren. Dafür haben Ihre Landsleute gesorgt, Mr. Scott.« Aus ihrer Stimme klang keinerlei Verbitterung, und doch trafen Bryan ihre Worte.

»Wie kam Ihre Mutter dann zurecht? Hatte sie eine Ausbildung?«

»In den ersten Jahren kam sie überhaupt nicht zurecht. Sie schaffte es einfach nicht. Nie. Ich weiß nicht, wo sie damals gewohnt und wovon sie gelebt hat. Mich hatte sie bei ihrem Vetter in Bad Godesberg untergebracht. Ich war schon fast sieben, als sie mich hierher nach Freiburg holte.«

»Hatte sie hier Arbeit gefunden?«

»Nein. Aber einen Mann.« Das Wort »Mann« begleitete sie mit einem nicht besonders heftigen, aber durchaus wirkungsvollen Schlag auf den Tisch. Mariann Devers hätte sich in derselben Situation einen anderen Ausweg gesucht, so viel war klar. Ihr Lächeln war nicht freundlich.

»Hat sie hier in Freiburg geheiratet?«

»Allerdings, ja. Leider Gottes, kann ich nur sagen. Sie hat hier geheiratet, und hier ist sie auch gestorben. Nach einem erbärmlichen Leben, wenn Sie mich fragen. Einem jämmerlichen Leben voller Enttäuschungen und Psychoterror. Aber sie hatte es nicht besser verdient, schließlich hat sie den Mann nur seines Geldes und seiner Position wegen geheiratet. Ihre Familie hatte nach dem Krieg nichts mehr. Damit kam sie nicht zurecht. Aber dieser Mann hat sie wirklich schlecht behandelt.«

»Und Sie?«

»Mich konnte der mal am Arsch lecken!« Mariann Devers' plötzliche Ausfälligkeit überraschte Bryan. »Mich hat der

Scheißkerl kein einziges Mal angefasst. Das hätte er nur mal versuchen sollen!«

Das Fotoalbum war leicht zerfleddert. Auf den vergilbten, steifen Seiten klebten Bilder einer jungen Frau, kaum älter als Bryans Tochter Ann, die mal lustig hinter einem Baum hervorlugte und sich mal auf einer blühenden Almwiese räkelte. Die junge Frau auf den Fotos strahlte eine schier grenzenlose Unbekümmertheit aus. Gisela Devers hatte ihrer Tochter erzählt, die Bilder seien im glücklichsten Sommer ihres Lebens aufgenommen worden.

Im hinteren Teil des Albums präsentierte sich Gisela Devers beneidenswert einträchtig an der Seite ihres damaligen Mannes. Stolz zeigte Mariann Devers auf den gut aussehenden Mann in Uniform, der ihr Vater war.

»Sie sehen beiden Eltern sehr ähnlich, Miss Devers, wissen Sie das?«

»Ja, das weiß ich, Mr. Scott. Und ich weiß auch, dass ich jetzt wieder zur Arbeit muss. Meine Mittagspause ist gleich zu Ende. Ich möchte nicht unhöflich sein, aber Sie haben doch wohl gesehen, was Sie sehen wollten, oder?«

»Selbstverständlich. Entschuldigen Sie, Miss Devers. Tut mir leid, dass ich Sie aufgehalten habe. Es ist nur – hätten Sie wohl ein Foto von Ihrer Mutter nach dem Krieg? Ich möchte zumindest gefragt haben, bevor ich gehe. Sie wissen ja, was man sich so alles vorstellt ...«

Sie zuckte mit den Achseln und kniete sich vor das Bett, unter dem sie einen Korb hervorzog. Der Staubschicht auf dem Weidengeflecht nach zu urteilen hatte sich Mariann Devers lange nicht mehr mit dem heillosen Durcheinander von Fotos darin befasst. Für Bryan waren die Bilder die reinste Zeitreise: die Frisuren, die Posen, die Kleidung. Dinge, die sich seither dramatisch verändert hatten.

»Hier ist sie.«

Das Foto, das Mariann Devers ihm reichte, zeigte eine verblühte Frau. Eine ganz gewöhnliche verblühte Frau. Ihre Tochter blickte Bryan über die Schulter. Vermutlich hatte sie das Bild seit Jahren nicht angesehen. Auf dem Schnappschuss war Gisela Devers leider nur unscharf zu sehen. Sie streckte die Hände zu den Seiten aus, als riefe sie dem Fotografen etwas zu, während die Menschen um sie herum ihr zulächelten. Bis auf das reizende kleine Mädchen, das zwischen den Beinen der Erwachsenen bäuchlings im Gras lag und Mariann Devers sein musste. Über ihr stand mit verschränkten Armen ein Mann, der als Einziger in eine ganz andere Richtung sah. Als interessierten ihn die anderen nicht. Nicht einmal das kleine Mädchen zwischen seinen Füßen schien ihn etwas anzugehen. Der Mann war auf den ersten Blick attraktiv, er wirkte selbstbewusst und so, als genösse er hohes gesellschaftliches Ansehen. Sein Gesicht konnte Bryan kaum erkennen, weil das Foto an der Stelle zerkratzt war. Vermutlich hatte Mariann Devers ihrer Abneigung dem Stiefvater gegenüber so Ausdruck verliehen. Bryan wurde es mulmig. Aber nicht deswegen. Nein, ihn beunruhigte etwas anderes. Irgendetwas an dem Mann kam ihm bekannt vor.

Mariann Devers bedauerte, Bryan kein besseres Foto von ihrer Mutter zeigen zu können. Dieses eine Bild sei das einzige gewesen, das sie dem Mann ihrer Mutter hatte abluchsen können, als Gisela Devers endlich erlöst war.

»Ihr Stiefvater hatte damals wohl Rang und Namen in Freiburg?« Sie nickte unbeteiligt. »Dann müsste es doch auch Bilder von offiziellen Anlässen geben, oder? Auf diesem Foto kann ich Ihre Mutter nämlich kaum erkennen.«

»Offizielle Bilder gibt es in Hülle und Fülle. Aber meine Mutter hat ihn nie zu solchen Anlässen begleitet. Er schämte sich für sie. Sie trank.« Mariann Devers presste die Lippen zusammen und setzte sich auf die Armlehne des Stuhls, auf dem Bryan saß. Ihr Oberteil hatte Löcher unter den Achseln.

Bryan wurde plötzlich unruhig. Die Stimmung war gekippt und irgendwie unangenehm. Das lag an dem Bild, das er gerade gesehen hatte.

Außerdem hatte er ein schlechtes Gewissen, weil er sich der jungen Frau aufgedrängt hatte.

»Waren Sie in meine Mutter verliebt?«, fragte Mariann Devers völlig unvermittelt. Mittlerweile schien sie überhaupt keine Eile mehr zu haben, rechtzeitig an ihren Arbeitsplatz zurückzukehren.

»Vielleicht.«

Die junge Frau biss sich auf die Oberlippe, während Bryan zunächst schwieg.

»Ich weiß es nicht«, sagte er dann. »Man konnte sich seiner Gefühle unter den Umständen damals nicht wirklich sicher sein. Ihr Vater war schwer krank. Ihre Mutter war wunderschön. Ich hätte mich ohne Weiteres in sie verlieben können – falls ich es nicht ohnehin schon war.«

»Und von welchen Umständen reden wir hier?« Mariann Devers sah ihn nicht an.

»Es würde zu weit führen, Ihnen das jetzt zu erklären, Miss Devers. Aber glauben Sie mir, es waren wirklich außergewöhnliche Umstände. Es herrschte Krieg, und ich befand mich als Engländer auf feindlichem Gebiet.«

»Dann kann sich meine Mutter auf gar keinen Fall für Sie interessiert haben.« Angesichts der Absurdität lachte sie laut auf. »Meine Mutter war der strammste Nazi, dem ich je begegnet bin. Ich glaube, es verging kein Tag in ihrem Leben, an dem sie nicht vom Dritten Reich geträumt hätte. Sie liebte dieses ganze Theater. Uniformen, Märsche, Paraden. Und Sie waren Engländer. Der Feind.«

»Ihre Mutter wusste nicht, dass ich Engländer war. In dem Lazarett, in dem wir uns begegneten, kannte niemand meine wahre Identität.«

»Dann waren Sie ein Spion? Und sind als Weihnachtsmann

verkleidet vom Himmel gefallen?« Sie lachte. Die Wahrheit interessierte sie nicht. »Wissen Sie was? Vielleicht habe ich doch noch ein anderes Foto von meiner Mutter. Von meiner Abiturfeier. Da steht sie zwar im Hintergrund, aber darauf ist sie auf jeden Fall besser getroffen als auf diesem hier.«

Sie kippte den staubigen Korb aus und reichte Bryan dann einen Rahmen, dessen Glas nicht erst bei der unsanften Landung eben zerbrochen war.

Das Bild zeigte eine andere Mariann Devers als die, die jetzt vor ihm saß. Die Abiturientin hatte glattes Haar und trug statt der Schlaghosen ein feminines weißes Kleid. Sie wirkte stolz. Sie war der Mittelpunkt.

Kalt und teilnahmslos stand die Mutter neben ihr und sah sie an. Gisela wirkte verhärmt. Die Jahre hatten es nicht gut mit ihr gemeint.

Bryan war erschüttert. Aber nicht, weil die Zeit so gnadenlos ihre Spuren an Gisela Devers hinterlassen hatte, auch nicht, weil aus ihrem Blick so viel Leid und Enttäuschung sprach. Nein, der Auslöser seiner Erschütterung war der Mann, der hinter Gisela Devers stand und dessen Hände schwer auf ihren Schultern ruhten. Der Mann, dessen Gesicht Mariann Devers auf dem anderen Foto halb weggekratzt hatte.

»War das ihr Mann?« Bryans Hand zitterte, als er auf das Gesicht zeigte.

»Ihr Mann und Peiniger, ja! Sie können es ihr doch ansehen, oder? Dass sie nicht glücklich war!«

»Und ihr Mann? Lebt der noch?«

»Ob er noch lebt? Und wie der noch lebt. Unkraut vergeht nicht. Erfreut sich bester Gesundheit. Genießt seit Jahrzehnten großes Ansehen hier in der Stadt. Ist wieder verheiratet. Hat jede Menge Geld auf der Bank.«

Ganz allmählich baute sich ein Stechen in seiner Brust auf. Bryan schluckte ein paarmal und vergaß zu atmen. »Dürfte ich Sie um ein Glas Wasser bitten, Miss Devers?«

»Ist Ihnen nicht gut?«

»Nein, nein. Geht schon wieder.«

Bryan war kreidebleich. Mariann Devers' Angebot, noch etwas zu bleiben, lehnte er ab. Er brauchte frische Luft.

Sie half ihm in den Mantel. »Und Ihr Stiefvater, Miss Devers …« Abrupt ließ sie die Arme sinken.

»Ich wäre Ihnen sehr verbunden, wenn Sie ihn nicht so nennen würden.«

»Also, der zweite Mann Ihrer Mutter … Herr … Wie heißt der noch mal? Sagten Sie mir das bereits?«

»Ganz einfach: Schmidt.«

»Der Mann Ihrer Mutter heißt Schmidt?«

»Ja. Hans Schmidt. Oder Herr Direktor Hans Schmidt, wie er sich selbst gerne tituliert. Wahnsinnig originell, was?«

Das konnte man wohl sagen. Ein solcher Allerweltsname passte doch gar nicht zu diesem Mann, fand Bryan. Vielleicht wunderte sich Mariann Devers, als er sie um Hans Schmidts Adresse bat, was sie aber nicht daran hinderte, sie ihm zu geben.

Das Haus war nicht besonders groß, zeugte aber von ausgesuchtem Geschmack und Wohlstand. Wer einen Blick dafür hatte, bemerkte, dass hier bis ins Detail alles stimmte, ohne sich aufzudrängen. Eine diskrete architektonische Schönheit, an der nur ausgesuchte Materialien höchster Qualität zur Anwendung gekommen waren. Es war eine Seitenstraßenvilla. Ein kleines Messingschild verriet den Namen des Eigentümers: »Hans Schmidt«. Mehr stand da nicht.

Lügner!, dachte Bryan und hätte am liebsten die Gravur zerkratzt. Hier also lebte der Mann, der sich die schöne Gisela Devers geangelt und ihr das Leben zur Hölle gemacht hatte. Die Frau, für die Bryan in jungen Jahren zärtliche Gefühle gehegt hatte. Bryan bekam eine Gänsehaut.

Im ersten Stock brannte noch Licht. Auf der Gardine zeichnete sich ein Schatten ab, so vage, dass es sich auch um eine Bewegung des Stoffs in der Zugluft handeln konnte. Oder waren es die Umrisse von Gisela Devers' Peiniger? Dieser Schatten umriss den Meister der Verstellung, Schweinehund und Geschäftsmann: Hans Schmidt alias Obersturmbannführer Wilfried Kröner, der Pockennarbige.

Am nächsten Tag bezog Bryan schon im Morgengrauen Stellung gegenüber von Schmidts Haus. Er beobachtete die in der Nachbarschaft wohnenden Geschäftsmänner, wie sie aus ihren Häusern traten, sich in ihren BMW oder Mercedes setzten und ausschwärmten. Dann wurde es ruhig im Viertel. Genau wie zu Hause in Canterbury. Mit zwei Unterschieden: die Automarken und die Ehefrauen. Auch in Canterbury winkten die Gattinnen ihren Männern von der offenen Haustür nach, allerdings würde eine Engländerin der Oberschicht eher ihr Bankschließfach hergeben als sich so zu zeigen, wie es die Damen hier in Freiburg taten. Laureen war immer tadellos gekleidet, wenn sie einen Fuß über die Schwelle setzte. Hier bot sich einem in allen Hauseingängen der gleiche Anblick. Ganz gleich, wie groß das Haus und wie teuer der Anzug des Gatten war: In jeder Haustür stand eine Frau im Morgenmantel und mit Lockenwicklern im Haar.

Nur in Kröners Haus rührte sich nichts.

Bryan wurde das ungute Gefühl nicht los, dass er besser gerüstet sein sollte. Vielleicht sogar bewaffnet. Bei der Aussicht, einem der ausgekochtesten Sadisten, denen er je begegnet war, wieder gegenüberzustehen, stieg eine fast jugendliche Aggressivität in ihm auf. Überdeutlich erinnerte er sich an jeden einzelnen von Kröners Übergriffen. Kaum zu kontrollierende Rachegelüste wallten in ihm auf. Aber auch andere Bilder erschienen vor seinem inneren Auge. Bilder von James, Momente der Hoffnung. Bryan musste vorsichtig sein und mahnte sich zur Wachsamkeit.

Gegen zehn Uhr rührte sich endlich etwas. Eine ältere Frau trat mit einer Wolldecke aus dem Haus und schüttelte sie aus.

Bryan verließ seine Stellung und ging direkt auf sie zu. Er knöpfte die Jacke auf und fächelte sich Luft zu. Die Sonne stand bereits halb hoch am Himmel, für eine Jacke war es schon zu warm.

Erschrocken sah sie ihn an, als er sie auf Englisch ansprach. Sie schüttelte den Kopf und wollte ganz schnell wieder hineingehen. Dann sah sie ihn noch einmal an und schüttelte wieder den Kopf, diesmal allerdings etwas freundlicher. »I speak no English, tut mir leid.«

»Herr Schmidt?« Bryan breitete fragend die Arme aus.

Da brach plötzlich ein wahrer Strom deutscher Sätze und einzelner englischer Wörter aus ihr hervor. Die Herrschaften waren nicht zu Hause, beide nicht, soviel verstand Bryan. Aber sie würden wiederkommen. Später.

Vielleicht heute.

33

ETWA ZUR GLEICHEN ZEIT in Canterbury führte Bridget sich unmöglich auf. »Glaub mir, das sind die Wechseljahre.« Laureen versuchte behutsam, ihre Schwägerin dazu zu bewegen, den Tatsachen ins Auge zu sehen.

Sie selbst hatte nun wirklich genug um die Ohren.

Die letzten Tage ohne Bryan waren anstrengend gewesen. Die Ehefrau ihres ältesten Bruders wirkte zwar nach außen hin stets völlig unauffällig und anständig, aber hinter der bürgerlichen Fassade war sie die reinste Nervensäge.

»Dein Bruder ist ein elender Lump!«, konnte sie schon mal unvermittelt ausrufen und gleichzeitig geräuschvoll ihre Gabel auf den Teller pfeffern. Wenn Bridget zu Besuch war, kam immer nur das Alltagsgeschirr auf den Tisch.

»Jetzt beruhige dich doch!« Weiter kam Laureen in der Regel nicht, denn ihre Schwägerin brach in Tränen aus. Schwitzend und unablässig redend saß sie Laureen mit verquollenem Gesicht gegenüber.

»Warte nur!«, schluchzte Bridget. »Das kann dir genauso gut passieren!«

Laureen nickte unbestimmt.

Der Wunsch nach Veränderung oder Abwechslung regte sich bei Bryan und Laureen nur äußerst selten, das wussten beide.

Aber im Moment, das sagte ihr die Intuition, stimmte irgendetwas ganz und gar nicht.

Laureen hatte im Lauf der Jahre gelernt, wie man geschäftliche Projekte am besten anpackte. Zuallererst musste man sich Informationen über den Markt, die Konkurrenz, die Kunden, die Kosten und den Bedarf beschaffen. Und genauso würde sie auch auf der privaten Ebene diese Angelegenheit zwischen sich und Bryan angehen müssen.

Den Bedarf glaubte sie zu kennen. Den Rest musste sie erst noch herausfinden.

Bryans Sekretärin sah Laureen entgeistert nach, als diese mit einem energischen Nicken an ihr vorbeirauschte und Ken Fowles' Büro ansteuerte. Es war das erste Mal, dass Mrs. Scott während der Abwesenheit ihres Mannes in den Geschäftsräumen in Lambeth aufkreuzte.

»Ich habe nicht die leiseste Ahnung, aufgrund welcher Geschäfte sich Mr. Scott in Freiburg aufhalten sollte, Mrs. Scott.« Ken Fowles sah sie aufmerksam an. »Wie kommen Sie darauf? Als ich ihn am Montag anrief, war er noch in München.«

»Und seitdem? Wann haben Sie zuletzt mit ihm gesprochen, Mr. Fowles?«

»Seit Montag hatte ich keine Veranlassung, mit ihm zu sprechen.«

»Ken. Wer sind unsere Geschäftspartner in Deutschland?« Ken Fowles neigte den Kopf zur Seite. Es war ihm ein Rätsel, warum sie das so interessierte.

»Wir haben keine festen Geschäftspartner in Deutschland. Noch nicht. Vor nicht einmal zwei Wochen haben wir aber ernsthafte Verhandlungen bezüglich des neuen Medikaments gegen Magengeschwüre aufgenommen. In dem Zusammenhang haben wir einen Verkäufer eingestellt, der unser Agenturnetz in Nordeuropa aufbauen soll.«

»Und wer ist der Glückliche?«

»Ein gewisser Peter Manner von der Gesellschaft Heinz W. Binken & Breumann. In Deutschland ist die aber noch nicht etabliert.«

»Und warum nicht?«

»Ja, warum nicht? Weil Binken & Breumann eine liechtensteinische Gesellschaft und Peter Manner englischer Staatsbürger ist wie Sie und ich. Derzeit hält er sich in Portsmouth auf.«

»Ich muss schnell etwas für meinen Mann erledigen, Lizzie«, sagte Laureen und rauschte noch einmal an Mrs. Shuster vorbei. In Bryans Büro schlug ihr schwere, süßliche Luft entgegen. Bryans Schreibtisch war sein Archiv, und sein Archiv war beträchtlich. Jeder Stapel bedeutete einen Erfolg. In manchen Stapeln konnte das Ergebnis eines ganzen Forscherlebens stecken – bereit, der Welt mitgeteilt zu werden. Dieses Büro war die Sortierzentrale der weltbesten Forscher- und Laborteams. Mrs. Shuster sah ihr aus dem Vorzimmer missbilligend zu.

Sämtliche Schubladen waren abgeschlossen. Keiner der Stapel auf dem Schreibtisch hatte irgendetwas mit Deutschland oder gar Freiburg zu tun. Schwere Möbel unterstrichen unaufdringlich den konservativen Geschmack ihres Eigentümers. Nicht einmal ein Kalender an der Wand störte den stringent durchgehaltenen Stil. Einige wenige Gemälde – keines jünger als zweihundert Jahre – sowie stilvolle Messinglampen zu ihrer Beleuchtung, das war alles. Kein Schwarzes Brett, kein Wandplaner, keine Tafel mit Notizen. Es war ein durch und durch auf Effizienz ausgerichtetes, etwas altmodisches, nach fleißiger Arbeit aussehendes Chefbüro, in dem nur ein winziges Detail die Ordnung störte: ein kleiner Zettelspieß. In Laureens Augen ein Mordinstrument, das sie aus diesem Grund von Bryans Schreibtisch zu Hause verbannt hatte. Doch hier, zwischen drei Telefonapparaten, stand einer.

Laureen wusste, dass es sich bei diesem Zettelhäufchen um Bryans Ideenbank handelte. Ein Gedanke, der geniale Einfall eines klugen Mitarbeiters, eine Vision – er pflegte so etwas schnell und akkurat zu notieren und durchs Aufspießen zu sichern. Im Moment war die Ausbeute eher mager, stellte Laureen fest, es steckten nur fünf Zettel auf dem Spieß. Sie hielt inne, als sie die Notiz auf dem untersten Papier las: »Keith Welles! 2000 Pfund überweisen. Commerzbank Hamburg.« Laureen betrachtete den Zettel eine Weile und nahm ihn dann mit ins Vorzimmer, wo sie ihn der Sekretärin vorlegte.

»Sagen Sie, Lizzie – wissen Sie, was es hiermit auf sich hat?« Mrs. Shuster besah sich das Stück Papier mit zusammengekniffenen Augen.

»Das ist Mr. Scotts Handschrift.«

»Ja, das sehe ich auch, Lizzie. Aber was bedeutet das?«

»Dass er zweitausend Pfund an Keith Welles überwiesen hat, würde ich sagen.«

»Und wer ist dieser Keith Welles, Lizzie?«

»Ich glaube, das könnte Ihnen Ken Fowles besser beantworten, Mrs. Scott, aber der ist leider gerade gegangen.«

»Dann müssen Sie eben Ihr Bestes geben, Lizzie, ja? Erzählen Sie mir, was Sie wissen.«

»Er war einer der vielen Bewerber, mit denen Mr. Scott und Mr. Fowles vor ungefähr einem Monat Gespräche führten. Ich glaube, er war als Letzter dran. Warten Sie, ich sehe mal eben in Mr. Scotts Terminkalender nach.«

Mrs. Shuster hatte die Angewohnheit, zu summen, wenn sie sich Aufgaben wie dieser widmete. Laureen konnte nicht verstehen, wie Bryan das aushielt. Aber er hörte es gar nicht, sagte er. Schon seltsam, wenn man bedachte, wie unmusikalisch die Sekretärin war, dachte Laureen und rief sich Mrs. Shusters Vorzüge in Erinnerung.

»Ja, genau, hier ist es. 33. Kalenderwoche. Und das Gespräch mit Mr. Welles war das letzte.«

»Und worum drehten sich diese Gespräche?«

»Um neue Auslandsvertretungen für das Medikament gegen Magengeschwüre. Keith Welles gehörte allerdings nicht zu den Auserkorenen.«

»Wieso wurden ihm dann zweitausend Pfund überwiesen?«

»Ich weiß es nicht. Vielleicht zur Deckung seiner Reisekosten? Er war mit dem Flugzeug aus Deutschland gekommen und hatte im Hotel übernachtet.« Lizzie Shuster war es nicht gewohnt, ins Kreuzverhör genommen zu werden, und die Fragen verunsicherten sie. Seit über sieben Jahren arbeitete sie hier, aber die Beziehung zwischen ihr und Mrs. Scott war immer eher frostig gewesen. Selbst bei den kurzen Telefonaten im Alltag bildete sich förmlich Raureif auf den Telefonleitungen. Und nicht ein einziges Lächeln hatte sich Laureen bei ihren eher kurzen Begegnungen in all den Jahren abringen können. Als sie es nun endlich schaffte, fiel es übertrieben strahlend aus.

»Seien Sie doch so freundlich, Lizzie, und geben Sie mir Keith Welles' Telefonnummer, ja?«

»Keith Welles' Telefonnummer? Ich weiß nicht … Ich werde sie wohl irgendwo auftreiben können. Aber wäre es nicht einfacher, Sie riefen Ihren Mann in München an und bäten ihn darum?«

Laureen lächelte sie noch einmal an, setzte aber gleichzeitig ihren »Ich bin die Frau vom Chef«-Blick auf, bei dem sogar Ken Fowles parierte.

Ohne ein weiteres Wort faltete Laureen den Zettel zusammen, machte auf dem Absatz kehrt und verließ den Raum.

Am anderen Ende der Leitung meldete sich Keith Welles' Frau. Sie klang übermüdet und reichte den Hörer gleich weiter an ihre Tochter. Das Mädchen sprach deutlich besser Englisch. Nein, ihr Vater sei nicht zu Hause, er sei in München. Oder vielleicht auch nicht mehr, vielleicht sei er schon wieder auf dem Weg nach Hause. Sie war sich nicht sicher. Laureen wartete geduldig, bis das Mädchen endlich mit der Telefonnummer des Vaters im Hotel zurück war, obwohl es in der Leitung bei jeder neuen, teuren Telefoneinheit fortlaufend klickte.

Zwei Minuten später hatte sie den Portier des Hotels am Apparat. Er bedauerte sehr, aber Mr. Welles habe gerade das

Hotel verlassen und sei in ein Taxi gestiegen. Er könne es von der Rezeption aus sogar sehen. Es fahre in diesem Moment ab.

»Ich habe ein Problem«, erklärte Laureen langsam. »Vielleicht können Sie mir ja helfen. Ich muss dringend meinen Mann erreichen. Er befindet sich zurzeit in Freiburg, und Mr. Welles hat seine Telefonnummer. Ich bin mir sicher, dass Mr. Welles von Ihrem Hotel aus mehrfach bei ihm angerufen hat. Mein Mann heißt Bryan Underwood Scott. Können Sie mir helfen? Gibt es vielleicht eine Liste über die Telefonate, die vom Hotel aus geführt werden?«

»In unserem Haus verfügt jedes Zimmer über ein Telefon mit Amtsleitung, gnädige Frau. Wir kontrollieren die Gespräche unserer Gäste nicht. Aber vielleicht weiß unser Mitarbeiter in der Hotelbar etwas. Mit dem hat sich Mr. Welles einige Male unterhalten. Unser Barkeeper ist nämlich auch Kanadier, müssen Sie wissen. Einen Augenblick, gnädige Frau, ich frage ihn rasch.«

Laureen hörte die Stimmen der beiden wie ein diffuses Summen im Hintergrund. Immer wieder wurde die Unterhaltung von metallischem Klirren und kurzen Mitteilungen unterbrochen. Vermutlich kamen gerade neue Gäste an. Dann war es abgesehen vom regelmäßigen Klicken zwei Minuten lang völlig still in der Leitung. Bridget stand neben Laureen und zeigte ungeduldig auf ihre Armbanduhr. Das wartende Taxi hupte.

Laureen winkte ab. Den Hörer ans Ohr gepresst, hörte sie konzentriert zu. »Vielen Dank, das war wirklich sehr freundlich von Ihnen«, sagte sie abschließend und lächelte.

Ein anderes Taxi setzte wenige Stunden später die beiden Frauen und ihr Gepäck in Freiburg vor dem Hotel Colombi am Rotteckring ab. Benommen betrachtete Bridget erst die schneeweiße Fassade, dann die glänzenden Panoramafenster und schließlich die gegenüberliegende Parkanlage. Die Anreise war recht strapaziös gewesen. Sie waren am Flughafen Basel-Mulhouse-Freiburg gelandet und mit dem Bus zum Freiburger Bahnhof gefahren. Erst dort hatten sie ihre Hotelreservierung bestätigt bekommen. All das war jetzt vergessen. Bridget beugte sich ganz ruhig über einen der vielen weißen Blumenkästen, die den Vorplatz des Hotels schmückten, strich behutsam mit dem Finger darüber und begutachtete ihre Fingerspitze. Ganz die Hausfrau aus Wales.

»Sag mal, Laureen, meinst du, hier wird Kohle abgebaut?«, rief sie ihrer Schwägerin zu.

34

AN DIESEM VORMITTAG vor Kröners Haus stieg in Bryan mit jedem Atemzug eine über Jahre aufgestaute, beißende Wut auf. Wenn ein Auto auftauchte und in der Nähe hielt, verspürte er hin und wieder unbändige Lust, sich einfach auf die Aussteigenden zu stürzen. Aber es stieg nie der aus, auf den er wartete. Gleichzeitig fürchtete er, Kröners Haushälterin könnte bemerkt haben, dass er immer noch auf dem Bürgersteig gegenüber stand.

Das Haus wirkte wie ausgestorben.

Bryan empfand Verbitterung, dass der Pockennarbige in all den Jahren ein unbekümmertes und bequemes Leben hatte führen können. Seine Wut machte sich in wilden Phantasien Luft. Ich werde ihn ruinieren, schoss es Bryan durch den Kopf. Ich werde ihm alles nehmen, sein Haus, seine Frau, seine Putzhilfe und seinen falschen Namen. Ich werde ihn fertigmachen. Er soll um Gnade winseln! Er soll büßen. Für alles, was er James und mir angetan hat.

Aber zuvor muss er mir verraten, was aus meinem Freund geworden ist.

Lautlos rollte der Wagen heran. Hinter den getönten Scheiben konnte Bryan weder Gestalten noch Bewegungen ausmachen. Im Nu stand das Auto in der Einfahrt. Drei Männer stiegen aus, lachten und unterhielten sich, während sie sich die Hosen hochzogen und die Jacketts zurechtrückten. Sie gingen ins Haus, ohne dass Bryan ihre Gesichter gesehen hätte – aber Kröners Stimme hatte er sofort erkannt. Gewandt, dunkel, höflich und gefällig. Genau wie damals. Herrisch, maskulin, abstoßend.

Bryan gab sich noch zwei Stunden. Sollte Kröner das Haus binnen dieser Frist nicht verlassen haben, würde er an der Tür klingeln.

Doch dazu kam es nicht.

Ein weiterer Wagen hielt vor dem Haus, etwas kleiner als Kröners. An der hinteren Tür tauchte das schmale Gesicht eines fast weißhaarigen Jungen auf. Vorsichtig trat er auf den Kies. Hinter ihm stieg eine schwer mit Plastiktüten beladene, schlanke, junge Frau umständlich aus dem Auto. Der Junge lachte, als seine Mutter ihn mit dem Knie anstieß. Das Gelächter aus dem Hauseingang war bis weit auf die Straße zu hören.

Wenige Minuten später verließen die Herren die Villa und blieben eine Weile in der Einfahrt stehen, wo sie sich fröhlich von der jungen Frau und dem Jungen an ihrer Hand verabschiedeten.

Kröner kam als Letzter. Er nahm den Jungen auf den Arm und drückte ihn an sich. Wie ein Affenjunges klammerte der Kleine sich fest. Angesichts der offenkundigen Zuneigung der beiden blieb Bryan fast die Luft weg. Dann gab Kröner der jungen Frau einen alles andere als väterlichen Kuss und setzte sich den Hut auf.

Noch bevor Bryan vollkommen begriffen hatte, was er da gerade gesehen hatte, fuhren die Männer in Kröners Audi davon. Die plötzliche Aktivität hatte Bryan überrumpelt, er wusste gar nicht recht, was er nun machen sollte. Vom langen Warten war er ganz steif geworden. Bis Bryan endlich in seinem Jaguar saß, war der Audi bereits ganz am Ende der Straße.

Ihr Vorsprung war zu groß.

Gleich die erste Ampel zwang ihn, anzuhalten, und er verlor den Audi aus den Augen. Mit quietschenden Reifen fuhr Bryan an, ein Schwarm Tauben flatterte zwischen den Verkaufsbuden auf und ein Fußgänger auf dem Bürgersteig gestikulierte wütend. Auf den Straßen war viel los, weil die Arbeitswoche sich ihrem Ende näherte. Viele Familien waren vollauf damit beschäftigt, sich auf das Wochenende vorzubereiten.

Bryan fuhr aufs Geratewohl durch das Viertel, und wie durch ein Wunder entdeckte er Kröners Audi nach einer halben Stunde wieder.

Er parkte keine fünf Meter von dort, wo Bryan nun auf der anderen Straßenseite hielt.

Kröner und einer der Männer der kleinen Vormittagsgesellschaft standen neben dem Wagen und unterhielten sich angeregt.

Immer wieder wurde Kröner von Passanten gegrüßt, und jedes Mal lüftete er kaum merklich nickend den Hut. Er genoss ganz offenkundig Ansehen und Respekt bei seinen Mitbürgern.

Der Mann neben ihm wirkte wie der Prototyp eines Mannes, der ein höheres staatliches oder kommunales Amt bekleidete. Obwohl er besser aussah als Kröner, verstand dieser es mit einem übertriebenen Lächeln auf dem pockennarbigen Gesicht, die Aufmerksamkeit auf sich zu ziehen. Er war vital und sich dessen sehr bewusst. Damals im Sanatorium war es Bryan schwergefallen, sein Alter zu schätzen. Jetzt fand er, dass Kröner wie fünfzig aussah, aber durchaus auch ein paar Jahre älter sein konnte.

Er hatte noch viele gute Jahre vor sich.

Unvermittelt drehte sich Kröner zu Bryan um und sah direkt zu ihm herüber. Bryan hatte den Blick so schnell nicht abwenden können. Der Pockennarbige breitete die Arme aus und klatschte begeistert in die Hände. Dann legte er seinem Gesprächspartner die Hand auf die Schulter und zeigte mit ausladenden Bewegungen auf das, was er gerade entdeckt hatte. Bryan drückte sich mit aller Kraft in die Rückenlehne, um sein Gesicht hinter dem Fensterholm zu verbergen.

Kröner war der Jaguar aufgefallen. Er bedeutete Bryan, er wolle zu ihm herüberkommen und sich den Wagen ansehen, sobald eine Lücke im Verkehr dies zuließ. Fieberhaft sah sich Bryan um und lenkte den Wagen bei der ersten sich bietenden Gelegenheit wieder auf die Straße. Im Rückspiegel sah er die beiden Männer kopfschüttelnd mitten auf der Fahrbahn stehen.

Er musste sich ein unauffälligeres Auto beschaffen. Auf der Bertoldstraße entdeckte er den Volkswagen. Unter dem matten, schwarzen und allem Anschein nach ziemlich eilig aufgetragenen Lack ließ sich noch die alte psychedelische Bemalung erahnen.

Die Botschaft in der Heckscheibe war eindeutig: ein erschwinglicher Preis und eine Telefonnummer. Der Wagen stand vor einem niedrigen sandfarbenen Gebäude mit Flachdach und ausgesprochen schlichter Glasbausteinfassade, an der ein pompöses Schild mit der Aufschrift »Roxy« hing. Die schmutzigen Glasbausteine dienten dem Lokal als Fenster und wurden nur von der dunklen Tür und den Reklameschildern für Lasser Bier und Bitburger Pils unterbrochen. Dieser absolute Horror von einer Bierstube hatte den gnadenlosen Prozess der so genannten Stadtverschönerung auf wundersame Weise überlebt.

Im Inneren des Lokals war es erstaunlich hell. Den Eigentümer des Autos hatte Bryan schnell identifiziert. Er war der einzige angestaubte Hippie zwischen den rotgesichtigen Gästen und der Einzige, der aufmerkte, als Bryan hereinkam. Bryan nickte dem Typen in der bunten Häkelweste und dem fleckigen, viel zu engen T-Shirt zu.

Während sie verhandelten, warf der Hippie mindestens zwanzigmal seine lange Mähne zurück. Bryan war längst einverstanden mit dem Preis, doch der Hippie bestand auf dieser sinnlosen Feilscherei. Als es Bryan zu bunt wurde, knallte er das Geld auf den Tisch und bat um die Fahrzeugpapiere. Um die Formalitäten würde er sich später kümmern. Wenn er den Wagen überhaupt behielt.

Wenn nicht, würde er ihn einfach dort abstellen, wo er jetzt stand, den Schlüssel stecken lassen sowie die Papiere und den schnell niedergekritzelten Vertrag ins Handschuhfach legen. Dann konnte der Typ ihn gern wiederhaben.

Um Punkt dreizehn Uhr parkte Bryan sein neues Fahrzeug gegenüber von Kröners Haus. Die meisten Bewohner des Viertels nutzten vermutlich ihre Mittagspause und saßen zu Tisch. Diesmal vergingen keine fünf Minuten, bis ein finsterer und konzentrierter Kröner das Haus verließ.

Während der folgenden Stunden erhielt Bryan einen guten Einblick in Kröners Tätigkeit. Er fuhr sechs verschiedene Adressen an, alle in Freiburgs besseren Vierteln gelegen. Kein Besuch dauerte länger als zehn Minuten, und jedes Mal kam Kröner mit einem kleinen Stapel Post wieder aus dem Haus. Bryan hatte den Ablauf bald durchschaut.

Auch er musste sich um viele Geschäftspartner kümmern.

Kröner bewegte sich völlig selbstverständlich durch die Stadt, kaufte im Supermarkt ein, ging zur Bank und zum Postamt. Hin und wieder hielt er an, ließ das Fenster herunter und plauderte mit Passanten.

Er schien jeden in dieser Stadt zu kennen – und jeder ihn.

In einem der weiter außerhalb gelegenen Viertel parkte der Pockennarbige vor einer großen, mit Wein bewachsenen Villa und strich seinen Anzug glatt, bevor er ungewöhnlich gemächlich ins Haus ging. Bryan hielt kurz vor der von Säulen flankierten Einfahrt. Die gotischen Buchstaben auf dem verwitterten Emailleschild waren nur noch schwer zu entziffern: Kuranstalt St. Ursula des Landgebietes Freiburg im Breisgau.

Während Bryan vor diesem verwitterten, an ein Mausoleum erinnernden Anwesen auf den Pockennarbigen wartete, ging seine Phantasie fast mit ihm durch.

Natürlich konnte Kröner zahllose Gründe haben, diese Kuranstalt aufzusuchen. Vielleicht hatte er Verwandte dort. Vielleicht war er selbst krank, obwohl er nicht so aussah. Vielleicht betrieb er Lokalpolitik. Oder er hatte ganz andere, weniger offenkundige Gründe.

Bryan wagte kaum, den Gedanken zu Ende zu denken.

Auf der anderen Straßenseite flankierte Buchsbaum in Tontöpfen eine Tür mit Messingornamenten. Dahinter verbarg sich ein Zwischending zwischen einer Kneipe und einem besseren Restaurant. Von dort konnte Bryan die Klinik im Auge behalten.

Er steuerte sofort die Ecke mit den Telefonkabinen an. Sein erster Anruf verwirrte ihn. Wenn Laureen nicht zu Hause war, konnte er ihr normalerweise über die Haushälterin etwas ausrichten lassen. Und wenn auch Mrs. Armstrong nicht im Haus war, sollte es doch zumindest möglich sein, eine Nachricht auf dem Anrufbeantworter zu hinterlassen! Bryan fluchte. Laureen hatte seinerzeit darauf bestanden, dieses Wunder der Technik anzuschaffen, und es gnadenlos auf einem edlen Erbstück platziert, das sie spöttisch das »teuerste Stück Nussholz, das je auf englischem Boden stand« nannte. Wenn sie das Gerät unbedingt haben wollte – warum benutzte sie es dann nicht? Er versuchte es noch einmal. Laureen wurde leicht launisch, wenn zwischen ihnen etwas nicht ganz stimmte. Vielleicht war sie mit zu Bridget nach Cardiff gefahren.

Das dritte Telefonat dagegen verlief ganz zu seiner Zufriedenheit. Keith Welles hatte wie verabredet auf seinen Anruf gewartet.

»Ich weiß zwar nicht, ob uns das wirklich weiterbringt«, erklärte Welles ohne lange Vorrede, »aber in einem Pflegeheim in Haguenau gibt es tatsächlich einen Gerhart Peuckert.«

»Allmächtiger, Keith! Wo liegt dieses Haguenau?« Bryan trommelte mit den Fingern auf die Ablage neben dem Telefon. Ein anderer Gast war lautlos hinter ihm aufgetaucht und warf ihm ungeduldige Blicke zu. Bryan sah ihn an und schüttelte den Kopf. Er hatte nicht vor, den Platz in absehbarer Zeit für irgendjemanden zu räumen.

»Ja, das ist genau der Punkt«, setzte Welles widerstrebend fort. »Haguenau liegt nur dreißig, vierzig Kilometer entfernt von Baden-Baden, wo ich jetzt gerade bin. Aber ...«

»Na, dann fahr doch hin!«

»Ja, schon, das Problem ist aber, dass Haguenau in Frankreich liegt.«

»In Frankreich?« Krampfhaft versuchte Bryan, einen logischen Zusammenhang herzustellen. Das war nicht leicht. »Hast du mit der Heimleitung gesprochen?«

»Ich habe mit überhaupt niemandem gesprochen. Es ist Freitagnachmittag. Da steht niemand mehr für ein Gespräch zur Verfügung.«

»Dann fahr hin. Und tu mir zuvor einen Gefallen.«

»Wenn ich kann. Wie gesagt, es ist Freitagnachmittag.«

»Du musst bei der Kuranstalt St. Ursula hier in Freiburg anrufen.«

»Aber das habe ich doch bereits vor Wochen getan. Das war eine der ersten Privatkliniken, bei der ich angerufen habe.«

»Aber offenbar ohne Erfolg. Ich möchte, dass man mir das Sanatorium zeigt. Ich habe gesehen, wie einer der Männer, nach denen wir suchen, dort hineingegangen ist.«

»Wie bitte? Wer denn?«

»Kröner. Der, den ich den Pockennarbigen nenne.«

»Das ist ja unglaublich! Wilfried Kröner, sagst du?« Welles schwieg einen Moment und wechselte dann das Thema. »Hör zu, Bryan, ich wollte dich fragen, ob es in Ordnung ist, wenn ich schon am Montag aufhöre. Ich möchte gerne ein paar Tage mit meiner Familie verbringen, bevor ich die Stelle in Bonn antrete.«

»Dann müssen wir uns beeilen, Keith. Ich habe das Gefühl, wir sind kurz vor einem Durchbruch. Tu mir den Gefallen und ruf bei St. Ursula an. Sag ihnen, einer deiner Mitarbeiter sei in der Stadt und du möchtest ihn gerne vorbeischicken. Sag, dass er ein Geschenk mitbringt.«

Bryan gab ihm die Telefonnummer und drückte sich den Hörer an das Ohr, während er die Hand schwer auf der Telefongabel ruhen ließ. Der hinter Bryan wartende Mann bedachte ihn mit bösen Blicken. Keine fünf Minuten später klingelte das Telefon. Keith Welles hatte schlechte Nachrichten. Ein so kurzfristig angekündigter Besuch war in der Klinik nicht erwünscht, und an Wochenenden stand man schon gar nicht für diese Art von Terminen zur Verfügung. Schließlich hätten auch die Verwaltungsangestellten von Krankenhäusern das Recht, ab und zu einmal frei zu haben, hatte die Heimleiterin spitz angemerkt. Das war ihr letztes Wort gewesen.

Bryan war frustriert. Ihn plagten die wildesten Vorstellungen davon, was Kröner in diese Villa führte. An sich würde er weder Kosten noch Mittel scheuen, um sich Eintritt zu verschaffen, doch solange die primitiven Nachforschungen, die er und Keith Welles anstellten, nicht abgeschlossen waren, wollte er lieber unbemerkt bleiben. Der Schreck über die entschiedenen Schritte, die Kröner wenige Stunden zuvor mit ernster Miene auf den Jaguar zu gemacht hatte, steckte Bryan immer noch in den Knochen. So nahe wollte er seinem früheren Peiniger gewiss nicht kommen. Noch nicht.

Bryan setzte sich in die Gaststube und beobachtete durch die kleinen, bunten Fensterscheiben die Einfahrt zur Kuranstalt. Keine Spur von Kröner. Weniger als eine Stunde nach seinem letzten Gespräch mit Welles rief Bryan in der Villa gegenüber an. Er verkroch sich förmlich hinter der Telefonkabine und schirmte die Muschel mit der Hand ab, um die Hintergrundgeräusche weitestgehend auszublenden. Er atmete tief durch und sah auf die Uhr. Es war halb fünf.

Die Leiterin der Kuranstalt St. Ursula wurde sofort stutzig, als er sich auf Englisch vorstellte, und wollte nicht mit ihm reden. Schließlich hätte sie gerade erst mit seinem Chef gesprochen und ihm ihre Haltung deutlich gemacht.

Bryan umklammerte den Hörer. »Das verstehe ich nicht, Mrs. Rehmann. Das muss ein Missverständnis sein. Von meiner Fakultät hat niemand bei Ihnen angerufen.« Bryan deutete ihr Schweigen als ein Zeichen dafür, dass sie nun doch bereit war, ihm wenigstens zuzuhören. »Wie gesagt, mein Name ist John MacReedy. Ich bin der Dekan der Medizinischen Fakultät der Universität Oxford und rufe an, weil eine Delegation von Oberärzten der Psychiatrie derzeit an einer Konferenz in Baden-Baden teilnimmt und morgen eine Exkursion nach Freiburg unternimmt. Einer unserer Mitarbeiter, Mr. Bryan Underwood Scott, hat mich in dem Zusammenhang gebeten, Sie zu fragen, ob es wohl möglich wäre, dass er Ihrer Klinik morgen Vormittag einen Besuch abstattet? Es würde sich selbstverständlich um einen sehr kurzen Besuch handeln.«

»Morgen?«

Bryan war die Schauspielerei nicht gewöhnt, und so brachte ihn die mit brüsker Stimme vorgetragene Rückfrage kurzfristig aus dem Konzept. Es dauerte einen Moment, bis er wieder zu MacReedys affektiertem Tonfall zurückfand. Der Geräuschpegel in der Wirtschaft stieg, als neue Gäste das Lokal betraten. Bryan hoffte, mit der Hand über der Muschel das meiste abzuschirmen. Rehmann würde sich bestimmt wundern, wenn man im berühmten Oxford derart ungehobeltes Deutsch sprach.

»Ich weiß, es ist absolut unverzeihlich, diesen Besuch derart kurzfristig anzukündigen, Mrs. Rehmann«, fuhr er fort. »Aber das ist allein meine Schuld. Mr. Underwood Scott hat mich bereits vor Wochen gebeten, Ihnen sein Anliegen mitzuteilen. Nur leider hatte ich zu viel zu tun. Könnten Sie mir wohl aus dieser Verlegenheit heraushelfen?«

»Tut mir leid, Mr. MacReedy, aber das kann ich nicht. Samstags empfangen wir grundsätzlich keinen Besuch.«

Das war ihr letztes Wort. Verärgert knallte Bryan den Hörer auf die Gabel und fluchte leise vor sich hin, worauf die neu angekommenen Gäste ihn mit hochgezogenen Augenbrauen beäugten. Sein Kampfgeist war erwacht, auch wenn ihm jede Waffe fehlte.

Ihm blieb also nichts anderes übrig, als sich schutzlos in die Höhle des Löwen zu begeben und abzuwarten, was passierte. Am nächsten Tag würde er in die Kuranstalt spazieren und sich als der Bryan Underwood Scott vorstellen, der von Mr. MacReedy schon vor Wochen angekündigt worden war. Bryan konnte nur hoffen, dass Rehmann zu dem Zeitpunkt zu Hause in ihrer Dienstwohnung sein würde. Wenn er die Übersichtskarte an der Einfahrt richtig studiert hatte, befand diese Wohnung sich im linken Flügel der Villa.

Es hatte längst angefangen zu dämmern. Die Alleebäume vor dem Sanatorium wiegten sich im Abendwind, als im matten Schein der schmiedeeisernen Lampe am Haupteingang Kröners Gestalt auftauchte. In der offenen Tür scherzte er ein wenig mit einer Frau, dann nahm er einen gebückten Mann am Arm und schlenderte mit ihm plaudernd in aller Seelenruhe die Einfahrt hinunter. Bryan verließ das Lokal und versteckte sich hinter einer der Ulmen. Sein Herzschlag beschleunigte sich und die Nasenflügel fingen an zu beben.

Die beiden Männer gingen dicht an ihm vorbei. Die Fürsorge, mit der Kröner den älteren Mann behandelte, war fast rührend. Ob er ein Verwandter des Pockennarbigen war? Womöglich sein Vater? Seine zierliche Gestalt, sein runzeliges Gesicht und der fast weiße Vollbart erschwerten eine genaue Altersbestimmung. Dennoch entschied Bryan, dass er doch nicht alt genug war, um Kröners Vater sein zu können.

Der alte Mann sagte nichts. Er wirkte krank und müde. Bryan meinte spüren zu können, dass der Mann dabei war, den Mut zu verlieren. Dieser Mensch war also der Grund für Kröners Besuch – und jetzt sollte er wohl das Wochenende zu Hause bei Kröner und dessen Familie verbringen.

Doch statt in Kröners Auto einzusteigen, spazierten die beiden zu Bryans Überraschung in Richtung Basler Landstraße und Tiengener Straße.

An der Straßenbahnhaltestelle blieben sie stehen und sprachen leise miteinander. Einige Jugendliche warteten neben den beiden Männern und alberten so ausgelassen herum, dass ihr Gelächter von den Fassaden widerhallte. Bryan überquerte die Straße und stellte sich im Schutz der Teenager ebenfalls an die Haltestelle. Keine zwei Meter trennten ihn nun von Kröner und dem alten Mann. Die beiden unterhielten sich immer noch leise, wobei der Alte heiser klang und sich nach jedem zweiten Wort räusperte. Wieder einmal bedauerte Bryan es zutiefst, kein Deutsch zu verstehen.

Dann kam die Straßenbahn.

Der alte Mann stieg ein, während Kröner in die Richtung verschwand, aus der sie soeben gekommen waren. Bryan sah dem Pockennarbigen einen Augenblick verunsichert hinterher, dann stieg auch er in die Straßenbahn, wo der alte Mann sich in aller Ruhe nach einem freien Platz umsah. Am anderen Ende des Wagens, neben einem dunkelhäutigen jungen Mann, erspähte der Alte offenbar eine Sitzgelegenheit.

Demonstrativ baute sich der alte Mann neben dem freien Platz auf, ohne Anstalten zu machen, sich zu setzen. Hasserfüllt starrte er den jungen Mann an, der zu ihm aufsah und zunächst ohne eine Miene zu verziehen versuchte, seinem Blick standzuhalten. Doch noch bevor die Straßenbahn ihre nächste Haltestelle erreichte, sprang der junge Mann plötzlich auf, drückte sich, ohne den Alten zu berühren, an diesem vorbei und marschierte zur hintersten Ausstiegstür, wo er heftig atmend stehen blieb.

Der Alte ließ sich schwerfällig auf dem Doppelsitz nieder und räusperte sich einige Male. Dann sah er aus dem Fenster.

Nach längerer Fahrt mit einem Mal Umsteigen stieg der Alte in der Stadtmitte aus. Gemächlich schlenderte er an den erleuchteten Schaufenstern vorbei.

Nachdem er sich eine Weile das Angebot eines Konditors angesehen hatte, betrat er das Geschäft. Bryan bekam dadurch eine kurze Pause, in der er nüchtern überlegen konnte, wie er jetzt weiter vorgehen sollte. War es besser, zu Kröners Haus zurückzukehren und dort die Beobachtung wieder aufzunehmen, oder sollte er lieber weiter den alten Mann beschatten? Er sah auf die Uhr. In einer Dreiviertelstunde würde sich Keith Welles von seinem Besuch in Haguenau zurückmelden. Zu Fuß waren es von hier bis zum Hotel höchstens zehn Minuten.

Als der Alte das Geschäft mit einem zufriedenen Lächeln verließ, heftete sich Bryan an dessen Fersen. Am Holzmarkt blieb der Alte stehen und unterhielt sich kurz mit anderen Passanten. Schließlich bog er in eine Seitenstraße des eleganten Platzes ein, die Luisenstraße, und verschwand in einem schönen, wenn auch leicht vernachlässigten Gebäude.

Es dauerte fast zehn Minuten, bis im zweiten Stock endlich Licht anging. Eine ältere Frau erschien an den Fenstern und zog die Vorhänge zu, aufgrund der großen Topfpflanzen auf den Fensterbänken ein recht mühsames Unterfangen. Soweit Bryan erkennen konnte, erstreckten sich die Wohnungen jeweils über eine ganze Etage und mussten entsprechend großzügig sein. Abgesehen von dieser einen Wohnung war es im gesamten Haus dunkel. Durch das Fenster konnte Bryan einen Kronleuchter sehen, der ihn an ein altmodisches Esszimmer denken ließ. An diesem Fenster tauchte ein alter Mann mit Vollbart hinter der Frau auf und legte ihr sachte die Hände auf die Schultern.

Bryan ging zum Hauseingang, wo zwischen dem altmodischen Türrahmen und der modernen Sprechanlage ein Messingschild mit Namen befestigt war. Neben dem Klingelknopf für den zweiten Stock stand schlicht: Hermann Müller Invest.

35

»LAUREEN, HAST DU GESEHEN, wie der Herr dort drüben mich ansieht?«

»Wer denn, Bridget? Ich sehe niemanden.« Laureen sah sich im Restaurant des Hotel Colombi um. An die hundert Menschen hatten sich eingefunden, um den Abend und das Essen zu genießen. Geschirr klapperte, die verschiedensten Sprachen schwirrten durch den Raum, doch Laureen bekam von all dem nichts mit. Sie dachte nur an Bryan und fragte sich, was sie wohl dazu veranlasst haben mochte, Knall auf Fall nach Freiburg zu reisen. Sofort wurde sie wieder unruhig.

Dieses Gefühl war ihr vollkommen fremd.

»Da drüben! Hinter dem freien Tisch mit der lila Tischdecke. Der mit dem karierten Jackett. Jetzt sieht er gerade zu uns herüber. Nun guck doch mal!«

»Ah, ja. Jetzt sehe ich ihn.«

»Ein schöner Mann, findest du nicht auch?«

»Ja ja, sicher.« Laureen wunderte sich, wie verblendet ihre Schwägerin war. Schön war nun wirklich nicht gerade das passendste Wort.

»Ist das nicht aufregend?«

Bridget legte die Unterarme auf den Tisch und beugte sich vor. Um ihren Mund zeichneten sich vor lauter Aufregung einige Fältchen ab. Sie machte eine Kopfbewegung, als wolle sie eine Haarsträhne zurückwerfen, was allerdings nach der Portion Haarspray, die sie gerade in ihrem Doppelzimmer auf den Haaren verteilt hatte, unmöglich war.

Laureen hatte sich vorgenommen, am nächsten Tag früh aufzustehen und Bryans Hotel zu beobachten. Wenn er es verließ, wollte sie ihm nachgehen und sehen, was passierte. Die Vorstellung, ihren eigenen Mann heimlich zu beobachten, behagte ihr nicht besonders. Und dann war da auch noch Bridget. Die konnte und wollte sie bei der Sache jedenfalls nicht im Schlepptau haben.

»Warum prostest du ihm nicht mal zu, Bridget?«

Ihre Schwägerin errötete und empörte sich: »Laureen! Und du willst meine Schwägerin sein. Was denkst du von mir?«

»Na ja, bestimmt nicht das Gleiche wie du. Aber kann dir das nicht egal sein?«

»Grundgütiger, was würde er bloß von mir denken?«

»Wer?«

»Na, der Mann da!« Bridget wurde schon wieder rot.

»Wahrscheinlich das Gleiche wie du, liebe Bridget.«

Am nächsten Morgen stand Laureen schon um Viertel nach vier auf. Sie hatte sehr schlecht geschlafen und immer wieder ihr Kissen umklammert, um ihre Träume in Schach zu halten. Bridgets Bett am Fenster war unberührt und leer. Sicher würde ihre Schwägerin schon in wenigen Stunden ihren Moralischen haben. Laureen konnte ihre Unschuldsbeteuerungen und ihre Bitten um Nachsicht und Verständnis jetzt schon hören.

Draußen war noch alles nass vom Tau. Keine Straßenbahn und kein Taxi, soweit das Auge reichte. Die Stadt und ihre Bewohner schliefen, Laureen begegnete auf ihrem Weg vom Hotel Colombi zu Bryans Hotel keiner Menschenseele.

Aber sie musste nicht lange warten, bis sich etwas tat. Während sie noch überlegte, ob sie auf der Urachstraße stehen bleiben oder sich hinter einer der Kastanien wenige Meter vom Hoteleingang entfernt verstecken sollte, erledigte sich das Problem von selbst.

Kaum hatte sie Schritte auf dem Kies vor dem Hotel gehört, als sie auch schon Bryan auf der Straße sah. Völlig ungeschützt stand Laureen da, außer ihr und Bryan war weit und breit niemand zu sehen. Blitzschnell wandte sie sich ab, jedoch nicht ohne aus dem Augenwinkel noch sein besorgtes Gesicht registriert zu haben. Gedankenverloren schlug er den Kragen hoch und bemerkte sie überhaupt nicht. Das war äußerst ungewöhnlich.

Schnellen Schrittes ging Bryan in Richtung Stadtmitte. Er war elegant gekleidet. Auf Zehenspitzen folgte Laureen ihm über das Kopfsteinpflaster. Sie hoffte inständig, dass sich die Straßen bald mit Menschen füllen würden und dass der für ihre hohen Absätze gänzlich ungeeignete Straßenbelag bald ein Ende hätte.

Die Gestalt hundert Meter vor ihr wirkte jünger als der Mann, mit dem sie nun schon seit zweieinhalb Jahrzehnten zusammenlebte. Er strahlte Energie und Jugendlichkeit aus, ein Mann, der von seinem Alltag losgelöst war. Ein Fremder auf seinem Weg durch eine unbekannte Stadt, und das zu einem Zeitpunkt, an dem die meisten Menschen noch tief und fest schliefen.

Bryan erreichte eine am Samstag ruhende Baustelle und schritt ohne Rücksicht auf seine guten Schuhe durch den Sand. Laureen dagegen zögerte und verlor Bryan dabei aus den Augen. Verstört sah sie sich um. Doch Bryan war weg.

Verdammt!, dachte sie und kam sich so lächerlich vor. Wie dilettantisch von ihr! Beschattete den einzigen Menschen weit und breit, und zwar am frühen Morgen, und ließ ihn entwischen. Hatte sie dafür wirklich fast tausend Kilometer reisen müssen?

Dann marschierte sie entschlossen weiter in Richtung Zentrum. Inzwischen taten ihr die Füße weh.

Erleichtert entdeckte sie Bryan kurze Zeit später etwa zweihundert Meter voraus wieder. Jetzt waren sie und ihr Mann nicht mehr allein auf der Straße. Laureen glaubte, die verwunderten Blicke der anderen Passanten auf sich zu spüren, wie sie in winzigen Schritten und halsbrecherischem Tempo die

Straße entlangrannte. Die Stöckelschuhe, die schmerzenden Fußgelenke, der Rock, der Mantel, ihr Alter und ihre schlechte Kondition, das alles machte die Sache nicht ganz leicht.

Als sie ihn fast eingeholt hatte und schon glaubte, die totale Pleite doch noch abgewendet zu haben, schoss er unvermittelt zur Straßenbahnhaltestelle in der Mitte der Straße und stieg in die Tram. Laureen hatte sie zwar kommen gehört, aber nicht weiter beachtet.

Nun fuhr sie ihr vor der Nase davon.

Längst vergessene Schimpfwörter und Flüche kamen ihr in den Sinn. Laureen sah an sich herab. Warum in aller Welt rannte sie auf hohen Absätzen und mit einer lästigen Handtasche voller nutzloser Dinge in der Gegend herum? Was hatte sie sich denn bloß dabei gedacht, als sie sich am Morgen anzog? Wie dämlich konnte man sein? Ein Kostüm mit engem Rock und ein heller Mantel! Hatte sie im Falle einer Konfrontation eine möglichst gute Figur machen wollen?

Sie nickte. Das war eine plausible Erklärung.

Sie blickte der in gemächlichem Tempo davonrumpelnden Straßenbahn nach.

Hätte ich Bridget doch mitnehmen sollen? Dann hätte uns Bryan garantiert bemerkt und die ganze Sache wäre schon überstanden, dachte Laureen, als sie die gleiche Straße in entgegengesetzter Richtung entlangtrottete.

Auf der anderen Seite des Kanals hielt die Straßenbahn, setzte ein paar Frühaufsteher auf ihrem Weg zur Arbeit ab und sammelte neue Fahrgäste auf. Laureen kniff die Augen zusammen. Auch Bryan war ausgestiegen. Er war nur eine Haltestelle weit mitgefahren.

Diesmal war es ihr egal, ob die Leute sie anglotzten. Sie raffte ihren Rock und rannte los.

Aus der Entfernung ist es fast unmöglich zu erkennen, in welche Seitenstraße ein Auto oder ein Mensch abbiegt, dachte

Laureen. Man staunt immer wieder, wie Städte und Straßen bei näherer Betrachtung tatsächlich zusammenhängen. Was aus der Entfernung so einfach und kompakt aussieht, erweist sich bei genauerem Hinsehen schon mal als Labyrinth.

Als Bryan das erste Mal abbog, war sich Laureen noch ganz sicher, doch schon beim zweiten Mal wurde es problematisch. Vorsichtig näherte sie sich der jeweils nächsten Straßenecke und warf so unauffällig wie möglich einen Blick in die Seitenstraße. Ein paar Fußgänger sahen sie befremdet an. Ein kleines Mädchen mit einem roten Spielzeugportemonnaie in der Hand stolzierte fasziniert eine Weile hinter ihr her, bis es erschrocken zu der Bäckerei zurückrannte, von der es gekommen war.

An der Ecke Luisenstraße/Holzmarkt entdeckte Laureen Bryan wieder. Ein Stück weiter die Straße hinunter lehnte er an einer Hauswand und sah zu ein paar großen Sprossenfenstern in einem klassischen, gutbürgerlichen, aber heruntergekommenen Gebäude hinauf. Er hatte offenbar Zeit. Und er rauchte.

Die Stadt war inzwischen aufgewacht, die übliche Samstagvormittagshektik machte sich breit – schließlich musste man alles in der Hälfte der Zeit schaffen. Laureen wurde wieder unruhig. Was auch immer Bryan gerade tat, er hatte sie offenkundig nicht in sein Vorhaben einweihen wollen.

Hätte Laureen ihren Mann nicht so gut gekannt, wäre sie vielleicht auf die Idee gekommen, dass hier eine andere Frau im Spiel war. Aber so fand sie die Situation äußerst verwirrend und konnte sich keinen Reim darauf machen.

Sie sah Bridget vor sich und schüttelte den Kopf.

Was wissen wir schon über unsere Mitmenschen? Nichts! Was wissen wir schon über uns selbst? Die Westentaschenphilosophie ihrer Tochter klang Laureen deutlich in den Ohren. Nur leider war das Blödsinn, und das hatte sie sich schon immer gedacht.

Natürlich wusste sie einiges über ihre Mitmenschen und

sich selbst. Aber wagte sie es, ihren eigenen und den Facetten ihrer Mitmenschen ins Gesicht zu sehen?

Wenn man das nicht tat, konnte man böse Überraschungen erleben.

Hier und jetzt musste sich Laureen mit dem Gedanken anfreunden, möglicherweise vor einer wesentlichen Seite ihres Mannes die Augen verschlossen zu haben. Selbstverständlich war es möglich, dass Bryan sie betrog, und selbstverständlich war es möglich, dass er sich einer anderen Frau hingab, wie er sich Laureen nicht hingab. Vor ihrem Fenster hatte er seinerzeit jedenfalls nicht stundenlang ausgeharrt.

Und doch war sie seltsamerweise ziemlich sicher, dass es hier um etwas ganz anderes ging.

Denn normalerweise war Bryan ein Mann der Tat. Wenn er sich erst mal etwas vorgenommen hatte, fackelte er nie lange.

Und jetzt stand er einfach da, wartete und rauchte.

Hin und wieder trug der Wind Geräuschfetzen von der Einkaufsstraße herüber. Nach einigem Überlegen verließ Laureen ihren Posten. Sie musste für die nächste Etappe gerüstet sein, das hieß, dass sie sich andere Kleidung und Schuhe besorgen musste. Bryan machte nicht den Eindruck, als würde er sich so bald vom Fleck rühren.

Bis zur Hauptstraße waren es nur wenige hundert Meter.

Als Erstes kaufte sie sich ein Paar Jeans, dann entdeckte sie auf einem der Wühltische, die den gesamten Eingangsbereich des Kaufhauses ausfüllten, ein Paar Turnschuhe. Als sie gerade hineinschlüpfte, sah sie ihren Mann auf der anderen Straßenseite vorbeigehen.

Ihre Blicke streiften sich. Laureen biss sich auf die Unterlippe und wollte ihm gerade wie ein schüchternes Schulmädchen verlegen zuwinken, als er wieder wegsah und weiterging.

Er hatte sie nicht wahrgenommen.

Erst als sie die Ringstraße erreichten, war sie ihm wieder so dicht auf den Fersen, dass sie nicht befürchtete, ihn erneut aus den Augen zu verlieren. Mitten auf der großen Fußgänger-brücke blieb er stehen und blickte zum Park hinüber. Soweit Laureen wusste, war das der Stadtgarten. Sie setzte die große Plastiktüte mit ihrem Rock und dem Mantel ab und band sich die Schuhe. Sie waren bequem und stützten die Fußgelenke, aber sie waren auch neu. Bestimmt würde sie sich bis zum Abend jede Menge Blasen laufen.

Und dann entdeckte Bryan die andere Frau.

36

BRYAN WURDE ES KÜHL.

Zwar war es auch heute Morgen wieder klar und versprach, spätsommerlich warm zu werden, aber der Wind fegte bitterkalt durch die Luisenstraße.

Zwei Stunden lang hatte er geistesabwesend dort gestanden und versucht, die Situation irgendwie in den Griff zu bekommen.

Das Telefonat mit Keith Welles am Vorabend hatte ihn bitter enttäuscht. Der Gerhart Peuckert, den Keith in Haguenau angetroffen hatte, war natürlich ein anderer. Er hätte sich die Fahrt nach Frankreich sparen können, wenn er sich vorher nach dem Alter des Mannes erkundigt hätte. Am Ziel angekommen, reichte ein kurzer Blick auf den Patienten. Gerhart Peuckert in Haguenau war ein weißhaariger Mann über siebzig mit braunen, lebendigen Augen. Dieser Schlag ins Wasser hatte sie einen ganzen wertvollen Tag gekostet.

Es war nun schon Samstag, und Welles würde mit seinen Nachforschungen nicht mehr viel weiterkommen. Von nun an lag die Recherche ganz bei Bryan.

Eigentlich hatte er den Tag mit einem Besuch in der Kuranstalt beginnen wollen. Doch nach einer schlaflosen, unruhigen Nacht hatte er, ehe er sichs versah, in aller Herrgottsfrühe vor dem Haus in der Luisenstraße gestanden, in das am Vorabend der alte Mann verschwunden war. Im Grunde wusste er nicht, warum. Es kam ihm wie sinnloser Zeitvertreib vor. Wie eine Therapie. Hätte er nicht besser sein Auto vom Sanatorium holen oder noch mal Kröners Haus beobachten sollen? Aber nun war er hier gelandet.

Er fror.

Er hatte zu viel gesehen. Der Anblick des niedlichen kleinen Jungen in Kröners Armen ließ ihn nicht los. Was wusste er eigentlich über diesen Mann? Warum war Kröner in Freiburg? Was war passiert seit damals, als sie im Alphabethaus waren?

So viele Fragen – und keine einzige Antwort.

Im Haus des alten Mannes tat sich rein gar nichts. Die ausgeblichenen Vorhänge wurden nicht aufgezogen. Niemand kam und niemand ging. Um zehn Uhr beschloss Bryan, seinen Posten zu verlassen.

Bis zu seinem Besuch im Sanatorium hatte er noch einige Stunden Zeit.

Auf der Hauptstraße herrschte das beruhigende Treiben eines Samstagvormittags. Frauen waren in Begleitung ihrer Männer unterwegs. Im Eingangsbereich des Kaufhauses auf der anderen Straßenseite, wo er vor zwei Tagen einen Ausländer bei der Anprobe von Shorts beobachtet hatte, schlüpfte eine Frau in ein Paar Schuhe und trat ein paarmal kräftig auf. Als sie aufblickte, erinnerte sie Bryan an Laureen. Er hatte schon so manchen Einkaufsbummel mit seiner Frau gemacht und in seinem dicken Mantel geschwitzt, während er vor der Anprobe auf sie wartete. Die Frau mit den Schuhen gebärdete sich hektisch. Eine Eigenschaft, die er von Laureen überhaupt nicht kannte.

Auf einmal wünschte er sich, die Frau dort drüben wäre Laureen.

Das Münster war ein architektonisches Meisterwerk der Gotik, an dem ganze dreihundert Jahre gebaut worden war. In diesem Gebäude und auf dem Platz davor spielte sich seit fast achthundert Jahren die Stadtgeschichte ab. Darum war es vor dreißig Jahren auch ein beliebtes Ziel der Kampfbomber der Alliierten gewesen, die binnen Stunden alles hatten auslöschen wollen, was diese Stadt ausmachte.

Heute kam ihm der Stadtkern viel kleiner vor als gestern. Vom Münsterplatz zum hektischen Leopoldring und von dort weiter zum Stadtgarten, der im Osten ins Gebirge überging, brauchte er nur zwei Minuten.

Eine lange geschwungene Fußgängerbrücke aus Beton endete im Nordosten wunderbar formvollendet im Farbenreichtum des Parks. Von dort schaukelten die Gondeln der Seilbahn zum Schlossberg hinauf. Auf halber Strecke befand sich ein romantisch gelegenes Restaurant am Berghang. Von dort musste die Aussicht über die Stadt und die Landschaft bis hinüber nach Emmendingen und zu den dahinterliegenden Bergen einzigartig sein.

Auf der Fußgängerbrücke blieb Bryan einen Moment stehen und sah sich um. Vielleicht war es Einbildung, aber er hatte das Gefühl, dass diese Stadt ihn ablehnte. Ihn loswerden wollte.

Keiner der eiligen Passanten schenkte ihm Beachtung. Unter ihm rollte der Verkehr. Nur er stand still. Er und die hochgewachsene Frau, die sich mit einer großen Plastiktüte zu ihren Füßen einige Meter hinter ihm gegen das Geländer lehnte und zum Schlossberg hinübersah.

Eine Horde fröhlich kreischender Kinder, gefolgt von angeregt plaudernden Eltern, tobte binnen weniger Sekunden über die Brücke und steuerte die Talstation der Seilbahn an. Noch bevor die jungen Eltern ganz an Bryan vorbei waren, hörte er energisch über den Brückenbeton klappernde Absätze.

Die Frau war klein, schlank. Sie war heute schon die zweite, die Bryan an eine andere Frau erinnerte. Nur wusste er in diesem Fall nicht recht, an welche.

Sie war nicht mehr ganz jung. Eine genaue Altersbestimmung war nicht möglich.

Genau das war es, was ihm als Erstes auffiel. Und dann ihr Tempo.

Bryan wandte sich zu ihr um und beobachtete sie.

Sie war eine dieser Frauen, die man irgendwo schon einmal

gesehen zu haben meinte. Das konnte vor zwanzig Minuten im Bus gewesen sein, vor zwanzig Jahren an der Universität, irgendwann in irgendeinem Film oder mal flüchtig am Bahnhof. Es lief in der Regel auf das Gleiche hinaus: Man kam einfach nicht darauf, woher man sie kannte – geschweige denn, wer sie war.

Als sie ihn passiert hatte, folgte er ihr. Im Park angekommen, verlangsamte sie ihre Schritte. Auf der Höhe des Fahrkartenschalters für die Seilbahn blieb sie einen Moment stehen und betrachtete die aufgeregten Kinder. Dieser kurze Halt passte in das Gesamtbild, das an Bryans Gedächtnis rührte, aber er verwarf sämtliche Möglichkeiten, die ihm durch den Kopf schossen. Sie setzte sich wieder in Bewegung und folgte einem der Wege in den Park hinein. Bryan war nun zum dritten oder vierten Mal hier, hatte aber nicht das Gefühl, sich auszukennen. Die Frau bog nach links um den See ab und verschwand in Richtung Jakob-Sowieso-Straße.

Als Bryan die Bäume hinter sich ließ, war sie verschwunden. Auf der Grünfläche vor ihm tummelten sich Menschen. Bei einer Traube Neugieriger, die ein paar Gauklern zusah, blieb er stehen und blickte sich aufmerksam um. In seinem Kopf hatte sich nach und nach kaum merklich und beunruhigend das Bild einer ganz bestimmten Frau geformt.

Bryan rannte bis in den entlegensten, menschenleeren Winkel des Parkes, blieb stehen und sah sich suchend in alle Richtungen um.

Da hörte er es hinter sich rascheln. Er drehte sich um und sah die Frau aus dem Gestrüpp unter den Bäumen treten. Sie marschierte geradewegs auf ihn zu, fixierte ihn und blieb wenige Schritte von ihm entfernt stehen. »Warum verfolgen Sie mich? Haben Sie nichts Besseres zu tun?«, fragte sie wütend.

Bryan verstand das meiste von dem, was sie sagte, aber antwortete nicht. Er konnte nicht.

Die Frau, die da vor ihm stand, war Schwester Petra.

Ihm sackte der Kreislauf weg, in seinen Ohren brauste es.

»Entschuldigung!«, keuchte er schließlich auf Englisch.

Die Frau vor ihm stutzte.

Bryan blieb die Luft weg, sein Puls wurde immer flacher. Ihm war kalt, und er fühlte alle Kraft in sich schwinden. Er schluckte.

Ihr Gesicht hatte sich kaum verändert. Gerade die kleinen, feinen Züge und die Mimik eines Menschen ändern sich nie. Die Prüfungen eines schweren Lebens hatten daran auch bei ihr nichts geändert, selbst wenn sie sich zu einer durchschnittlichen Frau mittleren Alters entwickelt hatte.

Was für ein unfassbarer, unheimlicher Zufall. Eiskalt lief es Bryan über den Rücken. Die Vergangenheit wurde erschreckend gegenwärtig, unzählige verdrängte Erinnerungen fügten sich unerträglich präzise zu einem Ganzen. Selbst der Klang ihrer Stimme war ihm plötzlich wieder gegenwärtig.

»Können wir uns darauf einigen, dass es für heute reicht?«, fragte sie und machte auf dem Absatz kehrt, ohne seine Antwort abzuwarten.

Sie hatte sich bereits einige Schritte von ihm entfernt, als Bryan hilflos und leise »Petra!« rief.

Die Frau erstarrte.

Sie kam wieder zurück und blieb vor ihm stehen. Ungläubig sah sie ihn an. »Wer sind Sie? Und woher wissen Sie, wie ich heiße?« Sie beobachtete ihn sehr genau. Sehr lange. Und schwieg.

Bryans Puls hämmerte. Vielleicht war dies der einzige Mensch, der ihm sagen konnte, was aus James geworden war?

Die Frau runzelte leicht die Stirn, als käme ihr ein Gedanke, und schüttelte dann unwirsch den Kopf. »Ich kenne keine Engländer. Also kann ich Sie auch nicht kennen. Würden Sie mir bitte erklären, was das soll?«, fragte sie in gebrochenem Englisch.

»Aber Sie erkennen mich doch wieder! Das sehe ich Ihnen an!«

»Ja, kann sein, dass ich Sie schon einmal gesehen habe. Aber ich habe so viele Menschen gesehen. Und ich kenne ganz bestimmt keine Engländer.«

»Schauen Sie mich an, Petra! Sie kennen mich, aber es ist Jahre her, seit Sie mich zuletzt gesehen haben. Sie haben mich nie sprechen hören. Und ich spreche nur Englisch, weil ich von Geburt an Engländer bin. Das wussten Sie damals aber nicht.« Mit jedem Wort wurde ihm das Gesicht der Frau vertrauter. Eine leichte Blässe verriet, dass auch sie aufgeregt war. »Ich bin nicht hier, um Sie zu belästigen, Petra. Das müssen Sie mir glauben. Ich hatte keine Ahnung, dass Sie in Freiburg sind. Dass ich Sie oben auf der Brücke gesehen habe, war reiner Zufall. Auch ich habe Sie nicht gleich erkannt, Sie kamen mir nur irgendwie bekannt vor. Und dann bin ich neugierig geworden und bin Ihnen gefolgt.«

»Wer sind Sie? Woher kennen wir uns?« Sie wich einen Schritt zurück, als hätte sie Angst vor der Wahrheit.

»Das Alphabethaus. Ich war dort Patient. Erinnern Sie sich an Arno von der Leyen? So hieß ich damals, aber so heiße ich nicht wirklich.«

Bryan konnte sie gerade noch auffangen, als sie nach vorn taumelte. Doch sofort riss sie sich los. Kreidebleich taxierte sie ihn von oben bis unten, fasste sich an die Brust und schnappte nach Luft.

»Entschuldigung! Es – es tut mir leid! Ich wollte Sie nicht erschrecken!« Wie gebannt sah Bryan sie an. »Ich bin nach Freiburg gekommen, um Gerhart Peuckert zu finden«, fuhr er fort. »Können – könnten Sie mir dabei helfen?« Fragend breitete Bryan die Arme aus. Die Luft zwischen ihnen war wie elektrisiert.

»Gerhart Peuckert?« Sie atmete noch einmal tief ein, stand mit gesenktem Kopf da und sammelte sich. Als ihre Blicke sich

begegneten, hatte sie wieder etwas mehr Farbe im Gesicht.
»Sie suchen Gerhart Peuckert? Ich glaube, den gibt es nicht
mehr.«

37

WOLKEN WAREN AUFGEZOGEN, die das Licht im Wohnzimmer grau und kalt erscheinen ließen. Seit über zwei Minuten hielt Wilfried Kröner nun schon den Telefonhörer in der Hand. Das Gespräch mit Petra Wagner hatte ihm die Sprache verschlagen. Sie war ganz aufgeregt gewesen und hatte unzusammenhängendes Zeug geredet. Das, was sie ihm erzählt hatte, war schier unglaublich.

Er richtete sich auf und notierte etwas auf einem Block. Dann wählte er eine Nummer.

»Hermann Müller Invest!« Die Stimme klang leidenschaftslos.

»Ich bin's.«

Der Mann am anderen Ende der Leitung antwortete nicht.

»Es gibt Probleme.«

»Aha.«

»Ich habe gerade mit Petra Wagner gesprochen.«

»Jetzt sag nicht, dass sie schon wieder Schwierigkeiten macht?«

»Gott bewahre, nein! Petra ist lammfromm.« Kröner zog die Schreibtischschublade auf und bugsierte eine Tablette aus einer kleinen Porzellandose. »Nein, aber sie ist Arno von der Leyen begegnet. Hier in Freiburg. Heute.«

Am anderen Ende der Leitung blieb es lange still. »Verfluchte Scheiße! Arno von der Leyen? Hier in Freiburg?«

»Ja, verdammt, im Stadtgarten. Sind sich zufällig über den Weg gelaufen, sagt sie.«

»Zufällig?«

»Behauptet sie, ja.«

»Aha. Und dann? Was ist dann passiert?«

»Er hat sich ihr zu erkennen gegeben. Sie sagt, sie sei sich ihrer Sache ganz sicher. Er ist es! Petra hat ihn wiedererkannt, als er ihr sagte, wer er ist. Sie war außer sich.«

»Ja, das glaube ich gerne!« Dann herrschte am anderen Ende der Leitung wieder Schweigen.

Kröner legte die Hand aufs Zwerchfell. Zum ersten Mal seit Wochen hatte er wieder Beschwerden. »Der Mann ist ein Killer.«

Der Alte räusperte sich, er schien nicht bei der Sache zu sein. »Ja. Der arme Schmidt, so ein guter Mann. Den hat er erwischt.« Er lachte trocken.

Kröner wusste nicht, was daran lustig war. »Petra erwähnte da noch etwas, was ich beunruhigend finde«, fuhr er fort.

»Und zwar? Etwa, dass er hinter uns her ist, oder so was?«

»Er sucht nach Gerhart Peuckert.«

»Soso. Er sucht Gerhart Peuckert. Und was weiß er über ihn?«

»Anscheinend nur das, was Petra Wagner ihm gesagt hat.«

»Dann kann ich für sie nur hoffen, dass sie nicht zu viel gesagt hat.«

»Nur, dass Gerhart tot ist. Was wohl ein ziemlicher Schock für ihn war.« Kröner rieb sich die Wange. Verdammt noch mal. Das konnte er jetzt gar nicht gebrauchen. Zum ersten Mal seit vielen Jahren fühlte er sich verwundbar.

Arno von der Leyen musste verschwinden.

»Und dann wollte er wissen, wo Gerhart begraben ist«, sagte Kröner schließlich.

»Und das konnte sie ihm vermutlich nicht sagen.« Der Alte wollte gerade wieder lachen, musste sich stattdessen aber noch einmal trocken und dumpf räuspern.

»Sie will versuchen, es herauszufinden, hat sie ihm versprochen. Um zwei Uhr wollen sie sich dann in der Weinstube des Hotel Rappen wieder treffen. Sie hat ihm aber gesagt, er solle sich keine großen Hoffnungen machen.« Kröner konnte förmlich hören, wie es im Kopf des Alten arbeitete. »Was meinst du? Sollen wir ihnen Gesellschaft leisten?«

»Nein!«, wehrte der Alte prompt ab. »Ruf sie an. Sag ihr, sie soll Arno von der Leyen erzählen, Gerhart Peuckert sei an der Gedenkstätte bei der Panoramaaussicht am Burghaldering begraben. Oben am Säulengang.«

»Aber da ist doch gar keine Gedenkstätte.«

»Was du nicht sagst, Wilfried. Aber was nicht ist, kann ja noch werden, nicht wahr?« Der Alte lachte heiser. »Sie soll ihm erzählen, man käme am besten mit der Gondelbahn dort hinauf. Die Fahrt vom Stadtgarten am Karlsplatz dauere nur zwei Minuten. Und außerdem, Wilfried, soll sie ihm sagen, dass man dort vor fünfzehn Uhr nicht hineinkommt.«

»Und dann?«

»Ich überlege, ob wir Lankau verständigen sollen. Er wäre genau der richtige Mann. Oder was meinst du? Oben auf dem Schlossberg ist man so herrlich ungestört.«

Kröner nahm sich noch eine Tablette aus der Schublade. In einem Jahr würde sein Sohn eingeschult werden. Andere Eltern würden ihre Kinder auffordern, mit ihm zu spielen. Der Junge würde es leicht haben, und das wünschte Kröner ihm auch. Er hatte seit Kriegsende ein gutes Leben gehabt. Das sollte so bleiben. Er war nicht bereit, auf irgendetwas zu verzichten. »Da ist noch etwas, was mir nicht gefällt«, sagte er.

»Und das wäre?«

»Er hat Petra vorgemacht, er sei Engländer. Hat nur Englisch mit ihr gesprochen.«

»Ach!« Der Alte hielt kurz inne. »Und?«

»Und? Wer ist dieser Mann? Ist er alleine hier? Warum sucht er Gerhart Peuckert? Warum gibt Arno von der Leyen sich als Engländer aus? Das gefällt mir nicht. Diese Gleichung hat für mich zu viele Unbekannte.«

335

»Die Unbekannten überlass mal mir, Wilfried. Ist mein Spezialgebiet. Habe ich nicht schon immer gesagt, dass an dem Mann etwas faul ist? Habe ich euch nicht schon damals gesagt, dass ich an der Echtheit seiner Identität zweifele? Und siehe da! Mit Unbekannten kenne ich mich aus, das weißt du doch.« Er versuchte zu lachen, brachte aber wieder nur ein Räuspern zustande. »Ich lebe ja gewissermaßen von Unbekannten. Oder wären wir heute etwa da, wo wir sind, wenn ich es nicht verstanden hätte, den entsprechenden Nutzen aus Unbekannten zu ziehen?« Er klang gekränkt.

»Und womit kennt Arno von der Leyen sich aus? Was ist sein Spezialgebiet? Er konnte damals alles mit anhören, was wir besprochen haben. Also weiß er alles. Und er weiß genau, wie er uns kriegen kann.«

»Dummes Zeug, Kröner!« Peter Stichs Stimme klang hart. »Er wäre doch schon vor Jahren aufgetaucht, wenn er gewusst hätte, dass wir hier sind. Er weiß es nicht. Wir haben unsere Namen geändert. Wir sind älter geworden. Zwischen dem rotäugigen Patienten, den er aus dem Spital kennt, und dem weißbärtigen alten Hermann Müller liegen Welten. Aber verschwinden muss er natürlich, keine Frage. Jetzt mal immer mit der Ruhe, Wilfried. Du rufst Petra Wagner an und ich mache Lankau ausfindig.«

Lankau war derart außer sich, dass er sie nicht einmal begrüßte, als er die Wohnung in der Luisenstraße betrat. Seine Golfjacke war falsch zugeknöpft.

»Sagt mal, habt ihr das denn immer noch nicht kapiert?«, platzte es aus ihm heraus.

Kröner betrachtete ihn mit Sorge. Lankaus ungeheuer breites Gesicht glühte. Er hatte in den letzten Jahren beständig zugenommen und sich zu einem wahren Koloss mit gefährlich hohem Blutdruck entwickelt. Andrea Stich nahm ihm den Mantel ab und verschwand im Flur. In der großen Wohnung war es gleißend hell, obwohl die Sonne nur schräg hereinfiel. Stich strich sich ein paarmal über den Bart und führte Lankau dann zu Kröner in der Sofaecke.

»Samstags spiele ich Golf, verdammt noch mal! Da bin ich für niemanden zu sprechen! Für niemanden, versteht ihr? Außer für meinen Gegner, denn mit dem esse ich zwischen Loch neun und zehn immer im Colombi zu Mittag.« Lankau kam immer mehr in Fahrt. »Selbst als meine älteste Tochter ihr erstes Kind bekam, bin ich nicht gestört worden. Das wisst ihr ganz genau, verdammt noch mal! Also, was liegt so unglaublich Wichtiges an, dass ihr meint, mich vom Golfplatz holen zu müssen, Himmel, Arsch und Zwirn?« Er ließ sich auf das Sofa fallen. »Und fasst euch bitte kurz!«, kläffte er.

»Jetzt halt mal die Luft an, Horst. Und hör zu.« Peter Stich räusperte sich ein paarmal und erklärte dem breitgesichtigen Choleriker dann kurz und knapp die Lage. Die Gesichtsfarbe des Hünen änderte sich schlagartig. Die dicken Hände gefaltet, beugte er sich vor.

»Verstehst du jetzt, Horst? Wenn du deine wunderbare Ungestörtheit auf dem Golfplatz oder sonst wo behalten möchtest, wirst du jetzt wohl oder übel deinen Geschäftspartner und Golffreund anrufen und ihm sagen müssen, dass er die letzten neun Löcher heute Nachmittag ohne dich spielen muss. Du kannst ihm ja erklären, du hättest unerwartet Besuch von einem alten Bekannten bekommen.« Und wieder räusperte sich der Alte, statt zu lachen.

»Wir lassen jetzt alles stehen und liegen«, schaltete Kröner sich ein und versuchte, Lankaus feindseligen Blick zu ignorieren. Schon seit Jahren war die Rangordnung unter ihnen mehr als klar. »Diese Angelegenheit hat allerhöchste Priorität. Ich schlage vor, dass unsere Familien ein paar Tage verreisen, bis die Sache ausgestanden ist.«

Lankau zog die Augenbrauen zusammen, bis das erblindete Auge, das Andenken an die letzte Begegnung mit Arno von der

Leyen in jener Novembernacht vor achtundzwanzig Jahren, ganz geschlossen war. »Glaubst du, das Schwein weiß, wo wir wohnen?« Er wandte sich Kröner zu und schob die Unterlippe vor. Kröner war sicher, dass Lankau mehr Angst um seinen Hausrat als um seine Familie hatte. Was ihm egal sein konnte, solange das Ergebnis das gleiche war: dass Lankau zuhörte.

»Ich bin davon überzeugt, dass Arno von der Leyen sich gründlich vorbereitet hat und dass er in diesem Moment seinen nächsten Schachzug plant. Stich ist da anderer Meinung, er glaubt an einen Zufall.«

»Ich weiß noch nicht, was ich tue. Was ihr mit euren Familien macht, ist eure Sache. Solange Diskretion das oberste Gebot bleibt. Ich glaube kaum, dass ihr Andrea dazu bewegen könnt, Freiburg zu verlassen, oder, Andrea?« Die zierliche Gestalt schüttelte schweigend den Kopf, während sie Tassen auf den Tisch stellte.

Kröner beobachtete sie dabei, wie sie Kaffee einschenkte. Andrea Stich war nichts weiter als das Anhängsel ihres Mannes. Anders als Kröners jetzige Frau, die die Unschuld und Reinheit in Person war, hatte Andrea Stich schon so einiges durchgemacht. Nach einem langen Leben an der Seite ihres Mannes war sie gegen Sorgen und Schmerzen immun. Das Herz der Frau eines KZ-Lagerkommandanten konnte weder unschuldig noch rein sein. Hatte ihr Mann einen Feind, musste der verschwinden, so einfach war das. Sie stellte keine Fragen. Das war Männersache. Sie kümmerte sich um Heim, Herd und sich selbst. Kröner dagegen wollte auf keinen Fall, dass seine Familie in diese Sache hineingezogen würde. Lankau brummte vor sich hin und rutschte dann auf dem Sofa nach vorn.

»Und jetzt soll ich ihn kaltmachen! Das ist es doch, was ihr wollt, oder? Mit dem allergrößten Vergnügen! Auf diese Gelegenheit warte ich seit Jahren. Aber hättet ihr euch dafür nicht einen besseren Schauplatz als den Schlossberg aussuchen können?«

»Gemach, gemach, Lankau. Der Schlossberg eignet sich ausgezeichnet, wenn man den richtigen Zeitpunkt wählt. Nach drei Uhr nachmittags sind alle Schulklassen wieder auf dem Weg nach unten. Und auch sonst verirrt sich Anfang September um diese Uhrzeit keine Menschenseele in den Säulengang. Du wirst also in aller Ruhe arbeiten können.« Der Alte tunkte einen Keks in seinen Kaffee. Ein Samstagsprivileg, von dem sein Arzt besser nicht erfuhr. Kröner kannte das von seinem Sohn. Aufmüpfigkeit war offenbar die unvermeidliche Begleiterscheinung jeder Form von Diabetes. »In der Zwischenzeit, Wilfried, sorgst du dafür, dass eure Familien übers Wochenende die Stadt verlassen. Um sieben, wenn alles vorbei ist, treffen wir uns beim Dattler und schaffen ihn gemeinsam weg. Wie und wohin, werde ich mir noch überlegen. Bis dahin haben wir genug zu tun. Vor allem für dich habe ich noch eine kleine Aufgabe, lieber Wilfried.«

Kröner sah ihn zerstreut an. Er hatte einen Moment nicht zugehört, sondern darüber nachgedacht, was er seiner Frau sagen sollte. Sie würde Fragen stellen. Viele Fragen. Peter Stich legte seine Hand auf Kröners.

»Aber als Allererstes, Wilfried, musst du Erich Blumenfeld aufsuchen.«

38

FREUDE UND TRAUER. Anspannung und Erleichterung. Angst und Wehmut. Die Gefühle fuhren Achterbahn mit Bryan. Zuerst bekam er kaum Luft, dann raste sein Herz und die Hände zitterten.

Tränen verschleierten seinen Blick.

James hatte es nicht geschafft. Nein, Bryan war nicht wirklich überrascht. Aber die Gewissheit empfand er jetzt als Anklage; die Jahrzehnte schwelende Angst, seinen Freund verraten zu haben und schuld an dessen Verhängnis zu sein, traf ihn wie ein Faustschlag in die Magengegend.

»Warst du am Grab?«, fragte Welles am anderen Ende der Leitung. Bryan konnte sein fassungsloses Gesicht vor sich sehen.

»Nein, noch nicht.«

»Aber du weißt, dass er tot ist?«

»Das hat die Krankenschwester gesagt, ja.«

»Aber du hast das Grab noch nicht gesehen! Soll ich das Wochenende über noch weitermachen, wie abgesprochen?«

»Mach, was du willst, Keith. Ich glaube, wir haben unser Ziel erreicht.«

»Du sagst, du glaubst es.« Keith Welles betonte Bryans Vorbehalt. »Du bist dir also nicht sicher?«

Bryan seufzte. »Sicher?« Er fasste sich in den Nacken. »Doch, schon. Ich sag dir Bescheid, wenn ich soweit bin.«

Bryan erntete einen entnervten Blick von einer der Kellnerinnen. Das Münztelefon stellte auf dem Weg von der Küche zur Cafeteria eine echte Schikane dar. Mit einem Nicken wies sie Bryan auf einen Text hin, der über dem Telefon an der

Wand hing. Bryan verstand ihn nicht, vermutete aber, dass es sich dabei um einen Hinweis auf die Telefonkabinen handelte, die er im Untergeschoss des Kaufhauses gesehen hatte. Bryan zuckte mit den Achseln, wann immer die Bedienungen sich kopfschüttelnd mit übervollen Tabletts an ihm vorbeidrängten. Das war sein drittes Telefonat gewesen, oder besser, sein dritter Versuch.

Nachdem er nun so oft vergeblich probiert hatte, Laureen zu Hause in Canterbury zu erreichen, ging er davon aus, dass sie mit Bridget nach Cardiff gefahren war.

Der nächste Anruf ging nach München. Im Olympischen Dorf hatte man ihn noch nicht vermisst. Das kurze Gespräch drehte sich einzig um den Sieg Englands im Fünfkampf der Frauen – ein Triumph, der alles andere zu überstrahlen schien. Mary Peters hatte die magische Grenze von 4800 Punkten um einen Punkt überschritten. Eine Sensation. Ein strahlender Weltrekord. Trotz diverser Gesprächspausen erwähnte keiner von ihnen die tragischen Ereignisse der letzten Tage, die barbarische Entweihung der Spiele. So waren die Bedingungen im Sport. Volle Konzentration.

Bryans Herz raste, als er endlich die gut gefüllte Weinstube des Hotels Rappen am Münsterplatz betrat. Petra saß, ohne abgelegt zu haben, gleich an der Tür und nippte an einem großen Glas Bier. Der Schaum war am oberen Rand bereits eingetrocknet, sie wartete schon eine Weile. Dann machte es auch nichts, dass er zehn Minuten zu früh kam.

Noch bevor es zwei Uhr schlug, hatte sie ihm auch die letzte Hoffnung genommen. Bryans Lippen bebten. Petra senkte den Blick und schüttelte sachte den Kopf. Dann sah sie ihn kurz an und legte ihm die Hand auf den Unterarm.

Der Taxifahrer hatte dreimal nachfragen müssen, bis er das Ziel verstand. Bryan bereute fast, nicht bei Petra geblieben zu sein. Vielleicht hätte es ihnen beiden geholfen, über das zu sprechen, was sie damals erleben mussten. Aber in dem Moment hatte er nicht anders gekonnt, er musste sich Gewissheit verschaffen.

Er hatte unmöglich in dem Lokal sitzen bleiben können, er musste zu dem Gemeinschaftsgrab der Gedenkstätte, in dem man seinen Freund zur letzten Ruhe gebettet hatte. Die Angriffe im Januar 1945 hatten so viele Menschen das Leben gekostet. Und zahllose unter ihnen waren unidentifiziert begraben worden. Das wurde Bryan erst jetzt richtig bewusst. James war namenlos, ohne Stein und ohne jegliche Markierung beerdigt worden. Das war das Allerschlimmste.

Als die Bomber der Alliierten seinerzeit zum Alphabethaus ausschwärmten, geschah dies auf Grundlage der Informationen, die Bryan in den Gesprächen mit Hauptmann Wilkens preisgegeben hatte. Das wurde ihm jetzt noch einmal schmerzlich bewusst.

Das war eine Schuld, die ein Mensch allein nicht aushalten konnte.

Der heruntergekommene Volkswagen stand noch genau da, wo Bryan ihn am Vortag zurückgelassen hatte. Aufgewühlt betrachtete er das Fahrzeug.

Jeder Mensch reagiert anders, wenn seine Geduld in einer Stresssituation auf die Probe gestellt wird. Bryan erinnerte sich gut daran, wie James in solchen Situationen schlagartig müde wurde und sich sofort durch Schlaf entziehen wollte. Das war nicht erst seinerzeit vor ihren Flügen so gewesen, sondern schon zu Prüfungszeiten in Eton und Cambridge.

Bryan hatte James oft um diese Eigenschaft beneidet, die in seinen Augen ein Segen war.

Er selbst war eher der unruhige, ungeduldige Typ. Warten war noch nie seine Stärke gewesen. Je länger er auf etwas warten musste, desto rastloser wurde er, war immer in Bewegung.

Die Warterei jetzt war kaum auszuhalten. Erst in einer

Stunde konnte er zum Schlossberg hinauffahren und das Grab seines besten Freundes besuchen.

Er warf noch einen Blick auf diesen Schrotthaufen von Volkswagen, der im Vergleich zu den anderen Autos hier ziemlich aus dem Rahmen fiel. Es war kaum zu glauben, aber das Auto war jetzt tatsächlich noch schmutziger als vorher. Vor lauter Staub war es inzwischen grau.

Bryan nahm sich vor, den Wagen zu der kleinen Kneipe bei der Eisenbahnbrücke zurückzufahren und dort, wie mit dem Verkäufer besprochen, abzustellen.

Die Arme auf das Autodach gestützt, blickte Bryan zur Kuranstalt St. Ursula auf der anderen Straßenseite. Er bemerkte gar nicht, wie schwarz seine Unterarme wurden. Die Anstaltsgebäude verliehen dem Straßenbild einen gewissen Glanz.

Wie alle Einrichtungen für psychisch kranke Menschen hatte natürlich auch die Kuranstalt St. Ursula ihre Geheimnisse. Bryan hatte gehofft, James würde eines davon sein. Diese Hoffnung hatte sich nun zerschlagen. Doch der Pockennarbige hatte irgendeine Verbindung zu diesem Haus. Kröner, der Mörder, spielte dort ebenfalls eine Rolle. Wenn Bryan nur wüsste, welche.

Er schlug auf das Dach des Volkswagens und fasste im selben Moment einen Entschluss.

Seine Tatkraft hatte ihn wieder.

Es vergingen einige Minuten, bis Anstaltsleiterin Rehmann in den Verwaltungsräumen erschien. Zunächst hatte ein ziemlich abweisender Pfleger ihn wegzuschicken versucht. Doch der Blumenstrauß, den Bryan geistesgegenwärtig noch schnell besorgt hatte und mit dem er jetzt vor der Nase des Pflegers herumfuchtelte, zeigte den gewünschten Effekt und ebnete Bryan den Weg in Rehmanns Vorzimmer.

Dort sah es aus wie geleckt. Nicht ein einziges Blatt Papier lag herum. Bryan nickte anerkennend. Der einzige lose Gegenstand auf dem Schreibtisch war das Foto einer jungen Frau mit einem kleinen, dunkelhaarigen Jungen. Daraus schloss Bryan, dass es sich bei Rehmanns Vorzimmerdame um einen Herrn handelte. Er bereitete sich bezüglich der Anstaltsleiterin auf das Schlimmste vor.

In gewissem Sinn sollte er Recht behalten.

Die Anstaltsleiterin Rehmann zeigte sich in der persönlichen Begegnung genauso unnahbar wie am Telefon. Sie bat ihn sofort zu gehen. Aber Bryan zog den Blumenstrauß hinter dem Rücken hervor und sah sie treuherzig an. Das besänftigte sie genau so lange, wie er brauchte, um sich auf die Kante des Vorzimmertisches zu setzen und sie herzlich anzulächeln.

Alles Weitere war Verhandlungssache, und verhandeln konnte Bryan verdammt gut. Selbst wenn er – wie jetzt – keine Ahnung hatte, was er eigentlich erreichen wollte und wieso.

»Mrs. Rehmann! Bitte verzeihen Sie mir! Da muss ich Mr. MacReedy wirklich gründlich missverstanden haben. Er hatte mir im Hotel die Nachricht hinterlassen, ein Besuch am Vormittag würde Ihnen nicht passen. Daraus habe ich geschlossen, ich solle meinen Besuch auf den Nachmittag verlegen. Ich kann natürlich gerne wieder gehen ...«

»Darum möchte ich Sie in der Tat bitten, Mr. Scott.«

»Wirklich schade, jetzt, wo ich schon mal hier bin. Da wird die Kommission sehr enttäuscht sein.«

»Die Kommission?«

»Ja. Selbstverständlich wissen wir, dass Ihre Klinik absolut vorschriftsmäßig betrieben wird. Und doch werden Sie mir sicher bestätigen, Mrs. Rehmann, dass es keine Klinik gibt, die nicht irgendwie davon profitieren würde, in den Genuss von Stiftungsmitteln zu kommen, oder?«

»Stiftungsmittel? Ich weiß überhaupt nicht, wovon Sie sprechen, Mr. Scott. Und von welcher Kommission ist hier eigentlich die Rede?«

»Nun, wissen Sie, der Ausschuss, dessen Sprecher ich bin,

verteilt die Stiftungsgelder der – hat man Sie denn gar nicht unterrichtet?«

Sie schüttelte den Kopf und sah ihn skeptisch an. Doch er spürte: Jetzt hatte er sie am Haken. Was für eine Wohltat, diese spröde Frau um den Finger wickeln zu können! Bryan war wie im Rausch.

Er sah auf die Uhr. Halb drei. Jetzt würde er es nicht mehr schaffen, den Volkswagen bei der Stammkneipe des Hippies abzustellen, bevor er James' Grab besuchte.

»Es geht um EWG-Stiftungen, die im Zusammenhang mit der wohl unmittelbar bevorstehenden Norderweiterung des Staatenverbundes eingerichtet werden. Privatkliniken wie die Ihre, Mrs. Rehmann, könnten schon bald mit großzügigen Zuschüssen aus diesen Töpfen rechnen.«

»Ach so, die EWG!«, sagte sie und dachte kurz nach. »Sie sagten, es handele sich um einen Ausschuss. Wann wird denn die Kommission eingesetzt, Mr. Scott?«, erkundigte sie sich. »Ich meine, wann genau wird man über die Verteilung und die Höhe der Zuschüsse entscheiden?«

»Oh, das ist schwer zu sagen. Das hängt zum einen davon ab, welche Länder ab dem 1. Januar als neue Mitglieder beitreten, und zum anderen davon, wie schnell wir mit unserer Arbeit weiterkommen. Ständig kommt uns irgendetwas dazwischen, auch wenn es nur Kleinigkeiten sind, die uns jedoch die Arbeit erschweren und immer wieder für Verzögerungen sorgen. So wie dieses Missverständnis mit MacReedy. Da muss doch irgendetwas gründlich schiefgelaufen sein. Ich hatte ihn nämlich schon vor Wochen gebeten, diesen Termin mit Ihnen zu vereinbaren, weil mir Ihr Sanatorium äußerst förderungswürdig erschien.« Ohne sich von der Tischkante zu erheben, beugte Bryan sich zu Rehmann vor und raunte: »Sagen Sie, Mrs. Rehmann, Sie wollen mir doch wohl nicht erzählen, dass Ihnen das alles völlig neu ist? Das kann ich gar nicht glauben, so engagiert, wie Sie dieses Haus führen.«

»Doch, ich muss gestehen, dass ich von all dem noch nie etwas gehört habe.« Rehmanns Lachen klang etwas gekünstelt. Und Bryan hatte sie genau dort, wo er sie haben wollte.

Während des Rundgangs durch die Klinik zeigte Rehmann sich von ihrer zuvorkommenden Seite. Bryan nickte höflich und interessiert und stellte nur wenige Fragen. Trotz seiner medizinischen Ausbildung konnte Bryan mit den meisten psychiatrischen Fachbegriffen, die die Anstaltsleiterin zahlreich bemühte, nur wenig anfangen. Er war aber auch nicht wirklich bei der Sache.

Die Einrichtung konnte durchaus als modern bezeichnet werden. Hell und freundlich, gedämpfte Farben und liebenswürdig lächelndes Personal. In einem der Flügel befanden sich die Gemeinschaftsräume, wo fast alle Patienten versammelt waren. Von überallher waren die Fernsehübertragungen der letzten Wettkämpfe zu hören, mit denen die Olympischen Spiele nun zu Ende gingen.

In der ersten Abteilung wirkte der Großteil der Patienten altersdement. Die meisten dösten vor sich hin, sie standen offenkundig unter Medikamenteneinfluss.

Frauen waren hier auffällig in der Minderzahl. Bryans Wunsch, einen Blick in alle Räume werfen zu dürfen, ließ Rehmann stutzen. Bryan reagierte sofort.

»Wundert Sie das, Mrs. Rehmann? Seien Sie versichert: Ich habe noch nie eine Einrichtung von besserem Standard gesehen. Darum werde ich jetzt immer neugieriger. Ich kann kaum glauben, dass es hier überall so vorbildlich zugehen soll – und noch dazu bei einem Besuch, auf den Sie ja gar nicht vorbereitet waren«, schmierte er ihr Honig ums Maul. Rehmann lächelte und fasste sich an ihre Turmfrisur, mit der sie ihn um einen halben Kopf überragte.

Als sie auf ihrem Weg zum anderen Flügel die Eingangshalle durchquerten, war es bereits drei Uhr.

Hinter einer der großen Topfpalmen rechts und links der Eingangstür hatte sich ein hochgewachsener Mann mit vernarbtem Gesicht versteckt. Er musste sich sehr beherrschen, um ganz ruhig durch die zusammengebissenen Zähne zu atmen. Als er Rehmanns Begleiter sah, ballte er die Fäuste.

Erst als sie den letzten Raum erreichten, ließ Rehmann sich endlich ablenken. Über die interne Sprechanlage hatte man bereits mehrfach versucht, sie zu rufen, doch bisher hatte sie darauf nicht reagiert.

Bryan sah sich um. Die Einrichtung war die gleiche wie in der zuerst besichtigten Abteilung.

Im Zustand der Patienten bestand jedoch ein himmelweiter Unterschied zu den Alterspsychosen, die still und leise zum Tod führten.

Eiskalt lief es Bryan über den Rücken. Die Atmosphäre in diesen Räumen sowie ihre Bewohner erinnerten ihn mehr als alles andere an die Zeit im Alphabethaus. Das Unartikulierte. Die Körpersprache. Die Apathie. Der Mantel des Schweigens. Er ging davon aus, dass die Menschen hier durchweg stark sediert waren.

Ganz junge Patienten hatte Bryan zwar noch nicht gesehen, aber trotzdem schätzte er das Durchschnittsalter in diesem Flügel auf höchstens fünfundvierzig. Einige der Bewohner wirkten auf den ersten Blick zunächst gesund. Sie sprachen die Anstaltsleiterin förmlich an, worauf diese mit einem kurzen Nicken antwortete.

Anderen Patienten merkte man an ihrer Körpersprache die Schizophrenie an. Reduzierte Mimik, tiefliegende Augen, verstörter Blick.

Von ihren jeweiligen Plätzen aus starrten sie alle zum Fernseher. Die meisten saßen in Reih und Glied auf eleganten Stühlen aus heller Eiche mit Armlehnen, andere auf bunten Sofas und ein paar wenige in großen, schweren Ohrensesseln,

die mit dem Rücken zur Tür in der Mitte jedes Gemeinschafts-
raums thronten.

Bryan ließ den Blick über die Fernsehzuschauer wandern
und registrierte Rehmanns neuen, ernsten Gesichtsausdruck.
Sie sprach noch ein paar Worte in die Anlage, kam dann direkt
auf Bryan zu und fasste ihn freundlich am Arm.

»Entschuldigen Sie, Mr. Scott, aber wir müssen uns beeilen. Es tut mir wirklich leid, nur: Wir wollen ja auch noch
das Obergeschoss besichtigen, und wie ich eben gehört habe,
gibt es gerade einen Fall, um den ich mich rasch persönlich
kümmern muss.«

Einige der Patienten sahen ihnen träge nach, bis sie den
Raum verlassen hatten. Nur ein einziger von ihnen hatte überhaupt nicht auf ihre Stippvisite reagiert, sondern regungslos
in dem Ohrensessel gesessen, der ihm aufgrund seines hohen
»Dienstalters« irgendwie zustand. Im Schutze dieses Mons-
trums hatte er wie erstarrt lediglich die Augen ein klein wenig
bewegt.

Seine Aufmerksamkeit richtete sich einzig und allein auf
das, was auf dem Bildschirm passierte.

39

KAUM HATTEN BRYAN und Rehmann den Raum verlassen, nahm der Mann im Sessel seine Übungen wieder auf. Stoisch verfolgte er die übliche Routine: Erst wippte er ein wenig mit den Füßen. Dann spreizte er die Zehen, bis sie ihm wehtaten, atmete tief ein und entspannte die Füße wieder. Dann spannte er die Waden an, die Schienbeinmuskeln, dann die Oberschenkel. Nachdem er einmal sämtliche Muskelgruppen nacheinander aktiviert und entspannt hatte, fing er wieder von vorne an.

Das grobkörnige Fernsehbild wechselte beständig die Farbe. Die Gestalten auf dem Bildschirm waren verschwitzt und alle sehr aufgeregt. Jetzt sah er, wie die gleichen Läufer sich bereits zum dritten Mal zum gleichen Lauf aufstellten. Sie schüttelten Arme und Beine aus. Einige trugen Laufschuhe mit drei Streifen, andere solche mit nur einem. Kaum fiel der Startschuss, fuchtelten alle wie wild mit den Armen. Erst bewegten sie sie vor und zurück und dann, als sie die hintere Linie passierten, nach oben. Sie waren alle sehr muskulös. Vor allem die farbigen Männer. Und zwar von Kopf bis Fuß.

Der Mann erhob sich langsam und streckte die Hände hoch über sich in die Luft. Die anderen Patienten starrten weiter unbeirrt auf den Bildschirm. Sie beachteten ihn gar nicht. Dann fing er wieder an, alle Muskelgruppen nacheinander anzuspannen. Sein Körper war durchtrainiert wie der der farbigen Männer.

Einige der Läufer ließen sich auf den Rasen fallen, aber kein Farbiger. Alle trugen helle Hosen. Sie waren in der Mehrzahl. Die hellen Hosen. Als er die Hände zum zehnten Mal in die

Luft streckte, zählte er die Funktionäre, die entlang der Bande vor den Zuschauern saßen. Jedes Mal, wenn die Kameraeinstellung wechselte, zählte er sie von Neuem. Es waren zweiundzwanzig.

Dann setzte er sich und begann sein Trainingsprogramm von vorn.

Die Arme in die Seiten gestemmt, spazierten die Sportler lange umher, ohne sich anzusehen. Die meisten trugen Schuhe mit drei Streifen. Ein einziger hatte nur einen waagerechten Strich. Er zählte die Funktionäre an der Bande. Bei diesem Lauf waren es nicht so viele. Acht. Er zählte sie noch einmal.

Die Pausenmelodie, die immer zwischen den Berichten eingespielt wurde, erklang. Er beugte sich vornüber, umfasste seine Fußgelenke und zog den Oberkörper gegen die Oberschenkel. Er schloss die Augen und lauschte. Die Stille, die neue Läufer ankündigte, übertönte das Brausen der Zuschauer. Es war genau das Gleiche, wie er es gestern schon gesehen hatte.

Er beugte sich vor, bis er mit der Stirn die Knie berührte, und zählte noch einmal rückwärts. Hundert, neunundneunzig, achtundneunzig, siebenundneunzig … Wieder ertönte ein Schuss. Er wandte den Blick zur Seite, ließ das auf dem Kopf stehende Bild seiner Umgebung an sich vorbeirauschen und zählte unbeirrt weiter. Ein Gesicht im Sessel neben ihm verwischte, weil er sich so anstrengte. Die Farben flossen ineinander. Dann hörte er wieder die Zuschauer rufen. Nichts als ein tiefes Rauschen. Er richtete sich auf, sah kurz zum Bildschirm und prägte sich das Bild dieses Meeres aus Armen und Farben ein. Dann schloss er wieder die Augen und begann aus der Erinnerung die Köpfe zu zählen. Die Hintergrundgeräusche verblassten. Er war in seinem Übungsprogramm an dem Punkt angelangt, wo ihm immer schwindelig wurde. Wie ferngesteuert federte er die letzten dreißig Male nach, dann hechelte er ein paarmal und richtete sich wieder auf. Nach mehrmaligem

Strecken der Halsmuskulatur reckte er noch einmal die Hände in die Luft. Erst als die vielen einzelnen Körner auf dem Bildschirm wieder ein Gesamtbild ergaben, setzte er sich.

Er atmete einige Male tief durch und hielt schließlich die Luft an. Das war die Belohnung am Ende jeder Runde. Totale Konzentration und Ruhe. Sämtliche Poren öffneten sich. In diesen Momenten nahm er das Fernsehzimmer ganz ungefiltert wahr.

Er schloss die Augen und ging im Geiste das gesamte Trainingsprogramm Übung für Übung rückwärts durch. Spulte seine Erinnerung zurück. Als er am Anfang angekommen war, konnte er die Schritte der Besucher hinter sich wieder hören. Er hatte sich alles ganz genau gemerkt.

Der Fremde hatte Schuhe mit harten, lauten Sohlen getragen. Er hatte stillgestanden, während Rehmann sich bei der Sprechanlage aufhielt. Und dann hatten sie noch einmal miteinander geredet.

Der Mann im Ohrensessel schlug ruckartig die Knie aneinander und ließ alles vor seinen Augen verschwimmen. Dann atmete er durch die Zähne aus und holte noch einmal schnell und tief Luft. Sie hatten miteinander geredet. Beide hatten Laute von sich gegeben, die er jetzt, in der Erinnerung, als äußerst unangenehm empfand. Er öffnete die Augen und sah, wie sich eine neue Gruppe Läufer konzentrierte. Fünf von ihnen trugen Schuhe mit drei Streifen. Zwei hatten nur einen Streifen. Dann zählte er die Funktionäre an der Bande. Diesmal waren es nur vier. Als er sie zum dritten Mal durchzählte, fing er an, schneller zu atmen, und sah auf.

Einige der Laute ließen ihn nicht mehr los.

Er blickte wieder zum Bildschirm und fing abermals an, mit den Unterschenkeln zu wackeln. Diesmal übersprang er die Hälfte seines Programms, schnellte vom Sessel hoch und umfasste die Fußgelenke.

Als er im Flur Schritte hörte, ließ er los und setzte sich wieder. Kein Arzt, keine Pflegekraft und kein Besucher hatte ihn jemals bei seinen Übungen gesehen.

Erst als sich der Pockennarbige neben ihn setzte, bewegte er den Kopf. Sein Gast strich ihm über den Handrücken. Er ließ es geschehen und zählte wie schon so viele Male zuvor, wie oft er das tat. Heute war sein Gast ruhiger als sonst. »Komm, Gerhart«, begrüßte er ihn und drückte seine Hand. »Es ist Samstag. Wir fahren zu Hermann und Andrea, zu Kaffee und Kuchen. Komm, Gerhart.«

Zum ersten Mal seit vielen Jahren kam James dieser Name falsch vor.

40

AUF DEM WEG DURCH den Stadtgarten ließ Bryan seinen Besuch im Sanatorium noch einmal Revue passieren. Die Anstaltsleiterin Rehmann hatte sich deutlich reservierter gegeben, seit sie bei ihrem Rundgang unterbrochen worden waren.

Wenige Minuten später hatten sie sich voneinander verabschiedet.

Die ganze Aktion war umsonst gewesen. Sein Wunsch, mehr über Kröner oder Hans Schmidt, wie er sich jetzt nannte, zu erfahren, hatte sich nicht erfüllt. Er hatte es einfach nicht gewagt, entsprechende Fragen zu stellen, da es ihm zu riskant erschien, das Thema EWG-Zuschüsse mit halb privaten Fragen zu verquicken. Rehmann hätte bestimmt sofort Lunte gerochen. Und dann wäre die Sache sicher auch Kröner zu Ohren gekommen. Auf diese Konfrontation wollte Bryan lieber verzichten.

Alles hatte seine Zeit. Auch seine Begegnung mit dem Pockennarbigen.

Insgesamt war der Besuch in der Kuranstalt eine Schnapsidee gewesen. Er hatte Zeit in etwas investiert, was zu nichts geführt hatte. Bryan ging in die Hocke, um eine Blume für James' Grab zu pflücken.

Die Fahrt mit der Seilbahn kam ihm endlos vor. Vom Geschaukel der Gondel wurde ihm übel. Das Unbehagen wurde auch nicht weniger, als er dem Weg aus überwucherten Kopfsteinen zum Säulengang folgte, wie ihn Petra beschrieben hatte. Die künstlichen griechischen Säulen an diesem Hang wirkten anachronistisch. Sie waren von niedrigen Mäuerchen mit Eisengeländer umgeben.

Man hatte es sicher gut gemeint, aber das Bauwerk war denkbar hässlich und verkommen.

Kriegerdenkmäler in Deutschland zeichnen sich nicht durch das Wahren von Anonymität aus, und die gigantische sechseckige Säule am Rand des Stadtgartens war ein guter Beweis dafür. Man hatte mit diesem Monument zunächst die Gefallenen des Ersten Weltkriegs geehrt. Genau war vermerkt, welchem Regiment die zwischen 1914 und 1918 Gefallenen angehört hatten. Nach Ende des Zweiten Weltkriegs hatte man neue Inschriften ergänzt, wieder mit Regimentsnennung und Jahreszahlen.

Denkmäler dieser Art gab es überall auf der Welt. Ihnen allen war gemeinsam, dass auf ihnen präzise der Zweck ihrer Errichtung angegeben war. Darum wunderte sich Bryan, als er auch nach gründlicher Suche rund um dieses Bauwerk keinen einzigen Hinweis darauf fand, dass es sich hier um eine Grab- oder Gedenkstätte handelte.

Er ging in die Hocke, schlang die Arme um seine Beine und verharrte einen Moment. Anschließend kniete er sich hin. Es verging eine Weile, dann nahm er eine Handvoll Erde auf.

Sie war feucht und dunkel.

41

GENAU FÜNFUNDVIERZIG MINUTEN zuvor hatte sich eine hünenhafte Gestalt auf dem gleichen Weg den Berg hinauf bewegt. Auf den letzten Schritten durch den dichten Wald war der Mann völlig außer Atem.

Inzwischen war es fast halb vier. Das Warten machte Horst Lankau nichts aus, schließlich wartete er schon seit achtundzwanzig Jahren. Ihn dürstete nach Rache.

Arno von der Leyen war in jener schicksalhaften Nacht am Rhein von einem Moment auf den anderen verschwunden gewesen. Lankau hatte unter Ausnutzung seiner guten Kontakte beharrlich, aber vergebens versucht, herauszufinden, was aus diesem Mann geworden war.

Tagein, tagaus hatte er seit dem Kampf mit Arno von der Leyen mit der davongetragenen Versehrung leben müssen, die aus ihm einen alles andere als ansehnlichen Mann gemacht hatte. Durch das verletzte Auge wirkte sein Gesicht schief. Die Frauen wandten sich ab, sobald er sich ihnen näherte. Aber das war nicht die einzige Beeinträchtigung. Weil er nur mit einem Auge sah, konnte er sein Handicap beim Golf nicht weiter verbessern. Von den gestauchten Nackenwirbeln gingen immer wieder mörderische Kopfschmerzen aus, die ihm und seinen Nächsten das Leben schwer machten. Der Schuss in die Brust hatte einige Muskeln zerfetzt, wodurch er den linken Arm nur bis Bauchhöhe heben konnte und Schwierigkeiten beim Abschlag hatte.

Am schlimmsten jedoch war die Wunde, die Arno von der Leyen in Lankaus Seele geschlagen hatte. Sie nährte einen quälenden, zerstörerischen Hass.

Eine halbe Stunde mehr oder weniger tat seiner Rachsucht nun wirklich keinen Abbruch.

Lankau hatte sein Opfer bereits ausgemacht, als es am Fuß der Fußgängerbrücke eine Blume pflückte. Er saß auf dem Dach des Säulenganges und legte das Fernglas neben seine Pistole.

Die Waffe war eine der unpräzisesten, die je in Massenproduktion gegangen waren. Angeblich waren im Laufe ihrer Geschichte mehr Freunde als Feinde durch sie ums Leben gekommen. Die Pistole Typ 94 – Shiki Kenju genannt – zeigte, dass auch Japaner in Sachen Feinmechanik nicht perfekt waren. Bei gefüllter Patronenkammer konnte sich leicht ein Schuss lösen, wenn man gegen den Abzugsstollen drückte, der offen auf der linken Seite lag und etwas hervortrat.

Aber sie war die einzige Pistole in Lankaus Sammlung, für die er einen Schalldämpfer besaß.

Er hatte sie bei einem seiner ältesten Geschäftspartner zum ersten Mal gesehen, einem ewig gestrigen Japaner, der alles dafür tat, dass traditionsreiche Rituale weiter in Ehren gehalten wurden. An einem kühlen Sommertag in Toyohashi hatte er sie aus einem alten Lappen befreit, stolz seinem Gast gezeigt und ihm erzählt, wie viele gute Dienste sie ihm trotz ihres schlechten Rufes geleistet hatte.

Lankau hatte seine neidvolle Bewunderung nicht verhehlen können. Da der traditionsbewusste Gastgeber wusste, was der japanische Ehrenkodex verlangte, und er ganz gewiss nicht sein Gesicht verlieren wollte, befand sich das gute Stück bereits einen Monat später als Geschenk verpackt in einer Sammelladung Frachtgut.

Seither hatten sie keine Geschäfte mehr miteinander getätigt.

Vielleicht hatte der Japaner erwartet, Lankau wäre so anständig, ihm die Waffe zurückzugeben.

Pech gehabt.

Lankau ölte und testete sie regelmäßig. Das Geräusch der mit Schalldämpfer abgefeuerten Schüsse klang genau so, wie man es aus Filmen kannte. Kurz, abgehackt und dumpf. Lankau sah sich um. Die Hörweite betrug etwa fünfzig Meter. In diesem Umkreis war niemand zu sehen. Beim Dattler, dem stolzen Wahrzeichen Freiburgs und einem der besten Restaurants der Region, herrschte normaler Betrieb. Um die Jahreszeit verirrte sich nur selten jemand auf diese Seite des Schlossbergs.

Peter Stich hatte Recht gehabt.

Der Breitgesichtige sah nach unten und hielt das kranke Auge zu. Auch er fand, dass die Seilbahn heute ungeheuer lange brauchte.

Als die Gondel mit Arno von der Leyen in den Bäumen verschwand, nahm er die Pistole und legte sich flach aufs Dach des Säulengangs. Er wusste aus Erfahrung, dass das Zielobjekt möglichst nah sein musste, wenn man sich auf die Shiki Kenju verlassen wollte.

Im Lauf der Jahre war Lankau dick geworden und konnte seiner Beute nicht länger hinterherrennen. Sein Opfer musste sich ihm nähern. Und genau das tat es jetzt.

Er konnte den Mann ganz kurz sehen, dann war er wieder zwischen den Bäumen verschwunden. Arno von der Leyen bewegte sich noch immer mit der Geschmeidigkeit eines jungen Mannes. Natürlich sah er anders aus, als Lankau ihn in Erinnerung hatte, aber er war ganz sicher sein Mann. Lankau spürte bereits diesen süßlichen Geschmack im Mund – so viele Jahre hatte er sich gewünscht, dem Mann unter Umständen wie diesen zu begegnen. Lankau schluckte genüsslich.

Die Schritte im Säulengang unter ihm waren langsam und zögerlich. Arno von der Leyen suchte Gerhart Peuckerts Grab. Lankau versuchte, völlig lautlos zu atmen. Bei einem Mann wie Arno von der Leyen konnte man nie wissen. Lankau wollte kein Risiko eingehen – die heutige Abrechnung sollte endgültig sein. Er musste diesem Teufel, der ihn so sehr entstellt hatte, nur nah genug auf den Leib rücken können, dann wäre die Sache entschieden.

Plötzlich hörte man auf den Waldwegen Rufe. Den Stimmen nach zu urteilen, von einer Gruppe Jugendlicher. Lankau fluchte innerlich. Er wollte doch ungestört sein, verdammt!

Die Schritte unter ihm verstummten.

42

DIE FEUCHTEN FLECKEN an seinen Knien waren inzwischen ziemlich groß. Bryan richtete sich auf und seufzte traurig, während er den Blick auf die Landschaft unter sich richtete. Freiburgs Dächer und die grünen Ebenen verschwammen vor seinen Augen. Jahrelang hatte er nicht geweint, und jetzt füllten sich seine Augen bereits zum zweiten Mal binnen weniger Tage mit Tränen.

Das unbekümmerte Lachen junger Menschen etwas weiter oben am Hang, der intensive Geruch von Harz, die schöne Landschaft vor ihm. Bryan fühlte sich so einsam wie noch nie. Er konnte nicht die geringste Spur eines Grabmals für seinen besten Freund entdecken.

Bryan biss sich auf die Oberlippe und stand auf. Warum hatte er Petra nicht um ihre Adresse gebeten? Vielleicht hatte er ihre Wegbeschreibung missverstanden. Vielleicht hatte sie sich ungenau ausgedrückt – oder hatte sie schlichtweg gelogen?

Mit hängenden Schultern stand er da, unter ihm die Stadt. Er spürte, wie der Wunsch zu verstehen in ihm erlosch.

Dies hier war also James' letzte Ruhestätte. Das galt es zu begreifen.

Er senkte den Kopf und dachte an seinen Freund. Er strich über die welkenden Blütenblätter und machte sich dann auf die Suche nach einer geeigneten Stelle, um seine Blume niederzulegen. Es gab nicht einmal einen Gedenkstein.

Am Ende des Säulengangs blieb er einen Moment stehen und betrachtete das kleine Gebäude in der Mitte des Mahnmals. Es war geschlossen. Dann ließ er den Blick nach oben wandern. Nur wenige Schritte entfernt entdeckte er am Hang einen

Pfad, der durch das Gebüsch hinter dem Monument nach oben führte. Die braune Erde und die nackten, abgewetzten Wurzeln zeigten ihm, dass der Pfad noch benutzt wurde.

Dort hatte er noch nicht gesucht.

Kaum war er ein paar Schritte gegangen, als er ein ungewöhnliches Geräusch vernahm, ein leises, kaum hörbares Klicken. Ein Geräusch, das hier gar nichts zu suchen hatte.

Bryan wunderte sich und war plötzlich hellwach. Waren das die Anfänge einer Paranoia? Oder sollte er besser auf der Hut sein?

Petra Wagner. Mariann Devers. Die Rehmann. Sie alle hatten irgendwann mit Kröner zu tun gehabt, einem Menschen, der Bryan schon einmal nach dem Leben getrachtet hatte. Der verspürte sicher nicht die geringste Lust, mit seiner düsteren Vergangenheit konfrontiert zu werden.

Nein, Bryans Misstrauen war alles andere als unbegründet.

Leise wich er ein paar Schritte vom Pfad ab und legte sich dicht daneben im Gebüsch auf die Lauer.

Keine fünf Meter entfernt tauchte das breite Gesicht in Bryans Blickfeld auf. Wie der Leibhaftige stand Lankau auf dem Dach des Gebäudes und sah sich suchend um. Bryan hatte ihn sofort erkannt.

Er konnte nicht fassen, dass er dieses Gesicht tatsächlich wiedersah. Das war schlichtweg unmöglich – Lankau hatte doch sein Leben im Rhein gelassen! Die Bilder von damals zogen im Zeitraffer an Bryans innerem Auge vorbei.

Dass Lankau noch lebte, dass er nur wenige Meter von ihm entfernt war, übertraf alle Albträume, die Bryan bisher gequält hatten. Bryans Atem überschlug sich, er zwang sich, ruhig zu werden.

Zwar war der Mann dicker als damals, aber er hatte sich gut gehalten. Übergewichtige Menschen mit roten Wangen sahen, wenn sie älter wurden, oft wie pausbäckige Kinder aus.

Gleiches hätte für den Breitgesichtigen gegolten, wenn sein verletztes Auge ihn nicht deutlich entstellt hätte. Er umklammerte die Schusswaffe mit so festem Griff, dass die Knöchel weiß hervortraten.

Dieser Koloss würde keine Sekunde zögern, wenn er Bryan entdeckte. Behutsam zog Bryan seinen Fuß noch weiter ins Gebüsch und legte das Gesicht auf den Waldboden. Eine Hand schob er unter den Brustkasten.

Bryan sah Lankaus Schuh erst, als der bereits neben ihm stand. Bryan schlug präzise zu, doch statt in die Knie zu gehen, drehte Lankau sich wie eine Furie zu Bryan um, trat dabei einen Schritt zurück und rutschte ab. Er ruderte mit den Armen, um das Gleichgewicht zu halten.

Ein Schuss löste sich.

Der Eintritt des Projektils überraschte Bryan ebenso sehr wie das Geräusch des Schusses. Er empfand keinen Schmerz und wusste nicht, wo die Kugel ihn getroffen hatte. Das Echo des gedämpften Schusses war noch nicht verklungen, da stürzte Bryan sich auf Lankau, der mit einem Fuß auf dem Pfad und mit dem anderen am Hang versuchte, das Gleichgewicht zu halten. Im nächsten Augenblick packte Bryan Lankaus Kopf und trat ihm in die Brust.

Mit offenem Mund starrte der Hüne ihn verblüfft an. Aber trotz des Schmerzes, den der Tritt verursacht haben musste, gab er keinen einzigen Laut von sich. Er sank in sich zusammen und stürzte rückwärts den Hang hinunter – ohne Bryan loszulassen. Nur der weiche Waldboden bewahrte Bryan davor, das Bewusstsein zu verlieren. Nachdem Lankaus massiger Körper unzählige Male über seinen gerollt war, hatte die Talfahrt ein Ende, wo der Pfad in den Säulengang mündete. Reglos lagen sie nebeneinander im Gestrüpp und sahen sich stöhnend an. Lankau hatte einige Kratzer am Kopf, aus denen ihm Blut über das Gesicht und bis in die Augen rann: Im Fallen hatte Lankau die Pistole so fieberhaft an sein Gesicht gerissen, dass das Korn ihm die Haut aufgeschlitzt hatte. Er blinzelte unablässig und versuchte, das Blut abzuschütteln, das ihm die Sicht verschleierte. Keine zwanzig Zentimeter über ihm lag die Waffe auf dem aufgewühlten Erdboden.

Bryan legte den Kopf in den Nacken und ohne nachzudenken holte er zu einer ganzen Serie von Kopfstößen aus, bis er selbst Sterne sah.

Jetzt gab Lankau zum ersten Mal ein Geräusch von sich. Bryan robbte über ihn hinweg und schnappte sich die Pistole, als ihn jemand an den Haaren packte und seinen Kopf in den Nacken riss.

Lankaus Rettung war von hinten gekommen. Wild durcheinander rufend umringten die Jugendlichen die beiden Männer.

Zwei der Jugendlichen packten Lankau, halfen ihm auf die Beine und klopften ihm den Rücken ab. Er fasste sich ans ramponierte, immer noch blutende Gesicht und sah sich hektisch nach seiner Waffe um. Dabei redete er unablässig auf die Jugendlichen ein. Der Griff an Bryans Hinterkopf wurde gelöst, seine Nackenmuskeln entspannten sich. Bryan schwieg, als er sich langsam rückwärts den Hang hinaufarbeitete. Keiner bemerkte, dass dabei die Waffe unter seinen Körper glitt.

Bryan verstand kein Wort von dem, was Lankau zu den jungen Leuten sagte. Aber von einem Moment zum anderen war der Hüne verschwunden.

Die Jugendlichen sahen nicht so aus, als wollten sie den Halbkreis um Bryan so schnell auflösen.

Vorsichtig tastete er unter sich und fand die Pistole. Sie war schwerer als erwartet. Direkt über dem Schaft befand sich der Abzugsstollen. Niemand hörte, wie er ihn blockierte. Unauffällig schob er den Pistolenlauf in den Hosenbund. Erst als er die Hand aus der Hose zog, kam der Schmerz und Bryan schrie auf. Alle starrten ihn an. Eines der Mädchen schlug die

Hand vor den Mund und kreischte, als Bryans blutige Hand zum Vorschein kam.

»Er hat mich angeschossen«, sagte er nur, ohne zu erwarten, dass einer der Jugendlichen ihn verstand.

Ein anderes Mädchen begann zu schreien. Hinter der Gruppe tauchte ein weißblonder junger Mann auf und half Bryan vorsichtig auf die Füße. Der rote Fleck an Bryans Gesäßtasche vergrößerte sich zwar, aber nicht so schnell, wie er befürchtet hatte. Es war offenbar ein glatter Durchschuss durch den Hintern gewesen. Sowohl die Ein- als auch die Austrittswunde hatten sich fast schon wieder geschlossen. Der Blutverlust war unbedeutend. Nur Bryans linkes Bein zitterte.

Die Jugendlichen traten etwas zurück.

Der Blonde rief ihnen etwas zu, worauf sich die Gruppe im Handumdrehen auflöste. Alle liefen los in die Richtung, in die Lankau verschwunden war. Der Blonde blieb bei Bryan und fragte: »Können Sie laufen?« Bryan war erleichtert, ihn Englisch sprechen zu hören.

»Ja, kann ich, danke.«

»Die anderen versuchen, ihn zu kriegen.« Der junge Mann sah den Hang hinunter, von wo die Rufe der Suchenden zu hören waren. Bryan bezweifelte, dass sie den Hünen finden würden. »Entschuldigen Sie. Da haben wir uns wohl vertan. Wir dachten, Sie seien der Schurke, aber dabei hatte er wohl Sie angegriffen?«

»Ja.«

»Und wissen Sie, warum?«

»Ja.«

»Warum?«

»Er wollte mein Geld.«

»Wir rufen die Polizei.«

»Nein! Das ist nicht nötig! Ich glaube nicht, dass er es noch einmal versuchen wird.«

»Und warum nicht? Kennen Sie ihn?«

»Gewissermaßen, ja.«

Zwar besteht das Gesäß in erster Linie aus Muskeln, die aufgrund ihrer Größe auch im verletzten Zustand noch gut funktionieren können, aber Bryan musste sich bei den ersten Schritten trotzdem abstützen, wo er konnte.

Der Weißblonde ließ ihn ohne ein weiteres Wort stehen und rannte seinen Kameraden hinterher.

Fünf Minuten später war von ihrem Gejohle nichts mehr zu hören.

Obwohl es jetzt bergab ging, kam Bryan der Weg zurück zur Bergstation weiter vor als der Hinweg. Alle zehn Schritte blieb er stehen und betrachtete seinen Hintern. Die dunklen Flecken auf seiner Hose wurden aber nicht größer.

Als er das Dickicht zwar noch nicht verlassen hatte, jedoch bereits von weitem die Stahlseile der Gondelbahn erblickte, war er sicher, dass die Blutung zum Stillstand gekommen war. Weder als Arzt noch als Verletzter musste er sich Gedanken über einen Druckverband oder gar medizinische Versorgung im Krankenhaus machen. Er hatte jetzt ganz andere Sorgen.

Die erste bestand darin, am Leben zu bleiben. Zeit und Ort des nächsten Angriffs waren völlig ungewiss. Gewiss war nur, dass Lankau nicht aufgeben würde. Man trachtete ihm nach dem Leben. Petra Wagner hatte ihn in eine Falle gelockt.

Die zweite Sorge war das Warum.

Warum hatte Petra Wagner ihn angelogen? Warum riskierten sie am helllichten Tage, ihn aus dem Weg zu räumen? Warum war ihnen seine Liquidierung so wichtig?

Die dritte Sorge waren einige abgebrochene Zweige im Unterholz, direkt vor Bryan. Sie bildeten eine unauffällige Höhle. Das Laub des noch intakten Geästes darüber bewegte sich trotz Windstille. Bryan packte die Pistole am Schaft und zog sie heraus. Er sah sich noch einmal um, bevor er etwas sagte. Nicht einmal drüben bei der Seilbahn rührte sich etwas.

»Komm da raus!«, rief er gedämpft und trat mit der Schuhspitze so fest in den Belag des Weges, dass sich kleine Steine lösten und ins Laub flogen. Sofort stand Lankau auf. Er sah furchtbar aus.

Lankau knurrte etwas. Den Tonfall kannte Bryan nur allzu gut. Auch nach so vielen Jahren strahlte sein Gegner immer noch dieselbe Niedertracht aus wie damals.

»Sprich Englisch mit mir, das wirst du doch wohl können!«

»Wieso sollte ich?« Der Widerwille stand ihm ins breite Gesicht geschrieben. Er fixierte die Pistole. Als Bryan sie entsicherte, verzog er das Gesicht und sprang zur Seite. Verwundert sah Bryan von ihm zur Pistole.

»Du bleibst stehen, sonst schieße ich, darauf kannst du dich verlassen! Du machst jetzt genau, was ich dir sage.«

Fassungslos starrte der Breitgesichtige Bryan an.

Bryan gestikulierte mit der Pistole. Der Hüne folgte und trat aus dem Gebüsch. Das Hemd hing ihm aus der Hose, deren Knie waren fleckig von der Erde. Er gab eine jämmerliche Figur ab, doch Bryan wollte nichts riskieren. Mit ärztlicher Präzision schlug er seinem Widersacher zweimal so kräftig auf den Solarplexus, dass Lankau kurz ohnmächtig wurde. Als er wieder auf die Beine kam, scheuchte Bryan ihn mit etwa einem Meter Abstand vor sich her.

Als sie die Bergstation der Seilbahn erreichten, steckte Bryan die Pistole in die Tasche und bohrte Lankau den Lauf fest in den Rücken.

»Und keine Zicken, wenn wir in die Gondel steigen! Verstanden?« Bryan verstärkte nochmals den Druck des Pistolenlaufs auf den Rücken. Lankau brummte nur. Dann drehte er sich langsam um und sah Bryan direkt ins Gesicht. Das tote Auge stand halb offen. »Pass bloß mit der Kenju auf, du Hund! Die geht manchmal wie von selbst los!« Sein Englisch war das eines Geschäftsmanns, allerdings mit stark deutschem Akzent.

Ob der neben der Gondel stehende Mann ein Fahrkartenkontrolleur war oder nicht, erfuhren sie nicht. Denn als der Mann Lankaus blutverschmiertes Gesicht sah, drückte er sich erschrocken gegen die Wand und rührte sich nicht.

»Ja, tut mir leid, aber ich muss ihn ins Krankenhaus bringen. Ich bin Arzt.« Der Mann an der Wand schüttelte bloß nervös den Kopf. Er verstand nicht, was Bryan auf Englisch sagte. Bryan schob Lankau in die Gondel. »Er ist gestürzt.« Erst als die Gondel schaukelnd die erste Stütze passiert hatte, löste der Mann sich wieder von der Mauer und sah ihnen nach.

»Dein Auto!«, kommandierte Bryan, als sie unten waren. Lankau überquerte sofort die Straße und zog die Schlüssel aus der Tasche. Unter dem Scheibenwischer des BMW klemmte ein Strafzettel. Ein Stück weiter stand Bryans Volkswagen. Auch an seiner Windschutzscheibe klemmte ein weißer Zettel, aber darum konnte sich der Hippie kümmern.

Bryan überließ Lankau das Steuer. Er beobachtete seinen Erzfeind und lernte ihn von einer ganz anderen Seite kennen. Abgesehen von seinem entstellten Gesicht wirkte Lankau wie ein ganz normaler Familienvater. Zigarettenschachteln, Bonbonpapier und anderer Kleinabfall, der im Auto herumlag, das alles zeugte von einer gewissen Sorglosigkeit. Bryan saß neben einem absoluten Otto Normalverbraucher. Zudem war Lankau ein Mensch, der es zu etwas gebracht hatte. Die Golftasche auf dem Rücksitz sprach Bände. Kaum hatte Lankau den Zündschlüssel umgedreht, dröhnte Wagner aus den Lautsprechern. Ein Mörder, ein Sadist, ein Simulant, ein Wagner-Liebhaber, das war Lankau – und sicher noch vieles mehr. Er war genauso vielschichtig, unehrlich und bitter, wie viele Menschen es unter der Oberfläche waren. Wer konnte schon von sich behaupten, nicht auch etwas von einem Lankau in sich zu haben?

Bryan drehte den letzten Satz der Ouvertüre leiser. »Wir müssen irgendwohin, wo wir ungestört sind.«

»Damit du mich ungestört töten kannst, vermute ich«, erwiderte der Hüne ungerührt.

»Damit ich dich ungestört töten kann, falls ich das für richtig halte, ja.« Bryan prägte sich den Weg ein.

Lankau lenkte den Wagen zur Stadt hinaus. Ein kleines Kind fuhr mit seinem Roller unbekümmert und triefend nass durch die breiten Rinnsteine, in denen anscheinend selbst im Hochsommer beständig Wasser an den Bürgersteigen entlangfloss. Eine junge Frau versuchte, es einzuholen und rannte dabei fast eine Nonne über den Haufen.

»Wieso bist du zurückgekommen? Wieso bist du hinter uns her? Willst du Geld?« Die Mundwinkel in dem breiten Gesicht rutschten nach unten, während die kalten Augen auf den Verkehr gerichtet waren.

»Welches Geld?«

»Petra Wagner sagt, du hast nach Gerhart Peuckert gefragt. Wolltest du, dass er dir den Weg zu uns zeigt?«

Bryan stockte der Atem. »Soll das heißen, Gerhart Peuckert lebt?« Aufmerksam beobachtete Bryan Lankaus Gesicht. Doch der verzog keine Miene. Langsam wandte er Bryan den Kopf zu.

»Nein, von der Leyen«, sagte er. Er richtete den Blick wieder nach vorne auf die Landschaft und lächelte. »Tut er nicht.«

Die Bebauung wurde immer spärlicher, stattdessen zogen sich die schnurgeraden Reihen der Weingärten durch die Landschaft. Bryan war sich darüber im Klaren, dass er zu einer Entscheidung kommen musste. Lankau hatte gesagt, er hätte weitere Informationen für ihn. Und er kenne einen Ort, an dem sie ganz sicher ungestört sein würden. Alles deutete darauf hin, dass Lankau Bryan in eine weitere Falle locken wollte. Hier, nur wenige Kilometer von Freiburgs Zentrum entfernt, wurde es schon ziemlich einsam.

Jedes Mal, wenn er Lankaus ungerührte, leblose Miene sah,

kam ihm der Gedanke, dass es womöglich einen Notfallplan gab, bei dem Kröner oder Petra ihm zur Hand gehen würden. Dass Lankau ihn jetzt vermutlich direkt den Löwen zum Fraß vorwerfen würde.

Als Bryan mehr über jenen ungestörten Ort wissen wollte, amüsierte Lankau sich.

»Ein netter kleiner Hof, mein Refugium.« Er sah Bryan kurz an. »Nicht mein eigentliches Wohnhaus. Ich wohne mit meiner Familie in der Stadt. Aber da sind meine Frau und meine Kinder zurzeit nicht, falls du auch hinter denen her sein solltest. Sie sind vorsichtshalber verreist.« Er lachte.

Lankau verlangsamte die Fahrt und bog in einen Schotterweg ab. Ein Schild untersagte Unbefugten die Zufahrt.

Im Gegensatz zu den Nachbarhöfen hatte dieses Gebäude nur eine Etage, dafür aber mehrere Flügel.

Wenn dieser nette kleine Hof Lankaus Refugium war, musste er ein wohlhabender Mann sein. Einige kleinere Hügel mit Weinstöcken ließen auf Hobbywinzerei schließen.

Als sie den Hofplatz erreichten, duckte sich Bryan und bohrte dem Breitgesichtigen die Pistole hart in die Seite. In dem Augenblick, in dem Lankau den Motor ausschaltete, würde nur Wachsamkeit Bryans Leben retten können. Wenn dies eine Falle war, konnte der Angriff von überallher erfolgen.

»Reg dich ab, du feiger Hund!«, brummte Lankau und stieß die Tür auf. »Hier ist nur jemand, wenn geerntet oder gejagt wird.«

Kaum im Hausflur, schlug Bryan seiner Geisel so hart mit dem Pistolenschaft in den Nacken, dass sie zu Boden ging. Er warf einen Blick ins Wohnzimmer, das außergewöhnlich hässlich eingerichtet war. Mindestens hundert Bockgeweihe hingen an den Wänden und zeugten von Lankaus Jagdtrieb. Seinen morbiden Geschmack belegten geschnitzte Tellerborde, dicke Bücher mit breitem Rücken, Jagdmesser und alte Gewehre, schwere Eichenholzmöbel mit gestreiften Bezügen und düstere Gemälde mit den immer gleichen Motiven: Natur und tote Tiere.

Der muffige Geruch verriet Bryan, dass diese Räume nur selten genutzt wurden.

Die schlaffe Gestalt am Boden lag nur kurz still. Bryan versetzte ihr noch einen Schlag. Lankau durfte vorläufig nicht zu sich kommen.

Dann stand Bryan eine ganze Weile nur da und lauschte. Das Einzige, was er hörte, war fernes Hundegebell und ab und zu ein Auto auf der Landstraße. Rund um das Haus war es still.

Sie waren allein.

Auf der anderen Seite des Hofplatzes erstreckte sich ein langer Schuppen. In ihm verbargen sich noch mehr Geweihe, Felle, Schädel sowie Messer und Dolche in allen erdenklichen Formen und Größen.

Die gesamte hintere Wand war der reinste Haushalts- und Eisenwarenhandel. Die dort angebrachten Regale quollen über vor Farbtöpfen, Tapetenresten, Kleistertöpfen, Kästen mit Beschlägen, Nägeln und Schrauben. Und Schnur. Ganze Rollen des Bindfadens, mit dem man früher bei der Ernte die Garben gebunden hatte.

Bryan setzte den bewusstlosen Lankau auf einen Stuhl mit hoher Rückenlehne und fesselte ihn sorgfältig daran. Er verbrauchte eine ganze Rolle der Schnur, um wirklich sicherzugehen, dass jeglicher Befreiungsversuch des Breitgesichtigen kläglich scheitern würde.

Lankau saß unbequem und schief, doch das schien ihn nicht weiter zu kümmern, als er schließlich zu sich kam. Er sah auf die Armlehnen und nahm regungslos zur Kenntnis, dass er an Armen und Beinen gefesselt war. Dann richtete er den Blick auf Bryan und wartete. In diesem Moment wirkte er richtig alt.

Wie man in einer bestimmten Situation überlebte, war für Bryan immer mit der Frage verbunden, wie gut man die Reaktionen seiner Mitmenschen einschätzen konnte. Im Alphabethaus hatten die Simulanten ihm und James nach dem Leben getrachtet, weil die beiden Engländer deren Betrug hätten aufdecken können. Das Verhalten Kröners und seiner Kumpane war also völlig logisch gewesen, denn sie wussten genauso gut wie Bryan, was mit entlarvten Simulanten passierte.

Dann war aber auch Schluss mit der Logik. Vor ihm saß ein Mensch, für den diese Dinge keine Bedeutung mehr haben konnten. Warum sollte er für längst vergangene Geschichten sein Leben aufs Spiel setzen? Was konnte man ihm jetzt noch anhaben? Bryan sah ihn an. Die Mundwinkel des Breitgesichtigen reichten fast bis an sein dickes Kinn. Sein Blick war eiskalt, abwartend. Als Bryan sich abwandte, sah er direkt in das Glasauge einer Rothirschtrophäe. Zwei der Simulanten hatten ihr Leben riskiert, weil sie ihn in jener Winternacht 1944 unbedingt hatten einfangen wollen. Zweifellos hatten sie dafür ihre Gründe gehabt, aber Bryan hatte nie verstanden, warum sie das damals getan hatten. Und ihn hätte das fast das Leben gekostet.

»Ich will, dass du mir alles erzählst«, sagte er. »Wenn ich dich am Leben lassen soll, musst du mir alles erzählen.«

»Und was ist alles?« Dem Hünen fiel das Atmen schwer. »Du bist wohl scharf auf unser Geld?« Er grunzte irgendetwas Unverständliches. »An das kommst du sowieso nicht ran. Ist ja nicht so, als würde es in kleinen Kisten verstaut hier im Haus herumliegen.«

»Was denn für Geld? Ich scheiß auf dich und dein Geld.« Bryan wandte sich um und sah Lankau in die Augen. »Ihr glaubt, ich bin hinter Geld her? Euch ging es die ganze Zeit nur um Geld?« Er machte einen Schritt auf den Breitgesichtigen zu. »Dann muss es ja verdammt viel sein.« Bryan baute sich vor Lankau auf und betrachtete ihn ruhig. Der Breitgesichtige verzog keine Miene, wirkte ganz wie ein Geschäftsmann bei einer wichtigen Verhandlung. Und Verhandlungen waren Bryans Spezialgebiet. Er beugte sich über den Gefesselten und fixierte ihn. »An finanziellen Mitteln fehlt es mir nun wirklich nicht, Lankau. Mit deinen Summen würde ich wahrscheinlich gerade mal die Bedürfnisse meiner Haustiere befriedigen können. Wenn du deine Familie wiedersehen willst, wirst du dich jetzt zusammenreißen müssen. Erzähl mir, was damals passiert ist. Und seitdem.« Bryan setzte sich Lankau gegenüber und zielte auf das gesunde Auge. »Fang einfach ganz von vorne an. Im Lazarett.«

»Im Lazarett!«, höhnte Lankau. »Nein danke, keine Lust. Wenn es nach mir gegangen wäre, hätten wir dich dort schon kaltgemacht. Mehr habe ich dazu nicht zu sagen.«

»Aber warum? Warum habt ihr mich nicht einfach in Ruhe gelassen? Was konnte ich euch denn tun? Ich war genau so ein Simulant wie ihr – na und? Es war Krieg. Wir wollten alle nur überleben.«

»Du hättest das tun können, was du dann auch getan hast. Abhauen! Und du hättest uns alle verraten können.«

»Habe ich aber nicht.«

»Du hättest dir den Waggon unter den Nagel reißen können, du Schwein!«, zischte Lankau zwischen den Zähnen hindurch.

»Ich hab dich nicht verstanden, sag das noch mal.« Bryan trat einen Schritt zurück. Lankau versuchte, Bryan ins Gesicht zu spucken, aber der Versuch misslang, und der Speichel lief ihm über das breite Kinn.

Da richtete Bryan die Pistole neu aus und schoss so haarscharf an Lankaus Gesicht vorbei, dass das Mündungsfeuer ihm die Augenbraue über dem gesunden Auge versengte. Entsetzt glotzte Lankau Bryan an, wandte dann den Kopf zur Seite und versuchte, das kleine Loch zu begreifen, das nur zwei Zentimeter von seinem Wangenknochen entfernt die Rückenlehne des Stuhls verschandelte.

»Wenn du mir nicht erzählst, was passiert ist, ziele ich beim nächsten Mal exakter!«, drohte Bryan und richtete die Pistole erneut auf seinen Widersacher. »Ich weiß, dass Kröner auch in Freiburg ist. Ich weiß, wo er wohnt. Ich habe mit seiner Stieftochter Mariann gesprochen. Ich habe ihn zusammen mit seiner neuen Frau und seinem kleinen Sohn gesehen. Ich kenne seine Routen in der Stadt. Wenn du mir nicht erzählst, was ich wissen will, wird er es tun!«

Statt Bryan anzusehen, sank Lankau ein Stück weit in sich zusammen. Die Erkenntnis, dass Bryan gut über Kröner Bescheid wusste, schien ihn mehr zu erschüttern als der Schuss. Dann fing er sich wieder und hob den Kopf.

Lankau ließ den Blick von dem braungrünen Plakat an der Wand gegenüber zu Küche und Eingang schweifen. »Cordillera de la Paz«, stand in orangefarbenen Lettern unter der öden Landschaft auf dem Plakat, was diese nur noch gottverlassener aussehen ließ. Dann heftete Lankau den Blick auf den Mann ihm gegenüber.

Er war ihm ein Rätsel. Er hatte die Hände übereinandergelegt, die Kenju ließ er mit der Sicherung nach unten auf der anderen Hand ruhen. Er rührte sich nicht. Lankau betete, dass es dabei bleiben würde.

Im Moment sah es für ihn ziemlich hoffnungslos aus. Lankau kniff die Augen zusammen. In seinen gefesselten Unterarmen pochte es.

Wenn dieser offenbar nur Englisch sprechende Mann die Wahrheit sagte, konnte er über Peter Stich, seine Rolle und den ganzen Hintergrund tatsächlich nichts wissen. Und das war gut so.

Sollte sich die Situation doch noch mal zu ihrem Vorteil entwickeln, würde Peter Stich ihm womöglich helfen müssen. Und Stich wäre Arno von der Leyen trotz seines hohen Alters ein ebenbürtiger Gegner.

Zu den wichtigsten Regeln eines jeden Spiels gehörte es, Zeit zu gewinnen. Arno von der Leyen würde seine Geschichte bekommen.

Eine weitere Grundregel besagte, bis man die Schwäche des Gegners kennt, muss man ihn sich vom Leib halten. Soweit war Lankau noch nicht. Häufig lag die größte Schwäche eines Menschen im Motiv seiner Handlungen verborgen. Nur – wo sollte Lankau suchen? War Arno von der Leyen geldgierig oder rachsüchtig? Das würde sich noch zeigen.

Die dritte und wichtigste aller Regeln war jedoch, Qualität und Quantität der eigenen Waffen so lange wie irgend möglich geheim zu halten. Und genau darum musste er Peter Stichs Identität und Rolle aus seinem Bericht heraushalten.

Vielleicht hatte Arno von der Leyen während der langen Nächte im Krankenhaus vom Postboten gehört. Doch dass Peter Stich und der Postbote ein und dieselbe Person waren, konnte Arno von der Leyen nicht wissen, weil er nicht im Raum, sondern bei einer Schockbehandlung gewesen war, als der Postbote sich zu erkennen gegeben hatte. Daran konnte Lankau sich noch gut erinnern.

Wenn er sich nur peinlich genau an diese drei Regeln hielt, konnte er seine Geschichte erzählen. Lankau schürzte die Lippen und sah seinen Widersacher lange an. Als dem die Stille zu lang wurde, beugte er sich über Lankau.

»Du könntest beim Rhein anfangen«, sagte er und versuchte, den Blick in Lankaus Augen zu intensivieren, als sei zwischen ihnen eine Art von Vertraulichkeit entstanden. »Da dachte ich nämlich, dass es mit dir vorbei wäre.« Von der Leyen nickte auffordernd. »Erzähl mir, was danach passiert ist.«

Lankau richtete sich auf, so gut er konnte. Zum ersten Mal nahm er seinen Gegner ganz genau in Augenschein. Er war nicht mehr so sehnig wie damals. Sein Körper war erschlafft. Wäre Lankau nicht gefesselt, könnte er ihn im Handumdrehen überwältigen. Lankau probierte noch einmal, wie stabil die Schnur war, indem er vorsichtig die Fingerknöchel auf die Armlehne presste. »Was danach passiert ist? Tja, was ist passiert?« Von der Leyen rutschte näher zu ihm heran und nickte noch einmal. »Also, zunächst einmal hatte ich ein Loch in der Brust und ein Auge verloren.« Sein Gegenüber reagierte nicht. Noch einmal presste Lankau die Knöchel auf die Armlehne. »Du hattest mich in eine ganz beschissene Situation gebracht, du Schwein. In dem Zustand konnte ich nicht ins Alphabethaus zurück, schon gar nicht ohne Dieter Schmidt.« Lankau kniff das kranke Auge zu. Am Hals hatte der Englischsprechende ganz dünne Haut. Sie war durchwoben von Adern direkt unter der Oberfläche. »Aber mein Hass auf dich hat mich am Leben gehalten, weißt du das, du Hund? Es war ein verdammt kalter Winter, erinnerst du dich? So viel Schnee habe ich selten gesehen. Doch der Schwarzwald war mir gnädig. Nach nur zwei Tagen wusste ich, dass ich überleben würde. Dort in der Gegend hatte jeder Hof ein Wirtschaftsgebäude und jedes Tagelöhnerhaus wenigstens eine Vorratskammer.« Lankau lächelte. »Ich kam also ganz gut zurecht, trotz der Hundepatrouillen, die man auf uns angesetzt hatte. Den anderen, die im Alphabethaus zurückgeblieben waren, erging es da schon deutlich schlechter. Und ganz besonders Gerhart Peuckert.« Zufrieden stellte Lankau fest, dass von der Leyen ein klein wenig zurückwich. Er hatte zu verschleiern versucht, wie extrem wachsam er war, aber jetzt hatte er sich ganz kurz verraten. Das Spiel war in vollem Gange.

In Kürze würde Lankau der Schwäche seines Widersachers auf die Spur gekommen sein.

In der folgenden Stunde wurde durch Lankaus Worte nicht nur die Vergangenheit wieder lebendig. Für von der Leyen lüfteten sich auch diverse Schleier.

Lankau registrierte jede Reaktion und jede Regung seines Gegenübers. Seine Erzählung war lückenlos, bis auf die Identität des Postboten, den ließ er einfach weg. Wenn nötig, übersprang er einen Teil der Handlung und ersetzte ihn durch ein anderes Geschehen. In groben Zügen entsprach seine Erzählung jedoch der Wahrheit.

Als Vonnegut an jenem späten Novembermorgen aufgewacht war, hatte er mit Schrecken feststellen müssen, dass auf seiner Etage drei Männer fehlten. Ohne etwas anzurühren, lief er von Zimmer zu Zimmer. Die zwei offen stehenden Fenster sprachen Bände. Die zurückgebliebenen Patienten lagen unbeteiligt in ihren Betten und warteten lächelnd auf Waschschüsseln und Frühstück. Der Kalendermann stand sogar auf und deutete eine Verneigung an.

Keine zehn Minuten später waren die Sicherheitsleute da. Sie rasten vor Wut. Sogar die Ärzte wurden brutal verhört, als seien sie Kriminelle oder als habe man sie bereits als Verantwortliche ausgemacht für das, was passiert war. Die vier Patienten in Lankaus Krankenzimmer wurden zwei Tage lang voneinander getrennt und dann einer nach dem anderen in einen Behandlungsraum im Erdgeschoss gebracht. Dort wurden sie verhört und mit lederumwickelten Stöcken geschlagen. Je länger es dauerte, bis sich die Peiniger der Unschuld des Befragten sicher waren, desto heftiger wurde die Folter. Und bei Gerhart Peuckert hatte es besonders lange gedauert. Trotz seines hohen SD-Ranges brachte der Verhörleiter ihm keinerlei kollegiales Verständnis entgegen. Keiner von ihnen kam ungeschoren davon, auch nicht Peter Stich, Kröner oder der Kalendermann. Selbst der General auf der anderen Seite des Ganges musste hinunter. Nach ein paar Stunden ließ man ihn gehen. Er sprach kein Wort.

Wenige Tage später kollabierte Gerhart Peuckert, und man glaubte, er würde sterben.

Sein kritischer Zustand hielt einige Tage an, dann stabilisierte er sich. Danach war alles wieder wie vorher, bis auf die körperlichen Nachwehen der Folter. Weder Gerhart Peuckert noch der weinende Kalendermann oder die anderen Patienten konnten ihren Schergen erklären, was mit den drei verschwundenen Patienten passiert war.

Kaum eine Woche später tauchten zwei ernst dreinblickende

Männer in Zivil auf, um mit dem verantwortlichen Sicherheitsoffizier, der die Verhöre geleitet hatte, zu reden. Mitten in einer Mahlzeit schleppten sie ihn weg und schlossen sich mehrere Stunden mit ihm ein. Dann schleiften sie den lautstark Protestierenden auf den Hof vor den somatischen Abteilungen und hängten ihn auf. Nicht einmal ein Erschießungskommando hatten sie ihm gegönnt. Er hatte sich acht Jahre lang nichts zu Schulden kommen lassen. Sein einziges Vergehen hatte darin bestanden, dass ihm Arno von der Leyen entwischt war und dass er diese Katastrophe nicht umgehend nach Berlin rapportiert hatte.

Kröner und Peter Stich erholten sich relativ schnell. Schon um den Jahreswechsel herum wurden sie wieder für diensttauglich erklärt und entlassen. Gerhart Peuckert dagegen hatte lange Zeit auf gar nichts mehr reagiert.

Ihn hatten sie unbesorgt zurückgelassen.

Die Kämpfe an den Fronten wurden zunehmend verbissener. Kröner befand sich in Lebensgefahr, denn alle Offiziere des Sicherheitsdienstes SD standen doppelt unter Beschuss. Viele wurden von den Kugeln ihrer eigenen Männer niedergestreckt. Kröner tat zwar an der sich immer weiter zurückziehenden Front mit den gleichen schmutzigen Mitteln wie früher Dienst und machte sich jede Menge Feinde. Dennoch konnte er sich in eine Position bringen, die es seinen Männern nicht erlaubte, ihm in den Rücken zu fallen. Als die Nachricht vom Tod des Führers und damit vom Ende seines unermüdlichen Kampfes gegen den Bolschewismus sie erreichte, verschwand Kröner ohne ein Wort, ohne Gepäck und ohne jede Schramme von seiner Stellung.

Lankau stierte eine Weile vor sich hin, bevor er berichtete, was aus Peter Stich geworden war. »Von Peter Stich haben wir nie wieder etwas gehört«, behauptete er dann. Arno von der Leyen reagierte nicht. Wachsam sah er ihn an und schwieg.

»Damals sind viele umgekommen«, fügte Lankau erklärend hinzu.

Was Arno von der Leyen nicht wissen musste, war, dass Stich nach der Entlassung aus dem Alphabethaus bei Ottoschwanden direkt zurück nach Berlin geschickt worden war, um seine frühere Tätigkeit als Verwalter der Konzentrationslager wieder aufzunehmen.

Das hatte zwei Gründe.

Zum einen wurde der Austausch von Truppen und Gefangenen zwischen den Konzentrationslagern intensiviert. Immer deutlicher hatte sich abgezeichnet, dass die Lager bald geschlossen und beseitigt werden mussten. Ein Vorhaben, das einen hohen Verwaltungsaufwand, Sachverstand und eine harte Hand erforderte. Zum anderen hatten die Panzerdivisionen, bei denen Stich früher Dienst getan hatte, große Verluste erlitten. Viele Divisionen waren deutlich geschrumpft oder ganz ausgelöscht. Dort brauchte man ihn also nicht mehr. In den Vernichtungslagern dagegen war seine Anwesenheit Gold wert. Und man wusste, dass er vollen Einsatz bringen würde.

So gesehen hatte Stich seine Rolle als Simulant bis zum Schluss von allen am besten gespielt. Er war in Sicherheit und verfügte über jede Menge Macht.

»Unser wichtigster Mann hieß ›der Postbote‹, aber das dürfte dich wohl kaum überraschen, oder?« Misstrauisch sah Lankau, wie sein Gegenüber nickte.

»Was ich weiß und was ich nicht weiß, geht dich nichts an. Aber wenn du irgendetwas auslässt, tust du das auf eigene Gefahr. Du wirst mir alles erzählen. Verstanden?«

Lankau lächelte und leckte sich die Mundwinkel. »Seine wahre Identität kann dir egal sein, er lebt ja nicht mehr. Aber uns war er ein guter Mann, als es darauf ankam.«

Arno von der Leyen reagierte nicht. Die Geschichte hatte ihn völlig in ihren Bann geschlagen.

Der Postbote hatte während der letzten Monate des Dritten Reiches in der Zentralverwaltung in Berlin einen guten Überblick über die politischen Säuberungen in Goebbels' eigenem Gau gewonnen. Er war im Besitz der Namenslisten der Deportierten, der zum Tode Verurteilten, der Hingerichteten, der Verschwundenen und der Inhaftierten. Er wusste genau, wann die Nächsten dran waren.

Er plante, aus diesen Listen vier Identitäten herauszufischen, die vom Alter und vom Geschlecht her zu ihm und seinen Verschworenen passen würden. Er hatte die Hoffnung nicht aufgegeben, dass Lankau und Dieter Schmidt ihren vermeintlichen Fluchtversuch überlebt hatten.

Die ersten drei Identitäten fand der Postbote ohne große Mühe. Es handelte sich um Gegner des Dritten Reiches, die in letzter Zeit »verschwunden« waren und die keine Angehörigen hatten. Also Menschen, die nach Kriegsende als Helden und Freiheitskämpfer angesehen werden würden. Wenn sie die Identität dieser Menschen annahmen, hatten sie bei einer späteren Rechtsverfolgung nichts zu befürchten.

Die Vernichtung jeglicher Beweise war dem Postboten ein Leichtes.

Nach einer geeigneten vierten Identität suchte der Postbote etwas länger. Im Gefängnis von Potsdam fand er die auf äußerst zynische Weise »geeignete« Identität. Dabei handelte es sich um einen Juden, der unter Vorspiegelung falscher Tatsachen den ganzen Krieg hindurch als einer der führenden Amtsmänner der Stadt gewirkt und sein Amt aus Sicht der Nationalsozialisten missbraucht hatte. Mit Korruption, Bestechung und Betrug hatte er dafür gesorgt, dass viele ihm den Tod wünschten, noch bevor die Verhöre abgeschlossen waren und er in ein KZ geschickt wurde. Diesen Wunsch hatte der Postbote den Geprellten mit Vergnügen erfüllt.

Der Jude verschwand spurlos.

Ein Mensch mehr oder weniger – das war dem Postboten

schon immer ziemlich gleichgültig gewesen. Nun war es ihm gelungen, vier neue Identitäten zu beschaffen, die vom Alter, der Haar- und Augenfarbe und dem Körperbau her zu ihnen passten.

Als das Dritte Reich zusammenbrach, verschwand der Postbote spurlos.

Neun Tage nach der Kapitulation, am 17. Mai 1945, trafen sich Kröner und der Postbote auf einer abgelegenen und verlassenen Eisenbahnstrecke ganz in der Nähe von Hölle, einem kleinen Dorf nördlich von Naila im Frankenwald.

Im ganzen Land herrschte Chaos. Die Geschäfte waren geplündert worden. Die Menschen zerstreuten sich auf ihrer planlosen Flucht oder bei ihrem letzten panikartigen Rückzugsversuch mitsamt ihren Habseligkeiten und Tieren in alle Himmelsrichtungen.

Kröner und der Postbote waren ebenfalls unterwegs. Zwei Kilometer von ihrem Treffpunkt entfernt warteten sie die Übergabeerklärung ab. Durch einen glücklichen Zufall waren die Truppenbewegungen der westlichen Alliierten just dort zum Stillstand gekommen. Nur wenige Kilometer weiter wurde die Eisenbahnstrecke von der sowjetischen Armee kontrolliert.

Zwei Tage später tauchte auch Lankau auf, abgemagert und verlaust wie ein Landstreicher. Ein überraschendes, aber zufriedenstellendes Wiedersehen. Alle drei hatten sie dem Inferno und den Entfernungen getrotzt, genau wie sie es im Alphabethaus verabredet hatten. Hier hatten sie sich treffen wollen, wenn der Krieg vorbei war. Ein ausrangierter Güterwaggon würde ihre Zukunft bestimmen. Bis zum Zerbersten gefüllt mit den Wertgegenständen, die sie sich auf Kosten russischer Zwangsarbeiter angeeignet hatten.

Der Güterwaggon stand tatsächlich noch da. Unglaublich viel war passiert, seit eine Tenderlokomotive den Waggon einst vorsichtig zu dieser Stelle geschoben hatte. Kaum zu glauben, dass die Waffen um sie herum jetzt tatsächlich schwiegen.

Unberührt und an einigen Stellen von Moos bewachsen stand der alte Waggon vergessen auf einem halb verrosteten, stillgelegten Rangiergleis und barg Reliquien, Ikonen, Altarsilber und andere Kostbarkeiten.

Ein Schatz von unermesslichem Wert.

Die drei waren völlig euphorisch. Trotz ihrer Erschöpfung und in Lankaus Fall auch trotz seiner schweren Verletzungen konnten sie ihr Vorhaben wie geplant durchführen.

Dass Dieter Schmidt ums Leben gekommen war, nahmen Kröner und der Postbote mit Bedauern zur Kenntnis. Aber untröstlich war keiner. Nun mussten sie ihren Schatz mit einem weniger teilen. Dass Arno von der Leyens Fluchtversuch geglückt war, bestürzte Kröner und den Postboten. Letzterer war außer sich vor Wut. Sie mussten den Waggon an einen anderen Ort schaffen und den Rest ihres Plans umgehend in die Tat umsetzen.

Das Schloss an der Schiebetür des Güterwaggons war verrostet, aber intakt. Quer über der ersten Reihe Kisten lagen einige Kleidungsstücke verteilt, die sich bei genauerem Hinsehen als die sterblichen Überreste eines Zwangsarbeiters entpuppten, den sie nach seiner Liquidierung in der Eile nicht mehr hinausgeworfen hatten. Dahinter standen in Reih und Glied vom Boden bis zur Decke aufgetürmte braune Kisten. Zwei der vordersten Kisten waren mit einem unscheinbaren Kreuz markiert. Der Postbote riss sie auf. Nachdem er die darin befindlichen amerikanischen Dollar, Konserven und zivilen Kleidungsstücke verteilt hatte, öffnete er eine Mappe und überreichte seinen Komplizen ihre neuen Identitäten.

Der Postbote war gut vorbereitet. Als er erklärte, wie sie weiter verfahren sollten, protestierte keiner. Von jetzt an waren sie andere Menschen, von außen betrachtet. Zukünftig durften sie ihre richtigen Namen nur dann verwenden, wenn sie unter sich waren. Sie mussten ihrem bisherigen Leben entsagen. Und sie mussten einander bedingungslose Loyalität schwören.

Kröner versprach seinen Kameraden hoch und heilig, sich den Rest seines Lebens von Norddeutschland fernzuhalten, wo er geboren und aufgewachsen war, wo er geheiratet und drei Kinder in die Welt gesetzt hatte. Er hatte bereits damit gerechnet.

Lankau hatte nicht lange überlegen müssen. Auch er hatte eine Frau und sogar vier Kinder. Seine Ehe war glücklich gewesen. Doch jetzt waren seine Heimatstadt Demmin an der Peene und auch die Gegend, aus der seine Eltern stammten, von den Russen besetzt.

Er würde nie wieder dorthin zurückkehren.

Was den Postboten betraf, so lagen die Dinge anders. Er hatte sich in seiner Heimat schon vor dem Krieg jede Menge Feinde geschaffen. Die Segnungen des Nationalsozialismus und die neue Ordnung des Dritten Reiches hatten sich der schlichten Landbevölkerung partout nicht erschlossen, und der Postbote hatte jeden, der sich der Ideologie widersetzte, denunziert. Viel zu viele Frauen hatten sich seinetwegen von ihren Lieben verabschieden müssen.

Auch er würde niemals nach Hause zurückkehren können.

Der Postbote hatte keine Kinder, aber eine Frau, die ihn stets still bewundert und nie aufgemuckt hatte, ganz gleich, welches Leben er ihr bot. Auf sie sei hundertprozentig Verlass, schärfte er ihnen ein.

Als sie sich umgezogen hatten, standen die drei vor dem Güterwaggon und schworen noch einmal einen heiligen Eid: dass sie für immer mit ihrer Vergangenheit abschlossen und ihre Angehörigen als tot betrachteten.

Dann wurden die Aufgaben verteilt. Der Postbote würde dafür sorgen, dass der Waggon aus dem Zonengrenzgebiet verschwand und nach München gebracht wurde. In der Zwischenzeit sollten Kröner und Lankau nach Freiburg fahren und versuchen, Gerhart Peuckert zu finden. Sie waren überzeugt, dass er wusste, was sie vorhatten. Aber sie hatten keine Ahnung, was aus ihm geworden war.

Wenn er noch am Leben war, sollten sie ihn liquidieren.

Der Transport des Güterwaggons verlief verblüffend reibungslos. Mehrere tausend Dollar wechselten den Besitzer. Später verschwand der amerikanische Verbindungsoffizier, der das Geld angenommen hatte, auf seinem Weg vom Rathaus in Naila zurück zu seinem Standort spurlos.

In München war im Frühsommer 1945 alles in Auflösung begriffen. Schwarzhandel und Bestechung waren an der Tagesordnung.

Sobald der Preis stimmte, war jeder käuflich. Der Waggon wurde unter höchster Diskretion entladen, und noch vor Ablauf des Monats waren die meisten Wertgegenstände in den Gewölben fünf verschiedener Schweizer Banken in Basel untergebracht.

Kröners und Lankaus Aufgabe gestaltete sich deutlich schwieriger.

Die Fahrt über Land war trostlos. Ein geschundenes Land, zerstört von einer Idee, deren Überreste nun um jeden Preis vom Erdboden verschwinden mussten. Acht Tage waren sie mit dem Fahrrad unterwegs. Zirka vierhundertfünfzig Kilometer durch ein besetztes und von Verwirrung, Misstrauen und zahllosen Kontrollen geprägtes Land.

Lankau und Kröner befürchteten, in Freiburg vom Regen in die Traufe zu kommen. Die Stadt und ihre Umgebung waren in den letzten Monaten zwar massiv zerstört worden, aber die Wahrscheinlichkeit war doch groß, dass es dort Zeugen ihres Lazarettaufenthaltes gab.

Als sie schließlich in Freiburg ankamen, löste sich ihre Besorgnis allerdings in Luft auf. Dort, wo das Alphabethaus sie einst vor dem draußen wütenden Tod beschützt hatte, fanden sie nur noch verbogene Armierungseisen sowie Reste von Mauern und Betonklötzen. Und in der Stadt herrschte Chaos. Die Menschen waren vollauf mit sich und der eigenen Familie beschäftigt. Man richtete den Blick nach vorn.

Selbst in den nahe gelegenen Dörfern Ettenheim und Otto-schwanden konnten sie kaum in Erfahrung bringen, was passiert war. In einem Punkt stimmten alle spärlichen Informationen überein: Bei einem der letzten Luftangriffe auf Freiburg hatte ein Bomber das Geschwader verlassen und seine Ladung über dem Höhenzug abgeworfen. Ein Irrläufer, hieß es – Berge, Bäume und endlose Wälder konnten wohl kaum ein geplantes Angriffsziel gewesen sein. Besonders Aufmerksamen war allerdings nicht entgangen, dass seit jenem Tag weniger Krankentransporte die Ortschaften passierten.

Das Alphabethaus war ein gut gehütetes Geheimnis gewesen, das all jene, die bei dem Bombenangriff ums Leben gekommen waren, mit ins Grab genommen hatten.

Die drei trafen sich in München wieder und führten in dieser völlig überlaufenen Stadt eine ganze Weile ein unauffälliges, bescheidenes Leben. Die Alliierten bemächtigten sich aller zentralen Kontrollorgane. Es wurde zunehmend schwieriger, ein unauffälliges Dasein zu führen. Dann schlug der Postbote vor, dass sie sich in der schönsten deutschen Stadt niederlassen sollten: in Freiburg.

Sie verlebten dort eine sorglose Zeit – bis der Postbote eines Tages erfuhr, dass unmittelbar vor der Vernichtung des Alphabethauses mehrere Krankentransporte von dort zum Reservelazarett Ensen bei Porz in der Nähe von Köln abgefahren waren. Dort hatte man kurz vor Ende des Krieges die Aufgabe bekommen, zu untersuchen, ob und inwiefern gewisse Kriegsneurosen und provozierte Psychosen organischen Ursprungs sein konnten. Der Großteil der Patienten war nach einer oberflächlichen Untersuchung als für die Studie ungeeignet befunden und sofort in den Felddienst entlassen worden. Doch soweit der Postbote informiert war, hielten sich einige der ehemaligen Alphabethaus-Patienten zu jenem Zeitpunkt im Jahr 1945 noch immer dort auf. In Ensen teilte man ihnen schließlich mit, Gerhart Peuckert sei nicht unter den vom Schwarzwald überführten Patienten gewesen. Er sei bereits tot.

Lankau lehnte sich zurück und sah Arno von der Leyen an. Seine Geschichte war jäh zu Ende. Mit keiner Silbe hatte er die Identität des Postboten verraten. Er war zufrieden mit sich – abgesehen davon, dass er immer noch an den Stuhl gefesselt war.

Arno von der Leyen schüttelte den Kopf. Er war ganz grau im Gesicht. »Gerhart Peuckert ist tot?«

»Ja, sage ich doch.«

»Wo ist er gestorben?«

»Na, im Reservelazarett bei Ottoschwanden, verdammt noch mal!«

»Ist das das Lazarett, das du auch ›Alphabethaus‹ nennst? Das Krankenhaus, in dem wir uns befanden? Ist er bei dessen Bombardierung ums Leben gekommen?«

»Ja, ja, ja!«, höhnte Lankau. »Und?«

»Ich will, dass du es sagst. Damit ich mir ganz sicher sein kann.« Von der Leyen kniff die Augen zusammen. Ganz offensichtlich wollte er jegliche Regung in Lankaus Gesicht registrieren. Doch in Lankaus Miene tat sich nichts.

Da wurde von der Leyens Blick kalt. »Spannende Geschichte, Lankau, wirklich«, sagte er tonlos. »Ich bin sicher, ihr hattet gute Gründe, so fest zusammenzuhalten. Es muss sich um eine Menge Geld drehen.«

Lankau wandte den Blick ab. »Da kannst du Gift drauf nehmen! Aber glaub ja nicht, dass du uns erpressen kannst. Keinen Pfennig bekommst du davon.«

»Habe ich irgendwelche Forderungen gestellt? Das Einzige,

was mich interessiert, ist, was aus Gerhart Peuckert geworden ist.«

»Jetzt weißt du es. Er ist schon lange tot.«

»Weißt du, was ich glaube, Lankau?«

»Ich bin nicht sicher, ob mich das interessiert.« Lankau schloss die Augen und versuchte, sich auf das Geräusch zu konzentrieren, das er gerade gehört hatte. Ein ganz diskretes Knirschen, das er wieder hören konnte, als er sich ein wenig nach vorn beugte. Von der Leyen schlug ihm gegen die Brust und unterbrach damit Lankaus Sondierungsversuche. Arno von der Leyens Gesicht war nun gar nicht mehr grau. Er stieß Lankau den Lauf der Pistole in die Seite. Lankau starrte auf die Waffe und hielt die Luft an.

»Ich glaube, ich erschieße dich am besten gleich hier und jetzt, wenn du mir nicht die Wahrheit erzählst. Zum Beispiel, wie Petra Wagner ins Spiel gekommen ist.« Wieder bohrte er dem Gefesselten den Pistolenlauf in den Rumpf. Lankaus Atem ging stoßweise.

»Na ja. So wahnsinnige Angst jagst du mir mit dieser Drohung nicht ein.« Der Hüne machte unvermittelt eine ruckartige Bewegung vorwärts, als wolle er seinem Gegenüber einen Kopfstoß verpassen. »Was hattest du dir denn vorgestellt? Dass du uns abknöpfen könntest, was wir im Laufe der Jahre zusammengetragen haben? Du hättest dir doch ausrechnen können, dass das nicht so einfach gehen würde!«

»Bis vor zehn Minuten hatte ich nicht die leiseste Ahnung, worum es eigentlich die ganze Zeit ging. Und von irgendwelchem Geld wusste ich schon gar nichts. Ich bin hier, weil ich wissen möchte, was aus Gerhart Peuckert geworden ist.«

Lankau hörte wieder dieses Knirschen. »Ach, hör doch auf, du Armleuchter!« Er schrie fast und gleichzeitig versuchte er zu ergründen, wo genau der Stuhl knirschte. »Und das soll ich dir glauben? Du hast wohl vergessen, dass wir monatelang im selben Lazarett lagen! Meinst du etwa, *ich* hätte vergessen, wie du dich nachts in deinem Bett herumgewälzt und unsere Gespräche belauscht hast? Meinst du, ich hätte vergessen, wie du versucht hast, mitsamt deinem Wissen zu entkommen?«

»Meinem Wissen? Ich habe kein Wort von dem verstanden, worüber ihr geredet habt. Ich verstehe nur Englisch. Ich wollte einfach nur weg von euch und diesem verdammten Krankenhaus!«

»Ach, hör schon auf!« Lankau glaubte ihm kein Wort.

Der Mann ihm gegenüber spielte schon seit Jahrzehnten sein Spiel. Er war gerissen, gierig und gefährlich. Dunkel erinnerte er sich daran, dass Stich schon damals an der Identität von der Leyens gezweifelt hatte. Mächtig ist der Feind, der in seinem Gegner Zweifel wecken kann. Übermächtig ist der, der sich unsichtbar machen kann. Lankau hatte nie einen Zweifel gehabt. Und für ihn war von der Leyen deutlich sichtbar. Heute wie damals.

Er zog die Mundwinkel nach unten und sah zum ersten Mal an sich hinunter. Die in Sportstrümpfen steckenden, abgeschnürten Waden waren völlig taub. Vergeblich versuchte er, die Durchblutung in Gang zu bringen, indem er die Muskeln anspannte. Schmerzen hatte er keine mehr. Lankau machte eine ruckartige Bewegung, die abermals ein Knirschen auslöste, riss den Mund weit auf und stieß eine endlose Reihe unartikulierter Laute aus. Sein Gegenüber wirkte überrascht. »Und das haben Sie wahrscheinlich auch alles nicht verstanden, Herr von der Leyen?« Er lachte höhnisch und schwieg dann eine Weile. Als sein Gesicht wieder eine normale Farbe angenommen hatte, schloss er die Augen und sprach wieder Englisch. Allerdings so leise, dass sein Bewacher ihn kaum hören konnte. »Einen Scheißdreck werde ich dir von Petra erzählen. Und auch sonst erzähl ich dir nichts mehr. Du langweilst mich! Erschieß mich doch! Oder lass mich einfach in Ruhe.«

Als sich ihre Blicke trafen, wusste Lankau, dass er vorläufig nicht um sein Leben bangen musste.

43

DAS RESTAURANT DATTLER auf dem Schlossberg war nicht gerade Kröners Lieblingsgaststätte. Zwar gab es dort eine großartige Karte, und das Essen war in der Regel das, was seine Frau vorzüglich nennen würde – aber er fand die Portionen zu klein und die Höflichkeit der Kellner grenzte an Blasiertheit. Kröner zog einfache, üppige Mahlzeiten in entspannter Umgebung vor. Seine verstorbene Frau Gisela konnte leider gar nicht kochen. In den fast zwanzig Jahren ihrer Ehe hatte sich bei ihnen eine Unmenge von Köchinnen die Klinke in die Hand gegeben – er war mit keiner zufrieden gewesen. Seine jetzige Frau dagegen war in Küchenangelegenheiten ein Traum. Das schätzte er sehr, und er entgalt es ihr. Das und vieles andere.

Stich saß ihm gegenüber und sah zum fünften Mal innerhalb weniger Minuten auf seine Armbanduhr. Was für ein hektischer Tag. Kröner hatte Frau und Sohn weggeschickt, er konnte die Umarmung des Jungen noch spüren. Um keinen Preis wollte er auf diese Umarmungen verzichten, und deshalb musste Arno von der Leyen für immer verschwinden.

Stich strich sich über den weißen Bart und spähte zum wiederholten Male aus den Panoramafenstern. Freiburg lag ihnen zu Füßen. »Mir geht es genau wie dir, Wilfried.« Er sah Kröner an und trommelte mit seinen dünnen Knöcheln auf der Tischdecke neben der Kaffeetasse herum. »Ich will, dass die Sache so schnell wie möglich ausgestanden ist. Jetzt ist Lankau am Zug. Wollen hoffen, dass alles geklappt hat. Bis jetzt haben wir Glück gehabt. Gut, dass du Gerhart so zeitig geholt hast. Ich hatte schon geahnt, dass das nötig sein würde. Und du bist dir ganz sicher, dass von der Leyen dich nicht gesehen hat?«

»Hundertprozentig.«

»Und Frau Rehmann? Die konnte dir nichts Näheres zum Anlass seines Besuches sagen?«

»Ich habe dir bereits alles erzählt, was sie mir gesagt hat.«

»Und die Geschichte hat sie ihm abgekauft? Dass er Psychiater ist? Dass er Mitglied irgendeines Ausschusses ist?«

»Ja. Sie hatte keine Veranlassung, daran zu zweifeln.«

Stich dachte eine Weile nach, setzte sich dann die Brille auf und studierte noch einmal die Speisekarte. Es war Viertel nach fünf. Vor einer Viertelstunde hätte Lankau da sein sollen. Dann setzte er die Brille wieder ab. »Lankau kommt nicht«, stellte er fest.

Kröner massierte sich die Stirn und versuchte, Stichs kalten Blick zu deuten. Er spürte ein Ziehen im Brustkorb. Wieder fühlte er die Umarmung und sah den treuherzigen, liebevollen Blick seines Jungen. Er riss sich zusammen. »Du glaubst doch nicht, dass ihm etwas passiert ist?« Wieder massierte er sich die Stirn.

»Ich hab's nicht so mit dem Glauben. Arno von der Leyen taucht nicht zufällig im Sanatorium auf. Und Lankau kommt normalerweise nicht zu spät.«

Die Haut fühlte sich rau an, als Kröner sich zum dritten Mal an die Stirn fasste. »Könnte es sein, dass er die Leiche allein wegschafft?« Kröner blickte hinüber zur Seilbahn. »Er kann ganz schön eigenwillig sein!«

»Vielleicht. Könnte schon sein. Aber warum nimmt er dann nicht Kontakt zu uns auf?«

Kröner war im Laufe der Jahre etwas milder geworden und brachte seinen Mitmenschen manchmal sogar Freundlichkeit entgegen. Aber naiv war er ganz bestimmt nicht. Zutiefst beunruhigt dachte er daran, wie der Tag verlaufen war und dass sich Lankau jetzt verspätete. Viele Jahre lang waren die verschworenen Simulanten innerlich darauf vorbereitet gewesen, dass eines schrecklichen Tages jemand auftauchen und ihr neues Leben bedrohen könnte. In dem Zusammenhang hatte Horst Lankau hin und wieder davon gesprochen, sein Geschäft zu verkaufen und auszuwandern. Argentinien, Paraguay, Brasilien, Mosambik, Indonesien. Man hörte so viel Gutes über die wärmeren Gegenden und die Geborgenheit in den dortigen deutschen Gemeinden. Aber seine Familie war dagegen gewesen.

Sie wussten ja nicht, warum er fort wollte.

Bei Stich und Kröner hatte Bequemlichkeit immer einen hohen Stellenwert gehabt. Das war jetzt anders. Kröner war nicht willens, nur aus Bequemlichkeit etwas zu riskieren. Er hatte eine Familie, auf die er Rücksicht nehmen musste und wollte, schließlich hatte er sogar gelernt, Gefühle zuzulassen.

Jetzt sah auch Kröner auf die Uhr. »Petra«, sagte er nur.

»Ja, Petra.« Der Alte nickte. »Das ist die einzige Möglichkeit.« Er räusperte sich und tupfte sich die Mundwinkel ab. »Wer weiß? Vielleicht hat sie all die Jahre nur auf eine passende Gelegenheit gewartet. Und jetzt ist sie endlich da.«

»Sie hat ihm alles erzählt.«

»Wahrscheinlich, ja.«

»Dann ist Lankau nicht mehr am Leben.«

»Wahrscheinlich nicht, nein.« Der Oberkellner war umgehend zur Stelle, als Peter Stich ihn zu sich winkte. »Wir möchten gehen«, sagte er.

Sie sahen sich in der Nähe des Säulengangs um, die Spuren ließen keinen Zweifel daran, dass ein Kampf stattgefunden hatte. Nachdem sie sich vergewissert hatten, keine Blutspuren oder andere Hinweise auf den Ausgang des Kampfes übersehen zu haben, fuhren sie eilig zu Peter Stichs Wohnung in der Luisenstraße, wo sie Gerhart Peuckert einige Stunden zuvor Andreas mütterlicher Obhut überlassen hatten.

Neben Petra war Andrea die Einzige, die Gerhart zum Lächeln bringen konnte. Das geschah zwar selten, aber es kam vor.

Und Andrea entgalt ihm das, indem sie sich stets rührend um ihn kümmerte, wenn er in Stichs Wohnung abgesetzt worden war. Kröner sah an der Fassade des Hauses hinauf. Er hatte nie verstanden, warum Andrea auf ein gelegentliches kleines Lächeln mit solcher Güte reagierte. Das war sonst nicht ihre Art.

Kröner wusste, dass Gerhart Peuckert, für den ihr Mann und seine Freunde seit Jahren den Sanatoriumsaufenthalt bezahlten, in Andrea Stichs Augen nur Abschaum war. Die Gesellschaft müsse sich von solchen Elementen trennen, sagte sie. Sie hatte mit eigenen Augen gesehen, wie man genau das in den KZ-Lagern praktiziert hatte. Und sie hatte es befürwortet. Beherzte Säuberungen dienten ihrer Ansicht nach dazu, Kosten und Arbeit zu reduzieren. Doch weil ihr Mann und seine Freunde diesem Geisteskranken eine sonderbare Zuneigung entgegenbrachten, spielte sie die Fürsorgliche.

Andrea war eine gute Schauspielerin.

Kröner hatte viele Gründe, seine Frau möglichst von ihr fernzuhalten.

Noch bevor sie in den Flur getreten waren, bemerkte Andrea die gedrückte Stimmung der beiden Männer. Lautlos wie ein Schatten verschwand sie in die Küche, packte Gerhart Peuckert unterm Arm und führte ihn ins Esszimmer, wo er schon so oft im Dunkeln gesessen hatte. Diesmal schaltete sie eine der Wandlampen ein.

Erst dann begrüßte sie die beiden Männer. »Was ist passiert?«, fragte sie und zeigte auf die Portweinkaraffe im Büfett. Stich schüttelte den Kopf.

»Nichts, woran wir etwas ändern können, fürchte ich.«

»Lankau?«

»Das wissen wir nicht. Das ist genau das Problem.«

Schweigend holte Andrea Stich das kleine Telefonbuch ihres Mannes aus seinem Arbeitszimmer. Er nahm es entgegen, ohne sich zu bedanken.

Lankau ging weder zu Hause noch auf seinem Landsitz ans

Telefon. Kröner biss sich auf die eingesogenen Wangen, runzelte die Stirn und dachte an den Moment, als er seine Frau und seinen Sohn zu Hause verabschiedet hatte. Ihm war rund ums Haus nichts Ungewöhnliches aufgefallen. Ein Schauer lief ihm über den Rücken, dass die Schultern bebten. Private Sorgen mussten jetzt ausgeblendet werden. Im Augenblick ging es um Lankau. Er war wie vom Erdboden verschluckt.

»Also«, sagte Stich und sah Kröner über die Schulter. Er ließ den Blick von den Parkplätzen vorm Haus bis zum Ende der Straße schweifen. »Wenn von der Leyen Lankau aus dem Weg geschafft hat, müssen wir davon ausgehen, dass in Kürze ganz von selbst etwas passieren wird. Gerhart Peuckert scheint für Arno von der Leyen wichtig zu sein. Aber warum? Kannst du mir das sagen, Wilfried? Warum schreckt dieser Satan vor nichts zurück, um an unseren stummen Freund heranzukommen?«

»Ich glaube, der will gar nicht an Gerhart herankommen. Ich bin mir ziemlich sicher, dass er in Wirklichkeit hinter uns her ist. Peuckert war nur ein Vorwand, um uns zu finden.«

»Aber das ergibt doch keinen Sinn, Wilfried! Wieso sollte er denn glauben, dass Peuckert ihn zu uns führen würde? Das Einzige, was uns – soweit von der Leyen das wissen kann – mit Peuckert verbindet, sind einige Monate in einer Irrenanstalt. Und das ist bald hundert Jahre her, wenn ich das mal so sagen darf.«

»Ich weiß es nicht. Aber ich bin überzeugt, dass von der Leyen uns erpressen will.«

»Darin stimme ich mit dir überein. Ich glaube auch, dass es ihm um nichts als den Gewinn geht. Gut, wir haben ihn damals vielleicht ein bisschen hart angepackt, aber ich glaube nicht, dass ihn die Rachsucht treibt.« Stich drehte sich um. »Der macht sich nichts aus Rache. Rache ist etwas Irrationales, und von der Leyen ist nicht irrational, wenn du mich fragst. Wer oder was zum Teufel er auch immer sein mag!« Es wurmte Stich, dass so viele Fragen unbeantwortet blieben. Die Verärgerung stand ihm ins Gesicht geschrieben.

Kröner wurde unruhig. »Hast du eine Ahnung, ob Peuckert uns irgendwie weiterhelfen kann, Peter?«

Stich wandte sich seiner Frau zu, die ihn fragend ansah. Kröner wusste genau, warum sie sich am anderen Ende des Raumes aufhielt. Denn wenn ihr Mann sich ärgerte, rutschte ihm schon mal die Hand aus, sobald sie alleine waren. In der Regel tat es ihm hinterher leid, und seine Schläge fielen auch nicht mehr so hart aus wie früher. Dennoch vermutete Kröner, dass Andrea es nach all den Jahren vorzog, wenn nicht sie, sondern andere die Schläge abbekamen. Zum Beispiel der Idiot, der nebenan im schwachen Schein der Wandlampe saß. Schließlich war auch sie nicht mehr die Jüngste.

Stich versuchte noch ein paarmal vergeblich, Lankau telefonisch zu erreichen. Er kniff die Augen zusammen, drehte sich zu Kröner um und schüttelte den Kopf. Es blieb ihnen nichts anderes übrig, als die prekäre Sachlage zu akzeptieren.

Der Mann mit den Pockennarben starrte lange das Telefon an. Seine Frau und sein Kind mussten inzwischen an ihrem Bestimmungsort angekommen sein. Gerade, als er den Hörer abnehmen wollte, zog Andrea eine roboterartige Gestalt mit sich ins Wohnzimmer. Peuckert kaute noch. Stich fasste ihn am Unterarm und zog ihn zu sich aufs Sofa. Dann strich er ihm übers Haar, wie er es sich im Laufe der Zeit angewöhnt hatte. Der Depp war fast so was wie ein Haustier für ihn. Ein Maskottchen im Käfig. Ihr Kätzchen, ihr Äffchen. Einzig Lankau hatte das in all den Jahren nicht so gesehen.

»Na, Gerhart, hast du etwas gegessen? Hat Andrea sich um dich gekümmert?«

Immer wenn Peuckert Andreas Namen hörte, leuchteten seine Augen auf. Genau wie jetzt. Er lächelte und sah zu Andrea hinüber, die gerade den Kronleuchter eingeschaltet hatte.

»Ist es nicht schön, ein bisschen mit uns hier im Wohnzimmer zu sitzen, Gerhart? Soll sich Kröner auch ein wenig
zu uns setzen?«

Dann nahm Stich Peuckerts Hände und rubbelte sie, als
wären sie ganz kalt.

»So, Gerhart, das magst du doch gerne, stimmt's?« Der alte
Mann tätschelte Gerharts sehnigen Handrücken und lächelte
ihn an. »Andrea und ich wüssten gerne, ob du immer noch Besuch von Petra bekommst.«

Kröner sah, wie sich auf Peuckerts Lippen ein winziges
Lächeln abzeichnete. Das war Antwort genug.

Stich tätschelte ihm wieder die Hand. »Und wir wüssten
gerne, ob sie dir Fragen stellt, Gerhart. Stellt sie dir manchmal
seltsame Fragen? Über die alten Zeiten? Fragt sie, was wir
machen, wenn wir Ausflüge unternehmen? Nun sag schon,
Gerhart.«

Gerhart Peuckert presste die Lippen zusammen und wandte
den Blick nach oben, als wenn er überlegte.

»Es fällt dir schwer, dich daran zu erinnern, nicht? Aber
vielleicht weißt du noch, ob sie jemals mit dir über Arno von
der Leyen gesprochen hat, mein Freund?« Gerhart sah ihn an
und presste wieder die Lippen aufeinander.

Stich erhob sich und ließ Gerharts Hände genauso plötzlich
los, wie er sie zuvor ergriffen hatte.

»Dieser Arno von der Leyen sucht nämlich nach dir, mein
Freund. Und wir wissen nicht, warum. Er hat auch einen anderen Namen angenommen. Kröner kann dir sagen, wie er sich
nennt.«

Wie in Zeitlupe wandte Gerhart Peuckert den Blick zu Kröner. Der wusste nicht recht, ob das ein Zufall war oder ob
Gerhart tatsächlich wusste, wer er war.

»Er nennt sich Bryan Underwood Scott«, fuhr Stich fort
und lachte kurz auf, bevor er sich räusperte. »Ist das nicht komisch? Er ist in St. Ursula gewesen und hat mit der guten Frau

Rehmann nur Englisch gesprochen. Seltsam, oder? Findest du das nicht auch merkwürdig?«

Kröner ging auf Peuckert zu und beugte sich zu ihm herunter, um sein Gesicht zu studieren. Darin war wie üblich keine Reaktion abzulesen. Sie mussten die Sache selbst in die Hand nehmen.

»Ich fahre jetzt zu Petra«, sagte er und richtete sich auf.

Peuckert riss die Augen auf.

Der Alte ließ Peuckert nicht aus den Augen. »Ja. Und wenn du sie findest, Wilfried, sorgst du dafür, dass sie dir die Wahrheit erzählt, ja? Wenn du den Eindruck gewinnst, dass sie uns verraten hat, machst du sie kalt. Verstanden?« Jovial klopfte er Peuckert auf den Hinterkopf.

»Und was ist mit dem Brief, mit dem sie uns immer gedroht hat?«

»Was ist dir lieber, Wilfried, Pest oder Cholera? Wenn wir nichts unternehmen, hast du unter Garantie bald ein Problem! Und wenn du dich jetzt zusammenreißt und tust, was zu tun ist, dann … tja, dann weiß auch keiner, was danach passiert.« Höhnisch sah Stich ihn an. »Das Ganze ist fast dreißig Jahre her, Wilfried! Wer soll denn ein Stück Papier nach so langer Zeit noch ernst nehmen? Und wer weiß, ob es wirklich existiert? Können wir der kleinen Wagner überhaupt trauen? Geh und tu, was ich sage. Verstanden?«

»Du brauchst mir keine Befehle zu erteilen, Stich! Denken kann ich selbst!« Das war ein Irrtum. Kröner konnte nicht mehr klar denken. Ganz gleich, was sein Gespräch mit Petra ergeben würde, die Sachlage war verändert. Die Situation war neu und unbeständig und unvereinbar mit der Geborgenheit, die sein Alltag forderte. Er verließ das Wohnzimmer und wandte sich noch einmal nach Gerhart Peuckert um. In sich zusammengesunken saß er auf dem Sofa und quittierte Stichs kameradschaftlichen Griff mit bebenden Lippen. Sein Blick war leer und müde.

Als Kröner sich den Hut aufsetzte, bemerkte er aus dem Augenwinkel, wie Stich sich bewegte. Dann sah er gerade noch, wie Stich seinem hilflosen Opfer einen Schlag gegen die Schläfe verpasste. Peückert fiel zu Boden und hielt sich verängstigt beide Hände vors Gesicht.

»Was will Arno von der Leyen von dir? Bist du nutzloses Etwas vielleicht doch etwas wert?«, schrie er ihn an und trat ihn so heftig, dass es in seinem eigenen Knie hörbar knackte. Der Alte stöhnte auf und betrachtete den zusammengekrümmt am Boden liegenden Peuckert mit kaltem Blick. »Was hat dieses Schwein mit dir zu tun, verdammt noch mal?«

Kröner sah Peuckerts Gesicht. Darin spiegelte sich eher Überraschung als Flehen. Stich schnaubte. »Wie kommt es, dass dieser Hurensohn fast dreißig Jahre im Ausland zugebracht und dich nicht vergessen hat? Das würde ich gerne wissen! Na, Gerhart, was sagst du? Willst du es Andrea und mir erzählen?« Ohne eine Antwort abzuwarten, trat er noch einmal zu. »Kannst du uns erzählen, was in drei Teufels Namen dieser sogenannte Bryan Underwood Scott von dir will?«

Der Mann am Boden fing an zu schluchzen. Das war nichts Neues. Kröner hatte es zwar nie mit eigenen Augen gesehen, wusste aber, dass dieser Schwall unartikulierter Laute Stich so zur Weißglut treiben konnte, dass er womöglich noch einmal und noch härter zuschlagen würde. Kröner ging zurück ins Wohnzimmer und packte Stich bei der Schulter. Der Blick des Alten verriet, dass sein Einschreiten nicht nötig gewesen wäre. Stich wusste selbst, dass es reichte. Die Zeit wurde knapp. Er musste sich beruhigen.

Völlig ungerührt schenkte Andrea Stich ihrem Mann einen wohlriechenden, glasklaren Schnaps ein. Er leerte das Glas in einem Zug und setzte sich dann in aller Seelenruhe auf den abgenutzten Stuhl vor seinem Sekretär. Er stützte das Kinn auf und begann nachzudenken.

Andrea löschte im Esszimmer das Licht. Peuckert rappelte

sich mühevoll auf und folgte ihr. Stillschweigend setzte er sich im Dunkeln an seinen Platz. Vor ihm stand ein kleiner Teller mit vier gebutterten Keksen. Er liebte diese gebutterten Kekse.

Doch er rührte sie nicht an. Er legte die Handgelenke auf die Tischkante und fing an, mit dem Oberkörper vor- und zurückzuschaukeln. Erst kaum merklich. Dann immer heftiger.

Kröner schob seinen Hut zurecht und ging.

44

GERHART PEUCKERT HATTE sich angewöhnt, die Schmerzen wegzuschaukeln – vor und zurück, vor und zurück. Doch der Gedanke an Petra ließ seine Atmung immer schneller werden.

Ungewohnte Worte waren durch seinen Panzer gedrungen.

Er richtete sich auf und begann, die Stuckrosetten an der Decke zu zählen.

Nachdem er sie zweimal gezählt hatte, hörte er auf zu schaukeln.

Dann waren die Wörter wieder da. Er trippelte kurz mit den Füßen unter dem Tisch und begann erneut zu zählen. Diesmal blieben die Worte. Dann fasste er sich ans Ohrläppchen, schaukelte noch einmal kurz und hielt dann abrupt inne.

Gerhart sah sich um und ließ das Zimmer auf sich wirken. Wie ein Gefängnis fühlte es sich an. Wenn er Rosetten zählte, Kekse aß und trippelte, war der alte Mann meistens auch in der Nähe. In dieses Zimmer kam Petra nie.

Wieder zählte er die Rosetten und trippelte mit den Füßen. Dann nahm er sich einen Keks und biss ab.

Der alte Mann hatte ihm wehgetan.

Langsam wurden die Worte deutlicher, über die der Alte sich so aufgeregt hatte. Gerhart zählte immer schneller. Als sich die Zimmerdecke schließlich Rosette für Rosette rasend schnell über ihm drehte, hörte er auf zu kauen.

Und plötzlich hörte er auf, sich den Gedanken zu widersetzen, die sich ihm aufdrängten.

Ihn streifte das Gefühl von etwas Unwirklichem. Den Namen Arno von der Leyen konnte Gerhart sehr gut verstehen. Es war ein ungewöhnlicher Name. Und es war ein guter Name.

Früher einmal hatte er ihn so oft in seinem Kopf wiederholt, dass ihm davon ganz schwindlig geworden war. Dann hatte er irgendwann damit aufgehört.

Und jetzt war er wieder da und störte seinen Frieden.

Allzu lange Gedankenfolgen taten ihm nicht gut. Sie brachten sein Inneres in Aufruhr. Wörter und Gefühle flossen ineinander und gebaren neue Gedanken. Gedanken, um die er nicht gebeten hatte.

Darum war es das Beste, wenn die Wörter ihr ganz eigenes Leben führten, außerhalb seines Kopfes, weit weg von seinem Herzen.

Aber jetzt war es anders. Jetzt waren sie eingedrungen in das Reich, das er sich so qualvoll erschaffen hatte in all den Jahren.

Eine lange nicht mehr gekannte Rastlosigkeit bemächtigte sich seiner, da war etwas, das seine Ruhe massiv störte: Gerhart verband kein Gesicht mit dem Namen Arno von der Leyen. Schon vor Jahren war es aus seinem Gedächtnis verschwunden. Mit dem Namen verband er eine gewisse Wärme, doch er fand kein Gesicht dazu in seiner Erinnerung. Ein Gefühl, das ihn zutiefst befremdete.

Die drei Männer, die ihn manchmal besuchten, vermochten ihn jeder auf seine Weise bis ins Mark zu erschüttern. Aber verunsichern konnten sie ihn nicht. Alles, was die drei Männer taten, war im selben Augenblick vergessen, da sie ihn wieder allein ließen.

Mit diesem Namen war das anders.

Er begann wieder zu zählen. Die Füße unter dem Tisch trippelten jetzt schneller, überholten das Zählen, auch der Name war wieder da und unterbrach die ewige Stille. Ein innerer Sturm brach sich Bahn und wütete los.

So saß er lange da.

Als Andrea hereinkam und höhnisch auf den Teller sah, schwirrte ihm ein weiterer Name im Kopf herum. Als wäre er nie weg gewesen. Sein Klang stand für ein eigenes Leben.

Ein Leben in weiter, unerreichbarer Ferne. Der Name Bryan Underwood Scott. Er war wie ein Dolchstoß in sein Bewusstsein eingedrungen. Hatte Gefühle und Erinnerungen ineinanderfließen lassen und Hilflosigkeit, Verwirrung und Angst in ihm ausgelöst.

Doch das Schlimmste war, dass der Pockennarbige die Wohnung verlassen hatte, um Petra etwas anzutun. Das hatte er begriffen.

So, wie sich manche Menschen ohne ihr Amulett schutzlos fühlten, hatte auch Gerhart Peuckert nicht mehr das Gefühl, unantastbar zu sein. Seine Unverwundbarkeit war für immer dahin. Der Klang dieser Wörter hatte seine Gefühle entfesselt.

Er versuchte noch einmal, die Rosetten zu zählen, und spürte, wie aus dem Unterbewusstsein Hass in ihm aufstieg. Wieder stürzten die Gedanken über ihn herein.

Solange er denken konnte, war er Gerhart Peuckert gewesen. Zwar nannte man ihn auch Erich Blumenfeld, aber er war Gerhart Peuckert. Die beiden Identitäten kamen sich nicht in die Quere. Aber da war noch etwas. Noch jemand. Er selbst. Wer auch immer dieser Jemand war: Er hatte stets ein Leben neben diesem Leben gelebt. Und dieser Jemand war unglücklich und hatte zeit seines Lebens gelitten.

Darum war es gut, dass er so lange weg gewesen war.

Gerhart Peuckert betrachtete die Kekse. Er nahm einen und fasste ihn so ungeschickt an, dass seine Fingerspitzen vor Butter glänzten.

Der unglückliche Mann in ihm war dabei, mit all seinem verdrängten Wissen und all seiner unterdrückten Wut wieder das Kommando zu übernehmen. Ein junger Mann voller Hoffnungen, die nie erfüllt worden waren. Voller Liebe, die er nie hatte geben können. Dieser Mann war es, der bei dem Namen Bryan Underwood Scott so stark reagierte – Gerhart Peuckert saß am Tisch vor den Keksen.

Jahraus, jahrein hatte er sich mit Kleinigkeiten beschäftigt und die regelmäßigen Besuche akzeptiert. Anfangs hatte er Angst vor seinen Gästen gehabt und sie wachsam beobachtet. Die nicht nachlassende Furcht davor, getötet zu werden, raubte ihm den Schlaf, die Lebenslust und jegliche Energie. Als das vorbei war, gab er sich einige Jahre jener entspannten Passivität hin, zu der man leicht verführt wird, wenn Tausende von ewig gleichen Tagen verstreichen. Dann fing er an, sich ins Zählen und in seine Kräftigungsübungen zu vertiefen. Und irgendwann hatte er vergessen, wieso er überhaupt existierte, wo er war und warum er schwieg. Er aß, schlief, hörte im Radio Kindersendungen und Hörspiele, saß vor dem Fernseher, nachdem der Einzug gehalten hatte, lächelte hin und wieder und war ansonsten nur still dabei, wenn die anderen Körbe flochten oder die Bücher der Heimleitung einbanden. Stundenlang konnte er mit gefalteten Händen dasitzen. Kopf und Seele waren gesäubert. Er war zu Gerhart Peuckert geworden, und manchmal war er Erich Blumenfeld.

Während seiner ersten Jahre im Sanatorium in Freiburg lebte er nur für die kleinen Bruchstücke einer Geschichte, eines Films, eines Theaterstückes oder eines Buches. Aber immer dann, wenn die Geschichten gerade am interessantesten wurden, brachen sie ab. Er verlor den Faden und blieb stecken. Immer mehr Dinge verwirrten ihn und verschwammen wie in einem dichten Nebel. Er brachte fiktive Figuren und echte Menschen durcheinander. Alte Namen verschwanden und neue tauchten auf, Ereignisse verloren ihre Bedeutung. Und dann hörte er damit auf. Nur eine einzige Frage blieb in diesem Meer von nicht zu Ende gebrachten und misshandelten Geschichten über all die Jahre übrig und quälte ihn täglich: Wie hieß David Copperfields zweite Frau?

Doch eines Tages war selbst diese Frage im Nebel der Bedeutungslosigkeit verschwunden.

In dieser ausgelöschten Persönlichkeit rührte sich schließlich nur noch ein winziger Funke Leben. Ein Gefühl von Geborgenheit und Glück. Nur Petra, die stets in seiner Nähe war, nur dieses liebe junge Mädchen, das unmerklich älter wurde und ihm immer so zärtlich über die Wange strich, konnte diesen Funken entzünden. Sie war das letzte Überbleibsel seiner Träume und Freude.

Diese zierliche Frau sprach mit ihm, als sei er ein Teil ihres Lebens. Sie erzählte ihm von allem, auch von Dingen außerhalb der Anstalt. Da passierte so vieles, was er nicht verstand. Sie sprach von Ländern, von denen er noch nie gehört hatte, und von Menschen, Schauspielern, Präsidenten und Malern, für die er in seinem Kopf gar keinen Platz hatte.

Manchmal ließ sie ihn zurück, um in fremde Länder zu reisen. Wenn sie wiederkam, erzählte sie neue Geschichten, die so seltsam klangen wie Märchen. Doch das Einzige, was ihm etwas bedeutete, war, dass sie zurückkehrte: mitsamt ihrer Sanftmut, ihrer Fürsorge und ihrer Lebenslust.

Und dass sie ihm zärtlich über die Wange strich.

An die Männer, die ihn besuchten, hatte er sich gewöhnt. Ihre Drohgebärden hatten im Laufe der Jahre abgenommen. Sie packten ihn nicht mehr hart am Arm und zischten ihm auch keine Warnungen mehr ins Ohr, wenn sie mit ihm allein waren. Sie gehörten jetzt einfach zu seinem Alltag. Und sie waren sehr unterschiedlich.

Der Pockennarbige war sein Freund geworden. Nicht, weil er immer freundlich war, wenn er ihn besuchte. Und auch nicht, weil er ihm immer einen kleinen Leckerbissen vorsetzte, wenn er ihn mit zu sich nach Hause nahm. Sondern in erster Linie, weil der Alte und der Breitgesichtige ihn noch nie geschlagen hatten, wenn der Pockennarbige zugegen war.

So war es bisher gewesen. Lankau war der Schlimmste. Zwar konnte der Alte ihn einen ganzen Tag lang piesacken, aber er hatte dennoch etwas Versöhnliches. Und er hatte Andrea.

Der Alte traf die Entscheidungen und Lankau führte sie aus. In den ersten Jahren sah Lankau richtig unheimlich aus mit seiner leeren Augenhöhle, die während der mit einer gewissen Lust ausgeführten Züchtigungen immer eine besondere Tiefe bekam. Ganz gleich, was der Grund für die Prügelstrafen war, sie hatten in ihrer Gesamtheit zur Folge, dass Gerhart Peuckert auf gar nichts mehr reagierte, was die drei ihm antaten. Die Abstrafungen waren im Laufe der Jahre immer seltener und die Schläge weniger brutal geworden.

Bis heute.

Noch einmal zählte Gerhart die Rosetten und noch einmal versuchte er, die Wörter nicht an sich heranzulassen. Im Nachbarzimmer hatte der Alte längst aufgehört, sich zu räuspern. Gerhart konnte seinen schweren, regelmäßigen Atem hören, als ob er schliefe.

Inzwischen kam es nur selten vor, dass Gerhart mit allen drei Männern auf einmal zusammen war. Die drei sangen dann hin und wieder ein Lied, klopften ihm auf den Rücken und boten ihm eine kleine Zigarre oder einen Schnaps an, den Lankau aus seinem Trinkstock ausschenkte oder aus einem Flachmann, den er stets in seiner Joppe bei sich trug. Manchmal unternahmen sie einen Ausflug mit ihm – in die Stadt, nach Hause zu Kröner oder dem Alten oder hinaus zu Lankaus Landsitz. Die drei Männer redeten dann immer äußerst angeregt über ihre Geschäfte. Da Gerhart mit alldem nichts anfangen konnte, fing er an zu zählen und sehnte sich zurück ins Sanatorium. Bis er irgendwann zum Auto hinausging. Dann hakten sie sich kameradschaftlich bei ihm unter und stellten ihn mit ein, zwei Tabletten ruhig.

Gerhart Peuckert alias Erich Blumenfeld hatte schon immer Tabletten bekommen. In den Sanatorien, auf ihren Ausflügen, bei den Männern zu Hause. Ganz gleich, wo er sich befunden hatte, er hatte immer Tabletten bekommen. Von Krankenschwestern, Pflegern und den drei Männern und deren Familien.

Überall gab es ein Schränkchen mit Tabletten.

Nur ein einziges Mal hatten sie einen Ausflug mit ihm gemacht, bei dem sie anderen Menschen begegnet waren. Petra war ihnen entgegengekommen und hatte ihn in den Arm genommen. Es war eine Flugschau mit Tausenden von Zuschauern gewesen. Die vielen Menschen und der Lärm hatten ihn geängstigt, doch das Schauspiel am Himmel hatte ihn in seinen Bann gezogen. Stundenlang hatte er weder den Kopf bewegt noch auf irgendetwas gezeigt, doch seinem Blick war das Staunen anzusehen gewesen. Der Anblick der den Himmel durchschneidenden Jagdflugzeuge hatte etwas in ihm ausgelöst. Damals hatte er zum ersten Mal seit fast fünfzehn Jahren etwas gesagt. Unter dem Donner der Maschinen und bis er am Abend ins Bett ging, wiederholte er immer wieder denselben Satz.

»So schnell«, sagte er. »So schnell.«

45

ES WAR EIN SELTSAMER TAG für Laureen. Das ungute Gefühl, einer Sache auf der Spur zu sein, die in all den Jahren latent ihr Leben mit Bryan bestimmt hatte, verstärkte sich. Während Bryan mit der Frau im Stadtpark sprach, gelangte Laureen zu der Überzeugung, dass ihr eigenes Schicksal mit dem dieser zierlichen Person verknüpft sein musste.

Das war aber noch nicht alles.

Aus der Entfernung hätte man meinen können, die Begegnung mit der Frau sei ein zufälliges Wiedersehen, aus dem sich unbegreiflich schnell eine Konfrontation und dann ein Streit entwickelte. Aber als die beiden auseinandergingen, sahen sie so aufgewühlt, ja, fast erschüttert aus, dass Laureen überzeugt war, dass die beiden sich bald wieder treffen würden. Aber ganz bestimmt unter anderen Umständen, dachte sie.

Bryan wohnte noch immer im Hotel Roseneck in der Urach-straße. Dort wollte Laureen Kontakt zu ihm aufnehmen, wenn es soweit war. Mit der Frau verhielt es sich anders. Ob Laureen wollte oder nicht, sie musste unbedingt mehr über die Unbekannte in Erfahrung bringen. War es ihre Wohnung gewesen, die Bryan am Morgen so lange beobachtet hate? Wer war sie? Wie konnte eine Frau in einer abgelegenen deutschen Stadt ihren Mann so sehr interessieren? Zumal sie nicht einmal besonders jung zu sein schien. Woher kannten die beiden sich? Und wie gut? All diese Fragen wollte Laureen beantwortet haben. Hier und jetzt.

Und so kam es, dass sich Laureen in den folgenden Stunden der fremden Frau und nicht ihrem eigenen Mann an die Fersen heftete.

Die Frau in dem schwarzen Lackmantel hatte viel zu erledigen. Zweimal suchte sie eine Telefonzelle auf. Sie verschwand hin und wieder in einem Hauseingang, und Laureen wartete verwirrt und mit schmerzenden Füßen auf der belebten Straße. Als die Frau endlich die Weinstube am Münsterplatz aufsuchte und von ihrem Platz in der Nähe der Tür eine Weile ausdruckslos aus dem Fenster gestarrt hatte, nahm Laureen zwei Tische weiter Platz und zog seufzend die neuen Schuhe aus. Erst jetzt kam sie dazu, die von ihr observierte Frau genauer zu betrachten.

Besonders begehrenswert sah sie nicht aus.

Kurze Zeit später setzte sich ein äußerst nervös wirkender Bryan zu ihr an den Tisch. Es überraschte Laureen nicht, dass er gekommen war, aber die Vertrautheit zwischen den beiden tat ihr weh. Die Frau sprach mit gedämpfter Stimme und gesenktem Blick. Dann legte sie die Hand auf Bryans Unterarm und streichelte ihn kurz. Nur wenige Minuten nach seiner Ankunft verließ Bryan das Lokal. Verbissener, als Laureen ihn je erlebt hatte. Durch das Fenster sah sie, wie er sich entfernte. Seine Bewegungen waren unkoordiniert, als wäre er betrunken.

Damit hatte sich Laureens Problem, wem sie nun folgen sollte, von selbst gelöst. Die Frau blieb noch eine Weile sitzen und starrte Löcher in die Luft. Sie machte einen verwirrten, unentschlossenen Eindruck. Laureen zündete sich eine Zigarette an und lehnte sich zurück. Sie wollte bis auf Weiteres unbemerkt bleiben. Sie würde erst aufstehen, wenn die Frau ging.

46

PETRA WAR VÖLLIG durcheinander. Auf ihrer Runde durch die Stadt hatten mehrere Patienten sie gefragt, ob sie krank sei. »Sie sind so blass, Schwester Petra«, meinten sie.

Und es ging ihr tatsächlich nicht gut.

Ein Leben lang hatte sie zugesehen, wie die drei Simulanten aus dem Alphabethaus stets absolut willkürlich gehandelt hatten. Zwar waren die drei sehr verschieden, aber Petra wusste, wie sie sich verhalten würden, wenn es jemand wagte, sich ihnen in den Weg zu stellen. Wer auch immer es war, sie würden ihn einfach beseitigen.

Sie hatte lange nicht begriffen, was da gespielt wurde. Noch heute verfluchte sie sich dafür, dass sie ihre Freundin Gisela Devers seinerzeit Kröner vorgestellt hatte, der sie dann heiratete. Andererseits wären ihr ohne diese Verbindung von Gisela und Kröner nie alle Zusammenhänge klar geworden.

Und ohne Gerhart Peuckert hätte sie sich nie im Leben mit diesen drei Teufeln eingelassen.

Sie lebte nur für Gerhart.

Sie liebte diesen schönen Mann, hatte ihn immer geliebt. Es war eine hoffnungslose Liebe, die ihr viel Kritik von ihren Mitmenschen eingebracht und sie langsam in eine Isolation, zu einem Leben abseits des Normalen, geführt hatte. Jahrelang hatte sie gehofft, dass seine Traumata verblassen und eines Tages ganz verschwinden würden. Jahrelang hatte sie für ihren Traum von einem normaleren Leben mit ihm gelebt.

Es gab Momente, in denen ihr diese Möglichkeit greifbar nah erschienen war. Kurze Momente des Glücks. Bis sie es endlich begriff. Gerhart Peuckerts Schicksal lag einzig und allein in der Hand dieser drei Männer.

Das hatte sie schon immer gewusst. Und sie hatte diese Gewissheit verabscheut.

Dennoch hatte sie heute einen anderen Menschen verraten. Weil sie immer noch hoffte?

Der Schock war gewaltig gewesen, einem ihrer alten Patienten aus dem Alphabethaus wieder zu begegnen. Seit vor Ewigkeiten die drei Männer aufgetaucht waren, hatte sie nie wieder jemanden aus dem Lazarett gesehen.

Das Gesicht war das von Arno von der Leyen, und doch war er ihr fremd. Seine Sprache und seine Erscheinung hatten ihr Angst eingejagt. Die Panik, die in ihr aufstieg, als er sie nach Gerhart Peuckert fragte, war nur zu verständlich, wenn man ihre Lebenswirklichkeit bedachte.

Keiner wusste so recht, was in Gerhart Peuckert vor sich ging. Die Ärzte hatten schon lange den Eindruck, dass seine Seele sich tief in seinem Inneren verkapselt hatte. Sie waren sich einig, dass sein Bewusstsein schlief. Gisela hatte Petra anvertraut, Kröner sei davon überzeugt, Gerhart Peuckert werde sich eines Tages völlig normal aus seinem Bett erheben und ihnen allen in den Rücken fallen. Immer wieder waren Gisela und Kröner darüber in Streit geraten. »Lass ihn in Frieden«, hatte Gisela ihren Mann ermahnt. Doch der eingeschworene Zirkel der Simulanten konnte Gerhart Peuckert nicht loslassen. Solange sie ihn kontrollieren konnten, war alles in Ordnung, aber loslassen konnten und wollten sie ihn nicht. Dazu wusste Gerhart zu viel.

Gerhart hatte es seinem schlechten, aber stabilen Geisteszustand zu verdanken, dass die drei Männer ihn existieren ließen. Genau so hatten sie sich laut Gisela ausgedrückt.

Sie ließen ihn existieren. Ein Leben war etwas anderes.

Petra war unruhig. So hätte es einfach weitergehen sollen. Aber nun war dieser Fremde erschienen. Hatte seine eigene

Vergangenheit mit ihrer verknüpft und sie ausgerechnet nach dem einzigen Menschen gefragt, für den sie ihr Leben geben würde. Sie hatte das sofort als Bedrohung empfunden und entsprechend reagiert. Petra seufzte und packte ihr Blutdruckmessgerät zusammen. Sie nickte dem Patienten zu und sah dann aus dem Fenster.

Der Schlossberg hatte den ganzen Tag in der strahlenden Sonne gelegen. Was genau dort oben mit Arno von der Leyen passieren sollte, wusste sie nicht. Aber sie konnte es sich vorstellen. Wenn Hermann Müller sein wahres Ich zeigte, wollte sie ihn nur ungern zum Feind haben. Jeder, der sich mit Gerhart Peuckert treffen wollte, riskierte, Peter Stichs Dämon zu erwecken.

Bei dem Gedanken daran wurde ihr schlecht. Die Konsequenz dessen, was sie heute getan hatte, bedeutete, dass sie von jetzt an um keinen Deut besser war als Kröner, Lankau und Stich.

Die kleine Dot Vanderleen, die seit dem Verkauf des Geschäfts ihres verstorbenen Mannes in der Salzstraße wohnte, machte Petra auf ihre Verfolgerin aufmerksam. »Da«, sagte sie und zeigte aus dem Fenster zur anderen Straßenseite. Die hochgewachsene Frau wirkte erleichtert, wie sie da auf einem Bein stand und sich den anderen Fuß massierte. »Die Ärmste«, bemitleidete Dot Vanderleen die Frau. »Hat wohl neue Schuhe an.«

Von da an sah Petra die Frau auf ihrer Runde immer wieder. Ganz gleich, bei welchem Patienten sie kurz aus dem Fenster sah – jedes Mal stand die Unbekannte draußen und knetete sich die Füße.

Normalerweise unterbrach Petra ihre Samstagsschicht für ein, zwei Stunden, um Gerhart zu besuchen. An diesen späten Samstagnachmittagen kamen sie einander am nächsten. Jeden

Samstag liebten sie sich mit ihren Blicken und nur für wenige Sekunden. Doch für diese Sekunden lebte sie.

Um drei Uhr besuchte Petra Herrn Frank, einen alten, wundgelegenen Grossisten, nach ihrem Plan der letzte Patient vor der Pause.

Doch statt wie üblich mit der Straßenbahn zum Sanatorium zu fahren, überquerte sie den Kartoffelmarkt in der entgegengesetzten Richtung. Auf der Höhe einer größeren Zuschauerschar, die sich vor einer Gruppe Straßenschauspieler auf das Kopfsteinpflaster gesetzt hatte, beschleunigte Petra ihre Schritte und hängte ihre Verfolgerin ab.

Beim Taxistand am Ende der Weberstraße setzte sich Petra in den ersten freien Wagen. »Kleinen Moment noch«, informierte der Fahrer des nächsten Wagens sie. »Fritz ist eben für kleine Jungs, er kommt gleich.«

Die hochgewachsene Frau, die Petra verfolgt hatte, kam aus der Wasserstraße gestürzt. Petra lehnte sich im Taxi zurück, damit die andere sie nicht sehen konnte. Die Frau wusste offenkundig nicht, was sie jetzt tun sollte. Kopflos ging sie ein paar Schritte die Weberstraße hinauf und kehrte dann wieder um. Ihre Frisur passte nicht mehr zu ihrer sonst eher eleganten Erscheinung. Sie lehnte sich gegen eine Hauswand, beugte sich vornüber und stützte die Hände auf die Knie.

Petra kannte das Gefühl, wusste aber auch, dass diese Dehnübung nicht gegen schmerzende Füße half.

Die Frau verfolgte sie ohne jeden Zweifel, aber sie war alles andere als ein Profi. Sie sah sich mehrfach um, bevor sie die große Plastiktüte neben sich auf dem Boden abstellte und so tief seufzte, dass Petra es fast bis ins Taxi hören konnte.

»Da kommt er«, rief der Taxifahrer von eben und klopfte sachte an das Seitenfenster. In dem Moment entdeckte die Frau Petra. Erst sah sie ihr direkt in die Augen, dann ließ sie den Blick zum Taxi dahinter und wieder zurück wandern. Sie war sich darüber im Klaren, dass Petra sie bemerkt hatte.

»Grüß Gott, junge Frau. Wie ich sehe, haben Sie es sich schon bequem gemacht. Wohin soll's denn gehen?« Der etwas korpulente Mann legte den Arm auf die Rückenlehne des Beifahrersitzes und drehte sich mühsam zu seinem Fahrgast um. Petra hatte gar nicht recht mitbekommen, dass er eingestiegen war. Sie schlug ihre Mappe auf und nahm das Skalpell an sich, das sie stets in der Mitte der Mappe bei sich trug. Es hatte gerade eine frische Klinge bekommen. Damit fühlte sie sich ausreichend gerüstet, um dem Geheimnis auf die Spur zu kommen, das sich ihr heute eröffnen wollte.

Die Frau machte ein trauriges Gesicht. Petra stieg aus dem Taxi und marschierte auf sie zu. »Man wird doch wohl noch mal pinkeln gehen dürfen!«, rief ihr der Taxifahrer hinterher. »Auch ein Taxifahrer braucht mal eine Pause! Sind Sie schon mal einen ganzen Tag ohne Pause Auto gefahren?« Er hatte den Kopf zum Fenster herausgestreckt und schrie immer lauter. »Die zwei Minuten hätten Sie doch wohl warten können!«

Fassungslosigkeit spiegelte sich im Blick der Frau, als Petra unauffällig die Klinge des Skalpells aufblitzen ließ. Wie erstarrt fixierte sie es und machte keine Anstalten, wegzulaufen.

Petra steckte das Messer weg.

Es war heute schon das zweite Mal, dass sie einen Verfolger stellte, und es war auch das zweite Mal, dass sie auf Englisch angesprochen wurde. Arno von der Leyen und diese Frau hatten auch über die Sprache hinaus etwas gemeinsam, dessen war sie sich ganz sicher.

»Was habe ich denn getan?«, fragte die Frau schlicht.

»Wie lange folgen Sie mir schon?«

»Seit heute Vormittag. Seit Sie meinen Mann im Park getroffen haben.«

»Ihren Mann? Wen meinen Sie?«

»Sie haben ihn heute zweimal getroffen, das können Sie nicht bestreiten. Erst im Stadtgarten und dann in der Weinstube des Hotel Rappen.«

»Sie sind mit Arno von der Leyen verheiratet?« Überrascht sah Petra die große Frau an.

Diese versuchte offenbar, sich zu fassen. »Arno von der Leyen? So nennt er sich?«

»Unter diesem Namen kenne ich ihn seit fast dreißig Jahren.«

Die Englisch sprechende Frau wirkte einen Moment sehr verwirrt. »Das ist doch ein deutscher Name?«

»Ja, natürlich«, entgegnete Petra.

»Aha. So natürlich finde ich das nicht. Er ist nämlich mein Mann, und er ist Engländer und heißt ganz bestimmt nicht Arno Sowieso, sondern Bryan Underwood Scott. So hat er schon immer geheißen. So steht es auf seiner Geburtsurkunde und so hat seine Mutter ihn genannt, bis sie starb. Warum also nennen Sie ihn Arno von der Leyen? Wollen Sie mich auf den Arm nehmen? Oder wollen Sie mir einfach nur mit dem Ding da die Kehle durchschneiden?«

Obwohl Petra nur die Hälfte des aufgeregten Wortschwalls verstanden hatte, war sie wie gebannt von diesem Ausbruch der fremden Frau. Selbst das nicht zu knappe Make-up konnte die vor Aufregung geröteten Wangen nicht verbergen. Ihre Entrüstung war echt.

»Drehen Sie sich mal um«, sagte Petra. »Was sehen Sie?«

»Nichts«, antwortete Laureen. »Eine leere Straße. Meinen Sie die?«

»Können Sie das große C auf der Fassade dort hinten sehen? Das ist das Café eines Hotels. Wenn Sie mir versprechen, mir dorthin zu folgen, ohne Sperenzchen zu machen, werde ich das hier nicht benutzen.« Petra ließ noch einmal das Skalpell aufblitzen und steckte es dann weg. »Ich glaube, es ist das Beste, wenn wir miteinander reden.«

47

KOMMENTARLOS SERVIERTE der Kellner den Tee in einer Kaffeetasse. Laureen ließ das Gebräu eine ganze Weile vor sich hin dampfen, bis sie sich dazu herabließ, es zu probieren. Die beiden Frauen schwiegen. Die zierliche Frau wirkte auf Laureen, als stünde sie unter Strom. Immer wieder sah sie auf die Uhr, und jedes Mal hob sie zum Sprechen an, sagte dann aber doch nichts.

Schließlich brach Petra das Schweigen. Ihr Englisch war nicht gut, aber einigermaßen verständlich. »Das Ganze kommt mir wie ein einziges großes Puzzlespiel vor.«

Laureen nickte.

»Und ich habe das dumpfe Gefühl, dass hier ein gefährliches Spiel gespielt wird. Vielleicht ist sogar jemand in Lebensgefahr, ich weiß es ja auch nicht. Aber wenn wir Schlimmeres verhindern wollen, müssen wir hier und jetzt versuchen, dieses Puzzle gemeinsam zusammenzusetzen. Verstanden?«

»Ich glaube schon.« Laureen bemühte sich, ein freundliches Gesicht zu machen. »Aber wer ist in Gefahr? Meinen Sie etwa, mein Mann …?«

»Durchaus möglich. Und sehen Sie es mir bitte nach, aber Ihr Mann interessiert mich weniger. Ich traue weder ihm noch Ihnen über den Weg, verstanden?«

»Ach, ja? Wissen Sie was? Ich habe nicht die geringste Ahnung, wer Sie sind! Ich sehe Sie heute zum ersten Mal in meinem Leben. Was weiß denn ich? Sie behaupten, Sie kennen meinen Mann seit dreißig Jahren, aber unter einem anderen Namen. Und ich habe das dumpfe Gefühl, dass Sie über Informationen verfügen, die möglicherweise seit vielen,

vielen Jahren für unsere Ehe von Bedeutung sind. Glauben Sie etwa, ich traue Ihnen über den Weg?« Laureen warf noch ein Stück Zucker in die braune Flüssigkeit, die der Kellner »Tee« genannt hatte, und lächelte Petra säuerlich an. »Aber was soll ich machen? Ich habe vermutlich keine andere Wahl.«

»Nein, da haben Sie wohl Recht.« Die Frau lachte schallend auf. »Wissen Sie was? Ich heiße Petra. Auch für Sie. Petra Wagner.« Sie nickte entschlossen. »Ich habe Ihren Mann während des Zweiten Weltkriegs hier in Freiburg kennen gelernt. Er war Patient in einem großen Reservelazarett nördlich der Stadt, in dem ich als Krankenschwester arbeitete. Ich habe ihn seither nie wieder gesehen – bis heute. Sie waren Zeugin unserer ersten Begegnung nach fast dreißig Jahren. Ihr Mann sagte, es handele sich um einen Zufall. Was halten Sie davon?«

»Keine Ahnung. Ich habe schon seit Tagen nicht mehr mit Bryan gesprochen. Er weiß nicht einmal, dass ich hier bin. Ich weiß absolut gar nichts, und dass er während des Zweiten Weltkriegs in einem deutschen Lazarett gelegen haben soll, ist mir völlig neu. Ich weiß aber, dass er einige Zeit im Krankenhaus war, als er nach England zurückkehrte. Und davor war er fast ein Jahr lang verschwunden.«

»Dann war er genau in diesem Jahr hier in Freiburg.«

Laureen gewann abrupt Einblick in einen Teil von Bryans Vergangenheit, auf den sie nicht vorbereitet war. Auch wenn sie es kaum glauben konnte, war sie sich sicher, dass die zierliche Frau sie nicht anlog. »Die Angst und die Wahrheit sind Gefährten – genau wie die Lüge und der Übermut«, hatte ihr Vater immer gesagt. Und hinter Petra Wagners ruhiger Fassade schien pure Angst zu lauern.

Sie mussten so schnell wie möglich Vertrauen zueinander fassen.

»Gut. Ich glaube Ihnen, obwohl das in meinen Ohren alles mehr als seltsam klingt.« Laureen trank noch einen Schluck von der braunen Plörre. »Ich heiße Laureen Underwood Scott.

Sie dürfen mich gerne Laureen nennen, wenn Sie möchten«, sagte sie. »Mein Mann und ich sind seit 1947 verheiratet. In knapp zwei Monaten haben wir Silberhochzeit. Wir leben in Canterbury, der Heimatstadt meines Mannes. Er hat Medizin studiert und arbeitet jetzt in der Pharmaindustrie. Wir haben eine Tochter und sind das, was man ungewöhnlich privilegiert nennt. Während unserer gesamten Ehe ist mein Mann kein einziges Mal nach Deutschland gereist – bis vor vierzehn Tagen. Und ich hatte bis vorgestern mein Lebtag noch nicht von dieser Stadt gehört. Entschuldigen Sie meine Ignoranz.« Die beiden Frauen sahen einander in die Augen und Laureen flehte: »Bitte, Petra Wagner, bitte sagen Sie mir, wo mein Mann ist!«

Was Petra Wagner betraf, hätte die Engländerin genauso gut Hebräisch sprechen können. Worte waren ja doch nur Schall und Rauch. Statt der hochgewachsenen Frau zuzuhören, konzentrierte sie sich vollkommen darauf, sie mit Argusaugen zu beobachten. Alles hing davon ab, ob sie ihrem Gegenüber vertrauen konnte oder nicht.

Sie musste in erster Linie an Gerhart denken. Solange sie nichts unternahm, setzte sie auch nichts aufs Spiel. Gerhart wäre wie immer in Sicherheit.

Selbstverständlich hoffte sie, dass sich Stich, Kröner und Lankau auf dem Schlossberg zu guter Letzt mit Arno von der Leyen geeinigt hatten. Aber ihr war unwohl, und sie fühlte sich hilflos und alles andere als sicher. Wenn es nun nicht so gelaufen war, wie es sollte, und wenn nun diese Frau ihr gegenüber – ganz gleich, was auf dem Schlossberg passiert war – böse Absichten hegte? Wie sah es dann für sie aus? Und wie sah es für Gerhart aus?

Diese Frau konnte unmöglich ein Profi sein. Vermutlich log sie auch nicht, wenn sie behauptete, Arno von der Leyen sei ihr Mann.

»Darf ich Ihnen ein paar Fragen stellen?«, erkundigte Petra sich seltsam kurzatmig. Verwundert sah Laureen sie an und nickte. »Sie müssen immer ganz schnell antworten. Betrachten Sie es als eine Art Glaubwürdigkeitstest. Wie heißt Ihre Tochter?«

»Ann Lesley Underwood Scott.«

»A-N-N-E?«

»Nein, ohne E.«

»Wann ist sie geboren?«

»Am 16. Juni 1948.«

»Was für ein Wochentag war das?«

»Ein Montag.«

»Wieso wissen Sie das noch?«

»Einfach so.«

»Was ist an dem Tag sonst noch passiert?«

»Mein Mann hat geweint.«

»Sonst noch etwas?«

»Ich habe Muffins mit Marmelade gegessen.«

»Sie erinnern sich aber an seltsame Sachen.«

Laureen schüttelte den Kopf. »Haben Sie Kinder?«

»Nein.« Petra hasste diese Frage fast noch mehr als die peinlichen Annäherungsversuche, denen sie sich hin und wieder ausgesetzt sah, wenn sie nach dem Einkaufen allein im Café Palmera saß.

»Wenn Sie welche hätten, wüssten Sie, dass das nicht seltsam ist. Sind Sie jetzt zufrieden?«

»Nein. Erst müssen Sie mir sagen, was Ihr Mann von Gerhart Peuckert will.«

»Ich schwöre es Ihnen, ich weiß es nicht. Das müssten Sie doch besser wissen als ich.« Laureen kniff die Lippen zusammen, bis aus den Falten in ihren Mundwinkeln Risse in der Maske wurden.

»Ich weiß es auch nicht.«

»Hören Sie, Petra Wagner!« Laureen ergriff ihre Hand.

»Bitte erzählen Sie mir, was Sie wissen. Sie können mir vertrauen.«

Laureen blieb skeptisch. Nur langsam konnte sie die vielen Informationen verarbeiten. Die Vergangenheit ihres Mannes war die eines ihr fremden Menschen. Nichts, absolut gar nichts hatte sie davon geahnt.

Petra Wagner war eine gute Erzählerin. Nach und nach nahmen das Lazarett, das Leben dort und die Krankenzimmer Gestalt an. »Das ist ja schrecklich«, brach es hin und wieder aus Laureen hervor. »Ist das wirklich wahr?«, flüsterte sie mehrfach, ohne eine Antwort zu erwarten.

Petra schilderte jene Monate im Reservelazarett in den Bergen als eine Zeit der Angst und Unterdrückung. Als eine Welt systematischer Fehlbehandlungen, endloser Einsamkeit und stillen Terrors. Drei Männer hatten alle anderen beherrscht und kontrolliert.

Eines Tages waren Arno von der Leyen und zwei weitere Männer auf einmal verschwunden gewesen.

»Und Sie sagen, dass mein Mann und dieser Gerhart Peuckert im Krankenhaus überhaupt nichts miteinander zu tun hatten?«

»Ganz genau.« Petra sah ratlos aus. »Gerhart wandte sogar stets den Kopf ab, wenn Arno von der Leyen in seiner Nähe war.«

»Und was ist mit diesem Gerhart Peuckert passiert?«

Kaum hatte Laureen die Frage ausgesprochen, zog Petra ihre Hand zurück. Ihr war übel. Mit einem Mal wurde sie totenbleich und Tränen liefen ihr über die Wangen. Wortlos nahm sie das Taschentuch, das Laureen ihr anbot.

An diesem Nachmittag wurden für Petra Minuten manchmal zu Stunden und dann wieder zogen sich Stunden zu Sekundenbruchteilen zusammen. An diesem Nachmittag öffnete sie sich, zum ersten Mal nach all der Zeit, und sie wollte ihre

Einsamkeit und ihr Misstrauen hinausschreien. Dann versuchte sie zu lächeln. Sie putzte sich die Nase und lachte erleichtert und verlegen auf.

»Ich kann Ihnen doch vertrauen, oder?«

»Das können Sie«, entgegnete Laureen und ergriff wieder ihre Hand. »Abgesehen davon, dass ich keine Ahnung habe, ob meine Tochter wirklich an einem Montag geboren wurde.« Sie lachte entschuldigend. »Nun erzählen Sie schon Ihre Geschichte! Ich glaube, das wird uns beiden guttun.«

Petra hatte sich in Gerhart Peuckert verliebt. Sie hatte schreckliche Dinge über ihn gehört, liebte ihn aber trotzdem. Nachdem er und ein paar andere Patienten nach Ensen bei Porz in der Nähe von Köln gebracht worden waren, hatte sich Gerharts Zustand nur unbedeutend verbessert. Es hatte Petra einiges an Überredungskunst und Bestechungsgeld gekostet, ihn dorthin begleiten zu dürfen.

Als die Deutschen kapitulierten, war Gerhart noch immer sehr, sehr schwach. Manchmal war er tagelang bewusstlos. Man hatte ihn gegen Ende des Krieges eigentlich gut behandelt, aber das machte alles andere nicht wett: weder die harten Monate im Freiburger Lazarett mit den Elektroschockbehandlungen noch den alles andere als zimperlichen Umgang der Sicherheitsoffiziere und der anderen Patienten mit ihm. Lange war er dem Tod näher gewesen als dem Leben.

Außerdem zeigte er Symptome wie bei einer allergischen Schockreaktion. Aber erstens war niemand dort sachkundig genug, diese Symptome ernst zu nehmen, und zweitens hätte ohnehin niemand Zeit gehabt, sie genauer zu untersuchen.

Das Schlimmste aber war, dass nach Kriegsende von einem Tag zum anderen dieser Patient für die Ärzte uninteressant zu sein schien. Von einem Tag zum anderen gehörte er einer Vergangenheit an, über die am besten nie wieder geredet wurde. Andere Patienten, auf denen nicht der Fluch des Hakenkreuzes lag, wurden jetzt vorgezogen. Einzig und allein Petra kümmerte sich noch gewissenhaft um Gerhart Peuckert. Aber sie konnte ja nicht wissen, was in seinem Fall zu tun war, dazu fehlte ihr die Sachkenntnis. Er bekam die Tabletten, die er immer bekommen hatte, und ansonsten ließ man ihn einfach tagaus, tagein schlafen.

Und dabei wäre es sicher geblieben, wenn nicht eines Tages zwei dieser Männer aus dem Alphabethaus aufgetaucht wären.

An dieser Stelle in Petras Schilderung begriff Laureen, dass Petra allen Anlass zur Angst hatte. Die beiden Männer waren gekommen, um ihren Geliebten umzubringen. Der eine – ein kräftiger Mann namens Lankau – war einer der beiden Patienten gewesen, die damals zusammen mit Laureens Mann getürmt waren.

Die zwei Männer waren mit Arztkitteln bekleidet einfach in die Klinik spaziert. Keiner nahm auch nur die geringste Notiz von ihnen, schließlich wimmelte es seinerzeit nur so vor sogenannten Beobachtern der Besatzungsmächte. Sie wiesen keine Legitimation vor, und trotzdem machten die Angestellten der Klinik alles, was die beiden von ihnen verlangten. Es waren seltsame Zeiten, in denen jederzeit mit Festnahmen und Razzien zu rechnen war. Es gab kaum noch etwas, das einen staunen ließ.

Unsicherheit herrschte überall, und kein Deutscher wagte es, irgendjemandem aus den alliierten Reihen zu widersprechen.

Petra war zum zweiten Mal an diesem Tag die Runde gegangen, um Medikamente auszuteilen. Als sie zu Gerhart zurückkehrte, war sein Bett verschwunden. Einer der Pfleger zeigte zu einer der Wäschekammern, und dort fand sie Lankau und Kröner, die sich über Gerhart beugten. Sie wich sofort in den belebten Flur zurück, denn dort fühlte sie sich sicher. Sie war erschüttert. Gerhart hatte gezittert und schnell und stoßweise geatmet.

Nur wenige Minuten später hätte Petra nichts mehr ausrichten können.

Sie hatte die beiden wiedererkannt, und ihren hasserfüllten Blicken entnahm Petra, dass die beiden auch sie wiedererkannt hatten. Sofort ließen sie von Gerhart ab und verschwanden. In den folgenden Tagen tauchten sie immer wieder einzeln auf, lächelnd, friedfertig. Solange immer nur einer von ihnen aufkreuzte, konnte Petra sie nicht stellen, da sonst immer noch der andere da war, um Rache zu nehmen. Und Gerhart war das hilflose Opfer.

Sie schwebten alle beide in allerhöchster Gefahr.

Fünf Tage lang war das so gegangen. Petra sorgte dafür, dass sie nie allein war, und sie ließ auch Gerhart nie länger als ein paar Minuten aus den Augen. Petra konnte sehen, wie er von Tag zu Tag schwächer wurde. Seit die beiden Männer aufgekreuzt waren, hatte er verängstigt und wie gelähmt gewirkt und so gut wie nichts gegessen oder getrunken.

Am sechsten Tag war sie dann auch noch dem dritten Mann aus dem Freiburger Lazarett begegnet.

Die drei hatten draußen auf sie gewartet. Die Freundin, mit der Petra untergehakt die Klinik verließ, löste sofort den Arm und begann, mit dem pockennarbigen Mann zu flirten. Das machte sie mit allen gut gekleideten Männern.

Die Situation war durch und durch grotesk.

Der dritte ehemalige Freiburger Patient sprach sie an. Ein kleiner, freundlicher Mann namens Peter Stich, den sie für unheilbar krank gehalten hatte, bis die Ärzte ihn wieder für diensttauglich erklärt hatten. Lankau stand breitbeinig dabei und sah sich nervös um. Die Frauen befanden sich in einer gefährlichen Situation, für die sie, wenn sie Pech hatten, würden büßen müssen. Petra war ganz Ohr.

»Gerhart Peuckert«, hatte Peter Stich lächelnd das Gespräch eröffnet. »Meinen Sie nicht, dass man ihn besser an einen sichereren Ort bringen sollte? Also, so, wie die Dinge heute stehen … Er ist und bleibt ja doch ein Kriegsverbrecher, nicht wahr? Und die können heutzutage kaum auf Verständnis hoffen. Oder sehen Sie das anders?«

Er klopfte auf Petras Oberarm und nickte Lankau kurz zu. Der verschwand. »Vielleicht möchten Sie das mit mir besprechen?«, fuhr er fort. »Wann und wo würde es Ihnen passen?«

Es fiel Petra nicht schwer, sich kooperativ zu zeigen. Sie wusste sehr genau, wie ernst die Situation war. Krank oder nicht krank, Gerhart Peuckert konnte jederzeit für seine Vergangenheit zur Rechenschaft gezogen werden. Täglich hörte man es in den Nachrichten. In Petras Augen wurde auf die ranghöchsten Vertreter des Naziregimes eine regelrechte Treibjagd veranstaltet. Einige der angesehensten Kölner Bürger waren bereits festgenommen worden, ehemalige Mitarbeiter der Gestapo und der SS-Spezialeinheiten wurden fast wie Freiwild behandelt. Aber sie waren im Dritten Reich auch nicht gerade zimperlich mit ihren Opfern umgegangen. Gnade oder gar Hilfe konnte und durfte man weder von Freund noch von Feind erwarten.

Der ganze Tag war seltsam gewesen. Einige ihrer Kollegen hatten Witze gemacht und nur so zum Spaß selbst die einfachsten Arbeiten verweigert. Gleichzeitig war ein weiterer Bürger der Stadt von uniformierten Männern aus seinem Versteck im Keller des Krankenhauses geholt und abgeführt worden. Petra war überhaupt nicht wohl.

Sie wollte das Gespräch mit Lankau an einem belebten Ort führen, irgendwo inmitten möglichst vieler Menschen. Sie forderte, dass alle Simulanten anwesend sein sollten, während sie aber nur mit einem von ihnen reden würde. So verabredeten sie, sich kurze Zeit später im provisorischen Wartesaal des Bahnhofs zu treffen.

Um den Bahnhof herum war es still. Nicht einer der Busse, die normalerweise von dort abfahren sollten, war angekommen. Die wartenden Passagiere lagen schlafend oder dösend auf dem Fußboden des Wartesaals. Überall standen die Habseligkeiten der Menschen, zu Bündeln geschnürte Papiere, in Wolldecken gewickelte Dinge des täglichen Bedarfs, Koffer, Taschen und Seesäcke herum. Es war der perfekte Treffpunkt.

Einen besseren Ort hätte sie sich nicht wünschen können.

In der Mitte des Wartesaals hatte sich eine Familie mit sechs Kleinkindern und zwei Jugendlichen niedergelassen. Die verhärmte Frau wirkte besorgt und müde. Der Mann schlief. Petra bezog mitten unter ihnen Position und ließ sich nicht davon stören, dass ein paar der Kinder an ihrem Rockzipfel zogen und zu ihr aufsahen.

Peter Stich entdeckte sie sofort. Zwei Schritte hinter ihm folgten Kröner und Lankau. Sie blieben stehen.

»Wo sind die beiden anderen?«, fragte sie und sah sich hektisch um. Eines der Kinder setzte sich auf den Boden und guckte Petra mit großen Augen unter das Kleid. Dann blickte es zu Stich. Der war die Ruhe in Person.

»Von wem reden Sie?«, fragte er.

»Von denen, die an jenem Abend zusammen mit Lankau verschwunden sind. Arno von der Leyen und dieser andere. Ich weiß nicht mehr, wie er hieß.«

»Dieter Schmidt! Er hieß Dieter Schmidt. Die beiden sind tot, umgekommen auf der Flucht. Warum?«

»Weil ich euch nicht über den Weg traue und wissen muss, wie viele ihr seid.«

»Wir sind drei, und dann gibt es ja noch Sie und Gerhart Peuckert.«

Sie sah sich noch einmal um. »Hier«, sagte sie und reichte ihm einen offenen Umschlag. Stich zog das Papier heraus und las schweigend.

»Warum haben Sie das geschrieben?« Er verzog den Mund und gab das Schriftstück an Kröner weiter.

»Das ist nur eine Kopie. Das Original habe ich zusammen

mit meinem Testament bei einem Anwalt deponiert. Es garantiert mir, dass weder mir noch Gerhart etwas zustoßen wird.«

»Da irren Sie sich. Wenn Sie uns verraten, wird das für Gerhart nicht gut ausgehen, dafür haben wiederum wir gesorgt. Aber Sie meinen, dass Sie uns mit diesem Schreiben unter Kontrolle haben, ja?«

Sie nickte.

Stich beriet sich kurz mit den anderen beiden Männern.

»Tut mir leid, aber das würde bedeuten, dass wir in der ständigen Angst leben müssten, dass Ihnen etwas zustößt. Eine solche Lebensversicherung müsste schon auf Gegenseitigkeit beruhen. Wir müssen Sie daher bitten, das Original zu vernichten. Wir können nicht akzeptieren, dass ein solches Schreiben bei einem Anwalt hinterlegt ist.«

»Und was schlagen Sie vor?«

»Wir schließen einen Vertrag mit Ihnen. Den können Sie dann bei Ihrem Anwalt deponieren. Mit diesem Vertrag würden wir Ihnen einige Zugeständnisse machen. Er könnte so formuliert werden, dass wir im Falle Ihres Todes die Begünstigten wären. Damit wären automatisch wir verdächtig, falls Sie und Gerhart eines unnatürlichen Todes sterben sollten.«

»Nein.« Petra schüttelte den Kopf. Ihr entging nicht, wie wütend Lankau wurde. »Ich werde das Schreiben an einem anderen Ort deponieren.«

»Und wo?« Stich neigte den Kopf zur Seite.

»Das ist meine Sache.«

»Das können wir so nicht akzeptieren«, antwortete Stich prompt, und genauso prompt machte Petra auf dem Absatz kehrt und steuerte auf den Ausgang zu. Stich musste dreimal rufen, bis sie endlich stehen blieb.

Er ging auf sie zu.

Unter den Blicken der vielen anderen Menschen sprachen sie bis in den Abend hinein. Peter Stich akzeptierte ihren Vorschlag und wirkte sehr aufgeschlossen. Gleichzeitig machte er kein Hehl daraus, dass sowohl Petra als auch Gerhart Peuckert dafür bezahlen würden, sollten sie sein Entgegenkommen jemals ausnutzen.

Er hatte sie beruhigen können. Sie war sich darüber im Klaren, dass diese Männer genau wie Gerhart Peuckert einst als SS-Offiziere von höherem Rang gedient hatten. Als solche riskierten sie, zu lebenslänglichen Haftstrafen oder gar zum Tode verurteilt zu werden, wenn sie ausfindig gemacht und einem Richter vorgeführt würden. Ihrer aller Schutz bestand in den neuen Identitäten und darin, dass niemand sie entlarvte. Sie mussten zusammenhalten, und wenn Petra wollte, dass Gerhart Peuckert am Leben blieb, musste sie sich mit ihnen verbünden. Und so versprach sie ihnen Stillschweigen – das ihrige und das von Gehart Peuckert.

Im Gegenzug versprachen sie, Gerhart Peuckert eine neue Identität zu verschaffen, und zwar die, die Dieter Schmidt zugedacht gewesen war.

Gerhart hieß von da an Erich Blumenfeld. Dazu mussten sie sein mittelblondes Haar auf wenige Millimeter abrasieren. Wenn sie sich an diese Geschichte hielten, würde Gerhart nichts zustoßen. Die Menschen würden schon schnell genug begreifen, warum Juden dringend psychiatrischer Hilfe bedurften. Die Simulanten aus dem Alphabethaus würden Gerhart ein neues Leben schenken und künftig für seine Pflege sorgen.

Nichts sprach dagegen, dass Petra Gerhart Peuckert begleitete und in seiner Nähe blieb.

»Und so sind Sie alle wieder in Freiburg gelandet?« Laureen schüttelte den Kopf. »Aber hier war doch niemand von Ihnen sicher! Ausgerechnet Freiburg!«

»Ja, so sind wir hier gelandet. Die anderen hatten sich bereits entschieden. Und ich habe Verwandtschaft in der Gegend. Ich musste mich ja auch nicht verstecken.« Petra faltete die Hände und schob so die Tasse ein Stück nach vorn. »Es ist ja all die

423

Jahre gutgegangen. Bis Sie und Ihr Mann hier aufgetaucht sind. Achtundzwanzig Jahre lang lief alles reibungslos. Freiburg hatte für die Simulanten viele Vorteile. Erstens ist man hier nah an der schweizerischen Grenze und zweitens waren alle, die sie möglicherweise hätten wiedererkennen können, bei der Bombardierung des Lazaretts ums Leben gekommen, sofern sie nicht schon früher verlegt worden waren. Außerdem war keiner der Simulanten in Freiburg aufgewachsen und auch sonst hatte keiner von ihnen je zuvor mit der Stadt etwas zu tun gehabt. Freiburg war von vornherein eine gute Wahl.«

Und so verlief alles nach Plan. Alle vier bekamen neue Identitäten, genau wie Stich es veranlasst hatte. Er selbst wurde zu Hermann Müller. Wilfried Kröner wurde zu Hans Schmidt. Hans Lankau wurde zu Alex Faber, und Gerhart Peuckert wurde als der Jude Erich Blumenfeld in einem privaten Sanatorium untergebracht. In Stuttgart fanden sie einen älteren, bei den Nürnberger Prozessen freigesprochenen, aber beileibe nicht unschuldigen Arzt, der ihnen für die bescheidene Summe von zweitausend Mark die Tätowierungen und damit jeden körperlichen Hinweis auf ihre wahren Identitäten entfernte.

»Ich glaube, Bryan trägt diese Tätowierung noch immer«, erinnerte sich Laureen. Es war Jahre her, seit sie den grünlichen Fleck zuletzt bemerkt hatte, den sie immer für das Ergebnis soldatischen Übermutes gehalten hatte.

Gerhart Peuckerts Verlegung ging problemlos vonstatten. Seine erste Station nach Köln war Reutlingen, und von dort wurde er nach Karlsruhe gebracht. Als die Simulanten ihn schließlich dort abholten, war seine neue Identität längst etabliert.

Petra war überglücklich, Gerhart bei sich in Freiburg zu haben, und gab sich lange Zeit der Hoffnung hin, er würde genesen. Darum blieb sie allein. Das war der Preis, den sie zu zahlen mehr als bereit war.

Doch trotz Petras Stärke und Hingabe verbesserte sich Gerharts Zustand nicht. Er war weiterhin unnahbar, lebte völlig in sich zurückgezogen.

Ein Geliebter hinter Glas.

Außer ihr waren die drei Männer so ziemlich der einzige Kontakt, den Gerhart zu seinen Mitmenschen hatte. Soweit sie wusste, hatten sie ihn immer einigermaßen gut behandelt. Nach ein paar Jahren kauften die Männer die Privatklinik und konnten fortan kommen und gehen, wie es ihnen passte.

»Sind die drei denn wohlhabend?«

Petras Blick war leer, sie schien die Frage gar nicht gehört zu haben. »In dem Lazarett in der Nähe von Freiburg hatte ich mich mit Gisela angefreundet. Sie war ein paar Jahre älter als ich und besuchte dort regelmäßig ihren Mann. Er war ein hoffnungsloser Fall. Als er am Ende des Krieges bei der Bombardierung ums Leben kam, war das im Grunde eine Erlösung für sie. Gisela und ich haben zusammen wieder lachen gelernt.« Ein schwaches, sentimentales Lächeln huschte über ihr Gesicht. Petra Wagner hatte seither sicher nicht viel gelacht, ging es Laureen durch den Kopf. »Und dann wollte es das Schicksal so, dass sie nicht in ihre Heimat zurückkehren konnte und mein Leben von diesen drei Männern auf den Kopf gestellt wurde. An einem Nachmittag wenige Jahre später, als die drei mich wieder einmal irgendwohin bestellt hatten, nahm ich Gisela mit, um nicht so allein zu sein. Das hätte ich niemals tun dürfen. Diese Begegnung stürzte sie ins Unglück. Sie heiratete den einen der drei, den pockennarbigen Kröner. Immerhin war er der kultivierteste von den dreien, aber er quälte sie bis aufs Blut. Wenn sie nicht gewesen wäre, würde ich die Beweggründe der drei Männer bis heute nicht kennen.« Petra sah wieder ins Leere, dann warf sie einen Blick auf die Uhr. Sie richtete sich auf und verscheuchte mit einer unbewussten Geste die Stimmung, die sie selbst heraufbeschworen hatte.

»Ja, die drei sind wohlhabend«, antwortete sie schließlich. »Sehr sogar.«

Stich und Kröner hatten nur einen kleinen Teil ihrer Beute investiert. Der Rest ihres nicht unbeträchtlichen Vermögens, das ihnen in Baden-Württemberg zu Macht und Einfluss verholfen hatte, war das Ergebnis harter Arbeit. Der Inhalt der Bankschließfächer in Basel war unberührt geblieben. Nur Lankau hatte sich laufend aus seinem Teil der Beute bedient, und soweit Petra verstanden hatte, würde er das noch viele Jahre lang tun können. Nach außen hin war er der Besitzer einer mittelgroßen Maschinenfabrik, die vielen Menschen Arbeit gab. Aber die Fabrik erwirtschaftete keinen Gewinn. Sie diente lediglich als Tarnung, die ihm nebenbei – genau wie sein Weinanbau – wichtige Kontakte und lebenslange Jagdfreundschaften bescherte. Lankau war der gute Geist der Stadt, immer zu Scherzen aufgelegt und nie einem gemeinsamen Mittagessen abgeneigt. Lankau wurde für Petra zum Inbegriff eines Menschen mit zwei Gesichtern.

Kröners Geschäfte waren breiter gefächert. Er betrieb Handel, erwarb Ländereien und parzellierte diese. All diese Geschäfte erforderten politischen Einfluss und viele Freunde. Es gab wohl in Freiburg kein einziges Kind, dem Kröner nicht als Baby über die Wange gestrichen hatte, glaubte Petra. Er hatte den Großteil seines Lebens darauf verwendet, sich selbst zu inszenieren.

Stich war ein Kapitel für sich. Er lebte am bescheidensten von den dreien, war aber in Wirklichkeit der reichste von ihnen. Er hatte spekuliert und vom Wiederaufbau Deutschlands, dem anziehenden europäischen Binnenhandel und dem Boom der sechziger Jahre profitiert. Geringes Risiko – hohe Rendite. In diesem Metier brauchte es nichts als Scharfsinn und Tatkraft. Er verzichtete zeit seines Lebens darauf, sich zu sehr mit anderen Menschen einzulassen.

Selbst seinen Nächsten blieb er ein Buch mit sieben Siegeln.

Dreh- und Angelpunkt der Beziehung der drei Männer untereinander war in all den Jahren das Bemühen, die Vergangenheit geheim zu halten. Mit großer Regelmäßigkeit besuchten sie Gerhart Peuckert und sorgten dafür, dass sie Einfluss auf seine Behandlung nehmen konnten.

Und sie gewöhnten sich alle an Gerharts Zustand. Nur ein einziges Mal zeigte sich etwas von einem Leben unter der Oberfläche, was sie alle schockierte. Petra war dabei. Sie waren bei einer Flugschau gewesen. Zum ersten Mal seit vielen Jahren hatte er etwas gesagt. »So schnell!« Mehr nicht. Das war 1962 gewesen.

Dieses Erlebnis hatte Petras Hoffnungen genährt – auf eine Wiederholung und auf Gerharts Genesung.

»Tja, und jetzt haben wir 1972. Wilfried Kröner ist achtundfünfzig Jahre alt, Lankau sechzig und Stich achtundsechzig. Gerhart ist fünfzig, genau wie ich. Nichts hat sich verändert. Wir sind bloß älter geworden.« Petra seufzte. »Die Zeit ist einfach so vergangen. Bis heute.«

Laureen saß lange Zeit nur da und sah Petra an. Sie war unendlich erleichtert, die Geschichte gehört zu haben. In Petras immer noch jungen Augen spiegelten sich Trauer und Resignation.

»Petra«, sagte sie. Dann schwieg sie wieder einen Moment. »Ich danke Ihnen, dass Sie mir Ihre Geschichte erzählt haben. Ich glaube Ihnen jedes Wort. Nur verstehe ich immer noch nicht, was mein Mann mit all dem zu tun hat. Warum sollten die drei Männer ihm Schaden zufügen wollen?«

»Aus demselben Grund, warum sie Gerhart und mich zum Schweigen gebracht haben. Ich nehme an, auch Ihr Mann wird sich auf ihre Bedingungen einlassen müssen.«

»Welche Bedingungen?«

»Dichtzuhalten. Wieder zu verschwinden. Ich weiß es nicht.« Sie machte eine kurze Pause. »Ist Ihr Mann vermögend?«

»Ja.«

»Kann er das beweisen?«

»Natürlich kann er das. Worauf wollen Sie hinaus?«

»Ich glaube, das wird er müssen, wenn er Freiburg lebend wieder verlassen will.«

»Was sagen Sie da?!« Laureen sah Petra entsetzt an. »Wissen Sie, was Sie da sagen? Ich bitte Sie: Sie müssen mir alles erzählen!«

»Das würde ich tun, wenn ich es könnte. Aber ich weiß längst nicht alles. Und ich muss sicher sein, dass Sie oder Ihr Mann Gerhart Peuckert nichts antun.«

Binnen weniger Stunden war Laureen von einer Wirklichkeit in eine andere katapultiert worden, und ihr Verstand hatte Mühe, bei dem Tempo mitzuhalten. Ob sie von nun an eine aktive oder eine passive Rolle spielen würde, lag in den Händen dieser Frau, die sich ihr gerade einen Spaltbreit geöffnet hatte. Bryan hatte sie alle in diese andere Wirklichkeit gebracht, und vielleicht war er in großer Gefahr.

Laureen musste akzeptieren, dass ihr Mann ein Geheimnis vor ihr hatte. Und sie hatte keine Ahnung, ob Bryan Gerhart Peuckert schonen würde. Gestern hätte sie es Petra noch ohne zu zögern geschworen.

Doch jetzt plagten sie Zweifel.

»Ich schwöre es Ihnen bei meinem Leben.«

48

LANKAU HÖRTE, wie der BMW gestartet wurde. Er kniff das gesunde Auge zu und lächelte erleichtert.

Er war seinen Peiniger losgeworden.

Fast sah es so aus, als hätten sie von der Leyen immer überschätzt – dabei hatte von der Leyen ihn unterschätzt. Eine ausgesprochen vielversprechende Ausgangsposition.

Für Horst Lankau war es nach wie vor ein Heimspiel. Er war zwar auf einem Stuhl mit Armlehnen aus Eichenholz festgebunden, den seine Frau vor zehn Jahren bei einem Möbelhändler in Müllheim gekauft hatte. Doch so gediegen und stabil das Ding auch aussah: Rasch hatte sich herausgestellt, dass es sich um billige Ausschussware handelte.

Dafür war Lankau nun ausgesprochen dankbar. Mit aller Kraft ruckelte er so lange an den Armlehnen, bis sie abbrachen. Sein Oberkörper war an der Rückenlehne fixiert und er konnte unmöglich die Füße erreichen, um sie loszubinden. Es blieb ihm nichts anderes übrig, als so lange zu schaukeln, bis der Stuhl unter ihm in seine Einzelteile zerbrach. Als die Kuckucksuhr über der Tür zum Flur Viertel nach sechs schlug, krachte der Stuhl zusammen, und Lankau war frei.

Peter Stich klang, als sei er nicht ganz bei der Sache. »Wo zum Teufel bist du gewesen?«, schimpfte er sofort los, als er Lankaus Stimme am Telefon erkannte.

»Ich habe ein bisschen Englisch geübt. Du glaubst ja nicht, wie gut ich eigentlich bin.« Lankau massierte sich die Unterarme und klemmte den Hörer zwischen Ohr und Schulter. Die Kratzer waren nur oberflächlich.

»Ach, halt doch die Klappe und antworte mir! Was ist los, Horst?«

»Ich bin draußen auf dem Weingut. Dieses Schwein hatte mich überwältigt, aber jetzt bin ich wieder frei. Der Vollidiot hatte mich auf Gerdas Eichenstuhl festgebunden.« Lankau erlaubte sich zu lachen.

»Und wo ist er jetzt?«

»Deswegen rufe ich an. Er hat Kröner gesehen. Er weiß, wo er wohnt. Ich habe gerade bei Wilfried angerufen, aber er geht nicht ans Telefon.«

»Und was ist mit mir? Was weiß er über mich?«

»Ich bin mir ziemlich sicher, dass er gar nichts über dich weiß.«

»Gut.« Am anderen Ende der Leitung war ein Schlucken zu hören. Vermutlich hatte Andrea ihm noch einen Schnaps einschenken müssen. »Und du glaubst, dass von der Leyen auf dem Weg zu Kröner ist?«, fuhr der Alte nach einem kurzen Hustenanfall fort.

»Ich halte das für sehr wahrscheinlich, ja.«

»Kröner wird noch nicht wieder zu Hause sein. Er ist hinter Petra Wagner her.«

»Hinter Petra? Wieso denn das?« Heute jagte wirklich eine Überraschung die andere, dachte Lankau.

»Weil wir annehmen mussten, dass sie uns nicht die ganze Wahrheit gesagt hatte. Wir haben ja nichts von dir gehört, da gingen wir davon aus, dass sie von der Leyen gesteckt hatte, was ihn auf dem Schlossberg erwarten würde.«

»Der hatte nicht die leiseste Ahnung. Wo ist Petra jetzt?«

»Wahrscheinlich auf ihrer Runde. Kröner versucht herauszufinden, wo genau. Und wenn er sie findet, könnte ich mir sehr gut vorstellen, dass er sie liquidiert.«

»Arme kleine Petra«, sagte Lankau. »Was auch immer Arno von der Leyen erledigt hat – er wird hierher zurückkommen, darauf kannst du dich verlassen. Und dann werde ich mich ganz besonders liebevoll um ihn kümmern. Aber jetzt musst du erst einmal dafür sorgen, dass Kröner gewarnt wird. Arno von der Leyen ist mit dem BMW unterwegs und hat meine Shiki Kenju im Hosenbund.«

»Gutes Auto, schlechte Waffe, du bist wirklich großzügig, Horst. Weiß er, dass sich leicht ein Schuss lösen kann, wenn er an der Sicherung herumfummelt?«

Lankau brüllte vor Lachen. Er konnte förmlich vor sich sehen, wie Stich den Hörer vom Ohr entfernte. »Das wissen die Götter! Ich glaube kaum. Aber bis auf Weiteres müssen wir davon ausgehen, dass noch mindestens eine Kugel im Magazin steckt, die Arno von der Leyen Kröner nur zu gerne durch den Granatenschädel jagen würde. Also sieh zu, dass du dich auf den Weg machst, Peter.«

»Kein Grund, nervös zu werden. Ich bin schon weg«, sagte der leise. Dann klickte es in der Leitung.

49

BRYAN HATTE VIEL nachgedacht, seit er Lankau an einen Stuhl gefesselt auf dem Weingut zurückgelassen hatte. Früher oder später würde er den Kerl unbedingt noch einmal befragen müssen. Bryan glaubte, was der ihm über James' Verschwinden erzählt hatte, aber er würde niemals zur Ruhe kommen, wenn er nicht irgendwann die ganze Wahrheit erführe. Der Koloss hatte sich zwar nach Kräften gewehrt, aber sicher hatte auch Lankaus Schutzschild Schwachpunkte. Und Bryan würde ihn erst laufenlassen, wenn er diese Schwachstellen geknackt hatte.

Doch zunächst musste er Kröner aufsuchen. Ohne Umschweife würde er ihm die gleichen Fragen stellen. Vielleicht war Kröner etwas kooperativer. Bryan vergewisserte sich, dass die Pistole noch im Hosenbund steckte. Vielleicht würde er sogar etwas mehr über jenen rätselhaften Postboten erfahren. Und möglicherweise würde Kröner ihm verraten, wo sich Petra aufhielt.

Wenn er all das hinter sich gebracht hatte, würde er in Canterbury anrufen. War Laureen noch immer nicht zu Hause, würde er in Cardiff anrufen. Traf er sie dort an, würde er sie bitten, gleich am nächsten Morgen ihren Koffer zu packen, mit dem Eilzug nach London und mit der Piccadilly Line weiter zum Flughafen Heathrow zu fahren, um von dort die erste Maschine nach Paris zu nehmen. Die Aussicht auf zwei gemeinsame Tage im Hotel Meurice in der Rue de Rivoli, einen Sonntag in den Parks und eine Abendmesse in Saint-Eustache würde sie gewiss milde stimmen.

Kröners Haus war das einzige in der Straße, in dem kein Licht brannte. In den anderen Häusern zeugte zumindest eine einzelne Lampe im Eingangsbereich oder im Garten von Leben.

Doch auch hier rührte sich etwas.

Völlig ungeschützt stand Bryan in der Einfahrt vor dem Tor. Zwanzig Meter von ihm entfernt trat ein älterer Mann aus der Haustür und bewegte sich auf ihn zu. Bryan konnte nun entweder einfach weitergehen oder stehen bleiben und das Spiel weiterspielen. Der ältere Mann blickte in seine Richtung und hielt einen Augenblick inne, als überlegte er, ob er die Tür hinter sich abgeschlossen hatte. Dann trat er noch einen Schritt nach vorn, fasste sich und sah Bryan direkt an. Gerade so, als begegneten sie sich nicht zum ersten Mal, lächelte er und breitete die Arme aus. »Suchen Sie etwas?«, fragte er. Zwei Schritte von Bryan entfernt blieb er stehen und räusperte sich.

»Excuse me«, sagte Bryan instinktiv. Der alte Mann war derjenige, den er zusammen mit Kröner bei der Kuranstalt St. Ursula gesehen hatte. Der, den er anschließend verfolgt hatte. Der Mann, der in dem heruntergekommenen Haus in der Luisenstraße wohnte. Der Alte stutzte einen Moment ob der fremden Sprache, lächelte und wechselte ins Englische, als sei das die natürlichste Sache der Welt.

»Ich fragte, ob Sie jemanden suchen?«

»Oh! Ja, in der Tat.« Bryan sah ihm direkt in die Augen. »Ich suche Mr. Hans Schmidt.«

»So, ja. Ich würde Ihnen ja gerne helfen, Mr. ...?«

»Bryan Underwood Scott.« Bryan schüttelte die ihm entgegengestreckte Hand, deren Haut dünn und eiskalt wirkte.

»Angenehm. Tut mir leid, aber Mr. Schmidt und seine Familie sind für ein paar Tage verreist, Mr. Scott. Ich habe gerade die Blumen gegossen. Irgendjemand muss das ja tun.« Er lächelte freundlich und irgendwie vertraut. »Kann ich Ihnen vielleicht weiterhelfen?«

Hinter der Maske mit dem großen weißen Bart versteckte

sich ein Gesicht, das Bryan bekannt vorkam. Die Stimme war ihm fremd, aber die Gesichtszüge beunruhigten ihn und lösten ein unbestimmtes, mulmiges Gefühl in ihm aus, dessen Ursprung ihm fremd war. »Ach, ich weiß nicht«, entgegnete er zögernd. Eine Chance wie diese würde sich ihm bestimmt nicht wieder bieten. »Eigentlich muss ich gar nicht mit Mr. Schmidt sprechen, obwohl das sicher interessant wäre. Eigentlich muss ich mit einem seiner Bekannten reden.«

»Na, dann könnte ich Ihnen ja villeicht behilflich sein. Es gibt nicht viele Menschen in Hans Schmidts Bekanntenkreis, die ich nicht mindestens genauso gut kennen würde wie er. Darf ich fragen, wen Sie suchen?«

»Einen gemeinsamen Freund, aber das ist viele Jahre her. Höchst unwahrscheinlich, dass Sie ihn auch kennen. Er hieß Gerhart Peuckert.«

Der Alte sah ihn einen Augenblick sehr aufmerksam an, dann schürzte er die Lippen und kniff nachdenklich die Augen zusammen. »Es mag Sie erstaunen«, sagte er schließlich und zog die Augenbrauen hoch, »aber ich bin mir ziemlich sicher, dass ich mich an diesen Mann erinnern kann. Er war sehr krank, nicht?«

Das hatte Bryan nun wirklich nicht erwartet. Es verschlug ihm für einen Moment die Sprache. »Ja, das war er wohl«, brachte er endlich hervor.

»Ich glaube, ich kann mich an ihn erinnern. Wenn ich mich nicht irre, hat Hans vor gar nicht so langer Zeit von ihm gesprochen. Kann das sein?«

»Ich weiß es nicht.«

»Wissen Sie was? Das könnte ich doch für Sie herausfinden. Meine Frau hat ein begnadetes Gedächtnis, die kann uns sicher helfen. Haben Sie es eilig? Wohnen Sie hier in der Stadt?«

»Ja.«

»Es wäre mir eine Freude, wenn Sie mit uns zu Abend essen würden. Sagen wir, halb neun? Wäre Ihnen das recht? Bis dahin würden meine Frau und ich versuchen herauszufinden, wo dieser Gerhart Peuckert wohl steckt. Was sagen Sie?«

»Das klingt ganz wunderbar.« Bryan wurde fast schwindlig. Die Augen des Alten waren sanft. »Dazu kann ich wohl schlecht Nein sagen. Wirklich sehr liebenswürdig von Ihnen.«

»Gut, also um halb neun bei uns zu Hause.« Er machte eine plötzliche Kopfbewegung. »Sie dürfen aber nichts Großartiges erwarten, Mr. Scott. Meine Frau und ich sind ja schon etwas älter. Kommen Sie doch in die Längenhardstraße 14. Ist ganz leicht zu finden. Am besten gehen Sie einmal quer durch den Stadtgarten. Kennen Sie den Stadtgarten, Mr. Scott?«

Die Zunge klebte Bryan am Gaumen, er versuchte zu schlucken. Er wusste, dass der Alte in der Luisenstraße wohnte. Aber eben hatte er eine andere Adresse angegeben. Bryan bemühte sich zu lächeln und wich dem Blick des Alten aus. Gerade in dem Moment angelogen zu werden, als neue Hoffnung in ihm aufkeimte, war ein äußerst unangenehmes Gefühl. Bryans Lider fingen an zu prickeln. Der Magen zog sich zusammen. Und völlig unvermittelt musste er auf die Toilette.

»Ja. Ja, ich kenne den Stadtgarten.«

»Dann können Sie sich praktisch gar nicht verlaufen. Vom Leopoldring gehen Sie quer durch den Stadtgarten und am See vorbei, bis Sie zur Mozartstraße kommen. Die laufen Sie entlang und biegen die zweite Straße nach rechts ab, das ist die Hansastraße. Und an deren Ende stoßen Sie automatisch auf die Längenhardstraße. Nummer vierzehn – das können Sie sich doch merken? An der Tür steht ›Wunderlich‹.« Breit lächelnd gab ihm der alte Mann noch einmal die Hand. Auf seinem Weg zur nächsten Straßenecke wandte er sich mehrfach um und winkte, dann war er verschwunden.

50

GAR NICHT SO EINFACH, ging es Kröner durch den Kopf. In den letzten zwanzig Jahren hätte es so viele Gelegenheiten gegeben, Petra Wagner aus dem Weg zu räumen – Kröner mochte gar nicht daran denken.

Und ausgerechnet heute diese Mühe. Im Moment wusste er nicht einmal, wo sie steckte.

Heute, am Samstag, konnte er weder auf ihrer Dienststelle noch in der Verwaltung jemanden erreichen. Er bekam schlicht und ergreifend keine Antwort auf die Frage, die ihm so sehr unter den Nägeln brannte: Wo war Petra Wagner?

Selbst wenn es ein ganz normaler Werktag gewesen wäre, wer hätte ihm schon weiterhelfen können? Früher oder später hätte man sich über sein hartnäckiges Nachfragen gewundert. Spätestens dann, wenn sich herausgestellt hätte, dass Petra kurz darauf verschwunden war.

Am liebsten hätte Kröner gewendet und wäre zum Titisee gefahren, wo seine Frau und sein Sohn im Schwarzwaldhotel sicher schon längst wunderbaren Mohnkuchen verspeist hatten. Er umklammerte das Lenkrad, während er auf die Kreuzung zufuhr. Zu seiner Rechten lockte die Ausfahrtstraße zu den Vororten. Links vor ihm lag sein Ziel. Als die Ampel grün wurde, gab er langsam Gas und bog scharf links ab zu den Wohnblöcken, wo Petra Wagner eine kleine Wohnung hatte.

Das Gebäude wirkte genauso verlassen wie die Straße. Weder die Haus- noch die Wohnungstür bereiteten ihm besondere Schwierigkeiten. Ein kurzer, gezielter Stoß mit dem gesamten Körper genügte, um sich Eintritt zu verschaffen.

Die Zeitungen lagen im Flur auf dem Boden. Petra musste die Wohnung schon vor mehreren Stunden verlassen haben.

Kröner war zum ersten Mal hier. Der schwere, süßliche Geruch einer Frau mittleren Alters hing in den Räumen. Die Wohnung wirkte aufgeräumt und trist.

Kröner durchsuchte Petras Schreibtisch. Nur eine der Schubladen war verschlossen, die anderen waren erstaunlich leer. Einzelne, aus der untersten Etage des Bücherregals ragende Aktenordner erregten Kröners Aufmerksamkeit. Als er sie hervorzog, fielen Kochrezepte heraus. Kröner ließ alles auf dem Teppich liegen. Dort, wo in der Mitte des Regals ein Brett fehlte, hingen Porträtfotos in ziselierten Rahmen – vermutlich Freunde und Familie. Im größten Rahmen, genau in der Mitte, befand sich ein Foto von Petra in jungen Jahren. Sie trug eine Uniform, eine gestreifte Bluse und einen altmodischen weißen Rock mit Latz und langen Bändern. So ungezwungen wie auf diesem Foto hatte Kröner sie nie lächeln gesehen. Im Sessel vor ihr saß Gerhart Peuckert und starrte mit einem angedeuteten Lächeln in die Kamera.

Der andere Raum war Petras Schlafzimmer. Das Bett war noch nicht gemacht. Unterwäsche und die Kleidung von gestern lagen auf einem unordentlichen Haufen vor dem Spiegel. An der Wand über dem Kopfende des Bettes hingen weitere Fotos. Kröner erkannte niemanden.

Sein Blick wanderte zurück zur abgeschlossenen Schreibtischschublade. Er zog sein Klappmesser aus der Hosentasche. Ein beherzter Stoß, ein vorsichtiges Drehen, dann war die Schublade offen.

Es kamen noch mehr Bilder von Petra und Gerhart zum Vorschein. Vorsichtig holte er den Stapel heraus und legte ihn mit weiteren Dokumenten vor sich auf den Schreibtisch. Keines der Dokumente war älter als vier, fünf Jahre. Petra Wagners Sparkonto und die von ihren seltenen Reisen mitgebrachten Souvenirs zeugten von einer bescheidenen und nicht sonderlich phantasievollen Frau. Mit dem Geld, das sie ihr zukommen ließen, hatte sie offenbar nicht viel anzufangen gewusst.

Kröner legte alles zurück an seinen Platz, schloss die Schublade und zog behutsam das Messer wieder aus dem Schloss, bis er ein Klicken hörte. Dann knöpfte er sich den Papierkorb unter dem Schreibtisch vor und durchwühlte ihn ergebnislos. Als er den Korb zurückstellte, fiel sein Blick auf den kleinen Haufen mit Rezepten. Er seufzte, kniete sich hin und sammelte sie auf. Er wollte sie gerade wieder in den Ordner stecken, da weckte ein vergilbtes Blatt sein Interesse, weil es ganz offenkundig kein Kochrezept war.

Noch bevor er den Bogen auseinandergefaltet hatte, wusste er, dass Petra hiermit die Kontrolle über ihr und Gerharts Leben verloren hatte. Er überflog den kurzen Text, an den er sich Wort für Wort erinnerte, obwohl es so viele Jahre her war, seit er ihn zuletzt gesehen hatte. Wegen dieses Stücks Papier hatten er und die anderen beiden nie wirklich Ruhe finden können.

Kröner lächelte, faltete das Dokument wieder ordentlich zusammen, steckte es ein und fixierte eine Weile die Drehscheibe des Telefons, bevor er schließlich den Hörer zur Hand nahm. Es dauerte mindestens eine Minute, bis eine atemlose Frauenstimme am anderen Ende antwortete.

»Schönen guten Abend, Frau Billinger, hier spricht Hans Schmidt.« Gekonnt klappte er das Messer mit einer Hand zusammen und ließ es in die Tasche sinken. »Könnten Sie mir wohl sagen, ob Petra Wagner heute aufgetaucht ist?«

Frau Billinger war eine der dienstältesten Krankenschwestern in der Kuranstalt St. Ursula. Wenn sie nicht in ihrem Büro saß, war sie in der Regel auf dem Weg in die Küche, wo sie sich eine Tasse Pfefferminztee holte, mit der sie dann in den Gemeinschaftsraum im A-Flügel trottete. Dort stand der neueste Fernseher, und die Sitzpolster der Sessel waren mit Plastik bezogen, sodass sie nicht nach Urin stanken. Wenn sie sich in einem Sessel niedergelassen hatte und in eine der Fernsehserien vertieft war, konnte sie schon einmal vergessen, dass sie auch ein Zuhause außerhalb der Anstalt hatte.

»Petra Wagner? Nein, wieso auch? Soweit ich weiß, haben Sie Erich Blumenfeld doch nach Hause zu Hermann Müller gebracht. Oder etwa nicht?«

»Doch, aber davon weiß Petra Wagner nichts.«

»Aha.« Kröner konnte ihr nachdenkliches, glänzendes Gesicht vor sich sehen. »Ja, aber dann ist das doch ein bisschen merkwürdig, oder? Es ist schon nach sechs. Da müsste sie längst hier gewesen sein. Und wieso fragen Sie? Stimmt etwas nicht?«

»Doch, doch, alles in Ordnung, ich wollte ihr bloß einen Vorschlag machen.«

»Einen Vorschlag? Was denn für einen Vorschlag, Herr Schmidt? Wenn Sie glauben, Sie könnten sie dazu bewegen, hier bei uns zu arbeiten, irren Sie sich. Sie wird für das, was sie jetzt macht, viel besser bezahlt.«

»Gewiss, Frau Billinger. Gewiss. Wenn Sie nur so liebenswürdig wären, mich anzurufen, wenn sie auftaucht, dann wäre ich schon zufrieden. Bitte, rufen Sie mich an, sobald sie kommt. Würden Sie das tun, Frau Billinger?« Das Schweigen am anderen Ende der Leitung drückte in der Regel Frau Billingers Zustimmung aus.

»Und noch etwas, Frau Billinger. Wir möchten nicht, dass Frau Wagner gleich wieder geht, wenn sie erfährt, dass Erich Blumenfeld gar nicht da ist. Lassen Sie eine Ihrer Kolleginnen etwas Kuchen holen, das Geld bekommen Sie natürlich von mir zurück. Machen Sie ihr eine Tasse Tee. Wir werden dann so schnell wie möglich da sein. Aber wie gesagt, Sie müssen unbedingt sofort anrufen, wenn sie kommt.«

»Uuuuh! Das klingt aber spannend!«, rief Frau Billinger erfreut. »Ich liebe Kuchen und Geheimnisse.«

51

DAS GESPRÄCH, wenn man es denn so nennen konnte, war sehr kurz gewesen. Gerhart hob vorsichtig den Kopf, hielt mit dem Zählen inne und sah Andrea an. Sie stand mitten im Wohnzimmer und verzog das Gesicht. Sie war ganz offenkundig überrumpelt worden. Das passierte äußerst selten. Wäre sie etwas jünger, wäre sie sicher mehr auf der Hut gewesen. Sie fluchte. Gerhart lehnte sich gegen den Stuhlrücken.

Womöglich würde jetzt jemand bezahlen müssen.

»Diese verdammte Hexe!«, schimpfte Andrea und ging auf und ab. Einen kurzen Moment verschwand sie hinter den Flügeltüren. »Diese verdammte kleine Hexe!«, tobte sie.

Dann wurde es still, und Gerhart fing wieder an, die Stuckrosetten zu zählen. Kurze Zeit später schlurfte Andrea in Pantoffeln ins Wohnzimmer, nahm Gerhart beim Arm und führte ihn hinaus in die Küche.

Still saß er unter der Leuchtstoffröhre und hörte Andreas ärgerlichen Murmeln zu, bis ihr Mann wiederkam. Gerharts Blick wurde verschwommen. Er versuchte, die Worte, ohne sie zu registrieren, durch sich hindurchströmen zu lassen.

»Ich habe ihn gesehen! Arno von der Leyen!«, rief Stich. »Es war unglaublich. Er sprach Englisch, genau wie Lankau gesagt hat. Unglaublich! Ich dachte, ich spinne, als er sich mit ›Bryan Underwood Scott‹ vorstellte, genau wie Kröner gesagt hat! Davon weiß Lankau noch gar nichts. Was für ein Name!« Stich versuchte zu lachen, musste sich aber räuspern. »Was für ein Narr! Hochtrabender ging's wohl nicht. Bryan Underwood Scott!« Dann riss er sich am Riemen und fuhr mit gedämpfter Stimme fort: »Ich habe mit ihm gesprochen. ›Excuse me‹, hat er gesagt. Der hatte keine Ahnung, wer ich bin.« Sachte kniff er seiner Frau in die Wange. »Er wusste nicht, wer ich bin, Andrea! Gott segne dich! Du hattest die Idee mit der OP. Ha! Du hättest ihn hören sollen.« Er räusperte sich noch einmal und ließ sich nach all der Anstrengung, der Aufregung und dem schnellen Marsch zurück zur Wohnung und die Treppe hinauf schwer atmend auf einen Stuhl fallen. »Ich habe mich in knapp zwei Stunden mit ihm verabredet, Andrea.« Er lächelte sie an. »Er glaubt, dass er mit uns zu Abend essen soll. Um halb neun in der Längenhardstraße 14. Keine Ahnung, wer da wohnt.« Er lachte und zog einen Stiefel aus. »Aber das wird Arno von der Leyen auch nie erfahren. Dafür werden wir zwei schon sorgen, nicht wahr, Andrea? Ich habe ihm geraten, durch den Stadtgarten zu gehen.«

»Sie hat angerufen.« Andrea sprach die Worte vorsichtig aus und zog sich ein wenig zurück, damit Gerhart Peuckert zwischen ihr und ihrem Mann saß. Peter Stich ließ den zweiten Stiefel los und sah ihr ins Gesicht.

»Die Wagner?«

Gerhart öffnete die Augen und sah sich verwirrt um, bis er die Punkte auf Andreas Schürze entdeckte. Er fing links unten an, sie zu zählen, von links nach rechts, von unten nach oben. Ganz langsam erhob Andrea sich. Gerharts Blick folgte ihr und war starr auf die Punkte geheftet.

»Ja, vor zehn Minuten. Sie hat nach dir gefragt.«

»Und …?«

»Und als ich ihr sagte, dass du nicht hier bist, hat sie aufgelegt.«

»Du dämliche Kuh!«, schrie er und packte den Stiefel, den er gerade ausgezogen hatte. »Du verdammte dämliche Kuh!« Gerharts gepunktete Landschaft wurde deformiert, als Andrea Stich sich gegen die Tischkante lehnte, um einem Schlag auszuweichen. Ihr Mann konnte sehr gezielt zuschlagen. Als ihre Blicke sich begegneten, hielt er in der Bewegung inne und ließ den Arm sinken. »Du weißt doch, dass Kröner nach ihr sucht, Herrgott!«

Selbst wenn Gerhart Peuckert völlig bei sich gewesen wäre, hätte er Stichs Schlag nicht abwehren können. Der alte Stiefel war schon mehrfach neu besohlt worden. Er war schwer und Gerharts Schläfe ungeschützt. Ihm wurde kurz schwarz vor Augen. Als er wieder zu sich kam, drosch die über ihm stehende Gestalt noch immer auf ihn ein.

»Das ist alles nur deine Schuld!«, schrie der Alte und schlug wieder zu. »Du bist selber schuld, und dein beschissener englischer Freund. ›Excuse me hier‹, ›excuse me‹ da! Er soll verdammt noch mal nicht einfach hier auftauchen und uns Ärger machen! Wir haben schon genug Ärger mit dir!«

Nach dem letzten Schlag ließ er den Stiefel fallen und verließ die Küche. Andrea stellte ein paar Tassen zusammen und ging ins Wohnzimmer, als sei nichts passiert. Den Kopf an einen der Küchenschränke gelehnt, lag Gerhart reglos auf dem Boden. Er bewegte erst das eine Fußgelenk, dann das andere, dann spannte er langsam einen Muskel nach dem anderen an. Als Andrea wiederkam, um den Kaffee zu holen, murmelte sie vor sich hin und trat ihm im Vorbeigehen verärgert gegen das Schienbein. In dem Moment, in dem der Schmerz sein Bewusstsein erreichte, sah er überrascht zu ihr auf.

Danach ließen sie ihn lange in Ruhe. Er versuchte noch einmal, zu zählen, um das Chaos in seinem Kopf zu besänftigen. Gedankenblitze und fremde Gefühle folgten unaufhörlich aufeinander und brachten sein Inneres in Aufruhr. Zum einen waren da die Vorgänge. Um ihn herum waren alle ganz aufgeregt und gereizt. Kröner hatte sich auf den Weg gemacht, Petra zu beseitigen. Zum anderen waren da die Namen. Arno von der Leyen, Bryan Underwood Scott und wieder Petra.

Peter Stich hatte ihn bereits zum zweiten Mal an diesem Tag geschlagen. Aber nicht die Schläge hatten ihn geweckt, sondern der Widerhall jener fremden Laute, die aus Stichs Mund gekommen waren.

Gerhart Peuckert rappelte sich auf und blieb eine ganze Weile schweigend unter der brummenden Leuchtstoffröhre stehen. Excuse me. Wie ein Kuss hatten diese Worte den Mann aus seinem Dornröschenschlaf erweckt.

Im Wohnzimmer schrie Peter Stich noch immer seine Frau an. Das ging normalerweise schnell vorüber.

Gerhart bewegte sich in den dunklen Flur. Ein schwacher Lichtschein drang aus dem Wohnzimmer, kaum genug für das, womit Peter Stich und seine Frau sich gerade beschäftigten. Lautlos postierte sich Gerhart nun in der Tür zum Wohnzimmer und beäugte das Szenario, das sich ihm bot. Voll konzentriert beugte sich der Alte über die offene Klappe des Sekretärs, die von kleinen Metallteilen bedeckt war. Wie eine Aura umgaben die dunklen Umrisse des Schreibschrankes Peter Stich. Gerhart hatte das schon öfter gesehen. In Kürze würde der Alte seine Pistole zusammengesetzt haben, und dann würde er das Deckenlicht einschalten, um sein Werk zu bewundern. Auf Hochglanz poliert und einsatzbereit. Und Andrea würde erleichtert aufseufzen, weil sie sich endlich wieder ungestört ihrer Häkelarbeit widmen konnte.

Mitten in diesem Meer aus Licht.

In diesen Räumen hatten die Männer so viele Jahre gelebt und gelacht, ungeachtet des Unglücks, das sie ihren Mitmenschen bereitet hatten.

»Was willst du hier?«, schnauzte ihn der Alte an. Er hatte Gerharts Anwesenheit bemerkt, ohne sich umzusehen. »Verzieh dich in die Küche, du Missgeburt!«, befahl er und drehte sich nun doch um.

»Pass auf die Möbel auf, Peter!« Andrea sah von ihrer Handarbeit auf.

Gerhart Peuckert blieb regungslos in der Tür stehen und fixierte Stich mit einem ungehorsamen Blick. Er machte nicht den Eindruck, als wollte er Stich gehorchen. Stich schaltete die Lampe am Sekretär ein und stand langsam auf.

»Hast du gehört, was ich gesagt habe, du Armleuchter?« Der Alte wirkte wie ein knurrender Köter. Doch Gerhart rührte sich nicht einmal, als Stich die Pistole auf ihn richtete. »Hat er seine Tabletten bekommen, Andrea?«

»Ja, ich habe sie ihm auf den Esstisch gelegt, als du gegangen bist. Und jetzt sind sie weg.«

Gemessenen Schrittes näherte sich Stich Gerhart. In Gerhart tat es einen Ruck, und plötzlich regnete es wie von Zauberhand Tabletten. Stich und Andrea waren wie gebannt.

Andrea reagierte als Erste. »Scheiße!«, sagte sie nur. Der alte Mann ließ verblüfft den Unterkiefer fallen. Aber dann stürzte er los, und noch bevor ihre Körper kollidierten, hatte er Gerhart eins mit dem Pistolenschaft verpasst.

Die Wunde in Gerhart Peuckerts Wange war tief, blutete aber noch nicht. Gerhart war verwirrt und spürte, wie ihm übel wurde. Er lag wie ein Tier am Boden, während der Pistolenschaft ihn immer wieder an Hals und Nacken traf. »Wirst du wohl deine Tabletten fressen, du Untier!«, kreischte Stich, bis er sich erschöpft vor Aufregung und körperlicher Anstrengung setzen musste. Doch Gerhart Peuckert ließ die Tabletten genau dort liegen, wo sie zufällig gelandet waren.

»Weißt du was? Ich glaube, ich bringe dich um«, flüsterte Stich. Andrea schüttelte den Kopf. Sie packte Stich am Arm und wies ihn auf die Sauerei und den Lärm hin, den das verursachen würde.

Ein völlig unnötiges Risiko.

Sie kniete sich neben Gerhart und stoppte die Blutung mit einem Pflaster. Ihr Blick war kalt. Sie hatte Angst um ihren Teppich. Dann packte sie Gerhart unter den Armen und zog ihn auf den nächstgelegenen Sessel. Auf ein kurzes Nicken von ihrem Mann hin sammelte sie die Tabletten auf.

Peter Stich sah auf die Uhr, sicherte die Pistole und steckte sie in die Manteltasche. Er bedachte Gerhart mit einem sanften Blick und zog dann einen Stuhl zu seinem Opfer hin, das sich unwillkürlich krümmte. Stich fasste ihn so behutsam bei den Schultern, als wäre er sein eigener Sohn.

»Du weißt doch, dass du tun musst, was wir sagen, Gerhart. Sonst werden wir böse und bestrafen dich. So ist es schon immer gewesen, nicht wahr, Gerhart? Lankau, Kröner und ich sind doch immer da, richtig? Wir können dich zu allem zwingen, das weißt du doch. Oder hast du das etwa vergessen, Gerhart?« Stich kam Gerhart immer näher. »Darauf haben wir heute doch keine Lust, oder?«

Andrea machte fast schon einen Knicks, als sie ihrem Mann die Tabletten in die ausgestreckte Hand legte.

»Du nimmst jetzt deine Tabletten, Gerhart«, sagte Stich und räusperte sich. »Ansonsten werde ich mich wohl vergessen.«

Gerhart versuchte, keinen Widerstand zu leisten, als Peter Stich ihm die trockenen Lippen auseinanderpresste. Er war körperlich vollkommen erschöpft und passiv, die vielen Gedanken laugten ihn aus.

»Und jetzt kau sie, Gerhart. Oder schluck sie einfach so runter. Mir ist es egal, Hauptsache, sie landen in deinem Magen!«

Da Gerhart Peuckert auch nach dem dritten Schlag in den Nacken noch immer keine Anstalten machte, seine Tabletten zu schlucken, stand der Alte resolut auf und holte die Pistole. Als er sie entsicherte, lief seine Frau ganz schnell zum Sofa, als habe sie schon öfter erlebt, dass ihr Mann mit seinen Drohungen ernst machte. Gerharts Atem ging schwer. Sein Blick war direkt auf Stich gerichtet.

»Warte, Peter, hier, nimm die Kissen!« Der Alte seufzte und nahm dann eines der Kissen, die sie ihm reichte. Mit der Pistolenmündung drückte er es gegen Gerharts Schläfe. »Das reicht, um den Schuss zu dämpfen«, sagte er. Das Kissen fühlte sich kühl an. Das zweite Kissen drückte Andrea Gerhart gegen die andere Schläfe. Es fühlte sich wärmer an, als hätte gerade jemand darauf gesessen.

»Jetzt hör mal her, du Affe!« Stich unterstrich seine Worte, indem er das Kissen noch fester gegen den Kopf drückte. »Du hast deine Rolle ausgespielt. Wenn wir Petra erst mal los sind, was sollen wir dann noch mit dir? Ihr habt euch gegenseitig in Schach gehalten. Soweit eine wunderbare Lösung. Aber was sollen wir mit dir, wenn sie erst mal weg ist?« Es gelang Gerhart, trotz des eisernen Griffes den Kopf so weit zu drehen, dass er seinem Peiniger in die Augen sehen konnte. »Ich gebe dir noch eine Chance«, fuhr der Alte fort. »Wenn du deine Tabletten jetzt schluckst, kannst du heute Abend wieder in deinem Sessel in St. Ursula sitzen. Wenn nicht, wird uns schon eine hübsche kleine Geschichte einfallen, mit der wir dein Verschwinden erklären. Und jetzt schluck die Dinger! Ich zähle bis zehn!«

Es war ziemlich viel Zeit vergangen, seit Gerhart zuletzt seine Tabletten genommen hatte. So viel Zeit wie nie zuvor. Als er vor zwei Minuten auf allen vieren am Boden gewesen war, geprügelt wurde wie ein Hund und sich die kleinen weißen Dinger besehen hatte, die unter dem Esstisch verteilt lagen, hatte sich in erster Linie große Verwunderung in ihm breitgemacht.

Das Zimmer war irgendwie länger als sonst, und er hatte so viel Speichel im Mund, dass er ständig schlucken musste. Er hatte das Gefühl, sein Körper würde abwechselnd wachsen und schrumpfen, und musste fast lachen. Andreas Schritte hatten wie das Getrampel eines Ochsen geklungen.

Alles, was gesagt wurde, klang, als würde es durch einen Trichter gesprochen.

Schon, als der Alte anfing zu zählen, spürte Gerhart Trotz in sich aufsteigen. Das Gesicht des alten Mannes war ihm im Weg. Es warf einen Schatten über ihn, und Gerhart ekelte sich. Der Alte roch säuerlich, die Bartstoppeln oberhalb des Vollbarts sahen ungepflegt aus.

Bei Fünf spuckte Stich ihm ins Gesicht, ohne dass Gerhart reagierte. Der Alte war bleich vor Wut. Speichel lief ihm aus dem Mund. Nervös sah Andrea ihn an. »Ich hasse den Knall und die Schweinerei!«, rief sie. Dann verrenkte sie sich fast den Rücken, um bloß nicht von der Kugel getroffen zu werden, wenn sie aus Gerharts Kopf austrat. Sie stand so unsicher und schief, dass der leiseste Windhauch sie zu Fall bringen konnte.

Bei Sieben hob Gerhart Peuckert den Arm und wischte sich mit dem Handrücken die Spucke aus dem Gesicht. Stichs Äußerungen zeigten nicht die gewünschte Wirkung. Je sanfter sie waren, desto stärker wirkten sie. Als der Alte ihn so behutsam bei den Schultern gefasst hatte, hatte er damit unbeabsichtigt das geweckt, wogegen Gerhart am wenigsten ankämpfen konnte.

Die Lust, etwas zu empfinden.

Ohne das letzte Teil ist kein Puzzle fertig. Ohne Puzzle keine Gedanken. Ohne Gedanken keine Gefühle. Und ohne Gefühle keine Reaktion. Diese Kettenreaktion war durch Stichs behutsame Berührung in Gang gesetzt worden. Allerdings in einer ziemlich chaotischen Reihenfolge. Die zarten Hände hatten Gefühle geweckt. Die Drohung gegen Petra war das letzte Puzzleteil. Als Peter Stich sich nicht mehr behutsam gab, sondern wieder drohte, setzte die Reaktion ein.

Das Puzzle war komplett.

Bei Neun spuckte er seinem Peiniger sämtliche Tabletten mit einer solchen Wucht in die Augen, dass der Alte einen Moment nichts mehr sah.

Das war Stichs letzter, fataler Fehler.

Überrascht zog er sich zurück. Andrea kreischte und schlug auf Gerhart ein.

Gerhart spuckte noch einmal, packte den Alten beim Handgelenk und drückte ihm mit aller Kraft die Fingernägel in die zähe Haut.

Die Pistole ging zu Boden, doch Gerhart bemerkte es zu spät. Im Handumdrehen herrschte Totenstille. Andrea stand mit ausgestreckten Armen vor Gerhart. Sie hatte die Pistole an sich gerissen, und sie wollte sie benutzen. Stich schäumte vor Wut und zitterte am ganzen Körper. Die weiße, zähe Masse halb aufgelöster Tabletten und der Speichel liefen ihm langsam über die Wangen, aber er schien das gar nicht zu bemerken.

Gerhart wandte sich von Stich ab und sah Andrea an. Den Kopf zur Seite geneigt, streckte er den Arm nach ihr aus. Seine Wimpern klebten zusammen, seine Lippen bebten. »Andrea«, sagte er. Es war das erste Mal, dass Gerhart ihren Namen aussprach. Er war völlig durcheinander, dann wieder sah er ganz klar, und er lachte und weinte abwechselnd.

»Aber, aber, lieber Gerhart! Was bist du denn so unruhig?«, hörte Gerhart eine beherrschte Stimme hinter sich. Stich bekam langsam wieder Farbe im Gesicht. Er richtete sich auf und fasste sich. »Du kannst ja richtig temperamentvoll werden, Gerhart. Jetzt pass mal auf. Es dauert nicht mehr lange, dann hast du wieder deine Ruhe. Versprochen. Gibst du mir die Pistole, Andrea?« Er streckte die Hand aus. »Lass uns das hier schnell zu Ende bringen!«

Gerharts Hand fuhr mit einem solchen Tempo hoch und schnappte sich die Pistole, dass es fast so aussah, als hätte Andrea sie ihm freiwillig überlassen. Weder Andrea noch ihr Mann begriffen so schnell, was da passierte. Gerhart packte Andrea und schleuderte sie mit Wucht gegen die Wand. Sie ging mitsamt Vorhang und Topfpflanzen sofort zu Boden und blieb liegen.

Der Hass auf den Alten entlud sich lautlos. Der Alte packte Gerhart mit seinen knochigen Händen am Kehlkopf, doch Gerhart Peuckert hatte die Lethargie abgeschüttelt. Er löste sich aus dem Würgegriff und schlug so heftig zu, dass der Kiefer des Alten krachte und der jede Gegenwehr aufgab.

»Was willst du?«, keuchte Stich, als Peuckert ihn auf einen Stuhl setzte. Der Gürtel um seine Handgelenke schmerzte ihn sichtbar. »Was willst du?«

Mit der Hand wischte Peuckert die klare Flüssigkeit weg, die ihm aus dem einen Nasenloch lief. Stich räusperte sich. Gerhart Peuckert sah so lange zur Decke, bis er wieder zur Ruhe gekommen war. Stich betrachtete ihn lange. Keine Sekunde ließ er die auf ihn gerichtete Pistole aus den Augen.

Gerhart seufzte. Selbst wenn er es versuchte – kein Wort würde über seine Lippen kommen. Er wollte den Alten bitten, den Namen noch einmal zu sagen. Nicht Arno von der Leyen, sondern den anderen. Den, der Stich zum Lachen gebracht hatte.

Und dann war dieser Name ganz von selbst wieder da!

Bryan Underwood Scott.

Ohne jede Vorwarnung schlug Gerhart den Alten so heftig mit dem Pistolenschaft, dass er vom Stuhl fiel. Gerhart setzte sich und versuchte, die Stuckrosetten zu zählen. Mit jedem Versuch kehrte der Name deutlicher zurück. Schließlich senkte er den Blick und dachte eine Weile nach. Dann ging er in die Küche und zog mehrere Schubladen auf. Als er gefunden hatte, was er suchte, löschte er das Licht und marschierte in die hinterste Ecke des Flurs. Dort öffnete er einen schmalen Schrank. Jetzt formte er aus dem Stanniolpapier, das er gerade aus der Küche geholt hatte, eine große Kugel.

Er schraubte eine Sicherung aus dem Kasten, dachte kurz nach und schaltete die Hauptsicherung aus und wieder ein, nachdem er den Stanniolball dort hineingequetscht hatte, wo vorher die Sicherung gesteckt hatte.

Der Alte lag noch immer am Boden, als Gerhart einen Wandschalter aus Bakelit betätigte. Er wusste, dass die Sekretärlampe damit von der Stromzufuhr abgeschnitten war. Anschließend packte er die Fassung der Lampe und riss das Kabel heraus. Die Drahtenden ragten ein gutes Stück über die

Plastikummantelung des Kabels hinaus. Danach trennte er die unisolierten Drähte voneinander.

Der alte Mann stöhnte leise, als er wieder auf den Stuhl gesetzt wurde. Sie sahen einander sehr lange in die Augen. Stichs Augen waren genauso rot wie damals im Lazarett, als er sie unter der Dusche weit aufgerissen hatte.

Angst spiegelte sich nicht in ihnen.

Peter Stich starrte unverwandt auf die Pistole, dann auf das Kabel, das Gerhart ihm entgegenstreckte. Er schüttelte den Kopf und sah zur Seite. Nach zwei weiteren Schlägen gegen die Brust war er zu schwach, um noch protestieren zu können. Gerhart drückte ihm je einen Draht in die beiden Hände. Die Haut der Handflächen war ganz weich. Dann betätigte er mit der Schuhspitze den Bakelitschalter an der Wand, in dem es daraufhin leise knisterte. Beim ersten Stromstoß ließ Stich die Drähte fallen. Gerhart legte den Schalter wieder um, steckte die Drähte zurück in Stichs Fäuste und wiederholte den Vorgang. Nach dem fünften Mal fing der Alte an zu röcheln und fiel schließlich bewusstlos vom Stuhl.

Der Gürtel hatte kaum Spuren an seinen Handgelenken hinterlassen. Gerhart Peuckert löste ihn vorsichtig und band ihn dem Alten wieder um den Bauch.

Von Andrea waren nur Schuhe und Fußgelenke zu sehen, der Rest war unter dem Vorhang vergraben. Sie gab noch immer keinen Laut von sich, als Gerhart sie bei den Füßen packte und zu ihrem Mann schleifte. Gerhart verschränkte die Finger der beiden miteinander und legte die Eheleute so hin, dass sie einander ansahen. Als hätten sie sich gemeinsam zur Ruhe gebettet.

Der Speichel auf Stichs Wangen war schon fast trocken, als Gerhart den Mund des Alten öffnete und ihm die Kabelenden hineinschob. Dann strich er Andrea behutsam über Handrücken und Wange. Ein letztes Mal betrachtete er ihr ausdrucksloses Gesicht, dann legte er den Schalter wieder um. Im

450

selben Moment, als der Stromstoß sie erreichte, riss Andrea entsetzt die Augen auf. Durch die Muskelkrämpfe umklammerte sie die Hände ihres Mannes nur noch fester. Stichs Armbanduhr verursachte ein metallisches Klacken, als die Hand des Alten zu Boden glitt. Die Zeiger bewegten sich standhaft weiter. Es war genau sieben Uhr.

Gerhart hängte den Vorhang wieder auf. Einen Moment lang stand er reglos da und betrachtete die Topfpflanzen, die auf dem Boden lagen. Dann fegte er die lose Erde unter den Teppich und stellte die Töpfe zurück auf die Fensterbank. Schließlich ging er in den Flur, entfernte die Stanniolkugel aus dem Verteilerkasten und schraubte die Sicherung wieder an ihren Platz. Kaum schaltete er die Hauptsicherung ein, brannte die neu eingesetzte Sicherung mit einem Knall durch.

Erst als er im dunklen Wohnzimmer saß und es ganz still um ihn war, fing er an zu weinen. Viel zu viele Worte, viel zu viele Bilder waren auf ihn eingeprasselt. Er hatte sich selbst so sehr gehen lassen, dass ihn das, was soeben geschehen war, fast lähmte. Seine Gedanken begannen gerade wieder, sich in atemberaubender Geschwindigkeit im Kreise zu drehen, da klingelte das Telefon.

Gerhart nahm ab. Es war Kröner.

»Ja«, räusperte er sich in den Hörer.

»Ich habe deinen Zettel gefunden, Peter. Du brauchst dir keine Sorgen zu machen. Ich bin vorbereitet. Viel schlimmer ist, dass ich Petra noch nicht gefunden habe. Sie ist nicht zu Hause, und auch sonst habe ich schon überall gesucht. Ich habe Frau Billinger Bescheid gegeben, dass sie mich anrufen soll, sobald die Wagner im Sanatorium auftaucht. Jetzt bin ich zu Hause.«

Gerhart holte tief Luft. Ganz langsam formten sich die Worte in seinem Mund, bevor er sie aussprach.

»Bleib, wo du bist«, sagte er schließlich und legte auf.

52

PETRA HATTE GROSSE LUST, ihren Frust herauszuschreien, aber sie tat es nicht. Die hochgewachsene Frau an ihrer Seite war die meiste Zeit still und blass, aber gefasst gewesen. Ihre Suche auf dem Schlossberg war ergebnislos verlaufen. Während sie den Säulengang noch nach Spuren der nachmittäglichen Begegnung absuchten, ging langsam die Sonne unter. Petra blieb in dem rötlichen Licht, das die Konturen der Stadt unter ihr kontrastreich hervorhob, einen Moment stehen und versuchte, all die neuen Informationen und Erlebnisse der letzten Stunden zu verstehen.

»Wenn Ihr Mann Engländer ist, was hat er denn dann mitten im Krieg in Freiburg gemacht?«, fragte sie endlich.

»Ich weiß nicht viel mehr, als dass er Pilot war und mit einem seiner Freunde über Deutschland abgeschossen wurde«, antwortete Laureen leise.

Aber ja! Es war ja ganz einfach. So viele Dinge waren plötzlich so leicht zu erklären. Petra war schwindelig geworden. Im Kielwasser dieses Wissens würden unweigerlich weitere Fragen auftauchen, die aber bis auf Weiteres unbeantwortet bleiben mussten.

»Und dieser Freund könnte Gerhart Peuckert gewesen sein?«, fragte sie trotzdem.

Laureen zuckte mit den Achseln. »Wer weiß?« Sie konnte offensichtlich an niemand anderen als an ihren Mann denken.

Petra sah am Schlossberg hinauf. Ein Schwarm schwarzer, großer Vögel setzte zur Landung in einer einzigen Baumkrone an. In dem Moment wurde ihr der bittere Ernst der Situation bewusst. Die drei Männer, die seit Jahren ein ewiges Verwirrspiel mit ihr und Gerhart spielten, standen zwischen ihr und Laureen und den Antworten. Der erste Schritt in Richtung Wahrheit musste die Konfrontation mit den dreien sein. Sollte Petra zuvor noch einen leisen Zweifel gehegt haben, so war dieser nun endgültig ausgeräumt. Und Laureens Mann befand sich in allerhöchster Lebensgefahr – wenn er nicht schon tot war! Diese Erkenntnis behielt Petra aber vorläufig für sich.

Der Portier in Bryans Hotel war recht entgegenkommend. »Nein, Mr. Scott ist noch nicht abgereist. Wir gehen davon aus, dass er bis morgen bleibt.« Bevor er die nächste Frage beantworten konnte, musste er ein wenig in seinem Gedächtnis kramen. »Soweit ich weiß, ist Mr. Scott den ganzen Tag nicht hier gewesen. Aber ich kann gern meinen Kollegen anrufen, der vor mir Dienst hatte«, bot er an. »Was sagen die Damen dazu?«

Petra schüttelte den Kopf.

»Kann ich bitte telefonieren?«, fragte sie. Der Portier deutete gleichgültig in Richtung Münztelefon hinter ihnen.

Es dauerte lange, bis jemand abnahm.

»Kuranstalt St. Ursula, Billinger am Apparat.«

»Guten Tag, Frau Billinger. Petra Wagner hier.«

»Ja?«

»Ich bin heute etwas spät dran, und ich dachte, Erich Blumenfeld würde sich vielleicht Sorgen machen. Geht es ihm gut?«

»Ja, natürlich, warum sollte es ihm nicht gut gehen? Also, abgesehen davon, dass er sehnlichst auf Ihren Besuch wartet, will ich meinen.« Frau Billinger klang seltsam aufgekratzt. Fast so, als hätte sie von ein paar dankbaren Angehörigen wieder einmal eine Flasche Portwein bekommen.

»Hat Erich heute Besuch gehabt?«

»Nicht, dass ich wüsste.«

»Also weder Herr Schmidt noch Herr Müller oder Herr Faber sind da gewesen?«

»Ich glaube nicht. Ich bin ja nicht den ganzen Tag hier gewesen, aber nein, ich glaube nicht.«

Petra zögerte einen Moment. »Und es ist auch kein Englisch sprechender Herr da gewesen, der ihn besuchen wollte?«

»Ein Englisch sprechender Herr? Nein, ganz sicher nicht. Aber jetzt, wo Sie es sagen – heute Vormittag war wohl ein Englisch sprechender Herr hier, aber der wollte mit Frau Rehmann sprechen.«

»Sie können sich wohl nicht zufällig an seinen Namen erinnern, Frau Billinger?«

»Allmächtiger, nein. Ich glaube nicht einmal, dass er mir zu Ohren gekommen ist. Wann kommen Sie denn, Fräulein Wagner?«

»Bald. Sagen Sie Erich das.«

Hin und wieder verbrachten die drei Männer und Gerhart einen Samstag miteinander. Sie fuhren dann ein wenig durch die Gegend. Manchmal ganz bis nach Karlsruhe oder zu einem der Orte am Kaiserstuhl, wo sie in einer der Wirtschaften etwas tranken und alte Lieder sangen. Gerhart saß dann stundenlang zwischen den lustigen Gesellen, ohne eine Miene zu verziehen.

Petra war erleichtert, dass dies heute nicht der Fall war. Solange Gerhart im Sanatorium war, konnte sie sich darauf konzentrieren, Laureen – und damit vielleicht sich selbst – zu helfen.

»Was haben Sie gefragt, Petra?«, erkundigte sich Laureen ungeduldig, noch bevor Petra den Hörer auf die Gabel gelegt hatte. Petra sah sie an. Die fremde Frau hatte sie zum ersten Mal mit ihrem Vornamen angesprochen. Es hatte fast unbekümmert geklungen. Dabei war es Laureen ganz sicher nicht leicht ums Herz.

»Ich habe mich bloß nach Gerhart Peuckert erkundigt. Es geht ihm gut. Aber ich habe etwas erfahren.«

»Nämlich?«

»Ich glaube, Ihr Mann ist heute im Sanatorium gewesen.«

»Das verstehe ich nicht. Wenn er diesen Gerhart Peuckert, nach dem er so eifrig sucht, im Sanatorium bereits gesehen hat und wenn dieser Gerhart Peuckert immer noch da und mein Mann nicht dort ist – wo ist er dann?«

»Ich weiß es nicht, Laureen.« Sie ergriff die Hände der Engländerin und drückte sie fest. Sie waren kalt. »Sind Sie sicher, dass Ihr Mann Gerhart nichts antun will?«

»Ja.« Laureen wirkte abwesend. »Sagen Sie, könnten wir mal kurz mein Hotel aufsuchen?«

»Glauben Sie, Ihr Mann könnte dort sein?«

»Schön wär's. Aber Bryan hat ja leider nicht die geringste Ahnung, dass ich in Freiburg bin. Nein, es geht um etwas, das ich unmöglich noch länger aufschieben kann.«

Petra sah sie fragend an.

»Ich muss mir dringend andere Schuhe anziehen. Die vielen Blasen bringen mich um.«

Bridget war leicht angeheitert und ganz und gar entzückt, Petra in der Lounge des Hotel Colombi zu unterhalten, während sich Laureen in ihrem Zimmer ein Paar bequeme Schuhe anzog. Nervös sah Petra immer wieder auf die Uhr. Sie war vollkommen ratlos.

»Ich weiß, ich dürfte so etwas in Gegenwart meiner Schwägerin eigentlich gar nicht sagen«, plapperte Bridget geistesabwesend, als Laureen aus dem Aufzug trat und wieder zu ihnen stieß. Laureen tippte bedeutsam auf ihre Uhr und Petra nickte. »Eigentlich ist es ja wirklich peinlich«, fuhr Bridget unbeeindruckt fort. »Aber … Mannomann, laufen in dieser Stadt schöne Männer herum!«

»Du hast ganz Recht«, bemerkte Laureen. »Aber wenn du hier irgendetwas tust, was ich meinem Bruder besser nicht erzählen sollte, will ich es auch gar nicht wissen.«

Bridget errötete.

»Was machen wir jetzt, Petra?«, fragte Laureen und ließ ihre Schwägerin links liegen.

»Ich weiß auch nicht so recht.« Petra sah sie nicht an. »Ich fürchte, wir werden einen dieser drei Teufel anrufen müssen.« Petra biss sich auf die Unterlippe. »Wenn mich nicht alles täuscht, müssten wir Peter Stich bei sich zu Hause erreichen. Er wird wissen, was los ist.«

»Wen wollt ihr anrufen?« Verständnislos sah Bridget sie an. »Peter Stich? Wer ist das?« Da erhellte sich kurzfristig ihre Miene. »Sag mal, was hast du eigentlich vor, Laureen?«

»Ach, Bridget, das erzähl ich dir später.« Sie würdigte ihre Schwägerin keines Blickes. »Und Sie glauben wirklich, das ist das Richtige, Petra?«

»Was können wir denn sonst tun? Ihr Mann ist nicht in seinem Hotel. Wir haben keine Ahnung, wo er sein könnte. Wir wissen nur, dass er vor ein paar Stunden zum Schlossberg gegangen ist, um diese Männer zu treffen. Also: Haben Sie eine bessere Idee?«

»Wir könnten die Polizei verständigen.«

»Aber wir haben doch nichts, was wir melden könnten.« Petra sah Laureen an. »Wir können ihn nicht einmal als vermisst melden.«

»Dann rufen Sie bei diesem Stich an, Petra. Tun Sie, was Sie für richtig halten.«

Petra verschwand in eine der Telefonkabinen. Bridget ergriff die Hand ihrer Schwägerin. Ihre Stimme bebte. »Ich muss mit dir reden, Laureen. Du musst mir helfen. Ich muss aus dieser Ehe raus. So ist das nun mal. Kannst du das denn nicht verstehen?«

»Vielleicht, vielleicht auch nicht«, antwortete Laureen desinteressiert. »Es ist dein Leben, Bridget. Und im Moment kann ich mich gerade nur um mein eigenes kümmern. Tut mir leid, wie gesagt, ich kann dir das jetzt noch nicht erzählen.«

Bridgets Lippen zuckten.

Kopfschüttelnd kehrte Petra zurück. Laureen hatte es bereits befürchtet.

»Ich habe bloß mit Peter Stichs Frau geredet, diesem Nazi-biest. Sie war allein zu Hause. Dann stimmt da ganz sicher etwas nicht.«

»Was ist mit Kröner und Lankau?«

»Die habe ich auch nicht erreicht.«

»Und was bedeutet das?« Laureen spürte, wie sie immer unruhiger wurde.

»Ich weiß es nicht.«

»Das hört sich ja fast so an, als würdet ihr mit jemandem Verstecken spielen.« Bridget versuchte sich in einem Lächeln.

»Verstecken?« Laureen sah Petra an. Es war gleich Viertel vor sieben. Vor bald fünf Stunden hatte Petra in der Weinstube am Münsterplatz mit Bryan gesprochen. Die drei Männer schienen die Situation unter Kontrolle zu haben. Sie konnten überall und nirgendwo sein. »Spielen wir jetzt wirklich Ver-stecken, Petra?«

»Verstecken?« Petra sah sie an. Laureen spürte Verzweiflung in sich aufsteigen. »Vielleicht«, sagte Petra dann. »Ja, man könnte es wohl eine Art von Versteckspiel nennen.«

53

OHNE NACH RECHTS oder links zu schauen, verließen Laureen und Petra das Hotel Colombi. Darum bemerkten sie auch nicht, dass die Straßenkünstler von den Einkaufsstraßen hierher gezogen waren. Der kleine, mitten in der Stadt gelegene Colombipark war Wanderkünstlern eine wunderbare Bühne. Sattes Spätsommergrün bildete die Kulisse für die lachenden Menschen. Nur einen Steinwurf entfernt erstrahlte in der Dunkelheit ein weiteres Hotel. Sehr hübsch, aber weniger exklusiv als das Hotel Colombi, obwohl vom Namen her deutlich pompöser: Hotel Rheingold. Keine fünf Minuten zuvor hatte Bryan den BMW davor geparkt. Er wollte den drängendsten seiner Vorsätze in die Tat umsetzen.

Die Begegnung mit dem alten Mann vor Kröners Haus hatte ihm Angst gemacht.

Dass der Alte ihn bezüglich seiner Adresse ohne mit der Wimper zu zucken angelogen hatte, verhieß nichts Gutes. Nach allem, was heute bereits passiert war, läuteten in Bryans Kopf sämtliche Alarmglocken. Wäre er dem Alten am Vortag nicht intuitiv bis nach Hause in die Luisenstraße nachgegangen, wäre ihm die Sache mit der falschen Adresse gar nicht aufgefallen.

Und morgen wäre er bereits irgendwo in der Nähe der Längenhardstraße von der Erdoberfläche verschwunden gewesen.

Doch nicht nur die faustdicke Lüge hatte Bryan erschreckt. Der Alte hatte außerdem ein diffuses Durcheinander von Bildern, Wörtern, Formen, Gedanken und Gefühlen in ihm ausgelöst, das sich nicht vertreiben ließ und danach strebte, zu einem sortierten Ganzen zu verschmelzen.

Aber diese Verschmelzung stellte sich nicht ein.

Das, was heute geschehen war, hatte Bryans Neugier massiv gedämpft. Noch am selben Abend könnte er Freiburg verlassen und gen Osten fahren. Dann wäre er rechtzeitig zur Abschlussfeier der Olympischen Spiele am Sonntag in München, so, wie es von Anfang an geplant gewesen war. Von dort könnte er nach Paris weiterfahren.

Ein Tag mehr oder weniger – was machte das schon, auf das ganze Leben gerechnet?

Wenn Bryan dagegen in Freiburg blieb und auch nur den geringsten Fehler machte, würden sich Kröner, Lankau und der Alte auf ihn stürzen. Wieso um alles in der Welt sollte er also hierbleiben, wenn das Risiko so groß war? Sicher wäre es gescheiter, irgendwann einmal wiederzukommen, wenn es denn unbedingt sein musste. Lankau konnte er den eigenen Komplizen überlassen – sie würden ihn schon finden und befreien. Außerdem konnte es einem Mann von Lankaus Statur und Leibesfülle gar nicht schaden, mal ein, zwei Tage zu fasten.

Bryan hatte sich das alles immer wieder durch den Kopf gehen lassen, als er völlig zufällig vor dem Hotel Rheingold hielt. Im Moment interessierte ihn einzig und allein, ob sich Laureen mit ihm in Paris treffen wollte. In der Stadt der Liebe.

Der Portier des Hotels Rheingold war dick und hilfsbereit und strahlte glücklich, als er Bryans Bargeld sah. Unverzüglich führte er ihn hinter den Tresen und ließ ihn mit dem Telefon allein.

Mrs. Armstrong ging ans Telefon. Dann war Laureen also nicht zu Hause. Normalerweise schnappte sich Laureen ihre Tasche und verduftete, sobald ihre Putzfrau über die Schwelle getreten war.

»Nein, die gnädige Frau ist nicht zu Hause.«

»Wissen Sie, wann sie wiederkommt, Mrs. Armstrong?«

»Leider nein.«

»Wissen Sie, wo sie ist?«

»Nein, ich habe den Zettel noch nicht gelesen.«

»Zettel? Was für einen Zettel, Mrs. Armstrong?«

»Den, den sie hinterlassen hat, bevor sie zum Flughafen gefahren sind.«

»Wie, sind? Sie ist zusammen mit Mrs. Moore zum Flughafen gefahren?«

»Ja, genau. Und sie sind auch beide geflogen.«

»Aha.« Das überraschte Bryan nun nicht so sehr. »Und sie sind nach Cardiff geflogen?«

»Nein.«

»Hören Sie, Mrs. Armstrong, ich würde es sehr begrüßen, wenn ich Ihnen nicht jede Einzelheit aus der Nase ziehen müsste! Würden Sie mir jetzt bitte verraten, wo meine Frau und Bridget Moore sich aufhalten?«

»Ich weiß es nicht. Mrs. Scott sagte, sie würde es auf den Zettel schreiben. Aber ich weiß sicher, dass sie nicht in Cardiff sind. Sie sind irgendwo in Deutschland.«

Jetzt war Bryan platt.

»Wären Sie wohl so freundlich mir zu sagen, was auf diesem Zettel steht, Mrs. Armstrong?«, bat Bryan, der Mühe hatte, sich zu beherrschen.

»Kleinen Moment!« Er trat von einem Bein aufs andere. In der Leitung tickte es laut und deutlich. Der Portier am Empfang sah aus, als wolle er bald noch mehr Bargeld sehen. Er zuckte zusammen, als Bryan lautstark wiederholte, wo sich Laureen befand.

»Hotel Colombi in Freiburg!«

Der Portier warf Bryan einen bösen Blick zu, als der sich zum Ausgang begab.

Doch Bryan registrierte ihn nicht.

Die Dame an der Rezeption des Hotel Colombi wusste fast sofort, wen Bryan suchte. »Mrs. Scott ist unterwegs, aber

Mrs. Moore sitzt gleich da drüben«, informierte sie ihn und zeigte mit einem knallroten Fingernagel in die hintere Ecke der Lobby.

»Bryan!« Bridget fiel aus allen Wolken. »Ja, also sowas! Wenn man vom Teufel spricht!«

Es war nicht das erste Mal, dass Bryan seine Schwägerin leicht beschwipst erlebte.

»Wo ist Laureen?«, fragte er.

»Gerade weg mit ihrer neuen Bekanntschaft, diesem Klappergerüst. Tja, und ich sitze hier mutterseelenallein.« An dieser Stelle fing sie so laut an zu lachen, dass der ganz in der Nähe stehende Page sich zwingen musste, wegzusehen. »Aber was heißt schon allein. Ebert müsste jeden Moment hier sein.«

»Wovon redest du, Bridget? Wer ist Ebert, und mit wem ist Laureen unterwegs?« Er fasst sie vorsichtig bei den Oberarmen, damit sie sich konzentrierte. »Warum seid ihr hier? Wegen mir? Mit wem ist Laureen unterwegs?«

»Na, mit … Petra heißt die Gute, soweit ich weiß.« Sie bemühte sich, normal auszusehen.

Ihm wurde eiskalt. »Petra?!« Er packte fester zu und sah ihr in die Augen. »Bridget! Reiß dich zusammen. Es könnte gut sein, dass Laureen in Gefahr ist!«

»Aber ich dachte, du seist in Gefahr? Das haben die beiden jedenfalls gesagt.« Sie sah ihn an, als würde sie seiner erst jetzt gewahr.

»Wo wollten sie hin, weißt du das?« Sie zögerte, es fiel ihr schwer, sich zu konzentrieren. Er schüttelte sie. Der Page lächelte. »Hast du gehört, wo sie hinwollen?«

»Sie haben ein paar Namen genannt. An die kann ich mich nicht erinnern, aber es war ziemlich klar, dass sie nicht gut auf sie zu sprechen waren. Diese Petra nannte sie ›die drei Teufel‹.«

Bryan hatte solch eine Angst nicht mehr empfunden, seit

Laureen nach der Geburt ihrer Tochter derart heftige Blutungen bekommen hatte, dass eine der Krankenschwestern in Tränen ausgebrochen war. Er atmete so ruhig er konnte durch die Zähne und sah seine Schwägerin an, deren Lider immer schwerer wurden.

»Haben sie einen Mann namens Kröner erwähnt?«

Bridget wurde etwas munterer. »Woher weißt du das, Bryan?«

»Und Lankau?« Bryan glaubte zu hyperventilieren.

Verdutzt sah sie ihn an. »Kannst du mir auch den dritten Namen sagen? Dann wäre ich echt beeindruckt.«

»Nein, kann ich nicht.«

Sie lächelte. »Dann ist es ja gut, dass das der einzige Name ist, den ich mir gemerkt habe. War nämlich so ein lustiger Name.« Ihre Lippen formten ihn schon fast. »Wie ein Geräusch aus einem Comic.«

»Nun spuck schon aus, Bridget!«

»Stich! Ist das nicht ein toller Name? Und Peter mit Vornamen. Ziemlich gängig. Über den haben sie übrigens am meisten geredet.«

Sekundenlang stand Bryan wie erstarrt.

Den Pagen hinter ihnen überraschte Bryans plötzlicher Hustenanfall wohl am allermeisten.

Zu sehen, wie sich ein großes Puzzle im Bruchteil einer Sekunde zu einem Gesamtbild fügte, war ein Erlebnis. Ein Gesamtbild, in dem es einen Augenblick lang keine offenen Fragen gab. Bryan war so überwältigt, als Bridget Stichs Namen nannte, dass er Zeit und Raum um sich herum vergaß.

Ja, das, was Bryan an dem alten Mann irgendwie diffus bekannt vorgekommen war, waren die Züge von Peter Stich. Und es war dieses unterschwellige Wissen, das ihn während der letzten Stunde so gequält hatte. Peter Stich, der alte, weißbärtige Mann in der Luisenstraße, dem Hermann Müller Invest gehörte. Er war der Postbote. Der Rotäugige aus dem Alphabethaus.

Er war sie alle. In einer Person.

Bryan wurde schwindelig. Jahrzehnte alte Bilder tauchten vor seinem inneren Auge auf. Von einem lächelnd in seinem Bett liegenden Mann. Von einem Menschen, der in seinem Wahnsinn direkt in den harten Strahl der Dusche sah. Von Augen, die ihn anlächelten, während er seine Tabletten im Rohr des Bettgestells verschwinden ließ. Er erinnerte sich an den vorsichtigen, sanften Mann, der ihm zweimal das Leben gerettet hatte. Er dachte verwirrt an das erste Mal zurück, als der Rotäugige den Sicherheitsoffizier auf den gesplitterten Fensterladen hinwies, und an das zweite Mal, als die Simulanten Bryan aus dem Fenster werfen wollten. Die Macht der Erinnerungen und die Fassungslosigkeit über die Erkenntnisse ließen es Bryan schwarz vor Augen werden.

Alles, alles erwies sich in diesem Augenblick mit jedem Detail als eine einzige, riesige Lüge!

Dann, endlich, klopfte Bridget ihm kräftig auf den Rücken.

Es dauerte mehrere Minuten, bis er wieder bei sich war. Bridget tischte er einige schwammige Erklärungen auf. Ihm wurde bewusst, dass Laureen der einzige Mensch war, dem er noch vertrauen konnte.

Und ausgerechnet Laureen war jetzt auf dem Weg zu Peter Stich. Zusammen mit Petra. Der Petra, die ihn wenige Stunden zuvor direkt in die Arme eines der drei Teufel geschickt hatte.

54

ABGESEHEN VON DEM Haus in der Luisenstraße, wo Stich wohnte, kannte Gerhart in diesem Stadtteil nur noch Kröners Haus. Es war kühl geworden. Die Straßenbeleuchtung wirkte grell und fremd. Aus einer der Kneipen drangen Gelächter und Gejohle, und er wechselte lieber die Straßenseite. So kam er ein klein wenig vom Kurs ab. Stirnrunzelnd zog er die dünne Windjacke enger um sich. Dann straffte er die Schultern und marschierte zielstrebig zu dem Haus, in dem Kröner auf Stich wartete.

Als er bei der Villa ankam, schaute er an der Fassade hinauf. Nur im ersten Stock brannte Licht. Bis auf Kröners Bibliothek waren überall die Vorhänge zugezogen. Es war windig geworden, und der Windfang bot nicht viel Schutz. Lange betrachtete Gerhart seinen Finger, der unentschlossen vor dem Klingelknopf verharrte.

Kröner hatte die Angewohnheit, im Stehen zu telefonieren. Eine schlechte Angewohnheit, fand seine Frau. »Herrje, bleib doch einfach sitzen!«, sagte sie schon mal. »Du tust ja gerade so, als würde der Kaiser dich anrufen!« Doch Kröner war es so am angenehmsten. Und ganz besonders heute, wo Arno von der Leyen sich irgendwo da draußen herumtrieb und jederzeit auftauchen konnte. Kröner war rastlos. Wenn er sich ein wenig zurücklehnte, konnte er so, wie er jetzt stand, wenigstens aus dem Fenster sehen, ohne selbst gesehen zu werden.

Er telefonierte mit Frau Billinger. Sie hatte ihn angerufen und sprach leiser als üblich.

»Sie machen wohl Witze! Petra Wagner hat vor fast zwei

Stunden im Sanatorium angerufen? Aber ich hatte Ihnen doch gesagt, dass Sie mir sofort Bescheid geben sollten!«

»Nein, Sie sagten lediglich, ich soll Sie anrufen, sobald sie hier auftaucht.«

»Herrgott noch mal. Na gut. Hat sie sonst noch etwas gesagt?«

»Nein, nur, dass sie bald kommen würde. Und sie hat sich nach einem Engländer erkundigt.«

»Nach was für einem Engländer?«

»Weiß ich auch nicht. Aber ich hab ihr gesagt, dass Frau Rehmann heute Vormittag Besuch von einem hatte.«

»Und?«

»Das war's.«

Kröner kochte vor Wut. Er knallte den Hörer auf die Gabel, schlug mit der Faust auf den Tisch und fegte sämtliche Papiere herunter. Was für ein elender Schlendrian! In seinem Ärger hatte er sich dem Fenster zugewandt und es aufgerissen, um frische Luft hereinzulassen. Er erstarrte und wich hinter den Vorhang zurück. Frau Billingers Schlamperei war mit einem Schlag vergessen. Das Problem hatte sich von selbst gelöst. Auf der gegenüberliegenden Straßenseite stand Petra Wagner. Und neben ihr eine ihm unbekannte Frau.

Sie sahen zu seinem Haus.

Kröner entfernte sich vom Fenster. Kaum hatte er sich ein wenig erholt, klingelte es auch schon an der Tür.

Einer der Unterscharführer in den SS-Wehrmachtslagern bei Kirovograd hatte Kröner etwas ganz Besonderes beigebracht. Der junge Unterscharführer hatte zusammen mit einem der anderen Unteroffiziere eines eiskalten Tages aus purer Langeweile einen Delinquenten just in dem Moment erstochen, als er gehängt werden sollte. Dafür hatten sie eine kaum nennenswerte Disziplinarstrafe erhalten – aber alle hatten sich mächtig amüsiert.

Kröner hatte nicht so sehr der Akt des Erstechens an sich

fasziniert, sondern die Technik. Und die hatte er seither perfektioniert. Der Vorteil dieser Methode: Man musste seinem Opfer dabei nicht in die Augen schauen, denn man erstach es von hinten.

Auf diese Weise wollte er sich nun Arno von der Leyens entledigen. Ein schlichter, effizienter Überraschungsangriff, der Arno von der Leyen nicht die Zeit lassen würde, in irgendeiner Weise zu reagieren. Und das war in seinem Fall ja wohl das A und O, dachte Kröner. Doch die neue Entwicklung machte ihm mehr als deutlich, dass er das Messer vielleicht auch gegen jemand anderen zum Einsatz bringen musste. Die Ereignisse überschlugen sich ja förmlich.

Immerhin konnte er so auch Petra endlich loswerden.

Kröner schob den Brieföffner so weit in die schräge Tasche, dass nur noch der Hirschhufgriff herauslugte. Einsatzbereit. Die beiden Frauen würden ihm keine Probleme machen.

Einer der Spielkameraden seines Sohnes lebte in einem noch größeren Haus als Kröner und seine Familie. Besonders die Haustür aus Glas hatte es dem Kind angetan, weil man durch sie bereits sehen konnte, wer draußen stand. Kröner hatte seinerzeit nicht weiter darüber nachgedacht. Aber jetzt hätte ihm eine Glastür den Schock erspart, als er öffnete: Sein Lächeln gefror. Nicht die kleine Krankenschwester und ihre unbekannte Freundin standen vor ihm, sondern Gerhart Peuckert.

Er war der letzte Mensch, den Kröner erwartet hatte.

»Gerhart!«, rief er und zog ihn so hektisch in den Flur, dass sie beide beinahe über den Kokosläufer gestolpert wären. »Was zum Teufel machst du denn hier?« Er erwartete natürlich keine Antwort, führte den schweigenden, fügsamen Gerhart nach oben und setzte ihn an seinen Schreibtisch. Er wollte nicht, dass man sie von der Straße aus sehen konnte.

Kröner war nicht wohl angesichts dieser völlig neuen Entwicklung. Gerhart Peuckert hatte sich noch nie zuvor mehr als zehn Meter von seinen Begleitern entfernt. Es war denkbar, dass Petra Wagner ihn als eine Art Boten vorausgeschickt hatte. Aber warum war er nicht bei Peter Stich? Wo war Stich überhaupt?

Leichenblass, die Lippen dunkelblau, saß Gerhart vor ihm. Kröner ergriff seine kalten, zitternden Hände.

»Was ist passiert, lieber Freund?«, fragte er sanft und kam Gerhart dabei sehr nah. »Wie bist du hierher gekommen?«

»Er registriert alles, was wir sagen und tun«, hatte Lankau ihnen immer wieder eingeschärft. Doch Kröner zweifelte noch immer daran. »Bist du mit Petra hergekommen?«, fragte er.

Als er ihren Namen hörte, schürzte Gerhart die Lippen, ließ den Blick langsam nach oben wandern und fing an zu blinzeln. Die völlig verdrehten Augäpfel glänzten unter einem Tränenfilm. Als richtige Tränen daraus wurden, sah er Kröner direkt an. Seine trockenen Lippen bebten, als er den Mund öffnete. »Petra!«, stieß er hervor und ließ den Unterkiefer hängen.

»Allmächtiger!« Kröner stand aus der Hocke auf und wich einen Schritt zurück. »Petra, ja. Du kennst ihren Namen. Was will sie hier mit dir? Was ist passiert? Wo ist Peter Stich?«

Gerhart fing an, unablässig den Kopf zu schütteln. Er wirkte, als würde er jeden Moment explodieren. Kröner ließ ihn nicht eine Sekunde aus den Augen. Als er nach dem Telefonhörer griff, fiel ihm auf, dass Gerhart Peuckerts Knöchel ganz weiß waren. Unmerklich hatte er begonnen, mit dem ganzen Körper zu schaukeln.

»Gerhart! Du bleibst jetzt ganz ruhig da sitzen, bis ich dir etwas anderes sage!« Er wählte Stichs Nummer. Es klingelte eine ganze Weile. Kröner fluchte leise. »Jetzt komm schon, Stich, du dummes Arschloch, geh endlich ran!«, flüsterte er. Dann legte er auf und versuchte es gleich noch einmal. Doch niemand ging ans Telefon.

»Er geht nicht dran«, ertönte dumpf und undeutlich eine Stimme.

Wie der geölte Blitz fuhr Kröner zu Gerhart herum, doch

dessen weiße Knöchel trafen ihn so schnell, dass Kröner nur gerade eben noch Gerharts Blick wahrnahm.

Und der war ganz ruhig.

Noch bevor Kröner auf dem Boden aufschlug, verpasste Gerhart Peuckert ihm einen weiteren Fausthieb. Kröner war im Vergleich zu Gerhart ein großer Mann. Er schlug hart auf.

Aber er war nicht einmal benommen. Er war schockiert.

»Was zum Teufel!«, stammelte er, dann ließ er seinen Instinkten freien Lauf. Er stürzte sich auf seinen Widersacher. Gerhart Peuckert breitete nur ruhig die Arme aus, als würde er seine Liebste zum Tanz auffordern. Kröner schlang die Arme um den ehemals stummen Gerhart, verschränkte die Hände auf dessen Rücken und drückte zu, als wollte er ihn zerquetschen. Es war nicht das erste Mal, dass Kröner diesen Griff anwandte. In der Regel dauerte es keine zwei Minuten, bis der Gegner erschlaffte und in sich zusammensackte.

Als Kröner Gerhart nicht mehr atmen spürte, ließ er ihn los und trat einen Schritt zurück. Er ging davon aus, dass der Irre jetzt umkippen würde.

Doch er hatte sich getäuscht. Gerhart sah Kröner mit leerem Blick an und holte einmal sehr tief und ruhig Luft.

»Gerhart, das hat doch keinen Sinn!«, rief Kröner, trat noch einen Schritt zurück und ließ die rechte Hand zum Brieföffner in die Tasche gleiten.

Gerhart brummte leise. Mechanisch wie ein Roboter griff er nach seiner Gürtelschnalle und zog dann kühl und unbewegt den Gürtel aus den Schlaufen.

»Ich warne dich, Gerhart! Du weißt doch, dass ich es ernst meine!« Kröner wich einen weiteren Schritt zurück. Sein Gegner wirkte verletzlich. »Leg den Gürtel weg!«, sagte Kröner und zog vorsichtig sein Messer hervor.

Kröner wusste ganz genau, worauf es in den letzten Sekunden vor einer Konfrontation wie dieser ankam: langsame

Bewegungen. Eine einzige ruckartige Bewegung könnte beim Gegner eine irrationale Reaktion auslösen. Kröner tat niemals etwas Unüberlegtes. Gerhart stand ihm unbeirrt gegenüber und betrachtete das Messer, dessen Spitze direkt auf ihn zeigte. Er verzog keine Miene. Auf Kröner wirkte er resigniert – als glaubte er schon, dem Angriff ohnehin nicht mehr entgehen zu können. Eine fatale Fehleinschätzung.

»Leg jetzt den Gürtel weg!«, konnte Kröner gerade noch einmal sagen – dann verzerrte sich Gerharts Gesicht. Seine Mundwinkel zuckten und zwischen den Augenbrauen bildeten sich tiefe Furchen. Das Einzige, was Kröner noch spürte, war der brennende Schmerz in seinem Gesicht, von Wange zu Wange. Das zischende Geräusch des Gürtels wurde übertönt von Kröners Schmerzensschrei, als das Lederband direkt über seine Augen peitschte. Er war außer Gefecht gesetzt.

Gerhart kickte das Messer außer Reichweite, zerrte Kröner dann grob zu Boden und fesselte seine Hände stramm mit dem Gürtel. Die Geräusche, die er dabei machte, nahm Kröner übernatürlich deutlich wahr, sie ließen ihn die Ausweglosigkeit seiner Lage begreifen.

Wenige Minuten später zog Kröner die Beine unter sich. Mühsam richtete er den Oberkörper auf in eine schiefe und unbequeme Haltung. Genau so hatte er Dutzende von malträtierten Opfern auf der nackten Erde sitzen und auf ihr Schicksal warten lassen: den Gnadenschuss.

Und auch er wartete in dieser Haltung auf seine Erlösung.

»Wo ist Lankau?«, hörte er die fremde Stimme über sich.

Er zuckte nur mit den Achseln und kniff die Augen fester zusammen, um der Schmerzen Herr zu werden. Die Strafe dafür ereilte ihn prompt. Gerhart riss ihn mit einer solchen Kraft am Gürtel nach oben, dass er Kröner fast die Schultern auskugelte. Doch der schwieg, den Schmerzen zum Trotz.

Peuckert schleifte ihn gnadenlos die Treppe hinunter und durchs gesamte Erdgeschoss. Die Schmerzen, die Kröner dabei hatte, waren nichts im Vergleich zu dem unbändigen Zorn, der jetzt in ihm hochkochte.

Jahrzehntelang hatte Lankau ihn und Stich vor Gerhart Peuckert gewarnt. »Nun bringt ihn schon um! Warum denn nicht? Wovor habt ihr Angst? Wird schon keiner was merken. Heutzutage verschwinden doch täglich irgendwo irgendwelche Geisteskranke. Auf einmal ist ihr Bett leer. Und wo sind sie? Man sieht sie nie wieder! Ja, und? Vermisst sie doch sowieso keiner. Petra Wagner? Um die kümmern wir uns dann auch noch, wenn es sein muss. Kommt schon!« Lankau hatte Recht gehabt. Petra Wagners kleiner Zettel hätte keinem von ihnen etwas anhaben können. Sie hätten die beiden schon längst aus dem Weg räumen sollen.

Kröner spürte, wie Gerhart ihn über eine Türschwelle zerrte. Dann wurde es kalt. Er war so benommen, dass er nicht wusste, ob der Irre ihn zur Küchentür hinausgeschleppt hatte oder ins Badezimmer. Als er Wasser in eine Badewanne rauschen hörte, wurde ihm klar, dass dies womöglich der Raum war, in dem er sterben würde.

»Bind mich los, Gerhart«, sagte er langsam und ohne einen Anflug von Flehen. »Ich bin immer dein Freund gewesen, das weißt du. Ohne mich wärst du heute nicht am Leben.«

Dann wurde es still um Kröner. Gerhart atmete ganz ruhig. Sein Gesicht befand sich nur wenige Zentimeter von Kröners entfernt.

Es fiel Gerhart Peuckert nicht schwer, Kröner die Wahrheit zu entlocken. Zwanzigmal drückte er seinen Kopf unter Wasser, dann entwich dem keuchenden, pockennarbigen Gesicht die gewünschte Information. »Lankau ist auf dem Weingut«, stöhnte er.

Schließlich erlöste Peuckert ihn.

Als Kröner aufgehört hatte zu zucken, entfernte Peuckert den Gürtel von Kröners Handgelenken. Der leblose Körper glitt zurück ins Wasser und riss dabei eine Plastikente vom Wannenrand mit sich. Eine Luftblase blähte Kröners Jacke auf, stieg nach oben und platzte kaum hörbar. Sie brachte ein Stück Papier mit sich, das nun auf der Wasseroberfläche tanzte. Die Tinte darauf löste sich mit jeder Bewegung mehr auf und verteilte sich wie blauer Nebel. Einen kurzen Augenblick glaubte Gerhart, einen Namen lesen zu können, aber dann war auch der weg.

Gerhart Peuckert stand lange so da und betrachtete Kröner und die kleine gelbe Plastikente, die über seinem Kopf auf dem Wasser schaukelte. Was er gerade getan hatte, berührte ihn nicht. Er musste nur zusehen, dass er das Chaos in seinem Inneren zähmte.

Gerhart Peuckert beobachtete, wie sich das Wasser beruhigte, schloss die Augen und ließ einen Teil seiner Vergangenheit verschwinden. Zwei giftige Stacheln hatte er aus seiner gemarterten Seele entfernt. Kröner und Stich. Er wandte sich ab und warf einen Blick in den Medizinschrank.

Er begann zu zittern.

Es war kalt im Badezimmer. Alles um ihn herum wirkte plötzlich krumm und schief, über- und unterdimensional zugleich. Wirklichkeit und Geborgenheit waren zu Gegensätzen geworden. Er betrachtete sich im Spiegel des Medizinschranks. Er sah das Gesicht eines Fremden.

Der Schrank war nicht besonders groß. Im Handumdrehen hatte er das geschwungene Glas mit den Tabletten gefunden, aus dem ihn die Simulanten immer so großzügig versorgt hatten.

Er steckte das Glas so, wie es war, in die Tasche.

Die einzigen sichtbaren Spuren von seiner Auseinandersetzung mit Kröner waren die Falten in den Teppichen, die beim Schleifen durchs Haus entstanden waren.

Gerhart Peuckert zog alles wieder glatt und ging dann zurück in Kröners Bibliothek. Er hob den Brieföffner mit dem Hirschhufgriff auf und legte ihn mitten auf Kröners Schreibtisch. In einer Zimmerecke stand ein schmaler, aber stabiler Korb aus geflochtenem Bambus, in dem Spazierstöcke und Pappröhren steckten. Gerhart betrachtete ihn eine Weile. Dann langte er mit der Hand so weit hinein, dass er fast den Boden berührte. Wenige Sekunden später hatte er gefunden, was er suchte: eine dünne, in kräftiges braunes Papier eingeschlagene Rolle. Gerhart sah sie sich an. Kröner hatte sie des Öfteren in seinem Übermut nach einem gemeinsamen Trinkgelage mit den anderen Simulanten hervorgeholt, um ihn damit zu ärgern.

Er steckte sie sich unter die Jacke und drückte sie fest an sich.

Als er das Haus verlassen wollte, klingelte es an der Tür. Ohne etwas zu denken oder zu fühlen, blieb er in dem dunklen Flur stehen, bis die Klingel endlich verstummte.

55

KURZ NACHDEM DIE BEIDEN Frauen das Hotel Colombi verlassen hatten, brach Laureen in Tränen aus.

Petra zog sie in einen Hauseingang und versuchte, sie zu beruhigen. »Wir werden ihn schon noch rechtzeitig finden«, behauptete sie mit fester Stimme und überlegte, ob sie Laureen besser eine Ohrfeige verpassen sollte.

Nach zehn Minuten hatte diese sich wieder beruhigt. »Wo bringst du uns hin?«, fragte sie und lächelte kläglich.

»Uns bleibt nichts anderes übrig, als mit Wilfried Kröner zu reden. Solange wir Peter Stich nicht erreichen können, müssen wir mit Kröner reden.«

»Du wirkst besorgt.«

»Dazu habe ich auch allen Grund. Und du auch.«

»Aber ist es dann wirklich klug, Kröner persönlich aufzusuchen?« Die Straße war hell erleuchtet. In einer lückenlosen Reihe parkten Autos entlang des Bürgersteiges. Es war Samstagabend, da besuchten die Menschen einander. Laureen sah sich um. »Das erinnert mich an Canterbury«, sagte sie zerstreut.

Kröners Haus wirkte, abgesehen vom Audi in der Einfahrt und einem erleuchteten Fenster, einsam und verlassen. Auf der gegenüberliegenden Straßenseite lehnte sich Laureen an ein protziges silbergraues Auto. »Solche Wagen stehen auch in der Tavistock Street.« Sie sprach leise, wie zu sich selbst. Sie fasste sich an den Hals und wirkte verlegen. »Das ist die Straße, in der das Büro unseres Steuerberaters liegt.« Petra nickte und sah Laureen an. Die war offenkundig neben der Spur.

»Ich weiß nicht, ob es gut ist, was wir hier machen. Wir werden sehen«, sagte Petra nach längerem Schweigen. »Hast du auch gesehen, dass sich da an der Tür gerade etwas bewegt hat?«

»Ich kann die Tür von hier aus gar nicht sehen.«

Einer der Anwohner kam schon zum zweiten Mal mit seinem Hund an ihnen vorbei und nickte ihnen etwas misstrauisch zu. Petra packte Laureen am Arm und zog sie mit sich zum Haus. »Ich glaube nicht, dass jemand da ist. Und du?«

»Ich habe nichts gesehen.«

»Ich fürchte, wir werden klingeln müssen.«

»Und was, wenn doch jemand zu Hause ist? Was könnte Kröner mit uns machen?«

»Keine Ahnung.« Petra blieb stehen und sah Laureen eindringlich an. »Eines darfst du nicht vergessen, Laureen! Du hast dich freiwillig auf diese Sache eingelassen. Wenn uns etwas zustößt, darfst du später nicht sagen, du seist nicht gewarnt worden.«

Petra klingelte und registrierte, dass Laureen einen Schritt zurückwich.

Sie warteten eine Weile vor der geschlossenen Tür. Dann brach Petra das Schweigen: »Ich bin mir sicher, dass die drei zusammen sind. Aber anscheinend nicht hier. Ich glaube, Stich und Lankau haben Kröner abgeholt.«

»Wieso glaubst du das?«

»Weil Kröner nicht zu Hause ist, obwohl sein Auto hier steht.« Sie zeigte auf den Audi.

»Wo könnten sie denn sein?« Laureen fröstelte, obwohl dieser Septemberabend der heißeste seit Menschengedenken war.

»Ich weiß es nicht, Laureen! Versteh das doch! Normalerweise sind sie an den Wochenenden mit ihren Familien zusammen. Jetzt ist keiner zu Hause, also sitzen sie vielleicht in irgendeinem Restaurant oder bei einem Liederabend und grölen ›Im Frühtau zu Berge‹ oder so etwas. Sie könnten überall sein. Alles Mögliche machen. Vorausgesetzt, dass sie wirklich mit ihren Familien zusammen sind. Das sind sie aber nicht, da bin ich mir ganz sicher. Heute Abend sind die Männer allein unterwegs. Nur wo, das wissen die Götter.«

»Wieso bist du dir da so sicher?«

»Als ich vom Hotel Colombi aus bei Stich anrief, war seine Frau allein zu Hause. Peter Stich geht nie ohne sie aus. Man kann ihm wirklich viel nachsagen, aber er lässt Andrea niemals allein zu Hause, wenn die Frauen der beiden anderen dabei sind. Außerdem steht das Auto von Kröners Frau nicht hier. Er hat sie sicher mit seinem Sohn aus der Stadt geschickt, Verwandte besuchen oder so. Und Lankau hat seine Frau vermutlich auch vorübergehend woanders untergebracht.« Sie nickte kaum merklich. »Nein, ich bin davon überzeugt, dass die drei in diesem Augenblick irgendwo zusammenstecken.«

»Und Bryan? Wo könnte er sein?«

»Tja.« Sie seufzte. »Dann ist da ja auch noch dein Mann.« Petra fummelte nervös an ihrer Tasche herum.

Sie steckte sich die erste Zigarette des Tages an. Laureen schüttelte den Kopf, als sie ihr eine anbot.

»Hat das Haus einen zweiten Ausgang?«, fragte Laureen.

»Ja, eine Tür zum Garten. Aber die Einfahrt ist der einzige Weg vom Grundstück herunter, falls es das ist, was du meinst.«

»Das meine ich nicht.«

Laureen verschwand um die Hausecke. Petra blieb zurück und überlegte, was sie jetzt tun sollten. Gerharts und ihr Leben in Freiburg würde nun noch schwerer werden. Schließlich hing es untrennbar mit den drei Männern zusammen, zu denen sie im Laufe der Jahre und notgedrungen fast so eine Art Blutsbande entwickelt hatten. Wenn sie die Polizei einschalteten, würden die Teufel sich schon aus der Sache herauszuwinden wissen. Das eigentliche Opfer wäre Gerhart und damit auch sie. Wenn sie aber die Polizei nicht einschalteten, könnte das dramatische Folgen für sie alle haben. Sie war überzeugt, dass man mit jedem der drei Männer für sich allein durchaus fertig werden konnte. Gefährlich wurden sie dann, wenn sie alle drei zusammen waren und das Gefühl hatten, die Kontrolle über die Situation zu verlieren. Sehr gefährlich sogar.

Und eine solche Situation stand ihnen bevor. Die Frage war nun, wo man anfangen sollte. Es war ja schließlich Laureens und nicht ihr Mann, den sie suchten. Eigentlich könnte sie sich einfach umdrehen und gehen. Sie könnte Gerhart besuchen, wie sie es immer tat, und danach nach Hause gehen zu ihrem Fernseher, ihren Büchern, ihren Möbeln und ihren langweiligen Nachbarn.

Es war diese letzte Gedankenfolge, die Petra am meisten erschreckte. Genau diese Routine hatte sie doch nun wirklich schon oft genug durchlebt. Dann lieber gar nichts. Was hatte sie schon zu verlieren?

Laureens Schuhen nach zu urteilen hatte sie den gesamten Garten durchpflügt. »Wir kommen da nicht rein«, teilte sie Petra mit. »Ich habe an allen Fenstern und der Küchentür gerüttelt«, erzählte sie – nicht ahnend, dass nur wenige Zentimeter von ihr entfernt eine Gestalt den Atem angehalten und sich mucksmäuschenstill von innen gegen die Haustür gedrückt hatte.

Aus einer Telefonzelle am Rande des Viertels rief Petra bei Lankau an. Doch auch in seinem großen Haushalt ging niemand ans Telefon. Petra lehnte sich gegen die Zellenwand. Das war wirklich seltsam.

»Wir müssen bis morgen warten. Die können überall sein«, sagte sie schließlich.

»Aber das geht nicht, Petra!«

Und Petra wusste, dass Laureen Recht hatte.

»Hast du wirklich überhaupt keine Idee, wo sie sein könnten?«, bohrte Laureen weiter. »Gibt es nicht irgendeinen Ort, an dem sie ihre Ruhe haben und miteinander reden können? Ein Büro, ein einsam gelegenes Haus? Irgendetwas?«

Petras Lächeln war unergründlich und voller Mitgefühl. »Laureen. Lankau, Kröner und Stich gehören Häuser in der ganzen Stadt, praktisch in jeder einzelnen Straße. Sie könnten überall sein. Sie könnten sogar da sein, wo wir jetzt herkommen. Im Sanatorium, bei Stich oder bei Kröner. Sie könnten in Kröners Sommerhaus am Titisee sein, auf Lankaus Landgut, auf Kröners Boot, das bei Sasbach liegt. Oder sie könnten gerade von einem dieser Orte zu einem anderen unterwegs sein. Lass uns bis morgen warten.«

»Aber Petra!« Laureen fasste sie bei den Schultern und sah sie eindringlich an. »Es geht um meinen Mann! Ich weiß, dass es hier um Dinge aus seiner Vergangenheit geht. Dinge, von denen er mir nie etwas erzählt hat, die ich erst von dir heute erfahren habe. Aber weißt du was? Wenn ich darüber nachdenke, bin ich mir einer Sache vollkommen sicher: dass Bryan das zu Ende bringen wird, was er sich vorgenommen hat. So ist er nun mal. Und dann ist da Gott sei Dank noch etwas: Bryan und ich sind schon viele Jahre verheiratet, und in vielem sind wir grundverschieden. Aber in einem Punkt sind wir uns ganz ähnlich: Wir sind durch und durch Pessimisten. Ich gehe immer gleich vom Schlimmsten aus, und das tut Bryan auch. Darum hat er bisher immer alles getan, was er konnte, um sich für die schlimmste vorstellbare Situation zu wappnen.« Laureen hörte auf zu zittern. »Was ist hier und jetzt die schlimmste vorstellbare Situation?«

Da musste Petra nicht lange überlegen. »Dass Stich, Kröner und Lankau versuchen, die Spuren der Vergangenheit zu löschen, die ihnen Schwierigkeiten bereiten könnten. Und das würden sie auf jede nur denkbare Weise tun. Ohne jeden Skrupel.«

»Genau das würde Bryan also auch annehmen, Petra. Vielleicht ist er gar nicht auf den Schlossberg gegangen. Wenn sich ihm die Möglichkeit geboten hätte, wäre er den Männern vielleicht gefolgt. Wo könnten die drei jetzt sein? Das ist die entscheidende Frage. Denn genau da wird auch Bryan sein.«

»Wie oft soll ich das noch sagen, Laureen: Sie können überall sein!« Petra schwieg. Sie wirkte nachdenklich und müde. Dann fuhr sie fort: »Wir können nach dem Ausschlussverfahren vorgehen und bei Lankaus Weingut anfangen. Dahin ziehen sie sich manchmal zurück, wenn sie für sich sein wollen.«

»Warum ausgerechnet dahin?«

»Was glaubst du wohl? Weil es schön abgelegen ist. Keine Menschenseele in der Nähe.«

»Dann ruf da an.«

»Das kann ich nicht, Laureen. Lankau ist sehr auf seine Privatsphäre bedacht. Er hat da draußen eine Geheimnummer, und die habe ich nicht.«

»Wie kommen wir denn da hin? Ist es weit?«

»Mit dem Fahrrad zwanzig Minuten.«

»Und wo kriege ich jetzt ein Fahrrad her?«

»Zehn Minuten, wenn wir das Taxi da nehmen.« Petra winkte dem Fahrer bereits zu.

56

SEINEM ALTER UND seinen diversen Gebrechen zum Trotz war und blieb Lankau durch und durch Soldat. Er hatte den vollen Überblick über die Situation. Nachdem Arno von der Leyen weggefahren war, blieb ihm nichts anderes übrig, als zu warten. Er hatte sich befreit und Stich gewarnt – jetzt wartete er ab. Die größte Tugend eines Soldaten.

Er saß im Schutz der Dunkelheit am Fenster zur Straße hin und ließ seinen Gedanken freien Lauf. Nicht zum ersten Mal tauchten die Berge Boliviens vor seinem inneren Auge auf und lockten ihn mit ihren schier unendlichen Möglichkeiten. Arbeitskraft, die händeringend auf Aufträge hoffte, ausgelaugtes, vernachlässigtes Land, das für wenig Geld zu haben war. Der Rio Marmoré sowie dunkelhäutige, unterwürfige Kreolen waren bei seiner letzten Jagd seine ständigen Begleiter gewesen. Da hatte er die Entscheidung gefällt. Der Wechsel der Vegetation, die im Boden schlummernden Mineralvorkommen, die Kneipen in San Borja und Exaltación, in denen die Luft zum Schmelzen heiß war und wo aus den Musikboxen auf wundersame, knisternde Weise heimische Töne und die wunderbare Stimme Elisabeth Schwarzkopfs erschallten.

Das sollte seine Zukunft werden.

Sein Entschluss stand jetzt, nachdem Arno von der Leyen aufgetaucht war, unumkehrbar fest, und die Umsetzung in die Tat rückte in greifbare Nähe. Sobald diese Angelegenheit hier überstanden war, würde er die Vorbereitungen zur Auswanderung treffen.

Den letzten Schritt in die endgültige Sicherheit würde er leichten Herzens gehen.

Lankau lächelte. Er fand es ungewohnt, aber schön, so ganz allein in einem stockdunklen Haus zu sitzen. Es bestärkte ihn in seinen Entscheidungen und intensivierte seinen Hass und die ungeheure Energie, die entstand, wenn man sich allein auf seinen Hass konzentrierte.

Sein Auge brannte, die Schulter tat ihm weh, und dort, wo die Schnur in Arme und Beine eingeschnitten hatte, pochten rote Streifen. Auch eine Beule am Kopf hatte er sich zugezogen, als der Stuhl unter ihm zusammengebrochen war. Doch er freute sich schon darauf, es Arno von der Leyen heimzuzahlen.

Lankau war überzeugt, dass er zum Weingut zurückkehren würde.

Also wartete er und gab sich abwechselnd seinem gegenwärtigen Hass und den Bildern von einer verheißungsvollen Zukunft mit jungen Mestizinnen und dem schweren Duft von Zuckerrohr, Kakao und Kaffee hin.

Im Haus war alles unverändert, seit Arno von der Leyen es verlassen hatte. Bis auf eine kleine Lampe im Hof, die immer brannte, lag das Haus im Dunkeln. Jenseits des zur Straße hin gelegenen Weinbergs tauchten hin und wieder unvermittelt Lichtkegel vorbeifahrender Autos auf. Sie erhellten für wenige Sekunden Lankaus Jagdtrophäen und ließen sie gespenstisch lebendig und unheilvoll wirken.

Als das Auto auf der Landstraße das Tempo verringerte, wusste Lankau sofort, dass er Besuch bekommen würde. Mit laufendem Motor hielt es bei dem Schild in der Einfahrt, die Scheinwerfer waren direkt auf das Haus gerichtet. Dann fuhr es rückwärts zurück auf die Straße und verschwand wieder in Richtung Freiburg.

Zufrieden biss Lankau noch einmal von seinem Apfel ab und legte ihn langsam kauend auf die Fensterbank. Er zog sich hinter den Vorhang zurück und beobachtete die Landstraße. In der Zufahrt tat sich nichts. Vielleicht hatte doch einfach nur jemand gewendet. Trotzdem musste er weiterhin mit allem rechnen. Möglich war schließlich auch, dass der Wagen jemanden abgesetzt hatte. Im besten Falle Kröner und Stich.

Eine Ewigkeit verstrich.

Die beiden zögerlichen Gestalten sah er erst, als sie schon den Hof überquerten. Verwundert verließ er seinen Posten am Fenster. Da draußen gingen Petra Wagner und eine fremde Frau. Dann hatte Kröner also kein Glück gehabt.

Lankau tastete sich langsam von einem Fenster zum nächsten. Die immer wieder von vorbeifahrenden Autos erleuchtete Szene da draußen wirkte völlig normal und vertraut.

Die Frauen waren alleine.

Sie rüttelten an der Haustür und öffneten sie vorsichtig. Im selben Augenblick knipste er die Wandlampe beim Sofa an.

»Wer ist da?«, rief er und schob sich ein kurzes Messer mit zweischneidiger, breiter Klinge in den Kniestrumpf.

»Petra Wagner! Ich bin's, Petra! Ich habe eine Freundin dabei!« Lankau kniff die Augen zusammen, als sie das große Licht im Flur anmachten. Petra erschien in der Tür, und es sah fast so aus, als bedeutete sie ihrer Begleiterin, zu schweigen. Lankau war von dem grellen Licht geblendet und musste blinzeln. Seit seiner Konfrontation mit Arno von der Leyen im Taubergießener Sumpf spielte sein gesundes Auge ihm bei plötzlicher Veränderung der Lichtverhältnisse Streiche.

Darum war er nicht sicher, ob er richtig gesehen hatte.

»Petra!« Er rieb sich die Augen. »Was für eine Überraschung!«

Sie zuckte zusammen. Als sie herausgehört hatte, wo er sich befand, lächelte sie entschuldigend.

Mit seinen kurzen Fingern strich Lankau sich durch das dünne Haar. »Was verschafft mir die Ehre?«, fuhr er fort und reichte Petra die Hand.

Sie machte sich gleich zur Wortführerin, auch, als er die

fremde Frau begrüßte. »Entschuldige, dass wir hier so hereinplatzen. Das ist meine Freundin Laura, von der ich dir schon mal erzählt habe. Die Taubstumme.« Die fremde Frau lächelte und sah ihm ständig auf den Mund. »Haben wir dich gestört?« Petra hielt sich eine Hand vor die Brust. »Puh! Es war alles so dunkel hier! Da bin ich eben richtig erschrocken.«

»Kein Grund zur Panik, Petra.« Lankau stopfte sich das Hemd in die Kniehose. »Ich war bloß eingeschlafen. Das konntet ihr ja nicht wissen.«

Irgendwie passten Petra und diese fremde Frau nicht zueinander. Und Petra hatte ganz bestimmt noch nie von einer Freundin namens Laura erzählt – schon gar nicht von einer, die taubstumm war. Petra Wagner sprach so gut wie nie über den Teil ihres Privatlebens, der nichts mit Gerhart zu tun hatte. Wenn sie mit Arno von der Leyen unter einer Decke steckte, dann hatte der sie hierher geschickt. Das war durchaus eine Möglichkeit.

Dann lag er vielleicht da draußen in der Dunkelheit auf der Lauer.

»Ich hatte deine Telefonnummer nicht.« Petra zuckte mit den Achseln. »Und zu Hause war auch keiner von euch. Da dachte ich, komm ich halt einfach hier heraus.«

»Und siehe da – ich bin hier. Was kann ich für dich tun?«

»Sind Kröner und Stich hier?«

»Nein. War das alles, was du wissen wolltest?«

»Ich möchte wissen, was auf dem Schlossberg passiert ist.«

»Warum?«

»Weil ich sichergehen will, dass Arno von der Leyen für immer weg ist. Sonst komme ich nicht zur Ruhe.«

»Ach, nein?« Lankau lächelte.

»Ist er tot?«

»Tot?« Lankaus Lachen klang wie Prahlen. Versuchte Petra gerade, ihn in eine Falle zu locken? Das würde ihr nicht gelingen. »Nein, tot ist er ganz bestimmt nicht!«

»Und? Wo ist er jetzt?«

»Keine Ahnung. Hoffentlich in einem Flugzeug irgendwohin möglichst weit weg von hier.«

»Das verstehe ich nicht. Er war doch auf der Suche nach Gerhart. Was ist denn auf dem Schlossberg passiert?«

»Was da passiert ist? Das weißt du doch. Er hat seinen Gerhart gefunden.« Lankau lächelte, als er ihren verständnislosen Blick sah, und klatschte in die Hände. »Was soll schon passiert sein? Mein ältester Sohn hat heute Nachmittag ein kleines Messingschild graviert. Inschrift: ›Zum Gedenken an die Opfer des Bombenangriffs auf Freiburg im Breisgau am 15. Januar 1945‹. Das hat er an einem kleinen Pfosten befestigt, und den hat er beim Säulengang in den Erdboden geschlagen.« Lankau lächelte immer noch. »Ist wahnsinnig geschickt, mein Rudolph!«

»Und dann?«

»Dann hat er den Pfosten zwei Stunden später wieder ausgegraben. Jemand hatte ein paar Blumen davor abgelegt. Rührend, oder?« Lankau grinste. Die Frauen sahen ihm direkt in die Augen. Seine Erfahrung sagte ihm, dass es kaum möglich war, zu zweit eine homogene Lügengeschichte aufzutischen. Und erst recht nicht, wenn es sich um Frauen handelte. Wenn Arno von der Leyen tatsächlich irgendwo da draußen lag und auf eine günstige Gelegenheit wartete, würde Lankau es den Frauen ansehen. Dann wären sie nämlich deutlich wachsamer, würden häufiger um sich blicken. Und sie wären angespannter. Lankau war sich jetzt sicher, dass er mit ihnen alleine war – was aber nichts an der Tatsache änderte, dass er ihnen nicht über den Weg trauen konnte. Nur Petras Anflug von einem Lächeln sah echt aus.

Sie wirkte erleichtert.

»Wann hat Rudolph das Messingschild denn wieder abgeholt?«, wollte sie wissen.

»Wieso fragst du?«

»Weil wir so gegen sechs da oben waren, und da war nichts zu sehen.«

»Dann hat Rudolph eben sehr gründlich aufgeräumt. Ist ein guter Junge. Und warum wart ihr da?«

»Aus demselben Grund, aus dem wir jetzt hier sind. Wir wollten erfahren, was passiert ist. Sonst können wir nicht zur Ruhe kommen.«

»Wir?«

»Na ja, ich meine natürlich *ich*. Sonst kann *ich* nicht zur Ruhe kommen.« Sie korrigierte sich für Lankaus Geschmack ein wenig zu betont. »Aber so etwas färbt ja immer auch auf die anderen ab. Laura ist gerade zu Besuch«, fuhr sie fort. »Sie wohnt bei mir.«

»Und wie viel weiß diese Laura, wenn ich fragen darf?«

»Gar nichts, Horst. Absolut gar nichts, da brauchst du dir keine Sorgen zu machen. Sie bekommt auch sonst nicht so besonders viel mit, weißt du.« Petra lächelte so ungezwungen, dass Lankau ihr das abnehmen konnte.

»Warum hast du denn nicht einfach bei Stich oder Kröner angerufen?« Lankau betrachtete sie sehr genau. Ihr Hals war äußerst schlank, wie ihm auffiel. Die Adern zeichneten sich deutlich ab. »Sie hätten dir sagen können, was auf dem Schlossberg passiert ist.«

»Habe ich ja versucht. Ich habe dir doch gerade gesagt, dass keiner von ihnen zu Hause war. Bei Stich ging Andrea ans Telefon, die hat überhaupt nichts gesagt. Kennst sie ja.« Sie ließ den Blick über die Wände und die Trophäen wandern. Lankau hatte dafür gesorgt, dass alles ganz normal aussah, bis auf einen unordentlichen Haufen Brennholz neben dem Ofen. Der hätte Petra auffallen können, genauso wie das Fehlen von Lankaus großem Eichenholz-Stuhl. In Einzelteile zerlegt nahm er deutlich weniger Raum ein. »Aber wo sind Stich und Kröner denn dann?«, fragte sie schließlich. »Weißt du das?«

»Nein.«

Petra breitete die Arme aus, sah zu der hochgewachsenen Frau, dann wieder zu Lankau und lächelte. »Was für eine Erleichterung. Danke. Dann brauche ich mir zumindest wegen Arno von der Leyen keine Gedanken mehr zu machen. Würdest du uns bitte ein Taxi rufen, Horst? Wir haben unseres eben wieder nach Freiburg geschickt.«

»Selbstverständlich.« Der Breitgesichtige erhob sich leise stöhnend. Ganz gleich, wie die Dinge sich entwickeln würden – es gab da eine unbekannte Größe zu viel in diesem Spiel. Die Taubstumme würde sicher vermisst werden, wenn er sie beide eliminierte. Vielleicht hatte sie ja Familie. Die Gelegenheit war mehr als günstig, aber es blieb ihm nichts anderes übrig, als sich zurückzuhalten. Gerhart Peuckert und Petra Wagner konnte er im Notfall auch später noch beseitigen. Eine tragische kleine Geschichte – das würdige Ende einer hoffnungslosen Liebe – Romeo und Julia in unserer kalten, herzlosen Zeit. Aber die Geschichte war noch nicht zu Ende. Die Taubstumme hatte in dem letzten Kapitel nämlich nichts zu suchen. Er musste die beiden wohl oder übel ziehen lassen.

»Wo ist eigentlich dein Auto, Horst? Wie bist du hierher gekommen?«, fragte Petra ungewohnt direkt.

Eine ganz einfache Frage. Lankau hätte einfach lächeln und »Genau wie ihr, liebe Petra!« antworten können. Doch er war einen kurzen Moment verwirrt, fühlte sich durchschaut und zögerte mit der Antwort. Ungläubig sah er die zierliche Frau an und legte den Hörer zurück auf die Gabel.

»Du stellst viele Fragen, Petra.« Sie fixierten einander, dann lächelte sie und zuckte verlegen mit den Achseln. »Dabei hätte ich viel lieber mal ein paar Antworten von dir«, fuhr er fort. Die hochgewachsene Frau hinter Petra wich zurück, als sie seinen finsteren Blick sah. »Warum behauptest du, dass du mir von der Frau da erzählt hast? Das stimmt doch gar nicht.« Er machte einen schnellen Schritt auf Petra zu, deren Miene sich sofort veränderte. »Ist sie wirklich taub? Ich meine nämlich, gesehen zu haben, wie du in ihre Richtung den Finger vor den Mund gelegt hast, als ihr hereinkamt.« Er machte einen letzten Schritt auf sie zu. Leicht wie eine Feder ließ sie sich beiseiteschieben. Die stumme Frau hielt sich schützend die Arme und die Handtasche vors Gesicht. Vergebens. Eine einzige Ohrfeige reichte, um sie wortlos zu Boden gehen zu lassen.

Bewusstlos blieb sie liegen.

»Wo willst du hin?« Noch bevor Petra die Tür erreicht hatte, schlossen sich seine Finger eisern um ihr Handgelenk.

»Was tust du da, Horst? Was ist denn mit dir los?« Sie wollte sich losreißen. »Lass mich los und beruhige dich!« Er ließ sie los und schob sie hinüber zu der am Boden liegenden Frau.

»Wer ist das?«, fragte er und zeigte auf Laureen.

»Laura. Also, wir nennen sie Laura, aber eigentlich heißt sie Laureen.«

»Gib mir ihre Tasche.«

Petra seufzte und entwand die Tasche Laureens schlaffen Armen. Lankau fand, die Tasche war schwerer, als sie in den Händen der zierlichen Petra gewirkt hatte.

Er breitete den üppigen Inhalt der Tasche auf der Anrichte neben der Tür aus. Zielstrebig fischte er eine vielversprechend dicke, rotbraune Brieftasche aus dem Durcheinander.

Lankau blätterte sich durch die vielen bunten Kreditkarten. Es stimmte, dass die Frau Laureen hieß. Laureen Underwood Scott. Ausgiebig studierte Lankau Namen und Anschrift. Weder das eine noch das andere sagte ihm etwas.

»Deine Freundin ist Engländerin.« Lankau winkte mit einer Kreditkarte.

»Sie wohnt aber hier in Freiburg. Ist englischer Abstammung und mit einem Engländer verheiratet.«

»Unglaublich, heute wimmelt es ja geradezu vor Engländern, findest du nicht?«

»Sie ist keine Engländerin, habe ich doch gerade gesagt!«

Lankau kippte das Portemonnaie aus. Zwischen den vielen

Quittungen fand er ein Passfoto. Petra hielt die Luft an. »Sieht aus, als hätte sie eine Tochter«, bemerkte er. »Du weißt doch bestimmt, wie sie heißt?«

»Sie heißt Ann.«

Lankau studierte kurz die Rückseite des Fotos, brummte etwas und stellte sich dann unter die Deckenlampe im Flur, um sich das Bild etwas eingehender anzusehen. »Und woher kennst du diese Laureen? Und wieso hast du sie hierher mitgenommen?« Unvermittelt drehte er sich zu Petra um und packte sie grob bei den Oberarmen.

»Wer ist sie, Petra? Was hat sie mit Arno von der Leyen zu tun?« Sein Griff wurde noch fester. Petra stöhnte auf vor Schmerz.

»Lass mich los!« Sie versuchte, die Tränen zurückzuhalten, und sah ihn trotzig an. »Nichts, verdammt noch mal! Und jetzt lass mich los!«

Es war ein ungleicher Kampf gewesen. Der kräftige Mann strich sich über den Nacken und streckte den Hals. Er kannte das unangenehme Gefühl vom Golf, wenn er schief abgeschlagen hatte. Das machte sich immer direkt in der Nackenmuskulatur bemerkbar. Aber die Schmerzen würden binnen weniger Stunden verschwinden. Der Widerstand, mit dem die zierliche Petra Wagner seine Schläge abzuwehren versucht hatte, war nicht der Rede wert gewesen.

Er hätte genauso gut ins Leere schlagen können.

Die hochgewachsene, stumme Frau fesselte er an einen Stuhl, nicht unähnlich dem, auf dem er selbst festgebunden gewesen war, und platzierte sie genau da, wo von der Leyen ihn zurückgelassen hatte. Er zurrte die Schnur um ihre Fußgelenke sehr fest, doch sie rührte sich nicht.

Sie war noch immer bewusstlos.

Er lud sich die benommene Petra auf die Schulter. Auf dem Weg nach draußen legte er im Hauswirtschaftsraum den

Hauptschalter für das Nebengebäude um. Die Lampe im Hof erlosch, sodass nun der Sternenhimmel über ihnen zu sehen war.

In der Mitte des Nebengebäudes stand sein ganzer Stolz. Zweihundert Flaschen guten Weißwein im Jahr, mehr ergab seine Ernte nie. Aber letztes Jahr hatte er in einem Anfall von Habsucht eine Traubenmühle angeschafft, die eines deutlich größeren Weingutes würdig wäre. In wenigen Wochen würde sie wieder gereinigt und in Betrieb genommen werden. Doch zuvor eignete sie sich hervorragend, um Petra, die noch immer nicht wieder richtig zu sich gekommen war, daran festzubinden. Lankau zupfte an dem Tuch, mit dem er ihr den Mund zugebunden hatte. Es saß ziemlich stramm.

»Wenn du einfach ganz ruhig liegen bleibst, wird es schon gehen«, sagte er und schlug mehrfach auf die gewaltige, waagerechte Schraube, auf der Petra nun lag. Sie wusste sicher, wozu diese Schraube diente – das wusste in einer Weingegend wie dieser jedes Kind. Die Schraube riss die Trauben an sich und presste sie bis auf den letzten Tropfen aus. »Dann verletzt du dich auch nicht an den scharfen Schraubenkanten, Petralein.« Und dann hob er die Hand und zog zu ihrem Entsetzen an einem Relais. Sie schloss die Augen. »Nun mal keine Panik, Petralein. Solange der Hauptschalter ausgeschaltet ist, passiert dir gar nichts. In ein paar Stunden ist alles überstanden. Fürs Erste liegst du perfekt hier. Und dann werden wir weitersehen.«

Auf dem Weg zurück zum Haus sog Lankau die kühle Nachtluft tief ein. Jetzt würde es hoffentlich bald Herbst werden.

Vor gerade mal zwei Stunden hatte er gute Lust gehabt, noch ein bis zwei Bockgeweihe an der Wand aufzuhängen.

57

DIE ERKENNTNIS WAR FÜR ihn ein Schock: Laureen befand sich in Freiburg.

Im Bruchteil einer Sekunde war er wieder in der grausamen Wirklichkeit angekommen. Bryan holte tief Luft und gab Gas. Ab sofort musste er vom Schlimmsten ausgehen. Sein Entschluss, die Ereignisse in Freiburg einfach hinter sich zu lassen und in sein altes Leben zurückzukehren, war hinfällig – offenbar wollte das Schicksal es anders. Was er eben von Bridget erfahren hatte, ließ ihn frösteln.

Schrecklich. Von nun an waren nicht mehr nur er und die Männer, die ihn jahrzehntelang bis in seine Träume verfolgt hatten, in die Geschichte verwickelt, sondern auch das unbeholfenste und wehrloseste Wesen, das er sich vorstellen konnte. Und zu allem Überfluss war aus der absurden Situation blutiger Ernst geworden. Er hätte Laureen Bescheid sagen müssen. Das schlechte Gewissen brannte unter seiner Haut. Wenn ihr etwas zustieß, war es allein seine Schuld.

Laureen hatte auf ihm unerklärliche Weise herausgefunden, wo er war. Und jetzt musste er sie so rasch wie möglich finden – bevor die Simulanten es taten.

Die Bedingungen waren denkbar ungünstig. Die einzigen Vorteile auf seiner Seite waren, dass er noch frei war, Stichs richtige Adresse kannte, Lankau in seiner Gewalt und eine geladene Waffe im Hosenbund hatte.

Vom Hotel Colombi waren es mit dem Auto nur wenige Minuten bis zum Holzmarkt und zur Luisenstraße. Zu wenige, um Bryan in einer solchen Situation das Gefühl zu geben, den Überblick zu haben und gut vorbereitet zu sein.

Vielleicht sollte er doch die Polizei um Hilfe bitten? Aber wer würde ihm schon eine solche Geschichte abkaufen? Zumal seine Anschuldigungen sich gegen einige der angesehensten und unbescholtensten Bürger der Stadt richteten. Es würde zu lange dauern, den Beamten eine zusammenhängende, glaubwürdige Geschichte zu präsentieren.

Viel zu lange.

Bryan schüttelte den Kopf. Er kannte die Spielregeln. Ganz gleich, wo in der Welt man sich befand – die Polizei hielt sich immer an die vor Ort geltenden Spielregeln. Die Männer, mit denen er sich angelegt hatte, besaßen in Freiburg Rang und Namen. Denen konnte man nicht einfach etwas anhängen. Die Pistole mitsamt Schalldämpfer sowie der gefesselte Lankau waren auch nicht gerade Indizien, die in diesem Spiel für Bryan sprachen. Und wenn dann endlich, womöglich notgedrungen, Hilfe auf den Weg gebracht würde, wären alle Beteiligten sicher schon längst über alle Berge.

Zum dritten Mal binnen zweier Tage stand er in der Luisenstraße und sah zu der Wohnung hinauf. Nirgendwo brannte Licht. Eine dunkle Ahnung, vergeblich hergekommen zu sein, machte sich in ihm breit. Eingehend betrachtete er die Fassade.

Da blieb sein Blick an einer Kleinigkeit hängen: Bryan sah von Fenster zu Fenster. Überall standen drei sorgsam arrangierte Topfpflanzen zwischen Fensterscheibe und Gardine. Aber in einem Fenster standen sie anders. Je genauer er hinsah, desto »verkehrter« wirkte dieses eine Fenster. Dabei war der Unterschied minimal: In allen anderen Fenstern stand eine weiße Geranie in der Mitte, flankiert von zwei roten. In diesem Fenster neigten sich die roten Blumen einander zu, während die weiße ganz für sich allein stand. Bryan schüttelte den Kopf. Blödsinn, sagte er sich. Das musste gar nichts bedeuten. Er wusste nur, dass es ihn beunruhigte.

Da oben wohnte Peter Stich. Der Kopf der Simulantenclique. Bryan zweifelte keine Sekunde daran, dass es Stich gewesen war, der Lankau auf den Schlossberg geschickt hatte, um ihn umzubringen. Die Simulanten hatten ihr Handwerk nicht verlernt.

Mit seinem Auftauchen hatte Bryan Kröner und Stich aufgescheucht. Möglich, dass sie sogar Angst vor ihm hatten. Und wenn sie herausfanden, dass Laureen seine Frau war, würden sie keine Gnade kennen.

Lankau saß erst einmal fest. Von Kröner aber konnte man vermutlich das Schlimmste erwarten. So zärtlich er auch im Umgang mit seinem Sohn gewirkt hatte – er war ein kaltblütiger Mörder. Hier in dieser Stadt konnte alles Mögliche schieflaufen. Die drei kannten Freiburg wie ihre Westentasche. Sie waren jetzt zwar nur noch zwei – aber Bryan war allein. Sie waren sicher gut bewaffnet. Lankaus Mordversuch war gescheitert, das würden Stich und Kröner wissen. Schließlich hatte Stich Bryan ja bei Kröners Haus gesehen.

Bryan machte sich keine Illusionen.

Der alte Mann hatte den nächsten Spielzug bereits vorbereitet, indem er ihm sehr genau beschrieben hatte, wie er am besten zur Längenhardstraße kam. Höchstwahrscheinlich erwartete man ihn irgendwo auf der empfohlenen Strecke.

Wenn Bryan den Anweisungen folgte, musste er wachsam sein.

Hatte er denn eine Wahl? Wenn er sich nicht sehr täuschte, würde Stich ihn zu Laureen führen.

Bryan sah noch einmal hinauf zur Wohnung. Waren jetzt nicht eigentlich die Simulanten am Zug? Vielleicht konnte er in der Wohnung im zweiten Stock etwas finden, was ihm einen dringend benötigten Vorsprung verschaffte.

Er überquerte die Straße, klingelte an der Tür und eilte zurück in den Schutz der Bäume. In der Wohnung blieb es dunkel. Er wartete.

Es sah ganz so aus, als sei niemand zu Hause. Vielleicht nahmen sie bereits ihre Positionen für den weiteren Spielverlauf ein.

Stich wohnte fast schon zu zentral. Der Holzmarkt und die angrenzenden Straßen waren an diesem frühen Abend trotz der geschlossenen Geschäfte belebt – samstags gingen die Menschen aus.

Bryan sah sich um. Ständig neue Gesichter, mal munter, mal gehetzt. Doch nach zwanzig Minuten war er allein in der Luisenstraße.

Soweit er das beurteilen konnte.

Denn obwohl es nicht danach aussah, musste er doch davon ausgehen, dass man ihn beobachtete. Vielleicht sogar von verschiedenen Positionen aus. Die Baumkronen schützten ihn lediglich davor, von oben observiert zu werden. Er überquerte die Straße und ging halb um das Gebäude herum auf den Hof.

Dort herrschte finstere Nacht. Die Silhouetten der zypressenähnlichen Gewächse und der Eiben bildeten ein hervorragendes Versteck. Bryan drückte sich mit dem Rücken gegen die Mauer eines kleinen Schuppens im Hofgarten, wo er so lange verharrte, bis er sich an die Dunkelheit und die Geräusche gewöhnt hatte. Die dunkle Rückseite des Gebäudes eignete sich nach seiner Einschätzung perfekt, um sich Eintritt zu verschaffen.

Die Sache hatte bloß einen Haken.

Wenn ihn jemand oben in der Wohnung erwartete, würde man davon ausgehen, dass er von dieser Seite kam.

Die Tür zur Hintertreppe war verschlossen. Bryan rüttelte daran und blickte dann wieder nach oben. Im Haus rührte sich nichts. Rechts unten vom Treppenhaus waren alle Fenster mit weißen Halbgardinen versehen. Bryan stellte sich auf die Zehenspitzen und versuchte, über die Gardine im Erdgeschoss ins Haus zu sehen. Um wirklich etwas zu erkennen, war es zu dunkel, aber er vermutete, dass es sich um die Küche handelte. Er blickte noch einmal an der Fassade nach oben.

Das zwischen den Küchenfenstern und der Hintertreppe verlaufende Fallrohr machte einen stabilen Eindruck. Er umfasste es mit beiden Händen und rüttelte daran. Es wäre nicht das erste Mal, dass ein Fallrohr ihm weiterhalf. Plötzlich sah er wieder das Dach des Lazaretts vor sich. Das schien Jahrhunderte her zu sein.

Das Rohr war schön griffig. Trocken und solide. Mit den Armen zog er sich nach oben, mit den Beinen stützte er sich ab.

Es war schwieriger, als er gedacht hatte.

Sein Herz schlug gefährlich schnell und heftig, die Zehenspitzen taten ihm weh. Jede Etage war mindestens drei Meter hoch. Er hatte noch einiges vor sich.

Als er den zweiten Stock erreichte, waren seine Finger taub. Als er sich in Richtung des Küchenfensters lehnte, knackten die Halterungen der Regenrinne über ihm bedenklich. Er drückte gegen die untere Scheibe des Küchenfensters. Nach mehreren fruchtlosen Versuchen wandte er sich dem etwas tiefer liegenden Treppenfenster zu, dessen Rahmen sich als morsch und nachgiebig erwies. Mit der glatten Handfläche übte er vorsichtig, aber beherzt Druck auf die Scheibe aus, die sich zunächst bog und dann zersprang.

Der Lärm war gewaltig.

Er öffnete das Fenster und kletterte ins Haus.

Auf der Hintertreppe war es feuchtkalt, und als Bryan sich die paar Stufen zum nächsten Absatz hinauftastete, fiel etwas Putz von den Wänden. Die Hintertür war verschlossen. Vorsichtig stieß er mit dem Fuß gegen die untere Türecke. Sie gab ein klein wenig nach. Dann drückte er auf der Höhe des Schlosses gegen die Tür. Hier war der größte Widerstand. Bryan versuchte, die Stabilität der schmalen Tür einzuschätzen.

Ihn schauderte.

Und wenn nun auf der anderen Seite der Tür bereits jemand auf ihn wartete?

Ein riskantes Unterfangen. Bryan brach der Schweiß aus. Er zog die Pistole aus dem Hosenbund.

Eine Sekunde später lag er auf dem Holzboden und wand sich vor Schmerzen. Der große Zeh tat höllisch weh. Viel Lärm hatte sein Einbruchversuch nicht gemacht, und viel Wirkung hatte er auch nicht gezeigt.

Bryan spitzte die Ohren. Das Einzige, was er hören konnte, war sein eigenes unterdrücktes Wimmern. Sonst geschah nichts.

Mühsam rappelte er sich auf und drückte mit dem nicht schmerzenden Fuß immer wieder unten gegen die Tür.

Und tatsächlich gab sie irgendwann einfach nach. Bryans Blick fiel in einen dunklen Raum. Er wartete zwei Minuten draußen auf der Treppe, dann warf er die Fußmatte nach innen.

Immer noch nichts.

Der Geruch in der Küche war undefinierbar – muffig und scharf. Er schaltete die Leuchtstoffröhre ein, das kalte Licht blendete ihn. In der Küche schien die Zeit stehen geblieben zu sein. Tellerborde, kühles Grün, Emailletöpfe und dicke, verkratzte Arbeitsflächen. Eine Butterdose und eine Packung Kekse standen noch auf dem Küchentisch. Bryan verließ die Küche, tastete im dunklen Flur nach dem Lichtschalter und betätigte ihn.

Doch es blieb dunkel. Bryan war das nicht geheuer. Er drückte sich gegen die Wand und richtete die Pistole in die dunkle Wohnung. Das Licht der Neonröhre erhellte das nächste Zimmer genug, um einen runden Tisch mit Plastiktischdecke sichtbar werden zu lassen, auf dem ein Teller mit vier Keksen stand.

Von einem hatte jemand abgebissen.

Bryan schluckte ein paarmal, seine Mundhöhle war staubtrocken. Die Wohnung wirkte, als habe man sie fluchtartig verlassen. Die Stille und das nicht funktionierende Licht waren unheilvolle Zeichen. Mit der freien Hand wischte sich Bryan den Schweiß von der Stirn, dann schob er die Hand durch den Türspalt zum Nachbarzimmer, tastete den Rahmen ab und fand dann den Bakelitschalter. Er hörte das Klicken, aber auch hier ging das Licht nicht an.

Ohne weiter darüber nachzudenken, stieß er die Tür weit auf und ging ohne abzuwarten im Schein der Straßenbeleuchtung in den nächsten Raum. Er stolperte über etwas Weiches.

Nervös sah er sich nach seinem Gegner um, aber niemand zeigte sich. Als er den Blick zum Boden senkte, schaute er direkt in die weit aufgerissenen Augen einer toten Frau.

Es dauerte mindestens fünf Minuten, bis Bryan sich wieder gefasst hatte. Vor ihm lagen zwei leblose, aber noch warme Körper. Die Frau kannte er nicht, doch der Mann, an den sie sich klammerte, war der rotäugige Stich. Beide waren tot.

Das Licht von der Straße reichte aus, um sich zu vergewissern. Die Mienen der beiden waren von Krämpfen gezeichnet. Die starren Augen schimmerten matt.

Im Mund des Rotäugigen steckte noch immer das, was ihn getötet hatte. Darum also funktionierte das Licht nicht. Bryan sah das Kabel und konnte nun auch den Geruch nach verschmortem Fleisch einordnen. Ihm wurde übel. Stich hatte in seinem Leben stets Angst und Schrecken verbreitet – jetzt war er selbst eines qualvollen Todes gestorben.

Und seine Frau hatte er mitgenommen.

58

WENN ICH ZUM WEINGUT komme, lasse ich den BMW draußen an der Landstraße stehen, beschloss Bryan auf der Fahrt aus der Stadt hinaus. Sicher war sicher. In der vergangenen Stunde hatte er einfach zu viel durchgemacht – und dabei überhaupt nichts erreicht.

Laureen und Petra waren wie vom Erdboden verschluckt.

Er hatte Stichs Wohnung vorsichtig durchsucht und dabei viele unangenehme Entdeckungen gemacht. Selbst im dürftigen Licht seines Feuerzeuges war die Beweislast bezüglich Peter Stichs wahrer Identität eindeutig gewesen. Schublade für Schublade, Regal für Regal, Zimmer für Zimmer offenbarte sich die düstere Vergangenheit des alten Mannes, eine Vergangenheit, in der er bis heute gelebt hatte. Bilder von Toten, von Waffen, Orden, Flaggen, Bannern, Reliefs, von Statuen, Zeitschriften, Büchern und noch mehr Bilder von noch mehr Toten.

Unbemerkt hatte Bryan Stichs Wohnung wieder verlassen. Von der Luisenstraße war er zielstrebig zu Kröners Villa gefahren, die er bereits zweimal observiert hatte. Dies würde mit Sicherheit sein letzter Besuch sein.

In Kröners großem Garten war es stockdunkel gewesen, als Bryan sich dem Haus genähert hatte. Das einzige Lebenszeichen war das schwache Licht einer Lampe im ersten Stock.

Ansonsten wirkte das Anwesen tot.

Er hatte ein paarmal geklingelt und war dann wieder in den Garten gegangen, wo er ein Steinchen aufhob und gegen das Fenster im ersten Stock warf. Die Scheibe klirrte. Dann hatte er noch mehr Steinchen geworfen, immer mehr, bis der Lärm den dunklen Garten erfüllte.

Und dann war ihm schlagartig bewusst geworden, wie dumm er gewesen war.

Bryan sah aus dem Seitenfenster. Es war eine mondlose Nacht. Die Weingärten lagen wie versteckt in der Dunkelheit.

Schon bevor er die Einfahrt zu Lankaus Weingut erreichte, fiel Bryan auf, dass im Hof kein Licht mehr brannte. Als er die Scheinwerfer ausgeschaltet hatte, war es stockfinster. Er stieg aus und ging zu Fuß weiter. Nach ein paar hundert Metern kletterte er über den Graben und folgte den Weinstöcken. Im Schutz der ersten Reihe kam er dem Haus so nahe, dass er einen Blick in das Zimmer werfen konnte, in dem er Lankau auf dem Stuhl gefesselt hinterlassen hatte.

Alles war dunkel und ruhig.

In diesem Haus würde er nun noch einmal versuchen, der Wahrheit auf die Spur zu kommen. Vor zwanzig Minuten, als er um Kröners Haus gestrichen war, war ihm klar geworden, dass wohl nur Lankau ihm weiterhelfen konnte. Das große Haus in der Stadt war leer gewesen. Kröner war ausgeflogen und hatte Petra und Laureen vermutlich bereits in seiner Gewalt.

Bryan setzte sich und lauschte. Er konnte keine Anzeichen dafür entdecken, dass Kröner ihm zuvorgekommen war. Außer dem Krächzen der Vögel war es vollkommen still.

Er sah auf zum dunklen Himmel mit den vielen Sternen und schlich sich dann die letzten zwanzig Meter ungeschützt bis zur Hausecke.

59

LANKAU WAR FEST ENTSCHLOSSEN, sich diesmal nicht überrumpeln zu lassen. Nachdem er Petra auf der Traubenmühle zurückgelassen hatte, hatte er sich in der Jagdstube in die Nähe des Giebelfensters gesetzt und in die Dunkelheit gestarrt. Irgendwann wurde die stumme, auf den Stuhl gefesselte Frau etwas hysterisch. Sie war aufgeschreckt, hatte sich verwirrt in dem dunklen Zimmer umgesehen und ihre Fesseln bemerkt. Sie wand sich unter den Stricken und stöhnte. Sobald Lankau erschien, verstummte sie. Ihr Blick verriet weniger Angst und Schrecken als Verblüffung. »Na, wohl doch nicht ganz stumm, was?«, flüsterte Lankau lächelnd und kam auf sie zu. Voller Abscheu wandte sie den Kopf ab, als er den Knebel löste, der in ihre Mundwinkel einschnitt. »Wohl doch nicht ganz stumm, oder wie?«, versuchte er es auf Englisch.

»Ja, ja, du bist ganz allein«, informierte er sie abwechselnd auf Deutsch und auf Englisch. »Petralein ist nicht mehr hier. Vermisst du sie?« Lankau lachte. Doch die Frau auf dem Stuhl reagierte nicht.

»Ich würde dich so gerne noch mal etwas sagen hören, liebe Laura, oder wie auch immer du heißt.« Er hockte sich vor sie. »Wie wär's denn zum Beispiel mit einem kleinen Schrei?« Er hielt ihr die Hand vor die Nase und streckte die Finger aus. Dann packte er ihr Gesicht wie einen großen Stein, den er wegwerfen wollte. Der Schrei kam, als er noch fester zupackte. Worte entlockte er ihr aber nicht.

»Ich glaube schon, dass ich dir deine Stimme wiedergeben kann, wenn ich nur will.« Er stand auf und sah auf sie herunter. Er war sich seiner Sache vollkommen sicher. Er dachte an den Hauptschalter im Hauswirtschaftsraum – den für den Schuppen und die Traubenmühle. Sobald er ihr klarmachte, was mit Petra passierte, falls er den Schalter umlegte, würde sie schon reden. Wenn sie denn konnte.

Er zurrte den Knebel wieder fest und bezog aufs Neue Position am Fenster.

Er sah Arno von der Leyen bereits, als der unten an der Landstraße aus dem BMW ausstieg. Der Anblick der sich heranschleichenden Gestalt erfreute und erregte ihn. Langsam strich Lankau mit der Hand über den Fensterrahmen, ohne sein Opfer aus den Augen zu lassen. Seit einigen Stunden schon lag neben dem halb aufgegessenen Apfel das Messer bereit. Er schnappte es sich und schritt entschlossen auf die gefesselte Frau zu. Er überlegte kurz, wie er vorgehen sollte, und beschloss dann, sie zunächst am Leben zu lassen.

Er verpasste ihr einen Schlag gegen den Hals, direkt über dem Schlüsselbein, und sie sackte wieder bewusstlos in sich zusammen.

Der Eindringling versteckte sich hinter den Weinstöcken, sodass Lankau ihn eine Weile nicht sehen konnte. Er versuchte, weitere Bewegungen auf dem Gelände wahrzunehmen. Vergebens. Er trat vom Fenster zurück.

Obwohl es lange nicht geregnet hatte, war das Kopfsteinpflaster des Hofs leicht glitschig. Es war ihm nicht geheuer, das Haus zu betreten, ohne zu wissen, warum das Licht im Hof ausgeschaltet war. Zwar lag die Shiki Kenju entsichert in seiner Hand, aber wirklich sicher fühlte er sich nicht. Seit er in Stichs Wohnung eingedrungen war, traf er überall nur auf Dunkelheit.

Das konnte nichts Gutes verheißen.

Schon als er den ersten Schritt in den Flur machte, kam ihm etwas bekannt vor. Doch noch bevor er begriff, was es war, spürte er den tiefen Stich in seiner Seite. Er taumelte, stolperte und fiel geradeaus ins Wohnzimmer. Da war es wieder, was er zuvor geahnt hatte, intensiv und überwältigend. Irgendetwas Vertrautes lag in der Luft.

Unerwartet wurde ihm die Pistole aus der Hand getreten. Dann ging das Licht an.

Das Einzige, was Bryan über sich sah, war Lankau, umgeben vom Lichtschein der Deckenlampe. Bryan war geblendet. Instinktiv rollte er sich zur Seite und stieß gegen etwas Hartes, Unebenes. Er packte es und schleuderte es mit aller Kraft auf seinen Angreifer – Lankau ging brüllend zu Boden.

Keuchend setzte sich Bryan auf und rutschte schnell zur Wand hinüber. Langsam gewöhnten sich seine Augen an die neuen Lichtverhältnisse. Vor ihm auf dem Boden lag Lankau und starrte ihn finster an. Er hielt noch immer das Messer in der Hand, doch er benutzte es nicht: Seine kleine Wunde über der Nasenwurzel war einfach zu tief.

Bryan empfand einen stechenden Schmerz in der Seite und sah an sich herunter. Lankau hatte ihn unter der dritten Rippe erwischt. Hätte er die Klinge nur drei Zentimeter tiefer hineingestoßen, hätte sie die Lunge punktiert, fünf Zentimeter, und er wäre jetzt tot.

Er blutete nicht besonders stark, aber der linke Arm war wie gelähmt.

Kaum wurde ihm das klar, robbte Lankau bereits auf ihn zu. Bryan streckte die Hand zur Seite aus und fand noch ein Stück Holz wie das, welches er eben geworfen hatte. Bei Lankaus nächster Vorwärtsbewegung schleuderte er es auf dessen Arm, und sowohl Holzscheit als auch Messer flogen zur Seite.

»Du Schwein!«, brüllte Lankau und hievte den schweren Körper auf ein Knie. Schwer atmend sahen sie sich an. Zwischen ihnen lagen nur zwei Meter.

»Das Ding findest du nie!«, knurrte Lankau, der Bryans suchenden Blick bemerkt hatte. Bryan ließ den Blick nur noch schneller schweifen. Weder das Messer noch die Kenju konnten weit weg sein. Als er das Feuerzeug bemerkte, das er zwei

Monate zuvor seiner Frau geschenkt hatte, versteifte er sich. In mehreren kleinen Haufen lag der Inhalt ihrer Handtasche auf dem Fußboden verteilt. Bryan wandte den Kopf, bis er die Füße einer an einen Stuhl gefesselten Person entdeckte. Im selben Moment wusste er, was ihm so bekannt vorgekommen war: Laureens Parfum. Der Schock fuhr ihm in die Glieder.

Geknebelt und gefesselt, kreidebleich und mit verschleiertem Blick saß sie da.

Nur einen kurzen Moment war Bryan bei diesem schockierenden Anblick unaufmerksam, und schon hatte sich Lankau wieder auf ihn gestürzt. Er wirkte, als sei sein ganzes Wesen davon erfüllt, einem anderen Menschen Schmerzen zuzufügen. Fieberhaft versuchte Bryan, sich dieses Kolosses zu erwehren, die Wunde in der Seite schmerzte höllisch, und sein linker Arm war nicht zu gebrauchen.

Gerade als Bryan glaubte, wieder die Oberhand gewonnen zu haben, stieß Lankau ihn weg. Da saßen sie nun: ein alter Mann, der es im Töten von Menschen zur Perfektion gebracht hatte, und ein Arzt mittleren Alters, der gelernt hatte, dass man sich einzig und allein auf sein Glück verlassen musste. Beide hielten sie Ausschau nach einer Waffe.

Lankau fand als Erster, was er gesucht hatte. Alles ging so schnell, dass Bryan nicht einmal sah, wie Lankau sein Geschütz packte. Die Anrichte kippte um, die obere Kante landete direkt auf Bryans Schlüsselbein und schnürte ihm die Luft ab. Im selben Moment stürzte sich Lankau auf ihn, als seien ihm Flügel gewachsen.

Eine Faust rammte er Bryan in die Magengrube, den anderen Arm legte er ihm so fest um den Hals, dass es Bryan leicht das Genick hätte brechen können. Der Kloß in seinem Hals wuchs und wuchs. Dann stand Lankau auf und schleuderte den schwer atmenden Bryan gegen die Wand mit den Bockgeweihen. Eine der Trophäen hing in Brusthöhe. Die kleinen, scharfen Spitzen rissen Bryans Jacke auf.

Laureen schrie und Bryan sah instinktiv in ihre Richtung. In dem Moment warf sich Lankau mit seinem gesamten Gewicht auf Bryan. Eine der Geweihspitzen bohrte sich direkt neben der Wirbelsäule in Bryans Rücken. Sein Schmerzensschrei trieb Lankau nur noch mehr an.

Bryan riss die Arme hoch und griff nach einem Geweih. Mit aller Kraft riss Bryan es von der Wand und briet es Lankau über. Der bäumte sich auf und brüllte vor Schmerz, weil sich ihm eine Geweihspitze fest in den Nacken gebohrt hatte. Er taumelte ein paar Schritte rückwärts, und während er sich so auf Laureen zubewegte, begriff Bryan, dass Lankau noch einen Trumpf in der Hand hatte.

Noch bevor Bryan reagieren konnte, stand Lankau bereits hinter Laureen und legte seinen Arm um ihren Hals. Ein einziger kräftiger Ruck würde genügen, um ihr das Genick zu brechen.

Schwer atmend versuchte Lankau, sich mit der linken Hand das Geweih aus dem Nacken zu ziehen, dabei ließ er Bryan nicht aus den Augen. Bryan stieß sich von der Wand ab.

»Du bleibst, wo du bist!«, schrie Lankau. »Eine falsche Bewegung, und ich breche ihr den Hals!«

Bryan wusste, dass es sich nicht um eine leere Drohung handelte.

»Hol die Schnur da drüben.«

Bryan spürte, wie ihm das Blut aus den Wunden lief, und konnte nur hoffen, dass er nicht verbluten würde.

»Und jetzt möchtest du wahrscheinlich, dass ich mich selbst fessele, ja?«

»Zuerst die Füße, du Schlauberger!«

Mühsam bückte sich Bryan. »Dir ist schon klar, dass du nicht ungeschoren davonkommen wirst?«

»Und wer sollte wohl dafür sorgen?«

»Man weiß, dass ich hier draußen bin!«

Spöttisch sah Lankau ihn an. »Ach, weiß man das? Wirklich? Steht da draußen am Ortsrand von Münstertal vielleicht eine ganze Kavallerie bereit?« Er lachte. »Und genau in diesem Moment hat bereits ein Scharfschütze auf mich angelegt? Köstlich, wirklich köstlich!«

»Ich habe dem Portier in meinem Hotel gesagt, wo ich heute Abend sein werde.«

»Ach, ja?« Höhnisch sah Lankau ihn an. »Na, dann vielen Dank für die Information, Herr von der Leyen. Da müssen wir uns eben eine gute Erklärung für deinen Abgang einfallen lassen. Aber das sollte uns nicht allzu schwerfallen, schätze ich.«

»Mein Name ist nicht von der Leyen, ist das so schwer zu begreifen?«

»Am besten, du fesselst dir jetzt endlich die Füße und quatschst keine Opern!«

»Du weißt, dass sie meine Frau ist, stimmt's?«

»Aber ja! Und dass sie taub ist zum Beispiel auch. Und stumm! Und ich weiß, dass sie Laura genannt wird, in Wirklichkeit aber Laureen heißt, und dass sie zwar aus Freiburg stammt, es aber vorzieht, in Canterbury zu wohnen. Und du wohnst wohl ganz zufällig auch in Canterbury, ja?«

»Ich habe mein ganzes Leben in Canterbury gelebt. Bis auf ein paar Monate während des Krieges, und du weißt verdammt genau, wo ich da war!«

»Ach, und jetzt wolltet ihr beiden Turteltauben mal einen kleinen Ausflug hierher machen. Wirklich reizend!« Sein Lächeln erstarb und er holte tief Luft. »Bist du endlich fertig mit deinen Füßen?«

»Ja.«

»Dann steh auf, nimm den Rest von der Schnur und hüpf zum Tisch rüber. Ich will sehen, ob es fest genug ist. Und nimm die Hände auf den Rücken.«

Lankau zog an dem Strick und war zufrieden. Seine Atmung beruhigte sich nur langsam. »Und jetzt beugst du dich über den Tisch, verstanden?« Bryan legte die Wange auf die Tischplatte. Unvermittelt riss Lankau Bryans linken Arm so heftig hoch, dass Bryan Tränen in die Augen traten.

»Du rührst dich nicht von der Stelle!«, warnte Lankau ihn. »Ich brech dir den Arm, wenn du auch nur die geringste Bewegung machst!«

Dann wickelte er die Schnur um Bryans rechtes Handgelenk und von dort um den Daumen. Anschließend führte er die Schnur durch Bryans Gürtel und zog daran. Bryan schrie auf, als seine Hand hinter dem Rücken festgebunden wurde.

»Ihr seid mir vielleicht ein Paar!«, rief Lankau dann und drehte Bryan auf den Rücken. Bryan biss die Zähne zusammen vor Schmerz. »Ihr seid ja fast wie Peter und Andrea! Richtig süß! So umgänglich, freundlich und liebenswürdig!« Er lachte. »Kennst du die beiden?«

»Stich ist tot«, sagte Bryan tonlos, als sein linker Arm auf die gleiche Weise gefesselt wurde wie sein rechter, nur auf dem Bauch.

Lankau hielt inne. Er sah aus, als überlegte er, zuzuschlagen. »Ach ja? Noch so eine Geschichte, ts, ts, ts. Willst du mich für dumm verkaufen?«

»Er ist tot. Ich habe ihn und eine Frau vor gut einer Stunde in der Wohnung in der Luisenstraße gefunden. Sie waren noch warm.« Bryan kniff die Augen zusammen, als Lankau die Hand erhob. Der Schlag traf ihn mit ungezügelter Wucht. Der Breitgesichtige schleifte Bryan zu Laureen und ließ ihn zu ihren Füßen auf den Boden fallen.

»Jetzt lasst euch mal zusammen anschauen.« Er fasste sich in den Nacken, rieb sich kurz darüber und entfernte dann den Knebel aus Laureens Mund.

Noch bevor er sich den Lappen auf seine blutende Wunde im Nacken gedrückt hatte, fing die Frau an zu schluchzen.

»Bryan! Bryan, bitte verzeih mir!« Es kostete sie Mühe, zu sprechen. Mit Tränen in den Augen sah sie ihren Mann an. »Es tut mir so leid, Bryan!«

»Hab ich es nicht gesagt?« Lankaus Gelächter ging in einen Hustenanfall über. »Dafür, dass sie eine taubstumme Deutsche ist, spricht sie verdammt gut Englisch.« Schwer atmend setzte er sich in die hinterste Ecke des Raumes und lauschte ihrer sanften, verzweifelten Stimme.

Bryan neigte den Kopf zur Seite und versuchte, Laureens Knie mit seiner Wange zu streicheln. Sie versuchte, die Zärtlichkeit zu erwidern, flüsterte und bat um Verzeihung. Die Atmung des Kolosses war jetzt kaum noch zu hören. Die Ruhe vor dem Sturm, dachte Bryan und nickte Laureen zu. Laureen war so ungewöhnlich zahm und ruhig, dass auch sie sich ihrer fatalen Lage bewusst sein musste.

Gleich würde Schluss sein.

»So, das reicht, meine Lieben!«, rief Lankau schließlich und klatschte im Aufstehen in die Hände.

Bryan drehte sich zu ihm um. Seine Augen waren genauso feucht wie die seiner Frau, die es kaum wagte, aufzusehen. »Es ist noch nicht zu spät, Lankau. Du kannst immer noch vermeiden, einen großen Fehler zu machen«, sagte Bryan. »Meine Frau und ich interessieren uns einen Dreck für euch. Ich will einfach nur Gerhart Peuckert finden. Er war mein Freund. Er war Engländer, genau wie wir. Meine Frau ist mir nach Freiburg nachgereist. Davon hatte ich keine Ahnung, das schwöre ich. Sie hat niemandem etwas getan. Wenn du uns verschonst, können wir dir helfen.«

»Du hast wirklich eine blühende Phantasie.« Lankau schüttelte den Kopf und bleckte die nikotingelben Zähne. »Du willst mir helfen? Womit denn? Weißt du, was du bist? Du bist armselig!«

»Wenn man Stich findet, wird man auch Dinge finden, die ihn mit dir in Verbindung bringen. Man wird dich verhören. Man wird alles auf den Kopf stellen, was Stich hinterlässt. Und wer weiß, was man da finden wird? Vielleicht musst du mit deiner Familie verschwinden. Irgendwohin, weit weg. Sehr weit sogar. *Dabei* könnten wir dir zum Beispiel helfen.« Bryan konnte Lankau ansehen, dass erste Zweifel in ihm aufkeimten. »Bist du dir ganz sicher, dass Stich nichts hinterlässt, was dir schaden könnte?«, bohrte Bryan nach.

»Halt die Fresse!«, schrie Lankau und sprang von seinem Stuhl auf. Er trat so fest zu, dass Bryan zur Seite kippte.

Laureens Blick wurde ganz starr, als Bryan neben sie rollte. Sie schnappte nach Luft und sah ihn kaum an. Die Augen weit aufgerissen, versuchte sie, ruhiger zu atmen.

Stattdessen bewegten sich ihre Lippen und wisperten kaum hörbare Worte. Bryan versuchte, aus den winzigen Lippenbewegungen schlau zu werden. Plötzlich blinzelte Laureen und ließ den Blick mehrfach ruckartig nach unten wandern.

Bryan konnte ihre Verzweiflung spüren, als Lankau wieder näher kam. »Es tut mir leid, Laureen«, sagte Bryan, und Lankau blieb stehen. »Ich hätte dir alles erzählen sollen. Von dem Lazarett in Freiburg, von James und …« Ihr Kopfschütteln brachte ihn zum Schweigen. Das wollte sie alles gar nicht hören. Sie schlug die Knie zusammen. Bryan sah auf ihre Beine. Sie hielt inne. Bryans Blick fiel auf den Boden.

Hinter ihren gefesselten Füßen, nur einen Meter von ihm entfernt, lag die Kenju.

Lankau trat hinter ihn. Bryan drehte sich um und sah ihm trotzig ins Gesicht. »Du wirst genau wie Stich enden.« Bryan spuckte ihm auf die Schuhe, Lankau antwortete mit einem weiteren Tritt, durch den Bryan noch näher an Laureens Füße gelangte.

Während er sich krümmte und nach Luft rang, gelang es Bryan, mit der rechten, auf den Rücken gebundenen Hand an die Pistole heranzukommen. Er konnte nur mit Zeige- und Mittelfinger agieren. Bryan setzte sich auf. Mit Hilfe von Laureens Fußspitzen schaffte er es, die Pistole zu seiner linken Seite zu bugsieren. Ihm brach der Schweiß aus. Lankaus Atem ging wieder schwerer.

»Sag mal, für wie blöd hältst du mich eigentlich?«, sagte er und fasste sich an die Nasenwurzel. Die Wunde hatte sich bereits geschlossen. »Spar dir deine Geschichten. Mag ja sein, dass das englische Bambusrohr da deine Frau ist, und mag auch sein, dass du dich jetzt Underwood Scott nennst. Du wärst nicht der Einzige, der sich nach dem Krieg eine neue Identität zugelegt hat. Aber du warst von der Leyen und bist von der Leyen. Die Frage ist jetzt bloß, was ich mit dir mache. Ich kann dich ja nicht einfach so verschwinden lassen. Oder vielleicht doch? Bin ja schließlich auch nicht mehr der Jüngste. Das will alles gut überlegt sein!«

Bryan beugte sich ein wenig, stöhnte wieder und verzog das Gesicht. Dann lag er kraftlos auf seiner linken Seite. Die Pistole befand sich jetzt unter seinem Ellbogen.

Lankaus Blick war finster und besonnen. In seinem Hirn arbeitete es.

Bryan versuchte, seine linke Hand zu bewegen. Im Moment war sie vollkommen taub. Wenn er die Pistole zu fassen bekam, hatte er nur eine einzige Chance. Die durfte er auf keinen Fall verspielen.

»Wo ist denn Petra?«, ließ sich Laureen überraschend vernehmen. Sie wirkte gefasst und sah Lankau zum ersten Mal direkt an.

»Ja, na sowas, gute Frau! Ich dachte schon, du würdest gar nicht mehr fragen. Eigentlich seltsam, wo ihr doch so gute Freundinnen seid. Regelrechte Sandkastenfreundinnen, wenn ich mich recht erinnere, oder?«

»Ich habe sie heute zum ersten Mal in meinem Leben gesehen. Wo ist sie?«

»Weißt du was? Ich glaube wirklich, dass all die rührende Fürsorge euch eines Tages vergolten wird. Ihr werdet sozusagen wiedervereinigt werden. Gut, natürlich im übertragenen Sinne, aber das ist doch besser als nichts!«

»Wovon zum Teufel redest du eigentlich?« Bryan hustete

so heftig, dass sein ganzer Körper bebte. Er fummelte mit den Fingern, so gut er konnte.

»Da draußen im Hauswirtschaftsraum ist ein Schalter. Ich habe ihn ausgestellt. Wie dir vielleicht aufgefallen ist, hat das Licht im Hof nicht so gut funktioniert wie vorhin, als du mich hier zurückgelassen hast.«

Bryan sah ihm direkt in die Augen. »Und?«

»Und der Schalter ist der Hauptschalter für den Schuppen, die Garage und die Weinpresse, die im Schuppen steht.«

»Weinpresse? Was soll das denn sein?«

»Ach, ihr kennt so was bestimmt auch, wenn ihr sie erst mal seht. Das ist so eine Maschine, in die man die Trauben hineinwirft. Darin werden die Früchte hübsch herumgerührt und ausgepresst. Wirklich praktische Erfindung, wenn ich das mal so sagen darf.«

»Du Schwein!«, zischte Laureen eisig. Ihre Augen funkelten vor Zorn. »Du willst damit doch wohl nicht sagen …!«

Dann sank sie in sich zusammen und schluchzte.

»Aber nein, das muss warten. Ich bin doch noch gar nicht fertig mit ihr.«

»Ganz ruhig, Laureen!« Bryan lehnte den Hinterkopf gegen ihre Knie und streichelte sie, indem er den Kopf hin- und herdrehte. »Soweit wird es nicht kommen, Laureen. Bist du zusammen mit Petra hierher gekommen?«

»Ja.«

»Und sie war ansonsten ohne Begleitung?«

»Ja!«

Bryan sah zu Lankau auf. Ganz langsam kehrte das Gefühl auch in den Ringfinger seiner linken Hand zurück. Schon ganz bald würde er einen Versuch wagen.

Die Sekunden bis dahin musste er herausschinden.

»Was hat Schwester Petra euch eigentlich getan?«, fragte er.

»Das ist genau das, was ich erst beantworten kann, wenn du nicht mehr bist, Herr von der Leyen. Du wirst es leider nie erfahren! Wirklich schlechtes Timing, sorry!« Lankau lachte. »Aber ganz gleich, was sie uns getan hat, das Ergebnis wird das gleiche sein. Hatte ich ja bereits gesagt.« Er drehte sich um. »Weißt du, ein Freund von mir hat drüben in Schwarzach einen wunderschönen Hundezwinger. Und drei herrliche Dobermänner. Ganz schlechte Jagdhunde, keine Frage, aber ausgezeichnete Wachhunde, wenn es drauf ankommt. Eigentlich schade, dass ich sie dieses Wochenende nicht hier habe. Dann könnten wir die Sache wunderbar hinter uns bringen.«

Laureen senkte den Blick. Bryan lag regungslos vor ihr. Sie zwang sich wieder, ganz ruhig zu atmen. Sie durfte jetzt nicht die Fassung verlieren.

»Die haben einen gesegneten Appetit, die drei Köter!«, fuhr Lankau fort und grinste. »So eine wie Petra Wagner haben die in zwei Tagen restlos verspeist. Ganz zu schweigen von so einem Klappergerüst wie dir. Und wenn sie beim ersten Mal nicht alles auffressen, macht es auch nichts. Ich habe noch reichlich Platz in der Tiefkühltruhe.«

60

GERHART WOLLTE Kröners Haus gerade verlassen, als es an der Tür klingelte. Das Geräusch dröhnte in seinen Ohren. Nur mit Mühe unterdrückte er ein Wimmern. Draußen war es ganz still. Jemand wartete darauf, dass die Tür geöffnet würde. Stattdessen öffnete sich für James der Himmel.

Der vertraute Klang von Petras Stimme jenseits der Tür richtete ihn auf und ließ ihn spüren, dass er lebte. Der Albtraum war vorbei. Die grausamen Rachephantasien, geboren aus dem jahrelangen Kampf gegen seine Peiniger und ihre Übergriffe, lösten sich in Luft auf, als er Petras Stimme hörte.

Der selige Zustand hielt jedoch nicht lange an. Schlagartig wurde ihm bewusst, dass die Gefahr keinesfalls gebannt war. Der nächste Satz schmerzte ihn wie Nadelstiche. Petra sprach in der Sprache, die Angst und Schmerzen in ihm auslöste. Mit jedem Wort, mit jeder Lautfolge wurde er verletzlicher und wehrloser. Das Böse in ihm regte sich wieder. Dann erklang noch eine Frauenstimme, strenger als Petras und noch beunruhigender. Gerhart senkte den Kopf und hielt sich die Ohren zu. Regungslos stand er da und zählte die Sekunden, bis ihre Stimmen erstarben.

Das Bild jener kleinen, blonden Frau, die einen so großen Platz in seinem Herzen einnahm, begann zu flimmern und sich zu verzerren. Mit einem Mal fiel es ihm schwer, sich an ihr Lächeln zu erinnern.

Ihm wurde schwindelig. Er glitt an der Wand herunter, bis er in der Ecke des Flurs hockte, den Kopf gegen die Eichentür gelehnt.

Am liebsten wäre Gerhart jetzt nach Hause gegangen. Ins

Sanatorium. Ja, sein Zuhause war das Sanatorium. Dort bekam er zu essen, dort konnte er schlafen.

Dort fühlte er sich sicher und geborgen.

Er schüttelte den Kopf und fing an zu wimmern. Die Sprache, die er da gerade gehört hatte, wollte ihm einfach nicht mehr aus dem Kopf. Konnte er sich überhaupt noch auf irgendjemanden verlassen? Wer wollte ihm denn noch alles Böses?

Als erstes fiel Gerhart der breitgesichtige Unmensch ein, der ihn so viele Jahre misshandelt hatte. Kröner konnte Gerhart nicht mehr vor den Schlägen des Kolosses beschützen. Das würde Lankau auskosten. Gerhart hatte ihn so oft gesehen, jenen ständig lauernden Blick, der nur schlechte Absichten verhieß. Er war ein Teufel, der alle seine Mitmenschen terrorisierte. Alle außer Kröner und Stich. Und die gab es nun nicht mehr.

Sie hatten es nicht besser verdient.

Gerhart wollte gerade die Stäbe in den Wandpaneelen zählen, hielt dann aber inne. Nein. Er bereute nichts.

Er erhob sich und spannte eine Muskelgruppe nach der anderen an. Er musste sich vorbereiten. Auf Lankau und den anderen. Über Petra und die fremde Frau wollte er jetzt nicht nachdenken. Das musste warten.

Erst Lankau, dann Arno von der Leyen. Der eine würde ihn zum anderen führen. Die Sache war ganz einfach. Solange die beiden lebten, würde er nie mehr zur Ruhe kommen. Dabei war das das Einzige, was er sich wünschte. Ruhe. Alles sollte so werden wie früher. Aber wie? Im Sanatorium würde man wieder alles Mögliche mit ihm anstellen. Man würde ihm wehtun und ihn zwingen, sich den Schrecken der Vergangenheit zuzuwenden. Und das würde ihnen auch gelingen.

Das durfte er auf keinen Fall zulassen.

Gerhart richtete sich auf und ließ die Schultern sinken. Kröners Kuckucksuhr im Wohnzimmer schlug zur halben Stunde. Es war Zeit zu gehen.

Lankau war draußen auf seinem Landsitz. Das waren Kröners letzte Worte gewesen. Auf dem kleinen Weingut vor den Toren der Stadt.

Gerhart konnte sich nicht erinnern, jemals eine so lange Strecke zu Fuß gegangen zu sein. Er war nicht müde, fühlte sich aber unerträglich leer. Solange er denken konnte, war er nie auf sich allein gestellt gewesen.

Über ihm waren die Sterne aufgegangen. Die Dunkelheit machte ihm keine Angst. Der Erdboden verströmte einen starken Duft. Bald war es Zeit für die Ernte.

Stich und Kröner hätten dann wieder ihre Lieder angestimmt.

Gerhart lauschte seinen eigenen Schritten. Er war auf dem Weg. Jetzt gab es kein Zurück mehr. Mit jedem Schritt wuchs sein Hass auf die zwei Männer. Er zog sich die Kapuze der Windjacke über die Ohren.

Er war todunglücklich und verzweifelt gewesen, als Arno von der Leyen seinerzeit verschwunden war. Aber im Laufe der Jahre waren die Gefühle verblasst. Und jetzt tauchte der Mann einfach so wieder auf – und mit ihm jene unseligen Gefühle. Darum hasste er ihn.

Ohne ihn wäre alles noch wie früher.

Ohne ihn wäre Petra immer noch eine Heilige für ihn.

Das ganze Haus war hell erleuchtet. Als feierte man dort ein Fest.

In der ersten Kurve der Einfahrt stieg Gerhart in den Graben und robbte weiter. Lankau ließ manchmal die Hunde frei herumlaufen, wenn er Gäste hatte. Amüsiert stellte er sich dann am Ende des Abends mit in die Seiten gestemmten Armen auf den Hof und pfiff die winselnden Köter heran, während die eingeschüchterten Gäste zu ihren Wagen eilten.

An solchen Tagen bemühte Lankau sich erst gar nicht, sein Vergnügen zu verbergen.

Absolute Stille umgab den Hof. Selbst das Brausen des Verkehrs auf der Landstraße war verstummt. Gerhart gab einen zischenden Laut von sich, denn bei unvermittelten Geräuschen begann der größte der Hunde, ein regelrechter Bluthund, manchmal wie verrückt zu bellen. Doch es rührte sich nichts. Nach dem zweiten Versuch war Gerhart sich sicher, dass die Hunde an diesem Abend nicht auf dem Weingut herumliefen.

Der Graben führte direkt hinter die Nebengebäude. Gerhart zog sich auf der feuchten Erde über die Grabenkante und sah den dunklen Hof vor sich liegen. Er wusste sofort, dass etwas nicht stimmte. Normalerweise brannte die Außenlampe immer, wenn jemand im Haus war. Eine ungekannte Nervosität machte sich in ihm breit.

Man durfte Lankaus Signale nicht übersehen.

Aus dem Fenster des Hauswirtschaftsraumes fiel mattes, bleiches Licht über die Kopfsteine. Kein einziges Auto stand im Hof, nicht einmal Lankaus.

Vorsichtig erhob er sich und sah sich aufmerksam um. Hinter den kleinen, viereckigen Fenstern des Holzhauses konnte gut jemand stehen und ihn beobachten. Ein schneller Schritt zur Seite, und er hatte die Tür zum Geräteschuppen erreicht.

Gerhart war schon so oft dort gewesen. Im Vergleich zu der klinischen, strukturierten Beschäftigungstherapie, der er im Sanatorium unterworfen war, empfand er diesen Raum mit den Gartengeräten, dem Werkzeug und allem möglichen Kleinkram wie ein Schlaraffenland. An einem der Haken hing ein kurzes Messer an einer Schnur, so unzählige Male geschliffen, dass die Klinge ganz schmal geworden war.

Gerhart nahm es, lehnte sich gegen einen der Stützbalken und prüfte die Klinge mit dem Daumen. Sie war immer noch scharf wie ein Rasiermesser. Er atmete ganz ruhig. Die vielen Konturen um ihn herum nahmen nach und nach dreidimensionale Gestalt an.

Das Messer war nicht seine einzige Waffe. Ganz ruhig und

besonnen würde er zu Lankau hineingehen. Er würde den Koloss dazu bringen, sich überlegen und sicher zu fühlen. Er würde ihn dazu bringen, ihm von Arno von der Leyen zu erzählen. In aller Ruhe.

Erst dann würde er anfangen, ganz normal zu reden. Gerhart war sich sicher, dass er das konnte. Die Wörter lagen ihm schon fast auf der Zunge, wollten heraus. Er hatte das Gefühl, im Hier und Jetzt zu sein. Keine Tabletten schirmten ihn mehr gegen seine eigenen Gedanken ab.

Zum Schluss würde er Lankau so sehr provozieren, dass der sein wahres Ich zeigte. Dann würde es ihm besonders leichtfallen, ihn zu hassen, und dann würde er zuschlagen. Womit, würde sich dann schon zeigen. Den Dolch hatte er nur für den Notfall dabei. Gerhart spannte noch einmal einen Muskel nach dem anderen an und atmete so tief durch, dass der fast verflogene Duft der letztjährigen Traubenernte bis zu seinen Geruchsnerven durchdrang.

Ein Geräusch wie von einer über Kies flitzenden Ratte erreichte ihn aus der Dunkelheit, ein menschliches Stöhnen. Gerhart umklammerte den Dolch. Hatte er etwas übersehen? Erwartete Lankau ihn hier in der Finsternis? Mit dem Blick suchte er jeden Winkel des Raumes ab. Als er das Geräusch noch einmal hörte, wusste er, woher es kam. Die Tür zur Weinpresse stand offen. Das wäre in der Erntezeit völlig undenkbar gewesen.

Gerhart näherte sich der Traubenmühle und sah sofort die helle Gestalt auf der großen Schraube. In ihrem flehenden, ängstlichen Blick glänzte einen Augenblick Hoffnung auf, als sie Gerhart sah.

Es war Petra.

Gerhart erstarrte.

61

LANKAU STIEG MIT einem großen Schritt über Bryan hinweg. Hinter Bryan saß Laureen, schweigend und erschüttert.

Die Reste von Lankaus Stuhl wurden zur Seite gekickt. Bryan wand den Hals, um hinter sich zu sehen, und erblickte zwei straff an die Wand gespannte Tierfelle. Zwischen den Fellen erkannte er eine in der Farbe der Wand gestrichene, kaum sichtbare Türklinke. Es klickte, als Lankau sie herunterdrückte, und sofort strömte frische Luft in den Raum. Bryan wurde schwindelig von der Luftveränderung. Hinter der doppelflügeligen Geheimtür wölbte sich der dunkle Nachthimmel. Lankau betätigte einen Schalter an der Hauswand, und sofort leuchtete ein wahres Lichtermeer das Grundstück bis in die hintersten Ecken aus.

Endlich hatte Bryan die Kenju mit der linken Hand zu fassen bekommen. Er würde sich umdrehen und exakt im richtigen Winkel ansetzen müssen, wenn er Lankau erwischen wollte. Mit einer auf Hüfthöhe festgebundenen Hand aber war es so gut wie unmöglich, einen präzisen Schuss abzufeuern. Vorsichtig drehte er sich zur Terrassentür um. Er wollte abwarten, bis Lankau die Inspektion der Außenanlage beendet hatte und einen Schritt zurücktrat. Laureen hatte praktisch aufgehört zu atmen.

Der Abstand zu Lankau betrug nicht einmal vier Meter, als der den erwarteten Schritt nach hinten tat.

Der Schuss fiel genau in dem Moment, als Lankau sich umdrehen wollte.

Das Projektil schlug dumpf in den Balken gleich neben Lankaus Kopf ein. Verblüfft sah er sich um.

Dann war er im hell erleuchteten Garten verschwunden.

»Hast du ihn getroffen?« Laureens Stimme klang hysterisch. »Er bringt uns um!«, flüsterte sie und brach in Tränen aus.

Bryan war sich nicht sicher. Vielleicht hatte er ihn mit dem zweiten Schuss erwischt. Er wandte sich dem Fenster zur Straße zu. Nichts war zu sehen außer den dunklen Umrissen hoher Bäume.

Bryan ging davon aus, dass Lankau irgendwo da draußen war und abwartete. Mehr musste er ja auch nicht tun. Denn obwohl Bryan einen Joker in der Hand hielt, war seine Lage alles andere als rosig. Lankau konnte Laureen jederzeit wieder als Geisel nehmen.

Laureen schluchzte noch einmal, dann wurde es so still, dass irgendwo in der Ferne das Flügelschlagen der Nachtvögel zu hören war. Das einzige Geräusch in unmittelbarer Nähe war das leise Summen der Reinigungsanlage des Schwimmbeckens. Keine Atmung, keine Bewegung, kein Hinweis auf irgendein Lebewesen da draußen hinter den Türen.

»Er bringt uns um, Bryan.« Laureens Stimme war diesmal deutlich leiser als vorher. Bryan bedeutete ihr zu schweigen, denn die Haustür war geöffnet worden. Lautlos zwar, aber gefolgt von einem deutlich spürbaren Luftzug am Boden.

Bryan drehte sich auf den Rücken und zielte so gut es ging auf die Tür zum Flur. Der Gedanke, dass Lankau womöglich irgendwo eine Schusswaffe versteckt hatte, ließ ihn erschauern. Er schoss, sobald die Gestalt sich im Türrahmen zeigte. Das Loch in der zersplitterten Zarge war größer als eine Teetasse.

Bryan dachte, sein Herz würde stehen bleiben, als die Gestalt weiter auf ihn zukam. Der Finger am Abzug erstarrte.

Ihm stockte der Atem.

Das halbe Ohrläppchen war das Erste, was Bryan wahrnahm.

Vom Außenlicht komplett beleuchtet stand in der Tür der

Mensch, um den er mehr als sein halbes Leben lang getrauert, den er unendlich vermisst hatte und um dessentwillen er sich jeden Tag seines Lebens schuldig fühlte. Hier stand er vor ihm, der Freund, den er vor so langer Zeit verloren hatte. Den er im Stich gelassen, den er verlassen und verraten hatte.

James.

Da stand er und sah ihm direkt in die Augen.

James wirkte kaum gealtert, aber doch verändert. Als der Schuss gefallen war, hatte er nicht mal mit der Wimper gezuckt. Er stand reglos da und schien nicht begreifen zu können, was er sah.

Als er näher kam, stammelte Bryan mehrfach seinen Namen.

Laureen sah abwechselnd von dem soeben eingetretenen Mann zur offenen Terrassentür.

Bryans Hand, in der die Kenju lag, gehorchte ihm nicht mehr. Tränen verschleierten seinen Blick.

»James!«, flüsterte er.

Der stattliche Mann kniete sich vor ihm hin, und Bryan versuchte, sich seine Erscheinung einzuprägen, aus Angst, er könne genauso schnell wieder verschwinden, wie er aufgetaucht war. »Du lebst!« Durch den Tränenschleier strahlten seine Augen vor Freude.

Sein Gegenüber zeigte keinerlei Regung.

Er sah zu Laureen und dann zur offenen Tür. Dann wandte er den Kopf wieder Bryan zu und sah ihm direkt in die Augen. Aber sein Blick war tot. »Nimm dich vor Lankau in Acht«, flehte Bryan, als er den Atem seines Freundes spürte. »Er ist hier ganz in der Nähe!«

James nahm Bryan ganz sachte die Pistole aus der Hand. Bryan seufzte tief. Es war ein Wunder. Er sah wieder zu seinem Freund auf und wedelte mit seinem linken Arm. »Bind mich los, James, schnell!«

Wie ein Peitschenhieb landete die Spucke in seinem Gesicht

und James' Miene hatte sich im selben Moment verändert. Mit bebender Hand richtete er jetzt die Kenju auf Bryans Schläfe. Diese Wende kam so unerwartet, dass Bryans Lächeln gefror.

Im nächsten Moment trat Lankau ein, das Lichtermeer der Terrasse im Rücken.

Ausdruckslos sah James ihn an.

62

»WAS ZUM HENKER machst du hier, Gerhart?« Lankaus Ausdrucksweise war grob, sein Ton aber freundlich. »Nicht, dass es mir nicht recht wäre. Im Gegenteil.« Er ging auf ihn zu, ließ dabei den auf dem Boden liegenden von der Leyen aber nicht aus den Augen. »Schön, dass du hier bist, mein Freund!« Langsam hob er die Hand zu einem freundlichen Gruß. »Das hast du ganz richtig gemacht. Du hast mir geholfen. Sehr gut, Gerhart!«

Von der Leyens Körper hörte gar nicht mehr auf zu zittern. Er sah Gerhart flehend an. »Please!« war alles, was ihm über die Lippen kam.

Auf Gerhart Peuckert hatte das Wort die Wirkung einer Ohrfeige.

Während Lankau und der am Boden liegende Mann sich anschrien, zog Gerhart sich rückwärts in den Flur zurück. Seine Erregung war ihm nicht anzumerken, sein Gesicht war vollkommen ausdruckslos.

»Komm her, Gerhart.« Lankau grinste breit, um möglichst gelassen zu wirken. »Gib mir die Pistole. Ist nicht so gut, damit herumzulaufen.«

Bittend sah Lankau ihn an und streckte langsam seinen Arm aus. Gerhart schüttelte den Kopf. »Ganz ruhig, Gerhart. Ich will sie ja nur sichern. Dann musst du das nicht selbst machen. Komm. Jetzt ist ja alles gut.«

Lankau sah ihm in die Augen. Der trotzige Ausdruck in Gerharts Blick war Lankau neu. »Komm, Gerhart! Gib mir die Pistole, sonst werde ich böse!« Lankau ging direkt auf ihn zu. »Gib sie mir!«, forderte er mit ausgestreckter Hand. Der Trotz in Gerharts Augen wurde immer stärker. Er sicherte die Kenju, gab sie Lankau aber nicht.

Der zog sich daraufhin wieder in die Mitte des Zimmers zurück und sah Gerhart Peuckert an wie einen ungezogenen Schuljungen. »Gerhart!«, versuchte er es noch einmal. »Was glaubst du wohl, was Stich und Kröner sagen würden, wenn sie dich jetzt so sehen könnten? Nun gib mir schon die Pistole!«

»Sie können mich aber nicht sehen. Sie sind tot.«

Lankau klappte buchstäblich der Unterkiefer herunter. Er war fassungslos. Es war das erste Mal, dass er Gerhart Peuckert einen ganzen, zusammenhängenden Satz hatte sagen hören. Und dann ausgerechnet das! Hatte der Verrückte womöglich Recht? Lankau ging zum Telefon und wählte Stichs Nummer. Keine Antwort. Er versuchte es bei Kröner. Auch da keine Antwort. Lankau legte auf und nickte schweigend, ohne Gerhart anzusehen. »Niemand zu Hause.« Er runzelte die Stirn. »Vielleicht stimmt das, was du sagst«, fuhr Lankau fort und richtete sich auf. Gerhart sah ihn an, als sei er beim Nachdenken gestört worden. Die vielen neuen Eindrücke verwirrten ihn wieder.

»Ich weiß nicht, was ich glauben soll«, sagte Lankau dann, den Kopf zur Seite geneigt. »Wie bist du hierher gekommen, Gerhart?«

»Zu Fuß«, antwortete er prompt. Dann presste er die Lippen aufeinander.

Wachsam sah Lankau ihn an. »Gut gemacht, Gerhart«, sagte er schließlich breit lächelnd. »Sehr gut! Aber warum bist du nicht bei Peter und Andrea? Was ist passiert?« Dieses ewige Schulterzucken und die nach oben verdrehten Augen des Schwachsinnigen gingen ihm auf die Nerven. »Hast du etwas gesehen?«, bohrte Lankau weiter. Als er Gerharts Reaktion sah, schüttelte er selbst den Kopf. »Was ist mit Petra? Wieso bist du nicht zu Petra gegangen? Sie wohnt doch ganz in Stichs Nähe.«

»Petra war mit der da zusammen«, sagte Gerhart und zeigte

vorwurfsvoll auf Laureen, die mit geschlossenen Augen dasaß.

»Glaubst du, Petra und die beiden hier gehören zusammen?«

Kaum tat Lankau einen Schritt nach vorn, wurde der Lauf der Waffe auf ihn gerichtet. »Wir können uns doch vertrauen, oder, Gerhart? Du brauchst keine Angst zu haben, dass ich dir die Pistole abnehme. Wieso solltest du mir etwas antun wollen? Schließlich bin ich der einzige Mensch, dem du vertrauen kannst.«

Gerharts Augenbrauen wanderten langsam in Richtung Haaransatz.

»Du kannst die Pistole ruhig weglegen, Gerhart. Leg sie auf den Tisch, komm her und hilf mir mit von der Leyen.« Zufrieden stellte Lankau fest, dass Gerhart ihm gehorchte. »Lass uns zusammen sein letztes Kapitel schreiben.«

Der Blick der Frau war unendlich verzweifelt, doch Arno von der Leyen versuchte nicht einmal, sich zur Wehr zu setzen, als Lankau ihn bei den Füßen und Peuckert ihn unter den Achseln packte.

Die Terrasse war grau-weiß. Das Schwimmbecken fügte sich ganz natürlich in das architektonische Ganze. Der Sommer hatte so lange angehalten, dass man das Wasser noch nicht abgelassen hatte. Das Becken war randvoll, und auf dem Wasser trieb erstes Laub.

Lankau keuchte ein wenig und steuerte direkt auf den Beckenrand zu. Als sie von der Leyen ablegten, schlug er mit dem Nacken auf der Fliesenkante auf. Peuckert beugte sich über ihn und blickte ihm direkt in die Augen. Von der Leyen sah ihn traurig an, dann verlor er das Bewusstsein.

»Jetzt liegt er, wie er sich gebettet hat!«, höhnte Lankau, indem er sich aufrichtete. »Wir müssen es nur einigermaßen echt aussehen lassen«, sagte er zu sich selbst. »Vielleicht wird man ihn hier suchen. Und dann findet man garantiert irgendetwas, was man nicht finden soll. Fingerabdrücke oder so einen Mist.« Er brummte vergnügt. »Darum ist es am besten, wenn man nur ihn findet.« Respektlos stieß Lankau dem Bewusstlosen mit der Schuhspitze in die Seite. »Und was genau wird man dann finden?« Er brummte schon wieder. »Einen im Vollsuff ertrunkenen Ausländer!«

Die Augen der Frau waren so zugeschwollen, dass sie Lankau kaum erkennen konnte, als er ins Zimmer trat. »Hallo!«, sagte er. »Wie wär's mit einem kleinen Schluck?« Er hielt eine riesige Flasche mit klarer Flüssigkeit hoch, damit sie sie sehen konnte, dann ging er damit wieder hinaus in die Nacht.

»Was sagst du, Gerhart?«, sprach er den Mann an, der unbeweglich auf der Terrasse stand und den Bewusstlosen betrachtete. »Findest du nicht, dass das ein sehr passender Abgang für ihn ist? Da fällt mir ein, genau so wollte sich das Schwein damals meiner entledigen!« Er kniete sich an den Beckenrand und schöpfte mit den Händen etwas Chlorwasser. »Wenn es nach ihm gegangen wäre, wäre ich nämlich im Rhein ersoffen!«, stellte er fest und nickte.

63

BRYAN RUTSCHTE EIN STÜCK zur Seite, als ihm das kalte Wasser ins Gesicht klatschte. Sekundenlang war er völlig konfus. Angst bekam er erst, als er James' starr auf sich gerichtete blaue Augen sah.

Er war wieder in der Wirklichkeit angekommen.

Die Umstände hatten ihm vor achtundzwanzig Jahren seinen Freund aus Kindertagen genommen – jetzt bekam er ein Monster zurück. Und es war seine eigene Schuld. Diese Erkenntnis setzte seine Seele in Brand und würde eine Rückkehr in sein altes Leben auf immer verhindern – vorausgesetzt, er überlebte den heutigen Tag. Bryan schüttelte linkisch den Kopf und sah, dass er sich im Freien befand. Er zog und zerrte an den gefesselten Armen.

»Ja, genau, Herr von der Leyen!«, erklang es über ihm. »Zeit, aufzuwachen, denn jetzt wirst du elendig ertrinken. Du darfst von deiner eigenen bitteren Medizin kosten!«

Bryan versuchte vergeblich, sich zu wehren, doch schon war die Flasche an seinem Mund. Jedes Mal, wenn er den Kopf zur Seite zog, packte Lankau mit der freien Hand Bryans Hals nur noch fester. Gezielt klemmte er die Halsschlagadern ab, bis es Bryan schwarz vor Augen wurde und sein Unterkiefer von selbst herunterklappte. Der Alkohol lief ihm ungehindert in den Rachen.

Der Wodka brannte wie Feuer in der Kehle und schnürte Bryan die Luft ab. Lankau lockerte seinen Griff und ließ ihn husten. »Wir wollen ja nicht, dass du an dem Zeug erstickst. Wir haben etwas ganz anderes mit dir vor.«

»Es wird eine Obduktion geben«, nuschelte Bryan. »Man

wird Spuren an meinem Körper finden. Tiefe Wunden. Die wirst du nur schwer erklären können, du Schwein!«

»Vielleicht, vielleicht auch nicht! Wer weiß denn schon, ob man tatsächlich etwas von dir findet?« Lankau genehmigte sich selbst einen Schluck aus der riesigen Flasche.

Bryan spürte, wie seine Umwelt langsam an Bedeutung verlor.

Noch einmal schob Lankau Bryan nach vorn und so weit über den Beckenrand, dass er mit dem Oberkörper bereits im Wasser hing. Dann riss er Bryans Kopf erneut unsanft nach oben und flößte ihm von dem Wodka ein. »Trink doch lieber, mein Freund, das erleichtert dir die Sache!«

Der Wodka brannte auf Bryans Lippen. Die Flasche hatte ihren Zweck erfüllt, sie war fast leer. Das Wasser unter ihm glitzerte grün, es war richtig schön. Er merkte kaum, dass Lankau seinen Kopf schon wieder untertauchte. Das Wasser umschmeichelte ihn kühl und weich wie ein frisch aufgeschütteltes Kissen, wenn man in fiebrigem Dämmerschlaf liegt. Unmittelbar bevor er aufgeben und seine Lungen mit Wasser fluten musste, wurde sein Kopf wieder hochgerissen.

Noch zweimal wurde er so unter Wasser gedrückt. Danach war es ihm völlig gleichgültig, was mit ihm geschah. Der Alkohol zeigte seine segensreiche Wirkung.

»Du beklagst dich ja gar nicht, du Ratte!« Lankaus saurer Atem war ganz nahe vor Bryans Gesicht. »Hast du gar keinen Mumm? Oder hast du einfach zu viel getrunken?« Lankau schüttelte Bryan, dass sein Kopf hin- und herflog.

Dann schleuderte Lankau Bryan zu Boden. »Na, ich fürchte, wir werden noch eine Runde dranhängen müssen.« Sein bohrender Blick drang bis zu Bryans benebeltem Bewusstsein durch. »Du kannst gern dabei zusehen, wie effizient die Weinpresse funktioniert. Sagen wir mal: erst Petra, dann deine Frau? Oder umgekehrt? Nur einmal kurz den Hauptschalter im Hauswirtschaftsraum umlegen, und schwupps! Erledigt!

Ja, so kann es gehen, wenn man mir in die Quere kommt.«
Er schob die Unterlippe vor und hob die Flasche. »Wirklich
ärgerlich für Stich und Kröner, dass ich dich nicht schon früher
erwischt habe. Aber was soll's! Wer zuletzt lacht, lacht am
besten.«

Lankau schnaubte und trank einen Schluck. Seine Haare
waren wirr und sein Oberkörper nass vom Chlorwasser. Nur
mit Mühe richtete er sich auf und beugte sich über Bryan.
»Los, pack mal mit an, Gerhart! Wir schaffen ihn rüber in den
Schuppen!«

64

LANKAU PACKTE BRYAN bei den Füßen, als er aus dem Augenwinkel einen Schatten sich über die Terrasse bewegen sah. Keine Sekunde später wurde er so heftig gestoßen, dass er strauchelte und über den Beckenrand ins Wasser stürzte.

»Verdammt noch mal, Gerhart! Das wirst du mir büßen!«, stöhnte er, als er sich an der Leiter hochzog. Das Wasser rann in Strömen aus seiner Kleidung.

Erst als er sich mit unverhohlenem Ärger die Nässe aus dem Gesicht wischte, begriff er, was passiert war. Er hatte einen Fehler gemacht. Einen winzigen, lächerlichen Fehler. Er hatte in Gerharts Gegenwart laut ausgesprochen, was er mit Petra vorhatte. Im selben Augenblick erinnerte er sich an die Pistole auf dem Tisch, aber es war zu spät. Hinter Bryan stand Gerhart Peuckert wie eine Salzsäule und richtete die Waffe auf ihn.

»Was ist denn los, Gerhart?« Versöhnlich breitete er die Arme aus. »Sind wir denn keine Freunde mehr?« Er ging langsam auf ihn zu. »Geht es um das, was ich gerade über Petra gesagt habe, Gerhart? Dann möchte ich mich bei dir entschuldigen.« Lankau sah in Gerharts hasserfüllte Augen. Er überlegte blitzschnell, welche Strategie er verfolgen sollte. »Das war doch bloß ein Witz, Gerhart! Oder was glaubst du? Mir geht es ja nur darum, dieses Schwein namens von der Leyen winseln zu hören. Das weißt du doch!« Noch einen Schritt, dann wollte er zuschlagen. »Petra ist völlig in Ordnung.«

Mehr konnte er nicht sagen, weil Gerhart in dem Moment anfing zu schreien. Er schrie so markerschütternd, dass mehrere Vogelschwärme aufstoben. Lankau erstarrte. Während das Echo des Schreis noch über die Landschaft hallte, waren die Fronten bereits geklärt. Gerhart Peuckert würde Lankau keinen Zentimeter näher an sich herankommen lassen. Sein Gesicht war blaurot angelaufen, seine Lippen so verzerrt, dass beide Zahnreihen sichtbar waren. Lankau wich zwei Schritte zurück und rutschte aus. Er nahm die Hände hoch und bewegte sich in einem großen Bogen rückwärts zur Terrassentür. Der Mann mit der Pistole unternahm nichts. Schwer atmend beobachtete er Lankaus ungeschicktes Rückzugsmanöver. Als der das Wohnzimmer erreicht hatte, drehte er sich sofort um und rannte zum Hauswirtschaftsraum.

Gerhart folgte ihm. Lankaus Hand lag auf dem Hauptschalter, als Gerhart ihn erreichte. Genau so hatte sich Lankau das vorgestellt.

»Gib mir die Pistole, Gerhart! Oder ich lege den Schalter um!« Er spielte mit den Fingern am Schalter. »Dann siehst du Petra nie wieder. Ist es dir das wert?«

»Ich habe gehört, was du gesagt hast!« Manche Muskeln in Gerharts Gesicht zitterten noch immer. »Du machst es ja sowieso!« Und damit presste er die Pistolenmündung fest an Lankaus Schläfe.

»So ein Quatsch, Gerhart! Du bist zu krank, um zwischen Wirklichkeit und Einbildung unterscheiden zu können.« Die Schweißperlen auf Lankaus Stirn standen in scharfem Kontrast zu der Ruhe, mit der er sprach.

Im Zeitlupentempo hob Gerhart die Hand und näherte sie Lankaus Hand auf dem Schalter. »Wenn du mich anrührst, schalte ich den Strom ein!«, warnte Lankau ihn. Doch die sehnige, magere Hand bewegte sich weiter auf seine zu, und als sie schließlich auf Lankaus lag, gab der Breitgesichtige jeden Widerstand auf. Gerharts Blick war ruhig, hellwach und eiskalt.

Lankau fuhr zusammen, als Gerhart den Schalter betätigte. Das Licht im Hof ging an, und vom Schuppen ertönte ein Knall. Lankau war nicht sicher, ob er einen Schrei gehört hatte. Die Weinpresse rumpelte los und begann ihr teuflisches Werk.

In den folgenden Minuten gehorchte Lankau Gerharts Anweisungen aufs Wort. Er betete, dass der Irre nicht an der Pistolensicherung herumfummeln möge, während die Waffe auf ihn gerichtet war. Mit jedem Atemzug überlegte er fieberhaft, wie er dem Verrückten entkommen könnte.

Auf Gerharts Befehl schleifte Lankau von der Leyen ins Wohnzimmer bis hin zu der heulenden Frau. Dabei versuchte er sich zu erinnern, wo das kleine Jagdgewehr sein könnte, das seine Frau seit Jahr und Tag irgendwo versteckt hielt. Als er an den Trophäen und den exotischen Waffen vorbeikam, die an der Wand hinter der gefesselten Frau hingen, überlegte er rasch, sich unter Einsatz seines Lebens eine davon zu schnappen.

Doch Gerhart Peuckert gab ihm keine Gelegenheit dazu.

»Setz dich an den Tisch«, sagte Peuckert, kaum dass er seine Mission erfüllt hatte. Arno von der Leyen saß in sich zusammengesackt auf dem Boden, er blinzelte und versuchte, die Frau hinter sich anzulächeln.

Sehr zu seinem eigenen Missfallen stieg eine gewisse Bewunderung für Peuckerts nüchterne Kälte in Lankau auf. Sie vermengte sich mit Attacken von besinnungslosem Hass, gegen die er aber erst mal ankämpfte.

»Die Beine ganz unter den Tisch«, kommandierte Gerhart Peuckert, ohne ihn dabei anzusehen. »Mit dem Stuhl ganz nah an den Tisch.« Mit herabgezogenen Mundwinkeln schob Lankau seinen dicken Bauch bis an die Tischkante heran.

Peuckert wühlte im Sekretär von Lankaus Frau. »Schreib!« Er knallte ein Blatt liniertes Papier vor Lankau auf den Tisch.

»Du weißt nicht, was du tust, Gerhart!« Lankau starrte auf das Papier. »Komm, ich fahre dich zurück zum Sanatorium! Überleg doch mal! Wenn die beiden da nicht aufgekreuzt wären, wäre alles noch beim Alten. Das alles ist doch nicht meine

Schuld!« Er fluchte und sah zu Gerhart auf. »Und wenn die beiden da nicht aufgekreuzt wären, dann wäre immer noch alles in Ordnung mit dir und Petra! Was auch immer mit Kröner und Stich passiert ist, es wäre ebenfalls nicht passiert. Habe ich Recht?«

Der Kugelschreiber, den Gerhart vor Lankau auf den Tisch warf, gehörte der Engländerin. Er hatte ihn vom Boden aufgehoben.

»Erschieß nicht mich, sondern die beiden da.« Lankau machte eine ruckartige Kopfbewegung in Richtung der Gefesselten. »Nun erschieß sie doch schon! Nichts als Unheil haben sie uns gebracht! Was soll schon passieren? Du schaffst das schon. Ich weiß, wie gut du schießen kannst, Herr Standartenführer Peuckert! Und hinterher wird man dich nicht antasten. Was soll man dir schon tun? Du kommst zurück ins Sanatorium, das verspreche ich dir. Alles wird wieder wie früher! Du wirst wieder Erich Blumenfeld! Gerhart! Denk doch mal nach! Wer hat sich in all den Jahren um dich gekümmert? Wir! Hast du das schon vergessen?«

Mit ruhiger Hand hielt Peuckert die Pistole. Er neigte den Kopf ein wenig und runzelte die Stirn. »Ich habe nichts vergessen«, entgegnete er und schob das Papier näher zu Lankau hin. »Und jetzt schreib, was ich dir diktiere!«

»Vielleicht«, antwortete der Breitgesichtige und versuchte, sich auszurechnen, wie viele Kugeln noch im Magazin der Shiki Kenju waren.

»Wir, Bürger der Stadt Freiburg im Breisgau ...«, sprach Peuckert schleppend, »... sind Horst Lankau, Standartenführer des Bergjägerkorps, alias Alex Faber, SS-Obersturmbannführer im Sonderdienst Peter Stich alias Hermann Müller und Wilfried Kröner, SS-Obersturmbannführer der deutschen Wehrmacht, alias Hans Schmidt ...«

»Ich schreibe überhaupt nichts!«, sagte Lankau und legte den Stift hin.

»Ich bringe deine Frau um, wenn du es nicht tust!«

»Und? Was juckt mich das?« Lankau erhob sich ein klein wenig von seinem Stuhl. Der massive Eichentisch war schwerer als erwartet. Ihn umzuwerfen, würde übermenschliche Kräfte erfordern. Er holte tief Luft.

»Und deinen Sohn auch!«

»So, so.« Lankau schnipste den Stift noch weiter von sich weg.

Gerhart sah ihn eine ganze Weile ruhig an. Dann zog er die Mundwinkel nach unten. »Ich war es. Ich habe Kröner und Stich umgebracht.« Er ließ Lankau keine Sekunde aus den Augen. Der atmete ganz ruhig, aber seine trotzige Haltung bröckelte. »Stich habe ich mit Stromstößen umgebracht. Und Andrea auch. Und weißt du was? Sie haben eine jämmerliche Gestalt abgegeben.« Er hielt einen Moment inne. Der Speichel in seinem Mundwinkel war getrocknet. Er schob die Hand tief in die Tasche und schüttelte sie. Ein Rasseln erklang, wie von Tabletten in einem Glas. Sein harter Blick wurde etwas weicher.

Lankau sah Peuckert unverwandt an. Er wirkte, als habe Peuckert Entzugserscheinungen. Als könne er sich kaum beherrschen. Als würde er am liebsten eine der Tabletten nehmen.

»Geht es dir nicht gut, Gerhart? Sag schon! Soll ich dir helfen?« Lankaus Worte verhallten ungehört.

»Und Kröner habe ich ertränkt«, erklärte Gerhart schließlich leise und richtete sich auf. »Genau so, wie du das Schwein da ertränken wolltest. Schön langsam.«

»Du lügst doch!« Lankau ließ sich nicht beeindrucken, lehnte sich aber dennoch möglichst lässig zurück. Wenn er diese Bewegung mit einem kräftigen Hub am Tisch kombinierte, könnte er sich befreien.

»Ich habe gute Lehrmeister gehabt.«

Lankau lächelte wie geehrt. »Was willst du damit sagen?«

»Das weißt du ganz genau!« Gerhart wischte sich über die Mundwinkel und spuckte auf den Boden. Er meinte es ernst.

»Hast du Durst, Gerhart? Drüben im Schuppen habe ich ganz wunderbaren Rheinwein. Wie wäre es mit einem Schluck?« Lankau befeuchtete sich die Lippen und blinzelte.

»Halt's Maul!«

Sie hörten, wie der am Boden Liegende würgte und sich erbrach, würdigten ihn jedoch keines Blickes. »Weißt du nicht mehr, wie ihr euch in euren Geschichten gegenseitig überboten habt, mit welch raffinierten Methoden man Menschen umbringt? Natürlich weißt du das noch. Ich weiß es jedenfalls noch sehr gut. Wie oft habt ihr mir gedroht!«

»So ein Quatsch! Wir haben dir nie gedroht. Na gut, vor sehr, sehr vielen Jahren vielleicht mal.« Lankau sah ihn reumütig an. »Aber das war, bevor wir wussten, dass wir dir vertrauen konnten.«

»Elender Lügner!«, fauchte Peuckert in das breite Gesicht, das ihn so aufmerksam beobachtete. Lankau bereitete sich auf seine Rückwärts-Stemmbewegung vor.

Der scharf-saure Gestank von Erbrochenem breitete sich aus. Der Mann auf dem Boden stöhnte, würgte noch einmal und versuchte dann, sich aufzusetzen. »Bring ihn um, James«, meldete sich der gekrümmte Körper leise und auf Englisch zu Wort.

Doch James beachtete ihn gar nicht.

»Du warst der Schlimmste von allen, Lankau!« Peuckert strahlte mit jeder Pore Verachtung aus. »Weißt du noch, wie du mich gezwungen hast, das Blut der Tiere zu trinken, die du gerade erlegt hattest?« Wütend machte er einen Schritt zur Seite. Lankau erinnerte sich noch sehr genau und musste sich konzentrieren, um nicht darauf zu reagieren. Jetzt stand Peuckert hinter ihm. »Und die Hundepisse? Meine eigene Scheiße?«, rief Peuckert.

Besorgt spürte Lankau, wie ihm verräterische Schweißperlen auf die Stirn traten. Er war immer noch überzeugt, dass er den Irren zur Vernunft bringen konnte. Aber nicht, wenn er jetzt schwitzte wie ein Schwein. Vorsichtig hob Lankau den Arm und wischte sich mit dem Ärmel über die Stirn. »Davon weiß ich nichts. Das muss Stich gewesen sein. Er konnte wirklich ein Teufel sein, wenn es ihn richtig packte.«

Der Mann hinter ihm schwieg einen Augenblick. Dann verpasste Peuckert Lankau einen harten Nackenschlag mit der Kenju. Sofort löste sich ein Schuss. Lankau warf den Kopf in den Nacken und wunderte sich, dass er noch lebte. Es klingelte ihm in den Ohren. Er sah zur Seite. Die Kugel war knapp über Arno von der Leyens Kopf eingeschlagen.

Die Frau weinte leise.

Überrascht sah Gerhart Peuckert die Pistole an. Er hatte nicht auf den Abzug gedrückt.

»Ich habe doch gesagt, dass du mit der Waffe vorsichtig sein sollst. Die Schüsse lösen sich einfach so.« Der Schweiß auf Lankaus Stirn kühlte ab. Er schüttelte den Kopf.

»Hast du etwa Angst vor ihr, Lankau? Brauchst du nicht zu haben!« Gerhart Peuckerts Erregung verstärkte das Sausen in Lankaus Ohren. »Du wirst mich noch anflehen, sie zu benutzen! Ich habe nicht vergessen, was du auf der Terrasse gesagt hast!«

»Ja, aber du warst es, der Petra umgebracht hat, Gerhart, vergiss das nicht! Du hast die Weinpresse eingeschaltet!«

»Und für dich habe ich mir etwas Besseres ausgedacht, wenn du nicht schreibst, was ich sage. Weißt du noch, wie ihr mir mal mit Ätznatron gedroht habt? Zwangseinflößen wolltet ihr es mir, habt ihr gesagt.«

Lankau drehte seinen Körper, soweit er konnte. Wieder brach ihm der Schweiß aus. Gerhart machte kehrt und ging zu Arno von der Leyen. »Steh auf!«, befahl er dem in seinem Erbrochenen liegenden Mann.

»Ich verstehe nicht, was du sagst«, antwortete dieser leise auf Englisch. »Sprich Englisch, James. Sprich mit mir.«

Lange sah Gerhart zu dem Mann am Boden.

Lankau bemerkte, wie sein Atem immer schwerer ging.

»Steh auf!«, sagte Peuckert langsam auf Englisch. Das blanke Entsetzen packte Lankau. Schlagartig wurde ihm seine Fehleinschätzung der Situation klar. Er hatte den ganzen Tag die falschen Schlüsse gezogen.

Arno von der Leyen sah sofort auf. Lankau registrierte, dass Peuckerts Blick immer noch böse und kalt war. Sollte die beiden tatsächlich irgendetwas verbinden, durchschaute er beim besten Willen nicht, was.

»James!« Mehr sagte der Mann am Boden nicht.

»Steh auf!« Die Kenju lag sicher in Peuckerts Hand. Er atmete schwer. Beunruhigt nahm Lankau seine Erregung wahr. »Ich will, dass du mir etwas aus der Küche holst. Ich binde dir die eine Hand los.« Er machte einen Schritt auf Lankau zu und verpasste ihm einen Schlag auf den Rücken. »Wehe, du machst irgendwelche Mätzchen, verstanden?«

Zwar bezweifelte Lankau nicht im Geringsten, dass Peuckert seine Drohung wahr machen würde, aber er beschloss trotzdem, seine Warnungen zu ignorieren. Er hatte alle seine Kräfte mobilisiert und war bereit, den Tisch umzustoßen.

Arno von der Leyen kam langsam auf die Knie. Er begriff ganz offensichtlich nicht, was Gerhart Peuckert von ihm wollte. Die Wunden am Rücken und in der Seite schmerzten ihn sehr. Peuckert machte keine Anstalten, ihm aufzuhelfen. Die kalte Nässe auf Lankaus Rücken ließ nach.

»Du holst jetzt das Ätznatron aus dem Küchenschrank. Auf der Flasche steht ›Ätzmittel‹. Die holst du, und ein Glas Wasser, verstanden? Und auch du keine Mätzchen, kapiert? Wird dir sowieso nicht helfen.« Arno von der Leyen kam auf die Füße und richtete sich auf. Mit schmerzverzerrtem Gesicht neigte er sich zur Seite und warf noch einen Blick in Peuckerts Gesicht, das keinerlei Gefühl zeigte. »Vielleicht gewähre ich dir einen gnädigeren Tod, wenn du tust, was ich sage. Und der Frau auch«, sagte Peuckert.

»Tod?« Arno von der Leyen wirkte, als müsse er erst die Alkoholnebel durchdringen. »Wovon redest du, James?«

»Ach, vergiss es doch, du Schnapsleiche!«, mischte sich Lankau ein. »Der Mann ist vollkommen geisteskrank!«

Arno von der Leyen legte das Gesicht an Peuckerts Brust. »James, ich bin es! Bryan! Ich bin gekommen, um dich zu holen! Hör mir zu!« Peuckert reagierte nicht. Da richtete von der Leyen sich ganz auf, sodass die Wunden wieder aufrissen und sich die dunklen Flecken auf seiner Kleidung vergrößerten. »Wir sind Freunde, James! Du kannst jetzt endlich wieder nach Hause. Nach Canterbury. Und Petra kommt mit.« Verwirrt und benebelt schüttelte Arno von der Leyen den Kopf. Auch er verstand nicht, was da gerade passierte.

Peuckert wandte sich zu Lankau um. »Er weigert sich, dir deinen Drink zu mixen.«

»Verstehe ich.« Der Hohn übertönte die Verzweiflung in Lankaus Stimme. Seine Hände hatten den Tisch perfekt im Griff.

»Und du glaubst nicht, dass ich ihn davon überzeugen kann?«

»Man weiß nie.«

»Schreibst du?«

»Nein, verdammt noch mal!«

Gerhart schritt auf die Frau zu und stieß dabei von der Leyen um. Sie zitterte, als Gerhart sie ansah, und wich so weit zurück, wie ihr das in ihrem Zustand möglich war. Wie Gräben durchfurchten die schwarzen Ränder unter ihren Augen ihr Gesicht. »Dann muss ich eben andere Maßnahmen ergreifen, wenn du mir nicht hilfst«, sagte er langsam.

»Ätznatron?«, fragte Arno von der Leyen matt. »Wieso?« Er zuckte zusammen, als Gerhart zuschlug und die Frau laut aufschluchzte.

»Immer noch nicht?«, fragte Peuckert. Arno von der Leyen schüttelte sachte den Kopf und fuhr abermals zusammen, als seine Frau zum zweiten Mal geschlagen wurde.

»Nun tu doch endlich, was er sagt, Bryan!«, schrie sie plötzlich so inbrünstig, dass sie dabei spuckte. Ihr Ausbruch ließ Lankau das Blut in den Adern gefrieren. »Jetzt mach schon!« Von der Leyen sah sie an. Sie lehnte sich zur Seite und rang um Atem. Peuckert hatte sie auf die Brust geschlagen.

Langsam richtete sich von der Leyen auf.

Lankau versuchte, die Situation mit Fassung zu tragen. Mit jedem Atemzug nahm der Schmerz am Zwerchfell zu. Der Tisch lag mit seinem vollen Gewicht auf seinen Handflächen und den behaarten Unterarmen. Als die beiden neben ihm standen, sah er zu ihnen auf. »Willst du deinem Freund nicht die Fesseln lösen?«, fragte er Gerhart und lächelte schwach. »Dann werden wir ja sehen, ob er überhaupt in der Lage ist, ein Glas zu halten.«

Peuckerts blaue Augen waren hellwach. Er musterte Lankau einen Moment. Es dauerte eine ganze Weile, bis er den Knoten an von der Leyens Gürtel mit einer Hand gelöst hatte – in der anderen hielt er weiterhin die Pistole. Lankau lehnte den Oberkörper nach hinten und spannte den gesamten Körper an, er konzentrierte sich darauf, den Tisch genau in Arno von der Leyens und Gerhart Peuckerts Richtung zu befördern.

Der Überraschungseffekt, als Lankau aufsprang und den Tisch von sich schleuderte, war enorm. Reflexartig entsicherte Peuckert die Pistole, kam aber nicht mehr dazu, einen Schuss abzufeuern. Der schwere Tisch brachte die Männer zu Fall und begrub sie unter seinem immensen Gewicht. Die Shiki Kenju landete in der Tür zum Flur. Noch ehe die beiden Engländer versuchen konnten, sich von ihrer Bürde zu befreien, war Lankau bereits aufgesprungen.

Er brüllte triumphierend und rannte am Tisch vorbei, um die Pistole an sich zu reißen.

Doch dann war es aus. Ein für alle Mal.

»Stopp.« Mehr brauchte sie nicht zu sagen.

Ihm gegenüber stand Petra.

Ihr Blick sprach Bände. Die Pistole hatte sie bereits an sich genommen.

»Lass mich das machen, Gerhart! Ich weiß, wo die Flasche steht!« Sie sah ihm fest in die Augen und reichte ihm die Pistole.

Lankau spürte, wie die Schmerzen im Zwerchfell sich verschlimmerten, und atmete immer schwerer. Diesmal platzierten sie ihn am Tischende vor der Wand.

Die gefesselte Frau stand offensichtlich unter Schock. Petra sah weder zu ihr noch zu Arno von der Leyen, der wieder zu Füßen der Engländerin kauerte.

»Die Frau lässt du in Ruhe, Gerhart! Ich werde schon tun, was zu tun ist!«

»Ich hab dir doch gesagt, dass du dich fernhalten sollst, bis alles vorbei ist.« Gerhart Peuckert war kreidebleich.

»Ich weiß! Aber jetzt machen wir es so, wie ich es sage, Gerhart!«

Petra verschwand in der Küche, und Sekunden später war ein Plopp zu hören, wie von einer Flasche, die geöffnet wurde. Lankau blickte zu dem Poster an der Wand. Cordillera de la Paz. Eine Märchenwelt, die zusehends in unerreichbare Ferne rückte. Die Erde wuchs. Die Entfernungen wurden unüberwindbar.

Er nahm den Stift und schrieb.

»… SS-Obersturmbannführer der deutschen Wehrmacht, alias Hans Schmidt.« Als er den Satz fertig geschrieben hatte, sah er auf. »War das alles?«, fragte er trotzig.

Gerhart Peuckert bedachte ihn mit einem ruhigen Blick und diktierte weiter: »Ich bitte meine Familie um Vergebung. Der von den anderen auf mich ausgeübte Druck wurde zu groß. Ich hatte keine andere Wahl.«

Lankau sah ihn an. Er zog die Augenbrauen hoch und legte den Stift wieder weg. Das also sollten seine letzten Worte an die Nachwelt sein. Es war doch ganz gleich, was er jetzt tat – sie würden ihn ohnehin umbringen.

Er schloss die Augen und träumte vom Duft der Kaffeebohnen, der trockenen Erde und der Brise aus den Senken des Urwalds. Kokabäume spendeten ihm Schatten. Er hörte die Geräusche aus den Hütten der Indianer. Und dann verspürte er schon wieder den Druck in der Brust, diesmal etwas höher als vorher. Seine Haut kühlte ab. Sie würden es letztlich nicht wagen, das Ätznatron einzusetzen, dessen war er sich ganz sicher. »Schreib es doch selbst, du Arschloch!«, schrie er, riss die Augen auf und versuchte vergeblich, den Stuhl nach hinten wegzuschieben. Sofort fiel der Schuss. Die Kugel bohrte sich in den Balken über ihm. Gerhart Peuckert hatte nicht eine Sekunde gezögert.

Horst Lankau sah zur Küchentür, wo Petra mit dem Glas in der Hand stand. »Das glaubt doch kein Mensch, dass jemand mit Ätznatron Selbstmord begeht!«

»Das werden wir ja sehen.« Gerhart wandte sich der Frau in der Tür zu. »Komm, Petra.«

Eine Weile rührte sich Lankau nicht. Nur seine Miene veränderte sich und tiefe Furchen durchzogen sein Gesicht. Das Glas wanderte von Petras zu Gerharts Hand, in der es schwer ruhte. Lankau atmete tief durch die Zähne ein.

Dann nahm er den Stift und schrieb einige Zeilen. Leeren Blickes legte er den Stift wieder ab.

Gerhart Peuckert sah ihm über die Schulter und las. Dann nickte er.

»Lass es uns hinter uns bringen!«, zischte Lankau, dem sein Gewicht und sein überlastetes Herz zu schaffen machten. Er rutschte ein wenig zur Seite, als Gerhart ihm die Mündung der Kenju ins Ohr drückte. »Ich habe meinen Teil der Vereinbarung eingehalten!«

»Hast du wirklich geglaubt, dass du davonkommen würdest?« Gerhart sprach mit gedämpfter Stimme. »Weißt du noch, was du früher immer gesagt hast? ›Richtig interessant wird es erst, wenn das Opfer sich vor Angst in die Hose macht!‹ Das hast du immer gesagt.« Er bohrte ihm die Waffe noch fester ins Ohr. Lankau hielt die Luft an, um den von dem Glas aufsteigenden Geruch nicht einatmen zu müssen. »Wieso sollte ich das trinken?« Lankau spürte, wie ihm schon wieder der Schweiß ausbrach. »Na, mach schon, erschieß mich! Keinen Schluck werde ich davon trinken!«

»Dann gieße ich es über dir aus!«

Hasserfüllt sah Lankau zu Peuckert auf und atmete tief ein. Der üble, durchdringende Geruch blieb aus. Lankau schnupperte noch einmal an dem Glas. Petra hatte ihm die Seite zugewandt und sah weg. Lankau legte den Kopf in den Nacken und fing schallend an zu lachen. Den kalten Stahl in seinem Ohr spürte er nicht mehr. Er brüllte vor Lachen. Die Frau auf dem Stuhl fing erneut an zu schluchzen.

»Großartig! Wirklich toll! Aber das ist nun bei Gott kein Ätznatron, ihr Lieben! Hast es wohl doch nicht übers Herz gebracht, was, Petra?« Triumphierend sah er zu seinem Widersacher auf. »Hattet ihr das etwa auch so abgesprochen, Gerhart? Was ist denn wohl in dem Glas? Badesalz?« Lankau lachte, und Gerhart sah zu Petra, die sich auf die Lippe biss.

»Ha!« Lankau streckte die Zunge heraus und tat, als wolle er sie in die Flüssigkeit tauchen. »Sie hat es nicht übers Herz gebracht, lieber Gerhart! Unsere liebe kleine Petra würde es niemals übers Herz bringen.« Die Pistolenmündung verschwand von seinem Ohr. Unruhig und unentschlossen irrten Gerhart Peuckerts Augen im Zimmer umher, bis er Petras Blick begegnete.

Flehentlich sah sie ihn an. »Tu's nicht, Gerhart. Mir zuliebe!«

Wie zur Salzsäule erstarrt stand Gerhart Peuckert da und starrte perplex auf das Glas. Dann wurde er wieder ganz ruhig. »Na los, mach schon!«, kommandierte er. »Steck die Zunge da rein!«

Lankau lächelte zu ihm auf und beugte sich selbstsicher über das Glas. Spielerisch und betont langsam näherte er seine

Zunge der Flüssigkeit im Glas. Als er sie endlich hineinsteckte, zog sie sich reflexartig heftig zusammen. Lankaus Gesichtsausdruck veränderte sich schlagartig. »Was zum Teufel …?«, schrie er. Er lief puterrot an, streckte die Zunge heraus und bewegte sie hin und her, zog sie dann ein und fing an, unaufhörlich abwechselnd zu spucken und zu schlucken. Ein bohrender Schmerz plagte ihn, die Mundhöhle brannte. Die Speichelproduktion geriet völlig außer Kontrolle. Binnen kürzester Zeit fing Lankau an zu stöhnen. Er keuchte immer flacher und immer schneller.

Das Lachen klang, als habe Gerhart Peuckert es viele, viele Jahre unterdrückt. Ganz langsam intensivierte es sich, ein hohles, zynisches Lachen, die zweite Stimme zu Lankaus immer schwerer gehendem, stoßweisem Atem. »Und du dachtest, sie brächte es nicht übers Herz? Du hättest mich fast verunsichert! Hast du Durst, Lankau?«, kreischte er. »Draußen im Schuppen hätten wir einen vorzüglichen Rheinwein! Den wolltest du mir doch anbieten, oder? Oder möchtest du lieber das trinken, was im Glas ist? Riecht vielleicht nicht so wie sonst, aber das ist ja egal, Hauptsache, die Wirkung stimmt, nicht wahr?«

65

ENTSETZT SAH PETRA Gerhart an und wich vor ihm zurück.
Sobald er das merkte, entfernte er sich einen Schritt von Lankau. Man konnte sehen, wie Gerharts Kiefermuskulatur arbeitete, bis er sich wieder gefangen hatte. Dann reichte er Petra
das Glas mit dem Todestrank.

Lankau, dessen Atemnot sich keinen Deut besserte, beobachtete jede seiner Bewegungen. Gerhart heftete den Blick auf
die Fensterbank und bewegte sich darauf zu. »Genug jetzt«,
sagte er vom Fenster her, wo er Lankaus abgenagten Apfelrest fixierte und so behutsam, als handele es sich dabei um
ein winziges, verletzliches Lebewesen, hochhob. »Du hast ja
ganz Recht«, fuhr er fort. »Niemand würde glauben, dass sich
jemand mit Ätznatron umbringt. Nicht einmal so jemand wie
du!« Er sah Lankau direkt in die Augen. »Wollen wir mal zu-
rückdenken, Lankau? Kannst du dich noch an eure nächtlichen
Gespräche im Lazarett erinnern? Daran, wie ihr euch erzählt
habt, wie man Menschen mit ganz normalen, praktisch überall
zu findenden Gegenständen umbringen kann? Stricknadeln,
Hämmer, nasse Waschlappen. Weißt du noch, wie ihr gelacht
habt, Kröner und du? Wie ihr versucht habt, einander aus-
zustechen, was die Abscheulichkeit eurer Methoden betraf?
Eure Phantasie war grenzenlos!« Er zerdrückte den Apfelrest
und sah vor sich hin. Petra hörte regungslos zu. Nie hätte sie
geglaubt, jemals so viele Wörter aus Gerharts Mund zu hören.
So eine schöne Stimme. Und so ein entsetzlicher Moment.

Seine Augen strahlten eine Kälte aus, die sie dort am liebsten
nie gesehen hätte.

»Wenn ich es mir recht überlege, haben die schlichtesten

Methoden bei mir den größten Eindruck hinterlassen.« Er ließ den Apfelrest vor den Augen seines Opfers tanzen. »Du weißt bestimmt, woran ich denke.« Er lächelte. Lankau wurde immer dunkler im Gesicht. Sein Atem ging pfeifend und qualvoll, sein Blick war immer noch wachsam. »Die Methode hatte sich Kröner ausgedacht, oder? Das weißt du sicher besser als ich. Ich kann mich nur an die lebhafte Beschreibung des Opfers erinnern, dem ein Stück Apfel in den Schlund gesteckt wurde. Es dauert natürlich eine Weile, bis die Sache ausgestanden ist, aber einfacher geht es wohl kaum. Kein Mensch schöpft Verdacht. Kann ja jedem passieren. Kein Mord, kein Selbstmord. Es muss nur echt wirken, stimmt's?«

Die Frage klang gleichermaßen simpel und erschreckend. Ohne jeden Zweifel war Gerhart bereit, seine Drohung wahr zu machen. Petra war wie gelähmt. Als Gerhart sie von der Weinpresse losgebunden hatte, hatte er ihr versichert, dass sie von Stich und Kröner nichts mehr zu befürchten hatten. Die Erleichterung war grenzenlos gewesen.

Das Gefühl war nun verpufft.

Man konnte sehen, wie Lankaus Blick immer mehr verschwamm. Zum ersten Mal sah Petra ihm an den Augen sein Alter an. Die Hornhaut war glanzlos, das Weiße gelblich. Gerhart biss von dem Apfelrest ab, spuckte sich den Bissen auf die Hand und riss Lankaus Kopf in den Nacken. Ungläubig starrte dieser das Apfelstück an. Gerhart zerrte abermals an Lankaus Kopf, worauf dieser wild mit den Armen zu fuchteln begann. Als Gerhart mit großer Entschlossenheit das Apfelstück auf seinen Mund zuführte, holte Lankau tief und keuchend Luft und riss den Kopf zur Seite. Er wollte etwas sagen und hob einen Arm eine Handbreit an. In seinem Blick spiegelte sich Verzweiflung.

Noch bevor Gerhart seine Lippen auseinanderzwang, zuckte Lankau ein letztes Mal. Mit weit aufgerissenen Augen kippte sein Kopf vornüber, bis das Kinn auf der Brust ruhte.

Ratlos sah Gerhart ihn an.

Lankau war tot. Gestorben, bevor Gerhart Rache an ihm hatte nehmen können.

Petra konnte nicht glauben, was sie da gerade gesehen hatte. Zweifel, Ohnmacht, Erleichterung und Trauer erfüllten sie.

Als Gerhart begriff, was passiert war, drehte er sich zu dem anderen Mann um, der immer noch versuchte, die vielen Sinneseindrücke zu sortieren. Ohne Vorwarnung stürzte Gerhart sich auf ihn, brüllte wie ein verwundetes Tier und prügelte auf ihn ein.

Durch den Wodka-Rausch konnte von der Leyen nicht einschätzen, woher die Schläge kamen. Um sich zu verteidigen, war er viel zu erschöpft. Laureen schüttelte wie von Sinnen den Kopf.

»Hör auf damit, Gerhart!«, schrie Petra hinter ihm. Doch erst als sie ihn am Unteram packte, schien er zu verstehen, was sie von ihm wollte. Gebeugt trat er zurück und atmete schwer, die eine Hand noch immer um die Pistole gekrallt, die andere zur Faust geballt. Es war ihm unmöglich, sich zu beruhigen.

Petra redete weiter auf ihn ein, doch Gerhart packte von der Leyen im Nacken und schleifte ihn hinaus auf die beleuchtete Terrasse.

Petra drehte sich sofort zu Laureen um, die kurz davor war, in Ohnmacht zu fallen. Dann machte Petra auf dem Absatz kehrt und marschierte in die Küche. Das Messer, für das sie sich entschied, diente sonst zum Häuten von Hasen. Laureens Fesseln fielen schlaff von ihren Fuß- und Handgelenken.

»Ich glaube, er ist vollkommen wahnsinnig«, flüsterte sie Laureen zu und hatte Mühe, dabei nicht zu weinen. »Du musst mir helfen!«

Laureen versuchte aufzustehen. Ihre Glieder waren völlig taub. Petra kniete sich vor sie und knetete ihre Beine. »Komm schon, Laureen!«

Auch die Schmerzen bei seiner unsanften Landung am Beckenrand nahm Bryan durch den Wodkarausch nur gedämpft wahr. James zerrte ihn immer wieder am Nacken, bis er auf die Knie gekommen war. Bryan lächelte und wackelte mit dem Kopf. Die Wirkung des Alkohols erfasste ihn jetzt in machtvollen Wellen. Er spürte nicht einmal die Pistolenmündung in seinem Nacken. Er hatte einen üblen Geschmack im trockenen Mund. Bryan hustete kurz und legte den Kopf in den Nacken. Er atmete tief die feuchte Nachtluft ein. Die leichte Brise tat gut. Er drehte den Kopf zur Seite, dorthin, von wo er jemanden schimpfen hörte. Bryan verstand kein Wort. Die Umrisse seines Freundes waren verschwommen.

»Bist du das, James?«, fragte er. »Bind mich doch mal los«, nuschelte er und wedelte mit seinem linken Arm. Er lächelte.

»Ja, ich bin es!«, erklang es leise und dumpf über ihm. Auf Englisch.

»James«, flüsterte er und versuchte, scharf zu sehen. Seine Stimme hatte nie inniger geklungen. Er neigte sich zur Seite und lehnte sich mit der Wange an das Bein seines Freundes. »Großer Gott«, flüsterte er.

»Ihr bleibt da drüben!«, lautete das scharfe Kommando über ihm. Aus einiger Entfernung rief Laureen Bryans Namen. Er versuchte, sich in ihre Richtung umzudrehen, und atmete bewusst tief durch. Die beiden verschwommenen Gestalten neben dem Haus standen still. »Wenn ihr auch nur einen Schritt näher kommt, werfe ich ihn ins Wasser. Ihr rührt euch keinen Zentimeter, verstanden?«, herrschte die Stimme über ihm sie weiter an.

James machte einen Schritt zur Seite, sodass Bryan beinahe umfiel. Ganz langsam gewann das, was James so entschlossen in der Hand hielt, an Konturen. Es war eine Pistole. Bryan versuchte zu begreifen. Vergebens. »Warum befreist du mich nicht, James?«, fragte er noch einmal.

James kniete sich vor ihn. »Arno von der Leyen! Bryan! Wer

bist du? Wer fragt mich das?« Hasserfüllt sah er ihn an. »Hast du etwa mir geholfen? Hast du etwa mich befreit?« Bryan zog die Augenbrauen hoch und wollte gerade antworten.

»Wage es nicht, den Mund aufzumachen!« James stand auf und richtete die Waffe auf Bryan. »Du hast mich dort zurückgelassen! Krank, wie ich war. Ich hätte bis in alle Ewigkeit dort liegen können, stimmt's? Wie ein lästiges Stück Dreck!« Völlig unvermittelt riss James Bryan mit einem Ruck den linken Ärmel ab. Bryan wurde wieder übel. »Du hast sie noch!«, stellte er mit einem Blick auf die stark verblichene Tätowierung an Bryans Oberarm fest. »Das überrascht mich!« Bryan würgte ein paarmal und ließ den Schleim in den Mundwinkeln hängen. »Du trägst sie schon verdammt lange mit dir herum, Bryan. Wäre es nicht besser gewesen, sie zu tilgen? So, wie die Erinnerungen?« James ließ seinen Arm fallen.

»Kannst du dich überhaupt erinnern, wie es dir in dem Lazarett ging, Bryan? Wie lange warst du da? Ein halbes Jahr? Etwas länger vielleicht, aber was heißt das schon.« James sah zu den Frauen. Petra warf ihm einen flehenden Blick zu und ließ die andere Frau los, die sich noch immer auf sie stützte. »Kannst du dir vorstellen, das fast dreißig Jahre mitzumachen?«, fuhr er fort. »Hast du Kinder, Bryan?« Er schnaubte und sah den Schleim, der Bryan beim Nicken seitlich über das Kinn lief. »Dreißig Jahre, Bryan! Du hast Kinder bekommen, hast geliebt, die Welt gesehen, das Leben genossen, geschlafen, du bist im Garten deiner Eltern spazieren gegangen, deinen Träumen immer näher gekommen, hast sie verwirklicht. Und ich habe hier gesessen. Dreißig Jahre lang!« Den letzten Satz schrie er so laut, dass Bryan unvermittelt aus seiner gleichgültigen Apathie hochschreckte und zu seinem Freund aufsah.

Der steckte die Hand in die Tasche und zog ein großes Glas mit Tabletten hervor. »Möchtest du eine Kostprobe davon haben? Von der Zeit, wie ich sie erlebt habe? Willst du wissen, wie es mir ergangen ist, während du dein Leben lebtest? Willst du wissen, wo ich die ganze Zeit war?«

Bryan öffnete widerstandslos den Mund. Schon bei der ersten Tablette erkannte er die für dieses Chlorpräparat charakteristische Trockenheit wieder.

Die Spuckreflexe waren auch dreißig Jahre später sofort wieder da.

»Komm, noch eine!«, rief James und stopfte ihm eine weitere Tablette in den Mund. »Eine für jedes Jahr, das du mich im Stich gelassen hast!« Äußerst unsanft schob er Bryan die Tabletten bis in den Rachen, bis Bryan würgte. Er war dermaßen betrunken, dass er sich nicht wehren konnte. »Und eine für die Ewigkeit!« James drückte ihm immer noch einen Klumpen in den Schlund. Bryan schluckte sie alle. Schließlich war das Glas leer. Er spürte, dass er schon bald wieder das Bewusstsein verlieren würde.

Die folgenden Minuten waren ein einziges Inferno. James' Blick war gnadenlos.

Bryan war das egal.

66

DIE VOR DER OFFENEN Terrassentür stehende Laureen bekam langsam wieder Farbe im Gesicht. Angesichts dessen, was sich da gerade am Pool abspielte, drückte sie sich an Petra und betete. Petra schüttelte den Kopf und umklammerte das Jagdmesser, fest entschlossen, es – wenn nötig – einzusetzen.

Petra drückte Laureens Hand so fest, dass diese vor Schmerz aufstöhnte. Nichts von dem, was Gerhart hinausschrie, half aufzuklären, wieso sich ihr Leben so und nicht anders entwickelt hatte. Aber es machte ihr bewusst, wie viele Jahre vergangen waren, wie lange sie sich hinter Selbstbetrug verschanzt hatte. Die Ereignisse der letzten Stunden erschienen in neuem Licht und es verlangte sie nach weiterer Aufklärung.

Auch wenn es vielleicht zu spät war.

Ohnmächtig stampfte Laureen mit den Füßen, während sie zusehen musste, wie Gerhart die Tabletten in ihren halb bewusstlosen Mann stopfte. Als er aufhörte, fing Bryan an zu schwanken.

Petra war entsetzt. Die Dosis, die James Bryan verpasst hatte, war tödlich. Die ganze Zeit flehte Petra Gerhart an, auf sie zu hören, innezuhalten. Noch sei es nicht zu spät. Noch könnten sie entkommen und die Vergangenheit hinter sich lassen. Noch hätten sie viele Jahre vor sich, ein lebenswertes Leben. Und dass er ihr das schuldig sei.

James reagierte nicht, sondern sah gleichgültig dabei zu, wie Bryan langsam in die Bewusstlosigkeit glitt. Wahnsinn und Rache waren eins geworden.

Laureen krallte sich in Petras Arm und trat einen Schritt zur Seite. Im selben Moment, als Laureen einen verzweifelten Versuch unternehmen wollte, ihren Mann zu retten, stürzte Petra mit erhobenem Messer auf Gerhart zu. Laureen erstarrte. Wenn Petra Gerhart verletzte oder gar tötete, würde auch sie nicht weiterleben können. Da richtete Gerhart die Pistole auf ihr Gesicht. Er folgte ihrem Blick, sah von Petra zu Laureen, von Laureen zu Petra. Petra hörte seine Warnung nicht. Erst als sie ihm so nah war, dass sie mit dem Messer fast an seine Kehle heranreichte, bemerkte sie seinen Blick und ließ das Messer fallen.

Die Ohrfeige, die sie ihm gab, geriet so behutsam wie die einer mahnenden Mutter. Gerhart packte Petras Hand und knetete sie so lange, bis sie sich ganz entspannt hatte. Dann ließ er sie los, sah Petra tief in die Augen, ließ die Pistole fallen und taumelte auf den Rasen. Reglos blieb er dort stehen.

Petra war hin- und hergerissen, wem sie sich nun zuerst zuwenden sollte: Gerhart oder dem bewusstlosen Mann zu ihren Füßen. Laureen war bereits zu Bryan gestürzt und hatte seinen Kopf in ihren Schoß gebettet.

»Setz ihn auf!«, befahl Petra und steckte Bryan ohne zu zögern den Finger in den Hals. Laureen musste die Arme um seinen Bauch legen und fest zudrücken. Beim dritten Anlauf klappte es. Bryan hustete heftig und entledigte sich der weißen Klumpen. Sein Gesicht war blau angelaufen. »Wir müssen ihm helfen«, rief Petra und zeigte Laureen, wie sie das tun konnte. Sie überstreckte Bryans Kopf, hielt ihm die Nase zu und versuchte, ihm durch Mund-zu-Mund-Beatmung wieder zu einer normalen Atmung zu verhelfen.

Hinter ihnen auf dem Rasen stöhnte Gerhart und sank auf die Knie.

Petra war sofort bei ihm. »Gerhart! Es ist vorbei!« Schluchzend nahm sie seinen Kopf in beide Hände, streichelte und küsste ihn.

Sie lächelte ihn an und strich ihm immer wieder über die Wange, nannte ihn zärtlich Gerhart, James, Erich. Er war leichenblass, sein Blick war leer. Sie nahm ihn in den Arm und drückte ihn fest an sich. Er zeigte keine Reaktion.

»Gerhart!«, rief sie noch einmal und schüttelte ihn, doch er reagierte nicht. Sie hatte ihn wieder verloren. Er hatte sich erneut in sich selbst verkrochen und war dabei, im Nichts zu verschwinden.

Am Beckenrand, nur wenige Meter entfernt, wurde Laureen förmlich davon überrumpelt, wie schnell ihr Mann wieder zu sich kam. Schlagartig wurde er wach, war aber noch genauso betrunken wie vorher. Er lächelte, als er sie sah, und zog sie an sich. Er schien keine Ahnung zu haben, wie verklebt seine Gesichtshaut gerade war. Laureen ließ seine Küsse zu und lachte und weinte und schlang die Arme um ihn.

Petra und James standen lange reglos da. Als Petra das nächste Mal zu Laureen sah, streckte diese suchend die Hand nach der Pistole aus. Als sie sie gefunden hatte, stand sie vorsichtig auf und zog ihren Mann mit sich. Erst als Petra ein stilles Gebet sprach, ließ Laureen die Waffe zu Boden fallen.

Bryan sah sich mit einem Blick um, als registrierte er zum ersten Mal, wo er sich befand. Dann torkelte er auf das Paar auf dem Rasen zu. Keinen halben Meter von ihnen entfernt ging er in die Knie und kippte vornüber, bis er an ihnen lehnte. Dann drehte er das Gesicht seines alten Freundes zu sich. James leistete keinen Widerstand.

Bryan beugte sich zu ihm und sprach ihm direkt ins Ohr. Petra ließ Gerhart los und schlug die Hände vors Gesicht.

»James, James, hörst du mich?« Mit der Nasenspitze stupste er James gegen die Wange. Der Geruch des Freundes war ihm fremd. »Sprich mit mir, James, bitte! Komm schon, James! Sag was!« Er nahm James' Gesicht in beide Hände und schüttelte seinen Kopf. Klatschte ihm auf die Wangen. »Nun sag schon was!« Als Petra sich aufrichtete und ihn wegschob, ließ Bryan es geschehen.

Petra schlang erneut die Arme um den Geliebten. Doch weder Gerhart noch Erich noch James reagierte.

Laureen sah Petras Verzweiflung und ließ endlich auch ihren eigenen Tränen freien Lauf. Bryan legte sich rücklings ins taufeuchte Gras und begann plötzlich zu lachen – er lachte und lachte, immer lauter, und dann pfiff er im Rausch eine Melodie.

Wort für Wort war das Lied wieder da. Das Lied, das sie als Jungen zu ihrem erkoren hatten: »I don't know what they have to say, it makes no difference anyway ...!«, so tauchte es aus den Tiefen seiner Erinnerung wieder empor.

Über ihnen wölbte sich unendlich weit und majestätisch der Sternenhimmel. Bryan rollte sich auf die Seite, sah seinen Freund aus Kindertagen an und sang. Stück für Stück kehrte die Erinnerung an damals zurück, als sie über die Klippen von Dover kletterten. An das Rauschen des Meeres unter ihnen, an die Hitze und an die Angst.

»Erinnerst du dich, James?«, lachte er und sang weiter: »I'm against it!«

Laureen hockte sich neben ihn und zupfte ihn am Ärmel, doch Bryan sang ungeniert weiter in die stille Nacht. »Your proposition may be good, but let's have one thing understood. Whatever it is, I'm against it!« Immer und immer wieder sang Bryan den Refrain.

James lag ungerührt in Petras Armen. Petra sah Bryan ausdruckslos an und schien um Jahre gealtert. Als sie ihren Kopf wieder auf James' Schulter legte, bewegte er sich plötzlich. Mit einem Ruck richtete sie sich auf und packte ihn, bevor er umfallen konnte. Sein Atem ging rasselnd. Er zitterte. Petra drückte ihn fest an sich.

Sie strich ihm über den Nacken, versuchte, seinen Blick aufzufangen und seine Tränen wegzuwischen. Doch er hatte den Blick starr zu Boden gerichtet. Der Schmerz, der so lange in ihm gewütet hatte, brach sich endlich Bahn. Der Schmerzensschrei kam tief aus seinem Innersten, sodass es allen anderen durch Mark und Bein ging. Petra und Laureen schluchzten, und Bryan schien langsam die Situation zu begreifen.

Schließlich hob James den Kopf und sah Petra in die Augen. Er strich ihr über die Wange und küsste sie unendlich sanft auf den Mund. Sie schloss die Augen und schmiegte sich wieder an ihn.

Dann seufzte James und hob den Blick. Er räusperte sich, wandte sich Bryan zu und sah ihn lange an. In seinem Gesicht mischten sich Trauer, Entsetzen, Hass und Erleichterung, als er zu sprechen versuchte. Die Worte wollten und wollten nicht kommen, doch niemand wagte ihn zu unterbrechen. »Bryan«, sagte er schließlich ganz ruhig und mit der Stimme, die Bryan auch nach dreißig Jahren so unendlich vertraut war. »Sag, Bryan: Wie hieß David Copperfields zweite Frau?«

Verwirrt sahen Petra und Bryan ihn an. Bryan schloss die Augen und versuchte zu verstehen, was da gerade passierte. Den Blick auf seinen Freund gerichtet, suchte er nach Worten, die das Durcheinander seiner Gefühle beschreiben konnten. Laureen strich ihm übers Haar. »Ihr Name war Agnes, James«, antwortete sie. »Sie hieß Agnes!«

67

BRYANS ÜBELKEIT WAR abgeklungen, aber die Wunden schmerzten ihn sehr. Es würde Monate dauern, bis die mehr oder weniger schweren Verletzungen verheilt waren. Im Laufe der Nacht hatte Bryan dreimal die Verbände wechseln müssen. Besorgt sah er zu Laureen. Auch sie hatte kein Auge zugetan. Die Kopfschmerzen brachten sie fast um.

Bryan fummelte an seinen Zigaretten herum. Er hatte das Gefühl, kreidebleich zu sein, als er wieder zum Telefonhörer griff.

»Können wir nicht einfach nur nach Hause fliegen?«, hatte sie vorsichtig gefragt.

Seit Bryan am selben Morgen aus seinem Hotel ausgecheckt hatte, war er nicht eine Sekunde von dem Telefon in Laureens Hotelzimmer gewichen. Laureen packte, musste sich dabei aber zwischendurch immer wieder setzen. Es war ein anstrengender Morgen mit einer anstrengenden Bridget gewesen. Sie hatte Gott sei Dank nicht das Geringste von dem begriffen, was sich am Vortag zugetragen hatte. Wie sollte man all das auch erklären?

Irgendwann drückte Laureen ihr fünfhundert Mark in die Hand und schickte sie in die Stadt, da sie und Bryan so einiges zu besprechen hatten.

Verwirrt zog Bridget von dannen.

Kaum hatte Bryan den Hörer aufgelegt, klingelte das Telefon schon wieder. Er nahm ab und fing nach wenigen Sekunden leise an zu lachen. Laureen zuckte zusammen und sah ihn erschrocken an, als er sich beim Lachen an die Wunde in der Seite fasste.

»Das war Welles«, sagte er, indem er auflegte. Laureen nickte erleichtert und desinteressiert. »Er wollte erzählen, dass er in Erfurt einen Psychiatriepatienten namens Gerhart Peuckert gefunden hat.« Eigentlich hätte er lächeln wollen, doch stattdessen sah er besorgt auf sein Hemd. Noch war es weiß. »Was sagst du dazu? In Erfurt!«

Laureen zuckte mit den Schultern. »Hast du deinen Pass?«

»Sowas in der Art«, sagte er und wählte schon wieder eine Nummer. »Wir fahren mit dem Zug nach Stuttgart und fliegen von da. Ich glaube, es ist besser, wenn wir nicht von Basel-Mulhouse aus fliegen.« Er schwieg und hob abwehrend die Hand. Endlich hatte er ein Freizeichen.

»Petra Wagner«, meldete sie sich. Sie klang erschöpft.

»Wie sieht es aus?« Bryan zog ein letztes Mal an seiner Zigarette und drückte sie dann aus.

»Es wird teuer. Das ist alles, was ich im Moment dazu sagen kann«, verkündete sie wenig herzlich.

»Geld spielt keine Rolle. Können wir uns auf Sie verlassen?«

»Sie können sich absolut sicher sein.«

»Dann tun Sie, was zu tun ist. Was ist mit James? Oder soll ich ihn lieber Gerhart nennen?«

»Sie können ihn ruhig James nennen«, entgegnete sie matt. »Ich glaube, es wird gehen.«

Während er weiter mit Petra sprach und schließlich das Gespräch beendete, blickte Bryan immer wieder zu Laureen hinüber. Sie saß auf der Bettkante, die Hände ruhten kraftlos auf dem Schoß.

»Wie geht es dir, Laureen?« Er zündete sich noch eine Zigarette an und fasste sich wieder an die Seite. Die Wunde pochte.

Unschlüssig sah sie ihn an und schwieg.

»Die Leiterin von St. Ursula, Mrs. Rehmann, verlangt eine halbe Million Pfund dafür, dass sie James entlässt und seine Akten vernichtet.«

»Eine ganz schöne Stange Geld«, sagte Laureen apathisch. »Aber du wirst es ja wohl zahlen?«

Bryan kannte sie. Sie erwartete darauf keine Antwort. Natürlich würde er der Rehmann das Geld geben.

»Petra hat gesagt, im Radio gab es noch keine Meldung zu den Toten. Sie glaubt nicht, dass man sie schon gefunden hat.«

»Das ist nur eine Frage der Zeit.«

»Ja, aber bis dahin sind wir weit weg. Niemand wird uns mit dem, was passiert ist, in Zusammenhang bringen. Wahrscheinlich wird niemand auch nur ansatzweise begreifen, was eigentlich passiert ist.«

»Wie kannst du dir da so sicher sein?« Ihr Blick war ins Leere gerichtet. »Dem Taxifahrer, der uns zum Weingut gefahren hat, haben wir erzählt, wir wollten zum Anwesen gegenüber. Der dürfte also kein Problem sein. Aber da sind so viele andere Faktoren.« Besorgt sah sie ihn an.

»Der Brief, den James Lankau schreiben ließ, wird ein zentrales Beweisstück sein. Man wird den Tod der anderen ganz sicher mit Lankaus Tod in Verbindung bringen.«

»Du hast Lankau gesagt, du hättest in deinem Hotel Bescheid gegeben, dass du zu seinem Weingut wolltest.«

»Ich wette, du warst die Einzige, die mir das geglaubt hat, Laureen.«

Sie runzelte die Stirn und sah zur Decke. »Und was ist mit Fingerabdrücken, Bryan?«

»Im Auto? Da sind definitiv keine. So klug war ich immerhin.«

»Und rund um das Haus, im Schuppen und auf der Terrasse? Da müssen doch massenweise Spuren sein!«

»Ich glaube nicht, dass man etwas finden wird. Wir waren sehr gründlich, das weißt du doch.«

Sie seufzte und versuchte, noch einmal alles genau zu durchdenken. »Bist du dir ganz sicher, Bryan? Es war dunkel, als wir aufgeräumt haben. Du warst so unfassbar betrunken. Petra stand völlig neben sich. Ich kann nicht bis ans Ende meiner Tage mit der Angst leben, dass man doch noch herausfindet, was passiert ist.«

»Lankau hat die anderen umgebracht! Das ist es, was man annehmen wird. Man wird seinen Brief finden, und man wird feststellen, dass er ihn tatsächlich selbst geschrieben hat.«

»Man wird glauben, er habe sich mit dem kleinen Jagd-gewehr erschießen wollen, das Petra da draußen gefunden hat? So in etwa?«

»Ja, genau, so haben wir uns das gedacht. Und dass er gar nicht mehr dazu kam. Bei der Obduktion wird man feststellen, dass er einem Herzinfarkt erlegen ist.«

»Und all die Wunden?«

»Du hast doch seine vielen Narben gesehen! Lankau war nicht zimperlich, auch nicht im Umgang mit sich selbst. Man wird sich wundern, aber bald schon Ruhe geben.«

»Und das Jagdgewehr und die Patronen?«

»Auf denen wird man ausschließlich Lankaus Fingerabdrü-cke finden.«

»Was ist mit den anderen Häusern? Kröners und Stichs? Bist du dir sicher, dass es dort nicht vor Spuren nur so wimmelt? Da müssen James' Fingerabdrücke doch nun wirklich überall sein.«

»Natürlich! Aber man wird James nicht finden. Man wird gar nicht wissen, wo oder nach wem man suchen soll. Ist ja nicht mal sicher, dass man es überhaupt versuchen wird. Man wird genug mit dem Skandal zu tun haben, wenn das Doppel-leben der Männer auffliegt. Da brauchst du dir keine Gedanken zu machen!« Er setzte sich und sah einen Moment vor sich hin. Leise sprach er weiter: »Gesetzt den unwahrscheinlichen Fall, dass man im Rahmen der Nachforschungen doch dahin-terkommt, was tatsächlich passiert ist, wird es allerdings nur James sein, der Rechenschaft wird ablegen müssen. Nicht du oder ich. Aber das wird nicht passieren, Laureen, da kannst du ganz beruhigt sein.«

»Wenn diese Heimleiterin, Mrs. Rehmann, erst mal dahinterkommt, wie viele Menschenleben diese ganze Geschichte gekostet hat, wird sie zur Polizei gehen, da bin ich mir ganz sicher.« Laureen drückte sich vorsichtig das Taschentuch an die Nasenspitze.

»Und ich bin mir sicher, dass sie es nicht tun wird. Bestechung und Amtsmissbrauch sind einer Karriere nicht sonderlich förderlich. Nein. Sie wird dichthalten.« Bryan klopfte auf seinen Koffer. Er musste jetzt nur noch bei der Olympischen Delegation anrufen, dann konnten sie los. »Laureen«, wandte er sich noch einmal an seine Frau. »Mrs. Rehmann kann fortan ein gutes Leben führen – vorausgesetzt, sie hält sich an die Absprache. Wenn sie redet, wird es auch für sie unangenehm. Sie weiß, was sie tut. Und sie hat sehr genaue Vorstellungen vom Prozedere: Das Geld soll direkt auf ein Konto in der Schweiz überwiesen werden, das auf ihren Namen läuft. Wenn das erst mal geschehen ist, gibt es für sie kein Zurück mehr.«

Laureen ging nicht zum ersten Mal an diesem Morgen hinüber zum Fenster. Auch Bryan stand auf, folgte ihr und legte ihr die Hände auf die Schultern. Der Seufzer, der ihr entfuhr, zeugte von ihrer Verwirrung. Die Grünfläche vor dem Hotel war menschenleer. In der Ferne, von jenseits des Parks, konnte man einen Zug hören, der sich durch die vielen Weichen der Bahnhofsanlage kämpfte.

»Und Bridget?«, fragte sie leise. »Weiß sie nicht doch zu viel? Schließlich hat sie gestern einiges mitbekommen. Vor allem die Namen der Simulanten.«

»Bridget würde sich nicht mal an etwas erinnern, was man ihr in den Kopf gemeißelt hat. Sie war gestern doch schon nachmittags betrunken, und so, wie sie heute Morgen aussah, war sie abends sternhagelvoll. Abgesehen davon halte ich es für ziemlich unwahrscheinlich, dass die englische Presse sich für den Tod dreier Ex-Nazis in Süddeutschland interessieren wird. Sie wird es nie erfahren.«

Laureen versuchte, tief Luft zu holen. Die geprellten Rippen schmerzten immer mehr. »Und er soll wirklich mit uns zurück nach England?« Sie sah ihm fest in die Augen.

Auf diese Frage hatte er die ganze Zeit gewartet.

»Ja, Laureen, das soll er. Darum bin ich überhaupt hergekommen.«

»Und Petra? Was sagt sie dazu? Ist es für sie denn auch in Ordnung?«

»Sie weiß, dass es für James das Beste ist. Und sie liebt ihn über alles auf der Welt.«

Laureen biss sich auf die Lippe und sah durch Bryan hindurch. Ihre Phantasie ging mit ihr durch. »Glaubst du, dass sie das schafft mit ihm?«

»Das glaubt sie zumindest selbst, Laureen. Wir werden sehen. James kommt mit uns nach Hause.«

»Das geht nicht, Bryan! Wir können ihn nicht in unserer unmittelbaren Nähe haben, hörst du?« Sie sah ihm wieder fest in die Augen.

»Nun lass uns doch erst mal sehen, Laureen. Ich werde schon irgendetwas arrangieren.«

Petra und James waren bereits auf dem Bahnsteig, als Laureen und Bryan ankamen. Wie ein Fels in der Brandung stand der neu eingekleidete, frisch rasierte James da und fixierte die endlosen Eisenbahnschienen. Er erwiderte Bryans Gruß nicht und ließ Petras Hand keine Sekunde los.

»Alles in Ordnung?«, fragte Bryan.

Petra zuckte die Achseln.

James' Blick wanderte an ihnen vorbei. Laureen ließ ihn im Schutz ihrer Sonnenbrille nicht aus den Augen und sorgte dafür, dass Bryan stets zwischen ihr und den anderen stand.

»Er ist traurig«, erklärte Petra.

Bryan versuchte, James' Blick zu erhaschen. Die Sonne blendete. Am nächsten Bahnsteig waren diverse Gepäck- und Postwagen aufgereiht. Ihr Zug musste jeden Moment kommen.

»Er redet von einem Halstuch, das verschwunden ist. Den ganzen Morgen hat er von nichts anderem geredet. Er dachte, er würde es bei Kröner finden. Gerhart dachte …« Sie unterbrach sich selbst. »James dachte, Kröner hätte es in einer kleinen, braunen Rolle versteckt, die er in seinem Haus gefunden hat. Die hat er die ganze Zeit in der Windjacke mit sich herumgetragen, bis wir gestern Abend zu mir kamen. Ich glaube, er war heute Nacht zwanzigmal auf, um sie zu suchen.«

»Meinst du Jills Halstuch, James?« Bryan stellte sich ganz dicht vor ihn. James nickte stumm. Bryan fasste sich an die Seite und wandte sich dann wieder Petra zu. »Das Halstuch hat er als Junge geschenkt bekommen. Kröner und die anderen haben es ihm damals im Lazarett weggenommen.«

»Er war ganz sicher, dass Kröner es in dieser Rolle versteckt hatte. Aber da waren nur Zeichnungen drin. Das hat ihn völlig aus dem Gleichgewicht gebracht.«

Wehmütig schüttelte Bryan den Kopf. »Jill war seine Schwester. Sie ist während des Krieges gestorben.«

Bridget erschien erst im letzten Augenblick. Sie stelzte so unsicher über den Bahnsteig, dass Laureen unter anderen Umständen am liebsten im Erdboden versunken wäre. Heute aber empfing sie sie, als habe sie sie jahrelang nicht gesehen. »Bridget, da bist du ja endlich!«, rief sie und drückte sie an sich. Bridget nickte Bryan, Petra und dem Mann an ihrer Seite müde zu.

Schon als sie in den Zug einstiegen, war klar, wie die Sitzordnung im Abteil sein würde. James saß am Fenster, Laureen gegenüber am Gang.

Bridget stellte sich ans offene Fenster, um frische Luft zu schnappen. Petra duckte sich und sah unter Bridgets Arm zum Fenster hinaus.

»Warten Sie auf jemanden?«, fragte Bryan. Petra sah traurig aus.

»Jetzt sind wir doch sicher, oder?«, fragte Laureen kaum hörbar.

»Sicher? Was meinst du damit?« Bridget blickte neugierig über die Schulter.

»Sicher, dass wir im richtigen Zug sitzen, Bridget!«, antwortete Bryan trocken und erstickte ihren Protest mit einem einzigen Blick im Keim. Der ihm schräg gegenüber sitzende James hatte überhaupt noch nicht auf die Geräusche und Bewegungen im Abteil reagiert. Er schien sich in seiner neuen Kleidung nicht wohl zu fühlen und fixierte sämtliche Passanten auf dem Bahnsteig für Sekundenbruchteile – fast als würde er sie zählen.

Petra drehte erneut ihr Gesicht zum Fenster, um unauffällig ihre Tränen abzuwischen. Dann seufzte sie und lehnte sich in ihrem Sitz zurück.

»Grundgütiger!«, brach es aus Bridget hervor. »Die Hippies heutzutage werden auch immer doller. So viele Tücher, wie die da auf dem Kopf hat, könnte man glatt meinen, sie sei Afrikanerin!« Sie entfernte sich ein Stück vom Fenster, damit die anderen die Frau sehen konnten. Petra sprang auf, als sie sie sah, und strahlte. »Bin gleich wieder da«, versprach sie James. »Warte hier auf mich!«

Die Begrüßung der beiden Frauen auf dem Bahnsteig wurde wortreich von Bridget kommentiert, die den anderen die Sicht versperrte.

Als die beiden Frauen ins Abteil kamen, hellte sich James' Miene einen Moment auf. Laureen entging Bryans Überraschung nicht. »Wer ist das?«, flüsterte sie ihm zu.

»Hallo, schön, Sie wiederzusehen.« Die Frau reichte Bryan die Hand.

»Mariann Devers!« Bryan war fassungslos.

»Sieht aus, als hätten wir noch mehr gemeinsame Bekannte

als nur meine Mutter«, lächelte sie und nahm James in den Arm. Sie strich die vielen Stofflagen ihres Kleides glatt und sah James fest in die Augen, während sie leise und freundlich mit ihm sprach.

Dann drückte sie ihn noch einmal an sich und musterte Petra eine Weile, bevor sie sich zusammennahm und sich verabschiedete.

Als sie das Abteil verließ, wandte sie sich noch einmal um und sagte zu Bryan: »Eigentlich schade, dass aus Ihnen und meiner Mutter damals kein Paar geworden ist. Wir hätten bestimmt eine gute Familie abgegeben. Und jetzt nehmen Sie mir auch noch meine allerbeste Freundin und meinen lieben Erich weg. Was fällt Ihnen eigentlich ein?« Ihr Blick war freundlich und tief bewegt. Sie umarmte Petra ein letztes Mal und verschwand.

»Was war das?« Endlich nahm Laureen die Sonnenbrille ab. »Wer war die Frau? Und was hat es mit ihrer Mutter auf sich, Bryan?«

Bryan antwortete nicht sofort. Er sah zu Petra. »Das war Gisela Devers' Tochter«, sagte er nur. Petra nickte.

»Sie kennen sie?«

Petra nickte abermals. »Ich kannte ihre Mutter. Sie war meine beste Freundin. Als sie gestorben ist, habe ich mich um Mariann gekümmert. Sie ist wie eine Tochter für mich.«

Bryan holte tief Luft. »Und sie kennt James?«

»Sie nennt ihn Erich. Ja, schon seit sie ein kleines Mädchen war. Sie hat ihn oft besucht … Stimmt's, James?«

Er nickte kurz.

»Dann hätte sie mich ja schon am ersten Tag zu ihm führen können.« Bryan atmete tief durch und fasste sich sofort wieder an die Seite. Die Erkenntnis war schwer zu ertragen.

»Ja, natürlich. Wenn Sie ihr ein Foto von ihm gezeigt hätten.« Petra schob die Unterlippe vor. »Aber sie hat bestimmt auch selber einige Bilder von ihm in ihren vielen Schachteln.

Gisela nahm ihn eigentlich regelmäßig mit zu Familienfesten.« Sie lächelte in sich hinein und strich James zärtlich über den Handrücken. Er sah noch immer starr zum Fenster hinaus. »Manchmal durfte er sogar auf den Auslöser drücken.«

Bryan kniff die Augen zusammen und sah sofort das unscharfe Bild von Gisela vor sich, das erste Foto, das Mariann Devers ihm neulich gezeigt hatte. Der Fotograf war nicht sonderlich erfahren gewesen. Bryan ließ sich unsanft in seinen Sitz fallen.

Bridget ließ den Blick von ihm zu Laureen und wieder zurück wandern. Sie wollte sich gerade einmischen, als es von draußen ans Fenster klopfte.

»Erich!«, rief Mariann Devers ihm vom Bahnsteig aus zu. Träge sah James zu ihr und bemühte sich, ihr Lächeln zu erwidern. »Fast hätte ich es vergessen! Das hier gehört doch bestimmt dir, oder?« Sie nestelte an den vielen Tüchern herum. »Seit Jahren schon laufe ich damit herum. Ich hab's Kröner weggenommen. Er gab immer damit an, dass er es dir einmal gestohlen hatte. Ich hab's dann immer gerne getragen, wenn er in der Nähe war. Habe mich prächtig amüsiert. Und er hat's nie gemerkt.« Sie warf das Tuch durch das offene Fenster, lächelte Petra noch einmal zu und machte dann auf dem Absatz kehrt.

»Merkwürdige Person«, kommentierte Bridget und schaute verständnislos auf das Tuch, das gerade hereinsegelte. James sah es an. Das blaue Tuch war dünn und verschlissen. Es hatte eine Borte am Rand und ein aufgesticktes Herz in einer Ecke. Vorsichtig hob er es auf und hielt es so behutsam in den Händen, als handele es sich dabei um etwas unendlich Zerbrechliches.

68

DER WINTER WAR noch nicht vorbei. Auf den letzten Kilometern bis zum Haus hatte Laureen unverwandt besorgt auf die Straße gesehen. Bis jetzt war die Fahrt kein Vergnügen gewesen.

»Müssen wir wirklich, Bryan?«, fragte sie nun schon zum vierten Mal.

»Ich muss, ja. Du kannst immer noch abspringen.« Bryan streckte kurz die Finger und schloss sie dann wieder eng ums Lenkrad.

»Wie können wir uns sicher sein, dass er nicht wieder gewalttätig wird?«

»Das haben wir doch alles besprochen, Laureen. Es ist vorbei.«

»Ich weiß, dass wir darüber gesprochen haben. Aber können wir uns auch wirklich sicher sein?«

»Petra sagt ja, und der Arzt bestätigt es.«

Laureen seufzte. Bryan wusste genau, dass sie sich seit vier Monaten vor dem Wiedersehen mit James fürchtete.

Seit dem Tag, an dem sie wieder nach Hause gekommen waren.

»Ich bin froh, dass er nicht in Canterbury wohnen wollte, sondern in Dover«, fuhr sie fort.

»Ich weiß, Laureen.« Bryan beobachtete die einmündenden Nebenstraßen. Der Verkehr ließ langsam nach. Sie mussten bald da sein. Er war nicht zum ersten Mal in der Gegend, aber es war nicht gerade der Teil von Dover, in dem er sich am besten auskannte. »Warum hätte er sich denn auch in Canterbury niederlassen sollen?«, sprach er weiter, ohne Laureen anzusehen. »Sein Elternhaus gibt es nicht mehr. Seine Eltern und Jill sind tot. Und seine Schwester Elizabeth lebt in London.«

»Warum er sich in Canterbury hätte niederlassen sollen?« Sie wischte über die beschlagene Beifahrerscheibe. »Das kann ich dir sagen.« Bryan konnte ihren Blick spüren. »Weil *du* in Canterbury lebst.«

Bryan lächelte. »Das scheint ihm aber nicht besonders wichtig zu sein, Laureen.« Hinter dem Dunst lagen dicke Wolken, die von der Steilküste und dem Ärmelkanal kündeten. »Petra sagt, dass er nie von mir spricht.«

Laureen blickte auf ihre Hände, von denen man ihre Verfassung ablesen konnte. »Wie geht es ihm eigentlich?«

Bryan zuckte mit den Achseln. »Die Ärzte meinen, das vernarbte Gewebe im Gehirn, das man auf den Scans sehen konnte, könne von mehreren kleinen Schlaganfällen herrühren. Das würde mich nicht wundern.«

»Was meinst du damit?«

Bryan sah einen Menschen vor sich, der starren Blickes regungslos in seinem Bett lag, gezeichnet von Elektroschocks und Tabletten, von den Schikanen seiner Mitpatienten, von Isolation und der täglichen Angst um sein Leben. »Es gab da so vieles ... Aber in erster Linie denke ich an die Bluttransfusionen, die man ihm gegeben hat. Dass er die überhaupt überlebt hat, begreife ich bis heute nicht.«

»Und wie geht es ihm jetzt?«

»Den Umständen entsprechend. Petra sagt, er macht Fortschritte!«

Sie holte tief Luft. »Das ist ja beruhigend. Auch wenn man bedenkt, wie viel du dich seine Behandlung kosten lässt.« Sie schürzte die Lippen und kniff die Augen zusammen.

Bryan wusste, dass sie seine innere Unruhe bemerkt hatte.

»Es wird heute schon alles gutgehen, Schatz.«

»Dein Wort in Gottes Ohr«, sagte sie und sah die Landschaft vorbeisausen.

Das Haus war nicht besonders groß. Bryan wäre bereit gewesen, ein deutlich geräumigeres Anwesen zu kaufen. Entlang der Trockenmauer trugen kleine, immergrüne Pflanzen steife, weiße Raureifkleider.

Petra begrüßte sie auf dem Hof. Sie war alt geworden.

Sie lächelte kaum merklich, als sie Bryan die Hand gab.

»Wir haben uns so auf euch gefreut«, sagte Laureen und erwiderte Petras Umarmung.

»Vielen Dank für die Einladung, Petra.« Bryan sah sie verlegen an. »Ich freue mich, dass ihr jetzt bereit seid, uns zu sehen.« Sie nickte kurz. »Wie geht's?«, fragte er und sah zum Haus hinüber.

»Es geht.« Petra senkte die Lider. »Er möchte kein Deutsch mehr reden.«

»Das war wohl zu erwarten.« Bryan sah sie direkt an.

»Ja, sicher. Das macht die Sache aber nicht einfacher für mich.«

»Ich bin dir sehr dankbar, Petra.«

»Ich weiß.« Sie lächelte wieder schwach. »Ich weiß, Bryan.«

»Seid ihr ein bisschen zur Ruhe gekommen?«

»Ja, aber die erste Zeit war furchtbar. Es waren so viele Neugierige hier, die ihn unbedingt sehen wollten.« Sie zeigte zu der Grasfläche direkt bei den Klippen. »Bis da oben haben sie ihre Autos geparkt.«

»Bryan hat mir erzählt, es hätte sich rumgesprochen, dass der Zweite Weltkrieg für James noch länger gedauert hat als für den Japaner, den man vor ein paar Jahren auf einer Insel im Pazifik fand.« Laureen bemühte sich, erstaunt zu wirken.

»Ja, genau. Im Grunde war es nur eine Frage der Zeit, bis hier die ersten Neugierigen auftauchten.« Petra streckte einladend den Arm Richtung Haus aus. Die Kälte war beißend.

»Wir hätten es gut geheim halten können, aber die Behörden …« Bryan sah zur Tür. »Das hat ja ewig gedauert, bis die endlich wussten, aus welchem Topf seine Pension bezahlt werden sollte.« James hatte sich immer noch nicht gezeigt. »Aber gut, er hat sie ja nun bekommen, sogar rückwirkend. Da lässt der Staat sich nicht lumpen.« Bryan lachte bitter.

»Ja«, sagte Petra und öffnete die Tür.

James saß im Wohnzimmer und schaute zum Fenster hinaus aufs Meer. Kaum sah Laureen ihn, spürte Bryan ihr Unbehagen. Sie zog sich sofort in die Küche zurück – dort regierte Petra.

Bryan wusste nicht, wohin mit seinen Händen. James sah deutlich besser aus als bei ihrer letzten Begegnung. Er hatte zugenommen, sein Blick war ruhiger geworden. Petra hatte ihn gut gepflegt.

James zuckte zusammen, als Bryan ihn ansprach. »Guten Tag, James.« Mehr brachte er nicht heraus.

James wandte den Kopf. Er betrachtete Bryan lange, so, als müsse er die einzelnen Bestandteile seines Gesichts erst zu einem sinnvollen Ganzen zusammenfügen. Er antwortete mit einem kurzen Nicken und blickte dann wieder zum Fenster hinaus.

Eine halbe Stunde lang saß Bryan an seiner Seite und sah dabei zu, wie James' Brustkorb sich hob und senkte.

Die Frauen vergnügten sich in der Küche. Das ungezwungene Gespräch tat Petra sichtbar gut, und Laureen hatte nicht vor, die Küche wieder zu verlassen. Neugierig sahen sie Bryan an, als er hereinkam.

»Er hat noch kein einziges Wort mit mir gesprochen.« Bryan steuerte den kleinen Esstisch an und ließ sich schwer auf einen der Stühle sinken.

»Er spricht generell nicht viel, Bryan.«

»Ist er denn nie auch mal – gelöst? Oder sogar fröhlich?«

»Doch. Aber selten. In letzter Zeit hat er nicht viel gelacht.« Sie holte noch eine Tasse aus dem Schrank. »Bryan. Wir müssen ihm Zeit geben. Es geht langsam voran, aber ich finde, es geht ihm doch schon etwas besser.«

Bryan sah dabei zu, wie seine Tasse gefüllt wurde. »Wenn es etwas gibt, was ich tun kann, sagt es mir bitte.«

»Du brauchst nichts zu tun.«

»Geld?«

»Du gibst uns doch schon so viel. Und wir haben seine Pension.«

»Du sagst es mir wirklich, wenn ihr etwas braucht?«

»Natürlich.« Bryan nahm den leicht skeptischen Unterton in ihrem folgenden Satz wohl war. »Und dann sind da ja auch noch die Zeichnungen.«

»Die Zeichnungen?«

»Ja. Die Zeichnungen aus der Rolle, die James bei Kröner mitgehen ließ.«

Sie hob die Hand, als Bryan sie fragend ansah.

Dann bat sie ihn zu warten und verschwand nach oben.

»Ist er – seltsam, Bryan?« Laureen schielte besorgt zu ihrem Mann hinüber und machte eigentlich nicht den Eindruck, als wolle sie darauf eine Antwort haben.

»Ja, ein bisschen.«

»Vielleicht sind wir doch zu früh gekommen.«

»Vielleicht. Ich will sehen, ob ich ihn dazu bewegen kann, nach dem Essen einen Spaziergang mit mir zu machen. Eventuell kommt so irgendwie ein Gespräch zustande.«

Laureen stellte ihre Tasse ab. »Du spinnst wohl!«

»Wieso?«

»Das erlaube ich dir nicht! Du gehst nicht mit James raus zu den Klippen!«

»Aber warum denn nicht, Laureen?«

»Bryan – bei allem Respekt vor James, er ist unberechenbar!« Den letzten Satz betonte sie ganz seltsam.

Als Petra die Treppe herunterkam, sah sie Laureen sofort irritiert an.

»Entschuldigung«, sagte Petra kurz und wollte sich wieder entfernen.

»Du brauchst dich nicht zu entschuldigen. Ich habe Laureen nur gerade erzählt, dass ich nach dem Essen gerne eine Runde mit James spazieren gehen würde.«

Petra sah Laureen in die Augen, dann richtete sie den Blick hinaus in den Hof.

»Hasst er mich noch immer?« Bryan war sich nicht sicher, ob er die Antwort hören wollte.

»Ich weiß es nicht, Bryan.« Petra runzelte die Stirn. »Er spricht nie von dir.«

»Aber möglich wäre es?«

»Alles ist möglich, wenn es um James geht.« Sie drehte sich um und reichte Bryan, was sie geholt hatte. »Sieh dir das an.«

Das Papier war vergilbt und zerknittert. Der Bindfaden dünn und alt. Es handelte sich um eine Zeitung. »Unterhaltungs-Beilage« stand da in alten Lettern. Bryan schlug die erste Seite auf. Dort lag ein kleiner Stapel Zeichnungen. Er sah sie sich an. Legte sie behutsam nebeneinander auf den Küchentisch, nachdem er sich vergewissert hatte, dass die Oberfläche trocken war. Besah sich das Papier und die Signaturen. Blickte mehrfach zu Petra.

»Kann ich gut verstehen, dass Kröner die versteckt hatte«, sagte er schließlich. »Habt ihr sie mal schätzen lassen?«

»James sagt, die kann man nicht so ohne Weiteres schätzen lassen.« Petra legte die Hand auf eine der Zeichnungen und wandte sich dann wieder den Essensvorbereitungen zu.

Laureen starrte unverwandt auf die kleinste der Zeichnungen. Sie schüttelte den Kopf. »Das glaube ich jetzt nicht.«

Petra nickte wortlos.

»Ja, du hast ganz richtig gelesen. Leonardo da Vinci. Und da und da. Und diese hier trägt die Signatur Bernardino Luinis.« Laureen hielt inne und sah Petra mit festem Blick an. »Aber

Petra: Wenn die wirklich echt sind, könnt ihr sie doch nicht einfach hier behalten!«, brach es aus ihr hervor.

»Das habe ich nicht zu entscheiden«, entgegnete Petra nur.

James sprach auch während des Essens kein Wort. Laureen unternahm einen Versuch, mit ihm zu reden, dann hielt sie sich zurück und beobachtete aufmerksam jede seiner Bewegungen. James aß gierig. Wenn er nicht gerade auf seinen Teller starrte, richtete er den Blick stur auf die Schüsseln und nahm sich ohne Rücksicht auf die anderen nach.

»Bryan hat vorgeschlagen, dass ihr beiden nach dem Essen einen Spaziergang macht, James«, sagte Petra, als sie den Nachtisch aßen. Entsetzt sah Laureen sie an. Bryan legte den Löffel ab und blickte zu James, der innehielt, aber nicht aufschaute.

»Was meinst du, James? Hast du Lust?«, fragte Bryan. Das Gesicht, das James ihm zuwandte, war teilnahmslos.

»Ich möchte das nicht, Bryan.« Laureen nahm ihn beiseite und senkte ihre Stimme, als Petra James' Jacke holte. »Bitte geh nicht.«

»Nun hör schon auf, Laureen!«

»Du weißt, was ich davon halte. Muss das sein? Sollen wir nicht wenigstens mitgehen? Er hat den ganzen Tag kein Wort gesagt. Er ist so – seltsam!« Sie betonte jedes einzelne Wort.

»Er ist nicht einen Schritt vor der Tür gewesen, seit sie vorige Woche zu einer Behandlung in London waren, hat Petra gesagt.«

»Ich bin trotzdem dagegen, Bryan. Bitte lass es. Mir zuliebe!« Flehend sah sie ihn an. »Hast du denn nicht den Blick bemerkt, mit dem er dich angesehen hat?«

Der Wind hatte sich gelegt. Eine sanfte Meeresbrise umschmeichelte sie. Die Erde war immer noch gefroren, sodass es schwierig war, dort, wo die Vegetation am kargsten war, sicheren Schrittes zu gehen.

Schweigend und mit fast einem Meter Abstand zwischen sich gingen sie nebeneinander her. Bryan sah immer wieder zu James und versuchte, ihn mit einem Lächeln zu erreichen.

»Petra hat mir die Zeichnungen gezeigt, James«, sagte er leise.

Kreischend stob ein Vogelschwarm auf und lenkte Bryans Blick aufs Meer. Bryan probierte mehrere Formulierungen im Geiste aus, bevor er endlich eine aussprach: »Du weißt, dass sie nicht echt sind?« James antwortete nicht, nickte aber kurz und desinteressiert.

Als sie die Steilhangkante erreichten, brachen sich die Wellen mit Macht am Fuß der Klippen. Bryan schlug den Kragen hoch und sah zu seinem Freund.

»Ich glaube, wir sind hier ganz in der Nähe von der Stelle, an der wir damals den Ballon aufsteigen ließen, James. Erinnerst du dich?« James schwieg. »Damals waren wir glücklich. Obwohl es fast schiefgegangen wäre.« Bryan zündete sich die erste Zigarette des Tages an. Der milde Tabak war eine Wohltat. Auf der gesamten Strecke bis zur Stadt hin war keine Menschenseele zu sehen. Das Meer glich einer Orgie aus kühlen Farben.

James brummte etwas Unverständliches in sich hinein. Er zog die Jacke fester um sich.

»Sollen wir nach Hause gehen, James? Ist dir kalt?«

Statt einer Antwort beschleunigte James den Schritt.

Dort, wo er stehen blieb, waren sie bestimmt schon einmal gewesen. Vor vielen Jahren. James sah hinunter in die Tiefe. Dann drehte er sich um.

»Nein«, sagte er plötzlich und musterte den Boden unter sich. »Ich kann mich nicht richtig erinnern. Nur an ein paar Einzelheiten.«

Bryan nahm einen tiefen Zug von seiner Zigarette. »Wovon sprichst du, James? Von unserer Ballontour?«

»Ich kann mich nur erinnern, dass du mich an der Klippe hast hängen lassen.«

»Hängen lassen? Ich habe dich gerettet, James! Weißt du das denn nicht mehr? Das war ein ganz normaler, dummer Unfall! Wir waren zwei übermütige Jungs!«

James räusperte sich. Bryan sah ihn an. Gerade hatte er noch ganz ruhig dagestanden, jetzt spannte er systematisch alle Muskelgruppen nacheinander an. Sein Gesichtsausdruck veränderte sich unentwegt. Petra hatte es sicher nicht leicht.

»Ich kann mich erinnern und ich kann mich nicht erinnern«, sagte James und verstummte. »Du kennst immer noch nicht die ganze Geschichte der Simulanten, oder?«, wechselte er unvermittelt das Thema.

»Nein, James. Ganz sicher nicht. Ich weiß nur von dem, was Petra Laureen erzählt hat.«

James entfernte sich ein paar Schritte von der Kante der Klippe. Bryan beobachtete ihn. »Ihre Geschichte ist die wichtigste in meinem Leben.« Er sah ausdruckslos vor sich hin, schüttelte den Kopf und wirkte wieder vollständig resigniert. »Nicht eine meiner Geschichten, sondern die Geschichte von anderen Menschen. Ist das nicht traurig?« Bryan warf einen Blick über die Schulter. Bis zum Abgrund war es weniger als ein Meter. James stellte sich direkt vor Bryan und sah ihm zum ersten Mal in die Augen. Sie änderten in diesem Licht beständig die Farbe. Mal waren sie grau, mal blau. »Petra hat mir erzählt, dass du Arzt geworden bist, Bryan«, sagte er dann auf einmal.

»Ja, das stimmt.«

»Und dass du viel Geld verdient hast.«

»Auch das stimmt, James. Mir gehört eine gutgehende Firma für Medizinprodukte.«

»Und deinen Geschwistern geht es gut.«

»Ja, denen geht es gut.«

»Ganz schöne Unterschiede zwischen dir und mir, Bryan, was?«

Als Bryan ihm in die Augen sah, spiegelte sich darin das

Meer, und die Farbe blieb. »Ich weiß es nicht, James. Ja, wahrscheinlich schon.« Im selben Moment bereute Bryan seine Unaufrichtigkeit.

»Glaubst du denn nicht, dass ich das weiß?«, fragte James ruhig und trat noch einen Schritt auf Bryan zu. Ihre Nasenspitzen berührten sich fast. James' Atem roch süßlich. »Ich glaube schon, dass ich mit meinem vergeudeten Leben irgendwie leben kann«, sagte er und presste die Lippen zusammen. »Aber es gibt viele Dinge, mit denen ich nur schwer zurechtkomme.«

»Zum Beispiel?«

»Zum Beispiel mit dir.« Er lächelte nicht. »Und mit den Entzugserscheinungen natürlich. Damit, dass Leute mit mir reden. Und dass sie erwarten, dass ich ihnen antworte. Damit, dass ich Gerhart, Erich und James bin.«

»Ja.«

Die Sehnen in James' Hals traten hervor. Langsam hob er die Hände und ging auf Bryan zu. »Aber das ist nicht das Schlimmste.« Bryan trat einen Schritt zurück. Er atmete tief durch.

»Das Schlimmste ist«, fuhr James fort und ergriff vorsichtig Bryans Oberarme, »… das Schlimmste ist, dass du nicht gekommen bist, um mich zu holen!«

»James, das ist nicht fair! Ich habe alles, wirklich alles versucht, um dich zu finden. Aber du warst wie vom Erdboden verschluckt. Was hätte ich denn tun können!« Der Griff um Bryans Oberarme wurde fester.

James' Blick war abwesend. Dann riss er sich wieder zusammen und flüsterte so leise, dass das Vogelkreischen fast jedes zweite Wort übertönte: »Aber das Allerschlimmste war, dass mir die ganze Zeit über bewusst war, dass ich selbst überhaupt nichts dagegen unternommen habe! Verstehst du das, Bryan? Ich selbst habe nichts unternommen!«

Für den Bruchteil einer Sekunde zeichnete sich in James' Gesicht etwas ab, das Bryan in die Tiefen der Vergangenheit sog, wo ein hohlwangiger Junge mit lebhaften Augen und Sommersprossen verzweifelt versuchte, ihn mit höhnischen Bemerkungen dazu zu bewegen, etwas zu machen, während der Ballon über ihm zu zerreißen drohte. »Vertrau mir«, hatte James damals gesagt, bevor es passierte. »Es wird schon gutgehen.« Genau diesen Ausdruck sah er jetzt wieder in James' Gesicht. Ein Flehen, gepaart mit Selbstverachtung. »Aber das konntest du doch nicht, James«, antwortete er flüsternd. »Du warst doch krank.«

»Einen Scheiß war ich!«, brach es unerwartet heftig aus James hervor. Seine Gesichtszüge waren aufs Äußerste gespannt. Aus seinen Augen sprach die nackte Verzweiflung. »Am Anfang vielleicht, ja! Und am Schluss wurde ich es vielleicht. Aber erst nach vielen Jahren! Nach elend vielen Höllenjahren! Ruhe fand ich in all den endlosen Jahren nur durch die Tabletten. Eine entsetzliche Ruhe. Ich war James. Ich war Gerhart. Ich war Erich. Aber krank war ich nicht.«

Er packte fester zu und erstickte damit Bryans Antwort im Keim. »Die meiste Zeit jedenfalls nicht«, schloss er.

Sie standen einander gegenüber und sahen sich in die Augen. Wut, Unsicherheit und Trauer sprachen aus James' Blick.

Bryan spürte, wie James' Hände immer stärker um seine Oberarme fassten. James rang nach Worten. Erst im dritten Anlauf gelang es ihm, zu sprechen: »Und jetzt fragst du mich, ob ich mich an den Ballon erinnern kann! Und so wird es weitergehen – du wirst mich immer wieder fragen, ob ich mich an dieses oder jenes erinnern kann! An Dinge, die dir und anderen ein Begriff sind, an die sich aber nur ein unbedeutender, kleiner, lächerlicher Teil von mir dunkel erinnern kann! Als wollte man mich damit zwingen, all jene Jahre hinter mir zu lassen, in denen ich dasaß und wartete!«

»Warum glaubst du das? Warum sollten wir das wollen?« Eindringlich sah Bryan seinen Freund an, hob ganz langsam die Hände und umfasste James' Unterarme.

James kniff die Augen zusammen. Nach einer Weile zog er die Augenbrauen hoch und seine Gesichtszüge wurden wieder ruhiger. Er lachte kurz auf. »Letzten Endes wird es immer etwas geben, woran man sich Stück für Stück wieder erinnert.« James drückte die Oberarme dicht an seinen Körper. Bryan konzentrierte sich darauf, das Gleichgewicht nicht zu verlieren. »In den letzten Tagen waren die Hundepatrouillen wieder da. An die hatte ich viele Jahre nicht mehr gedacht. Ich sehe sie vor mir, wie sie nach uns schnappen, Bryan. Sie kommen immer näher. Und dann sehe ich die beiden Züge, wie sie in der Senke aneinander vorbeifahren. Einer Richtung Westen, einer Richtung Osten. Unsere Rettung, das dachten wir damals.« Bryan nickte und versuchte, sich James zu entwinden.

»Und dann denke ich, dass wir vielleicht besser nicht aufgesprungen wären.«

»Das darfst du nicht denken, James. Wozu soll das gut sein?«

James lehnte sich immer weiter an Bryan, bis sein Kinn fast auf dessen Schulter ruhte. Die Klippe hinter ihnen verschwand mehr und mehr im Nebel. Die Wellen unter ihnen donnerten von Osten heran. Bryan hörte sie rufen.

Ein Strandvogel kreischte von dort unten herauf. Im selben Moment löste James seinen Griff um Bryans Oberarme und sein ganzer Körper begann zu beben. Während sich ein Lachanfall Bahn brach, nutzte Bryan die Gelegenheit, sich etwas von der Klippe zu entfernen. James wirkte, als sei er ganz weit weg, und sein Lachen verstummte genauso plötzlich, wie es begonnen hatte.

Während Bryan sich weiter von der Klippe entfernte, spürte er, dass der Sog der Tiefe plötzlich keine Macht mehr über ihn hatte.

James ließ die Schultern hängen. Er war ganz ruhig.

»James. Es war gut, dass wir auf den Zug aufgesprungen sind. Etwas anderes darfst du dir nicht einreden.« Bryan legte den Kopf auf die Seite und versuchte, James' Blick einzufan-

gen. »Und es war gut, dass wir uns den Zug nach Westen aus-
gesucht hatten und nicht den anderen«, fügte er sanft hinzu.
James sah hinauf in den Himmel, der Wind zerzauste ihm das
schütter werdende Haar. Er blähte die Nasenflügel und holte
tief Luft. Dann schloss er die Augen.

»Und weißt du auch, warum, James?« Bryan stand lange da
und sah seinen Freund an. Als der Wind einen Moment nachließ, öffnete James die Augen und sah Bryan an.

»Wenn wir uns für den Zug nach Osten entschieden hätten,
James, dann hätte ich dich verdammt noch mal aus Scheiß-
Sibirien zurückholen müssen!«

James sah Bryan noch einmal prüfend an und wandte dann
das Gesicht ab. So, wie sein Blick über den Himmel sprang,
wirkte es fast, als würde James die wild vorbeijagenden Wolken zählen.

Dann lächelte er leise, legte den Kopf in den Nacken und ließ
die Nachmittagssonne sein Gesicht streicheln.

Nachdem James gegangen war, sah Bryan ihm reglos nach, wie
er in der untergehenden Sonne zum Haus zurücklief. James
drehte sich nicht ein einziges Mal um.

Bryan schloss die Augen und atmete tief ein. Er brauchte
Luft.

Das Zittern erfasste seinen Körper in mehreren Wellen.

Als er endlich die Schultern sinken ließ, stand Laureen vor
ihm.

Sie sah ihn mit einem Blick an, den er noch nie zuvor an
ihr wahrgenommen hatte. Als würde sie direkt in ihn hinein-
sehen. Sie hielt sich den Kragen zu und versuchte ein Lächeln.
»Ich glaube, die Zeichnungen sind nicht echt, Bryan«, sagte sie
nach anfänglichem Schweigen. »Aber ich habe Petra geraten,
sie einem Experten vorzulegen.«

»Ja, natürlich.« Bryan hörte das Kreischen der hungrigen
Möwen.

»Ich weiß nicht, ob sie es tun wird. James hat gesagt, er würde sie schon verkauft bekommen. Er hat ihr gesagt, sie solle abwarten, er würde sich darum kümmern.«

»Er würde sich darum kümmern?« Bryan atmete ganz ruhig. »Das habe ich doch irgendwo schon mal gehört.«

Laureen fasste ihn am Arm. Mit der freien Hand versuchte sie, ihre Frisur vor dem Wind zu schützen.

»Es geht dir nicht gut, Bryan, stimmt's?«, erkundigte sie sich vorsichtig.

Er zuckte die Achseln. Einzelne weiße Schaumfetzen wurden von den Böen bis über die Klippenkante gepeitscht. Laureen täuschte sich. Aber seltsam war die Stimmung, die sich seiner bemächtigen wollte, tatsächlich.

»Du fühlst dich im Stich gelassen, oder, Bryan?«, fragte sie leise.

Bryan schob die Hand tief in die Hosentasche. Er zog Schlüsselbund und Zigarettenschachtel hervor, nahm eine Zigarette zwischen die Lippen und blieb stehen, ohne sie anzuzünden. Er dachte über die seltsame Formulierung ihrer Frage nach. Er hätte es nicht einfacher ausdrücken können. Seit James ihm eben den Rücken zugekehrt hatte, hatte eine Frage wie diese nur darauf gewartet, sich auf ihn zu stürzen.

»Ob *ich* mich im Stich gelassen fühle?« Er biss sich in die Wange, weil die auf einmal anfing zu zittern. »Wie fühlt sich das an? Im Stich gelassen zu werden. Ich weiß es nicht. Ich habe all die Jahre nur immer daran gedacht, dass ich *ihn* im Stich gelassen habe. Und das Gefühl kenne ich nur zu gut.«

Im Bruchteil einer Sekunde schossen Bryan so viele Momente durch den Kopf, in denen er irgendwelche Versprechen gebrochen hatte. Doch die Scham darüber war nichts im Vergleich zu dem Schmerz, den er empfand, als ihm James eben wortlos den Rücken zugekehrt und ihn an der Klippe hatte stehen lassen.

»Bryan! Was ist los, du siehst entsetzlich aus!«

Bryan schüttelte den Kopf. »Ich zerbreche mir gerade den Kopf darüber, warum es dreißig Jahre dauern musste, bis diese Frage richtig gestellt wurde, Laureen«, sagte er leise.

Sie rührte sich nicht.

Die Sonne tauchte seinen Kopf in helles Licht. Das Meer wurde immer dunkler.

»Aber wenn du mir früher davon erzählt hättest, hätte ich diese Frage so gar nicht stellen können!«

»Und jetzt?«

»Jetzt?« Er schloss den Kragen eng um den Hals. »Jetzt bin ich frei.« Er blieb einen Moment stehen. Dann hob er die Arme und legte sie um Laureens Schultern. Er zog seine Frau behutsam zu sich heran und umschloss sie unendlich zärtlich, bis er spürte, wie sie sich endlich entspannte.

Schließlich zog er den Schlüsselbund aus der Tasche. »Tust du mir einen Gefallen, Laureen, und holst den Wagen? Du kannst mich bei den Bäumen da drüben aufsammeln.« Er zeigte die Straße hinunter und gab ihr die Schlüssel. »Ich möchte gerne noch einen Moment hierbleiben.«

Sie wollte gerade protestieren, da hatte Bryan sie auch schon losgelassen und sich in den Wind gedreht, der wieder aufgefrischt hatte. Sie nahm seine Hand und hielt sie an ihre Wange, doch Bryan wandte sich nicht um. Nach wenigen Schritten rief sie ihn und er erwiderte ihren Blick voller Liebe.

»Du willst ihn nicht wiedersehen, stimmt's?«

Die Klippe unter ihm würde es noch geben, wenn sein Leben längst vorbei war.

So schnell konnten die Dinge plötzlich hinter einem liegen.

Er legte den Kopf in den Nacken und lauschte noch einmal den Stimmen ihrer Vergangenheit: den Jubelrufen derer, die sie einst waren, und deren Nachhall. Er hörte sie jäh verstummen, als das Auto ansprang.

Dass Freundschaft ein Bündnis auf Gegenseitigkeit war, das war Bryan schon immer klar gewesen. Dass das Handeln des

Einen zum Bruch führen konnte, diese Erkenntnis hatte ihn nun fast dreißig Jahre lang gequält. Doch soeben hatte ein neuer Gedanke sich seiner bemächtigt. Ja. Auch am Nicht-Handeln des Anderen konnte eine Freundschaft zerbrechen. Dreißig Jahre hatte es gebraucht, diesen Gedanken zuzulassen.

Bryan heftete den Blick auf die Felskante.

Zwei Jungen winkten ihm zum Abschied lächelnd zu. Er stand da und erwiderte ihr Lächeln, lebendig, nackt und einer ungewissen Zukunft zugewandt.

Träge tanzten die letzten Sonnenstrahlen des Tages für den allerletzten Simulanten des Alphabethauses.

ANHANG

Nachwort und Dank

Dieses Buch ist kein Kriegsroman.

Es erzählt eine Geschichte von menschlichem Versagen und davon, wie leicht es passieren kann, dass Menschen einander im Stich lassen. Jedem kann das passieren. Das gilt für die Ehe, das gilt für den Beruf – und ganz besonders gilt das natürlich für Extremsituationen wie einen Krieg.

Dass ich die Handlung des Romans in den Zweiten Weltkrieg verlegte, hatte mehrere Gründe. Als Sohn eines Psychiaters bin ich gewissermaßen in »Nervenheilanstalten«, wie das in den fünfziger und frühen sechziger Jahren hieß, aufgewachsen. Und obwohl mein Vater damals zu den fortschrittlichen Ärzten gehörte, der neue, humanere Ansätze propagierte, erlebte ich unweigerlich und unmittelbar mit, wie »Geisteskranke« seinerzeit behandelt wurden. Viele von ihnen waren schon seit den dreißiger Jahren in diesen Anstalten. Als naives, aufmerksames Kind hatte ich ein paar dieser Patienten kennengelernt, die ich für Simulanten hielt. In meiner Jugend beschäftigten mich dann die damals üblichen Behandlungsmethoden, aber auch der Begriff des »Kranken«-Hauses und die Rolle des Arztes, besonders auch während des Krieges.

Einer der Langzeitpatienten meines Vaters sprach während seines gesamten Krankenhauslebens immer nur dieselben zwei Sätze: »Ja, da ist was!«, sagte er zu fast allem. Und mit »Oh, Gott sei Dank!« schloss er fast jede Situation aufrichtig erleichtert ab. Er war einer von denen, die ich in Verdacht hatte zu simulieren, um sich aus mir völlig unbegreiflichen Gründen aus der Gesellschaft verabschieden und in die Ruhe und den Frieden des Behandlungssystems zurückziehen zu können.

Aber ist es möglich, als gesunder Mensch jahrelang in einem solchen Milieu zu überleben, ohne dabei den Verstand zu verlieren? Kaum vorstellbar, wenn man die Brutalität der damaligen Behandlungsmethoden bedenkt. Und wurde jener wortkarge Patient nicht vielleicht doch im Laufe der Jahre tatsächlich krank – unter dem Einfluss des Systems?

Viele Jahre später traf mein Vater diesen Patienten wieder. Soweit ich weiß, war das in den siebziger Jahren, als die Welt in vielerlei Hinsicht freier geworden war. Das hatte offenbar auch auf diesen Mann abgefärbt, denn er hatte sein Repertoire um einen dritten Satz erweitert: »Leck mich am Arsch!« War auch er damit dem Zeitgeist gefolgt?

Und wieder dachte ich: »Ist der Mann wirklich krank?« Oder war es nicht eher die Zeit?

Meine Lust, diese beiden mich so faszinierenden Phänomene in einer Geschichte zusammenzubringen – den *vielleicht* Geisteskranken auf der einen Seite, den Zweiten Weltkrieg auf der anderen –, wurde durch Gespräche mit einer Freundin meiner Mutter zusätzlich befeuert. Die inzwischen verstorbene Karnat Bruun hatte in Bad Kreuznach unter Professor Sauerbruch als Krankenschwester gearbeitet. Sie bestätigte nicht nur einige der Theorien, die mich seit einiger Zeit beschäftigten, sondern gab ihnen sogar neue Nahrung.

Unter dem Sternenhimmel erzählte ich im Sommer 1987 meiner Frau die Geschichte, die ich mir überlegt hatte. Schon damals bewunderte ich Schriftsteller, in deren Werk gründliche Recherche und literarisches Können eine untrennbare Einheit bilden, hatte jedoch erheblichen Respekt vor diesem Unterfangen. Meine Frau aber glaubte, es sei den Versuch wert, sobald die Zeit dafür reif wäre. Bis dahin sollten noch fast acht Jahre vergehen … Seit jenem Gespräch in Italien ist meine Frau, Hanne Adler-Olsen, meine Muse und Kritikerin, die mich in meinen Plänen (und deren Folgen) unermüdlich unterstützt.

Meine klugen Freunde Henning Kure, Jesper Helbo, Tomas Stender, Eddie Kiran, Carl Rosschou und nicht zuletzt meine Schwester, Elsebeth Wæhren, und meine Mutter, Karen-Margarethe Olsen, haben das Manuskript gelesen, und durch ihre tätige Mithilfe wurde es so lange einem vielschichtigen Vertiefungs- und Verkürzungsprozess unterzogen, bis die Geschichte den Ausdruck fand, den ich ihr geben wollte.

Sehr zu Dank verpflichtet bin ich aber auch Det Treschkowske Fideikommis, das mir ein Reisestipendium für Freiburg im Breisgau gewährte, wo ein großer Teil der Geschichte spielt. Außerdem der Militärbibliothek in Freiburg und Herrn Oberarchivrat Dr. Ecker im Freiburger Stadtarchiv.

Jussi Adler-Olsen

Zum Hintergrund des Begriffs »Alphabethaus«

Mit der üblichen deutschen Gründlichkeit wurde allen, die im Dritten Reich zum Wehrdienst verpflichtet waren, sowohl bei der Musterung als auch später, im Falle einer Kriegsverletzung, ein aus Buchstaben und Zahlen bestehender Code zugeteilt, der präzise und für Außenstehende völlig undurchschaubar die Kriegseignung des Untersuchten festlegte.

Je weiter der Krieg fortschritt, desto mehr zeigte sich, dass eine ganze Reihe dieser »Etiketten« fatale Folgen für ihre Träger haben und teilweise gar zu deren Liquidierung führen konnte. Das galt insbesondere für Diagnosen im Bereich der Geisteskrankheit und des Schwachsinns.

Dem Buch ›Die Krankenbataillone‹ von Rolf Valentin (s. Quellen) zufolge wurden in diesem Zusammenhang folgende Abkürzungen verwendet:

Die verschiedenen Bezeichnungen bzgl. der Diensttauglichkeit

1) *k. v.* = *kriegsverwendungsfähig* = für den Kriegsdienst geeignet. In einigen Fällen wurde die Kategorisierung »k. v.« begleitet von Zusätzen wie L 40: schwerer Sprachfehler oder B 54,1: Bettnässer (L 54,1: unheilbarer Bettnässer).

2) *g. v. F.* = *garnisonsverwendungsfähig Feld* = in beschränktem Umfang für die kämpfende Truppe, vollumfänglich für Schreibstuben, Küchen, Versorgungstruppen, Baueinheiten, Flakeinheiten usw. verwendungsfähig

3) *g. v. H.* = *garnisonsverwendungsfähig Heimat* = in der Hei-

mat und in den besetzten Gebieten verwendbar. Wehr-
pflichtige dieser Kategorie waren es, die z.B. im Alphabethaus die kranken SS-Offiziere pflegten, also Sanitäter,
Krankenträger usw. Auch Meldegänger, Werkstattarbeiter,
Verwalter usw. wurden aus dieser Krankengruppe rekru-
tiert.

4) *a.v.* = *arbeitsverwendungsfähig* = für den Arbeitsdienst
geeignet. In der Regel gelernte Arbeiter und häufig leicht
Körperbehinderte.

Verschiedene Ausmusterungsbezeichnungen

1) *z.u.* = *zeitlich untauglich* = zurzeit nicht im Wehrdienst
verwendbar und auf begrenzte Zeit zurückzustellen.
Dies war die Bezeichnung für Personen, die zur Zeit der
Musterung an einer vorübergehenden und in absehbarer
Zeit zu behebenden Krankheit litten. Es wurde eine da-
tumsmäßig festzulegende Nachuntersuchung angeordnet,
bei der der endgültige Tauglichkeitsgrad festgestellt wurde.
Als Ergebnis der Nachmusterung war kein »zeitlich g.v.
oder a.v.« mehr möglich.

2) *w.u.* = *wehruntauglich* = zu keinem Dienst in der Wehrmacht verwendbar.
Die Wehruntauglichen wurden sofort ausgemustert und mit
v U-Fehlern, L-Fehlern oder U-Fehlern beurteilt. v U-Feh-
ler sowie die Fehler-Nummern U 15,2, U 16 und U 52 lösten
stets die Beurteilung als wehruntauglich (w.u.) aus.

Ein Großteil der Fehler-Nummern bezog sich ausschließlich auf körperliche Gebrechen. Die Bezeichnungen der psychischen Leiden der im Alphabethaus behandelten Kranken
lauteten in groben Zügen:

w.u.:	wehruntauglich (ab Herbst 1944 jedoch häufig für den Einsatz in den Reservetruppen als tauglich erklärt)
A 15,1:	konstitutionelle (angeborene) gesteigerte nervöse Erregbarkeit
A 15,2:	geringe Intelligenz
A 15,3:	geringe seelische Abartigkeit (Charakteropathie), ansonsten voll dienstfähig
Z 15,1:	vorübergehende, vorwiegend aus äußeren Ursachen erworbene nervöse Erschöpfung
Z 15,2:	Alkoholismus und andere Rauschgiftsuchten
L 15,1:	Neuropathie (Nervenleiden), Psychasthenie (seelische Unzulänglichkeit)
	Wurde meist auf Kranke angewendet, deren Hauptsymptom Müdigkeit war. Neben der Müdigkeit konnte aber noch eine Reihe anderer Symptome auftreten: Die Patienten klagten über Schlaf- und Konzentrationsschwierigkeiten, Gedächtnisverlust und gesteigerte Schmerzempfindlichkeit.
	In diesem Zustand werden dem Patienten ganz normale Körperfunktionen auf unangenehme Weise überdeutlich bewusst (z. B. durch Herzrasen oder Atemnot). Außerdem ist der Patient meist sehr ängstlich und verunsichert und tendiert dazu, sich Situationen zu entziehen, die ihm etwas abverlangen.
L 15,2:	Schwachsinn leichten Grades (Debilität, meist dienstfähig)
U 15;2:	Schwachsinn mittleren Grades (Imbezilität)
U 16:	Schwachsinn, Epilepsie
v U 15,1:	überstandene und noch bestehende Geisteskrankheiten
v U 15,2:	hochgradiger Schwachsinn (Idiotie)

U 15,3 bzw. v U 15,3	schwere seelische Abartigkeit von Krankheitswert, z. B. schwer Zwangskranke, schwer konstitutionell Depressive, Phobische
L, U, v U 17:	chronische Gehirn- und Rückenmarksleiden und Folgezustände, z. B. bleibende Lähmungen nach überstandener Kinderlähmung
A 18:	geringfügige chronische Lähmungen peripherer Nerven
U, v U 18:	andere chronische Leiden peripherer Nerven ernster Art
A 19:	geheilter Schädelbruch oder Gehirnerschütterung ohne nachweisbare Folgen
Z 19:	kürzlich erlittener Schädelbruch oder Gehirnerschütterung, Folgezustand noch nicht absehbar
L 19:	Formfehler, Eindrücke oder Gewebsverlust am Schädel sowie überstandener Schädelbruch oder überstandene Gehirnerschütterung, die das Tragen der Kopfbedeckung erschweren oder andere anhaltende Beschwerden zur Folge haben, aber ohne Bewusstseinsstörungen oder Schwindelanfälle
U, v U 19:	Formfehler, Eindrücke oder Gewebsverlust am Schädel (auch schwere Folgen von Schädelbruch) mit gelegentlich auftretenden Bewusstseinsstörungen oder Schwindelanfällen

Es waren diese Buchstaben- und Zahlenkombinationen, die der Krankenstation ihren Namen verliehen, auf der die Protagonisten dieses Romans behandelt wurden.

Quellen

1) Alfred Granger: Aerodata Int. no. 3: P-51D Mustang. Vintage Aviation Publ. 1978.

2) Baron, George: Schools & Progress in England. Oxford, London: Pergamon Press 1968.

3) Briefwechsel mit Oberarchivrat Dr. Ecker, Stadtarchiv Freiburg im Breisgau.

4) Broszat, Martin/Buchheim, Hans/Jacobsen, Hans-Adolf/ Krausnick, Helmut: Anatomie des SS-Staates. 2 Bände. München: Deutscher Taschenbuch Verlag 1967.

5) Bruun, Karna: Aus der Sicht einer Krankenschwester – Gespräche über ihre Zeit an deutschen Krankenhäusern während des Zweiten Weltkriegs.

6) Carlsen, Per Hjald: Året fortalt i Billeder, verschiedene Jahrgänge.

7) Feist, Uwe: Waffen-SS in Action. Squadron/Signal Publications 1973.

8) Flyvevåbnets bibliotek. Interviews with Officers at Bibliothek der Luftwaffe.

9) Foged, Harley: SS-frivillig. Farum: Bogans Forlag 1985.

10) Folkets Almanak for 1940. 1942. 1943. 1944. 1945. Kopenhagen: A/S N.C. Roms Forlagsforretning.

11) Gespräche mit Bibliotheksoffizieren in der Militärbibliothek Freiburg im Breisgau, unter anderem über die Kampfhandlungen am Rhein.

12) Goebbels' dagbøger. Noter: Louis P. Lochner. Kopenhagen: Branner 1948.

13) Götz, Franz (Hg.) u.a.: Das Freiburger Münster und der 27. November 1944. Stadt und Geschichte. Neue Reihe des Stadtarchivs Freiburg i. Br., Heft 6. Freiburg 1984.

14) Harms, Norman E./Feist, Uwe: Waffen SS in action. Combat Troops No. 3. Carrollton: Squadron Signal Publications 1984.

15) Jerram, Michael F.: P-51 Mustang (Super Profile). Sumerset UK: Haynes Publishing 1984.

16) Karl Bierring: Lærebog i systematisk anatomi. Kopenhagen: Store Nordiske Videnskabsboghandel 1946.

17) Kessel, Lipmann: Surgeon at Arms. London: Leo Cooper Ltd. 1958/1976.

18) Kogon, Eugen: SS-staten. Oslo: Gyldendal Norsk Forlag 1981.

19) Kurowski, Franz: Der Luftkrieg über Deutschland. Düsseldorf, Wien: Econ 1977.

20) Lærebog i intern Medicin: Hrsg. Knud Faber, Peter F. Holst, Karl Petrén. Kopenhagen: Gyldendal 1934.

21) MacDonald, Charles B.: The Last Offensive (VI H). Washington D.C.: Office of the Chief of Military History. Department of the Army 1973.

22) MacDonald, Charles B.: The Siegfried Line Campaign. Washington D.C.: Office of the Chief of Military History. Department of the Army 1963.

23) MacNalty, Arthur/Metlor, W. Franklin: Medical Services at War. The Principal Medical Lessons of the Second World War. London: Her Majesty's Stationery Office 1984.

24) Mennel, Rainer: Die Operation in Elsaß-Lothringen im Herbst und Winter 1944/45: Eine militärgeschichtliche und wehrgeographische Studie. Militärgeschichtliches Beiheft zur Europäischen Wehrkunde, Heft 2. Herford und Bonn: Verlag E. S. Mittler & Sohn 1989.

25) Merian 7.xxxix/C 4701E: Freiburg im Breisgau. Darin: Walter Jens: Freiburg im Krieg. Studentenleben in den Jahren 1943–45, und E. L. Hess: Die Leiche ist noch munter. Der Taubergießen: Deutschlands letzter Urwald.

26) Messenger, Charles: »Bomber« Harris and the Strategic

Bombing Offensive, 1939–1945. London: Arms & Armour Press 1984.

27) Müller, Rolf D./Ueberschär, Gerd R./Wette, Wolfram: Wer zurückweicht, wird erschossen! Kriegsalltag und Kriegsende in Südwestdeutschland 1944/45. Freiburg: Dreisam Verlag 1985.

28) Nielsen, John B.: Psykiatrisk ordbog. Kopenhagen: Høst & Søn 1975.

29) Olsen, Henry: Chefarzt Psychiatrie. Gespräche über psychiatrische Reaktionsmuster.

30) Olympiadebogen. Red. Gunnar Hansen. Kopenhagen: Samleren 1972.

31) Piekalkiewicz, Janusz: Den Anden Verdenskrig 1–11. Kopenhagen: Peter Asschenfeldts Bogklub 1986.

32) Politikens Aarbog/Politikens Hvem Hvad Hvor. Verschiedene Jahrgänge. Kopenhagen: Politiken.

33) Reiseführer London, Wales, Canterbury, Freiburg.

34) Reitlinger, Gerald: The SS Alibi of a Nation 1922–45. London: Arms & Armour Press 1957.

35) Richardson, F. M.: Fighting Spirit. London: Leo Cooper Ltd. 1978.

36) Rumpf, Hans: The Bombing of Germany. London: Fr. Müller Ltd. 1961.

37) Sauerbruch, Ferdinand: En kirurgs Liv. Kopenhagen: Jespersen og Pio 1952.

38) Schnabel, Thomas/Ueberschär, Gerd R.: Endlich Frieden! Das Kriegsende in Freiburg 1945. Stadt und Geschichte. Neue Reihe des Stadtarchivs Freiburg, 7. Freiburg: Schillinger Verlag 1985.

39) Schweling, Otto Peter: Die deutsche Militärjustiz in der Zeit des Nationalsozialismus. Marburg: N.G. Elwert Verlag 1978.

40) Secher, Knud: Klinisk Ordbog. Kopenhagen: Høst & Søn 1951.

41) Seventh US Army Report of Operations: Volumes II and III, by the Seventh Army Historical Section. Heidelberg: Aloys Gräf 1946.

42) Shirer, William L.: Det tredje riges storhed og fald – Det nazistiske Tysklands historie. Bind 3–4. Kopenhagen: Berlingske Forlag 1966.

43) Strømgren, Erik: Psykiatri. Kopenhagen: Munksgaard 979.

44) Studienreise nach Freiburg im Frühjahr 1989 durch Det Treschowske Fideikommis.

45) Sydnor, Charles W.: Soldiers of Destruction: The SS Death's Head Division, 1933–1945. Princeton: Princeton University Press 1990.

46) Valentin, Rolf: Die Krankenbataillone. Düsseldorf: Droste Verlag 1981.

47) Verdensdramaet i Karikaturer. 1939–1945. Kopenhagen: Commodore 1945.

48) Wright, Harold J.: Pathfinder Squadron. London: William Kimber & Co. 1987.